桐城派文库

学术研究系列

桐城派与中国文化的现代转型

——《安徽大学学报》『桐城派研究』专栏十年文集

安徽大学学报编辑部 编

北京师范大学出版集团
BEIJING NORMAL UNIVERSITY PUBLISHING GROUP
安徽大学出版社

图书在版编目(CIP)数据

桐城派与中国文化的现代转型 :《安徽大学学报》"桐城派研究"专栏十年文集/安徽大学学报编辑部编. —合肥:安徽大学出版社，2018.9
(桐城派文库)
ISBN 978-7-5664-1714-5

Ⅰ. ①桐… Ⅱ. ①安… Ⅲ. ①桐城派—文学研究—文集 Ⅳ. ①I207.62—53

中国版本图书馆 CIP 数据核字(2018)第 208792 号

桐城派与中国文化的现代转型——《安徽大学学报》"桐城派研究"专栏十年文集 安徽大学学报编辑部编

出版发行: 北京师范大学出版集团
安 徽 大 学 出 版 社
(安徽省合肥市肥西路 3 号 邮编 230039)
www.bnupg.com.cn
www.ahupress.com.cn
印　　刷: 安徽省人民印刷有限公司
经　　销: 全国新华书店
开　　本: 170mm×240mm
印　　张: 24.25
字　　数: 383 千字
版　　次: 2018 年 9 月第 1 版
印　　次: 2018 年 9 月第 1 次印刷
定　　价: 59.00 元
ISBN 978-7-5664-1714-5

策划编辑: 李　君　汪　君
责任编辑: 汪　君　李加凯
责任印制: 陈　如
装帧设计: 李　军
美术编辑: 李　军

目　录

桐城派现代流变

论桐城派的现代转型(代序)

王达敏

清代道咸之后,中国与西方相遇,被迫卷入肇端于西欧的全球现代化运动,成为这场运动的东方回响和重要组成部分。经历现代化的百年激荡,中国的政治制度、物质生活和精神世界,或先后,或同时,发生了由表及里的嬗变。由于中国原有文明的渊茂,这一嬗变无法一蹴而就,迄今仍在途中。紧随整个国家现代化的步伐,桐城派或被动、或主动地开始了现代转型。由于桐城派思想、艺术的繁复和精微,其转型不免一波三折。尽管如此,转型毕竟开始,并在各个层面跌宕起伏地展开了。

一、导乎先路

从清代咸同开始到新中国成立初期,在乾旋坤转的现代化运动中,桐城派从学问领域跨入实际政治运作,参与引领并推动中国走向现代世界。这期间,两位重量级政治家曾国藩、徐世昌的主持风会,对于桐城派的现代转型和国家的进步具有里程碑意义。

曾国藩私淑并终生服膺姚鼐,又与梅曾亮长期切磋学问。他的出现,把桐城派推向峰巅,以至于胡适说:"姚鼐、曾国藩的古文差不多统一了十九世纪晚期的中国散文。"[①]首先,曾国藩以其在军政学界的崇高地位,把桐城派带向政治和文坛中心。在与太平天国战争中,曾国藩以捍卫礼教相号召,吸

---

① 胡适:《建设理论集导言》,见《中国新文学大系导言集》,天津:天津人民出版社,2009年,第2页。

引大量抱道君子来归。当时曾幕人才几半天下，曾氏又待“堂属略同师弟”[①]，因此，幕中从事学术文事者多以其学问祈向为转移。曾氏俯首桐城，幕宾也多心向桐城。后来，曾幕移动到哪里，曾门弟子游走到哪里，就把桐城派的种子播向哪里。当曾氏晚年总督直隶时，经过他和弟子张裕钊、吴汝纶的拓荒，朴野少文的冀南之地形成了一个规模巨大、绵延百年、文风雄奇、志在经世的莲池学者群体。其次，曾国藩作为洋务新政的领袖，在朝野懵昧之时，倡导学习西方科学技术，发展军工产业，选派幼童留学；在中外冲突之时，他以其对国内外大势的深刻洞见，一反桐城派前辈邓廷桢、姚莹曾经的主战姿态，而力持和局。曾氏的洋务理论和实践推动中国从农业社会向工业社会转变，也为桐城派带来了宽阔的国际视野，为桐城派向现代的转型提供了契机[②]。

在曾国藩洋务理论和实践的陶铸下，其身旁走出了一群富有远见卓识、尊奉桐城之学的中国第一代外交家兼政治家。最著名者有郭嵩焘、黎庶昌和薛福成。他们突破了数千年历史形成的华夏中心观，走向自盘古开天地以来华族闻见所不及的高度文明世界。郭嵩焘意识到西洋立国自有本末，其末在工商，其本则在政教修明、以法治国。薛福成意识到中国与强大的西方相遇，已经无法闭关独治，必须变古就今。他推崇西洋器物技艺，更推崇君民共主的君主立宪制度。黎庶昌为西欧的议会民主、政党政治和军事力量所震撼，深感忧患。郭、黎、薛是优秀的外交家，也是一流的桐城派古文家。他们描写异域的大量作品为桐城派，也为中国文学史，带来了新的思想情感、新的风情、新的词汇和新的艺术魅力。

清民之际，莲池群贤传承祖师曾国藩倡导的经世致用精神，投身实际政治。他们多半留学日本，熟悉东洋、西洋的现代政治，渴望中国从专制向民主过渡，实行宪政。清廷在退出历史舞台前夜，为预备立宪，成立资政院。莲池学子籍忠寅、刘春霖当选资政院议员。他们在资政院常会上张扬立宪精神，支持速开国会，反对封疆大吏越权，弹劾军机大臣，抵制皇权胡为。宣统三

① 曾国藩：《题金陵督署官厅》，见《曾国藩全集·诗文》，长沙：岳麓书社，2011年，第100页。

② 王达敏：《曾国藩总督直隶与莲池新风的开启》，见《安徽大学学报》，2014年第6期。

年(1911)六月四日,他们又积极组织宪友会,为国家从官僚政治向政党政治转型尽力[①]。进入民国,籍忠寅、常堉璋、王振尧、谷钟秀、李景濂、张继、李广濂、邓毓怡、王树枏等当选国会议员。他们中,籍忠寅、常堉璋等是改良派,张继、谷钟秀是革命党。无论改良或革命,他们在国会内外都忠于职守,为中国实现真正宪政而勤奋工作。民国三年(1914)农历正月,谷钟秀在上海主办《正谊》杂志,锤击袁世凯欲帝制自为,撰《中华民国宪法草案释义》,捍卫宪政理想[②]。邓毓怡热心参与制定宪法,民国十一年(1922)发起宪法学会,手译欧战后各国宪法,终因生逢乱世,壮志不酬,忧愤而亡[③]。此外,张继曾任参议院议长和国民政府委员,刘若曾任直隶省长,王瑚任江苏省长,傅增湘任教育总长,谷钟秀任农商总长,吴笈孙任总统府秘书长,何其巩任北平市长。他们悉皆民国政局中的要角,曾为中国的现代化事业付出过大量心血。

徐世昌是继曾国藩之后把桐城派推向另一座峰巅的政治家。他曾任军机大臣、东三省总督、体仁阁大学士;袁氏当国时,任国务卿;民国七年至民国十一年(1918—1922)出任中华民国总统。他与盟兄弟袁世凯一文一武,左右清季民初政局近二十年。他与桐城派渊源甚深。其外祖刘敦元籍贯桐城,为刘开族父行,与姚氏为亲故。刘氏俪体文经过河南巡抚桂良揄扬,为道光帝所知;其诗文全稿藏于桐城姚氏。徐世昌数次刊布外祖诗文集,曾请吴汝纶赐序。吴序揭示了徐氏与桐城文脉的关联[④]。贺涛、柯劭忞为吴汝纶弟子,徐世昌的同年。徐氏民国六年(1917)年初曾说:"丙戌同年多文人。贺松坡,余从之学文;柯凤荪,余从之学诗。"[⑤]徐世昌与曾国藩一样,对国内外大势有卓越洞察,很早就觉悟到,中国只有改革才能挺立于世界。他是中国早期现

① 参见侯宜杰:《逝去的风流——清末立宪精英传稿》"刘春霖""籍忠寅"条,北京:北京师范大学出版社,第333～341页、第350～354页。

② 《正谊》第1卷第1号,1914年1月15日。

③ 籍忠寅:《邓君家传》,见《困斋文集》卷四,壬申(1932)冬日籍氏家藏,第10～14页。

④ 徐世昌:《先太宜人行述》,见《退耕堂文存》,天津徐氏开雕,第9页;《敬跋先外祖悦云山房集》,见《退耕堂题跋》卷一,第12～13页。吴汝纶:《刘笠生诗序》,见吴汝纶著,施培毅、徐寿凯校点:《吴汝纶全集》(一),合肥:黄山书社,2002年,第200页。

⑤ 贺葆真:《贺葆真日记》(三)1917年2月1日,见李德龙、俞冰主编:《历代日记丛钞》第133册,北京:学苑出版社,2006年,第17页。

代化的著名推手，在主政东三省时建树尤多。他凭着对新旧文化的湛深造诣和对共和政治的深刻理解，宽容而文明地面对新文化运动的兴起和五四运动的展开。他的宏通之识和在中国现代化中所起的先导作用使他誉满海内外，民国十年(1921)巴黎大学授予他博士学位。徐世昌为桐城派作了大量工作。他重建桐城文统，以明清八家归有光、方苞、姚鼐、梅曾亮、曾国藩、张裕钊、吴汝纶、贺涛上绍唐宋八家之绪。他再造桐城道统，把弘扬实学的颜李学派引入桐城派中，以分程朱理学之席。他主纂《大清畿辅先哲传》，将北方的区域意识植入莲池学者群体之中。而他所具有的比曾国藩更为深广的现代视野，尤其把桐城派带向新的境界。必须道及的是，徐世昌于民国九年(1920)农历正月颁令，命国民学校一、二年级的教材改用语体。这一决策是对时代新潮的顺应，是新文化运动的重大成果，也是对包括桐城派在内的古典学术的釜底抽薪。

二、文学蜕变

与西方相遇之后，桐城派的文学观念和文学创作发生蜕变。桐城诸老的原创在文论，经过桐城后学从西学视角所作的创造性阐释，这些文论成为现代美学的组成部分。桐城诸老忌古文中掺入小说，其后学则不唯引小说因素入古文，而且开手翻译小说、创作小说。桐城诸老忌古文沾染语录中语言的鄙俚俗白，其后学则自觉破此清规，甚至在前贤古文中寻觅引车卖浆者语，以与新文学对接。桐城望族在桐城派兴起后多守程朱之道、韩欧之文，在西潮汹涌时代，这些望族开新而不忘守本，但鲁䜣方氏激进的后辈则积极投身新文学运动，一去而决绝地不再回返。

在桐城派文论的现代转型中，朱光潜贡献最大。朱氏籍贯桐城，在桐城中学受到桐城派的严格训练；留学欧洲时，对西方美学有精深研究，后来成为新文学阵营中杰出的理论家。他对桐城派文论的现代阐释，是从中西汇通角度转化传统精神资源的范例。桐城派首重的文以载道，受到周作人等新文学家诟病。朱光潜则以为，中国文学与西洋文学的大不同处，是其骨子里重实用、道德，文以载道之说“把文学和现实人生的关系结得非常紧密”，“在中国文学中道德的严肃和艺术的严肃并不截分为二事”，这是中国文学的特点，不容一笔抹倒[①]。桐城派重视声音节奏在欣赏和创作中的价值,提出了因声求气说。朱光潜对此说作了新的发挥。他以为,声音与意义本不能强分,古文对声音节奏很讲究,白话文同样离不开声音节奏,只是比起古文来,白话文的声音节奏较为"不拘形式,纯任自然"罢了[②]。姚鼐论述文章风格时,提出阳刚阴柔说。朱光潜以为,姚鼐之说在西方美学中同样存在。姚鼐所说的阳刚之美、阴柔之美,在西方分别被称为雄伟、秀美。他引申西哲之论曰:"'秀美'所生的情感始终是愉快","外物的'雄伟'适足激起自己焕发振作"[③]。姚鼐论述文章最高境界时,提出了神妙说。他推尊一种不可言说的与天道合一的超越、神秘、疏淡、含蓄的艺境。朱光潜继承包括姚鼐在内的前贤之说,提出"艺术的作用不在陈述而在暗示","含蓄不尽,意味才显得闳深婉约,读者才可以自由驰骋想象,举一反三"[④]。朱光潜在中西美学比较中,对桐城派的文学思想进行了融会贯通的解说。他的解说彰显了桐城派文论的普适性和现代价值,也使其不露痕迹地渗入新文学的理论系统之中。

在创作中,桐城派最忌小说因素掺入古文中。方苞在论述义法的雅洁原则时,对吴越间遗老的用笔放恣,"或杂小说",极表不满[⑤]。此一见解后来成为桐城派家法。与西方相遇后,桐城派一部分学者自觉扬弃这项禁忌,不仅在古文中引入小说因素,而且大量翻译西方小说,直至亲自动手写起小说来。在翻译方面,林纾是"介绍西洋近世文学的第一人"[⑥]。他用古文翻译的一百八十余部作品是中国文学史上的丰碑,给文坛打开了通往西洋文学之门,向读者展示,西方不仅有别样的器物和制度,也有可以与《史记》并驾齐驱的深邃精美之作。他以辉煌的业绩改变了包括桐城派在内的中国学者千百年来

---

① 朱光潜:《文艺心理学》,合肥:安徽教育出版社,1996年,第100页。

② 朱光潜:《谈文学·散文的声音节奏》,见《朱光潜美学文集》(二),上海:上海文艺出版社,1982年,第301~307页。

③ 朱光潜:《文艺心理学》,第225页。

④ 朱光潜:《谈文学·情与辞》,见《朱光潜美学文集》(二),第355页。

⑤ 沈廷芳:《书方望溪先生传后》,见《隐拙斋文钞》卷四,乾隆庚午年(1750)刻本,第7页。

⑥ 胡适:《五十年来中国之文学》,见《胡适文存》(二),合肥:黄山书社,1996年,第193页。

视小说为小道的观念。在小说创作方面，吴闿生的弟子潘伯鹰成就最为卓著，其作品在民国时代甚获好评。关于小说，潘氏以为："摹画世情，抒心意，为体深博，奇而法，庄而肆，造极幽远，感人尤至者，莫善于小说。"[①]小说在他眼中已非闲书，而是高雅艺术。这就难怪他在撰作时那么苦心经营、一丝不苟。潘伯鹰的代表作《人海微澜》民国十六年(1927)起在《大公报》连载，两年始毕；民国十八年(1929)出版单行本，翌年即告再版。这部风靡京津之作，写尽了新旧交替、礼坏乐崩时代北京城的社会乱象和众生百态，得到吴宓等名家激赏。吴氏推潘伯鹰为"今日中国作小说者第一人"[②]，且向陈寅恪等力荐，并将《人海微澜》列入清华大学和西南联合大学学生的必读书目[③]。潘伯鹰的小说创作得到同门诸子支持。《凫公小说集》出版时，其中《隐刑》剪辑之册残缺甚多，谢国祯在北平图书馆从报刊上为之抄补，齐燕铭为封面作画，贺培新为封面题字[④]。《人海微澜》付梓时，吴兆璜以文、贺培新以诗序之。此外，光绪二十八年至光绪二十九年(1902—1903)，吴汝纶的弟子邓毓怡、籍忠寅成立了小说改良会，拟对小说进行改良[⑤]。上述事实表明，突破桐城先正设置的忌小说的界限，已成为新时期桐城派部分学者的共识。桐城诸老忌小说，与小说同样不登大雅之堂的戏曲自然也在禁忌之列。但民国时代，吴闿生的弟子周明泰、张江裁、王芷章和齐燕铭均是戏曲研究名家，齐氏还主创了饮誉红区的京剧《逼上梁山》和《三打祝家庄》。

---

① 潘伯鹰：《著者赘言》，末署"民国十八年三月慧因室记，凫公"。见《人海微澜》卷首，大公报馆，1929年。按：凫公是潘伯鹰笔名。

② 吴宓：《吴宓诗话》，北京：商务印书馆，2005年，第218页。

③ 刘淑玲：《〈人海微澜〉与新人文主义》，见《中国现代文学研究丛刊》，2012年第7期。

④ 潘伯鹰：《著者赘言》，末署"民国十九年五月慧因室记，凫公"。见《人海微澜》卷首，北平世界日报，1930年7月北平印刷。按：《人海微澜》1927年至1928年连载于《大公报》。1929年8月由天津大公报馆出版。1930年7月，该书作为《凫公小说集》第一种，由北平世界日报代印，发行2000册。北平版增加序文两篇，分别是吕碧城撰《高阳台·为凫公先生题人海微澜》，徐英撰《题凫公人海微澜》；同时，潘伯鹰撰《著者赘言》也比大公报馆版增写了《凫公小说集》印行经过的说明文字。本文所引内容即为作者新增。

⑤ 周兴陆：《"小说改良会"考探》，见《第二届清代文学国际学术讨论会论文集》，安徽大学文学院，2015年，第756～767页。

方苞在论述义法的雅洁原则时说:“古文中不可入语录中语。”[①]语录语的特点就是鄙俚俗白,与雅洁有碍,因而被桐城诸老悬为厉禁。清季民初,这一戒律也被桐城派诸家突破。光绪三十年(1904),陈独秀在安庆创办《安徽俗话报》,负责纂辑小说、诗词稿件的吴汝澄和李光炯均为吴汝纶的弟子,负责纂辑教育稿件的房秩五是吴汝纶创办的桐城学堂五乡学长之一。该报以开启民智为旨归;在思想上提倡科学、男女平等、实业救国、现代教育;在文学上提倡白话写作、戏曲变革;在语言上使用鄙俚俗白。在新文化运动前后,就连桐城派的嫡传姚永朴也开始试写白话文了。为教育家中小儿,姚氏撰写过一部简明中国通史《白话史》。此书用新史学的章节体写成,语言是较为纯正的白话[②]。姚氏在理论上并不反对使用鄙俚俗白。民国二十四年(1935)春,他对弟子吴孟复说:“‘奋臂拨眦’,几何不为引车卖浆者语耶?昔在京中,林琴南与陈独秀争,吾固不直琴南也。若吾子言,桐城固白话文学之先驱矣。”[③]姚氏以方苞的《左忠毅公逸事》为证,说明桐城派本来就不排斥引车卖浆者之语。其说自然并非事实,但也具体而微地显示,桐城派面对新文学的紧逼,如何调整自己以适应新的时代。

进入清季民初,在桐城派诸世家中,鲁褀方氏从桐城之学转向新文学最为彻底,也最有成就。鲁褀方氏自方泽始,人文蔚起。方泽以姚范、刘大櫆为友,以姚鼐为弟子。方泽孙方绩、曾孙方东树皆从姚鼐问学。方宗诚师事族兄方东树,又入曾国藩幕府。方宗诚之子方守彝、方守敦视曾国藩为神圣,身际西潮横决之世,谨守中体西用之旨。在方守彝、方守敦培养下,其子孙辈二十余人龙腾虎跃,皆成新时代的弄潮儿。其中,方守敦子方孝岳、女方令孺、孙方玮德和舒芜,以及方守彝外孙宗白华,从桐城派起步,朝新文学迈进,最终成为新文学中的名家。方孝岳在上海圣约翰大学毕业后,任教于北京大学预科,后留学日本。对于新文化运动中的文白之辨,他民国六年(1917)农历

① 沈廷芳:《书方望溪先生传后》,见《隐拙斋文钞》卷四,乾隆庚午年(1750)刻本,第7页。

② 姚永朴:《白话史》,钞本,安徽省图书馆藏。

③ 吴孟复:《书姚仲实先生〈文学研究法〉后》,见《吴孟复安徽文献研究丛稿》,合肥:黄山书社,2006年,第51页。

四月在《新青年》发表《我之改良文学观》，以为“白话文学为将来文学正宗”，但今日应“姑缓其行”，只做“极通俗易解之文字”即可[①]。此后，方孝岳用西洋方法整理国故，对自己所从出的桐城派作了独到研究。方令孺、方玮德姑侄是以闻一多、徐志摩为首的新月派中人物，其学养虽以桐城派为根底，但其诗文面貌则焕然一新。宗白华生于方家大院，与桐城之学的关系千丝万缕，五四后则以《流云》小诗和兼通中西美学而著称于世。舒芜童年、少年时代浸润于桐城派氛围之中，受鲁迅、周作人影响后，对家学反戈痛击，死而后已。其文之骨有桐城之影，其文之表则与桐城若不相干了[②]。

三、传播方式的更新

桐城派早先主要通过政治、书院、家门之内互为师友和刊刻自家著作等渠道传播其学术及思想的。与西方相遇后，桐城派除了旧有流布渠道外，更通过出报纸、办刊物、建立出版机构、结社等现代方式进行传播。传播手段的改变是桐城诸家趋新的表现，也加速着桐城派向现代转型。

桐城诸家对报纸等新媒体非常敏感。他们在阅报中睁眼看世界和中国，在报端发表见解以经世济民，并播扬自家的文学观念和审美趣味。吴汝纶是桐城派中办报的先行者。在庚子乱局中，他对朝野因懵昧而祸国的惨剧有切肤之痛，起意办报以启愚蒙。在避难深州、兵火仓皇中，他即致信弟子常堉璋，对诸如集股、购置印刷机、组织机构、安排人事等办报事宜作切实指导。由于总理朝政的庆亲王奕劻唯恐私报讥刺时政，而谕批从缓，使吴汝纶的办报计划胎死腹中[③]。时隔四十余载，桐城派学者再次与报纸结缘。抗战结束后，国民党中宣部派时任华北宣传专员的卜青茂恢复《天津民国日报》。卜氏是贺涛之孙贺翊新、贺培新好友，但他和部下毫无办报经验，贺培新当仁不让

① 方孝岳：《我之改良文学观》，见《新青年》第三卷第二号，1917年4月。

② 方宁胜：《桐城文学世家的现代转型》，见胡睿主编：《桐城派研究论文集》，北京：中国文联出版社，2006年，第83～105页。

③ 舒芜：《先行者》，《文汇报》2004年2月5日第12版《笔会》，也见《大公报》2004年2月17日第4版。按：此文是舒芜先生为李经国先生纂《观雪斋所藏清代名人书简》所作序，由李先生见示，谨致谢忱。

地将自己那些受过现代教育的友朋、门生三十余人推荐到报社工作,隐主该报笔政。贺氏弟子俞大酉任总主笔,主持撰写数百篇社论,倡导民主、宪政、法治、女权、新闻自由和学术自由等。贺氏弟子刘叶秋任副刊主编,编发数百版文艺作品。就形式而论,这些作品有旧文学,也有新文学;就内容而论,这些作品所表现的思想悉与战后时代风尚合拍,同时又引领着新的时代风尚。据初步统计,有不下四十五位桐城派的学者为《天津民国日报》撰稿,成就显著者有:吴闿生、阎志廉、谷钟秀、尚秉和、傅增湘、邢赞亭、冒广生、贺葆真、张继、贺翊新、贺培新、贺又新、陈汝翼、傅筑夫、陈保之、陈诵洛、陈病树、吴君琇、吴防、潘伯鹰、曾克耑、俞大酉、刘叶秋、张厚载、齐纪图、高凖、孙贯文、朱光潜、刘国正等。王树枏、柯劭忞彼时已经下世,其遗作经整理也在副刊刊出。《天津民国日报》非常畅销,在最好的时候,每日发行达七万份之多。其读者网络遍布全国,尤其是覆盖东北、华北地区。这是桐城派退出文坛前的最后辉煌。经过新文化派持久的批判,在新文学逐渐占领文坛高地的情势下,桐城派尚能组织起这样一支整齐的队伍,爆发出如此巨大的能量,显示出经过新学洗礼后的古典传统仍会焕发出惊人活力。

清民易代之际,桐城派学者主持过《经济丛编》和《青鹤》等刊物。《经济丛编》半月刊以吴汝纶为精神导师,由廉泉、常堉璋董其事,邓毓怡负责编纂,光绪二十八年(1902)二月十五日在京创刊,自光绪三十年(1904)三月二十九日出版的第42期、第43期合刊起,取名《北京杂志》,不久停办。该刊宗旨为经世济物,以牖民智。“经济”取《中庸》“经纶天下”、《论语》“博施济众”之义。陈灨一主编的《青鹤》半月刊创办于民国二十一年(1932)农历十一月十五日,民国二十六年(1937)农历七月三十日停刊,共出版114期。该刊意在新旧相参,发挥中国灿若光华之古学,以与世界思想潮流相融贯。江西新城陈氏自陈用光师事姚鼐后,一门数代浸润于桐城之学。陈灨一继起于清民易代之际,虽不为桐城所囿,却也不悖家学。在《青鹤》特约作者中,桐城派名家有王树枏、冒广生、柯劭忞、袁思亮、傅增湘和叶玉麟等[①]。

清民易代之际,桐城派学者主持的出版社主要有华北译书局、京师国群

① 魏泉:《1930年代桐城派的存在与转型》,载《安徽大学学报》,2013年第5期。

铸一社。光绪二十八年(1902),吴汝纶办报受挫,命弟子常堉璋、邓毓怡等苦心经办华北译书局。清季开办译书局成风,华北译书局的成就与湖北译书局(1894)、京师大学堂译书局(1902)等相比虽有不逮,但因其主办者为学坛重镇,该局也颇受关注。除发行《经济丛编》外,书局还将吴汝纶到日本考察教育时数十家当地报刊有关载文汇为一编,取名《东游日报译编》出版。这部作品集中反映了吴汝纶为中国之崛起而不辞劳苦考察日本现代教育的热诚,塑造了桐城派大师笃信新学、挺立时代潮头的苍劲形象,既为桐城派赢得盛誉,也推动了当时正在进行中的教育变革。京师国群铸一社由吴汝纶弟子高步瀛主持,其业务主要有两项:一是设立通俗演讲社向公众发表演说;二是出版书籍。通俗演讲社以"扶共和宪政稳健进行"为宗旨,其成员贾恩绂、梁建章、韩德铭、步其诰等均为高步瀛就读莲池书院时的学侣。高步瀛撰《共和浅说》、韩德铭撰《民政心说》即为当时的演讲词。京师国群铸一社所出书籍的作者也多属莲池群体成员[①]。此外,由吴汝纶侄婿兼弟子廉泉参与创办的上海文明书局(1902)和北京分局不仅出版桐城先正的著作,也印刷了吴汝纶纂《吴京卿节本天演论》、严复译《群学肄言》、吴闿生译《万国通史》《改正世界地理学》等。这些作品既传播了新学,又彰显着桐城派学者思想的新锐和为重塑中华文明所作的努力。

民国建立后,吴闿生主盟的大型社团"文学社"在京师文坛影响颇大。在内忧外患、新文化运动方兴未艾之时,文学社成员竭力融新知于旧学,以再造文明。文学社由吴闿生及其弟子组成。吴氏最早的弟子是辛亥革命元老张继。张氏父亲张以南是张裕钊、吴汝纶的得意门生。年十六,他遵父命拜吴闿生为师,时吴氏年才十九[②]。但吴氏真正抗颜为师,则在新文化运动兴起之后。至民国九年(1920)年底,吴氏门人贾应璞、张庆开等集同学六十二人,次其名字、年岁、乡里,为《文学社题名录》,以张继冠首。"文学社"之名由吴氏所赐。民国十三年(1924)夏、民国二十五年(1936)底,在贺培新主持下,《文学社题名录》又经二刻、三刻,分别增入吴门弟子六十二人、一百四十人。

---

① 许曾会:《清季民国桐城派史学研究》,北京师范大学博士学位论文,2014 年,第 38~39 页。

② 吴闿生:《记张溥泉》,《天津民国日报》1948 年 3 月 11 日第 6 版。

数十年间,《文学社题名录》共录吴门弟子二百六十四人,知名当时与后世者有:张继、李葆光、周明泰、李濂堂、柯昌泗、于省吾、贺翊新、贺培新、齐燕铭、吴兆璜、潘伯鹰、谢国祯、徐鸿玑、李鸿翱、曾克耑、何其巩、陆宗达、贺又新、王芷章、张江裁、李钜、陈汝翼、王汝棠、王维庭、吴君琇、吴防等①。这些吴门弟子或为革命家,或为抗日志士,或为学者,或为小说家、戏曲家,等等,多非传统意义上的桐城文士。他们在大转折时代,以其所学,散发出光芒和热力。

四、从闺阁到社会

清代安徽女性文学昌盛,桐城才媛的成绩斐然可观②。这些才媛多生于诗礼之家,嫁于簪缨之族,有父兄陶铸,有姐妹共笔砚,有夫君伴吟,才情因得施展。综而观之,她们虽各有精彩,也间有不让须眉之作,但因受礼教闺范限制,心灵难得自由;诗词常撰于绣余织余灶余,视野难得开阔,因此其作品往往题材狭窄,风格单调,也缺乏现实观照③。进入清季民国,属于桐城一脉的才媛,除了籍贯桐城者外,也有隶籍外省者出入其间。杰出者有桐城姚倚云(1864—1944)、吴芝瑛(1867—1934)、方令孺(1897—1976)、吴君琇(1911—1997),天津俞大酉(1908—1966)等。这些女性作家生活于大转折时代,栉欧风,沐美雨,产生了较强的女权意识。她们离开闺阁,服务社会,甚至劳心国事。这一切殊非桐城前代才媛所能梦见。

这些桐城派女性作家皆生活于衣被新学的旧家。姚倚云为桐城麻溪姚氏嫡脉,其父姚濬昌为姚莹之子,颇得曾国藩赏识。兄弟姚永朴、姚永概曾在北京大学内外经受新文化运动考验。夫君南通范当世习闻吴汝纶绪论,"颇

---

① 《文学社题名录》,1920 年 12 月第 1 版,1924 年夏第 2 版,1936 年 12 月第 3 版。

② 单士厘撰《清闺秀艺文略》收录女性作家 2310 人,安徽达 119 人之多,紧随江苏、浙江之后,位居第三。光铁夫撰《安徽名媛诗词征略》收录安徽清代女作家近 400 人,桐城达 93 人之多,位居各县之冠。见胡适:《三百年中的女作家——〈清闺秀艺文略〉序》,见《胡适文存》(一),合肥:黄山书社,1996 年,第 530～536 页;光铁夫:《安徽名媛诗词征略》,合肥:黄山书社,1986 年。

③ 祖晓敏:《清代桐城女性文学创作的文化内涵》,安徽大学硕士学位论文,2006 年。吕菲:《清代桐城女性诗词初探》,载《安庆师范学院学报》,2008 年第 11 期。温世亮:《清代桐城麻溪姚氏闺阁诗歌繁兴的文化因素》,载《地方文化研究》,2013 年第 6 期。聂倩:《桐城方氏家族女性诗歌研究》,曲阜师范大学硕士学位论文,2014 年。

主用泰西新学"[①]。侄儿姚焕、姚昂，继子范罕、范况曾负笈东洋[②]。吴芝瑛为吴汝纶侄女，夫君无锡廉泉倾心维新，支持革命；清末在上海参与开办文明书局，编印新式学堂教科书、西学译著等；民初东渡日本[③]。方令孺之父方守敦曾随吴汝纶考察日本学制，喜读《大公报》社评。其兄弟诸侄多是新文化运动后成长起来的新人[④]。吴君琇之父吴闿生为吴汝纶独子，曾游学日本。夫君金孔章留学法国，获巴黎大学法学博士学位[⑤]。俞大酉世父俞明震为晚清显宦、诗人，父亲俞明谦曾负笈东瀛[⑥]。五位女性作家的家风兼容新旧。家风之旧，使她们如清代桐城才媛一样，古典学养深厚；家风之新，使她们能够超越清代桐城才媛，开辟新的人生道路。这种融汇新旧的家庭是过渡时代的产物。家庭与时代把她们造就成为具有古典风韵的新女性。

这些桐城派女性作家走出家庭后，很热心教育事业，为国造就人才甚众。姚倚云光绪三十一年(1905)三月发表公开演说，为办学筹募经费；同年十二月起受张謇之聘，担任通州公立女子学校校长。民国八年(1919)后担任安徽女子职业学校校长达六年之久。民国十四年(1925)回任通州女校讲席。吴芝瑛捐出父亲遗产，光绪三十二年(1906)在家乡创办鞠隐小学堂。方令孺留美归国后，长期任青岛大学、复旦大学教授。吴君琇、俞大酉也转徙于各地中学、大学任教。

这些桐城派女性作家或关心国事，时发惊心之鸣；或在民族存亡关头，奋起救亡御侮，并以柔翰抒发国仇家恨。袁世凯当国后醉心帝制，吴芝瑛不避斧钺，上书力阻。她说："帝制至于今日，已为我国四万万同胞之公敌。公竟冒不韪，甘为众矢之的，是公自遭其毙也。以满清二百余年之基，其潜势不为

① 马其昶：《范伯子文集序》，见《抱润轩文集》卷五，癸亥(1923)刊于京师，第9页。

② 徐丽丽：《姚倚云年谱》，见《清末民初才媛姚倚云研究·附录》，苏州大学硕士学位论文，2014年，第113页、第118页。

③ 王宏：《廉泉年谱初稿》，见《近代中国》第二十辑，上海：上海社会科学院出版社，2010年，第382～427页。

④ 子仪：《新月才女方令孺》，青岛：青岛出版社，2014年。

⑤ 金之庆：《金孔章吴君琇大事年表》，见金孔章、吴君琇：《琴瑟集》，香港天马图书有限公司，2002年，第339页。

⑥ 俞大酉：《花朝雨后放歌呈孔才师用觚庵世父均》《先考行述》，见《涵苍室诗文》稿本，国家图书馆藏。

不厚,当武昌义旗一起,而天下如洛钟响应,清室卒为之墟。此无他,民气固也。公今以新创之业,遽欲抗五千年来蓬勃将起之民气,是犹以鸡卵而敌泰山,其成败利钝,不待龟卜而知其必败也。"①其胆识深得并世名流汪精卫、章太炎、吴稚晖称誉。抗战军兴后,俞大西时任北平中国大学讲师,秘密加入国民党,与日伪周旋,被捕入狱。方令孺在安庆访问伤兵,支持子侄辈汇入抗日洪流。年近八旬的姚倚云避地马塘、潮桥,吴君琇流离四川,均有大量诗作抒写家国飘零、九州锋镝引起的孤愤。姚倚云以诗激励后生:"齐家治国男儿志,还我河山属少年。"②

在桐城派女性作家中,吴芝瑛具有强烈的女权意识,俞大西则把经济独立视为妇女解放的保证。吴芝瑛随夫定居北京不久,就组织妇人谈话会,讨论男女平权等问题。光绪三十二年(1906),她筹款赞助秋瑾创办以倡导妇女解放为宗旨的《中国女报》。1912年,民国肇造,她作为女界代表之一,致书南京临时政府,要求在宪法正文中写明男女一律平等,均有选举权和被选举权。时隔数日,她又与神州女界共和协济社同仁一起上书孙中山,请其支持创立女子法政学校和《女子共和时报》,并在国会设立女界旁听席位③。俞大西在《天津民国日报》任总主笔时,曾在1946年和1947年三八节领衔写过两篇主旨相近的社评。她以为:"真的妇女解放,决不仅在妇女参政、谋与男子同权,而在争取经济独立。""惟有经济独立的人,才有自由平等之可言。"同时,新的女性应以献身精神,负起建国责任,"参与国家各部门工作,然后才能开拓自己的自由之路"④。俞大西强调经济独立对于女性解放的意义,比吴芝瑛的争取男女平权更进了一层。

在桐城派女性作家中,吴芝瑛支持民主革命,俞大西则对民主和宪政作过深入论述。辛亥革命前,吴芝瑛是民主革命的支持者。她与秋瑾相结金兰

① 《吴芝瑛》,载《兴华周刊》第31卷第28期,第22页。

② 姚倚云:《己卯潮桥商校暑假三年级学生倩曾孙临乞诗赋此贻之》,见《沧海归来集·消愁吟上》,范当世著,马亚中、陈国安校点:《范伯子诗文集》附录,上海:上海古籍出版社,2003年,第802页。

③ 周爱武:《近代女子参政的呐喊者——吴芝瑛》,载《安徽史学》,1992年第2期。

④ 俞大酉等:《纪念国际妇女节》,《天津民国日报》1946年3月8日第1版社论。

后，毅然筹款帮助秋瑾东渡留学。秋瑾成为革命家后，她始终支持其事业。秋瑾就义后，她撰写大量诗文，颂扬其功绩，并与好友徐自华一起，冒死义葬烈士，挑战清廷威权。辛亥革命后，吴芝瑛走到上海街头，发表演讲，呼吁年轻人为国从军，撰《从军乐》六章鼓动之，且斥巨资以助军饷[①]。俞大酉在抗战胜利后主持发表的社评认为：民主政治的“第一个最明显的象征，就是人民的言论自由”[②]。1946年底，制宪国民大会召开前后，她认为，“国家者乃全体国民的国家，非任何党派任何阶级的国家，所以全民的意志和利益高于一切，先于一切。因此，这次所制订的新宪法必须建筑在全民的意志和利益上面，以全体国民的要求为根据为依归，不能为了迁就某一党派和阶级的偏见而置全体人民的意志于不顾，以致留下未来国家的大患”[③]。又说：“现在只有实施宪政，才能使中国富强康乐。”[④]

五、终结与不灭

桐城派为什么会发生现代转型?

桐城派的现代转型当然由发端于西欧的全球现代化运动所催发。没有这一不可遏阻的惊涛骇浪的冲击，中国将依然是过去的中国，桐城派也将依然是过去的桐城派。未与西方发生实质性接触前，中国也常处变易之中。但这变易在中国内部发生，如珠走玉盘而不飞离玉盘一样。但与西方发生实质性接触后，数千年华夏中心的大梦顿时惊破，中国带着精神巨创展开了惊心动魄的现代化运动。桐城派的现代转型也由此启动。

桐城派的现代转型是桐城诸家持守“变”的观念的结果。姚鼐在开宗立派时就提出：“天地之运，久则必变。”[⑤]“为文章者，有所法而后能，有所变而

---

① 周婧程：《吴芝瑛对民主革命的贡献——以相助秋瑾为例》，载《齐齐哈尔大学学报》，2012年第3期。

② 俞大酉等：《民主政治与言论自由》，《天津民国日报》1946年9月21日第1版社论。

③ 俞大酉等：《中国人民所希望的新宪法》，《天津民国日报》1946年11月15日第1版社论。

④ 俞大酉等：《对于宪法应有的认识》，《天津民国日报》1947年1月31日第1版社论。

⑤ 姚鼐：《赠钱献之序》，见姚鼐著，刘季高校点：《惜抱轩诗文集》，上海：上海古籍出版社，1992年，第110页。

后大。”[①]在姚鼐之前，其师刘大櫆就已提出：“天地之气化，万变不穷。”[②]“世异则事变，时去则道殊。”[③]在姚鼐之后，其弟子梅曾亮明确提出：为文者应“通时合变，不随俗为陈言。”[④]“文章之事，莫大乎因时。”[⑤]稍后曾门弟子薛福成更提出：“通变方能持久，因时所以制宜。”[⑥]“今古之事百变，应之者无有穷时。”[⑦]有关“变”的观念虽为《易经》等经典所固有，但它并非传统思想的主流。传统思想的主流是天不变，道亦不变。桐城诸家从古典资源中提炼出一个“变”字，将其转化为一种思想，转化为一种信念，转化为派内家法，而一代代传承下来。当桐城诸家将“变”的观念与其持守的经世致用精神结合起来迎接西方挑战时，其现代转型便已不可避免。后来，桐城诸家又将“变”的观念与进化观念对接，形成了更富理据的、线性的、向前发展的世界观。当这一世界观成为思想和行动的指南时，桐城派便朝着现代化的纵深方向挺进了。

桐城派的现代转型造成了怎样的结果呢？

桐城派发生现代转型的直接结果，就是导致了它自身的终结。桐城诸家热情拥抱西方。西方的民主宪政、法治制度、人权、自由、平等的价值理念，西方完备的教育制度、精好的器物、博大的学术和文学艺术，以及优异的风土人情，桐城诸家惊叹之，赞美之，介绍之，学习之，并用以改造自己，也改造着中国。为了救亡和启蒙，当桐城诸家分别成为洋务派、立宪派、革命派的时候，以西学为圭臬的时候，甚至用白话文创作的时候，桐城先正所尊奉的孔孟程

---

① 姚鼐：《刘海峰先生八十寿序》，见姚鼐著，刘季高校点：《惜抱轩诗文集》，第 114 页。

② 刘大櫆：《息争》，见刘大櫆著，吴孟复校点：《刘大櫆集》，上海：上海古籍出版社，1990 年，第 16 页。

③ 刘大櫆：《答周君书》，见刘大櫆著，吴孟复校点：《刘大櫆集》，第 122 页。

④ 梅曾亮：《复上汪尚书书》，见梅曾亮著，胡晓明、彭国忠校点：《柏枧山房诗文集》，上海：上海古籍出版社，2005 年，第 30 页。

⑤ 梅曾亮：《答朱丹木书》，见梅曾亮著，胡晓明、彭国忠校点：《柏枧山房诗文集》，第 38 页。

⑥ 薛福成：《强邻环伺谨陈愚计疏》，见《出使奏疏》卷下，无锡薛氏传经楼重刻本，光绪二十年(1894)，第 26 页。

⑦ 薛福成：《出使四国日记自序》，见《出使四国日记》，北京：中国社会科学文献出版社，2007 年，第 9 页。

朱之道、秦汉唐宋之文已经无处安放。可以说，当西潮涌来那一日起，当中国踏上现代化之路那一日起，当桐城派开始转型那一日起，桐城派式微的命运就已经注定。桐城诸家在吸收西方文化之时，有的不忘民族本位，有的起而卫道，但均改变不了其最终命运。学界普遍以为，桐城派受五四新文化运动打击而陷入绝境。其实，新文化派在相当长一个时段中力量极为有限。鲁迅在《呐喊自序》中曾说：新文化派当时"不特没有人来赞同，并且也还没有人来反对"[①]。而钱玄同、刘半农演出的双簧更道尽了新文化派的寂寞。几声"桐城谬种""十八妖魔"的诅咒，绝难打倒桐城派。最终打倒桐城派的，是桐城派自己，是桐城派在面对西方时所进行的现代转型。1949 年后，当仍处在转型中的桐城派遭遇"要同传统的观念实行最彻底的决裂"的政治氛围时，其彻底走入历史的结局已经无可挽回。

桐城派虽因现代转型而走向终结，但它为新文学开启端绪的历史功勋不可磨灭。对于桐城派作为新文学开端的地位，一些新文学家有着清醒认识。例如，周作人批判桐城派比胡适、陈独秀、钱玄同、傅斯年还要持久与深刻，但他在三十年代初反思桐城派与新文学的关系时就认为："到吴汝纶、严复、林纾诸人起来，一方面介绍西洋文学，一方面介绍科学思想。于是，经曾国藩放大范围后的桐城派，慢慢便与新要兴起的文学接近起来了。后来参加新文学运动的，如胡适之、陈独秀、梁任公诸人都受过他们的影响很大。所以我们可以说，今次文学运动的开端，实际还是被桐城派中的人物引起来的。"[②]按周作人的说法，桐城派所介绍的西洋文学、科学思想对新文学的领袖们具有决定性影响。这一结论正与历史实际相符。陈独秀、胡适、鲁迅等以新旧划分时代和文学，崇新而贬旧，并且相信新会战胜旧。这一思路是他们倡导、推动新文化运动的理论基础。背后支配这一思路的，就是进化史观。而进化论的译介、传播，恰是严复和吴汝纶的功绩。因此，说桐城派为新文学开启了端绪，并非无根之谈。

桐城派虽因现代转型而走向终结，但在走向终结过程中，桐城诸家对于

① 鲁迅：《呐喊自序》，见《鲁迅全集》(一)，北京：人民文学出版社，1981 年，第 419 页。

② 周作人：《中国新文学的源流》，上海：华东师范大学出版社，1995 年，第 48 页。

桐城派,对于桐城派所从出的古典传统仍然怀有敬意和深情。他们以为,在现代化进程中,虽说古典传统中一部分内容已不周于用,或在舍弃之列,但古圣先贤的精神则是民族之根,不可毁弃。而古圣先贤的精神就隐藏在精美的文学中。因此,欲得古圣先贤的微言奥义,必以文学为津筏。吴汝纶说:“因思《古文辞类纂》一书,二千年高文略具于此,以为六经后之第一书。此后必应改习西学。中国浩如烟海之书行当废去,独留此书,可令周孔遗文绵延不绝。”[①]又说:“欲求研究国故,必须从文学入手。因中国数千年之陈籍,都是文言。古今多少英豪俊杰,他们著作书籍,莫不极意讲求文章之精美,所有精心结撰的微言奥义,大抵埋藏于隐奥之间,隐约于言辞之表。苟非精通文学,何能了其奥义。所以欲通国故,非先了解文学不可。”[②]贺涛“以文章为诸学之机缄”,“诏学者必以文词为入学之门,亦以此要其归”。他“虽极推服西国大儒学说,而以吾国文词为学术之本源”[③]。相信古圣先贤的精神有绵延的价值,相信通过文学能进入古圣先贤的精神堂奥,因此文学不可不研读。这是桐城诸家在桐城派终结前对古典传统所作的最后守望。中国的现代化还在进行中,桐城诸家对于古典传统的敬意和深情,对于民族之根的固守,对于达此根本的学问门径的亲切指引,迄今仍闪耀着智慧之光。

中国与西方相遇之初,面对神州三千年未有之奇变,桐城诸家属于中国最先觉醒的一群。他们秉承数代一脉相承的“变”的观念和经世致用的观念,与时俱进,勇敢地踏上从古典向现代转型之路,也参与引领并推动中国告别中世纪、走向现代世界。他们发起洋务运动,提倡宪政,译介包括进化论在内的西方科技和文艺;他们突破老辈樊篱,在文学创作和文学传播方式上进行全新探索;他们中的女性作家也以出身旧家的新人姿态登上文坛。这一切,与桐城派原有的精微理论和深邃艺术相浑融,构成一个浩大而富有魅力的存

---

① 吴汝纶:《答严几道》,见吴汝纶著,施培毅、徐寿凯校点:《吴汝纶全集》(三),合肥:黄山书社,2002年,第231页。

② 吴闿生:《莲池讲学院开学演词》,见《莲池讲学院讲义》,保定协生印书局印。

③ 贺葆真:《先刑部公行述》,见贺培新纂:《贺氏文献录》,国家图书馆地方志家谱文献中心编:《清代民国名人家谱选刊续编》第十四册《吴强贺氏家谱》附,北京:北京燕山出版社,2009年,第248～251页。

在。这一存在，是中国现代化历史进程的重要组成部分，是桐城派对中华民族的卓越贡献，也是其不朽之所在。

原载《安徽大学学报》2015 年第 6 期

桐城派渊源传承研究

从“故国”到“新朝”

——明清之际桐城士人的地方自觉与国家认知

李立民

清儒黄宗羲曾以“天崩地解”来形容明清之际的中国,其所隐喻的是知识精英对有明一代国家与社会衰亡的痛惜。但是,明清时期中国幅员辽阔,不同地域的知识分子因受到不同社会环境的影响,对“天崩地解”的感悟也会有所差异。相对而言,处于常态社会环境下的知识分子,遇到朝代更替之变,往往对“故国”眷恋有加,因而在面对“新朝”的统治时,其思想上的抵制情绪也会表现得更为激愤;而处于社会动荡环境下的知识分子,因常年所遭遇的艰苦境遇,便会更易于接受国家与社会的变故。桐城在明清鼎革之际,饱受兵燹之灾,民不聊生。社会环境也由一个“礼义之乡”变为“四境俱芜”之地。本文即以桐城士人为中心,考察了朝代之交,国家形象在地方士人中裂变与重建的历史过程。也试图借此,能够为古代地方士人与中央王朝递嬗的互动关系,诠释一个思想史的面相。

一、围城之困与战乱中的“地方共同体”

在有明一代承平二百余年间,桐城社会安定,民风淳朴,“四封之内,田土沃而民殷富,家崇礼让,人习诗书,风俗醇厚,号为礼义之邦”[①]。然自天启、崇祯年间起,朝纲日废,世道人心为之一变:“世家巨族,多习为淫侈。其子弟

① 戴名世:《孑遗录》,见《续修四库全书》第1419册,上海:上海古籍出版社,2002年,第248页。

僮奴,往往侵渔小民为不法。于是奸民积不能堪。”[①]崇祯七年(1634),土寇汪实甫、黄尔成乘机作乱于桐城北郊,其入城后,便“焚烧巨室,始撄金,继索饷,报复仇怨”[②],一些富家大户,因此不得不举家迁徙至南京避难[③]。

这些土寇的作乱,打破了桐城士人平静的读书生活。在战乱之前,桐城社会“子弟无贫富,皆教之读。通衢曲巷,书声不绝”[④]。而经历了战乱,他们平日读书肄业的学校环境遭到了破坏,“学前有棺木无棺木的死人,堆集如山”[⑤]。原本是孕养人才之所的书院,却“置靖氛大炮,名无敌大将军”[⑥]。私人的藏书楼也被焚毁,“字画、书籍、桌椅俱堆积书楼内,贼放火烧书楼”[⑦]。再加之兴起于陕西的农民起义军,是时亦渡过黄河,其势力在江、淮等地区逐渐扩散,桐城内外处处为战争阴霾所笼罩。社会的变故促使桐城士人不得不暂离功名的科场,转而更积极地投身于社会事务之中。

崇祯八年(1635)正月,张献忠部“起义军”逼近桐城。时“起义军”内部成分混杂,许多“土寇”“无赖”也冒充“起义军”四处侵掠。驻守桐城的潘可大兵力不足,难以御之,故桐城县令杨尔铭,“与士大夫姚孙棐辈,议城守……大夫士庶各处督率,鼓舞不辍”[⑧]。姚孙棐的从兄姚孙森也参与了守城谋划:“与贼相拒数旬,卒以无恙,则公与守令同心守御之有道也。”[⑨]在作战中,全城士庶还群策群力,将火药藏于木鞘,上覆银两以诱敌,“徽客黄仙厓所献策

① 戴名世:《孑遗录》,见《续修四库全书》第1419册,第248页。

② 王雯耀:《全桐纪略》,见《四库未收书辑刊》第2辑,北京:北京出版社,2000年,第21册,第328页。

③ 参见魏斐德:《洪业——清朝开国史》,南京:江苏人民出版社,2008年,第82页,页下注释④。

④ 廖大闻等:道光《续桐城县志》卷3《风俗》,见《中国地方志集成·安徽府县志集》第12册,南京:江苏古籍出版社,1998年,第321页。

⑤ 佚名:《明季日记》,见《明季野史三种》第1卷,清钞本,全国图书馆文献缩微中心,1987年。

⑥ 王雯耀:《全桐纪略》,见《四库未收书辑刊》第2辑,第21册,第341页。

⑦ 佚名:《明季日记》,见《明季野史三种》第1卷。

⑧ 王雯耀:《全桐纪略》,见《四库未收书辑刊》第2辑,第21册,第329页。

⑨ 张英:《文端集》卷43《姚珠树公传》,见《影印文渊阁四库全书》第1319册,台北:台湾商务印书馆,1986年,第694页。

也”[①]。普通百姓也“出薪油酒食以供,故欢然无懈志”[②]。“起义军”攻城不利,转移至潜洲,桐城之围暂解。县令杨尔铭从长远着眼,又向城内士庶征求守城策略,“诸生邱山等及父老百余人,具十议以进”[③]。在此后的近十年间,桐城士庶深受各种兵燹之灾,“贼势炽,围城岁以为常”[④]。由此,在桐城社会内部便逐渐形成了一个以士人为中心的“地方共同体”。这一战乱环境下的“地方共同体”具有以下特点:

其一,社会参与的广泛性。除了上文提及的桐城“父老”(乡绅)、普通百姓、寄籍人士外,随着战乱的持续,其人员构成也越来越复杂。崇祯十一年(1638),桐城人方孔照,时任湖广巡抚,得知桐城正遭遇流寇侵扰,“五月内发鸠枪四百、交弩四百、百子炮四百,来助城守”[⑤]。留守于乡的方孔照之子方子建,在流寇攻城时,还将家中所贮火药、火箭、鸦炮、铁弹无偿献出[⑥]。可见,一些桐城籍官僚精英成为了这个“共同体”强有力的后盾。甚至一些奴仆也成为共同体的一员。以奴仆身份守城的陈科,因守城有功,乡人有欲赎其身份者,陈科乃云:“阖城鸿福,神灵护佑之力。小人何功,敢受赏乎?”[⑦]广泛联盟的形成为这个“共同体”提供了社会基础。

其二,形成了战时的偶像崇拜。崇祯十五年(1642)九月,流寇又一次盘踞于桐城郊外,屡次围城。时防守桐城的军力不足,故派人向黄得功求援。黄得功派兵援桐,解围成功。黄得功在战后引师回凤阳,“诸生及父老卖牛筑宫以祀之”[⑧],感谢其全活桐城百姓之功。不仅仅是对名将的崇拜,对那些牺牲的不知名将领,桐城士庶亦多为之立祠祭祀。守将窦成曾被流寇擒获,带至城下,逼其投降。窦成宁死不屈,还将所侦查到的流寇内部虚实喧之于众,

① 王雯耀:《全桐纪略》,见《四库未收书辑刊》第2辑,第21册,第329页。

② 王雯耀:《全桐纪略》,见《四库未收书辑刊》第2辑,第21册,第329页。

③ 戴名世:《孑遗录》,见《续修四库全书》第1419册,第250页。

④ 清张楷纂修:(康熙)《安庆府志》卷十二《邑政绩传》,《地方志人物传记资料丛刊》华东卷,下编,第125册,第511页。

⑤ 王雯耀:《全桐纪略》,见《四库未收书辑刊》第2辑,第21册,第334页。

⑥ 王雯耀:《全桐纪略》,见《四库未收书辑刊》第2辑,第21册,第342页。

⑦ 王雯耀:《全桐纪略》,见《四库未收书辑刊》第2辑,第21册,第338页。

⑧ 廖大闻等:道光《续桐城县志》卷23《杂记·兵事》,见《中国地方志集成·安徽府县志集》第12册,第778页。

最终被斩首。桐城士庶有感其勇，“即立庙于城内西山之隅，以祀之”[①]。这些在战乱时期所形成的偶像崇拜，成为凝聚“共同体”成员人心与斗志的思想保证。

其三，官方授权的民间团体。这一“共同体”虽然自发形成于民间，但许多活动却是在官方授意下的行为。崇祯十五年(1642)，农民起义军逐渐向安徽西南部逼近。桐城远郊的土寇、流贼趁机蜂起，几欲攻陷桐城。时抚军黄配玄寿辰临近，桐令张利民召集诸生曰：“我守孤危，欲拟贺抚军生辰，使见道台(即河南道副使张亮，当时负责提调豫、凤、皖兵——引者)，未雨绸缪，正其时也。今既谕示尔诸生，当为陈恳，不可迟误。”于是，诸生邱山、周康祀十余人，利用向黄配玄祝寿的机会，拜见了张亮，并陈述了桐城所面临的危险。张亮“邀诸生于后堂”，密谕策略，又调遣廖应登带兵三千来桐防守。正是“诸生”利用社交活动，向上级传达了信息，才使得援军应时而至，从而加强了桐城守御能力，避免了亡城之险[②]。

从表面上看，这个战时“地方共同体”的建立，是出于保护城市安全的共同需要，但其背后的形成，还有着更深刻的社会因素。桐城自元末以来，便有来自于江西、安徽的移民在此定居。经过百年间的发展，势力超过了原著居民，逐渐形成了颇具地方影响的望族集团。上文提及的姚孙棐、姚孙森兄弟就有着深厚的家族背景：“自五世祖参政公下，十世凡三进士，一举人，十一世凡二进士，十二世凡四进士，三举人，十六世凡二进士、四举人，十七世凡二进士、八举人，十八世凡四进士、二举人，十九世凡一举人，共登春、秋试者五十人。其中祀名宦、贤良、乡贤、孝悌各祠者，代不乏人，未尝绝也。”[③]其族人通过科举取得官僚精英的身份，又保障了他们在地方社会的特权。他们通过占有土地、掌控族产、建祠修谱等方式形成了对基层社会的控制。其七世祖姚

① 王雯耀：《全桐纪略》，见《四库未收书辑刊》第2辑，第21册，第340页。

② 本段所引，均出自王雯耀：《全桐纪略》，见《四库未收书辑刊》第2辑，第21册，第339～340页。

③ 姚永概著，沈寂等标点：《慎宜轩日记》上册，合肥：黄山书社，2010年，第371页。

璧，便通过礼法来约束族人，“亲丧，率诸弟子以孝慎一遵朱子《家礼》”[1]，又“立家规条约森严，重修族谱”[2]，以起到敬宗收族的功效。姚璧之子姚希廉还经常以其雄厚的经济实力赈济族人，“戚党或贫不能存，公屡振[赈]之”[3]，加强了与族人的社会依附关系。姚希廉之子姚之兰，还以其乡绅的身份，在桐城社会建立起了权威，“内而宗族姻亚，外而友生乡党，皆严惮之，有过则恐公知。邑中利弊，关国计民生者，力陈于当事，必兴除乃已”[4]。姚氏家族仅仅是桐城望族社会的一个缩影。桐城士人背后以家族为纽带所形成的关系网络，才是这个“共同体”组建的根本动力。而土地、家族、权力就成为其所要维护的一致利益，桐城士人在战乱时期所表现出的地方保护意识也因此而得以激发。

二、国家权力对地方利益的挑战与桐城士人的应对

在社会动荡战乱时期，国家权力的一个重要表现形式便是对军队的征调派遣。晚明政权为抵御农民军对江北地区的侵扰，在安徽省境内设立防线，以阻止起义军渡过长江，危及最为富庶的江南地区。而桐城又是安徽省的重要枢纽：“皖于江淮为屏蔽，夙号上游。而桐之关隘，实扼其冲。”[5]有鉴于此，晚明政权于崇祯初年(1628)改安池道为安庐兵备道，任命史可法为监军。崇祯十一年(1638)，朝议安庆为重镇，擢史可法为安庆协剿军门，又设立五营，分巡各地。这一系列措施，在战乱初期的确有效阻挡了农民军的南下。但长期的大量驻军，也引发了桐城社会内部的诸多矛盾，尤其是在战略战术、军饷等问题上，挑战了地方社会的利益。桐城士人便依靠这个战时结成的“共同

① 姚莹:《中复堂全集・姚氏先德传》卷1，见沈云龙编:《近代中国史料丛刊续编》第6辑，第59～60册，台北:文海出版社，1974年，第4141页。

② 姚莹:《中复堂全集・姚氏先德传》卷1，见沈云龙编:《近代中国史料丛刊续编》第6辑，第59～60册，第4141页。

③ 姚莹:《中复堂全集・姚氏先德传》卷1，见沈云龙编:《近代中国史料丛刊续编》第6辑，第59～60册，第4142页。

④ 姚莹:《中复堂全集・姚氏先德传》卷1，见沈云龙编:《近代中国史料丛刊续编》第6辑，第59～60册，第4144页。

⑤ 胡必选辑:康熙《桐城县志》卷1《疆域・序》，见《中国地方志集成・安徽府县志集》第12册，第17页。

体”，在中央与地方之间多加调节。

（一）中央与地方战略战术的差异

崇祯八年（1635）十二月，史可法与桐令杨尔铭商议，在内城之外，修建拦马墙，令近城居民避难居之，“内以护城，外以防贼”。在外郭险要之地，又设立堡寨，招募团练，“贼去则耕，贼来则守，而于城四隅各筑炮台”。这样，在战略上确立了以内城为核心、以外郭——堡寨为辅助的城市防御体系[①]。在战术上，史可法坚持“爱民敬士”的方针，崇祯十年（1637），其率领皖军援桐，“随路追剿，救得男、妇千余”[②]。初任安庆协剿军门，史可法念兵单饷薄，檄江南各属，以米豆相协调，“终日尝不及一食，夜不就枕褥。倦则使健卒坐地，以背相倚，假寐片刻。谓人不宁处，我何忍安”[③]！故“所募健儿侠客，皆得其死力。虽古名将，莫过也”[④]。

然而至崇祯十二年（1639），史可法丁父艰归里，其职务由郑二阳继之，“二阳喜修边幅，而饰仪卫，然恇怯不知兵”。郑二阳到任后，一改史可法与桐城地方达成的防御战略。崇祯十二年（1639）四月，起义军自西围城，“合邑兵民照旧防守”，但郑二阳见其势甚众，“望而心怖”，擅自改变了原有部署。在内城他撤换了谯楼大炮，将之移入行署旁，以备巷战。又将外郭中的堡寨开放，听由各营军兵出入，寨堡不得阻拦，违者斩首。然一些远郊的土寇便乔装成官兵，借以入寨，掠杀居民，“堡寨由是多被其害”[⑤]。

郑二阳的部署完全扰乱了原有的防御体系，使桐城陷入危险境地，“诸生邱山等谒二阳诉之”。诸生曰：“贼犹病也，兵犹药也，以兵攻贼，犹以药攻病，能攻人病，则药矣，不攻病而攻求医之人，则毒矣。”这种言辞犀利的申诉，显

---

① 廖大闻等：道光《续桐城县志》卷23《杂记·兵事》，见《中国地方志集成·安徽府县志集》第12册，第775页。

② 王雯耀：《全桐纪略》，见《四库未收书辑刊》第2辑，第21册，第331页。

③ 王雯耀：《全桐纪略》，见《四库未收书辑刊》第2辑，第21册，第330页。

④ 廖大闻等：道光《续桐城县志》卷23《杂记·兵事》，见《中国地方志集成·安徽府县志集》第12册，第775页。

⑤ 本段所引，均出于王雯耀：《全桐纪略》，见《四库未收书辑刊》第2辑，第21册，第334～335页。

然暗指郑二阳为“毒药”。郑二阳闻言大怒，桐城县令杨尔铭从中调解，“率诸生请罪二阳”。这些“诸生”代表的是地方社会的利益，与郑二阳所代表的国家权力产生了矛盾。诸生在自下而上的劝诫申诉中，不但未能使郑二阳接受建议，反而使“皖兵益骄，原野居民无避乱地矣”[①]。这种军民关系的紧张，反映了此时中央与地方关系的恶化。

尽管桐城士人的这次调节活动未能成功，但这一事件也使桐城士人意识到，单纯凭借城墙的坚固并不能保障城市的安全。如何与国家间保持有效的利益协调机制，也不容忽视。在接下来的有关筹备军饷及朝廷用人方面的调节中，桐城士人便试图建立起一个国家与地方社会利益协调的有效机制。

（二）驻军援军引发的社会问题

桐城原本无额设驻军，然“明末贼乱，分兵千余，暂驻防守”[②]。起初，负责江北地区驻军事宜的将领史可法与地方关系较为融洽。但自史可法职务由郑二阳代替后，军纪日益涣散，激化了桐城社会的内部矛盾。

一是土地的侵占。驻桐军队分左右两营，各领其兵。晚明中央政府财政吃紧，根本没有充足的财力保障驻军的军饷问题。虽然中央曾令军队开垦地方荒地以充军饷，但在执行过程中，驻军往往强行霸占了原本肥沃的民田：“是时，田亩抛荒四分之三，负郭美田，两营耕种抵饷，民不敢问。远鄙之田，人力不足，加以往来兵扰，土贼祟为，劝农之文日下，而开垦实少。”[③]而用以耕地的“牛种”也掠自民间，“夺民牛，横行四郊”[④]。当时“黄牛一头价值十五至二十金，且不可多得”[⑤]，许多民田因无耕牛而成为荒地。尽管占有了良田和耕牛，但因大部分官兵日夜守防，又无暇耕作，于是“兵不力作，勒民供役，

---

① 本段所引，均出于王雯耀：《全桐纪略》，见《四库未收书辑刊》第2辑，第21册，第335页。

② 胡必选辑：康熙《桐城县志》卷2《兵事》，见《中国地方志集成·安徽府县志集》第12册，第81页。

③ 王雯耀：《全桐纪略》，见《四库未收书辑刊》第2辑，第21册，第345页。

④ 廖大闻等：道光《续桐城县志》卷23《杂记·兵事》，见《中国地方志集成·安徽府县志集》第12册，第779页。

⑤ 王雯耀：《全桐纪略》，见《四库未收书辑刊》第2辑，第21册，第343页。

掠民饮食，夺民谷种，占民耕田，浸民水利，割民禾稼。夤夜奸盗，居民远避，不敢开垦，官莫能禁”①。

面对这一问题，桐城士人采取了上疏请愿的方式。时桐令张利民“因命诸生呈增饷之由万难刻缓”，向代表中央政府的总督表达地方诉求。经过桐城士人从中沟通，“由是罢垦荒充饷之令，我郊膏田得归故主，而两营军士不便出郭侵害远近矣”②。虽然通过计口授饷的方式，暂时缓解了矛盾，但军饷不足的问题依然没有从根本上得到解决，由此引发的诸多社会矛盾依然存在。

二是秩序的失衡。驻军常年在城中防守，一些官兵便与城外流寇勾结，“贼、兵一河相望，彼此交易，日复一日，百物踊贵”③，造成了城内通货膨胀。往来贸易的商人利益也受到损害，“营兵劫杀商贾，道路梗塞”④。社会经济的凋敝，进而引发了社会道德的沦丧：“民不粒食，割死人以食；久之杀儿以食，又久之则弱肉强食矣。”⑤桐城社会从一个崇尚礼义的文明之乡，变成了一个“弱肉强食”的人间地狱。军队还以其特权，间接控制了地方社会。崇祯十五年(1642)四月，楚师五千官兵以“援桐”为名义，占城不去，“焚掠略等于贼”⑥。桐城百姓若欲出城，需领楚师颁发的“朱牒”，各营进而又颁发“营牒”，无“牒”出城者，便以贼论⑦。其名为“领牒”，实则为军方向百姓敛财之具，甚至一些乡绅也多遭其害：“两营兵在城内，楚兵在城外，乡间虽有粮食，不能进城，财主抱着契书饿死在城内者甚多。”⑧

桐城士庶试图利用制度性措施对驻军、援军的行为加以规范。他们“命乡约以此入讲条，请罗、虞诸将同听”⑨。又与军队建立盟约，“约四营盟于城

---

① 王雯耀：《全桐纪略》，见《四库未收书辑刊》第2辑，第21册，第345页。

② 本段所引，均出自王雯耀：《全桐纪略》，见《四库未收书辑刊》第2辑，第21册，第346页。

③ 王雯耀：《全桐纪略》，见《四库未收书辑刊》第2辑，第21册，第337页。

④ 王雯耀：《全桐纪略》，见《四库未收书辑刊》第2辑，第21册，第345页。

⑤ 王雯耀：《全桐纪略》，见《四库未收书辑刊》第2辑，第21册，第337页。

⑥ 戴名世：《孑遗录》，见《续修四库全书》第1419册，第257页。

⑦ 王雯耀：《全桐纪略》，见《四库未收书辑刊》第2辑，第21册，第338页。

⑧ 佚名：《明季日记》，见《明季野史三种》第1卷。

⑨ 王雯耀：《全桐纪略》，见《四库未收书辑刊》第2辑，第21册，第344页。

隍庙,永无相渝,而诸生亦赴盟,为地方久远计"[①]。桐令袁秉华还在城中实行了戒严,士庶参与制定了十条规章,"一切务须奉法,如敢故违,三尺不贷"[②]。但这种制度性的规范根本无法缓解当时十分尖锐的军民矛盾,"营兵见之大怒,诸生百般维挽,然杀机已动"[③]。

(三)用人问题的协调

崇祯九年(1636)正月,崇祯帝以太监卢象升为监军,派出京营禁军,维持地方治安,黄得功等将领隶属焉。黄得功曾屡次领兵援桐,"威名震于贼中,贼相戒勿与黄将军苦战"[④]。在桐城士庶中,黄得功也威望甚高,"江淮之间,以得功为长城矣"[⑤]。然而,崇祯十五年(1642)春,有明科臣不问是非,弹劾黄得功擅杀将领。黄氏被拘后,桐城因此失去了一道有力的防御屏障。民众得知此消息后,人心惶惶。于是,桐城诸生对黄得功展开了一系列救援活动。

桐城自明初以降,人文之盛,冠于江北,"桐士大夫仕于朝者,冠盖相望"[⑥]。因此,在这次救援活动中,桐城士人利用了"乡友之谊"的关系,周旋于中央与地方之间,从而实现地方社会的利益主张。

诸生邱生利用其在河南道御史杨尔铭家做子弟师的身份,向杨尔铭陈述了黄得功受罪原委。先是,早在"全桐"作战初期,杨尔铭任桐城县令,后入京升任御史。杨尔铭虽然知道其中的利害关系,但以"科劾而道解"于理有乖,仍犹豫不决。在此紧要关头,"邱生因与仕宦在京之孙鲁山(孙晋)、光含万(光时亨)计之,曰:'江北不可少此将军,且坐视冤诬,大为不可。'俱怂恿杨公出疏解救。"[⑦]在桐城诸生的反复劝说下,杨尔铭最终上疏,向崇祯帝陈明了黄得功对保卫江北社会的重大意义,黄得功才得以免罪,继续领兵作战于

① 王雯耀:《全桐纪略》,见《四库未收书辑刊》第2辑,第21册,第345页。

② 王雯耀:《全桐纪略》,见《四库未收书辑刊》第2辑,第21册,第348页。

③ 王雯耀:《全桐纪略》,见《四库未收书辑刊》第2辑,第21册,第348页。

④ 廖大闻等:道光《续桐城县志》卷23《杂记·兵事》,见《中国地方志集成·安徽府县志集》第12册,第775页。

⑤ 戴名世:《孑遗录》,见《续修四库全书》第1419册,第251页。

⑥ 戴名世:《孑遗录》,见《续修四库全书》第1419册,第248页。

⑦ 王雯耀:《全桐纪略》,见《四库未收书辑刊》第2辑,第21册,第339页。

地方。

桐城士人虽然不能直接参与中央政府的决策，但他们可以通过庙堂之外，利用各种社会关系，在中央与地方间进行调节，使他们的利益诉求得以实现。此后，黄得功因感桐人为其申冤之恩，屡次派兵援桐，“斩贼数千级”[①]。诸生王雯耀、胡文灿、孙章焕、杨复震、汪鼎盛、朱汝霖等更是作为民意代表，到黄得功营中致谢：“大将军再造危城，全活数万生灵，合城老少，顶礼叩祝。”[②]使尖锐的军民关系在一定程度上得以缓和。

国家权力在向地方社会渗透过程中，挑战了地方社会的利益。桐城士人通过自发游说、上疏请愿、宣讲盟约、社会活动等方式从中调解，在国家与地方的利益博弈中，进一步加强了对地方社会的内聚力。崇祯十三年(1640)九月，朝廷差户部主事方煜赴桐征收漕粮，役卒徐秀却借此任意索取，引起民变。方煜“逾墙走至诸生王雯耀家”[③]。王雯耀从中调解，在家置酒谢方煜，“力保无他虞”[④]；进而带领桐城士人吴颙若、孙艾庵、宋大山等，“同入行署，代百姓请罪”[⑤]。在民意的舆论压力下，中央政府最终使这一事件不了了之。这种内聚力更强化了桐城士人的地方保护意识，而与之形成鲜明对照的是，有明一代的国家形象在桐城士人思想中逐渐发生了裂变。

三、鬼神与人事的先兆：桐城士人对“故国”形象的反思

对于明清之际桐城社会所遭遇的社会动乱，无论是亲身的经历者，或是后来的传述者，在他们历史书写的背后，都体现了朝代之交基层士人对“故国”形象的反思。而这种思想的时代转向，首先是从他们对鬼神、灾异等现象的隐喻书写中得以体现的。

---

① 廖大闻等：道光《续桐城县志》卷23《杂记·兵事》，见《中国地方志集成·安徽府县志集》第12册，第778页。

② 王雯耀：《全桐纪略》，见《四库未收书辑刊》第2辑，第21册，第339页。

③ 廖大闻等：道光《续桐城县志》卷23《杂记·兵事》，见《中国地方志集成·安徽府县志集》第12册，第777页。

④ 戴名世：《孑遗录》，见《续修四库全书》第1419册，第255页。

⑤ 王雯耀：《全桐纪略》，见《四库未收书辑刊》第2辑，第21册，第336页。

对于桐城所遭遇的兵燹之难，桐城籍士人戴名世在《孑遗录》中这样记载其发生前的背景：“崇祯三年，桐四野鬼哭。四年，有乌集于四郊，其形如鸦，其色赤。有史生者，辽东人也，举家迁桐数年矣，见而叹曰：‘兵火其将作乎？是为火鸦也，其兆之矣。’遂挈其家去。”[①]亲历者王雯耀在《全桐纪略》中亦载：“（崇祯）五年，东郊涌泉如血。六年，神像垂泪。”[②]《桐城续修县志》又载：“（崇祯）七年甲戌春正月二十八日，地震，屋宇摇动。秋八月二十日，西北长虹亘天。是月，黄文鼎等乱。”[③]

而在“全桐”作战期间，一些鬼神、灾异等现象更是频频见诸桐城士人的笔端。《全桐纪略》载：“崇祯七年正月，地震有声。八月，西北长虹竟天。十月，北峡关每午后聚鬼数千，东半铺鬼长数丈，持枪跳跃。八年元旦，地震如雷。三月望，地震，雨中有物如麦，色黑。”[④]《续桐城县志》亦载：“（崇祯）八年乙亥春正月朔，地震，有声自西北，响至东南。是岁流贼至。”[⑤]“十年丁丑春正月朔日，有食之。是年，流贼杀人十六万有奇。”[⑥]《孑遗录》又载：“（崇祯）十二年己卯春二月十四日，夜无云而雷，天狗坠。十六日，天裂有光……十四日，荧惑犯南斗。”[⑦]

桐城士人对鬼神、灾异的历史书写，反映了古代士人思想中的天命观：“在天成象，在地成形，圣人仰观俯察，而始终变化之道，备于其中，原非仅为推验设也。”[⑧]这种“始终变化之道”是天人关系的产物。因而对天象、巫术的记录，可以看作对国家与社会发展的某种影射。王雯耀便曰：“《传》云：‘国将

① 戴名世：《孑遗录》，见《续修四库全书》第1419册，第248页。

② 王雯耀：《全桐纪略》，《四库未收书辑刊》第2辑，第21册，第328页。

③ 廖大闻等：道光《续桐城县志》卷23《杂记·祥异》，见《中国地方志集成·安徽府县志集》第12册，第771页。

④ 王雯耀：《全桐纪略》，见《四库未收书辑刊》第2辑，第21册，第329页。

⑤ 廖大闻等：道光《续桐城县志》卷23《杂记·祥异》，见《中国地方志集成·安徽府县志集》，第12册，第771页。

⑥ 廖大闻等：道光《续桐城县志》卷23《杂记·祥异》，见《中国地方志集成·安徽府县志集》第12册，第771页。

⑦ 戴名世：《孑遗录》，见《续修四库全书》第1419册，第263页。

⑧ 胡必选辑：康熙《桐城县志》卷1《星野·序》，见《中国地方志集成·安徽府县志集》第12册，第13页。

兴,听于民;将亡,听于神。'即乱仙可以见世教,可以见人心,可以见国运。"[①]在这场战乱中所掺杂的"鬼神"现象,似乎正预示着明王朝将不可避免地走向衰亡。

如果说桐城士人关注鬼神是一种思想的预兆,那么他们对人事的品评则为这种预兆提供了现实基础。桐城士人最能感同身受的,莫过于明朝的地方驻军与援军。驻军与援军对桐城社会的破坏,让桐城士庶产生了强烈的地方保护意识。他们对明军持有异议,极度不信任其作为:"将不良而法不严,兵之为害,反甚于贼。此我所以困于皖兵、左兵、楚兵也。请援者宜审之,应援者尤当审之。"[②]桐城士人对国家军队的批判,成为有明国家形象在士人间裂变的导火索:"气数递迁,常变靡测。世以兵治,亦以兵乱。"[③]

在与国家的利益博弈中,国家权力并不能有效地保障地方安全,相反还会因相关制度的腐化而使地方陷入危机,前文所提及的黄得功被弹劾事件便是一例。也正是因为桐城士人的"自我营救",才使得黄得功能够重新领兵援桐作战,从而保障了桐城社会的安全。桐城士人更是将其引向了人事关系背后的国家,指出了晚明国家制度的僵化:"有明御史科道,不论事之是非虚实,闻风即弹,而朝廷亦不问事之是非虚实,闻弹即拿,以致大臣不敢任国事,而权归阉官,大将军不敢任军事而权归监军,而明因之以亡……明朝言官虽不怕死,其误事不小,亦世道之一变也。"[④]这种制度的僵化根源于官僚制度本身,王源便曰:"言官冥悍无忌惮,惟阳以大言树威,阴以恩仇报复快其私。呜呼,使当日诸臣赤心同忧国恤,去门户,任贤才,揆情通变,定和议于外,合力据险,出奇剿贼于内。内外既宁,民得休息,不出十年,天下可以复定。甲申三月之祸,何由而成哉?"[⑤]桐城士人眼中国家制度的僵化,正是明朝"国运"衰敝的缩影。

---

① 王雯耀:《全桐纪略》,见《四库未收书辑刊》第 2 辑,第 21 册,第 328 页。

② 王雯耀:《全桐纪略》,见《四库未收书辑刊》第 2 辑,第 21 册,第 337 页。

③ 胡必选辑:康熙《桐城县志》卷 2《兵事序》,见《中国地方志集成·安徽府县志集》第 12 册,第 79 页。

④ 王雯耀:《全桐纪略》,见《四库未收书辑刊》第 2 辑,第 21 册,第 339 页。

⑤ 王源:《孑遗录序》,见《续修四库全书》第 1419 册,第 245 页。

令人值得回味的是，在桐城士人眼中，对于破坏社会秩序的土寇、流贼，却将其“罪恶”的根源指向了“故国”：“贼若无才，何以统众！惟才不出于正，所以为贼也。彼以臭烂时文博高科而登显位者，毫无经济，徒以巧诈欺人主。如张凤翼、郑二阳、杨嗣昌辈，其罪浮于流贼。”[①]这种态度上的差异，体现了桐城士人对现实社会的极度不满。

在“故国”与“新朝”之间，弘光政权的出现也值得一提。弘光政权建立后，迅速为马士英、阮大铖所把持，二人企图重修“党争”之隙，而桐城原本就是东林党的一个重要阵营。如前文所述，在救助黄得功事件中的桐城籍士人孙晋、光时亨出力甚多，而孙晋为东林党领袖左光斗所赏识，马士英拥立福王，兴党狱，“目公为党魁”[②]；光时亨亦因“顺案”为马、阮所劾，死于非命。此外，曾参与守城作战的姚孙棐，也与左光斗从弟左光先交往甚密，并被马、阮所诬陷，“逮下廷尉”[③]。则马、阮与桐城士人宿怨甚深。也正是基于这样的地方意识，在桐城士人的观念中，“弘光虽即位，南京天下已四分五裂”[④]。而且弘光政权的合法性也遭到了桐城士人的质疑。他们认为福王世子已死于战乱，张太妃无子，“即诈称福世子即位，改元弘光”[⑤]。尤其是在童妃案、伪太子案后，更使弘光政权的正统性遭到了质疑[⑥]。而这位“弘光帝”给桐城士人的印象是一向作风荒淫：“弘光在宫，日讲求房术，倡优歌舞为乐。其宫中联云：‘万事不如杯在手，一年几见月当头。’”[⑦]再加之，时在弘光政权任职的马士英、阮大铖，“一味杀害忠良，逆天害理，无所不为”[⑧]，这样，南明政权也就不能承续崇祯帝殉难后的“天命”了。

与对弘光帝的态度形成鲜明反差的是，桐城士庶对崇祯帝的留恋。崇祯十七年(1644)六月，崇祯帝的“孝诰”发至桐城，“合邑士民惨切悲痛，有号哭

---

① 王雯耀：《全桐纪略》，见《四库未收书辑刊》第2辑，第21册，第332页。
② 马其昶：《桐城耆旧传》卷5，合肥：黄山书社，1990年，第182页。
③ 马其昶：《桐城耆旧传》卷6，第206页。
④ 佚名：《明季日记》，见《明季野史三种》第1卷。
⑤ 王雯耀：《全桐纪略》，见《四库未收书辑刊》第2辑，第21册，第345页。
⑥ 参见魏斐德：《洪业——清开国史》上册，第338～347页。
⑦ 王雯耀：《全桐纪略》，见《四库未收书辑刊》第2辑，第21册，第345页。
⑧ 佚名：《明季日记》，见《明季野史三种》第1卷。

数日者，有废寝忘食者。公请张公建七日道场，以尽追慕之忱”[①]。桐城士庶对“故国”崇祯帝的追思，表明了在朝代更替之交，桐城士人内心的一种复杂心态。一方面是明代国家的正统形象，一方面是现实社会的凋敝腐朽。事实上，有明二百年间的正统国家形象，本身就是士人在与国家、社会的互动中所建构的。在和平年代里，这些平素以读书为业的士人，或许还会对明朝存有一份美好的想象。但在经历了这场持久的兵燹之灾后，“故国”的形象在士人思想中发生了裂变，已经令人不堪。桐城士庶对崇祯帝的祭祀，也正意味着明朝天命的终结。在桐城士庶的心目中，明朝的正统地位，已经随着崇祯帝的遇难而寿终正寝了。顺治二年(1645)六月，桐城诸生“程天球、林永运、王武汤十余人，自备资斧，潜至南京，同旅寓诸生吴道南、宋抱负、朱邦镜疏叩豫王，发兵剿叛”[②]，清军随即抵达城郊，桐城士庶出城纳款降清。

四、入清之初桐城士人思想转向中的制度阀门

在社会动荡时期以桐城士人为中心的“地方共同体”，形成了以维护桐城社会利益为宗旨的地方自觉，并随着时局的发展而日益增长，最终成为瓦解有明二百余年正统国家形象的重要因素。顺治二年(1645)末，清军顺利接管桐城，杀驻军罗九武、孙得胜二将，以谢民愤，令“戍兵尽撤”[③]，桐城地区自此兵燹日息，社会生产生活逐渐得以恢复，“民稍安堵矣”[④]。对于桐城士人在战乱中所形成的地方自觉，清廷并没有单纯地强制禁锢，而是通过相关的制度设置，掌控了地方士人思想转向的制度阀门。

桐城士人的地方自觉意识，首先根源于明末社会经济的崩溃。在经历了明末战乱后的桐城社会，“田土荒芜，庐舍飘毁，尸骸遍布；入其邑，室颓垣倾，污秽崇积，人不满千，皆扶病颠连”[⑤]。清廷也意识到重新恢复社会经济的必

---

① 王雯耀：《全桐纪略》，见《四库未收书辑刊》第2辑，第21册，第346页。

② 王雯耀：《全桐纪略》，见《四库未收书辑刊》第2辑，第21册，第348页。

③ 胡必选辑：康熙《桐城县志》卷2《兵事》，见《中国地方志集成·安徽府县志集》第12册，第81页。

④ 廖大闻等：道光《续桐城县志》卷23《杂记·兵事》，见《中国地方志集成·安徽府县志集》第12册，第779页。

⑤ 王雯耀：《全桐纪略》，见《四库未收书辑刊》第2辑，第21册，第338页。

要性:“国朝版图既归,任土作贡。其寓抚字于催科者,皆有画一良法。”[①]

对于土地与征税的问题,清廷一方面需要从土地中征收赋税,以确保财政收入;另一方面又要切实保护土地所有者的权益,以维护社会稳定。为此,清廷首先核定了桐城现有的田、塘亩数及丁徭数量,以确保中央稳定的税收来源。在此基础上,又以税收为杠杆,重新恢复桐城的社会经济生活。其一,蠲免荒田。清廷通过蠲免赋税,鼓励民众开垦荒田:“顺治初年,抚院刘、按院毛,会题内院洪,题复奉旨,蠲免荒田一千九十六顷九十五亩三分。续于顺治四、五两年,二次报过,开垦田三百七十九顷七亩六分七厘六丝。又抚院刘、抚院陈,会题部,复奉旨蠲免新荒田二百九十五顷七十二亩。”[②]这样,使许多因战乱而产生的无主荒田重新得到了开垦,正常的农业生产活动得以逐渐恢复。其二,调整杂税。明末税种繁多,迭征频仍。清廷在桐城调整了重复征收的地方赋税。如明末桐城的芦课繁重,入清后,“国朝顺治年间,有诸生左国枢、杨国桢、何东凤等条陈利弊于巡按察院何,蒙准将花户钱编定字号,如乡图里甲之类,民免迭税横征之苦,至今便之”[③]。其三,暂缓免税。桐城社会中的传统手工业因战乱而破坏严重,为了进一步促进其持续发展,清廷对桐城社会中的匠人多施优惠:“匠班银一百二十两六钱,原系匠户办纳,于顺治二年五月内奉旨免征。”[④]直至顺治十五年(1658),才又照旧征收。

这些蠲免田粮、减少赋税的措施,既满足了地方社会的利益需求,同时又意味着国家权力对地方社会的渗透。地方社会既然接受了国家的优免政策,也就表明接受了国家的实际领导。据康熙《桐城县志》载,崇祯四年(1631),桐城有一万四百一十七户,口五万八千五百六十口。崇祯八年至十七年(1635—1644),“瘟荒寇乱,户口乏绝过半”。而顺治二年(1645),户五千一十

---

① 胡必选辑:康熙《桐城县志》卷2《田赋·序》,见《中国地方志集成·安徽府县志集》第12册,第41页。

② 胡必选辑:康熙《桐城县志》卷2《田赋》,见《中国地方志集成·安徽府县志集》第12册,第41页。

③ 胡必选辑:康熙《桐城县志》卷2《田赋》,见《中国地方志集成·安徽府县志集》第12册,第51页。

④ 胡必选辑:康熙《桐城县志》卷2《田赋》,见《中国地方志集成·安徽府县志集》第12册,第52页。

户,口二万五千五百三十口。至顺治十四年(1657),户六千一百二十三户,口三万三千二十五口,新增户一千一百一十三户,口七千七百三十口。[①] 人口的逐年增长表明,这些恢复经济的措施在战乱过后的桐城产生了明显的效果,社会环境也逐渐走向承平。

除了经济因素外,桐城士人中的地方自觉还与桐城社会内部多年所形成的错综复杂的家族、乡友关系网络密切相关。这一关系网络曾在战乱期间发挥了重要作用,成为维系地方利益的一个重要渠道。入清后,清廷通过一些措施对其加以有效疏导。

其一,赋予望族士人"新朝"官僚的身份。对于桐城社会内部望族间所结成的关系网络,清廷不是加以遏制,而是有效加以利用。以桐城社会中姚、方、潘三大望族为例,姚孙棐第三子姚文然,崇祯十六年(1643)进士,顺治三年(1646),经安徽巡抚推荐,选国史院庶吉士,分别改授礼科给事中、工科给事中,"数言政事便宜,其才施无所不通,而于钱谷、刑律尤精。务为国家崇宽仁、惜大体,巩固基本"[②]。崇祯元年(1628)进士方拱乾,"国朝以荐起,补宏文院学士,寻除少詹"[③]。姚、方两家结为世婚,多相往来,上文提及的姚孙棐尝作《山中读方坦庵长安寄诗逢酬十九韵》,以与方拱乾相唱和。又潘映娄,崇祯十二年(1639)贡生,顺治三年(1646)授杭州盐法道,改迁福建福宁道按察副使。而潘映娄又与方拱乾有姻亲关系,姚孙棐亦与潘映娄交往甚密,潘氏卒后,作有《潘次鲁挽歌》以悼念之[④]。这些望族士人出任"新朝"官僚,成为重新维系地方关系网络的有力保障,更在一定程度上体现了他们对"新朝"的政权认同。

其二,通过科举考试,重新招纳地方士人,使其为新朝服务。顺治二年(1645),清廷在各地恢复了科举考试。顺治年间,桐城共有 17 人中进士,

---

① 胡必选辑:康熙《桐城县志》卷 2《户口》,见《中国地方志集成·安徽府县志集》第 12 册,第 40 页。

② 马其昶:《桐城耆旧传》卷 7,第 232 页。

③ 马其昶:《桐城耆旧传》卷 7,第 266 页。

④ 温世亮:《姚孙棐年谱简编》,载《安庆师范学院学报》(社会科学版),2012 年第 4 期。

有15人中举人[①]。其中,左光斗第三子左国林,顺治二年(1645)中举人,“选仪征教谕,迁广东南雄推官。持法平,再迁河南同知”[②]。王大礽,顺治四年(1647)中进士,授编修[③]。陈焯,顺治九年(1652)中进士,授兵部主事[④]。程芳朝,顺治四年(1647)中进士,分别任内国史院编修、秘书院编修,参与了清初五经翻译工作[⑤]。吴子云,顺治十二年(1655)中进士,“历庐州府教授,国子监助教。勤于训课,再迁户部郎中,河南提学道,增秩以参议用”[⑥]。姚文燮,顺治十六年(1659)中进士,先后授福建建宁府推官、直隶雄县知县、云南开化府同知等职[⑦]。清廷通过重设科举的方式,将这些地方士人纳入了国家权力分配体系之中,从而加强了对地方社会的控制。

其三,宣扬乡贤榜样。顺治朝对故明诸臣之忠勇屡加褒奖,不以易代而歧视。那些曾在战乱期间留守于桐城的士人所表现的精神,也被清廷所认可,并允许地方建立祠堂加以表彰。桐城县人念杨尔铭、张利民二位县令有保城之功,建祠祭之,“并附祀王(雯耀)、邱(山)二君,及廪生李灼、府学生员胡文灿、县学生员朱汝霖、职员胡来虞等十人”[⑧]。这些附祀的桐城诸生,都在全桐作战中作出了贡献,战后被清廷树立为地方社会的楷模。对于入“新朝”后,宦迹斐然的官僚,清廷也多加表彰。如上文提及的姚文然,卒后便入祀贤良祠,“特敕加祭一坛,建专祠本邑,岁时有司致祀”[⑨]。乡贤所树立的榜样意义,得到清廷的认可,国家权力通过树立楷模、祭祀乡贤等方式潜移默化地渗透至地方社会。

清廷通过一系列制度性的疏通,既保障了地方社会的权益,又使之在地方社会中逐渐植入了“新朝”的权威。因此,桐城士人首先对“新朝”形象的感

---

① 胡必选辑:康熙《桐城县志》卷3《选举》,见《中国地方志集成·安徽府县志集》第12册,第86～88页。

② 马其昶:《桐城耆旧传》卷6,第204页。

③ 马其昶:《桐城耆旧传》卷7,第236页。

④ 马其昶:《桐城耆旧传》卷7,第237页。

⑤ 马其昶:《桐城耆旧传》卷7,第241页。

⑥ 马其昶:《桐城耆旧传》卷7,第238页。

⑦ 马其昶:《桐城耆旧传》卷7,第248页。

⑧ 马其昶:《桐城耆旧传》卷6,第218页。

⑨ 马其昶:《桐城耆旧传》卷7,第234页。

知,是清廷扮演了地方社会秩序维护者的角色。顺治二年(1645),此前驻防于桐城的明将罗九武、孙得胜虽被清军所诛,但其营中尚有兵丁谋反。这些兵丁以索取其在城中的妻子、资财为名,乘机在城外作乱。时值桐城战乱初平,局势亦多变量。桐城士人果断向接管桐城的清军督粮何元善陈明原委,揭露了“叛军”的真实意图是要重占桐城。于是,何氏“号令技勇,听其城出驱剿,叛兵远遁”[①],有效确保了桐城社会的安定。

社会秩序的安定,使饱受战火洗礼的基层士人恢复了往日的读书生活。讲学、著述、课子等社会生活重新回归于日常。姚希颜,邑诸生,“晚与方明善,讲学桐川会馆,人称克斋先生”[②]。钱志立,邑诸生,“辟馆于丛桂之间,聚徒讲《易》”[③]。王杰,邑诸生,“晚年居庭课子,惟曰经术所以经世,务此外无余事也”[④]。上文提及曾参与守城的姚孙棐于顺治四年(1647),“居乡与吴道新等同邑诗人举‘西山诗社’”[⑤]。随着社会环境的变化,“新朝”的形象,不仅是维系社会秩序的守护者,更成为他们重建个人家庭生活的一种依托。社会与家庭关系的渐趋和谐,成为培植桐城士人对“新朝”国家认知的思想因子。

五、余　论

相对于名儒硕彦而言,基层士人在社会上没有过高的名望,他们虽然少言“道统”,更未自赋“天命”,但在遭遇社会变故时,没有逃避责任,而是努力地在现实世界中寻求生存与发展,在时局维艰的桐城社会中肩负了更多的地方使命。诚如马其昶所云:“世每患乏才,天下大矣,才有不见收者,其在下未尝无人也。”[⑥]

---

① 王雯耀:《全桐纪略》,见《四库未收书辑刊》第2辑,第21册,第350页。

② 胡必选辑:康熙《桐城县志》卷4《理学》,见《中国地方志集成·安徽府县志集》第12册,第116页。

③ 胡必选辑:康熙《桐城县志》卷4《理学》,见《中国地方志集成·安徽府县志集》第12册,第116页。

④ 胡必选辑:康熙《桐城县志》卷5《儒林》,见《中国地方志集成·安徽府县志集》第12册,第169页。

⑤ 温世亮:《姚孙棐年谱简编》,载《安庆师范学院学报》(社会科学版),2012年第4期。

⑥ 马其昶:《桐城耆旧传》卷6,第218页。

尽管与明清之际的诸多“名士”们相比，多数的桐城士人既没有为明朝殉国而成为英烈，又没有隐居山林而成为遗民，但我们不应该以简单的道德标准对其加以评判。“道德”不是单纯的口笔之谈，道德有其社会属性，衡量道德的标准不应脱离具体的社会环境，忽略社会发展的历史进程。

“国破”或许冥冥之中自有天意，但是否要“亡家”，则是基层士人自身所面对的最重要的现实。中国古代士人思想中，有“修身、齐家、治国”的崇高理想，但这一理想是以自我的发展为前提的，“欲治其国者，先齐其家；欲齐其家者，先修其身”。自崇祯年间，桐城士庶深受战乱的侵扰：“我邑当七省之衢，为贼所欲破者也，故其来寇也十有五次；继之以左兵，继之以皖兵、楚兵，继之以驻防兵；时时思屠而破灭之。故自甲戌至乙酉十有二年，苍苍烝民，死散流亡，殆数十余万。”①生活在如此社会背景下的基层士人，个人的生命与家庭尚且难保，又岂能为一个腐朽衰败的王朝而殉葬？桐城士人在道德上所遇到的困境，实质上根植于晚明政府的腐败与社会的衰敝。与英烈、遗民等带有英雄主义色彩的道德观相比，普通士人基于个人与家庭的“常人道德观”，同样构成了明清之际思想世界中的一种“存在”，不应为学术界所忽视。

原载《安徽大学学报》2017 年第 6 期

① 王雯耀：《全桐纪略》，见《四库未收书辑刊》第 2 辑，第 21 册，第 350 页。

明末清初“潜园社”考论

——兼谈文人结社与明清桐城文学发展的关系

温世亮

明代尤其是明末清初之际是文人结社的高峰期，受时代风潮的影响，桐城的文人结社亦风起云涌，不仅显示出桐城繁兴的文学面貌，对当地文学的发展同样起到了重要的作用。对桐城一地的文人结社，学界关注不足，如郭绍虞的《明代文人集团》、李圣华的《晚明诗歌研究》、何宗美的《明末清初的结社研究》等著述，均鲜有提及。缔结于南京的“潜园社”(亦称“潜园十五子之会”)是明末清初时期一个重要的诗文社，其特点鲜明，延续时间长，在众多的桐城文人社团中具有一定的代表性。本文拟以“潜园社”为例，通过对其成立的背景、时间、成员以及特点、发展等情况的考察，来探析它在明末清初桐城文学发展上所发挥的作用，并以此为基础进而探讨文人结社与明清桐城文学之间的内在联系。

一、“潜园社”成立的背景、时间及其成员考述

明末清初人张履祥《言行见闻录》中有言：“近代盛交游，江南益甚，虽僻邑深乡，千百为群，缔盟立社无虚地。”[①]近人谢国桢也指出：“结社这一事件在明末已成风气，文有文社，诗有诗社，普遍了江浙、福建、广东、江西、山东、

① 张履祥：《杨园先生全集》，北京：中华书局，2002年，第882页。

河北各省，风行了百数十年，大江南北，结社的风气犹如春潮怒上，应运勃兴。”[①]兴起于宋元时期的文人结社，由于声气意识、地缘意识、标榜意识的不断强化，至明代尤其是中后期已达到了一个高峰，形成了一个个郭绍虞所谓的“文人集团”[②]，成为明清文学史上的一道重要景观。

经过长久的积累，明中叶以后，偏居东南一隅的桐城文化显现出彬彬之盛，集会结社也成为此地之风尚，不乏文采风流的会社组织遍布于邑之城乡。笔者粗检潘江《龙眠风雅》《龙眠风雅续集》、马其昶《桐城耆旧传》及《（道光）续修桐城县志》等文献，发现仅明中叶至清初这一时段，由桐城文人组织参与的结社不下二十个（见文后附录），以区区桐城之地，就数量比例而言确可与吴越等地相媲美了。这些会社组织往往形式不拘，各具风致：它们或以王维为范式，歌咏描画，如嘉靖间方可“与义旧结诗社，效辋川故事，绘所居湖山八景各为一咏，好事者属而和之”[③]。或以诗交友，向慕林下风情，如万历间林胤泸“与豫章王化卿寅，同里方玉成大任、叶以冲灿、方君节大铉友善，唱和之盛，比于元白、皮陆”[④]。或摛研经史，以学术交流为尚，如吴应宾“尝与何仲嘉布政兄弟、胡伯玉参政、同族中司马约会文，日成七艺，众磨厉从之”[⑤]。或以园林为场所，附庸风雅，如天启、崇敬祯间应璇、马懋学、马懋赞、马懋襄、马之瑜、马之瑛等，以文采名于时，结“怡园之会”，号“怡园六子”[⑥]。或以唐之白居易、宋之文彦博为楷模，狎主齐盟，追慕洛社风流，如左国治“居家与二三耆旧联花会，追香山洛下之游”[⑦]。凡此种种，充分地展示出明中叶以来桐城兴盛的人文面貌。

作为一种文学现象，文人结社不仅是显示文人雅趣、展现文人风流的重要方式，它对于某一地域乃至全国文学的发展同样关键。然而，在上述所提及的桐城文人社团中，除“中江社”“云龙社”“泽社”等少数已被学界所关注

---

① 谢国桢：《明清之际党社运动考》，上海：上海书店，2004年，第7页。

② 郭绍虞：《照隅室古典文学论集》，上海：上海古籍出版社，1983年，第518页。

③ 潘江：《龙眠风雅》卷4，清康熙十七年（1678）潘氏石经斋刻本。

④ 潘江：《龙眠风雅》卷14。

⑤ 马其昶撰，毛伯舟点校：《桐城耆旧传》，合肥：黄山书社，1990年，第120页。

⑥ 潘江：《龙眠风雅》卷26。

⑦ 潘江：《龙眠风雅续集》卷6，清康熙二十九年（1690）自刻本。

外，其他多处于无人问津的状态，这对于解读明清时期桐城文学生态来说，显然是不利的。其实，若就明清时期桐城诗文发展而言，从中我们尚可以挖掘出许多有价值的东西。作为存在于这样一个背景中的“潜园社”，便是这样一个非常值得我们去作探究的对象。

关于“潜园社”，潘江有言：

(陈式)寓白门，与里人何道岑应珏、临海胡栲峰如珪、学士方楼冈孝标、楚雄姚屺怀文烈、明府姚丹枫文勋、侍御方邵村咸亨、司寇姚龙怀文然、文学吴南苍日永、孝廉张尉庵秉哲、峡江姚盘青文燚，为潜园十五子之会。①

据上文可知，“潜园社”乃桐城文人在南京(“白门”乃南京之别称)缔结的诗文组织。但对该社成立的具体时间，潘江并未言及。考其中成员姚文然有《彦昭读〈桂龙吟〉而叹，酒间走笔感旧》诗一首，其中有句云：“当年潜园并起，五姚俱籍咸，肃爽竞逸足。比时尔虽汗血尚为驹，到今俨然吾家名士。二十载独不见，同园兄弟存没与荣枯，可怜天上修文也不孤。”②又其《吊胡子兑于令弟荚又宅感赋，子兑令台之临海，卒于官》诗亦有“潜园回首二胡名(自注：谓令弟即公)，廿载三山风雨情”③之句。今查两诗均写于清顺治庚子年，也就是1660年，再参诗中“二十载”“廿载”，由此往前推，可知“潜园社”当成立于1640年，与潘江“寓白门”④之谓正相吻合。

为何又称“潜园社”为“潜园十五子之会”呢？盖成立之初成员为十五人而名之，而潘文所列名单仅十一人，尚缺四人。今考姚文然《彦昭读〈桂龙吟〉而叹，酒间走笔感旧》，与潘江所列名单稍有出入，十五人分别为许慱豸、胡如理、胡如珪、张秉哲、方孝标、方亨咸、方育盛、吴日永、吴循、陈式、姚文烈、姚文勋、姚文然、姚文燚、姚文燮，多出许慱豸而未见何应珏之名。姚文然乃组

---

① 潘江：《龙眠风雅续集》卷17。

② 姚文然：《姚端恪诗集》卷9，清康熙二十二年(1683)姚士塈等刻本。

③ 姚文然：《姚端恪诗集》卷9。

④ 据戴名世《孑遗录》崇祯七年(1634)，流贼袭桐城，“桐人苦兵之扰也，纷纷渡江而南”，当地世家大族多于此年避地寓居于金陵(见戴名世：《戴名世集》卷12，北京：中华书局，1986年，第326页)，以此为依据，“潜园社”的成立显然是迟于1634年的。

织的组织者、参与者，显然当以其所述为准。姚文然所述社员，除许慱豸生平不详待查证外，其他十四人均有籍可考，且不乏享誉文坛诗苑者，如方孝标、方育盛、姚文然、姚文焱、姚文爕等。今将其各自情况略述如下：

胡如理，字即公，号潜峰，桐城人。崇祯间诸生，大学士史可法督师淮扬，辟为记室，授监纪，清军破扬州殉国而死。能诗文，渊雅有器量，诗文集未见传，《龙眠风雅》录其诗四首。[①]

胡如珄，字子兑，胡如理弟。顺治间贡生，授浙江临海知县，有惠政，卒于官。"少赋敏悟，气岸高举，为文章惊才绝艳，不屑寄人篱下"。诗文集未见存录，《龙眠风雅》录其诗九首。[②]

张秉哲，字濬之，号蔚庵，桐城人。顺治甲午举人。少孤事亲，性孝友，有悟性，"每征事于古人姓字爵里，辄能屡述其详"，能诗古文辞，著有《菁园诗》若干卷。[③]

方孝标，原名玄成（一作元成），字孝标，避圣祖讳以字行，号楼冈，方拱乾长子，桐城人。顺治己丑进士，改庶吉士，授编修，历官侍读学士。康熙丁酉科场狱，谪戍宁古塔。为诗雄冠一时，著有《钝斋诗选》《钝斋文选》《光启堂诗文集》等，并行于世。[④]

方亨咸，字吉偶，号邵村，方拱乾仲子。顺治丁亥进士。康熙丁酉科场狱，谪戍宁古塔。三岁能记典故，九岁落笔成章，工诗，尤善书画，为王士祯称。著有《邵村诗集》《楚粤使草》《塞外乐府》《班马笔记》《怡亭杂记》等。[⑤]

方育盛，字与三，别号栲舟。方拱乾第三子。顺治甲午举人。康熙丁酉科场狱，谪戍宁古塔。读书敏悟，好诗赋，著有《其旋堂诗集》《栲舟诗集》《天目诗集》等。[⑥]

吴日永，字化国，号南苍，函云吴应琦孙，桐城人。诸生，博学，工诗文，

① 潘江：《龙眠风雅》卷35。

② 潘江：《龙眠风雅》卷47。

③ 潘江：《龙眠风雅》卷57。

④ 廖大闻修，金鼎寿纂：《（道光）续修桐城县志》卷16《人物志·文苑》，清道光十四年（1834）刻本。

⑤ 廖大闻修，金鼎寿纂：《（道光）续修桐城县志》卷16《人物志·文苑》。

⑥ 廖大闻修，金鼎寿纂：《（道光）续修桐城县志》卷16《人物志·文苑》。

“尝作《金陵怀古》，拟盛唐诸名家诗，名噪一时。卒年二十四”。著有《升元阁集》等。[①]

吴循，字炎牧，吴道新长子，桐城人。崇祯间诸生。工《周易》，精诗古文辞，少随父宦游吴越，独步江东，一时名士如江都吴绮、吴门汪琬等争相推誉。著有《周易图解》《忍斋诗文集》等。[②]

陈式，字质生，号二如，自署问斋翁，桐城人。康熙初贡生，少随同县姚孙棐、方拱乾游。少负文望，善诗尤嗜杜工部，著有《四书注》《注唐诗选意》《问斋杜意》等，诗文集未见传，《龙眠风雅续集》录其诗八十一首。[③]

姚文烈，字觐侯，号屺怀，姚孙棐伯子。顺治辛卯举人，官楚雄知府，富有政声。工《春秋》，兼通《易》，少以门望自负，锐意著作，以吟咏自怡。诗文集未见传录，《龙眠风雅》录其诗四十一首[④]。

姚文勋，字集侯，号丹枫，姚孙棐仲子，崇祯拔贡。姚莹谓其“公与兄文烈、弟文然以能文章，有‘江北三姚’之目，拔萃后，以亲老不仕，逍遥林壑以终”。著有《丹枫诗文集》四卷。[⑤]

姚文然，字若侯，号龙怀，姚孙棐四子。崇祯癸未进士，授翰林，入清后官至刑部尚书，《清史稿》有传。工《春秋》，兼通《易》，与兄姚文烈、姚文勋并称“江北三姚”，“诗词渊雅绝伦，久为艺林传诵”[⑥]。今有《姚端恪公集》（含诗文、日记）四十八卷传世。

姚文焱，字彦昭，号盘青，姚孙棐从子。康熙乙酉举人，官峡江知县。有文名，少与弟姚文燮有“二姚”之目，著有《楚游草》《超玉轩诗集》等[⑦]。张应昌《诗铎》、魏惟度《诗持》、沈归愚《清诗别裁集》，均录其诗。

姚文燮，字经三，号羹湖，一作耕壶，别号听翁，又号黄柏山樵，姚文焱弟。顺治己亥进士，由推官历官开化同知，有惠政，《清史稿》有传。治《春秋》兼通

---

① 何绍基：《（光绪）重修安徽通志》卷222，清光绪四年（1878）刻本。

② 廖大闻修，金鼎寿纂：《（道光）续修桐城县志》卷16《人物志·文苑》。

③ 潘江：《龙眠风雅续集》卷17。

④ 潘江：《龙眠风雅》卷51。

⑤ 姚莹：《姚氏先德传》卷5《文艺》，清中复堂全集本。

⑥ 姚文然：《姚端恪文集》卷首“韩菼序”，清康熙二十二年（1683）姚士塈等刻本。

⑦ 姚莹：《姚氏先德传》卷2《仕绩上》。

《易》,善诗文书画,好交游,一生致力于乡邦文献之刊辑。著述颇丰,主要有《史论》《龙眠诗传》《无异堂文集》《龑湖诗选》《咏园诗集》《雄山草》《薙簏吟》《滇行草》《武夷游草》《芝山春草录》《黄柏山房古文》《四六偶存》《昌谷集注》等[①],其中《薙簏吟》《无异堂文集》《昌谷集注》见传于世。

二、"潜园社"的特点及文学意义

作为一种重要的文化、文学现象,任何一个文人社团,难免会带有其自身的特点和相应的文学意义。"潜园社"在明末清初桐城文人结社中具有一定的典型性,其特点和文学意义也颇显分明,今分而论之。

(一)"潜园社"的特点

大致而言,"潜园社"的特点主要表现为地域性、家族性及衍生性三个方面。文人社团的形成总是会凝聚一定的地域因素,也难免要受到特定的地域时空的影响。对"潜园社"的地域性,我们从社事的最初参与成员的身份就可以清楚地看出来。该社团虽然成立、活动于南京,但就其社员的籍贯而言,他们仅仅限于桐城这一个地区。从这个意义上讲,"潜园社"当然算得上是一个纯粹的桐城文学社团,有着极其鲜明的地域色彩。

"潜园社"的家族性,同样是明显的。起初社员 15 人,多来自桐城当地的世家大族、地域名望。社员中桂林方氏兄弟三人(方孝标、方亨咸、方育盛)、麻溪姚氏兄弟五人(姚文烈、姚文勋、姚文然、姚文焱、姚文燮)、巢山胡氏兄弟二人(胡如瑆、胡如珄)、函云吴氏兄弟二人(吴循、吴日永),血缘关系颇为突出。同时方姚、方张、姚吴为世婚之家,其中如姚文烈为方拱乾女婿,方拱乾又为张秉哲之外甥,姚氏兄弟与方孝标、方亨咸、方育盛有中表之谊[②],亲缘色彩鲜明。除许慱豸生平不详外,唯陈式未见其与其他社员间的血缘、亲缘关系,但他曾受业于方拱乾、姚孙棐之门,与其他成员多有学缘关系,亦情同兄弟。综而言之,"潜园社"实际上是一个以血缘、亲缘、地缘关系为基础而结成的文学社团,社员之间的关系密切。

---

① 廖大闻修,金鼎寿纂:《(道光)续修桐城县志》卷 21《艺文志》。

② 以上姻娅关系,可参徐雁平:《清代文学世家姻亲谱系》,南京:凤凰出版社,2010 年。

所谓衍生性，就是说“潜园社”在发展过程中，表现出规模上的扩大、时间上的延续等特点。就实际而言，“潜园社”的成立并非是昙花一现。“潜园社”成立之后，不断有新生力量加入，并渐次发展为“白门社”“同声社”，形成了参与人数不断增加、规模不断扩大的局面，但依然不失其地域性、家族性的特点。于此，我们不妨来看一则当时著名时文家熊伯龙《同声大社二集序》中的相关论述：

> 予过金陵，闻同声大社噪甚，心窃异之，私询何子次德，乃知皆龙眠名宿。进而侍侧于坦庵方公，尤详其本末。盖桐城旧有“潜园社”，肇自方楼冈、姚龙怀两姓昆弟，及张濬之、陈二如、胡子兑、吴炎牧诸子耳；已而扩为“白门社”，则益以左子夏昆弟；今又合何次德、吴于廷、孙振公昆弟，及社中之子弟而颜为“同声”，是所谓同沟遂川涂，而耳目相亲、志意相观之人矣。[①]

熊伯龙所言乃得之于桐城人何亮功（字次德）、方拱乾（字坦庵）之口，前者为社团的参与者、后者则为方氏昆弟之父，当为信据。至于“潜园社”的延续时间之长，我们可以钱㧑禄《先公田间府君年谱》作参证，其“壬寅”条注：“（钱澄之）年五十一，入城，同人为刻《田间集》。刻成，要府君选同社诗。是时，有同声、瑟玉、敦古三社。”[②]“壬寅”即康熙元年（1662），可见“同声社”此时尚存，而其本身说到底不过是“潜园社”的扩展而已。换言之，虽已非最初之名，但其“同沟遂川涂”“耳目相亲”“志意相观”的初衷却是一致的，名易而质不变。以此而论，认为“潜园社”延续时间有二十几年之久，是完全合理的。

（二）“潜园社”的文学意义

至明末清初，桐城诗歌已经发展到一个极高的水平，潘江所谓“廿年以来［按：此指康熙戊午（1678）及前二十年］，里中词坛长城，鸾鶱鹄峙”[③]，便是这一情形的重要佐证。而这种成绩的获得，当与桐城诗文会社的勃兴有着不可分割的联系。有学者指出：“结社促进文人交流，增强文学风气，树立风雅传

---

① 熊伯龙：《熊学士文集录》，见李祖陶编：《国朝文录》，清道光十九年（1839）瑞州府凤仪书院刻本。

② 钱㧑禄：《先公田间府君年谱》，北京：北京图书馆出版社，1999年影印。

③ 潘江：《龙眠风雅续集例言十二则》，见潘江：《龙眠风雅续集》卷首。

统，催生文学流派，激扬文学思潮，在中国文学史上影响广泛，意义深远。”[①]应该说，这是一个合乎实际的平允之论。唯其如此，“潜园社”有其相应的文学意义自是一种必然。而作为一个地域性的文学社团，其最初的目的用方孝标《可处堂集序》中的话来说就是“为潜园集，以交天下之文人名士”[②]。邑人吴道新在提及社集《同声堂诗选》时也说，此乃“一时邺下梁园诸俊彦，登高怀古之作”[③]，登高怀古，追步邺下之风流，足见当初“同声社”这一文人群体的高远意志所在；熊伯龙所谓的“同沟遂川涂”，则更标示了其兴起一方文艺的夙愿。作为“同声社”源头的“潜园社”，其立社目的，由此可见一斑。

更为重要的是，“潜园社”不仅延续时间长，而且成立于南京这样一个文化大都会，占据了一个传名扬声的理想阵地。方孝标有言：“时明季党势已成，且寇氛孔炽。金陵号陪都，四方之宦者、游者、避乱者、罔利者，虽趾错多文士，而率以诗文为招要、怒骂、攻击、攀援之资。”[④]方氏之言也许有极端之嫌，但作为朱明之陪都，明清时期的南京确又是文人骚客雅集聚会的中心之一，俨然成为天下英才的集散地，成为最具辐射力的人文场所，而这种凝聚力在朱明末得到了进一步的彰显。将南京作为结社雅集之地，无疑为个人乃至地域之文化、文学声名的传播远扬赢得了必要的资本。同时，在“潜园社”发展的各个阶段，均不乏颇具当下影响的杰出人物，如被熊伯龙称为领袖的“方楼冈、姚龙怀两姓昆弟”，大抵如此。后入社者，多为淹贯诗文的名流雅士。如何亮功（字次德，号辩斋），复社初兴，曾与陈子龙、夏彝仲、杨维斗、吴应琦、沈寿民、梅鼎祚等辈共主坛坫，“四方知名之士，屣履应门，倾身容接，文采风流，照耀一时”[⑤]。而孙中麟（字振公，号甲符）乃顺治乙未进士，“少而能文，十五馆于庠，所交皆天下士，尝流寓云间，与春泽堂诸子切劘诗文”[⑥]。诚如近人王葆心《识途篇》所谓：“文家须有并时之羽翼，后有振起之魁杰，而后始

① 何宗美：《明末清初文人结社研究续编》，北京：中华书局，2006年，第1页。
② 方孝标著，刘梦芙点校：《方孝标文集》，合肥：黄山书社，2007年，第10页。
③ 吴道新：《龙眠风雅序》，见潘江：《龙眠风雅》卷首序。
④ 方孝标：《钝斋诗选》卷首“自序”，合肥：黄山书社，1996年。
⑤ 潘江：《龙眠风雅续集》卷13。
⑥ 潘江：《龙眠风雅》卷55。

克成流别，于以永成。”[①]“潜园社”是否催生了相应的文学流派，笔者不敢妄下论断；但就总体而言，它既有“魁杰”的发倡支撑，也不乏羽翼之辅助，显然是具备了助推文学发展的先决条件。

实际上，“潜园社”的成立确也为桐城文学的发展创造了弥足珍贵的地理文化因子。对“潜园社”的文学影响力，时人潘江便作出了“文采风流，照映江左，一时吴越名下士咸相与”[②]这样的评价，江左、吴越作为明清时期全国的文化中心，“潜园社”的辐射力能穿透至此，可见其产生的影响有多么地深远。而从熊伯龙“闻同声大社噪甚”的言辞中，我们同样可以获得这样一个信息：“同声社”当是明末清初时期一个颇具声誉的诗文大社，应该说借助于这一平台，桐城文学得到了更多的扬名海内的机会。

另外值得一提的是，据《天一阁书目》知，由桐城人左国栋、孙中麟、吴循、姚文焱等汇次的“同声社”社集选本《同声堂诗选》，便被刊刻并广为流传[③]。鲁迅先生曾言：“凡选本，往往能比所选各家的全集或选家自己的文集更流行，更有作用。”[④]事实也如此，诗文选本多能起到扩大作者声名、传布作者文学思想的作用，因此，难免要对当时及往后之文学产生一定的影响。而《同声堂诗选》的刊布流传，说明它并没有被现实所搁置，并没有被时代所遗忘，这些均从一个侧面反映了“同声社”，或者说间接地显示出“潜园社”的影响力和文学意义。

三、文人结社与明清桐城文学发展的关系

桐城文学至明清时期取得了丰硕的成果，并产生了深远的时代影响，成为清代以来学者关注的重要对象。文人结社与文学的发展关系至为紧密，而地域性的文学社群，对明清时期的文学发展往往具有根基性的作用[⑤]。从这

① 王葆心：《古文辞通义》卷6，武汉：武汉大学出版社，2008年。

② 潘江：《龙眠风雅续集》卷17。

③ 范邦甸：《天一阁书目》卷3，清嘉庆文选楼刻本。

④ 鲁迅：《选本》，见《鲁迅全集》第7卷《集外集》，北京：人民文学出版社，1981年，第136页。

⑤ 罗时进：《地域社群：明清诗文研究的一个重要维度》，载《文学遗产》，2011年第3期，第138页。

个意义上讲，明清桐城文学的发展及影响，自然离不开当地文士所组织的大大小小的诗文会社，而“潜园社”所显示出的文学意义也为我们探讨这一问题提供了思路。就此，我们可以时为序展开论析。

至明末清初时，桐城文学不仅获得了长足的发展，而且在当时诗坛产生了较大的影响。如萧山毛奇龄谓：“予思江左言诗，首推云间，而云间又首推陈氏。当夫黄门崛兴，与海内争雄，一洒启祯之末驵狯余习，而其时齐驱而偶驰者，龙眠也。故云龙之名，彼此并峙。”[①]而清初遗民，号称“闽中四子”之一的韩圣秋《水西近咏序》甚至认为当时已经形成了一个“桐城诗派”，称：“以予所闻，海内宗尚诗学有三派：曰宣城，曰华亭，曰桐城。”[②]

在前文，我们对明清时期的桐城文人结社状况以及“潜园社”的文学意义作了简要的考析和论证。不过，必须承认这样一个事实：“潜园社”固然有功于桐城文学，但明末清初时期桐城文学的兴盛，又绝非是单靠一个“潜园社”便可以将之变为现实的。实际上，与“潜园社”一样，大多数桐城文人社团的人文特点都是极其鲜明，而且意义非凡。譬如以方以智、方文、周岐等为代表的“‘永社’，其目的正在于‘学耕会友而歌以永言’，‘结社诗永言’”，而延续时间达七年之久[③]，其文学意义，由此可以推想。又“中江社”，学界多因怀宁阮大铖所阴主而将之作为一个政治社团来看，朱倓所谓“明季结社”，“与复社隐然相抗与之敌者，其惟中江社”[④]，更多的便是从政治角度来考虑它的影响。然据魏中林、尹玲玲考证，“中江社之结虽然包含有阮大铖的政治目的，但在客观上，从该社之成立渊源、成员的特点来看，中江社实属文学社团而非政治社团”[⑤]。一方面与“复社隐然相抗”，一方面又为“文学社团”，那么“中江社”

① 毛奇龄：《龙眠风雅序》，见《西河集》卷35，文渊阁四库全书本。

② 田茂遇：《水西近咏》，见《四库未收书辑刊》第7辑，第23册，北京：北京出版社，2000年，第311页。

③ 宋豪飞：《方以智与桐城泽社考论》，载《安徽大学学报》(哲学社会科学版)，2009年第6期，第47页。

④ 朱倓：《明季桐城中江社考》，《中央研究院历史语言研究所集刊》(台北)第1本第2分册，1930年。

⑤ 魏中林、尹玲玲：《阮大铖所结中江社考论》，载《学术研究》，2005年第11期，第130页。

所具有的文学意义是毋庸低估的，作为集结地的桐城文学受到它的影响也是自不待言了。而姚文燮与张英曾于乡里组织“两园唱和集”，“同学诸子更起而叠和之”，其最初的目的即在于“以是揽龙眠人才之盛，而以吾诗为嚆矢也”[①]。他兴起于崇祯间的“云龙”一社，主事者并没有把眼光局限于桐城这一蕞之社区，视域更见宏阔。方苞《田间先生墓表》指出：

当是时，几社、复社始兴，比郡中主坛坫与相望者，宣城则沈眉生，池阳则吴次尾，吾邑则先生与吾宗嶅山及密之、职之。而先生与陈卧子、夏彝仲交最善，遂为云龙社以联吴淞，冀接武于东林。[②]

由此可知，与“中江社”相类似，“云龙社”也具有政治性与文学性的双重性质，且将触角伸入到“吴淞”这一人文荟萃之地，所产生的文学效应是可以想见的。而时贤后辈在论及桐城诗文时，何以将它与云间（亦称华亭，今属上海）相提并论，“云龙社”的兴起与此有没有必然的联系呢？这实在又是一个值得我们去作进一步思考的问题。他若缔结于南渡之后的“射蛟文会”，同样是汇聚了潘江、邓森广、齐亮、吴彦璁、胡如珄、胡如琞、方逢月等一大批桐城俊彦才杰同研文席。潘江《哭邓颠庢先生》诗中有句云：“狎主蛟台许代兴（自注曰：廿年前，先生与予辈有射蛟篇之役），操觚肯说竟无凭。汝南人物清流重，雒下文章纸价增。”[③]虽说是为伤悼挚友邓森广而作，但从歌咏之中我们还是能觉察得出，“射蛟文会”在当时文坛确实产生了不小的反响，对桐城当时及往后的文学发展同样有着非同寻常的意义。

入清后，统治者屡开社禁，不许生员“纠结多人，立盟结社”[④]。至清中期，受文化禁锢策略的影响，文人结社的声势较前也确有所减弱。但桐城文人能继轨前贤之遗风，依然不乏心逸怡畅于诗文会社的风流之趣，雍正间马湘灵、姚范、叶酉等集结的“耆英九老会”[⑤]便是一个很好的例证。而缔结于雍乾之际的“龙眠十子”之会，对桐城派的发展壮大至为重要，无疑更值得我

① 钱澄之：《田间文集》，合肥：黄山书社，1998年，第304页。
② 方苞：《方望溪全集》，北京：中国书店，1991年，第165页。
③ 潘江：《木厓集》卷21，清康熙刻本。
④ 俞正燮：《癸巳存稿》卷8《释社》，沈阳：辽宁教育出版社，2003年，第241～242页。
⑤ 姚兴泉：《龙眠杂忆》卷3，清刊本。

们予以关注。

"龙眠十子",较早见于姚莹《王怀坡先生诗钞序》一文,文中有"先姜坞(姚范)编修,当雍正乾隆之际,洁修好古,尝十年不下楼,学为举世不好之文。维时里中刘海峰(大櫆)、方待庐(泽)、江若度(有龙)、叶花南(酉)、胡一孚(宗绪)、张顾岩(馨)、周汝和(芬佩)、王怀坡(洛)诸先生,皆同时振兴。王已山(步青)选订'龙眠十子'《勺海集》者"[①]云云。所谓"举世不好之文",实际指的就是那种绍述秦汉唐宋、注重实际而富有社会道德内涵的古文,也正是"龙眠十子"孜孜以求的目标所在。桐城派的崛起发展,诚如晚清郭传璞所谓"桐城方望溪以古文法授刘才甫,才甫授姬传,姬传授四大弟子,益盛且远"[②],大致经历了以方苞、刘大櫆、姚鼐等为代表的康雍乾嘉几代桐城文士递嬗相继的磨砺建构过程。而以刘大櫆为代表包括姚范、叶酉、方泽等的第二代桐城文士,多为文名远播于海内者。从某种意义言,他们的成长与"洁修好古,尝十年不下楼"、艰苦卓绝的实践追求有着不可割裂的联系,晚近陈作霖《论国朝古文绝句二十首》(十三)所云"海峰姜坞夙追随,文采风流赖主持"[③],确切地反映了这一实际。值得注意的是,除刘大櫆受法方苞外,姚范"为诗古文辞皆力追古人,而得其(方苞)渊诣"[④],叶酉亦"师法望溪先生"[⑤],方泽则"论学宗朱子"[⑥]。而姚鼐不仅瓣香方苞,且"少闻古文法于伯父姜坞及同乡刘耕南(刘大櫆)先生"[⑦],曾亲炙謦咳于"真信道笃而知守者"的方泽[⑧],而对"为学务穷遗经,必求当圣人之旨"[⑨]的叶酉亦以师相称,"龙眠十子"中的关键人物,

---

① 姚莹:《东溟文集·文后集》卷9,《中复堂全集》本。

② 郭传璞:《初月楼文钞序》,见吴德旋:《初月楼文钞》卷首,光绪壬申花雨楼刊本。

③ 陈作霖:《可园诗存》卷22《旷观草》(下),清宣统元年(1909)增修本。

④ 姚莹:《东溟文集》卷2《援鹑堂集后叙》,《中复堂全集》本。

⑤ 马其昶:《桐城耆旧传》卷9,合肥:黄山书社,1990年,第344页。

⑥ 姚鼐:《惜抱轩文集》卷13《方待庐先生墓志铭》,上海:上海古籍出版社,1992年,第206～207页。

⑦ 姚鼐:《古文辞类纂》卷首《古文辞类纂序目》,上海:上海会文堂书局,民国六年(1917)刻本。

⑧ 姚鼐:《惜抱轩文集》卷13《方待庐先生墓志铭》,上海:上海古籍出版社,1992年,第206～207页。

⑨ 马其昶:《桐城耆旧传》卷9,合肥:黄山书社,1990年,第344页。

恰恰成为姚鼐构建桐城派的精神导师。实际上，姚鼐也曾表示要谨守方苞以来所开启的桐城古文家法。如其《答王生》诗云：

> 古人旷不见，生世恻怆多。幸逢贤哲知，交臂倏已过。乡耋盛文行，孟韩绍同科。四海士仰流，踵门肩相摩。嗟余生晚矣，始冠贽庭阿。继见曾几时，奄复从虞歌。所承得线霤，洪流逝江河。况复久遗忘，髟领垂衰皤。犹欲抱残缺，为昔扬其波……①

可以说，正是在踵武乡贤风范的基础上姚鼐才成为一代之文宗，也将桐城古文发扬光大于天下。后来学者多认为姚鼐所学得之于家学与师承②，显然是有一定道理的。

“昔有方侍郎，今有刘先生，天下文章，其出于桐城乎”③！乾嘉时期，桐城派光耀文坛，如果说是方苞启沃引导于先，而将姚鼐视为桐城派的集大成者、最终完成者的话，那么刘大櫆、姚范、叶酉、方泽等则又在其兴起发展过程中起到了承前启后的津梁作用，他们所缔结的“龙眠十子”无疑成为桐城派兴起发展中不可缺失的平台。换言之，假如没有姚范、刘大櫆、叶酉等文士所结成的“龙眠十子”，很难想象以“义理”为尚的桐城古文能最终显耀于宇内。

随着统治阶层文化政策的相对松懈，晚清时期文人结社亦有了复苏的迹象，此时桐城一地的文人社团亦为数甚众。譬如：乾嘉之际，方东树、刘开、徐璈、李宗传、左朝第等结社，号“北园燕集”；姚莹与“同里张阮林、方履周遵道、吴子山庚、族兄易卿”等结为“蔗林五子”④；同治中姚濬昌官江西安福，署中同仁及范当世、姚永楷等结“莲社”⑤；姚永楷、姚永朴兄弟少时与同里胡悫等

① 姚鼐：《惜抱轩诗集》卷3，上海：上海古籍出版社，1992年，第481页。

② 如陈康祺以为：“桐城派古文望溪开之，海峰继之，至惜抱而其传始大，此天下之公言也。惜抱出于刘门，世几有青蓝冰水之喻。惜抱之学，师法、家法，殆兼有之。”（陈康祺：《郎潜纪闻二笔》卷4，清光绪刻本。）刘声木则谓：“（姚鼐）本所闻于家庭师友间者，益以自得，治之益精，所得实臻古人胜景。”（刘声木撰，徐天祥点校：《桐城文学渊源撰述考》，合肥：黄山书社，1989年，第157页。）

③ 姚鼐：《惜抱轩文集》卷8《刘海峰八十寿序》，第114页。

④ 姚濬昌：《先府君石甫年谱》，《中复堂全集》附录（按：“《先府君石甫年谱》”乃据古时称谓所加，原作“《年谱》”）。

⑤ 姚永朴：《蜕私轩集》卷5《斗影图记》，1921年铅印本。

结“樵社”[①]。这些社团有誉于文坛诗苑中者甚众，对桐城文学的发展同样重要，其中“北园燕集”似乎尤显出它的光芒。“北园燕集”名为燕集，实为文学社团，姚莹在《北园燕集诗序》中说：

北园者，桐城方竹吾之居也……竹吾意气豪俊，文章书法尤善，故里中英彦咸乐游其地，而交其人。嘉庆十一、二年(1806、1807)间，则有李海帆(宗传)、朱歌堂(雅)、方植之(东树)、马元伯(瑞辰)、左匡叔(朝第)、徐六襄(璈)、张阮林(聪咸)、刘孟涂(开)、吴子方(康平)、光聿原(聪谐)、朱鲁存(道文)，此十数人者，皆以文章道义相取。余时年略少，每与往来，觞咏其中，以为竹林之游，无以过也。戊辰(1808)后乃各散之四方，虽间岁颇有会者，率寥落矣。

不可否认，“北园燕集”虽曾一度“寥落”，但从未中断。二十年后，姚莹“自海外暂归”，感社事之衰，遂与左朝第等发倡，并援“常州周伯恬(仪暐)、陆纶山(容)为客，于是北园之游复盛”，与会者一时达三十二人之多，甚至还收获了“里闬姻党中，髫龀相习，少长追随”[②]的实际效应。由上可知，“北园燕集”以“文章道义相取”，以诗文切磋为主要内容，由里中延及外域，延续时间也较长，且有文本刊录传衍，它的文学弘扬之功是显见的。张维屏引胡小东《跋阮林诗集》语加以称道，谓：“阮林少时结交里党间，皆一时之杰，若刘孟涂、姚石甫、光栗园、李海帆、左匡叔、徐六襄诸君子，性情才力，虽不必同，要皆器识深远，为诗亦各有深造。”[③]其实，这些“一时之杰”不仅精于诗艺，更谙熟文道，如方东树、姚莹乃“姚门四杰”，而李宗传、刘开、徐璈等辈，无不是以继桐城古文统绪为己任者，他们的成长自然是离不开“北园燕集”的熏育。至于经过“蔗林五子”“樵社”等社团陶染的文士，亦多能信从家法，研修诗及古文辞，传承桐城文脉，如姚濬昌“古文词雅气渊，谨守家法”[④]，姚永朴为文得“姚鼐血脉”[⑤]，姚永概“能世其学，而文尤雅澹，刊有《慎宜轩文集》”，“论者谓

---

① 姚永朴：《蜕私轩集》卷5《斗影图记》。

② 姚莹：《东溟文集·外集》卷1。

③ 张维屏：《国朝诗人征略》卷58，清道光十年(1830)刻本。

④ 刘声木撰，徐天祥点校：《桐城文学渊源撰述考》，合肥：黄山书社，1989年，第166页。

⑤ 吴孟复：《桐城派述论》，合肥：安徽教育出版社，2001年，第181页。

容与闲易,有桐城诸老风”[①]。诗文义法,薪火相传,从一定意义上讲,晚清时期的文人结社,同样为桐城文学在晚清时的继续播扬树立了风气、凝聚了声气、培养了人才、积蓄了能量。

需要指出的是,自明以来绵延不绝的桐城文人社团在同一时段、同一地域之内,往往又不是孤立的存在。譬如一人多社、姻亲相结的情况不为少数(可参看附录),一些社团如“潜园社”与“同声社”则名异而实同,前后尚有承继性,这都在很大程度上决定了彼此间会存在一定的关联。地域性、家族性、衍生性相联结,无疑更容易形成一种强大的人文合力,前推而后拥,共同促进桐城诗文的发展。一言以蔽之,明清桐城文学的发展固然是多因的,如地理环境的优越、地方教育的发展、文化家族的勃兴等,都与之有着紧密的关联;但从一定意义上讲,文人结社现象同样不失为一个考察明清桐城文学发展的重要角度。

附录:明中叶至明末清初桐城文人结社表

名称	时间	地点	主要成员	备注
方可结社	嘉靖	桐城	方可等	《龙眠风雅》卷 4
林胤泸结社	万历	桐城	林胤泸、王寅、方大任、叶灿、方大铉	同上卷 14
怡园六子社	启祯	桐城	何应璇、马懋学、马懋赞、马懋襄、马之瑜、马之瑛	同上卷 26
修禊社	启祯	桐城	赵相如、王燕友、僧审渊	同上卷 37
南溪社	崇祯	桐城	方尔瞻、何应珏、江中龙	同上卷 38
永社(泽社)	启祯	桐城	吴道凝、方以智、周岐、方文、孙临	同上卷 40
邓森广结社	顺治		邓森广、方畿、李锐、徐翥、李雅	同上卷 34
闲寻汐社	顺治	桐城	潘江、陈伯英、张克伟、齐绳祖、吴弼士、方逢月	同上卷 57
花会(真率会)	顺治	桐城	左国治、姚文燮、陈焯、潘江、张杰[②]	《龙眠风雅续集》卷 6

① 钱基博:《现代中国文学史》,上海:上海书店,2004 年,第 140～141 页。

② 关于花会(真率会)的主要成员可参徐乾学:《憺园文集》卷 19《桐城张西渠诗集序》,清康熙刻冠山堂印本。

续表

名称	时间	地点	主要成员	备注
射蛟文会	顺治	桐城	潘江、邓森广、齐亮、胡如珪、方逢月、胡如理	同上卷 13
环中社	明末	桐城	江中龙、许慱豸、方中畿	同上卷 25
瑟玉堂会	顺治	桐城	许来惠、方中论、陈垣、吴接云	同上卷 26
龙眠五子	顺治	桐城	许来惠、齐邦直、张杰、张英、潘江	同上卷 26
竹林之会	明末	桐城	刘鸿都、张如三、齐古愚	同上卷 27
潜园社	崇祯	南京	姚文然、方孝标、姚文焱、胡如珪、张秉哲	同上卷 17
金兰社	启祯	桐城	方若素、姚康、吴绍廉	同上卷 27
中江社	崇祯	桐城	潘映娄、方曾佑、钱澄之、钱秉镡 阮大铖	《田间府君年谱》
云龙社	崇祯	桐城	钱澄之、左光先、左国治、左国棅	《田间先生墓表》
连云社	顺治	桐城	姚文熊、马教思、张茂稷、王玑、李振裕	《(道光)续修桐城县志》卷 17
吴应宾文会	万历	桐城	吴应宾、何如申、何如宠、胡瓒、吴用先	《桐城耆旧传》卷 4
金兰社	明末	桐城	方大任、姚孙榘、何如宠、戴允孚	同上卷 5

原载《安徽大学学报》2012 年第 6 期

王士禛与桐城诗学

潘务正

王士禛神韵诗风对清代诗坛产生了深远的影响。这一诗风契合清初统治者的需求，为他赢得“一代正宗”之美誉；王氏乐交游，与当时的诗人往来频繁；喜奖掖后进，门生后学众多。由此，其神韵诗学得到身前身后多数诗人的鼎力推戴。桐城诗学乃至文学理论中的某些因素与王渔洋的主张非常接近，这并非偶然，考察桐城人士与他的密切交游，桐城派中人对其《古诗选》的顶礼膜拜，则知桐城派所言之神、神气、神理及诗作的神韵风貌渊源所自。可以说在清代诗坛上，像这样呈地域性且整个流派都信仰王渔洋神韵诗学的情况并不多见。

一、桐城与新城的渊源

王士禛凭借诗坛影响及政治地位，与当时士人的往来相当广泛而频繁，其诗学主张通过这种途径传播开来。王渔洋与桐城几大家族如方氏、张氏、姚氏、马氏等成员多有交往，且往往与诗歌创作及诗学理论相关。考察王士禛对桐城诗学的影响，这种交往的作用尤其值得重视。

最早与王士禛结交的桐城诗人为方文。顺治十五年(1658)，王士禛携带诗集慕名拜访正在京中的遗民诗人方文，方文对这位擅名大明湖的新科进士早有耳闻，随即作《王贻上进士携其全集见示答此》，诗中有云：“王郎方弱冠，山左擅诗名。到处闻新作，居然见老成。”[①]二人一见如故，多年后方文回忆

① 方文:《嵞山续集·北游草》，上海：上海古籍出版社，1979年，第587页。

这次见面时情景云:"昔君弱冠通籍时,都门一见如故知。"[①]王士禛作《为方尔止题姬人抱鸳图》四首相赠。这次见面,王、方二人结下了深厚的友谊。顺治十八年(1661),任扬州推官的王士禛至金陵,二人在秦淮河畔重逢。康熙二年(1663)九月,方文至扬州会晤王士禛,同游平山堂,共赏戏剧。康熙四年(1665)五月,王士禛于金陵访方文,出《抱琴》《看花》二图索题。十八日同游牛首山,论诗至丙夜。此后几日同登覆舟山、摄山、宝华山,至二十三日于龙潭驿分别,订新秋广陵之会。六月,方文至扬州;七月初七,送别王士禛北上[②]。每次相会,二人均有诗记其事。方文卒后,王士禛有诗悼念亡友。

桐城桂林方氏中尚有方拱乾、方中发等人同渔洋关系密切。顺治十八年(1661),受南闱科场案牵连被流放至宁古塔的方拱乾赦还,流寓扬州等地,时王士禛正任职此地。康熙四年(1665),方拱乾同王士禛、冒辟疆小集,王氏集中有《将往金陵辟疆携歌儿见过同坦庵先生(方拱乾)、于皇、邵村、不雕、文在小集作》诗记其事。康熙十五年(1676),方拱乾至京,九月三日,王士禛招同宋荦、丘象升等人夜话[③]。方拱乾之子方孝标善诗,亦得渔洋称赏[④]。方以智子方中发也与王士禛有交往,作有《寄酬新城王少司农阮亭先生》五首,诗中推崇"渔洋绝调更清新",认为像他这样的诗人"四海故应无两人",并对王士禛寄予极高的期望:"独抱遗经盼后尘。"[⑤]考王士禛任户部侍郎(即少司农)为康熙三十二至三十七年(1693—1698),诗当作于此时。方文、方拱乾与方中发年辈或长于王士禛,或与之相同,交游时诗风亦已成型,故而受其影响的可能性较小,不过却使得桐城与新城之间的联系密切起来。而年辈稍后的桐城诗人,作品则多有神韵诗风的色彩。

渔洋的桐城至交当属张英。康熙十五年(1676),时任詹事府左春坊左谕德的张英就曾向王士禛问诗,多年后渔洋回忆云:"今桐城相国张公英为谕德

---

① 方文:《嵞山续集》卷二《题王阮亭仪部像》,上海:上海古籍出版社,1979年,第953~954页。

② 参见蒋寅:《王渔洋事迹征略》,北京:人民文学出版社,2001年,第36、99、133~138页;李圣华:《方文年谱》,北京:人民文学出版社,2007年,第317、359、406、411页。

③ 蒋寅:《王渔洋事迹征略》,第220页。

④ 马其昶:《桐城耆旧传》卷七,合肥:黄山书社,1990年,第267页。

⑤ 方中发:《白鹿山房诗集》卷十七,清刻本。

时，以诗集属予评次。”[①]次年，康熙帝召张英询问衙门官中长于诗文者，张以王士禛对，并说：“郎中王某诗，为一时共推，臣等亦皆就正之。”[②]此后直至康熙四十七年(1708)张英逝世，二人长期同朝为官，交往频繁。张英对渔洋的推崇不言而喻，时效其诗风。如《春山用阮亭韵》三首，其一云：“霏微残夜雨，山路不成泥。旧燕寻巢入，幽禽选树啼。秧随春水绿，花向夕阳低。溪上堪行乐，心情付杖藜。”[③]诗写景清幽闲淡，有渔洋神韵诗风的特色；另如《直庐中同说岩先生读阮亭南海诗即用其见赠原韵寄阮亭》亦是如此。而这种“清微淡远”的“言情赋景”之作在其《文端集》中并非少数[④]，杨际昌还摘取了一些“秀骨天成，清新拔俗”的诗句，而其子张廷玉亦与之“诗体相肖”[⑤]。同王士禛的交游，一定程度上影响了张英及其家族的诗风。

麻溪姚氏与新城王氏渊源颇深。顺治五年(1648)姚文然为山东乡试考官，取中渔洋长兄王士禄。姚文然对王氏兄弟甚为推崇，康熙三年(1663)与王士禄书云：“日下诗古文辞，西樵昆仲实持其魁柄。”[⑥]姚文然与王士禛亦相善，有《寄王贻上》诗，题下注云：“时司李扬州。”[⑦]可知是诗大概作于顺治十八年(1658)至康熙五年(1666)渔洋在扬州任上期间。姚文然族弟姚文默有《怀王阮亭途中遇雨》诗，首云：“晓霁客催别，登程雨复饶。”[⑧]推断姚文默同渔洋曾谋面。姚文燮亦“与王渔洋先生善”[⑨]，有《昌谷集注》，宗尚中晚唐的诗学趣向同渔洋接近。姚文燮子姚士藟中进士后官编修，与渔洋同朝为官。王士禛送别他南归时，作《送姚绥仲(士藟)编修归省因寄羮湖(文燮)》诗二首

---

① 王士禛：《居易录》卷三十一，见《王士禛全集》，济南：齐鲁书社，2007年，第4332页。

② 王士禛：《渔洋山人自撰年谱》卷下，见《王士禛全集》，第5084页。

③ 江小角、杨怀志点校：《张英全书》中册《存诚堂诗集》卷二十一，合肥：安徽大学出版社，2013年，第461页。

④ 永瑢等：《四库全书总目》卷一百七十三《文端集》提要，北京：中华书局，1965年，第1524页。

⑤ 杨际昌：《国朝诗话》卷一，见郭绍虞编：《清诗话续编》，上海：上海古籍出版社，1983年，第1683页。

⑥ 姚文然：《与王西樵》，见《姚端恪公集·文集》卷十一，清康熙刻本。

⑦ 姚文然：《姚端恪公集·诗集》卷十二。

⑧ 徐璈：《桐旧集》卷五，民国十六年(1927)刊本。

⑨ 姚元之：《竹叶亭杂记》卷六，北京：中华书局，1982年，第138页。

相赠，诗中回忆曾与姚文燮“新诗烛下论”（其二）的情景。同时，姚、张二家族互为姻亲，更加密切了王渔洋与姚氏家族的关系。

王士禛曾两次经过桐城。康熙十一年（1672）四月渔洋以户部主事典四川乡试，是月二十八日路过天柱山，《渔洋续诗集》卷四有《天柱山》《天柱山绝顶望见岷山作》《天柱山竹》诸诗，次日即离开，并未造访桐城。康熙二十三年（1684），已经确立诗坛地位且作为翰林院侍读学士的王士禛奉命祭告南海，再次途经桐城，情形与前次完全不同，他与此地诸大家族有了密切的接触。十二月二十三日晚次桐城，家居的张英即来相晤。次日，诸大家族代表悉数前来。先是吴子云、姚文燮、马教思、程仕来见。陈焯雨中过访，出《宋元诗会》属其评定；并游览陈氏山庄涤岑。过姚氏竹叶亭用午餐；饭后访马宅。晚在张英新斋宴饮，姚文燮亦至，欲留渔洋度岁。第三日同张英游姚氏山庄泳园，饮至漏下方入城。至第四日，王士禛方踏上行程[①]。其间亦有值得考辨者。姚文默《同王渔洋张敦复家羹湖游敬亭山》诗云：“登临共喜趁朝晖，径绕丹梯翠湿衣。远寺烟消双塔出，平湖风急片帆飞。一湾老树楮高阁，千里晴云接短扉。自是乾坤留胜境，凭栏极目思依依。”（《桐旧集》卷五）此中提到的双塔，实为宣城敬亭山之名胜。考王士禛与张英、姚氏兄弟同在一处的可能仅此一次，而渔洋在桐城停留三日，并未有敬亭山之游，且宣城离桐城数百里之遥，三日之间也难来回。想是姚氏欲留渔洋度岁，拟其间游敬亭山亦未可知。渔洋这几日安排紧凑的接待活动，足见桐城几大家族对其文采风流的钦慕。

桐城人士对王士禛的推崇，是随其政治地位的提高与诗坛盟主身份的确立而逐步变化的，尤其是其诗风成为翰苑的典范，更为词臣辈出的桐城人士所膜拜。桐城中如张英、张廷玉、张廷瓒、张廷璐、张廷瑑、张若霭、张若澄、张若需、张若潭、张曾敞、张元宰乃至张英来孙张聪贤六代十二人，姚范、姚鼐叔侄二人，方孝标及侄孙方苞，其他如戴名世等，都曾为官词垣，桐城人极为重视翰苑文学教育，如方拱乾就曾“为门生子侄之为翰林者，选《玉堂诗脍》一

① 蒋寅：《王渔洋事迹征略》，第 300～301 页。

书”[①]。以翰苑诗风为标准，则必然揣摩渔洋诗作与诗学。在这种情况下，王士禛势必成为桐城乃至桐城派的诗学偶像。

二、《古诗选》：桐城诗学教科书

渔洋诗学对桐城的影响，首先体现于诗歌选本上。在渔洋编纂的诗选中，桐城人士特别推崇其《古诗选》，晚清桐城人萧穆云：“近代诗家选本正宗，首推王文简公《古诗选》。”[②]其言最有代表性。渔洋《古诗选》包括五言古诗与七言古诗两部分。五言古诗选两汉至唐诗十七卷，“于汉几取其全；于魏晋以下递严，而递有所录，而犹不废齐、梁、陈、隋之诗；于唐录五人（笔者按，指陈子昂、张九龄、李白、韦应物与柳宗元），明五言古诗之变而不失其正也”。七言古诗“自古辞下，八代兼采，放乎唐、宋、金、元诸大家”，共十五卷。姜宸英在序中称是选为“诗家宝筏”[③]，该选在清代诗坛上影响较大[④]，而桐城一地比其他区域对此书更是情有独钟。

桐城人士对是编的青睐，表现在批点是选，且编选诗集以此为参照。刘大櫆不仅批点过《古诗选》[⑤]，编选《历朝诗约选》时也参照此书。徐世昌云：“（是选）上下古今，力趋正轨，与渔洋《古诗选》意指略同，而门径较为扩大。”[⑥]是编选五言古诗始于托名苏、李的赠答诗，七言古诗始于陈琳《饮马长城窟行》，虽与《古诗选》有差异，但不废齐、梁、陈、隋，又与王选“意指略同”。王选仅录古诗而不及近体，虽有其编纂意图，但毕竟未能全备；刘选尚录五七言律诗与绝句，选诗范围自汉、魏迄于其身处的乾隆中叶，这是较王选门径为

---

① 方世举：《兰从诗话》，见《清诗话续编》，第775页。

② 萧穆：《刘海峰先生〈历朝诗约选〉后序》，见《敬孚类稿》卷二，合肥：黄山书社，1992年，第43页。

③ 闻人倓：《古诗笺序言》，见王士禛选，闻人倓笺：《古诗笺》卷首，上海：上海古籍出版社，2010年，第1页。

④ 谢海林：《王渔洋〈古诗选〉的刊布及其影响史》，载《海南师范大学学报》，2014年第1期。

⑤ 贺葆真：《贺葆真日记》卷八，南京：凤凰出版社，2014年，第39页。另据王达敏所见，刘大櫆关于《古诗选》的批点过录本现藏桐城图书馆。参见其著《姚鼐与乾嘉学派》，北京：学苑出版社，2007年，第155页注释78。

⑥ 徐世昌：《晚晴簃诗话》卷六十七，上海：华东师范大学出版社，2009年，第471页。

广大之处。不过刘大櫆论诗重古而薄今，他说："古之为诗者，非以为诗也而为之，发乎情之不容已然后言；言之不足，然后歌咏之。虽里巷无知之野人，莫不能为诗，而圣人取之以为后世法。今世士大夫以诗为业，童而习之，白首而不迁。呜呼！此今之世所以无诗也。"[1]故是选虽截止至当下，而清代于本县只录吴檄、方以智、钱澄之三人，海内交游仅录处士鲍皋一人，所以萧穆称赞是编"抉择矜慎"[2]。从这一层面来说，其重古也同渔洋相去不远。

与刘大櫆同时稍后的姚范亦重《古诗选》。在其所阅读的几部总集中，就有王士禛的《十种唐诗选》及是书。姚范《援鹑堂笔记》中无阅读王士禛《唐贤三昧集》的条目，于《十种唐诗选》也仅有一条；而批点《古诗选》的则有 191 个条目(其中五言古诗 93 条，七言古诗 98 条)。实际上可能远不止这个数目，整理是书的方东树在按语中说："先生所阅阮亭《古诗选》凡数本，其详本今失之。树以先君旧所传校，及树所录记，补编成此卷，五言自谢朓以下，七言自山谷以下是也。然犹未能全备。"[3]姚范对是选中诗多有考订，用功之勤显而易见。姚范被推为桐城诗派的发端者，他学诗用功于《古诗选》，也为其侄姚鼐所继承，并成为桐城派的传统。

如果说姚范勤习《古诗选》只是自身行为的话，姚鼐则将之用作诗学教材。他评点是书的言论部分保留在《惜抱轩笔记》中[4]。姚鼐对此书亦有质疑，一是所选稍多，不利于熟读精思。他教导弟子陈用光时说："凡学诗文之事，观览不可以不汎博。若其熟读精思效法者，则欲其少，不欲其多。如渔洋《五言诗选》，吾犹觉其多耳。"当然，这仅是对初学者而言，故而不能算王选的不足。二是五言古诗未选杜甫。对此，姚鼐也能理解，他说："其选不及杜公，此是其自度才力，不堪以为大家。而天下士之堪学杜诗者，亦罕见。故不以

---

① 刘大櫆：《伯父纷既先生诗序》，见《刘大櫆集》卷三，上海：上海古籍出版社，1990 年，第 90 页。

② 萧穆：《刘海峰先生〈历朝诗约选〉后序》，见《敬孚类稿》卷二，第 44 页。

③ 姚范：《援鹑堂笔记》卷四十，清道光姚莹刻本。

④ 据王达敏所见，姚鼐关于《古诗选》的批点过录本现藏安庆图书馆和桐城图书馆。参见其著《姚鼐与乾嘉学派》，第 155 页注释 77。

杜诗教人，此正其不敢自欺处耳。”[①]姚鼐认为王渔洋自揣才力所限不能学杜，且意识到天下能学杜者亦少，故不选杜诗。有能学杜者，不妨另选杜诗。所以尽管有不甚完满之处，但并不妨碍姚鼐推崇是编，他肯定其选诗公允：“论诗如渔洋之《古诗钞》，可谓当人心之公者也。”虽其取舍“亦时有不尽当吾心者”，然“要其大体雅正，足以维持诗学，导启后进”[②]，此语也道出桐城派推崇是选的原因。姚鼐教弟子学诗，即以此作为教材，他说：“吾向教后学学诗，只用王阮亭《五七言古诗钞》。”[③]观《惜抱轩尺牍》中他教诲管同、陈用光以及方东树等门人学诗，都推荐此书。

姚鼐于此选还有一个遗憾，那就是“其论止古体，而不及今体”，他甚至将当时诗坛近体诗创作“纷纭歧出，多趋讹谬，风雅之道日衰”[④]的流弊归结于此。姚氏的这一看法接近其师刘大櫆。刘氏补救的措施是重选一部《历朝诗约选》，而姚氏则是补选了一部《五七言今体诗钞》。是书五言选唐人诗 9 卷 88 家，七言选唐宋人诗 9 卷 69 家，选杜诗五言 2 卷，七言 1 卷，崇杜之意甚明，且体现出熔铸唐宋的诗学观。自是之后，桐城派学诗古体用王士禛《古诗选》，今体用姚鼐《今体诗钞》。桐城派后学将二书合刻，今见有同治五年(1866)金陵书局合刻本。如此古今体兼备，二书也成为桐城诗派最通行的诗学教材。

作为姚鼐的弟子，方东树亦以二选为教科书[⑤]。其《昭昧詹言》评诗，主要就是依据这两种诗选。方东树对《古诗选》的青睐，一是出自家法，二是源于师门。就前者而言，方东树称其所编《援鹑堂笔记》中姚范批点《古诗选》的条目是来自“先君”的传校，考其父方绩“尤工为诗，校正史传、诸子，钞录数百

---

① 姚鼐：《与陈硕士》，见卢坡点校：《惜抱轩尺牍》卷七，合肥：安徽大学出版社，2014 年，第 121 页。

② 姚鼐：《今体诗钞目录序》，引自郑福照：《惜抱先生年谱》嘉庆三年条，同治七年(1868)桐城姚濬昌刻本。

③ 姚鼐：《与管异之》，见卢坡点校：《惜抱轩尺牍》卷四，第 66 页。

④ 姚鼐：《今体诗钞目录序》。

⑤ 据王达敏所见，方东树关于《古诗选》的批点过录本现藏桐城图书馆。参见其著《姚鼐与乾嘉学派》，第 155 页注释 78。

卷";方绩之祖方泽与姚范私交甚好,姚范称其文似明罗万藻,诗似宋杨万里[①]。大概是方泽钞录了姚范《古诗选》的批语,传至其孙方绩,再至方东树。显然,桐城除桂林方氏外,方东树所属的鲁䜣方氏亦沾溉渔洋诗学。就后者而言,《昭昧詹言》中除大量引用姚范观点外,还采纳了业师姚鼐诸多的评论,且将《今体诗钞》与《古诗选》作为其评论的依据。在家法与师门的传统之下,方东树重视《古诗选》,亦是顺理成章之事。

当然,《古诗选》也不完全令方东树感到满意。是选收陆游诗 2 卷 78 首,方东树在《昭昧詹言》中批评道:"放翁多无谓而强为之作,使人寻之,不见兴趣天成之妙。阮亭多取之,过当。"选录李商隐《郑州献从叔舍人褒》、苏轼《柏家渡》,方东树均认为可以不取。而对于不收谢朓《和徐都曹》、鲍照《白头吟》等篇,他表示强烈的不满。不过,从总体上来说,方东树对王士禛的去取还是非常赞同的,他动辄赞叹"甚有见""颇见鉴裁之善""鉴裁美善如此"[②]。他关于二选中诗的评论多有精到之语,代表了后期桐城诗派的观点。晚清桐城人士就将《昭昧詹言》作为与《古诗选》《今体诗钞》相配套的学诗入门读物。

吴汝纶执教于河北保定莲池书院时,也以《古诗选》作为书院的诗学教材,其后学亦重视此书。吴氏弟子贺涛之子贺葆真在光绪二十三年(1897)六月十七日的日记中写道:"日与聘三校《古诗选》评点。初吾祖依赵铁卿临本录之,未毕,胡子振先生继之,乃据赵湘帆临本。近步芝村赴保定,又得吴先生近日手定本。余见之急假以归,请吾祖补录。葆真乃同聘三校之红笔;墨笔及夹行眉上之评语不注名氏者,皆姚惜抱所为。其载姓名,则姚、吴两家所引,不可识别。其绿笔则刘海峰评点。凡校改皆吴先生。"[③]这则日记信息丰富,可以看到桐城派关于《古诗选》除刘大櫆、姚范、姚鼐有评点外,至晚清,吴汝纶亦曾校改、评点,其弟子赵衡(湘帆)、赵宗忭(铁卿)、步其诰(芝村)、胡庭麟(子振)等河北籍人士亦校正、抄录,贺涛之父贺锡璜及贺涛子贺葆真均对是选兴趣浓厚。

吴汝纶还将《古诗选》推广至全国。1901 年 9 月,他应直隶学政陆宝忠

---

① 马其昶:《桐城耆旧传》,合肥:黄山书社,1990 年,第 396 页。

② 方东树:《昭昧詹言》,北京:人民文学出版社,1961 年,第 329、134、138、248 页。

③ 贺葆真:《贺葆真日记》卷八,第 39 页。

之请开列学堂书目，其中中学堂诗学书目只有两种，即王之《古诗选》与姚之《今体诗钞》，并自注云："王、姚二选，金陵有合刻者，苦其难读，教者应并阅方植之所著《昭昧詹言》为之讲授。"面向十二三岁的中学生，吴汝纶要求古体五言先读曹、陶，七言先读杜、苏；近体五言先读王、孟，七言先读杜甫。大学堂的诗学书目也仅王、姚诗选两种，面向十七八岁的大学生，吴汝纶要求五古读阮籍、二谢、鲍照，七古读李、韩、黄诸公，五律读杜，七律读小李、杜及宋诗。中国专门的诗学书目虽较多，但也包含王、姚诗选，只是他觉得其中应该增入杜、韩五言古及韩偓、元好问五七律[①]。将王选列入学堂书目中，足见吴汝纶对此书的重视。

桐城派也重视王士禛编选的《唐贤三昧集》。姚鼐曾评阅过此书，其后人姚永概在日记中有云："通伯(马其昶)又有惜抱公阅本《三昧集》，亦借来传录。"[②]姚鼐、姚莹还批阅过《渔洋山人精华录》，只是桐城派最看重的还是《古诗选》。

《古诗选》体现了王士禛的神韵诗学观，以此作为诗学教材，必定会给桐城诗派抹上神韵的色调。

三、神韵诗说与桐城诗学

与创作相比，桐城诗派更重渔洋诗论，姚莹的话较有代表性，他说："国朝作者尤众，至于论诗，自以阮亭为正，所谓妙悟天成也。乃其自运，又失之靡弱，虽力造唐贤，实则不异金元诸家。识者谓学似遗山，才力微不逮焉。"[③]讥渔洋创作"失之靡弱"，而推崇其"妙悟天成"的神韵诗论为正宗。主张诗文一体的桐城派在论文论诗时，多有标举神韵的倾向。王灼即云："诗以吟咏性情者也，而气格、神韵、音节、词采即因以见焉。"[④]此处明确以神韵论诗。桐城

---

① 吴汝纶：《吴汝纶全集·吴汝纶尺牍》卷三《与陆伯奎学使》附《学堂书目》，合肥：黄山书社，2002年，第377～379页。

② 姚永概：《慎宜轩日记》(上)，合肥：黄山书社，2010年，第610页。

③ 姚莹：《孔蘅浦诗序》，见《东溟文集》卷二，《中复堂全集》本。

④ 王灼：《朱小山先生文集序》，见贾文昭编：《桐城派文论选》，北京：中华书局，2008年，第171页。

派不仅喜用神韵这一术语，其理论也糅合了渔洋神韵诗学的精神内核。

首先，桐城派喜以神韵的境界论文论诗。王士禛继承托名司空图《二十四诗品》"韵外之致，味外之旨"与严羽《沧浪诗话》"言有尽而意无穷"的诗境追求，他理解的神韵是一种具有兴象超逸之妙的境界。王氏家习《诗》学，尤嗜韩诗，"为其象外环中，淡然而合，有当于诗人触类引申之义"。钱谦益特别赞其典、远、谐、则论艺四言[①]，其神韵诗学在顺治年间即已成形。后来有人向他求教"不着一字，尽得风流"之说，他举李白《夜泊牛渚怀古》及孟浩然《晚泊浔阳望香炉峰》二诗为例，说："诗至此，色相俱空，政如羚羊挂角，无迹可求，画家所谓逸品也。"[②]不管是早年重视的"象外环中"，还是后来提倡的"色相俱空"，都着意于韵味淡远超逸之境。

桐城派论文论诗亦重这种超逸的神韵之妙。张英论诗人之诗时说："诗人之言，思曲而语新，词近而趣远……气味缠绵于篇什之中，不可得而名状。"[③]戴名世以道教中的精、气、神论文，所谓"神"，他解释道："文之为文，必有出乎语言文字之外，而居乎行墨蹊径之先……其致悠然以深，油然以感，寻之无端而出之无迹者，吾不得而言之也。夫惟不可得而言，此其所以为神也。"[④]这一"出乎言语之外"而又"不得而言"的神，以及"悠然以深"的审美体验，均与王士禛所云神韵的境界一致。刘大櫆论文以神为主，气为辅，标举神气说，其中亦有神韵诗学的色彩。在《论文偶记》中，刘氏有"十二贵"之说，其中"文贵远"一则云："远必含蓄。或句上有句，或句下有句，或句中有句，或句外有句，说出者少，不说出者多，乃可谓之远……远则味永。文至味永，则无以加……意到处言不到，言尽处意不尽，自太史公后，惟韩、欧得其一二。"又"文贵简"一则云："味淡则简……神远而含藏不尽则简。"[⑤]所谓"远""简"，不仅强调含蓄，更重要的还在于追求韵味的深永与淡远，这与神韵诗说重视的兴象超逸之妙甚为契合。

---

① 王士禛：《丙申诗旧序》，见《王士禛全集·蚕尾续文集》卷三，第2025～2026页。

② 王士禛：《分甘余话》卷四，见《王士禛全集》，第5026页。

③ 张英：《芸圃诗序》，见《张英全书》上册《笃素堂文集》卷四，第301～302页。

④ 戴名世：《答伍张两生书》，见《戴名世集》卷一，北京：中华书局，1986年，第4页。

⑤ 刘大櫆：《论文偶记》，北京：人民文学出版社，1959年，第7～8页。

吴孟复说，姚鼐理论主张中“神理气味”的“神”，“就是王士祯讲的‘神韵’之‘神’”[①]。“神理气味”与“格律声色”是姚鼐在《古文辞类纂序》中提出的，并未对此作出说明，谨守惜抱家法的姚永朴阐发云：“古人精神兴会之到，往往意在笔先……又有意在笔外者……截然竟止，而余意无穷。若此者，皆神为之也。”[②]将神韵与兴会相联系，这也是来自王士禛，则姚鼐所云“神”的确与王渔洋的见解一致。姚鼐对此种境界非常推崇，他读了苏园公寄来的“高格清韵”“空濛旷邈”之诗，称赞道：“使人初对，或淡然无足赏；再三往复，则为之欣忭恻怆，不能自已。”认为“此是诗家第一种怀抱，蓄无穷之义味者也”[③]，视此为诗家的最高境界。这种难以言说的妙境本身具有一种空灵之趣，推崇渔洋妙悟的姚莹《论诗绝句》第五十八首写道：“海内谭诗王阮亭，拈花妙谛入空冥。他年笑煞长洲老，苦与唐贤论户庭。”[④]认为王士禛重空冥之境得唐诗之妙境，与之相比沈德潜格调说则不及，姚氏推崇神韵空灵之趣显而易见。

可以说，神，也就是对含蓄且韵味空灵淡远之境的追求，是桐城派最向往的诗文妙境，而这一点，与王士禛的神韵诗学有着根本的相通之处。

其次，壮美与优美的统一。王渔洋理解的神韵诗风既有优美的一面，也有壮美的一面，王、孟一派有神韵，李、杜诗中也有神韵，且二者可以统一。渔洋对王原祁论画“见以为古淡闲远，而中实沉着痛快”的看法极为赞赏，并由画推及诗：“古今风骚流别之道，固不越此。”认为诗歌也是两种矛盾风格的融合：“沉着痛快，非惟李、杜、昌黎有之，乃陶、谢、王、孟而下莫不有之。”[⑤]陶、谢、王、孟古淡闲远中有沉着痛快，而李、杜、昌黎沉着痛快中也包含着古淡闲远。他批评有的诗人“尚雄浑则鲜风调，擅神韵则乏豪健”，称赞陈廷敬的诗“能去其二短，而兼其两长”[⑥]，达到雄浑与风调、神韵与豪健的统一。不过，

---

① 吴孟复：《桐城文派述论》，合肥：安徽教育出版社，2001 年，第 105 页。

② 姚永朴：《文学研究法》卷三《神理》，合肥：黄山书社，1989 年，第 113 页。

③ 姚鼐：《答苏园公书》，见《惜抱轩诗文集 · 文集后集》卷三，上海：上海古籍出版社，1992 年，第 294 页。

④ 姚莹：《后湘诗集》卷九，《中复堂全集》本。

⑤ 王士禛：《芝廛集序》，见《王士禛全集 · 蚕尾文》卷一，第 1780 页。

⑥ 王士禛：《跋陈说岩太宰丁丑诗卷》，见《王士禛全集 · 蚕尾续文集》卷二十，第 2313 页。

在二者之中，渔洋认为李杜一派在审美境界上高于王孟一派，他说："许顗彦周云：'东坡诗如长江大河，飘沙卷沫，枯槎束薪，兰舟绣鹢，皆随流矣。珍泉幽涧，澄泽灵沼，可爱可喜，无一点尘滓，只是体不似江河耳。'余谓由上所云，惟杜子美与子瞻足以当之；由后所云，则宣城、水部、右丞、襄阳、苏州诸公是也。大家、名家之别在此。"①大家高于名家，则杜、苏的长江大河之境高于王、孟的澄泽灵沼之境。

王渔洋提出的两种审美境界，姚鼐以阳刚与阴柔对应之。在《复鲁絜非书》中，他将文章之美分为阳刚与阴柔，如霆如电的阳刚之美相当于长江大河之境，如清风如云霞的阴柔之美相当于澄泽灵沼之境。同时，姚鼐也主张二者不能"一有一绝无"，而应是对立的统一，他说："阴阳刚柔，并行而不容偏废。有其一端而绝亡其一，刚者至于偾强而拂戾，柔者至于颓废而阉幽，则必无与于文者矣。"②在主于阳刚或阴柔之一端的同时，必须糅合其对立的另一端，方能避免流弊，此乃为文之道。

不过这仅是理想的状态，姚鼐认识到"惟圣人之言，统二气之会而弗偏"，至于其他人，不用说是《易》《诗》《书》《论语》所载，因其时不同，面对的说话对象有异，文风也有所偏向；自诸子之文以下，"其为文无弗有偏者"③，有的偏于阳刚，有的偏于阴柔。但天地之道"尚阳而下阴，伸刚而绌柔"，既然如此，在文风上，姚鼐理所当然推崇阳刚之文，他说："文之雄伟而劲直者，必贵于温深而徐婉。"回顾文学史，他发现温深徐婉之才不多，而雄才更是屈指可数："温深徐婉之才，不易得也。然其尤难得者，必在乎天下之雄才也。夫古今为诗人者多矣，为诗而善者亦多矣，而卓然足称为雄才者，千余年中数人焉耳。"④姚鼐的这些主张为其后学管同、曾国藩、张裕钊、吴汝纶等继承。桐城派向往阳刚与阴柔之境的统一，于二者中更推崇阳刚之美，这些均与王士禛的神韵理论一致。

王士禛的神韵诗学理想上推崇长江大河，而实际上却偏爱澄泽灵沼，张

---

① 王士禛：《古夫于亭杂录》卷四，见《王士禛全集》，第4897页。

② 姚鼐：《海愚诗钞序》，见《惜抱轩诗文集·文集》卷四，第48页。

③ 姚鼐：《复鲁絜非书》，见《惜抱轩诗文集·文集》卷六，第93页。

④ 姚鼐：《海愚诗钞序》，见《惜抱轩诗文集·文集》卷四，第48页。

健分析其神韵"是一种缥缈幽远的情调或境界",渔洋更喜欢的就是这种清远古淡的诗境①。所以《古诗选》虽然收录杜甫诗68首,但与收录韦应物的80首相比数量上还是有一定的差距。同样,姚鼐虽追求阳刚之美,但实际上更倾心阴柔之美。他评价苏园公诗时说:"大抵高格清韵,自出胸臆;而远追古人不可到之境于空濛旷邈之区,会古人不易识之情于幽邃杳曲之路。使人初对,或淡然无足赏;再三往复,则为之欣忭恻怆,不能自已。此是诗家第一种怀抱……以言才力雄富,则或不如古;以言神理精到,真与古作者并驱,以存名家正统。"②这些"高格清韵""空濛旷邈""幽邃杳曲"之境,虽从"才力雄富"一面来说比不上古之作者,但从神理精到一面来说,亦为名家正统。姚鼐称之为"诗家第一种怀抱",推崇之意甚明。其实不仅姚鼐,方苞也是如此,吴孟复说:"姚鼐讲的'平淡',就是方苞讲的'清真',而方苞的'清真雅正',就是王士祯讲的'神韵'。"③方苞认为古文气体,最贵"澄清无滓","澄清之极,自然而发其光精,则《左传》《史记》之瑰丽浓郁是也"④。他也提倡"澄清无滓"与"瑰丽浓郁"的统一,不过更向往"澄清"之境,他提出的"清真"之说,与神韵确有相似之处。

理论如此,创作亦是如此。张氏家族除张英之诗"清微淡远"外,其后人诗风亦近之,张英子张廷玉诗"蕴藉清和,遒然意远";张廷瓒"诗情清隽,翛然出尘";张廷璐"诗多清丽……意境闲旷";张英孙张若霭诗"吐属清华……自然俊朗"⑤,等等。姚氏家族如姚鼐,"诗旨清隽"⑥,"以气韵神骨为主"⑦;姚虞初"晚岁诗境清幽,尤能以古淡之笔写绵邈之思";姚兴泶"文辞艳发,诗赋清新";姚乔龄"诗赋尤清丽可颂"。而这种清新古淡之作正同王士禛神韵诗风,

① 张健:《清代诗学研究》,北京:北京大学出版社,1999年,第431～435页。

② 姚鼐:《答苏园公书》,见《惜抱轩诗文集·文集后集》卷三,第294页。

③ 吴孟复:《桐城文派述论》,第104页。

④ 方苞:《古文约选序例》,见《方苞集·集外文》卷四,上海:上海古籍出版社,2008年,第614页。

⑤ 徐世昌:《晚晴簃诗话》卷五十五、四十七、六十、六十八,第365、288、409、480页。

⑥ 王昶:《蒲褐山房诗话新编》卷上,北京:人民文学出版社,2011年,第98页。

⑦ 钱仲联:《清诗纪事》,南京:凤凰出版社,2004年,第6016页。

所以姚莹在评论姚维藩"清深绵丽"的诗风时，直接就说"颇似渔洋山人"[①]，王豫也说姚鼐诗"以《三昧集》为宗"[②]。

不仅诗歌创作，桐城古文也染上了这种神韵色彩。朱庭珍云："（桐城派）持法最严，工于修饰字句，以清雅简净为主，大旨不外乎神韵之说，亦如王阮翁论诗，专主神韵，宗王、孟、韦、柳之意也。"[③]将桐城文风与王士禛神韵诗说相联系。其中姚鼐文风与这种境界最为接近，姚原绂《惜抱轩集序》中云："（姚鼐）所为诗文辞，清旷玄远。"[④]此是兼诗文辞而言。姚莹描绘姚鼐古文风格云："其神骨幽秀、气韵高绝处，如入千岩万壑中，泉石松风，令人泠然忘返。"[⑤]显然与王士禛神韵诗风类似，方宗诚说得最为直接："惜抱先生文，以神韵为宗。"[⑥]吴汝纶概括桐城文风道："桐城诸老，气清体洁，海内所宗，独雄奇瑰玮之境尚少。"[⑦]可以说桐城派无限向往阳刚之境，但除了刘大櫆及晚清曾国藩及其弟子张裕钊、吴汝纶等外，大多趋于气清体洁一路。而这种境界，与王渔洋神韵诗风存在着千丝万缕的联系[⑧]。

再次，天分与学力的结合。从创作状态来说，渔洋的神韵诗学既注重兴会也不废根柢，他说："夫诗之道，有根柢焉，有兴会焉，二者率不可得兼……根柢原于学问，兴会发于性情。"[⑨]所谓兴会就是性情，而这种性情又是与神韵诗学追求的"镜中之象，水中之月，相中之色，羚羊挂角，无迹可求"境界相联系；所谓根柢就是学问，在于学习。性情得自天生，所以兴会与天赋相联系；学问得益于后天学习，所以根柢与人工相关。兴会与根柢结合，就是天分与人工的统一，他说："越处女与勾践论剑术曰：'妾非受于人也，而忽自有

---

① 姚莹：《姚氏先德录》卷五，《中复堂全集》本。

② 钱仲联：《清诗纪事》，第 6014 页。

③ 朱庭珍：《筱园诗话》卷四，见《清诗话续编》，第 2412 页。

④ 钱仲联：《清诗纪事》，第 6013 页。

⑤ 姚莹：《惜抱轩诗文》，见贾文昭编：《桐城派文论选》，第 252 页。

⑥ 方宗诚：《桐城文录・义例》，见贾文昭编：《桐城派文论选》，第 353 页。

⑦ 吴汝纶：《与姚仲实》，见《吴汝纶全集・尺牍》卷一，合肥：黄山书社，2002 年，第 51 页。

⑧ 王达敏在《姚鼐与乾嘉学派》一书中（第 146 页）也提及"姚鼐的神妙说显然受有王士禛神韵说的影响"，因作者研究重点不在于此，故未展开论述。

⑨ 王士禛：《突星阁诗集序》，见《王士禛全集・渔洋文》卷三，第 1560 页。

之。'司马相如答盛览论赋曰:'赋家之心,得之于内,不可得而传。'诗家妙谛,无过此数语。"[①]这是强调天分;他又说:"学力深,始能见性情。"[②]强调先天与后天统一。

桐城派论文亦重先天禀赋与后天努力的结合,姚鼐在《敦拙堂诗集序》中说:"夫文者,艺也。道与艺合,天与人一,则为文之至。"天即天分,人即人工,欲作至文,这二者是统一的:"言而成节,合乎天地自然之节,则言贵矣。其贵也,有全乎天者焉,有因人而造乎天者焉。"[③]"全乎天者"即先天的禀赋;"因人而造乎天者"即后天的努力。为文既需后天的努力,更需要先天的禀赋;后天的努力已属不易,先天的禀赋更为难得。《复鲁絜非书》云:"人之学文,其功力所能至者,陈理义必明当,布置取舍、繁简廉肉不失法,吐辞雅驯不芜而已。古今至此者,盖不数数得。然尚非文之至,文之至者通乎神明,人力不及施也。"[④]所以欲成为文学家,需要努力学习,而天赋更不可或缺,天赋是成为杰出文学家的重要条件。他以《诗经·国风》中诗为例,这些诗"成于田野闺闼、无足称述之人","而语言微妙,后世能文之士,有莫能逮,非天为之乎"?但姚氏同时也认识到此仅是"言《诗》之一端",《雅》《颂》诸篇,乃"道德修明,而学术该备,非如列国《风》诗采于里巷者可并论也"。如果仅具天赋,"天机间发,片言一章之工亦有之";但若言"裒然成集,连牍殊体,累见诡出,闳丽谲变"之作,"则非巨才而深于其法者不能",天赋与学习都不可偏废。既具有先天的禀赋,又付出后天的努力的,姚鼐认为杜甫的杰出就是如此造就的:"子美之诗,其才天纵,而致学精思,与之并至,故为古今诗人之冠。"[⑤]所以姚鼐于杜甫特别推崇。

因为重视天分,王士禛也强调禅悟:"舍筏登岸,禅家以为悟境,诗家以为化境,诗禅一致,等无差别。"[⑥]在渔洋看来,作诗的法则需要学习,学力深厚,

---

① 王士禛:《香祖笔记》卷七,见《王士禛全集》,第4599页。

② 王士禛等:《师友诗传录》,见《清诗话》,上海:上海古籍出版社,1963年,第125页。

③ 姚鼐:《惜抱轩诗文集·文集》卷四,第49页。

④ 姚鼐:《惜抱轩诗文集·文集》卷六,第94页。

⑤ 姚鼐:《敦拙堂诗集序》,见《惜抱轩诗文集·文集》卷四,第48、49页。

⑥ 王士禛:《香祖笔记》卷八,见《王士禛全集》第4626页。

就能达到一种妙悟的境地，至此，“学问就转化为性情”，“主体就要以兴会为诗”[①]。为沟通天人，姚鼐也特别提倡“悟”的功夫。在教导弟子为诗为文时，他反复提及禅悟，他对陈用光说：“文家之事，大似禅悟；观人评论圈点，皆是借径。一旦豁然有得，呵佛骂祖，无不可者。”又说：“学文之法无他，多读多为，以待其一日之成就，非可以人力速之也。士苟非有天启，必不能尽其神妙。”他对侄孙姚莹说：“凡诗文事与禅家相似，须由悟入，非语言所能传……欲悟亦无他法，熟读精思而已。”[②]这种通过熟读精思而达到禅悟的途径，与王士禛诗学思想有相通之处。

如果说唐诗重兴会，宋诗重学力的话，那么王士禛强调兴会与根底的结合，也就是努力融合唐诗与宋诗。很显然，作为姚鼐平生论诗宗旨的“熔铸唐宋”，也同渔洋诗学相通。

桐城后学姚椿说：“惜抱宗新城。”[③]姚鼐诗学观及诗风与王渔洋的相似，并非巧合，而是有沿承的因素。如上所论，其实不仅姚鼐，桐城及桐城派其他文士受渔洋沾溉亦多，只是姚鼐更为集中罢了。

四、余　论

当然，渔洋诗学在桐城得到的并不仅是一片赞誉之声，其中亦不乏批评之辞，这主要以方东树、姚莹为代表。在《昭昧詹言》中，方东树对清代诗人的批评并非渔洋一家，诸如钱谦益、朱彝尊尽在其讨伐之列。而由于该书以《古诗选》为依据，故对渔洋诗学颇多微词，此中有的出于个人意气喜好，但有的则根于观点的不同。方东树对渔洋的不满主要在于其神韵诗学“诗中无人”，难以见出诗人性情，易导人作“伪诗”；同时，亦对渔洋诗论中“典”“远”“谐”“则”等核心概念作出评判。在创作上，方东树对渔洋神韵诗偏向清丽一面不满，认为这是才力薄弱所致；他还认为渔洋用典未能去陈言，未领会前人反用与生新的技巧，等等[④]。姚莹总体上对神韵诗学评价甚高，但也时有批评之

---

① 张健：《清代诗学研究》，第477页。

② 姚鼐：《惜抱轩尺牍》，第76、79、138页。

③ 姚椿：《管侍御唐诗选书后》，见《晚学斋文集》卷三，清道光刻本。

④ 陈晓红：《方东树诗学研究》，合肥：安徽大学出版社，2014年，第160～168页。

语。他同方东树相似，从理学的立场出发，以为“学其诗不可不师其人，得其所以为诗者，然后诗工，而人以不废”①，学诗首先要学诗人的人品，这符合桐城派一贯的主张；由此出发，他指责神韵诗学是“以诗论诗”，而不以人言诗。总之，桐城派在姚鼐之前论诗文偏重于神，姚鼐之后偏重于气。因为重神，故多推崇渔洋的神韵说；由于重气，又多批评渔洋的神韵说。且清代诗坛在乾隆中期之前以宗唐诗风为主，以后转而宗宋，随着王士禛诗坛地位的滑落，桐城派对其尊崇之意不如从前。尽管如此，他对桐城诗学的影响却是一以贯之的。

原载《安徽大学学报》2015年第6期

① 姚莹：《黄香石诗序》，见《东溟文集·外集》卷一，《中复堂全集》本。

方以智与桐城泽社考论

宋豪飞

明代文人读书治学往往与结社密切相连。郭绍虞《明代的文人集团》一文，将文人结社统称为“文人集团”，[①]且搜罗有明一代文人所结之社，然于桐城方以智所结之泽社，却不见载。《清儒学案新编》之“密之学案”一章，[②]在介绍方以智早年文学活动时，有所提及，但片言只语，莫能其详。任道斌编著《方以智年谱》，[③]理出方以智诗文集中标注泽社的有关诗文，为笔者研究泽社具体情况提供了极大的便利。除此之外，翻检他书，则罕有提及。泽社为方以智青少年时代求学问业所结之社，泽社诸子相互诗酒酬唱、研经习史，彼此志同道合，亲情与友情终生相伴。探究泽社的情况，对于了解方以智早期的文学活动及学术发展，至为重要，因不避浅陋，略加考论。

一、泽社的名称、成立时间及成员

泽社为“泽园永社”之简称。方以智所结之社取名“永社”，位于其父方孔炤所建之泽园。周岐于崇祯五年(1632)仲冬为方以智《泽园永社十体》诗辑作序：“泽园临南河，取丽泽之义。方潜夫夫子玺卿告假还乡所建也。”[④]泽园建成后，方以智读书其中，“密之闭关，诵读其中，学耕会友而歌以永言，不枯

---

① 郭绍虞：《照隅室古典文学论集》上编，上海：上海古籍出版社，1983。

② 杨向奎：《清儒学案新编》(一)，济南：齐鲁书社，1994。

③ 任道斌：《方以智年谱》，合肥：安徽教育出版社，1983。

④ 方于穀：《桐城方氏诗辑》卷二十三，清道光六年(1826)饲经堂刻本。

不乱”,[1]泽园遂成为永社诸子学习与活动的中心。在其诗文集中,“永社”一作“泽社”,或作“泽园永社”,只有《泽园永社十体・泽园永兴社》一诗,题中写作“泽园永兴社”,所指其实都是一致的。

方以智在《泽园永社十体・泽园永兴社》诗中细致描绘了泽园的自然环境以及身处其中读书的逍遥自在与安然恬淡:“南郊有小园,修广二十亩。开径荫松竹,临水垂杨柳。西北望列嶂,芙蓉青户牖。筑室曰退居,闭关此中久。晨起一卷书,向晚一尊酒。偶然游吴越,天下浪奔走。《大雅》殊寂寥,黄钟让瓦缶。云间许同调,归来告亲友。结社诗永言,弦歌同杵臼。河梁如嚆矢,风骚为敝帚。聊以写我心,何暇计不朽。”[2]由此可见,“永社”之义,正在于“学耕会友而歌以永言”,“结社诗永言”。

泽园永社成立之时间,并无准确记载,唯方以智《浮山文集前编》卷二《史汉释诂序》文后注明为“崇祯戊辰冬方以智书于泽社”,崇祯戊辰即 1628 年,这是笔者今所见最早明确标明时间及“泽社”的记载,也就是说,泽社成立必不迟于是年。

泽园永社的成员,以方以智为核心,包括方的堂叔方文,舅氏吴道凝,妹夫孙临及钱澄之、周岐等六人。

方文,字尔止,号嵞山,为方以智堂房六叔,小方以智一岁,但二人自幼相伴读书,关系密切。方以智《孙武公集序》称:“余有叔尔止,舅氏子远,虽非同辈,而年相若;且引绳排根,不知何故风若。”[3]方文《嵞山集》卷三《庐山访从子密之,同宿九夜,临别作歌》诗中有“与尔同学十四年,寒冬夜夜抵足眠”句。[4] 方文以诗歌见长,抒真情写实事,语句浅俚易懂,“其为诗陶冶性灵,流连景物,不屑为绨章绘句之工”,[5]时人称之为“嵞山体”,著有《嵞山集》五十卷。方文性格豪放不羁,且聪颖过人,弱冠后出外游学,好结交天下俊彦,渐

---

① 方于縠:《桐城方氏诗辑》卷二十三。
② 方于縠:《桐城方氏诗辑》卷二十三。
③ 方以智:《浮山文集前编卷二稽古堂二集上》,康熙此藏轩刻本。
④ 方文:《嵞山集》,上海:上海古籍出版社,1979 年,第 152 页。
⑤ 孙静庵:《明遗民录》,杭州:浙江古籍出版社,1985 年,第 259 页。

渐在诗坛崭露头角,“以棘闱数奇,博览名胜,咏吟不辍,后学推为宗匠”。[①]

周岐,字农父,号需庵,桐城人。他博学多闻,对天官、地理、水利、河漕、土田、赋役、兵刑、官制、边防、数学等多有涉猎,“以博雅好奇闻四方”。[②] 方以智在明天启五年(1625)十五岁时,即通过方文介绍与之结识,《博依集》卷八《初识农父·序》:“乙丑学于雾泽轩,从六叔闻农父言行,素心慕之,未尝得遇。一日,六叔置酒,一见如相识,各以诗为赠,分得廉字”,[③]二人一见如故,遂成为终生知己。

方以智结识钱澄之是在崇祯三年(1630),时年二十。钱澄之,字饮光,原名秉镫,桐城人。他少时即以名节自励,也小方以智一岁,视方如同兄长,“余年未二十时,尝过白鹿山庄,受知于中丞公,兄事曼公,弟畜直之”,[④]真切地反映了与方氏兄弟的深厚情谊。

方以智有三个妹妹,长妹适孙临。孙临字克咸,乃豪杰之士,文武全才。《桐城耆旧传》卷六《孙节愍公传》记其“放迈不群,书史寓目便了指趣。谈说娓娓,善属辞。晓声伎,吹箫度曲”。[⑤] 他自幼即以好读书而任侠闻名乡里,享有才名,所作歌诗古文词,曾流传较广,与方以智、周岐、钱澄之齐名,著有《肄雅堂集》十卷。崇祯末年(1644),局势严峻,孙临散发家财,结纳奇才剑客,希图有所作为,陈子龙赠诗赞叹曰:“孙郎磊落天下才。”[⑥]明亡后积极抗清,顺治三年(1646),被捕不屈而死。

吴道凝为方以智舅氏,字子远,顺治丁亥(1647)进士,为官短暂。他生性豪放,擅长言谈,才华横溢,“少负才略,豪放不羁,与人言论,辄风生四座。尤长于诗赋古文,援笔千言立就”,[⑦]著有《大指斋集》十二卷。他还以书法闻名,擅长草书,《桐城耆旧传》卷四称他“才性俊迈,草书尤横绝,自谓似李北

① 胡必选、王凝命:《康熙桐城县志》,南京:江苏古籍出版社,1998 年,第 169 页。
② 马其昶:《桐城耆旧传》,合肥:黄山书社,1990 年,第 213 页。
③ 任道斌:《方以智年谱》,第 35 页。
④ 钱澄之:《田间文集》,合肥:黄山书社,1998 年,第 388 页。
⑤ 马其昶:《桐城耆旧传》,第 195 页。
⑥ 陈子龙:《陈子龙诗集》,上海:上海古籍出版社,1983 年,第 278 页。
⑦ 胡必选、王凝命:《康熙桐城县志》,第 142 页。

海”。[①]

泽社成员可考者为以上数人，他们以方以智为核心结成永社，日夕耕读泽园，以应试举业，共求仕进，同时，相互切磋学问，觞咏社集，过着一种逍遥自在的“狂放”生活。

二、泽社的性质及与中江社之关系

《清儒学案新编》于“密之学案”文中认为：“泽社中一群有朝气的青少年，往往慷慨酣歌，论天下大事。方自述说：‘处泽园，好悲歌……好言当世之务，言之辄慷慨不能自止。’（《浮山文集·孙武公集序》）这个团体与当时东南一带的会社一样，不仅研究文学，也带上政治色彩。”[②]仅凭方以智自述“好言当世之务”，遂云泽社具有“政治色彩”，似显不妥。虽然，作者引用钱澄之少子钱扔禄所撰《先公田间府君年谱》中崇祯五年(1632)条下所记载的方以智劝钱澄之退出阮大铖所创建的中江社之事：“会方密之吴游回，与府君(指钱澄之)言曰：‘吴下社事，与朝局表里，先辨气类，凡阉党皆在所摈。吾辈奈何奉为盟主，曷早自异诸？’”[③]“吴下社事”，指张溥、张采成立复社的事；“辨气类”就是要分清复社与阉党的界限。桐城阮大铖是魏忠贤阉党余孽，崇祯二年(1629)被列入“逆案”名单，罢职后退居家乡，于崇祯五年创建中江社。“是年，邑人举中江大社，六皖知名士皆在，府君与三伯与焉，首事者潘次鲁、方圣羽也。次鲁为阉党汝桢子，圣羽则‘皖髯’门人。‘皖髯’阴为之主，以荐达名流饵诸士，由是一社皆在其门。‘皖髯’与予家世戚，门内人素不以为嫌。府君乡居，不习朝事，漫从之入社”。[④] “皖髯”即指阮大铖。钱澄之在中江社成立之时即加入，而当年方以智游历东南，广交复社成员，见识渐增，明了时局，年底返回桐城，因此劝钱澄之退出中江社。钱澄之两年之前即已结识方以智，视之如兄，并参加泽社的社课，故此后凡中江社的活动他都辞谢不赴。这使阮大铖开始对方以智产生怨恨。

---

① 马其昶：《桐城耆旧传》，第121页。

② 杨向奎：《清儒学案新编》(一)，第407页。

③ 钱澄之：《所知录》，合肥：黄山书社，2006年，第180页。

④ 钱澄之：《所知录》，第179～180页。

当然,仅凭这则材料是不足以说明泽社即具"政治色彩"的,况且泽社诸子诗文也不存关涉政治内容的作品。泽社成立的初衷大抵是为了科举,在于仕进,其性质还是属于文学性的"文人集团"。下文所探讨的泽社的文学活动,更足以证明其性质。

泽社先于中江社成立,二者同处一邑,两社成员之交往却颇为复杂。朱倓就认为明末复社势力"伟大",而阮大铖创立中江社正是与复社"隐然相抗",意欲"网罗六皖名士,以为己羽翼,一以标榜声名,思为复职之地,一以树立党援,冀为政争之具"。[①] 笔者以为,朱倓过高地估计了中江社的地位及其作用,将阮大铖个人主观政治意图与整个中江社的文学活动捆绑起来予以绝对化的评价,似乎有失客观和公允。魏中林、尹玲玲写有《阮大铖所结中江社考论》一文对此加以辩驳,作者认为:"阮大铖的主观目的如此,客观上能否实现这一目的,则又另当别论。作为当时较有影响的诗社,中江社的文学性不能忽视,它并非只是作为一个政治工具而存在,中江社的性质更主要在于文学方面。"[②]此论得之。

中江社成员目前可考者为潘次鲁、方圣羽、钱秉镫、钱秉镡、方启曾、汪应洛、范世鉴、齐维藩、赵相如、吴道凝、洪敏中等数人,上引论文已经厘清。下面笔者对其中几位人物与方以智及泽社之关系再略加考辨。

这十人中,钱秉镫因方以智劝说,当年即退出。

潘映娄,字次鲁,明少司马潘汝桢仲子,为方以智岳丈,这在《桐城方氏七代遗书》所附郑三俊《方贞述先生墓志铭》文中记载清楚,"以智娶潘氏,兵宪潘映娄女"。[③] 他有着良好的教养,颇具才名,崇祯时副贡生,授台州推官,明亡后,他"投诚"清朝,因功官至福建福宁道,为官能体恤民情,颇有声誉。潘映娄的个人经历较为复杂,据吴山嘉《复社姓氏传略》卷四,潘映娄还曾参加复社活动,与方以智也可谓翁婿同志;《田间年谱》说"次鲁为阉党汝桢子",[④]

---

① 朱倓:《明季桐城中江社考》,见《中央研究院历史语言研究所集刊》,1930 年。

② 魏中林、尹玲玲:《阮大铖所结中江社考论》,载《学术研究》,2005 年第 11 期,第 130~134 页。

③ 方昌翰:《桐城方氏七代遗书》卷一,清光绪十四年(1888)刻本。

④ 钱澄之:《所知录》,第 179 页。

即潘映娄出身阉党之家，曾置身于复社，主事中江社，明亡后又身为贰臣，个中是非，值得玩味。

范世鉴，字子明，天启间诸生；赵相如，字又汉，天启间邑诸生。二人聪颖嗜学，道德节操、诗赋文章皆为时人景慕。据《康熙桐城县志》记载，范世鉴“少好淹博，尚风节，性理史乘，靡不悉究。工诗赋，落笔惊人；敦尚孝义，制行浑厚”；[①]赵相如也是博学鸿儒，“工诗文，摛辞发藻，获所未有；一时名流争景慕之”。[②] 范、赵二人还是复社成员，《复社姓氏传略》卷四有传。而且，依据方志所记，二人皆品性高洁之人，势难与阮大铖同流合污。他们虽列名中江社，但方以智与之也有过交往，《博依集》卷八有《范子明、赵又汉见问南溪，因讐酒慨论生平，赋以为赠》诗可证。

吴道凝乃方以智之舅氏，少年时即与方相伴读书，彼此志趣相合，为泽社之成员，上文已经提及；中江社成立后，他也一度参与其社事活动。

所以，两社成员初期的交往没有绝对的泾渭分明的界限，双方成员参加中江社的社事活动，还是出于文人的秉性，并不因阮大铖的声名狼藉而疏远和仇视他，在文学活动的大旗下，“门内人素不以为嫌”，“不习朝事，漫从之入社”。[③] 但是随着阮大铖与方以智双方关系以及时局的恶化，使得各自阵营成员出现分化也在所难免。《田间年谱》就记载道：“庚辰……阮大铖遣祭，其文专以诋府君……三左亦承密之旨刻《桐山汇业》，以别气类。吾邑社事之判自此始。”[④]庚辰为崇祯十三年(1640)，正是在方以智声援复社的鼓动下，“以别气类”，使得彼此交往的界线日渐凸显，“吾邑社事之判自此始”，人以群分，这也是必然的结果。至崇祯七年(1634)八月，桐城民变，阮大铖逃往南京，中江社消亡，其存在只不过短短两年时间。

三、泽社持续的时间及其文学活动

关于泽社活动的持续时间，如果以崇祯元年(1628)算起，至崇祯七

---

① 胡必选、王凝命：《康熙城县志》，第 167 页。

② 胡必选、王凝命：《康熙城县志》，第 168 页。

③ 钱澄之：《所知录》，第 180 页。

④ 钱澄之：《所知录》，第 182 页。

年(1634)八月桐城民变后,方以智等人移居南京为界,泽社活动主要集中在这七年里。

崇祯七年(1634)八月,桐城汪国华、黄尔成率民“暴动”,地方富豪大姓受到沉重打击,不得不纷纷流徙。九月,方以智仓促避居南京,卜宅城西,定居于茅止生旧宅,取名“膝寓”,其《卜寓》诗记此事:“作客常一身,出门何所顾。岂意故乡乱,家人尽南渡。泊舟近西城,有屋庇风雨。苟全不暇择,仓卒便移住。”[①]桐城遭乱,方以智与孙临、周岐同时移居南京,其他泽社成员也都避难他乡。

因此,可以断言,泽社的教学课读活动至此也就终止了。此后泽社成员就很难全部聚集,但迁居南京的几人因比邻而居,彼此还能时常饮酒作诗;而且,南京是当时的文人活动中心,他们也不断地同其他文社及复社成员往来,参加其社事活动。这之后,泽社诸子在国事日非、彼此乱离的情境中,相互间依然诗歌往来、彼此牵挂,这种亲情和友情相伴终生,如方以智《博依集》中有《江上忆泽社诸子,且拟六叔当至金陵》《柬农父呈子远舅氏》《示农父克咸子远舅氏》等诗作,以为见证。

明代文人结社的初衷多是为了应制举业、攻研时艺。泽社自然也不例外。泽社为方以智与方文、吴道凝、孙临、周岐及钱澄之等同道之人的课业之所,他们先后受业于白瑜、王宣两位先生,研修举业,赋诗作文,研读经史,切磋学问。

方以智于明天启五年(1625)秋,始师事白瑜学经史,时年十五岁。白瑜,字瑕仲,崇祯间岁贡生。他学识人品颇有嘉誉,“聪慧不凡,博闻广记,品行卓荦”,[②]曾被推举“贤良”,力辞不赴,后经廷试而特用,但终究无意仕途,不久归隐,“居大龙山,隐居高尚,诗文娱志,方孔炤为作《七棠先生序》,称其有五柳之遗意”。[③]

明天启七年(1627)起,方以智又从学于王宣。王宣,字化卿,别号虚舟。祖籍江西金溪潘方里,其父客居桐城,他因而出生于此。其童年时即喜好诗

---

① 方以智:《方子流寓草》卷二,康熙此藏轩刻本。

② 廖大闻、金鼎寿:《道光续修桐城县志》,南京:江苏古籍出版社,1998年,第527页。

③ 廖大闻、金鼎寿:《道光续修桐城县志》,第527页。

歌，并以诗得名，“一时名卿辈咸与之游，朝夕唱和。宣博极群书，与人论列古今，辄娓娓不倦。后起之英，争北面事之”，[①]著述较丰。正是在两位老师的教导下，方以智及诸子受益良多，学问日进。

有时先生也参与学生的社事活动，在课读之余，与弟子们或觞咏社集，或出游，彼此分韵作诗。分字（韵）作诗成为他们社事活动的主要形式。方以智《博依集》中多有记载，如《二月三日集社中诸子于南园，临流觞咏，分得堤字》《秋日与社中诸子从豫章王先生谈经，分韵有作》等。崇祯三年（1630）夏，社友们还随从白瑜先生出游贵池，游南溪，方以智写有《从白夫子游暑南溪，与社中诸子及六叔分得兼字》一诗。

泽社日常之社课，包含两大主要内容。

其一，泽社成立之时“立十体会”，以指导诗歌的研习和创作。关于“十体会”具体情况，有两则材料可以说明，一则见于周岐《泽园永社十体序》：

> 诗居六经之先，不学诗无以言。兴观群怨，远迩多识，自勺象以立成，莫不由此，真鼓舞之先几乎？永社立十体会，分一题以《大雅》为宗，以切当为工，以飞跃为致，以高逸为韵，达材验学，既论其志足观所养矣，将谓天下景从可也。[②]

这段文字，首先阐明诗歌创作之旨。泽社诸子认为研习古学当从六经开始，而《诗经》又居六经之首，所以当先学《诗经》，他们也接受“不学诗无以言”这样的治学传统，继承了孔子“兴观群怨”说，重视诗歌的社会功能，这些都是对儒家传统诗学理论的沿袭，作为他们共同遵循的诗歌创作价值取向；其次，确立了泽社诗歌创作之原则，“以《大雅》为宗”，诗歌创作要做到“以切当为工，以飞跃为致，以高逸为韵”的标准，如此才能达到“达材验学”之目的。诸子在这样具体的理论和原则指导下进行诗歌研习和创作，以期提高诗歌创作水平。方以智后来将自己研习所作的古歌、乐府编成《泽园永社十体》，流传下来。钱澄之《藏山阁集》中也保留多首，如《乐府本调》即是这类作品，其题下自注：“同社日课古体诗，本调、今调各拟若干首，存十之三。”[③]这都是他们

---

① 廖大闻、金鼎寿：《道光续修桐城县志》，第583页。

② 方于榖：《桐城方氏诗辑》卷二十三

③ 钱澄之：《藏山阁集》，合肥：黄山书社，2004年，第17页。

立十体会进行诗歌创作的习作。

另一则见于方以智《泽园永社十体·泽园永兴社》题下自注，阐释“十体”之意：

永社十体，首古歌辞，以《卿云》《八伯》《获麟》《大风》等有兮侯之声也；曰风雅体者，以《三百篇》不限定通章四言也；五言古《河梁十九首》尚已，曹、阮、陶、杜庶几近之；七言古实兼长短歌行，以唐之起伏、陡峭、雷硠、顿挫者足法也；近体五七言律，当从王、孟入老杜，而义山之刻艳、香山之爽快皆可收也；绝句愈少愈难蕴藉，排律大似斗宝，比事工巧，难于老当，尤难于章法流动耳。噫！诗转风声各发其感，岂徒论资格已耶？养气读书，考事类情，会友丽泽，固鼓舞之一端也。①

泽社诗歌创作研习古歌辞，风雅体（四言），五言、七言古诗，长、短歌行，近体五、七言律诗，绝句，排律等十种体裁，至于各体之特点或入学之门径，方以智皆予以简要点出，且言之中肯，如学习五七言律诗，他认为就应该先从研读王维、孟浩然的作品入手，然后再转向学习杜甫的律诗，但也要博采众长，兼及“义山之刻艳、香山之爽快”的特点而融会贯通于一体，这样才能推陈出新，有所成就。

其二，泽社诸子勤于学业，除作诗外，还以研究古学、钻研经史为其社课另一内容。诸子中方以智的成就较为突出。他于崇祯戊辰（1628）冬，汇辑《史记》《汉书》章句著成《史汉释诂》一书。他认为治学首推《十三经》，经学之外，就应该钻研《史记》和《汉书》。他对此用力颇勤，取其“义近古者释之”。②

两年后，方以智完成《尔雅》注稿，即《通雅》初稿，以此与同社诸子切磋交流，《博依集》卷八《余注尔雅，始成三卷，社中诸子过询，阅其稿，因命酌，分得邪字》以诗记其事。其后十余年里，他还一直不停地增删修改，直至定稿，并于崇祯十四年（1641）夏才为《通雅》写序，并阐明自己的文艺观和为学之道。《通雅》对清代的学术发展产生了较大的影响。

作为社课，方以智于明崇祯四年（1631）辛未还写有《为扬雄与桓谭书》一

---

① 方于穀：《桐城方氏诗辑》卷二十三。

② 方以智：《浮山文集前编卷二·稽古堂二集上》。

文，其题下自注为“辛未泽社课”。方氏有感而发：“余尝悲以雄之好古，遂无知者，徒慨千载下有子云耳……凡人贱近而贵远，亲见扬子云禄位、容貌不能动人，故轻其书。嗟乎！书遂以禄位、容貌重乎？”[①]他之所以“悲”，其实正是悲叹自己之感时不遇，血气方刚、满腹才华而不得遂其志，岂能无悲乎！

总之，明代文人结社课读以应举业，实为一代之风尚。郭绍虞先生认为，明代文人集团的发达，“即从明代文人标榜风气的发展，已可看出其端倪”，在他看来，明代文人好标榜，甚于历朝，“只须稍有一些表现，就可加以品题，而且树立门户”，[②]以此来断定有明一代文人结社之由，所言中肯，但不能一概而论。郭先生不闻泽园永社，而今何宗美《明末清初文人结社研究》一书大抵将凡是以社名称的明代大小社团搜罗殆尽，几313家之多，远出郭绍虞先生所记之176家，却也不见此社之名，[③]可见泽社实在并无“标榜”的意味，更谈不上要“树立门户”，在明代文人社团中影响极其有限。泽社不比复社的声势，没有几社的才名，就连本县之中江社，存在仅两年，也因阮大铖之“恶”而留名。但是，泽社曾被疏忽或遗漏，而现在必须对其有所认识，有两点首先必须明确：一是泽社规模不大，六七诸子读书其中，求学问业，彼此相得；持续时间超过七年之久，不算太短，但我们通过对泽社的考查，从中可以看出有明一代文人社团的大概面貌和为学概况，折射出那个时代文人生存的一个缩影。二是泽社诸子，诗文成就卓著，即为时人称颂。况且，清代顾炎武、阎若璩之朴学风尚，其实导自方以智、钱澄之，《四库全书总目提要》已言及之。世人皆知明人“空疏不学”，然于方、钱二人，则是除外的。更何况，对于明清之际的著名思想家、大学者方以智来说，泽社的耕读求学生涯为其后来的文学思想及学术发展奠定了坚实的基础，这是不容置疑的。因此，我们有必要给予泽园永社于明代文人社团中以应有的一席之地和客观的评价，且还有进一步研究的必要。

原载《安徽大学学报》2009年第6期

① 方以智：《浮山文集前编卷二·稽古堂二集上》。

② 郭绍虞：《照隅室古典文学论集》上编，第518页。

③ 何宗美：《明末清初文人结社研究》，天津：南开大学出版社，2004年，第23～25页。

传义法与笃师说：桐城文派传衍初期的不同倾向

徐亦然

引　言

乾隆三十九年(1774)，在四库馆中孤立无援的姚鼐主动告退，并于次年南归。嘉庆二十年(1815)，卒于钟山书院。此间四十余年，姚鼐教授东南，不仅阐扬桐城文统，使人知"古文正脉"所在，且从游后学亦多才俊，故其身后门人颇具彬彬之盛，使文派有继。方东树即云：

> 道光十三年来常州，见先生从孙莹所作行状，及先生门人新城陈用光、宜兴吴德旋、宝山毛岳生并武进李君兆洛各所为志传文，其于先生志业行事扬搉发明，灿然无遗。[①]

除李兆洛不以姚门弟子自视，余人皆姚鼐高足。姚莹、陈用光为行状，吴德旋作墓表，毛岳生撰墓志，李兆洛则为姚鼐及其伯父姚范作传，此外，尚有梅曾亮公祭文，已集一时文章俊彦。

或有意味的是，姚门弟子不仅在文体上互相分工，其"扬搉发明"之重心亦各有不同，据此既可见姚鼐弟子对乃师之理解，又可推知各自学术文章之旨趣。如吴德旋侧重于表彰姚鼐的古文建树，陈用光则详论姚鼐治学宗旨，而吴、陈两人文集中于姚鼐援引、申说最多者，亦即分别在古文义法与义理、

---

① 方东树：《书惜抱先生墓志后》，《考槃集文录》卷五，见《续修四库全书》第1497册，第332页。

考据、文章兼重之说。

梅曾亮云陈用光“以文章诏天下之后进，守乎师之说，如规矩绳墨之不可逾”①，而对于吴德旋，包世臣则有姚鼐诸弟子中“唯吴君为能真传姚氏之法”②的评价，可见时人以二人于师说阐扬皆为特出。然而两人学术、文章观点既颇有对立，姚鼐其他弟子间又存异趣，那么其人“传姚氏之法”与“守乎师之说”实质如何？这种异趣在桐城文派流衍中影响又如何？本文即试图以陈、吴两人为线索，探讨姚鼐及其弟子在学术、文学主张上的异同，并在其与阳湖文人的互动中，展现桐城文派传衍初期之复杂情形，以见姚鼐身后桐城文派如何囊括一代古文统绪。

一、义法为“学者之始事”

吴德旋本无锡人，属常州府，因而与张惠言、恽敬等阳湖文人往来密切，而其古文义法则得之于姚鼐。其《七家文钞后序》云：“余年二十余至京师与武进张皋文同学为文，得桐城姚惜抱先生《古文词类纂》读之，而知为文之不可不讲于法也，如工之有规矩焉。”③吴德旋与姚鼐似无严格的师生关系，年近四十时方得与姚鼐晤于钟山书院④。然吴氏既以姚门弟子自居，其他学生亦或作此观，不唯前揭方东树有“先生门人”之谓，管同书信亦云“独与足下忝同门”⑤。

吴德旋既经由《古文辞类纂》于古文义法有所得，其论文亦注重于此：

> 族弟锜墅从予问为文之道，予授以司马子长、韩退之之义法，锜墅深

---

① 梅曾亮：《陈石士先生授经图记》，《柏枧山房文集》卷十，见《续修四库全书》第1514册，第46页。

② 包世臣：《雩都宋月台(维驹)古文钞序》，《艺舟双楫·论文三》，见《续修四库全书》第1082册，第644页。

③ 吴德旋：《七家文钞后序》，《初月楼文钞》卷五，见《清代诗文集汇编》第486册，第50页。

④ 见吴德旋：《七家文钞后序》，《初月楼文钞》卷五，第50页；《姚惜抱先生墓表》，《初月楼文续钞》卷八，见《清代诗文集汇编》第486册，第171页。姚椿：《吴仲伦先生墓志铭》，《晚学斋文集》卷八，见《清代诗文集汇编》第522册，第463页。

⑤ 管同：《与吴仲伦书》，《因寄轩文二集》卷三，见《续修四库全书》第1504册，第477页。

信不疑。[①]

子香初笃嗜韩退之书，以退之为贤于司马子长，每作文必心仪之，然终不能似也。曩者桐城姚刑部姬传教予为文之法，宜力求古人疏淡处，太史公书无美不具，归熙甫能传太史公真脉。余深信之不疑，后遂转以是语授子香，子香折而从之，深思力取，几有成矣。[②]

(吴少萼)及与程子香友，则从余问古文法，予以所闻于刑部姚姬传者告之，谓从归熙甫入可以上溯司马子长。[③]

姚氏编《古文辞类纂》之意，在由方、归入唐宋八家，进而由“文起八代之衰”的韩愈上溯秦汉，如此建立桐城文统。其文深得于归有光平淡韵致，亦推重归氏圈点《史记》以为古文门径。吴德旋不仅接纳了姚鼐所建立的文统，将姚氏之说奉为法门，向弟子传授，并心折于姚鼐“迂回荡漾、余味曲包”[④]的文风，以为读归、姚二氏之文，“每一展卷，觉馥郁之气在室”[⑤]。

对于古文义法的极力推崇，使得吴德旋论文旨趣与阳湖文人颇有异同，后人聚讼纷纷的桐城、阳湖两派关系，亦可于此初见端倪。吴德旋文集中有《书〈大云山房文稿〉》两篇，直指恽敬古文“阙乎优柔澹邈温纯之美”，其人又“好已胜，而自多其能”[⑥]。而在给入室弟子程子香的书信中，指示其读《大云山房文稿》，悉心考察恽文利病得失，并论其文云：“子居文有得于迁、固之雄刚，然颇似法家言，少儒者气象，《上秦小岘按察书》乃绝似《战国策》，唐以后如此等文甚少也。”又暗评其人云：“古之学者厚于责已而恕以待人，故其气和，其词婉，自明以来文士不知此义，而好贬人以自高，故其矜情胜气时时流露于楮墨间，去孟、韩温醇之境远矣。”[⑦]案恽敬之学本博综诸子百家，与张惠言醇儒气象不同，故而文风亦迥异。李兆洛谓恽敬古文“自元、明以来无此笔

---

① 吴德旋：《族弟筠墅读左史文序》，见《初月楼文续钞》卷四，第122页。

② 吴德旋：《程子香墓志铭》，见《初月楼文续钞》卷七，第159页。

③ 吴德旋：《吴少萼传》，见《初月楼文续钞》卷六，第150、151页。

④ 吴德旋著，吕璜述：《初月楼古文绪论》，北京：人民文学出版社，1959年，第31页。

⑤ 吴德旋：《与程子香书》，见《初月楼文钞》卷二，第20页。

⑥ 吴德旋：《书〈大云山房文稿〉》一、二，见《初月楼文钞》卷一，第8、9页。

⑦ 吴德旋：《与程子香论〈大云山房文稿〉书》，见《初月楼文钞》卷二，第18页。

力，亦所谓晋、楚无道之兵”，其意即在恽氏得韩文之一端[①]。吴德旋显然不以其文为正体，认为恽敬于韩文仅“游其藩而已”，实乃袭汉人晁错，并云其文风是“性之所近”。而吴德旋之所以能如此“别裁伪体”，其依凭仍是姚鼐之文统：

> 余谓汉人之文可师法者，无过刘子政。子政文端慤渊懿，足以征君子之所养，学之虽不成，不失为谨厚士，无险厉佻薄之习，其成者，在宋为曾子固，在明为归熙甫，在我朝为姚姬传，皆绝异乎子居之为者也。[②]

> 使子居和其气，婉其词，其文未必能若是之雄且杰也。使子居能和其气，婉其词，而其文仍若是之雄且杰，不且将差肩于子长、退之，而陵轹孟坚、子厚矣乎。然今子居之所就固已在持正、可之上，而方之明允、介甫犹为未足焉。吾之文位置当在震川、望溪间。[③]

清人学唐宋古文，有宗苏者，有宗欧曾者，姚鼐古文显属后种。姚鼐所指示之门径，实则入此“和其气，婉其词”的欧曾一路，而吴德旋援桐城文统以否定恽敬古文“介乎奇正之间”的风格，虽不免失于偏狭，却又是持守桐城家法之表现。

吴德旋评恽文多意气之语，又往往涉及其人性情，实不可为外人道。然程子香得书后示友人王守静，王守静又致书吴德旋，“欲书此文而藏之”，吴德旋不得不再去信申说与恽敬异同，持论亦稍平。要其旨，一则言恽敬文少“柔澹之思，萧疏之气，清婉之韵，高山流水之音”，二则言恽敬古文观念有不能自洽处，三则不满于恽敬对归有光文“谨”的批评[④]。恽敬素为阳湖士人所推重，吴德旋此两书一出，陆继辂即指之为“有心相难”，其反驳云：

> 恽子居论震川之文“谨，谨则置辞必近”，其言甚当，吴仲伦非之，谓谨莫谨于《春秋》，近莫近于《论语》，斯言过矣。今人有失之隘者，仲伦将曰莫隘于伯夷邪？有失之不恭者，仲伦将曰莫不恭于柳下惠邪？震川之谨，非《春秋》之所谓谨，震川之近，非《论语》之所谓近也。故知此文乃有

---

① 蒋彤辑：《暨阳答问》卷二，见《丛书集成续编》第88册，第625页。

② 吴德旋：《书〈大云山房文稿〉一》，见《初月楼文钞》卷一，第8、9页。

③ 吴德旋：《与程子香论〈大云山房文稿〉书》，见《初月楼文钞》卷二，第18页。

④ 吴德旋：《与王守静论〈大云山房文稿〉书》，见《初月楼文钞》卷二，第18～20页。

心相难之作，未足以服子居之心也。[①]

陆继辂所言“失之隘”“失之不恭”者，皆为吴德旋《书〈大云山房文稿〉》中评论恽敬之文字，可见陆氏对吴德旋前后数文皆有所知，而又颇不以为然。抛开乡谊人情不谈，吴、陆二人争执处在于恽敬论归有光“谨，谨则置辞必近”是否恰当。案此文出自恽敬《上曹俪笙侍郎书》：

方望溪先生曰：“古文虽小道，失其传者七百年。”望溪之言若是，是明之遵岩、震川，本朝之雪苑、勺庭、尧峰诸君子，世俗推为作者，一不得与乎望溪之所许矣。望溪谨厚，兼学有本源，岂妄为此论邪？盖遵岩、震川常有意为古文者也。有意为古文而平生之才与学不能沛然于所为之文之外，则将依附其体而为之。依附其体而为之，则为支为敝为体下不召而至矣。是故遵岩之文赡，赡则用力必过，其失也少支而多敝。震川之文谨，谨则置辞必近，其失也少敝而多支。

此文看似恽敬借方苞之言加以发挥，批评前人古文之不足，然就吴、陆之争而言，此文关键在于方苞对归有光评价若何。方苞《书归震川文集后》云：

震川之文，于所谓有序者盖庶几矣，而有物者则寡焉。又其辞号雅洁，仍有近俚而伤于繁者。岂于时文既竭其心力，故不能两而精与？[②]

恽敬所言之“谨”，即方苞正面评价之“有序”，恽敬所言之“置辞必近”，正与方苞“近俚”之说相承。陆继辂若引方苞之说反驳吴德旋，则不啻于桐城文统内入室操戈。其时陆氏于方苞文章并不熟悉[③]，然吴德旋是否知晓方苞对归有光有如此评价？此事实可思。

事实上，姚鼐对方苞的推尊，意在借重其声望成就以推阐桐城文统，在文学观念与为文风格上，二人多有异同，突出体现于对归有光的评价与对古文

---

① 陆继辂：《合肥学舍札记》卷一“有心相难”条，见《续修四库全书》第1157册，第298页。

② 方苞：《书归震川文集后》，《望溪先生文集》卷五，见《续修四库全书》第1420册，第345页。

③ 据陆继辂《删定望溪先生文序》，其于嘉庆二十四年(1819)方“偶读望溪方氏文”，与吴德旋之争论亦发生在此前后。《崇百药斋文集》卷十四，见《续修四库全书》第1496册，第679页。

义法的态度[①]。吴德旋心折归、姚，并非不知方文之弊，曾议论云："方望溪直接震川矣，然谨严而少妙远之趣，如人家房屋门厅院落厢厨无一不备，但不见书斋别业，若园亭池沼尤不可得也。"[②]方氏之"谨严"，正得力于持守古文义法，而这也当是吴德旋最看重方苞处。

姚鼐论文本不主于义法，对此吴德旋相当清楚：

> 年几四十，始获亲谒惜抱先生而请益焉，先生诲之曰："子之论文主于法，是矣。然此学者之始事也，其终也，几且不知有法而未始戾乎法。子其归而求之周秦诸子及司马子长之书乎。"德旋曰："唯唯。"然固且疑之。疑夫惜抱先生之文之谨于法也。然先生固尝言之曰："文之至者，通于造化之自然，人力不得而施也。"则言夫人力之所可为者，亦惟学者之始事而已。[③]

周秦诸子及司马迁为文本无所谓有法、无法，义法乃后人从中归纳而得，故仅能见得其不违于法，却不知义法不能道出之境界。姚鼐之观点，不在于反对义法，而在于点明义法之不足，故其认为：

> 震川论文深处，望溪尚未见，此论甚是。望溪所得，在本朝诸贤为最深，而较之古人则浅。其阅太史公书，似精神不能包括其大处、远处、疏淡处及华丽非常处。止以义法论文，则得其一端而已。然文家"义法"，亦不可以不讲。[④]

若非有意曲解，吴德旋"惜抱先生之文之谨于法"，显然未得姚鼐论文之旨。而"文之至者，通于造化之自然"乃是言涵养工夫，姚鼐意在言"自然"而非"造化"[⑤]。其实吴德旋亦深知求古文之法，未必能成古人之文，其指导后学即言"退之诚不可至，而求其法而效为之则奚不可者"，"至其所可至，而其

---

① 详见王达敏：《姚鼐与乾嘉学派》，北京：学苑出版社，2007年，第107～110页。

② 吴德旋著，吕璜述：《初月楼古文绪论》，第30、31页。

③ 吴德旋：《七家文钞后序》，见《初月楼文钞》卷五，第50页。

④ 姚鼐：《与陈硕士》，见《惜抱轩尺牍》卷五，合肥：安徽大学出版社，2014年，第75页。

⑤ 姚鼐：《答鲁宾之书》，《惜抱轩文集》卷六，见《续修四库全书》第1453册，第53页。此处吴德旋或欲引姚鼐《复鲁絜非书》"文之至者，通乎神明，人力不及施也"，然就其上下语境而言，姚鼐所谓"文之至者"当指圣人"统二气之会而弗偏然"之文，本非言具体的古文创作。姚鼐：《复鲁絜非书》，《惜抱轩文集》卷六，第47、48页。

所不可至者相违岂远耶？得其传而已”[1]，因而学古人文法，乃是求古文轨辙之正而已。

姚门其他弟子往往能从姚鼐之说，不一味强调古文义法。如姚莹云：“近代方望溪最善此事，其言以义法为主，虽非文章之极诣，然途轨莫正于此，更进以家惜翁之说，必有深得于出入离合之间者矣。”[2]就点明“义法”实为学习古文之途轨、门径，而姚鼐在此基础上更有深论。方东树则有感于学古文者之舍本逐末，论云：“论文而及于体与词、义与法，抑末矣，而后世至且执为绝业专家，旷百年而不一觏其人焉，岂非以其义法之是非、词体之美恶即为事与道显晦之所寄，而不可昧而杂、冒而讬邪？”[3]此语亦道破桐城文派之尴尬，虽姚鼐标举考据、义理、辞章之说，从流者往往只求于古文之技法而已。近人李详即论桐城末流云：

> （曾国藩）其门下则有张廉卿、吴挚甫、黎莼斋、薛叔耘，亦如姬传先生之四大弟子，要皆湘乡派中人也。自四君没后，世之为古文者，茫无所主，仅知姬传为昔之大师，又皆人人所指名，遂依以自固。句摹字剽，于其起承转换，“也”“邪”“与”“矣”“哉”“焉”诸助词，如填匡格，不敢稍溢一语，谓之谨守桐城家法，而于姬传所云“义理、考据、辞章，三者不可阙一”，则又舛焉背驰。[4]

方东树之论，施之百年后亦可。

由此观之，吴德旋“主于义法”，以归、姚古文为正宗，反失姚门论文之旨，而包世臣云“唯吴君能真传姚氏之法”，不过是“外人”基于皮相之虚誉。与姚鼐弟子来往密切的李兆洛，或更知其中曲折，不过以“都在规矩中”许之[5]。

二、“以考证助文之境”

姚鼐标举桐城文统，欲与以戴震为首的乾嘉汉学相抗衡，其云“国朝经学

---

① 吴德旋：《与沈闲亭书》，见《初月楼文续钞》卷二，第103、104页。

② 姚莹：《复陆次山论文书》，《东溟文后集》卷八，见《续修四库全书》第1512册，第563页。

③ 方东树：《书惜抱先生墓志后》，见《考槃集文录》卷五，第332页。

④ 李详：《论桐城派》，见《李审言文集》，南京：江苏古籍出版社，1989年，第888页。

⑤ 蒋彤辑：《暨阳答问》卷二，第625页。

之盛在新安,古文之盛在桐城"最见此意[①]。然而自姚鼐去国南归,并未与汉学家发生正面冲突,而其人于考据之方法亦不排斥,有《九经说》等撰作传世。这一态度颇有汉宋调和之意味,但刘开《姬传先生八十寿序》云:

(先生)虑夫天下习义理之游心高远而薄视典物,矜考据者之专心制度而不通理宜,其势必至于相争而不已也。故兼取古人之长,使之相反而可相资,而必义理为主以正其原,考证为辅以致其确,不似调停汉宋者之漫无轻重之序,而又必先反之于躬行实践以植其基,而后可底于成也。[②]

刘开以为姚鼐有感于专主汉、宋之弊,而采取"义理为主以正其原,考证为辅以致其确"的治学路径,不囿于门户之见,又比一般持调和之论者更有主次之分。这一评价与前揭陈用光《行状》"兼治汉宋而一以程朱为宗"之说近似,陈用光又言姚鼐既归,"益务治经,所著经说发挥义理,辅以考证,而一行以古文法",则标举乃师兼重义理、考证、辞章之说,"反之于躬行实践"与"一行以古文法"实为体用之两端[③]。

姚氏此论自然不为研汉学者所重视,甚至尊宋之古文家亦以为非,王芑孙未与姚鼐相识时,对姚鼐文章大为赞赏,然其仍有"《惜抱轩集》十卷前三卷亦多考订家言,自记、序文以后始警绝"之评[④]。王氏仅以考据为姚鼐文章之大醇小疵,对此,姚鼐断断不能认同,其与陈用光有书云:

倾见吴中王铁夫集中有《跋惜抱集》一篇,此君乃未识面之人,而承其推许,使人有知己之感。其论鄙作所最许者,序事之文,甚爱《朱竹君传》,而不甚喜考证之作。愚意以考证累其文,则是弊耳;以考证助文之境,正有佳处,夫何病哉。铁夫必欲去之,亦偏见耳。其文章不愧雅驯,亦今之奇士矣。[⑤]

---

① 详见王达敏:《姚鼐与乾嘉学派》,第117～127页。

② 刘开:《姬传先生八十寿序》,《孟涂文集》卷六,见《续修四库全书》第1510册,第368页。

③ 详见王达敏:《姚鼐与乾嘉学派》,第171～176页。

④ 王芑孙:《书惜抱轩文集》,《惕甫未定稿》卷二十三,见《续修四库全书》第1481册,第245、246页。

⑤ 姚鼐:《与陈硕士》,见《惜抱轩尺牍》卷六,第100页。

以考证赞助义理或为调停汉宋者所识,“以考证助文之境”则姚鼐一家之言,汉学家本以文章为末事,习古文者又以考据琐屑破碎、不成文体,此论非主张考证、义理、辞章兼收者不能道出。姚鼐于未识面之后辈自然不必回应,而两人有书信往来时,姚鼐已为八十老翁,恐已无心论考证事。王芑孙本与陈用光有交,当得闻姚鼐于考据之观点,翁方纲尝告陈用光:“昨见尊集有王君芑孙红字识语,因言义理而斥考订,遂比之于邪说。”[①]可知王氏态度前后并无改变。

陈用光之主张显然承自乃师,姚鼐与之言王芑孙之偏失,陈氏有复信云:

> 本朝之有考据,诚百世不可废之学也,然为其学者辄病于碎小,其见能及乎大矣,而所著又患其不辞。用光尝服膺明儒之尊信宋儒而病其语录之不辞也。先生独举义理、文章、考据三者并重之说以诲示人,而所自著复既博且精,奄有三者之长,独辟一家之境……铁甫见未及此,固宜以其考据为病也。[②]

陈用光亲炙于姚鼐,两人书信往来频繁,自然深知姚鼐用心。考据为有清一代之学术,时人不论学宗汉宋,往往接受这一认识。陈用光言考据而不言汉学,其深意即要将两者关系分离,使之作为一种经学解释方法,亦能为宗程朱者所用。故其云“考证之学古人惟事其实而已,至本朝始立其名”,“不徒不足为吾病,而且有资于吾学”[③]。基于对考据独立性的见解,陈用光在《姚先生行状》中称引师说:“汉儒之学非不佳也,而今之为汉学乃不佳。”[④]又对宋学另加阐发:“今人言汉学多攻朱子,此门户之习耳,夫为科举之学者非能为朱子之学也。治经而兼综汉儒以究朱子之绪,则真学朱子之学者也。”[⑤]如此,“汉学”则成探求程朱义理的必要进路,此法之深切实有过于姚鼐。

与姚鼐相仿,陈用光亦有一段用力于考据的经历,故其于师说之外,对义

---

① 翁方纲:《与陈石士论考订书》,《复初斋文集》卷十一,见《续修四库全书》第1455册,第451页。

② 陈用光:《寄姚先生书》,《太乙舟文集》卷五,见《续修四库全书》第1493册,第328页。

③ 陈用光:《与伯芝书》,《太乙舟文集》卷五,第340页。

④ 陈用光:《姚先生行状》,《太乙舟文集》卷三,第292页。

⑤ 陈用光:《送胡墨庄给谏擢延建邵道序》,《太乙舟文集》卷七,第399页。

理、考据、辞章之关系能有自得之见。陈用光少时从学于舅氏鲁九皋，其族弟鲁缤则与陈用光为友，两人集中所见往来书信保存了彼此对于考据之学的观点：

姬传先生尝谓义理、考据、辞章三者不可缺一。义理、考据其实也，辞章其声也，用光致力于三者而愧未有以聚之也。足下专志锐力，其于义理得其正矣，宜求其精焉者，于考据得其要矣，宜求其确焉者，于辞章得其清矣，宜求其恢奇而典则焉者，博问于友朋，而详考乎见闻，吾与足下共勉之而已。①

此是陈用光向鲁缤陈说自己治学之见解、体会，并以姚鼐"义理、考据、辞章，三者不可缺一"之说相期于好友。鲁缤对此则"不屑以自期"，其复信言：

今天下考据之士破碎分析一物之小、一字之异，群相攻辩……使圣人之经如病痈疽者，百孔千疮，而不可弥其实，何益于身心，何裨于实用？

古之学者非以身心性命文其空疏也，其于成败兴衰治乱之理、制度因革损益之故，必有以究其大者、远者焉……今天下博识多闻之士为不少矣，实能致用者卒亦未大见。②

鲁缤以为当时考据之学破碎经义，无益于理解经典，反有害于学术人心，此亦宗宋学者之典型观念。受嘉道经世风气影响，鲁缤认为当求致用之学，并以此劝励陈用光，以待将来"临大事、处大议"之用。陈用光回信则相当审慎，先言理解鲁缤之用心，又言姚鼐所谓之考证，非汉学末流之考证，并解释考据之学合于宋儒格物致知之说。此皆近于门面语，而于信末陈用光方道出心曲：

往日吾乡亦尝有闻山木之风而为古文者矣，然卒之无成者，以其无学也。无学，则无以辅其气、定其识。世人以古文学者多空疏，职是故也，且能以考证入文，其文乃益古。③

陈用光于信中并言"以考证佐义理，义理乃益可据；以考证入辞章，辞章乃益茂美"，其于前者申论师说而已，于后者，则强调"学"于古文之重要，多有

---

① 陈用光：《与鲁宾之书》，《太乙舟文集》卷五，第335页。

② 鲁缤：《答陈石士书》，《鲁宾之文钞》，见《清代诗文集汇编》第487册，第596、597页。

③ 陈用光：《复宾之书》，《太乙舟文集》卷五，第336页。

发明。

陈用光曾致书管同云：

> 夫古文辞传之于世必才与学兼备，而后能有成，才不可强能而学则可勉致。然学有二，其存乎修辞者，异乎南北朝人之所学，为古文而得其途者知之矣。其存乎学而铢积寸累以求其义理，为古文而得其途者，其所得又有浅深之分焉，得于此者深，虽修辞之功不至而固可自立，得于此者浅，虽修辞之功至而未必能自立也。①

古文之“学”包含两个部分：其一为修辞，即古文义法之类；其二为学问，此处陈用光将其落实为义理。姚鼐与陈用光书信中多次谈及义法为古文之始事、末事，陈用光亦云：“夫为古文者必本于质行，行得其正矣而博学以辅之，是以其言有物而有序，至于节奏义法之见诸属辞者，旬日间可究其绪也。”②“铢积寸累以求其义理”乃是一目的，其过程即涉及前文所言以考据资其学。然而陈用光言古文辞之“学”内涵并不单一，其《龚海峰文集序》云：

> 夫人之为学，内以笃其行，外以适于用而已。博学而不能明辨，则内与外交困。考证者，博学之事也，先生虽不以考证名，而其学如是，宜其文之工矣。③

文中陈用光所称赞龚氏之学有二：一为辨经史；一为论实事。其论台湾招抚、论甘肃盐法等文字，皆被陈用光视作实事求是之学。这一经世维度的引入，虽使其古文理论稍显驳杂，但桐城文派无疑可借此跳脱时人“古文学者多空疏”之刻板印象，而桐城文论亦得以容括更广。

若仅从汉宋之争的视角看，陈用光无非谨承师说，兼宗汉宋而已。若从桐城文论理路看，姚鼐无论是神妙、禅悦说，或义理、考据、辞章兼收之论皆落在虚处，陈用光则将其古文理论落在“实”学上，实与乃师不同处。因而陈用光之“守乎师说”，实则一种发明，而其学问指归则又与姚鼐深契。更重要的是，这种持平汉宋的姿态使陈用光在当时的京师学术圈中不显孤立，桐城古文理论得以在一宽松环境中传播。

---

① 陈用光：《与管异之书》，《太乙舟文集》卷五，第 353 页。

② 陈用光：《徐心庵文稿序》，《太乙舟文集》卷六，第 384 页。

③ 陈用光：《龚海峰文集序》，《太乙舟文集》卷六，第 364 页。

三、“言文必曰桐城”

桐城文派最为人知者，一为方苞初举之古文义法，一为姚鼐义理、考据、文章并重之说，亦即前揭吴德旋、陈用光所致力之两端。在桐城文派传衍初期，其遭遇之阻力同样围绕此两者展开，这在与阳湖文人交往中表现最为显明。

阳湖古文与桐城之渊源，始于张惠言在京城时，经由王灼介绍，习得刘大櫆古文之法[①]。尽管张惠言实与桐城方、刘两家“和而不同”，但时人言其古文仍往往追至桐城。而同时在京城之恽敬则与桐城文风明显歧异，并于方、刘、姚三家多有批评。此两人与桐城古文关系较为清晰，阳湖后辈中，李兆洛、陆继辂则有更复杂之情形。曹虹概括云：“嘉道之际，阳湖派一方面以李兆洛为代表，在突破古文藩篱、扩大古文传统等问题上，继续表现出于桐城派的别裁异趣；另一方面以陆继辂的《七家文钞》为标志，显示出不以斤斤于家数之辨为怀的意向。”[②]这是从文章学角度辨析，诚为不刊之论，然细考李、陆与姚鼐弟子之交往实情，则此间尚有可说者。

姚鼐弟子与李兆洛颇有往来，刘开集中有《怀李申耆太史》诗云：“吾道今寥落，名山有此人。”而文集后有李兆洛批语[③]。虽不知“吾道”谓何，至少刘开不以异己视之。又姚莹曾记述其交游：“于是丙申丁酉之间朝夕聚处……已而四农北去，李申耆偕其弟子与吴仲伦、左石侨及亨甫后先复至，申耆弟子吴君儁为余作谈艺图，写诸君之貌甚工。”[④]案姚莹所述为其令武进时事，在道光十六年(1836)后，而道光元年(1821)《骈体文钞》业已付梓，可见是书编纂并未影响两人交谊。更有著例，梅曾亮致书李兆洛愿与之交，时间正在《骈体文钞》刊行不久之道光四年(1824)。在姚鼐诸弟子文集中，亦不见对《骈体

① 张惠言：《文稿自序》，《茗柯文三编》，见《续修四库全书》第1488册，第551页。

② 此段关于阳湖与桐城关系的论述，详见曹虹：《阳湖文派研究》，北京：中华书局，1996年，第116～130页。

③ 刘开：《怀李申耆太史》，《孟涂后集》卷二十一，见《续修四库全书》第1510册，第307页。批语见《孟涂文集》卷十，第403页。

④ 姚莹：《潘四农诗序》，见《东溟文后集》卷九，第569页。

文钞》之批评，似乎于是书毫无介怀。

李兆洛编纂《骈体文钞》固然有与姚鼐《古文辞类纂》相对垒之意味，其以“自秦讫隋，其体递变而文无异名，自唐以来始有古文之目而目六朝之文为骈俪，而为其学者亦以是为与古文殊路”，事实上今之所谓骈文、古文“其源所出则一”[①]，又于《答庄卿珊》中云：“宗两汉非自骈体入不可，今日之所谓骈体者，以为不美之名也，而不知秦汉子书无不骈体也。”[②]然而其目的在于指明唐前文章骈、散未分之事实，赋予骈文与古文同等之地位，并非要取古文而代之。从其选目与《古文辞类纂》多有重合，即可知其旨归在于骈散融通，而非一意以六朝典型骈文为高[③]。

桐城派虽以古文名世，却并非与骈文势同水火。姚门弟子仅管同明确表达不喜骈文[④]，而方东树、刘开、梅曾亮各自文集中均有骈文成集或成卷传世，自然其人于骈文当无偏见。方东树即认为：

> 骈体之文，运意遣词与古文不异。椎轮既远，源派益歧，悼先秦之不复则樊罪齐梁，陋骈格之无章则首功萧李。自是而降，殊用异施，判若淄渑，辨同泾渭。[⑤]

此文用骈体写成，其论骈体流别，实与李兆洛同趋。刘开则不仅有持平之态度，还主张沟通骈散，相成为用：

> 夫文辞一术，体虽百变，道本同源。经纬错以成文，玄黄合而为采，故骈之与散并派而争流，殊途而合辙。千枝竞秀乃独木之荣，九子异形本一龙之产。故骈中无散则气壅而难疏，散中无骈则辞孤而易瘠。两者但可相成，不能偏废。[⑥]

---

① 李兆洛：《骈体文钞序》，《养一斋文集》卷五，见《续修四库全书》第1495册，第77页。

② 李兆洛：《答庄卿珊》，见《养一斋文集》卷八，第119页。

③ 参见杨旭辉：《清代骈文史》第六章《常州派骈文创作的兴盛与文章理论新变》，北京：人民出版社，2013年，第376～382页。

④ 梅曾亮《马韦伯骈体文叙》云：“昔会课钟山书院中，每论文讼议纷然，忘所事事，异之色独庄，盛言古文，余曰：‘文贵者辞达耳，苟叙事明、述意畅，则单行与排偶一也。’异之不复难曰：‘君行自悟之。’”《柏枧山房文集》卷五，见《续修四库全书》第1513册，第650页。

⑤ 方东树：《跋彭甘亭小謩觞馆文集》，见《考槃集文录》卷十二，第443页。

⑥ 刘开：《与王子卿太守论骈体书》，《孟涂骈体文》卷二，见《续修四库全书》第1510册，第425页。

刘开于骈文用力较姚门其他弟子为多，论文之旨又不尽合姚鼐，以至于被近人章士钊指为“桐城叛徒”[1]。

事实上，姚鼐本人亦无鄙薄骈体之论[2]，其唯一涉及骈体的批评乃是针对凌廷堪而发：

> 吾昨得凌仲子集阅之，其所论多谬，漫无所取……凌仲子至以《文选》为文家之正派，其可笑如此。[3]

凌廷堪与阮元同为扬州学派之代表，学主考据而文宗六朝，其于《上洗马翁覃溪书》自言“少好六朝辞赋，为文善作选体”，又援引汪中之说云：

> 所谓文者，屈、宋之徒，爰肇其始，马、扬、崔、蔡，实承其绪，建安而后，流风大畅，太清以前，正声未泯。是故萧统一序，已得其要领；刘勰数篇，尤征夫详备。唐之韩、柳，深谙斯理，降至修、轼，寖失其传。[4]

凌氏认为汪中既尊萧、刘，又崇韩、欧为不古不今，言下之意，仍以《骚》《选》为正宗。此则不仅欲夺古文之席，还暗将古文视作伪体。更甚者，凌廷堪言“夫灵均之曾高规矩，不犹汉晋之授受专门乎？昌黎之力排骈体，不犹洛闽之高谈性命乎”，则又落入汉学门户之见，因而姚鼐之批驳亦十分自然。日后阮元之《文言说》《文笔考》无疑变本加厉，将无韵之古文排除于“文”之外，亦无怪乎方东树要在《汉学商兑》中加以反击[5]。然则桐城文派之激烈回应，似乎仍是由汉宋学术争端引出[6]。

---

① 章士钊：《柳文指要》下卷八《刘开孟涂》，北京：中华书局，1971 年，第 1744～1749 页。

② 姚鼐《古文辞类纂·序目》云：“余今编辞赋，一以汉略为法，古文不取六朝人，恶其靡也。独辞赋则晋宋人犹有古人韵格存焉，惟齐梁以下则辞益俳而气益卑，故不录耳。”见《续修四库全书》第 1609 册，第 318 页。本文倾向于将之视作对齐梁辞赋的批评，而非更广泛之骈文。或许更值得关注的是“古文不取六朝人”这一表达，这里“古文”及“古文辞”概念似皆不完全指代通常意义上以唐宋八家为代表之“古文”，参见曹虹：《异辕合轨：清人赋予“古文辞”概念的混成意趣》，载《文学遗产》，2015 年第 4 期。

③ 姚鼐：《与石甫侄孙》，见《惜抱轩尺牍》卷八，第 137 页。

④ 凌廷堪：《上洗马翁覃溪师书》，见《校礼堂文集》卷二十二，北京：中华书局，1998 年，第 195 页。

⑤ 详见方东树：《汉学商兑》卷下，见《续修四库全书》第 951 册，第 613 页。

⑥ 从阮元的角度来看，其对桐城古文的拒斥根本上仍与其提倡汉学有关。参见奚彤云：《中国古代骈文批评史稿》下编第二章，上海：华东师范大学出版社，2006 年，第 117～122 页。

就文章学理论而言，姚鼐深知“古文”仅是一相对概念，并非一固定之文体。其论时文与古文关系时即云：“东汉、六朝之志、铭，唐人作赠序，乃时文也；昌黎为之，则古文矣。明时经艺、寿序，时文也；熙甫为之，则古文矣。”[①]又于《古文辞类纂序》云：“文无所谓古今也，惟其当而已，得其当则六经至于今日，其为道也一。”[②]这种“文无所谓古今”的观念为姚门弟子所承，诸人亦相当清楚所谓“古文”不过是一后起之“名”，陈用光称：“韩昌黎起八代之衰，欧、曾、王、苏递尊之，而肆力于文章之事，于是始有古文之名。”[③]然则古文之“实”又如何？方东树则有详论：

> 夫唐以前无专为古文之学者，宋以前无专揭古文为号者，盖文无古今，随事以适当时之用而已，然其至者乃并载道与德以出之三代秦汉之书可见也。顾其始也，判精粗于事与道。其末也，乃区美恶于体与词。又其降也，乃辨是非于义与法。[④]

若将古文定作一尊，势必奉古文义法为不可逾越之规矩，此在方氏看来无疑是本末倒置之举。方氏以为“文章者，道之器。体与词者，文章之质范。其质使肥瘠修短合度，欲有妍而无媸也，则存乎义与法”，因而形式上骈、散之分别，实不足以辨文之高下。由此观之，姚鼐颇有“历史主义”倾向的古文理论，本身即较为开放。而清代文章学史所谓“骈散之争”，姚鼐及其弟子对之反应冷淡，除方东树外皆未涉足，此种情形正如姚鼐在京时与汉学诸人的颉颃，只是攻守之势已然调转[⑤]。

相较于李兆洛，陆继辂与桐城之分歧似乎更为明显。因与姚鼐弟子少有直接来往，陆氏对桐城之批评较少顾忌。前文已述及与吴德旋论恽敬文章

---

① 姚鼐：《与管异之》，见《惜抱轩尺牍》卷四，第 68 页。

② 姚鼐：《古文辞类纂·序目》，第 311 页。

③ 陈用光：《法梧门文集序》，《太乙舟文集》卷六，第 362 页。

④ 方东树：《书惜抱先生墓志后》，见《考槃集文录》卷五，第 332、333 页。

⑤ 漆永祥考辨桐城派与乾嘉考据学者互动的相关史实，指出桐城派对考据学并未构成威胁，后人所论两者之争鸣，是一场“关公战秦琼”式的建构与想象。漆永祥：《乾嘉考据学家与桐城派关系考论》，载《文学遗产》，2014 年第 1 期。而“骈散之争”中，桐城古文无疑占据着优势地位，骈文作者多以骈散融通的态度为骈文争席，其人亦往往兼善古文与骈文。参见奚彤云：《中国古代骈文批评史稿》下编第三、四章，第 125～127 页、138～146 页。

事，陆继辂明显维护乡贤，赞同恽敬论归有光“词近”之弊。唯此事起自吴德旋耿耿于恽敬之酷评，陆氏之回应亦少见明确主张。而陆氏《删定方望溪先生文序》一文，则直指方苞学问之固陋：

然五家之文，方氏为之首，其言庶几如孔子所云有序而有物矣。然溺宋学而诋汉儒，至言訾謷程朱类多绝世不祀。甚哉，方氏之陋也……汉儒实事求是，其学不能一蹴而至，惟空言性命则旦夕可以自命为圣人之徒，故畏难者群然趋之。[①]

陆继辂虽称方苞不是空谈性命之宋学末流，但又指出其不知《古文尚书》之伪，自谓“尽言其陋，俾学方氏之文者知所抉择，不必如方氏之于宋学”。陆氏尽管不以汉学称，且不主张考据、辞章之门户偏见[②]，然其《合肥学舍札记》中多研讨音韵小学条目，文集中亦多称朴学[③]，可知陆氏治学兴趣。至于此序，则近乎一汉学家立场，于方苞古文成就乃一笔带过，足见其用意。桐城古文素与学主程朱之倾向相关联，陆氏乃欲学其文而舍其学，则姚鼐极重视之古文明道见义之旨归。此种倾向自然不能为姚门诸子所认同，颇为尴尬的是，张惠言恰恰兼善汉学与古文。早年与张惠言同习古文的吴德旋，则对此有所“解释”：“张皋文惜不永年，故摹古之痕尚不尽化，然淳雅无有能及之者，早年虽讲汉学而不薄程朱，所以入理深也。”[④]又于《书大云山房文稿》云：“然皋文其始以汉人之学为贤于宋，犹不免随时俗之好以就名，后既迁而为濂洛关闽之说，则为时无几。”[⑤]且不论张惠言是否有转向程朱之迹象，吴氏此说又以宋学立场衡量古文创作，与陆继辂之失实同。陆氏曾讥吴仲伦“好事生风，拾道学之唾余，沽直谅之虚誉”[⑥]，可旁证两人分歧，多少带有汉宋之争的

① 陆继辂：《删定方望溪先生文序》，见《崇百药斋文集》卷十四，第 679 页。

② 陆继辂：《与赵青州书》，见《崇百药斋文集》卷十四，第 684、685 页。

③ 如《与徐季雅书》云：“阁部以通经擢上弟，遂历通显，足以劝朴学而伸士气。”《崇百药斋续集》卷三，见《续修四库全书》第 1497 册，第 89 页。

④ 吴德旋著，吕璜述：《初月楼古文绪论》，第 31 页。

⑤ 吴德旋：《书〈大云山房文稿〉二》，见《初月楼文钞》卷一，第 9 页。

⑥ 陆继辂：《合肥学舍札记》卷九“记与仲伦辩宛邻语”条，第 379 页。

意味[①]。

陆继辂又与吴德旋有书信涉及姚鼐：

姬传续出之文颇有违心徇人之作，而序惕甫集为尤甚，足下服姬传过当，知其言之失而将蒙不知文之诮也，曲为护前之说以为反言讥之。[②]

此事缘起于姚鼐与王芑孙书信称之太过，故吴德旋有《书王惕甫集》一文，以为姚鼐意在反言讥之[③]。陆继辂之议论即由此而发，认为吴德旋之曲解不得姚鼐君子之心，又有“破坏文律”之虞。案陆氏批评犹属中肯，但由于语涉姚鼐，桐城弟子则不能置之不论。管同时尚与陆继辂不识，便致书吴德旋云：

在都中偶见陆祁孙续集有与足下论吾师序王惕甫文事一书……吾师之为是书也，桐城方植之谓誉之过甚，同意亦未以为然。然吾师终写而与之者，诱掖奖劝，君子所以成人之美也。

祁孙恶其人，遂痛诋其文，痛诋其文遂谓吾师誉之之为太过……足下以为反言讥之，殊非事实，而祁孙攻击不遗余力，同以为未然也。[④]

此事本未涉及姚鼐学术文章之大端，然管同下笔遣词亦重，可知维护乃师之切。后管同与陆继辂有书信往来，今仅见管同集中有书一封，回复其论音韵之说[⑤]，则可知陆氏与桐城诸人终无所同趋。

陆继辂编纂《七家文钞》，意在借重桐城文统以标扬张、恽古文，其后又欲删为刘、姚、张、恽四家，此最见用心[⑥]。但陆氏于桐城古文确为赞赏，其阅刘开文集后有批语云“本朝古文尽在桐城”[⑦]，只是由于学术旨趣不同，因而与桐城貌合神离。而明显与桐城文论有别裁异趣之李兆洛，反而因注重实学、

① 吴德旋与阳湖文人有多方面的分歧，可参见柳春蕊：《晚清古文研究》，南昌：百花文艺出版社，2007 年，第 41～53 页。

② 陆继辂：《与吴仲伦书》，见《崇百药斋续集》卷三，第 88 页。

③ 吴德旋：《书王惕甫文集》，见《初月楼文钞》卷一，第 11 页。

④ 管同：《与吴仲伦书》，《因寄轩文二集》卷三，见《续修四库全书》第 1504 册，第 477 页。

⑤ 管同：《复陆祁孙书》，《因寄轩文集补遗》卷三，见《续修四库全书》第 1504 册，第 497、498 页。

⑥ 参见吴德旋：《与陆祁孙书三》，见《初月楼文钞》卷二，第 23 页。

⑦ 批语见刘开：《孟涂文集》卷十，第 403 页。

不为考据[①]，与姚莹相得，进而与桐城文派关系更近。这种文学主张与实际交往亲疏相背的情形，可见桐城文派与阳湖文人互动的不同层次，以及文学与学术之表里轻重。

在桐城文派流衍初期，其与阳湖文人之互动有特别的代表性。今言桐城文派源流往往参考曾国藩《欧阳生文集序》，但此序并未言及桐城以外为古文者，年辈略早于曾的朱琦则记载了当时古文各家的情形：

> 同时业古文者有无锡秦小岘、武进张皋文，于桐城为近。而新城陈硕士最笃信师说，其学初求之于鲁山木。又有朱梅崖、恽子居亦好为文，声名藉甚。山木喜称说梅崖而才稍确。子居才肆矣，间入伪体。故至今言文必曰桐城。[②]

姚鼐弟子梅曾亮居京师二十年，从游者甚众，朱琦即此中后学之一。按其说法，姚鼐编《古文辞类纂》时，古文作者集中于阳湖、新城两地[③]。新城古文代表即鲁九皋、陈用光，后皆归于桐城。然则是时于古文理论方面与桐城文派有明显之紧张，又能具有流派性影响者，唯阳湖文人而已。但陆继辂在《七家文钞序》中对张、恽古文源流的追溯，最终成为后人称道“天下文章出于桐城”的一个旁证[④]，而桐城、阳湖文人互动中的学术史意义，亦多少被后世文派之争所遮蔽。更具意味的是，姚鼐及其授业弟子对恽敬本无批评，而以朱琦为代表的桐城后学，已自然将其古文视作伪体。

---

① 蒋彤《养一子述》云：“仁和卢学士文弨主讲龙城，从游皆一时英彦，如臧在东镛堂，顾子明文炳，颇讲求训诂之学，子意殊不屑，学士独契异之，谓其成就非群辈所及。”《丹稜文钞》卷三，见《丛书集成初续编》第141册，第224页。

② 朱琦：《自记所藏古文辞类纂旧本》，《怡志堂文初编》卷六，见《续修四库全书》第1530册，第246页。

③ 秦小岘（瀛）与阳湖文人近，朱梅崖（仕琇）则为新城古文家所宗，因而朱琦所举诸人实皆分属阳湖、新城两处，吴德旋亦曾称赞“乾隆嘉庆之际，天下言文章者推桐城，而江西新城亦最盛”。此外尚有袁枚、王芑孙、彭绍升诸人，皆零星不成流派。引文见吴德旋：《诰授资政大夫礼部左侍郎陈公神道碑铭》，见《初月楼文续钞》卷七，第156页。

④ 王先谦《续古文辞类纂·例略》云：“自惜抱继方、刘为古文学，天下相与尊尚其文，号桐城派。当海峰之世有钱伯坰鲁思，从受其业，以师说称诵于阳湖恽子居、武进张皋文。子居、皋文遂弃其声韵考订之学而学古文，于是阳湖古文之学特盛，陆祁孙《七家文钞序》言之，此阳湖为古文者自述其渊源，无与桐城角立门户之见也。”王先谦辑：《续古文辞类纂》，见《续修四库全书》第1610册，第73页。

结　语

姚鼐标举之桐城文统，本具有文章、学术两层次意义，而姚氏无论是对于古文义法还是学主程朱，皆有较为通达之主张，这也造成桐城文派师说与家法并不合辙之事实。吴德旋与陈用光无疑代表了桐城文派内部这两种不同的倾向。

嘉道时期，桐城文派得以囊括一时古文统绪，其间，学术旨趣之异同较文学观念之远近更易构成阻力，但桐城文派的学术色彩亦逐渐剥落，以致后世几乎只将其视作一文学流派。因此在桐城文派逐渐壮大的过程中，古文正统地位的确立，同样伴随着走向偏狭的遗憾。然而这种偏狭从另一角度来看，亦是桐城文派得以保持其流派特征的关键，桐城后学因之形成了一种"别裁伪体"的机制。日后，桐城文派内部不断自我否定与纠偏的成果，也以新的家法及戒律形式固定下来。

文派的流衍有文学的内在机制，同时亦依托于文人交游、书籍传播等外在因素，保留桐城派概念的浑成，在具体事件中探讨"过程中的文学史"①，或能揭示出更为丰富的意涵。

原载《安徽大学学报》2017 年第 6 期

① 蒋寅在《王渔洋与康熙诗坛》中提出"进入'过程'的文学史研究"，认为文学史过程包含复杂的运动及其结果，应在具体历史过程中把握其运动轨迹，使文学史上一些基本概念、命题呈现其建构过程，形成被理解、接受的历史。蒋先生的论述侧重于诗学问题，其实文章学亦然。蒋寅：《进入"过程"的文学史研究》，见《王渔洋与康熙诗坛》，北京：中国社会科学出版社，2001 年，第 1～11页。这里同时参考了邓小南"作为过程的制度史"的说法，她主张制度的形成及运行本身是一动态的过程，不处于运作过程之中也就无所谓"制度"。其着眼点在于制度规范与实际运行之间的张力，这种张力同样存在于"文学"与"史"之间。参见邓小南：《走向"活"的制度史》，载《浙江学刊》，2003 年第 3 期。

回归"文人"：道光时期桐城派的选择

——梅曾亮推动崇尚归氏古文风气的原因和意义

张　维

梅曾亮是嘉道时期桐城派的盟主，从道光十二年（1832）再次进京，梅曾亮在近二十年间，以其自身的古文造诣影响并培养了一批俊杰，对桐城派的发展功不可没。梅曾亮这次的"造士"相对其师姚鼐主讲书院四十年，培养桐城力量以抗衡考据派、骈文派来说，虽有异曲同工之妙，但似乎缺少一股痛快淋漓之感。梅曾亮对当时京中豪杰登门求教的情况很少提及，而他以归有光古文教授门生，遂使京中文坛风随影从的盛况，也主要是通过他人的记录，我们才得以一窥当日情形。梅曾亮既有意大倡归氏古文，而且又实居桐城盟主的地位，为什么在他自己的叙述话语中鲜及于此，我们如何理解梅曾亮此时标举归有光古文的用意，这对桐城派的发展产生了怎样的影响等，是本文探讨的主要问题。

一

在桐城派的文统体系中，归有光起着承前启后的作用，是桐城派步武唐宋八大家的重要桥梁。归有光在桐城文统中地位的确立，与"桐城三祖"有着或多或少的关系。但桐城三祖都没有掀起学习归有光古文的风尚，他们或"阴宗归氏"，[①]或只推重归有光的时文，或盛称归氏"平淡"文风，[②]却未进一

① 陈桂：《中国散文史》，北京：东方出版社，1996年，第304页。

② 姚鼐：《惜抱轩全集·文后集》卷三《与王铁夫书》："故文章之境，莫佳于平淡。措语遗意，有若自然生成者。此熙甫所以为文家之正传。"北京：中国书店，1991年。

步使之发扬光大。归有光古文成为一时之好尚，则得益于梅曾亮的倡扬。

1844 年，吴敏树所辑《归震川文别钞》经梅曾亮极力推荐，顿时成为京中学古文者争相趋从的宠儿。① 梅曾亮自己珍藏着归有光评点《史记》的精本，说明他对归氏文法有独嗜之癖。② 作为这一股归文风尚的推波助澜者，梅曾亮对此的直接"供述"只在《张端甫文稿序》透露一二："张生岳骏，字端甫，无锡人，客京师，从余游者十年，于义山、山谷诗，归熙甫文，偶学辄似。"③除此之外，基本难觅梅曾亮倡导归氏古文的直接材料。梅曾亮的缄默寡言与姚鼐的意气风发形成了鲜明的对比。那么，梅曾亮为什么没有对此有更多的发言呢？

这是因为，一方面，相对于姚鼐立派之时的意气用事，梅曾亮更趋理智与冷静。嘉道时期，社会现实危机日益凸显，汉宋的门户之见犹存，但关注现实、力图改变颓败萧条现状等问题，已取代旷日持久的学术纷争，成为众所讨论的焦点。因此，桐城派的发展不应只停留在如何吸纳人才以壮大声势、与其他门派分庭抗礼之上，叫嚣式的大张旗鼓只会事倍功半。

另一方面，梅曾亮传播桐城义法的条件和方式已悄然发生改变。在京期间，梅曾亮主要以饮宴交游的方式，结交各地才俊英杰，通过自身的古文修养潜移默化影响他人、壮大声势。这种方式相对于书院严格的日常管理和师生间朝夕相对来说，组织形式较为松散，学习氛围更为宽松，交流方式更自由多样。如冯志沂既从张穆学习汉学，又向梅曾亮学习古文，梅曾亮并不因学术

---

① 吴敏树：《柈湖文集》卷五《记钞本震川文后》："余既别钞归震川之文而序之，后三年，甲辰(1844)携之京师……余自是始识梅先生。梅先生既见余此书，因以语朱御史琦、邵舍人懿辰、王户部锡振，皆京师治古文学者。诸君皆来识余，皆以此书故。"

② 王拯《归方评点〈史记〉合笔序》："余始通籍，官京师，曹司冗散，与仁和邵位西舍人从上元梅先生游，商榷文史，致足乐也。日与位西游厂肆，见《史记》评点本，朱绿烂然，以告先生，曰：此望溪笔也。不知何人所录……余又从梅先生乞过震川评点于上。盖归氏学尤深《史记》，其评点世多有，独梅先生传本尤精。"王拯：《归方评点〈史记〉合笔》前附，光绪元年(1875年)锦城节署刊本。

③ 梅曾亮：《柏枧山房诗文集》文集卷七《张端甫文稿序》，上海：上海古籍出版社，2005年。

观点的差异而拒之门外，仍对其悉心教诲。[①] 王拯《书归熙甫集〈项脊轩记〉后》记载了当时问学的情景："往时上元梅先生在京师，与邵舍人懿辰辈过从论文最欢，而皆嗜熙甫文。梅先生尝谓舍人与余曰：君等嗜熙甫文，孰最高。而余与邵所举辄符，声应如响，盖《项脊轩记》也，乃大笑。"[②]这种开放式的讨论切磋，强调的是平等的交流和互动，无需刻板的范本强人诵读，日常的即兴问答，也不必备下成套的理论应对。梅曾亮既无意于把日常的讨论、切磋视为严格的师生传道，最终没有对倡导归氏文风留下详细记录也就不足为奇了。通过梅门弟子零散的记载，梅曾亮倡导归氏古文的方式可概括如下：

首先，梅曾亮通过评点弟子古文作品、整理弟子文集的方式，推动文坛崇归之风。彭昱尧《致翼堂文集》的作品大都经过梅曾亮的评点，彭昱尧的文风"神韵益近震川"[③]与之不无关系。冯志沂《适适斋文集》卷一《书张端甫遗稿序后》文后有王拯的评注二条。其一曰："深悲，文境清冽自震川来而又小变。"其二曰："此以前数文大都皆经言老（梅曾亮）赏鉴者……"现存冯志沂文章四十篇，经过梅曾亮评赏的虽只占五分之一，但冯志沂的文章"置震川集几不能辨"。[④] 张岳骏是梅曾亮的另一高足，"既习为文，出语辄高洁深邈，似归太仆"。[⑤] 但他却英年早逝，梅曾亮悲痛之余，积极整理、刊刻其诗文遗稿，并亲为之序。

其次，梅曾亮在平日交流讨论中，常以归有光期许门下弟子。王拯就是其中一个。王拯自记道："窃唯锡振十五六时抱志自强而才略短浅，辄有意于董仲舒、汲黯之为人，长又窃慕昌黎、庐陵文章。及滥通籍，从官曹署，卑微散

① 冯志沂《授经台记》："道光中，上元梅先生伯言以古文词提倡后学，一时京朝官如诸暨余小颇、桂林朱伯韩、新城陈懿叔、马平王定甫诸子，时时载酒从先生游……时平定张石州传亭林、潜邱之学，与余善。先生（梅曾亮）不喜汉学，石州亦不喜八家文。先生闻余交石州，第默默不置可否。石州闻余从先生治古文，辄不乐，或怒加诮让。然余往来于两家者如故。"

② 王拯：《龙壁山房文集》卷五，光绪七年（1881）河北分守道署刊本。

③ 龙房瑞：《彭子穆遗稿序》，见《经德堂文集》卷二，光绪四年（1878）京师刊本。

④ 冯志沂：《适适斋文集》卷一《吴氏老仆雷心源传》文后王拯评语，《续修四主库全书》本。

⑤ 朱琦：《怡志堂文休》卷三《张端甫遗集后序》，桂林典雅铅印本，1935年。

冗，端居多暇，时时窃读而仿效之。顾自鄙陋，匿不敢出，以示于人。在京师日，独尝录写就正先生，遽不鄙夷，诱掖扬导，屡举胜朝归氏熙甫文相况许。”[①]就连不喜标榜门派之说，对桐城派门户之见有不屑之意的吴敏树，梅曾亮一见他的文章，亦大加称赏，“以为能学归熙甫者也”。[②] 这与“桐城三祖”以韩愈鼓励自己和期许后人的动机明显不同。方、刘、姚自许为韩愈，更多是从继承文统的角度出发，是一种宣言式的话语。梅曾亮此时标举归有光，是另有深意的。

二

梅曾亮文集中最早提到归有光，是作于1835年的《送陈作甫叙》一文：

> 古文人多起家县令中。唐宋前，进士授职，无中外分，犹不足异。致明时，文士独高，震川亦以县令入为太朴丞，与昌黎、永叔、介甫诸君子，皆有政声，不害其为文，文益工。然则亲民官非徒习政事，亦所以摩厉其文章也。
>
> 夫文有世禄之文，有豪杰之文。模山记水，叙述情事，言应《尔雅》，如世家贵人，珍器玩好皆中度，程应故实，此世禄之文也。开张王霸，指陈要最，前无所袭于古，而言当乎时；论不必稽于人，而事覈其实，如鱼盐版筑之夫，经历险阻，致身遭时，虽居庙堂之上，匹夫匹妇之嚬笑，可得而窥也，此豪杰之文也……然文章家，未有不豪杰而能成大文者。

在这里，梅曾亮就“文人”“政事”“文章”的关系进行了最为集中的说明。三者之中，“文人”居于核心位置。无论是“昌明道术、辨析是非治乱为己任”[③]的韩愈、欧阳修、王安石，还是“老而一第，终没于小官”[④]的归有光，在梅曾亮看来，都是一介“文人”而已，并不因为他们的学术、政治声望而淹没了“文人”的身份和本质。但梅曾亮所说的“文人”不是那些只会模山范水、摭拾

① 王拯：《龙壁山房文集》卷二《与梅伯言先生书》。

② 梅曾亮：《柏枧山房诗文集》文集卷十四《赠按察司照磨吴府群墓表》。

③ 梅曾亮：《柏枧山房诗文集》文集卷二《上汪尚书书》。

④ 吴敏树：《木半湖文集》卷四《归震川文别钞序》，《续修四库全书》本。

华辞的“文章之士”，而应该是“穷则见诸文也，而达则见诸政也”[①]的关心现实、救弊扶偏、有用于世、堪称“豪杰”的“文章家”。梅曾亮为张琦所作的墓表中，对此有更明确的表述：“君少以文学名，与兄皋文编修伯仲也。诗词、医学、书法，皆能得其深。著录十余种。人以君为文人杰魁者矣，而未意其能为循吏如是。嗟夫，是乃所以为文人也。夫政不达而言立者，盖亦寡矣。苟以君所为者有过乎文人，此可谓能知君矣，未可为知文人也。且世之所谓文人者，又何也？”[②]意思是说，文人有担负天下兴亡的职责，文章与政事不相害。只有经过现实生活的磨砺，才能真正写出大文章，才是真正的“文人”。

将归有光作为真正的“文人”的代表，是梅曾亮标举归氏古文的基点。梅曾亮《赠汪写园序》就是从这个角度肯定归有光“自居于文人”的：

> 夫古之为文词者，未有不言事功者也。至熙甫，而人始以文人归之。观其论倭患、水利书，亦非无意于世者，卒舍彼就此，何哉？盖高世奇伟之士，莫不欲有所自见于世。其所欲自见者，虽不必有非常之功，必求异乎众人之所为以为快。夫求异乎众人之所为，则非有非常之遇与破格之权，不足以行其意。苟无其遇，徒徇徇焉谨筦库、守绳墨，与众人同其功，其心固不能安于是也；而其才之足以他有所为以自见于后世者，又敝于筦库绳墨之间，而不可复振。故往往度其才之所宜，与其时之所诎，以为两涉而俱败也，莫如决其一而专处之，甘心于寂寞之道而不悔。此熙甫所以宁自居于文人之畸，而不欲以功名之庸庸者自处也。[③]

归有光虽身居下僚，但胸怀天下，其论倭患、水利的文章可谓有意于用世。但在无所“遇”的情况下，苟居功名，还不如自居文人。保持“文人”率真直言的本色，不屈从利禄声名，终可获闻于后世。梅曾亮一方面表达了坚守“文人”身份的意志，另一方面也指出了“文人”在现实中时不我遇的无奈。但梅曾亮最终选择以“立言”行身处世，说明“文人”身份是他无悔的选择。梅曾亮在《上汪尚书书》中表达了以“立功”为上、“立德”次之的观点，说明他有经

---

① 管同：《因寄轩文二集》卷三《送李海帆为永州府知府序》。

② 梅曾亮：《柏枧山房诗文集》文集卷十四《馆陶县知县张君墓表》。

③ 梅曾亮：《柏枧山房诗文集》文集卷三《赠汪写园序》。

世之意;同时,他也指出,“立功”“立德”都需要具备一定的条件,即时机和机遇,而“立言”则不受限制,可有感而发,即使不能为当时者所重,同样也能尽到文士“经世”之责。

> 曾亮自少好观古人之文词及书契以业治乱要最之归,立法取舍之办,以为士之生于世者,不可苟然而生;上之则佐天子,宰制万物,役使群动,次之则如汉董仲舒、唐之昌黎、宋之欧阳修,以昌明道术、辨析是非治乱为己任。其待时而行者,盖难几矣;其不待时而可言者,虽不能逮,而窃有斯志。[①]

朱琦《柏枧山房文集书后》说:“先生性简淡,若无与于世者。”[②]吴敏树《梅伯方先生诔辞》指出:“而先生亦可谓不得志以死者。其才俊伟明达,固非但文人,而趣寄尤高,以进士不欲为县令,更求为赀郎,及补官老矣。而归又逢世之乱,可伤也。”[③]从这些对梅曾亮生而不遇的悲悼和叹惜中可以看出,与归有光一样,梅曾亮虽自居文人而“非但文人”而已。梅曾亮自觉以文人自处的选择,是迫于“时势”的无奈罢了。

三

在嘉道之际,文坛高扬雄浑激越的文学风尚,[④]梅曾亮为什么要标举素以淡远简净著称的归氏古文作为“摩厉文章”的良方呢?这就涉及对阳刚和阴柔两种风格的认识。自姚鼐有阳刚、阴柔之说,孰优孰劣的问题也随之产生。虽然姚鼐说“然古君子称为文章之至,虽兼具二者之用,亦不能无所不偏优于其间”,但他又说“天地之用也,尚阳而下阴,伸刚而绌柔”,[⑤]阳刚阴柔的偏好不言自明。梅曾亮虽对阳刚之风心向往之,但他很清楚各有天资禀赋,不能勉强。所以,梅曾亮对阳刚阴柔兼容并蓄,不示偏废,拈出“真”字将二者

---

① 梅曾亮:《柏枧山房诗文集》文集卷二《上汪尚书书》。

② 朱琦:《怡志堂文集》卷六。

③ 吴敏树:《柈湖文集》卷十二。

④ 详见关爱和:《嘉道之际的文学精神与创作主题》“言关天下与自作主宰的文学精神”一节的相关论述。见《中国近代文学论集》,北京:中华书局,2006年,第116～117页。

⑤ 姚鼐:《惜抱轩全集》文集卷四《海愚诗钞序》,北京:中国书店,1991年。

统摄其中。他说:“见其人而知其心,人之真者也。见其文而知其人,文之真者也。人有缓急刚柔之性,而其文有阴阳动静之殊。譬之查梨橘柚,味不同而各符其名,肖其物;犹裘葛冰炭也,极其所长而皆见其短。使一物而兼众味与众物之长,则名与味乖;而饰其短,则长不可以复见,皆失其真者也。”[①]梅曾亮基于自身“天资”,喜尚归氏阴柔文风就在情理之中了。

如果说梅曾亮推崇归氏文风只是个人偏好,那么“个人偏好”又是怎么成为一时之尚的呢?首先应该明确的是,梅曾亮并没有将个人喜好强加于人,因此,游学梅门弟子中,既有王拯、邵懿辰、冯志沂、张岳骏、项传霖、欧阳勋等嗜好归文的,也有如朱琦、龙启瑞、吴嘉宾等以阳刚风格为主的。其次,重要的一点是,梅曾亮在融合阳刚阴柔方面做了实质性的工作。在经世思想风起云涌之时,纡徐婉曲、情辞远致的文章,难以表达慷慨激昂的郁积之情。敛气蓄势难以酣畅淋漓,然而振臂呼号的矜夸浮词同样无济于事。所以,梅曾亮提出“静而能刚”。《汤相国八十寿序》中,梅曾亮对汤金钊宠辱不惊、泰然处之的处世态度赞道:

> 夫不纷于荣华,不觳于寂寞,山林枯槁之士亦往往能之,然投之艰剧之中,愕然而不安者,何也?彼其所能者自适已,而已非能静也。夫惟天下之至静者,能不扰于天下之动,是非有得于明志致远之效而能然乎?虽然,静而无欲者,人皆知之;静而能刚,其理人未必知也。[②]

梅曾亮意思是,面对名利、喧嚣,做到淡泊明志、宁静致远,固然值得赞赏。这种“静”不是“近于虚无寂灭”,有类于庄子的“忘是非、齐得丧”者,[③]而在“无欲而静”之上,则是“静而能刚”的刚柔相济的至臻至善之境。文肖其人,以文而言,就是寓雄直浑厚于平淡自然之中。梅曾亮的古文看似平淡无奇、平静似水,但仔细读来,其背后显然涌动着一股磅礴雄健之气。且不说论说、传记、碑志等宜于寄情的论事、纪事之文,就是寿序文,梅曾亮也能突破体制,一改谀辞祝颂的时俗,而将之作为记录时事、讥评时政、寄寓爱憎的载体。《徐柳臣五十寿序》通过徐自述守安徽颍州时,抵抗英夷来犯的措施不为所用

① 梅曾亮:《柏枧山房诗文集》文集卷五《太乙舟山房文集叙》。
② 梅曾亮:《柏枧山房诗文集》文集卷三《汤相国八十寿序》。
③ 梅曾亮:《柏枧山房诗文集》文集卷四《钮非石非石子书后》。

之“恨”，作者既揭露了朝廷中庸碌无能之辈的贻误战机，又鼓励朋友坚守正气、不随流俗。《邓嶰筠先生七十寿序》并不着重称颂邓廷桢的政治功绩，而是从他宦海沉浮、言论风采始终如一这一点生发开来。作者对功臣志士屡遭霜雪的不公的强烈愤慨，对贤才能人坚韧不屈、进退唯义的敬佩赞赏，我们都可以在平缓如细流的字里行间深刻感受到。王拯评冯志沂《书吴佳安人事》一文说“叙一人而时事俱见，拣金截玉之笔，无穷愤慨，敛归简净”，[①]就是对梅曾亮倡导和努力的为文刚柔相济的最好注脚。

梅曾亮作文“刚柔相济”以传后世的主张为主阴柔者和主阳刚者都提供了从入的门径。主阳刚者，取径归氏古文，自可融阴入阳；主阴柔者，则可从归有光自甘文人的坚韧品性中，增加阳刚之气。以阳入阴或以阴入阳，不过是具体途径不同，无碍主阴柔者与主阳刚者和谐相处。因此，梅曾亮倡导归文的主张得到了时人的大力响应。

四

无论是对归有光“经世”意义的阐释，还是对归氏古文阴柔风格的认同，梅曾亮都是以一种真诚而理性的“文人情怀”探寻其间，与方、姚所体现的“学者情怀”不同，这是梅曾亮在新的时代、历史条件下理性思考后的结果。“文人情怀”的实质就是文人意识的觉醒与现实中文人遭遇的冲突。就梅曾亮而言，其所谓“居京师二十年，静观人事，于消息之理稍有所悟”，就是亲历和目睹了许多先贤“经世”却遭遇颠沛流离而有所感悟。而他所谓“曾亮之文，直以无所事事，聊自娱悦销暇日耳”，[②]不过是故意作态、言不由衷。果是如此，梅曾亮就无需一再强调“文人”的“经世”责任，其文章也不会有那么多抗夷忧时之作。这不只是梅曾亮个人的经历和感悟，其门下弟子中，朱琦、龙启瑞、邵懿辰、王拯、吴嘉宾等都是一时抗颜骨鲠之士，在宦海几经沉浮跌宕后，毅然肩负起救世挽颓的重任（虽然有很大的局限性，如镇压太平天国运动），说明这一时期桐城派作家大多具有强烈的使命感和

---

① 冯志沂：《适适斋文集》卷二《书吴佳安人事》。

② 梅曾亮：《柏枧山房诗文集》文集卷二《答朱丹木书》。

责任感，现实的复杂和多变也不能改变他们的意志，但同时多了一份理性和冷静。因此，梅曾亮以“文人”“经世”重新解读归有光，不仅是梅氏的夫子自道，而且也是当时文人的心态的写照，具有普遍意义。崇尚归氏古文风气的形成与“文人”意图经世有为，不欲以“文人”自誉，却不得不以“文人”自居的情况是相一致的。

以文经世，有可能走向另一个极端，即“文章”沦为“经世”的附庸。1826年，贺长龄、魏源等编纂的《国朝经世文编》，是经世文章的典范。但桐城派从文学的角度，并不认可这类文章。从这个意义上看，梅曾亮没有将魏源、林则徐等作为典范，而标举归有光的用意正在于此，可以说是桐城派在面对经世风潮时，在“经世”与“文章”之间找到的一个契合点。它既顺应了文人经世的历史潮流，又保持着文章本身的特质。

梅曾亮回归文人的选择也得到了后来桐城派作家的认同。“曾门”弟子黎庶昌说：

> 古之君子，无所谓文辞之学，所习者经世要务而已。后儒一切废弃不讲，颛并此心与力于文辞，取涂已陋，而其所习，又非古人立言之谓，举天下大事，芒昧乎莫赞其一辞。道光末年，风气茶然，颓放极矣。湘乡曾文正公始起而正之，以躬行为天下先，以讲求有用之学为僚友劝，士从而与之游，稍稍得闻往昔圣贤修己治人平天下之大旨。而其幕府辟召，皆极一时英俊，朝夕论思，久之窥见本末，推阐智虑，各自发摅，风气至为一变。①

黎庶昌为突出曾国藩重振经世学风的功劳，而将道光末年(1850)文人说成一味专注文辞、不关心天下时事的书生，文风颓靡，则不免漠视前贤之功。虽然说梅曾亮更偏重研讨文法，“经世”的要求表述得不是那么直截了当，但至少他对“文人”身份的重新认定，对文人经世的肯定，以及提出以文经世的方式，都可视为知识分子为探寻经世之路所作的尝试。由此可见，梅曾亮倡导归有光古文不只是单纯的延续桐城派的努力，他所提出的“文人”自我认识和定位的问题，已涉及更深刻的思想层面的内容。无论“经世”或“文章”，坚

---

① 黎庶昌：《庸庵文编序》，见《拙尊园丛稿》，《续修四库全书》本。

持“文人情怀”，都是对传统知识分子刚正不阿、百折不挠品质的呼唤。明白于此，对我们重新评价桐城派、重新认识梅曾亮和审视嘉道时期桐城派作家等，都有重要的作用。

原载《安徽大学学报》2009 年第 6 期

曾国藩总督直隶与莲池新风的开启

王达敏

曾国藩于同治七年(1868)七月二十七日奉上谕,由两江总督调补直隶总督。翌年正月二十七日抵达保定,二月初二日接篆视事。同治九年(1870)八月初四日,天津教案未结,曾国藩再奉诏回督江表;十月十五日南旋[①]。近两年间,曾国藩抱风烛颓败之躯,撑柱兵燹后百疮千孔的畿甸残局,虽励精图治,却全未政通人和。其不朽的成就不在饬吏、练兵和治河等,而在文教。

曾国藩量移畿疆半载,对北地吏治、民俗和文风谙熟后,大为不满。经历了莲池诸生闹学、莲池山长李嘉端请辞、开馆纳贤乏才、聘选山长和明贤遭遇坎坷,他对直隶士风尤感不称心愿。同治八年(1869)七月初四日,他着手撰作《劝学篇示直隶士子》,初六日写毕,约一千四百字。由于"莲池书院为通省士子聚会之所"[②],他对莲池又最为垂注,因而此文虽标以"示直隶士子",却主要是对莲池士子说法,殆无疑问。

一、力倡桐城之学

《劝学篇示直隶士子》笔势伭昂,思想湛深,是曾国藩学术生涯中的绝作,也是中国近代学术史上的名篇,从中可见其对桐城之学的推尊,对以莲池为

① 曾国藩:《曾国藩全集》第18册《日记三》同治七年七月二十七日、同治八年正月二十七日、二月初二日、九月二十三日、十月十五日,长沙:岳麓书社,1989年,第1536页、第1608页、第1610页、第1771页、第1792页。

② 曾国藩:《复陈廷经》,见《曾国藩全集》第30册《书信十》同治八年十二月初六日,第6993页。

中心的直隶士子的忧挚期待。

第一，在《劝学篇示直隶士子》中，曾国藩力倡桐城之学。

曾国藩勖勉直隶士子立志“入圣人之道”。而达于圣道的为学途径有四端：“曰义理，曰考据，曰辞章，曰经济。”他把四端与孔门四科和清代学术对应起来：“义理者，在孔门为德行之科，今世目为宋学者也。考据者，在孔门为文学之科，今世目为汉学者也。辞章者，在孔门为言语之科，从古艺文及今世制义诗赋皆是也。经济者，在孔门为政事之科，前代典礼、政书及当世掌故皆是也。”[①]由于上哲少而中下多，且人生苦短，遍观四端势必不能，因此学者应择取最急者致力。曾国藩说，切于身心不可造次离者，“则莫急于义理之学”。关于义理之学，他说：“凡人身所自具者，有耳、目、口、体、心思；日接于吾前者，有父子、兄弟、夫妇；稍远者，有君臣，有朋友。为义理之学者，盖将使耳、目、口、体、心思各敬其职，而五伦各尽其分。又将推以及物，使凡民皆有以善其身而无憾于伦纪。夫使举世皆无憾于伦纪，虽唐虞之盛有不能逮。”关于义理与经济的关系，他说：“苟通义理之学，而经济该乎其中矣。程朱诸子之遗书具在，曷尝舍末而言本、遗新民而专事明德？观其雅言，推阐反复而不厌者，大抵不外立志以植基，居敬以养德，穷理以致知，克己以力行，成物以致用。义理与经济初无两术之可分，特其施功之序，详于体而略于用耳。”曾国藩知道，遍观尽取很难，故允许学者根据自己才性所近而有所偏科，但其为学理想仍是义理、经济、考据、辞章兼而有之。早在咸丰元年(1851)七月初八日的日记中，他就说：“四者缺一不可。”[②]在《劝学篇示直隶士子》中，他告诉学者，欲达圣道之志立定，“然后取程朱所谓居敬穷理、力行成物云者，精研而实体之；然后求先儒所谓考据者，使吾之所见证诸古制而不谬；然后求所谓辞章者，使吾之所获达诸笔札而不差。择一术以坚持，而他术固未敢竟废也。”这里明白指出，学贵兼有。

由于曾国藩认为经济该乎义理之中，因而其所谓为学四端，实际仍是三

① 曾国藩：《劝学篇示直隶士子》，见《曾国藩全集》第 14 册《诗文》(修订版)同治八年七月初四日至初六日，第 486 页。此节史料不标明出处者皆引自该文。

② 曾国藩：《曾国藩全集》第 16 册《日记一·绵绵穆穆之室日记》(修订版)咸丰元年七月初八日，长沙：岳麓书社，2011 年，第 588 页。

端；四者缺一不可，实际仍是三者缺一不可。他把以程朱理学为内核的义理之学摆在首要地位，又以为考据、辞章"二途皆可入圣人之道"。这些论点完全植根于桐城之学而变化出之。桐城派的开宗立派者姚鼐曾在《述庵文钞序》《复秦小岘书》《尚书辨伪序》和《复林仲骞书》中，对义理、考据、辞章的关系作了深刻阐述。他说："鼐尝论学问之事有三端焉，曰义理也、考证也、文章也。是三者苟善用之则皆足以相济，苟不善用之则或至于相害……夫天之生才虽美，不能无偏，故以能兼长者为贵。"[①]又说：学问三端，"异趣而同为不可废"；"必兼收之乃足为善。"[②]又说："鼐所云学有三途，以义理为其一途者，谓讲明而辨说之，犹是文字中之事，未及于躬行为己也。躬行为己，乃士所以自立于世根本所在，无与之并者。安得同列而为三乎？虽然，言义理虽未逮于躬行，而终于躬行为近。若文章、考证之事，举其极亦未必无益于躬行也，然而以视义理之学，则又远矣。子曰：'学之不讲，吾忧也'，非义理之谓乎？若古文之学，须兼三者之用，然后为之至。"[③]在躬行为己的前提下，姚鼐强调以程朱理学为内核的义理相对于考据、辞章的优先地位；强调考据、辞章同样有益于躬行；而解释经典的微妙处，从辞章、义理角度下手则更优于考据；强调古文之至乃是义理、考据、辞章兼有。曾国藩与姚鼐的学说略有异同，大旨则无二致。

曾国藩与姚鼐学说若合符节，殊非偶然。在京都为官时，他与姚门高第弟子梅曾亮风仪兼师友，常与梅门诸子朱琦、龙启瑞、王锡振、冯志沂、吴嘉宾、孙鼎臣、邵懿辰、刘传莹、陈学受等诗酒唱和，谈文论道。通过这一学者群体，他发现了姚鼐和桐城派，也发现了自己的性情和学术趣味在此而不在彼。他曾心怀崇敬地说："国藩之粗解文章，由姚先生启之也。"[④]他视姚鼐为古今三十二位圣哲之一；终生把《惜抱轩文集》《古文辞类纂》作为案头涵咏之作。

---

① 姚鼐撰，刘季高标校：《述庵文钞序》，见《惜抱轩诗文集》卷4，《惜抱轩诗文集》，上海：上海古籍出版社，1992年，第61页。

② 姚鼐撰，刘季高标校：《述庵文钞序》，见《惜抱轩文集》卷6，《惜抱轩诗文集》，第61页。

③ 姚鼐：《复林仲骞书》，稿本，安徽省博物馆藏品。

④ 曾国藩：《圣哲画像记》，见《曾国藩全集》第14册《诗文》（修订版）咸丰九年正月十九日至二十一日，第152页。

他与姚鼐如此心灵相契,以至于曾在一年之内两次梦之。同治三年(1864)十二月十七日,他"梦见姚姬传先生颀长清癯,而生趣盎然"[①];同治四年(1865)十二月十日,他"梦见姚姬传先生,谈文颇久"[②]。他对姚鼐持守程朱信仰、与汉学派孤军奋斗极表敬重,也接受了其阴阳刚柔、因声求气诸说,更接受了其有关义理、考据、辞章的见解。关于后者,他在《圣哲画像记》中说:"姚姬传氏言学问之途有三:曰义理,曰词章,曰考据。"[③]在这篇名文中,他根据姚说而稍变之,把古今圣贤之学作了系统分类。

曾国藩向湖南善化大儒唐鉴问学,被学者视为其成学过程和近代理学史上的大事。道光二十一年(1841)七月十四日,他向唐氏请业。唐曰:"当以《朱子全集》为宗","身体力行";"又言为学只有三门:曰义理,曰考核,曰文章。考核之学多求粗而遗精,管窥而蠡测。文章之学非精于义理者不能至。经济之学即在义理内"[④]。余英时认为:"这番谈论对曾国藩以后的学术生命实有再造之功;他的治学规模就此奠定了。"[⑤]事实上,唐鉴之学乃间接得之于姚鼐。唐鉴之父唐仲冕推尊姚鼐之学,乞请姚氏为其尊人唐焕所撰《尚书辨伪》和其自撰《陶山诗录》《陶山四书义》作序。就是在《尚书辨伪序》中,姚鼐重申了对学问三分及其相互关系的见解。他说:"学问之事有三:义理、考证、文章是也。夫以考证断者,利以应敌,使护之者不能出一辞,然使学者意会神得,觉犁然当乎人心者,反更在义理、文章之事也。"[⑥]唐鉴家学渊源深厚,精通祖、父之书,必对姚序烂熟于心。因此,曾国藩从唐鉴处所闻学问三分及其相互关系之说,实是姚鼐绪论。

第二,在《劝学篇示直隶士子》中,曾国藩把力倡桐城之学与燕赵之地特

① 曾国藩:《曾国藩全集》第 17 册《日记二》同治三年十二月十七日,第 1088 页。

② 曾国藩:《曾国藩全集》第 17 册《日记二》同治四年十二月初十日,第 1213 页。

③ 曾国藩:《圣哲画像记》,见《曾国藩全集》第 14 册《诗文》(修订版)咸丰九年正月十九日至二十一日,第 152 页。

④ 曾国藩:《曾国藩全集》第 16 册《日记一》道光二十一年七月十四日,第 92 页。

⑤ 余英时:《曾国藩与"士大夫之学"》,见《现代儒学的回顾与展望》,北京:生活·读书·新知三联书店,2004 年,第 304 页。

⑥ 姚鼐撰,刘季高标校:《尚书辨伪序》,见《惜抱轩文集·后集》卷 1,《惜抱轩诗文集》,第 251 页。

有的豪侠之风紧密结合。

为了解直隶学术传统，曾国藩于同治八年(1869)四月初九日与李嘉端谈话后，开始阅读《北学编》；为撰写《劝学篇示直隶士子》，他于七月初四日再阅《北学编》[①]。《北学编》由清初孙奇逢弟子魏一鳌撰，清中叶尹会一续纂，戈涛和尹会一之子尹嘉铨再续；初刻于乾隆二十九年(1764)，重刻于道光二十四年(1844)。同治六年(1867)，李嘉端先是将北学诸贤祔祀于莲池圣殿；后又因《北学编》原版散失，乃于同治八年(1869)三刻此书，并补入自撰孙承宗传。此书是一部以理学为核心的简明北学史，正传收北地自汉至清学者五十三位，诸贤"皆经术湛深，事功卓著，立身制行非托空谈"[②]。

曾国藩研读《北学编》、默寻前史和考察现实后以为，自古迄今，直隶士林充盈着一种豪侠之风。他说："前史称燕赵慷慨悲歌，敢于急人之难，盖有豪侠之风。"又说："即今日士林，亦多刚而不摇，质而好义，犹有豪侠之遗。"论到古代先正，他以《北学编》所载晚明杨继盛、赵南星、鹿善继、孙奇逢为例，说明四贤后来成就各殊，但"其初皆于豪侠为近"。他把四贤的精神概括为"能艰苦困饿，坚忍以成业"；"能置穷通、荣辱、祸福、死生于度外"；"能以功绩称当时，教泽牖后世"。

曾国藩认为，豪侠之质与圣人之道略近或相类。这体现在三个方面：一是"侠者薄视财利，弃万金而不眄；而圣贤则富贵不处，贫贱不去，痛恶夫墦间之食、龙断之登。虽精粗不同，而轻财好义之迹则略近矣"；二是"侠者忘己济物，不惜苦志脱人于厄；而圣贤以博济为怀。邹鲁之汲汲皇皇，与夫禹之犹己溺，稷之犹己饥，伊尹之犹己推之沟中，曾无少异。彼其能力救穷交者，即其可以进援天下者也"；三是"侠者轻死重气；圣贤罕言及此。然孔曰成仁，孟曰取义，坚确不移之操，亦未尝不与之相类"。由翌年所撰《谕天津士民》可知，曾国藩对豪侠之质的缺陷有清醒认识。他说，如果不善造就，好义任侠就会

---

① 曾国藩:《曾国藩全集》第18册《日记三》同治八年四月初九日，第1633页；七月初四日，第1659页。

② 王发桂:《补刊北学编序》，见《北学编》卷首，同治八年(1869)刻本。

不明事理，秉持刚气就会缺乏远虑，此“皆足以偾事而致乱”[①]。但是，在《劝学篇示直隶士子》中，曾氏因意在劝学，对豪侠之质的缺陷避而不谈，而对其不悖于圣人之道处备极称誉。

曾国藩认为，直隶士子受豪侠之风熏染，入圣人之道较他省为易，因此更应致力于学，而于学的途径就是姚鼐所指示的义理、考据、辞章三端和曾氏所另外开辟的“经济”之路。他鼓励直隶多士“以义理之学为先，以立志为本，取乡先达杨、赵、鹿、孙数君子者为表”，期待他们“洗除旧日晻昧卑污之见，矫然直趋广大光明之域；视人世之浮荣微利若蝇蚋之触于目而不留。不忧所如不耦，而忧节慨之少贬；不耻冻馁在室，而耻德不被于生民”。期待他们沿着经过其创造性转换的桐城派所开辟的学术门径，达于圣道。

第三，在《劝学篇示直隶士子》中，曾国藩把倡导桐城之学与经世致用的时代精神紧密结合。

曾国藩的政治理想是建立“唐虞之盛有不能逮”的社会。他认为，要实现这一理想，究心义理之学者必须做到两点：一是内圣，通过养德，使感官各敬其职；二是外王，在养德的基础上，使五伦各尽其分，然后更进一步向外拓展，德被于生民，使生民皆善其身，最终达到“举世皆无憾于伦纪”的境界。内圣是本，外王是末。程朱诸子之书并没有“舍末而言本，遗新民而专事明德”，其反复推阐而不厌者，“不外立志以植基，居敬以养德，穷理以致知，克己以力行，成物以致用”。在曾氏看来，义理兼摄内圣和外王。内圣就是修身，外王就是济世。学者施功的程序是“始于修身，终于济世”，修身的目的是济世，是为济世作准备。这个济世，就是经世济民，就是他所谓的“经济”。因而他说：“义理与经济初无两术可分”，经济就涵于义理中，是义理的两个组成部分之一。程朱虽然并不忽视致用，但其致力的重心和最大贡献，乃在内圣一面。姚鼐信仰程朱义理，不忽视躬行，但其用功的重点也在养德。曾氏把经济涵于义理之中，强调经济是修身的终极目标，无疑是对姚鼐的超越，也是对程朱义理的丰富和发挥。

---

① 曾国藩：《谕天津士民》，见《曾国藩全集》第14册《诗文》（修订版）同治九年六月初八日、初九日，第489页。

曾国藩强调“经济”，是经世致用的时代精神的集中体现。嘉道之际，学坛重心逐渐从汉学考证转向经世致用。学者受内忧外患逼使，无法再从容地走汉学考证老路，普遍要求改变现状。他们深究礼制、掌故、边疆和域外史地，探研漕运、盐法、河工、兵饷等时务，以期有益于世。研究今文经学的学者也是为了给变法改制提供经典依据①。顾炎武学兼经学考证和经世致用，乾嘉学者取其前者，而道光后学者景仰其后者。在这股经世致用的思潮中，桐城学者群体和湖湘学者群体的经世思想、实践对曾国藩影响尤巨。

姚门高第弟子皆有经世之志。方东树虽一介穷儒，但“锐然有用世志，凡礼乐兵刑、河槽水利、钱谷关市、大经大法，皆尝究心。曰：‘此安民之实用也，道德、义理所以用此之权衡也。圣人从广大心中流出，一以贯之。偏才僻儒分而不能合，则交相蔽。讲用者遗体，讲体者不达用。此道术所以衰、政治所以敝也。’”②管同在《禁用洋货议》等文中，表达了强烈的忧患意识。其著作中有关经济的史料被后世学者辑录成秩③。刘开说：“古者道术治体统以学，而人才出于一；后世学与治术二，而人才之途分。古时士习六经，凡兵、农、刑、政之事无不推寻致详，故内以资身心，而出可备天下国家之用”；“余固好言兵、农、刑、政之事，而不甘于记诵辞章者也”④。梅曾亮在《答朱丹木书》中强调创作要因时而变。姚莹在经世致用方面的表现在姚门最为突出。方宗诚说：姚莹“洞达时务，长于经济”；桐城学者自姚氏后“多务为经济之学”⑤。经世可谓姚莹平生为人、为文、为学、为政的灵魂。曾国藩对姚门弟子的学问颇熟，对姚莹尤为服膺。姚莹曾踵武姚鼐学问三端之论而略作变化，提出为学“要端有四：曰义理也，经济也，文章也，多闻也。四者明贯谓之通儒，其次

① 余英时：《曾国藩与“士大夫之学”》，见《现代儒学的回顾与展望》，第294～299页。

② 方宗诚：《仪卫先生行状》，见《柏堂集前编》卷7，光绪六年(1880)二月开雕，第9～10页。

③ 管同撰，无名氏抄录：《管同著作经济史料》，中国社会科学院近代史所图书馆藏。

④ 刘开：《沈晓堂七十寿序》，见《孟涂文集》卷6，道光六年(1826)二月同里姚氏檗山草堂刊本，第13～14页。

⑤ 方宗诚：《桐城文录序》，见《柏堂集次编》卷1，光绪六年(1880)八月开雕，第20～21页。

则择一而执之,可以自立矣"[①]。他把姚鼐倡导的考据,换成含蕴博大的"多闻",另增"经济"一端,具体而微地说明学坛风向从汉学考证向经世致用的转移。咸丰元年(1851),曾国藩奏请重用姚莹。他说:"今发往广西人员不为不多,而位置之际未尽妥善。姚莹年近七十,曾立勋名,宜稍加以威望,令其参赞幕府。若泛泛差遣委用,则不能收其全功。"[②]姚门四杰本为方东树、刘开、梅曾亮、管同;而曾氏在叙述桐城派源流时左袒姚莹,以之取代刘开[③]。可以说,曾国藩为学的经世致用祈向,是时代风气使然,也与姚莹等姚门后学的激荡有关。

湖湘学派在宋代一度称盛。嘉道之际,湘籍士大夫继承湘学传统,务为经世之学。汤鹏、魏源等在著述中力倡之,陶澍、贺长龄等大吏在行政中力践之[④]。汤鹏撰《浮邱子》以经世为旨,名动都门内外。曾国藩为汤鹏之友,钦佩其才思,汤死,撰《挽汤海秋侍御鹏》《祭汤海秋文》痛悼之。魏源为贺长龄辑成的《皇朝经世文编》是晚清经世思潮的代表作。曾国藩道光二十一年(1841)七月初九日收到家寄魏著,二十日即开始阅读;同治四年(1865)正月二十二日,又再阅之。陶澍位高权重,一度是湖湘经世派的核心。曾国藩曾在道光二十一年(1841)七月十七日拜读其《陶文毅公全集》[⑤]。就在阅读魏、陶之作的同月,曾氏开始向唐鉴问学。唐鉴为陶澍、贺长龄、魏源之友,其学以性理为体,以经世为用。正是在曾氏请业时,唐氏在所承姚鼐学说之外,另加"经济"一项,显出其为学的经世取向。可以说,曾国藩为学的经世致用祈向,是时代风气使然,又与湖湘经世人物的濡染有关。

桐城学者群体和湖湘学者群体多有交往,在经世致用方面甚为相契。梅

---

① 姚莹:《与吴岳卿书》,见《东溟外集》卷2,《中复堂全集》,同治六年(1867)重刊于吉安之安福,第1页。

② 曾国藩:《敬呈盛德三端预防流弊疏》咸丰元年四月二十六日,见《曾国藩全集》第1册《奏稿一》,第24页。

③ 参见姚莹《感怀杂诗》,见《后湘二集》卷4,《中复堂全集》,第11页;曾国藩:《欧阳生文集序》,见《曾国藩全集》第14册《诗文》(修订版)咸丰八年十二月十一日至十二日,第204页。

④ 参见赵焱:《近代湖湘文化概论》,长沙:湖南师范大学出版社,1996年,第2～34页。

⑤ 曾国藩:《曾国藩全集》第16册《日记一》道光二十一年七月初九日、二十日,第90页、第93页;第17册《日记二》同治四年正月二十二日,第1105页。

曾亮在京师与汤鹏定交，在铭幽之文中，称其《浮邱子》“大抵言军国利病，吏治要最，人事情伪，开张形势”[①]。姚莹在任淮南监掣同知和护理两淮盐运使时，与时任两江总督陶澍尝论盐政改革，有《复陶制军言盐务书》《上陶制府淮北溢课融销南引议》《再上陶制府淮北溢课融销南引议》等作；同时就闽省政事向布政使贺长龄建言，有《复贺耦庚方伯书》。方东树在读了魏源的经世之作《海国图志》后，“不禁五体投地，拍案倾倒，以为此真良才济时切用要著，坐而言可起而行，非迂儒影响耳食空谈也”[②]。魏著出版后二十年，阅者寥寥，而方氏激赏不胜，可知方、魏在经世致用方面的心有灵犀。曾国藩与湖湘学者群体有地缘、学缘关系，与桐城学者群体有学缘关系。两个学者群体在经世方面的共识是曾氏经世致用思想赖以生成的最佳土壤。

直隶学术也有经世致用传统[③]。远者勿论，曾国藩所提到的先正孙奇逢不仅气节彪炳青史，其经世致用精神也影响深巨。方苞说他“少倜傥，好奇节，而内行笃修，负经世之略，常欲赫然著功烈，而不可强以仕”[④]。孙氏著作丰赡，贯彻其中的思想就是学以致用。此后颜元、李塨创立新派，专重实践。夏峰学派和颜李学派是北学的精华，也是明清之际实学的代表。

嘉道之际以降，学坛重心从汉学考据转向经世致用。桐城学者群体和湖湘学者群体中涌动的经世致用潮流，正是时代学术精神的体现。曾国藩是这一时代学术精神的受惠者，也是这一学术精神的发扬光大者。他在《劝学篇示直隶士子》中力倡桐城之学时，把经世致用的时代学术精神与直隶学术传统中固有的经世致用因素相浑融，希冀以莲池书院为中心的直隶士子追步时代潮流，能有所作为。

二、曾国藩振兴文教的动力

曾国藩总督畿辅，视振兴文教为大政。为造就多士，他亲自坐镇，旷日持

① 梅曾亮撰，彭国忠、胡晓明校点：《汤海秋墓志铭》，见《柏枧山房文集》卷14，《柏枧山房诗文集》，上海：上海古籍出版社，2005年，第314页。

② 方东树：《与魏默深书》，见《考槃集文录》卷6，光绪甲午仲春开雕，第48页。

③ 参见梁世和：《北学与燕赵文化》，载《河北学刊》，2004年第4期。

④ 方苞撰，刘季高校点：《孙征君传》，见《方苞集》(上)，上海：上海古籍出版社，1983年，第213～214页。

久地兴师动众。近两年间，他心萦莲池，念兹在兹，动力主要在于：在他心目中，兴教乃牧民者之责；学问为改良吏治和民俗之本。自己老病浸寻，来日无多，而学无所成，愧悔无及；又身处末世，前路微茫，因而期盼豪俊继起，以支柱将倾之大厦。桐城之学就是在这种情况下，成为他扶危救世的工具。

中国历来政教不分、官师合一。头等领袖往往身兼双重资格：既管事，又管教[①]。曾国藩就正是这样。他说："督抚之道，即与师道无异。"[②]从前，他带兵，是主帅，也是精神领袖，时时不忘以孔孟之道激励忠勇；他节制两江，是封疆大吏，也是导师，视僚属为弟子[③]，严课勤教，对江宁士子尤其诲之不倦、属望殷殷。移督畿辅后，他认为，作为疆臣，不仅要练兵、饬吏和治河，也要兴贤育人。他说："古者乡大夫宾兴贤能，考其六德、六行、六艺而登进之……今之牧令，即古乡大夫之职，本有兴贤举能之责。"[④]宾兴贤能是牧令之职，当然更是封疆大吏之责。他又说："鄙意书院山长必以时文、诗、赋为主，至于一省之中，必有经师人师名实相符者一二人，处以宾友之礼，使后进观感兴起，似亦疆吏培养人才之职。"[⑤]他明确表示，培养人才、为士子择聘经师人师，自己责无旁贷。他把"宏奖人才，诱人日进"[⑥]当成平生三乐之一，即源自这份强烈的历史责任感。

曾国藩深刻意识到，自己身处末世，清廷面临土崩瓦解，但他抗争绝望，仍希望通过奖掖人才，端本善俗，"用一方之贤士，化一方之莠民。芳草成林，荆棘不锄而自悴；鸾凤在境，鸱枭不逐而自逃"[⑦]，从而扶危救难。他的末世之感，最早起于在京都之时[⑧]，而深化于与太平军激战之中。咸丰十年

---

① 蒋廷黼：《中国近代史》，武汉：武汉出版社，2012 年，第 45 页。

② 曾国藩：《曾国藩全集》第 17 册《日记二》同治元年三月初三日，第 726 页。

③ 曾国藩说："凡堂属略同师弟，使僚友行修名立，乃尽我心。"见《曾国藩全集》第 17 册《日记二》同治三年十月初四日，第 1065 页。

④ 曾国藩：《曾国藩全集》第 14 册《诗文》（修订版），第 482 页。

⑤ 曾国藩：《复吴廷栋》同治八年九月二十五日，见《曾国藩全集》第 30 册《书信十》，第 6936 页。

⑥ 曾国藩：《曾国藩全集》第 16 册《日记一》咸丰九年十一月初二日，第 432 页。

⑦ 曾国藩：《直隶清讼事宜十条》，见《曾国藩全集》第 14 册《诗文》（修订版），第 482 页。

⑧ 曾国藩在道光二十八年（1848）说："末世称颂女史，或有刲臂徇身之事骇人听睹。"见《曹颖生侍御之继母七十寿序》，《曾国藩全集》第 14 册《诗文》（修订版），第 264 页。

(1860)六月二十七日,他说:"盛世创业垂统之英雄,以襟怀豁达为第一义;末世扶危救难之英雄,以心力劳苦为第一义。"[①]同治元年(1862)十二月二十九日,他恐前军粮路被断,"忧灼之至,绕屋旁皇";并说,日内公私忧迫,惶惶如不终日,"固由治心素欠工夫,亦足见末世当大任,为人生之大不幸也"[②]。

太平天国战争烟消火灭后,曾国藩最关切的是满清朝廷究竟还能苟存多久。就在总督畿辅前后,他与赵烈文多次就此事窃议于密室。同治八年(1869)六月,正是曾国藩训士子、选山长、开礼贤馆纳士最起劲的时候,赵烈文从南方来保定入幕。二十八日,师生畅论政事。曾氏谈了自己这次还都的切肤之感:"两宫才地平常,见面无一要语。皇上冲默,亦无从测之。时局尽在军机恭邸、文、宝数人,权过人主。恭邸极聪明,而晃荡不能立足。文柏川正派,而规模狭隘,亦不知求人自辅。宝佩衡则不满人口。朝中有特立之操者尚推倭艮峰,然才薄识短。余更碌碌,甚可忧耳。"[③]庙堂之上,满汉皆无一流之才,国运岂能持久。

以上史料透出,曾国藩对于清廷前途完全绝望。但作为当世儒家传统最负盛名的担荷者,他别无选择,只能忠君,只能爱国。身临危局,他不能袖手一边,他要知其不可为而为之,要在力所能及的范围内,以他服膺的桐城之学,兴文教,移风俗,泽被斯民,或延国祚于一线。

三、面对西方

天津教案是影响中国近代历史进程的大案。曾国藩处理此案的得失,学界迄今无定论。本节拟对曾氏力保和局的办案思路及其在莲池的回响作出分析,意在说明:曾氏面对西方时对时代大势的洞见和顺应,为其在莲池倡导的桐城之学增添了新的内容。

同治九年(1870)春夏,天津发生教案,清廷迅速作出反应。同治九年(1870)五月二十五日,谕令曾国藩赴津办案。他在津期间,经逐细研讯后

---

① 曾国藩:《曾国藩全集》第16册《日记一》咸丰十年六月二十七日,第515页。

② 曾国藩:《曾国藩全集》第17册《日记二》同治元年十二月二十九日,第830~831页。

③ 赵烈文撰,廖成良整理:《赵烈文日记》(三)同治八年六月二十八日,第1258~1259页。

发现:挖眼剖心全系谣传,教堂指使迷拐也无确据。因立意不与法国开衅,他在罗淑亚的压力、崇厚的浮议和清廷的督促下,委曲求全,奏请将并无大过错的天津知府张光藻、知县刘杰交刑部治罪,二人最终被遣戍黑龙江;后又因缉凶困难而变通断案常例,从重定议,分两批奏请将二十人正法、二十五人军徒[①]。曾国藩办理天津教案的核心思路,是力保和局,不启战端。由于得到中枢执政者恭亲王奕䜣的支持,这一思路得以贯彻。曾国藩的办案思路因过于柔软而引起朝野上下物议沸腾,君子小人如出一口,幕府之内亦时有异论,同乡之间尤多违言,其声望一时降到底谷,可谓身仍在而名已裂。

曾国藩力保和局、不启战端的思路,是从不可逆转的时代大势出发所作出的自觉选择。他说:"鄙人则以为,中国兵力此时不能与彼族争锋,绿营规制隳颓已极,惟淮勇器械较精,然与穷年累月以战伐为事者尚难方驾……故反复筹思,终以曲全和议为完策。"[②]曾国藩在疆场征战时,曾为西洋落地开花炮的威力所震撼;经历过英法联军犯阙、銮舆北巡之痛,读和约条款时,"不觉呜咽,比之五湖乱华,气象更为不堪"[③];自咸丰十一年底(1861)设立安庆内军械所制造洋枪洋炮始,师夷长技多年;两阅徐继畬所著《瀛寰志略》[④],此书对英国议会制、美国选举等均有介绍;又曾在上海参观过法国领事白来尼之家,感慨"玉宇琼楼,镂金错彩,我中国帝王之居殆不及也"[⑤]。因此,他对中国面临"前古未有之局"之时代大势的理解深度断非多数士大夫和民众可比。

就在举国各怀义愤、大肆诋诃之时,曾国藩得到了来自莲池的精神支援。

---

① 曾国藩:《查明天津教案大概情形折》同治九年六月二十三日,见《曾国藩全集》第12册《奏稿十二》,第6979～6982页;《审明津案各犯分别定拟折》同治九年八月二十三日,同上,第7084～7085页;《天津府县解京请敕部从轻定拟并请嗣后各教堂由地方官管辖片》同治九年八月二十六日,同上,第7095～7097页;《续讯天津教案内第二批人犯分别定拟折》同治九年九月十三日,同上,第7126～7127页。

② 曾国藩:《复周寿昌》同治九年九月初五日,见《曾国藩全集》第30册《书信十》,第7262～7263页。

③ 曾国藩:《曾国藩全集》第16册《日记一》咸丰十一年十一月三十日,第557页。

④ 曾国藩:《曾国藩全集》第18册《日记三》同治六年十一月初八日,第1438页。

⑤ 曾国藩:《曾国藩全集》第18册《日记三》同治七年闰四月十二日,第1503页。

莲池山长王振纲在其困难时刻致书,“曲加慰藉”[①]。两年前,曾氏卸两江之任,北上督直,临行,送者如堵,家家香烛、爆竹拜送,戏台、酒席络绎,满城文武士友皆送至下关,舟楫仪从极盛,直如“好花盛开”[②]。两年后,曾氏卸直隶之任,顶着骂名,拖着残衰之躯,南下江表,临行,送者寥落,场面寂寞。而王振纲却不顾人言可畏,毅然从莲池赶来相送。王氏的一信一送,表明了莲池师生的深情。曾国藩在回信中除深感快慰之外,也苦涩地抒发了不惜丛毁和疚惭而力保和局的心曲,祈盼“莲池多士,渥荷教泽,自必蒸蒸日上,克登大雅之林”[③]。

曾国藩在《复王振纲》中最可注意者,是保和局隐图自强之论。他说:“此次幸获无事,将来仍须励精求治,隐图自强之策。”[④]此语绝非虚论。就在表达此论半月后,他上奏朝廷,希望选派留学生出洋学习,以图自强。他说:“江苏抚臣丁日昌屡与臣言,宜博选聪颖子弟赴泰西各国书院及军政、船政等院分门学习,优给资斧,宽假岁时,为三年蓄艾之计。行之既久,或有异材出乎其间,精通其法,仿效其意,使西人擅长之事,中国皆能究知,然后可以徐图自强。”[⑤]回任两江后,他果然迅速做成此事,并且反对主事的陈兰彬以经史为主来教出国幼童:“第以西法精奥,必须专心致志,始克有成。汉文之通否,重在挑选之际先行面试一二,以决去留,此后之宜专学洋学。”[⑥]在如此早的时期,他没有紧抱晚清多数人视为命根的中学之体不放,而是目标明确,直奔西方而去。面对西方,曾国藩对时代大势的判断、办理津案的主和思路及师夷自强的卓识,未必能得到莲池多数师生的理解,但这一切必在莲池引起波澜,

① 曾国藩:《复王振纲》同治九年九月十五日,见《曾国藩全集》第 30 册《书信十》,第 7282 页。

② 曾国藩:《曾国藩全集》第 18 册《日记三》同治七年十一月初四日,第 1567～1568 页。

③ 曾国藩:《复王振纲》同治九年九月十五日,见《曾国藩全集》第 30 册《书信十》,第 7282 页。

④ 曾国藩:《复王振纲》同治九年九月十五日,见《曾国藩全集》第 30 册《书信十》,第 7282 页。

⑤ 曾国藩:《奏带陈兰彬至江南办理机器片》同治九年九月十六日,见《曾国藩全集》第 12 册《奏稿十二》,第 7134 页。

⑥ 曾国藩:《复陈兰彬》同治十年三月初一日,见《曾国藩全集》第 30 册《书信十》,第 7362 页;《复李鸿章》同治十年四月十五日,同册,第 7414 页。

给与其脉联的士子留下不可磨灭的印象。

吴汝纶为曾门高第弟子，始终预于津案的处理。初至津门，吴氏一时不很能接受曾国藩力保和局的思路。他先是与幕府中人咎曾氏不应随崇厚作计，一味示软，以至于“名裂而无救于身之败”①。接着，他又与李勉林等向曾氏进筹战之策。但“侯相辩论敌情，以为各国不可猝灭，诸将不可常恃。且谓夷非匈奴、金、辽比，天下后世必另有一段论断。将来有能制此敌者。然必内外一心，困心衡虑，未可轻率开衅也”②。吴汝纶毕竟追随曾氏历有年所，较为谙于洋务，因此经过解说，略能体会主和思路，与其步调很快一致起来。同乡方宗诚时在曾幕，以主和为非，吴氏“与之讦辩抵牾，殊伤忠厚”③。后来面对甲午、庚子乱局，他不避浊流之讥，力主和议；主莲池讲席时，以开阔胸襟接纳西学，为桐城之学增添新的因子，其源皆在曾国藩当年之启诱。

四、不祧之宗

李鸿章是曾国藩事业的继承者，后来居上。李氏早年就学曾门，后长期在曾幕磨砺，终于出将入相。他与曾氏同为洋务事业的拓荒者，同对不可逆转的时代大势有深刻认识。李督直后，依然力振文教。曾氏以吴汝纶相托：“吴挚甫文学迈伦，志趣卓越，实珂乡后起之秀。”④李氏先后聘请深受曾氏浸润的张裕钊、吴汝纶叠长莲池达十八年之久。张、吴接过曾氏衣钵，张大桐城之学，在桐城派内部拓展出一个新的支脉。王树枏将这一支脉径呼为“河北文派”⑤。属于此支脉的学者群体早期多以莲池书院为中心开展学术活动，此后也多与莲池直接或间接相关，笔者曾试将其命名为“莲池派”⑥。

莲池派若从曾国藩督直(1868)算起，到俞大酉弃世(1966)为止，绵延近

---

① 曾国藩：《谕纪泽》六月二十四日未刻，见《曾国藩全集》第20册《家书二》，第1376页。

② 李兴锐撰，廖一中、罗真容整理：《李兴锐日记》同治九年七月十三日，第27页。

③ 李兴锐撰，廖一中、罗真容整理：《李兴锐日记》同治九年九月初三日，第36页。

④ 曾国藩：《复李鸿章》同治十年四月十五日，见《曾国藩全集》第30册《书信十》，第7415页。

⑤ 王树枏纂：《故旧文存》卷首，陶庐丛刻第三十三，民国十六年(1927)刊，第1页。

⑥ 王达敏：《张裕钊诗文集·前言》，见张裕钊撰，王达敏校点：《张裕钊诗文集》，上海：上海古籍出版社，2007年，第21～22页。

百年，相承历六代。其成员多半来自畿辅，活跃在保定、北京、天津、沈阳等地；主要任职于教育界、政界、新闻界；有姓名可考者约四百人，有文学成绩者不下百人。举其要者，第二代张裕钊、吴汝纶门下优异者有陈永寿、纪钜湘、贺涛、严修、阎志廉、弓汝恒、阎凤阁、刘若曾、张以南、安文澜、蔡如梁、刘登瀛、李刚己、刘乃晟、马锡蕃、马鉴滢、傅增湘、吴笈孙、贾恩绂、常堉璋、刘春堂、刘春霖、王振尧、王瑚、谷钟秀、韩德铭、李景濂、梁建章、刘培极、尚秉和、高步瀛、籍忠寅、邓毓怡、邢之襄、李广濂、柯绍忞、廉泉、吴芝瑛、中岛裁之等。王树枏曾得吴汝纶指授。第三代贺涛门下优异者有吴闿生、赵衡、武锡珏、张宗瑛、贺葆真等。徐世昌曾向贺涛学文，向柯绍忞学诗。第四代吴闿生门下优异者有张继、李葆光、周明泰、李濂镗、齐燕铭、贺培新、贺又新、柯昌泗、于省吾、吴兆璜、潘式、谢国桢、徐鸿玑、曾克耑、何其巩、陆宗达、王芷章、张江裁、陈汝翼、王汝棠、王维庭、吴君琇、吴防等。第五代贺培新门下优异者有俞大酉、刘叶秋、刘征、孙梅生、孙贯文等。第六代俞大酉等在 1949 年后没有接替人，一脉文心，就此了断。

莲池学者群体中，除张裕钊、吴汝纶外，唯陈永寿、王树枏亲炙过曾国藩。同治八年(1869)十二月十二日，曾氏主持月课，年方十六岁的陈永寿脱颖而出，获其嘉奖。陈氏后来回忆："余方应童子试，肄业莲池书院，会岁暮，公亲临试，以诗《古蒙》取高等，试卷留署备选，其奖进后学为何如耶？继从诸生后上谒，亲挹言论风采，洵一代伟人也。昔东坡先生以不及见范文正公为生平之憾，余小子获此知遇，可云荣幸。"[①]陈氏后又受知于张、吴等，光绪甲午(1894)中进士，诗及古文辞、书篆皆有所成。曾纂《曾文正公楹联》以志感。自著有《莲漪馆诗存》四卷、《慎初堂文集》四卷等。王树枏为王振纲之孙。同治九年(1870)四月，他同其五叔父"谒见曾公，询问周至，并为指示读书作文

① 陈永寿：《曾文正公楹联序》，见《莲漪馆遗稿》卷 7；陈孟麟：《清奉政大夫内阁中书显考陈府君行述》，见《莲漪馆遗稿》卷首。钞本，国家图书馆藏。

之法，谈至两时许"[①]。王氏为光绪丙戌(1886)进士，官至新疆布政使。其学从文字、音韵、训诂入，博涉古今中外；其诗文以渊雅雄奇胜。平生著述数十种，主要收入《陶庐丛刻》[②]。

莲池学者群体与晚清民国政坛结下了不解之缘。桐城派能从一隅流布全国，姚门弟子中身居高位者陈用光、姚莹、邓廷桢、鲍桂星、姚元之、李宗传、康绍镛、周兴岱等的推波助澜功不可没；其在清季文坛的至尊地位，也与曾国藩以军政领袖身份主盟有关。由曾氏引其端绪的莲池派，始终打着权力的烙印。首先，莲池诸子得到政界鼎力支援。曾国藩之后，李鸿章总督直隶二十余载，支持张裕钊、吴汝纶在莲池拓大桐城之学。袁世凯继李督直，以弘扬斯文自任，力请贺涛主持文学馆；待其登上总统大位，又聘吴闿生等为助。徐世昌本就以桐城派中人自居，入主总统府后，以文治相号召，维持文教不遗余力。其幕府往来者，多见莲池之子。此后张学良办萃生书院于沈阳、宋哲元开莲池讲学院于保定，主讲席者，除吴廷燮外，无一非莲池旧侣。其次，莲池派诸子传承曾国藩张扬的经世致用精神，积极参与实际政治。籍忠寅、刘春霖作为晚清资政院议员，在第一次常年会议上分别发言118次、29次[③]。进入民国，常堉璋、王振尧、谷钟秀、李景濂、张继、李广濂、邓毓怡、王树枏等先后任国会议员。其中，张继任参议院议长，后长期任国民政府委员、国史馆馆长。此外，刘若曾任直隶省长，刘春霖任甘肃省长，王瑚任江苏省长，傅增湘任教育总长，谷钟秀任农商总长，吴笈孙任总统府秘书长。他们在中国政治从专制向民主的转型中，在经世济民的政治实践中各显风采。莲池学者群体在五四新文化运动后仍能延桐城学脉于一线，政坛的支持和他们对实际政治

---

① 王树枏：《陶庐老人随年录》，见《陶庐老人随年录·南屋述闻》，近代史料笔记丛刊，北京：中华书局，2007年，第18～19页。按：王树枏将此事系在同治八年(1969)四月，误。曾国藩于同治九年(1870)二月初二日宴请莲池书院原山长李嘉端，当为送其赴天津之馆。王振纲于当月二十一日以新山长身份来督署拜见曾国藩，曾氏旋即出门回拜。可知王振纲履任在同治九年(1870)二月。故王树枏谒见曾国藩只能在同治九年(1870)二月之后，而非上年。见《曾国藩全集》第18册《日记三》同治九年二月初二日、二月二十一日，第1722页、第1727页。

② 王维庭：《王晋卿先生传略》，载《文献》，1998年第2期。

③ 李启诚点校：《资政院议场会议速记录：晚清预备国会论辩实录》，上海：上海三联书店，2011年，第747～748页、第754页。

的参与起了决定性作用。

一部分莲池学者顺应时变，从事新闻出版事业，为桐城之学的演进和传播作出了贡献。吴汝纶在北京创办华北译书局，刊行《经济丛编》。廉泉在上海创办文明书局。张继编辑《国民日日报》《民报》和《新世纪》等。谷钟秀参与并主持泰东图书局、《中华新报》和《正谊》杂志。1945 年 9 月，《天津民国日报》复刊，贺培新隐主业务，主笔、副刊主编等亦皆为贺门弟子，有近四十位桐城派学者在该报发表文章。

当举国懵然不知时代大势而争相抗拒西学时，莲池学者传承曾国藩师夷自强的理念，以西学倡天下，以启蒙为己任。张裕钊在莲池以西学课徒、接待外国来访学者和招收外国留学生。吴汝纶以为，欲救时变，必先讲求西学，造成英伟奇崛之人才，因此进而开办西文学堂和东文学堂，请外国教习任教。同时，他为严复译《天演论》作序，备极揄扬。庚子变起，民众排外如狂，焚教堂，杀洋教习，蜂拥入书院，挺矛露刃，哗噪叫欢，遍搜吴氏。所幸他已挈家出走，避地深州。光绪二十八年(1902)，他以京师大学堂总教习身份到日本考察学制[①]。受张、吴激励，莲池学子留学日本者不绝于道。这些学子学成归国后，或佐行新政，或以新学诱导后进，开一时新风。

当新学大兴，狂者诋毁中学不遗余力时，莲池学者又毅然挺出，守卫古典传统中那些他们认为足以不朽的元素。就文而论，他们视古文为至尊。吴汝纶以为，周孔之教，独以文胜。故其教人，一主乎文[②]。吴闿生以为，天地之间文最贵，因为“圣贤豪杰闳功伟业，各发其精光伟气，前后落落以相标映于其间，而求所以传载其精神以永垂于不朽者，则唯文字乎是赖。文字存而后事功著，而名烈昭。文不可见，则乾坤或几乎息矣”[③]。在理论上，他们主张因声求气，以为声调乃古文欣赏与写作的神髓。此说发自姚鼐，变于曾国藩，

① 李景濂：《吴挚甫先生传》，见吴汝纶撰，施培毅、徐寿凯校点：《吴汝纶全集》(四)附录，第 1126～1138 页。

② 李景濂：《吴挚甫先生传》，见吴汝纶撰，施培毅、徐寿凯校点：《吴汝纶全集》(四)附录，第 1131 页。

③ 吴闿生：《明清八家文钞序》，见徐世昌纂：《明清八家文钞》卷首，民国二十年(1931)天津徐氏开雕。按：此文署名徐世昌。

倡大于张裕钊、吴汝纶，而贺涛、吴闿生、贺培新等守之不移。在风格上，他们最重先秦西汉之文的雄奇之美，并将其与燕赵固有的慷慨悲歌之风相浑融，形成以阳刚为特征的群体创作风貌。

数代莲池学者无不仰曾国藩若山斗。张裕钊、吴汝纶亲承曾氏耳提面命，终身感激其再造之恩，敬之如神明，自不必论。吴闿生论曾文："光气熊熊，倚天曜日，喷薄昌盛而不可以已。此则文家至难得之境，虽唐宋大家不数数觏者，而公一握管则浩然之气奔赴腕下。盖其学识高出一代，而积诚养气之功有独至者。亦由其得于天者为独优，不可以强袭者也。公之精神照耀千古不可磨灭者在此，其规模度量足以建一代之勋名而收揽一代之才俊者亦出于此。盖其事有出于文章之外者，而文章得之益以闳伟矣。"①贺培新说："曾文正公包挈众长，贯串百氏，扫除门户之见，以正学倡天下。"②吴、贺之评表达了莲池学者群体对曾氏的由衷钦敬。

曾国藩是有卓见、有创造性、有历史深度的人。当预感到人生即将谢幕、清廷大厦即将倾覆之际，他仍然不灰心、不懈怠，以儒者的大胸襟、大担当，为生民立命，勉力以斯文教化一方，以期收大效于方来。当把桐城之学带给这块朴陋土地时，他同时带来了经世致用的时代精神和对中外大势的洞见，带来了他所钩沉并作新解的豪侠之风。他把这一切糅合起来，去重铸以莲池为中心的直隶士子之魂。莲池新风由此开启，燕赵大地此后数十年的面貌也由此而一变。不仅如此，庞大的莲池学者群体也是晚清民国学坛的重要组成部分。在中国由古典走向现代的历史进程中，这一群体以自己的实绩，参与了对中华民族现代精神的塑造。

原载《安徽大学学报》2014 年第 6 期

---

① 吴闿生：《古文范》下编二，中国书店藏板整理，戊子年春月重刊，第 25 页。

② 贺培新：《北江先生文集序》，见《天游室集·文一》，民国二十六年(1937)梓于北平，第 17 页。

方宗诚的文学教育与近代桐城派传播

江小角　朱　杨

方宗诚(1818—1888)是桐城派后期的代表人物之一,他早年私塾授徒,中年游幕时讲席三地书院,为官枣强期间又曾创建讲舍与书院。可以说,施教育人、培养人才,是他人生中的重要活动与收获,而古文教学则是教育实践的内容之一,有关古文教学的内容、特点也集中反映了方宗诚的文学思想。相对于其他桐城派名家而言,学界关于方宗诚的研究成果较少。已有的研究成果主要集中在经学、方志学、交游与理学思想等方面[①],有关其文学思想与创作方面的研究,未见有专文论述。本文从方宗诚的文学教育实践与文学创作主张出发,通过对《柏堂集》的解读,并利用相关桐城派名家文集等资料,总结方宗诚在古文教学上的成就,探讨其文学思想、创作实践以及和桐城派后期发展的关系。

一、方宗诚的文学教育实践

方宗诚从事教育活动,主要以私塾授徒与书院讲学为平台。他早年在家乡私塾授徒,所收生徒主要有两类:一是友人与自己家族子弟,如吴调鼒家、

---

① 有关方宗诚的研究成果,主要在以下几个方面:一是经学方面,蒋秋华:《方宗诚〈春秋传正谊〉析论》,载《中国文化研究》,2010年第1期;张昭军:《方宗诚与柏堂学》,载《安徽史学》,2007年第4期。二是方志学方面,方宁胜:《方宗诚方志思想初探》,载《中国地方志》,2007年第11期。三是交游方面,汪长林、方盛良:《方宗诚与曾国藩交游述考》,载《安庆师范学院学报》(社会科学版),2005年第2期;汪长林:《张裕钊与方宗诚交游述考》,载《安庆师范学院学报》(社会科学版),2006年第2期。四是理学方面,龚书铎主编,张昭军著:《清代理学史》(下卷),广州:广东教育出版社,2007年,第249～262页。

何衍福家[1]，长子方培浚[2]、族孙方涛等；二是"里中后进之士"慕名而来，如萧穆，"以余有一日之长，多相从问学"[3]。中年游幕各地，先后讲席商河麦邱书院、直隶衡水书院与安徽庐江书院[4]。为官枣强时，创建正谊讲舍与敬义书院，并利用公务之暇，亲自给书院诸生授课讲学。晚年辞官归里，对家乡后学给予提携与指点，主要通过问学解惑与点评文章等方式施教，组织形式较为松散，但仍培养了马其昶、姚永朴、姚永概等桐城派后期大家。无论是在私塾，还是在书院，古文与经学都是方宗诚教学的主要内容。在文学教育方面，方宗诚采取的教育措施有：

第一，通过选编、节录、评点等方式，编写新的文学选本。姚鼐编选的《古文辞类纂》为后世桐城派作家所推崇，有些弟子主讲书院之时，也多用此书进行古文教学。方宗诚也十分重视《古文辞类纂》的价值，认为文选中"关经济""切世用"的文章，"皆宜熟读"。此外，对于"陆宣公、李忠定、朱子、王阳明奏疏、封事"，"皆当选而读之，最有益于世用"[5]。人生要读的书甚多，要想取得好的读书效果，循序而读尤为重要。所以，方宗诚在教授生徒时，依据实际情况，采取不同形式编写新的教材，应用于教学实践之中。

在家乡柏堂授徒之时，方宗诚曾选编了《斯文正脉》和《古文简要》两书。

---

① 吴调鼒，字子明，桐城人，国子监生。咸丰元年(1851)，举孝廉方正制科，辞不应，赐六品服。与方宗诚为友。参见方宗诚：《柏堂集》次编卷6《义士吴方二君传》。何衍福，字眉冈，国子监生，与方宗诚为友。参见方宗诚：《柏堂集》前编卷12《何眉冈哀词》。

② 方宗诚：《柏堂集》续编卷2《删订儿培浚劄记叙》，光绪方氏柏堂遗书本。方培浚，为方宗诚长子。五岁失母，随父授经家乡，避乱柏堂，北上山东。方宗诚随吴廷栋入直隶后，方培浚留在山东，不久因病卒。

③ 方宗诚：《柏堂集》次编卷4《尚友说》，光绪方氏柏堂遗书本。萧穆，字敬孚，县学生。其学"博综群籍，喜谈掌故"，有《敬孚类稿》。参见赵尔巽等撰：《清史稿》卷486·列传273，北京：中华书局，1977年，第13445页。

④ 方宗诚讲席衡水书院可能为桃城书院，据县志记载，育山书院与右山书院均已荒废，仅存桃城书院。参见陶淑等编：《衡水县志》卷3《建置志》，清乾隆三十二年(1767)刻本。方宗诚兼主庐江书院当为潜川书院，依据《续修庐州府志》记载，当时庐江书院大多毁坏，太平天国运动结束后，当地兴复的书院一是崇正书院，一是潜川书院。然崇正书院兴复时间晚于方宗诚讲席书院，故主讲潜川的可能性更大。参见黄云等编：《续修庐州府志》卷17《学校志书院》，清光绪十一年(1885)刻本。

⑤ 方宗诚：《柏堂集》外编卷2《示马生兄弟》，光绪方氏柏堂遗书本。

《斯文正脉》选取“周子以来大儒之文,发其旨趣,以会其归”,目的是“既以自砺,即以示学徒”。要求弟子先读此书,领会其精神实质,再“广求诸先儒之书”。这样就能达到“内可以明其心德,养其性情,以立天下之大本,而外可以经纶天下之大经,参赞天地之化育”[①]。编辑《古文简要》,目的是贯彻友人张宗翰关于古文学习的方法,强调“博而寡要,贪多务得,溺于文”。张宗翰命方宗诚简取韩、欧八家之文,为初学古文之门径[②]。该书可以说是八家古文的简选本,是古文初学阶段的启蒙教材。在枣强为官,给敬义书院诸生讲学,方宗诚通过节录前贤文章的形式进行教学。选录对象包括:一、自己老师的作品,如《节录植之先生遗书》《节录许玉峰先生集》《节录曾文正公遗书》等;二、自己昔日故友的作品,如《节录苏厚子征君逊敏录》;三、桐城派名家的作品,如《节录姚惜抱先生论学语》《节录姚惜抱先生论诗文语》;四、诸子经典,如《节录列子》等。节录这些文章的目的,一方面是为了让后人知晓自己家学渊源,另一方面是让书院诸生通过学习先贤文章,从中受到启发,或为“学修之助”[③],或为“涉世之助”[④]。后来,这些节录文章多编入《师友遗书》。方宗诚多以书中“切要”“精妙”篇章为标准,进行选录。此外,方宗诚将自己对文章的评点汇编为《文章本原》一书,供诸生阅读时参考。《文章本原》一书,是方宗诚在家乡为生徒讲授经学时,将《尚书》《论语》和《孟子》中文章精妙之处,指示一二所成。一是达到“博其趣”,增加生徒学习经学的兴趣;二是让生徒知晓文与道的关系,“道盛则言文,无别求文于道之外”[⑤]。

第二,关于生徒的文学学习,方宗诚提出了一套可资借鉴的具体方法。桐城派名家多提倡生徒应通过模仿古文的方式来学习,并通过模拟来讲求文法,而后再有所创新,姚鼐曾总结为“有所法而后大,有所变而后能”[⑥]。但在实际学习中,有些生徒多模拟,少创作,出现“溺于记诵辞章”的现象。针对这

---

① 方宗诚:《柏堂集》次编卷1《斯文正脉叙》,光绪方氏柏堂遗书本。

② 方宗诚:《柏堂集》次编卷1《古文简要叙》,光绪方氏柏堂遗书本。

③ 方宗诚:《柏堂集》后编卷6《节录窦兰泉侍御铢寸录跋》,光绪方氏柏堂遗书本。

④ 方宗诚:《柏堂集》后编卷6《节录郭远堂中丞嘐嘐言跋》,光绪方氏柏堂遗书本。

⑤ 方宗诚:《柏堂集》后编卷5《文章本原跋》,光绪方氏柏堂遗书本。

⑥ 姚鼐:《惜抱轩全集·文集》卷8《刘海峰先生八十寿序》,北京:中国书店,1991年,第87页。

一问题，方宗诚主张“原不宜摹拟古人以为文”，“然至于文法，自亦当稍讲究之”。模拟古人为文，弊端在于“虽宗法正大，仍是摹拟而已，其去道也远矣”[①]，虽不宜模拟古人为文，但文法仍应讲求，具体方法是“熟读《史》《汉》昌黎以凝其气，细玩唐、宋大家以求其法”[②]，求文法之法由“摹拟为文”转为“熟读细玩”。“熟读精思”是桐城派提倡的主要学习方法之一，刘大櫆、姚鼐等早期桐城派名家，多强调由诵读而得为文之妙，“诗、古文各要从声音征入，不知声音，总为门外汉耳”，“大抵文字，须熟乃妙，熟则利病自明，手之所至，随意生态。常语滞意，不遣自去矣”[③]。而方宗诚则强调置熟读于学习过程之中，注重讲求文法与生徒品性的塑造，使之既能“求其法”，又能“凝其气”，一举两得，事半功倍。

方宗诚重视文章整体主旨和对各层次意思的把握，在读文与写作的具体方法上有所体现。“凡读文，先须求其一篇主意，再详分其层次意思”，“再看其气势、笔力、句调”[④]。此外还要富有“情致”与“神韵”，读文章能掌握“命意、章法、气势、笔力、情致、神韵”，如此“足矣”[⑤]。方宗诚曾评价姚鼐的文章是以“神韵为宗”，故他将“神韵”列入掌握文章写作六大要领之中。还强调写文章“务求此题意旨所在，然后想意思，布局格，分层次，做完又将文细读以审气脉、字句之不稳者，古文、时文皆然”[⑥]。

第三，在注重学习“为文”的同时，也重视学习“为诗”。方东树是方宗诚从兄，也是其师，曾留有论诗专著——《昭昧詹言》，吴汝纶曾说此书“启发后学，不在归评《史记》下”[⑦]。方宗诚一生所著诗篇虽然不多，但对诗歌评点及学诗方法却多有思考，这与受业于方东树门下有一定关系。方宗诚对陶渊明、杜甫、李白与陆游等古代诗坛名家特别推崇，他认为“陶诗可以养性情，温

---

① 方宗诚：《柏堂集》外编卷2《答苏强甫》，光绪方氏柏堂遗书本。

② 方宗诚：《柏堂集》外编卷9《答袁爽秋》，光绪方氏柏堂遗书本。

③ 姚鼐：《与陈硕士》，龚复初标点：《姚惜抱尺牍》，上海：新文化书社，1935年，第43～76页。

④ 方宗诚：《柏堂集》外编卷2《示马生兄弟》，光绪方氏柏堂遗书本。

⑤ 方宗诚：《柏堂集》外编卷3《与许生》，光绪方氏柏堂遗书本。

⑥ 方宗诚：《柏棠集》外编卷2《示马生兄弟》，光绪方氏柏堂遗书本。

⑦ 吴汝纶：《吴汝纶全集·尺牍》第3册《答方存之》，合肥：黄山书社，2002年，第20页。

厚和平，恬淡宁静，近有道者气象”；“杜诗可以厚性情，爱君，忧国，思亲，念兄弟，笃故旧，近于仁人之用心”；“李诗五古放旷近于狂者，诵之可以扩胸次，化鄙吝”；“陆诗七律近于忠愤，诵之可以激昂志气，振拔精神”[①]。方宗诚对四人诗歌的推崇，更侧重于诗歌对人性格培养、境界提升以及精神升华的作用。强调诗歌学习的方法，要以“读诵”为主，每日应熟读一首，温习数十首。他认为《诗经》作为中国最早的诗歌总集，对“为诗”者来说，十分重要。方宗诚赞许朱熹论《诗经》主旨的观点，即“章句以纲之，训诂以纪之，讽咏以昌之，涵濡以体之，察之情性隐微之间，审之言行枢机之始”，“非深明其章句训诂，不能知其言之有叙；非善于讽咏涵濡，不能知其言之有物”[②]。

二、方宗诚的文学思想

方宗诚的文学教育与其文学思想密不可分，在长期的文学创作与教育活动中，方宗诚的文学思想逐渐建构起来，在文学本体论、文体分类、文章风格及桐城派发展上，既有承续也有创新。

第一，在文学本体论上，方宗诚多从文与经史、文与道者两个方面展开论述。关于文学与经史之间的关系，方宗诚认为经史为“根柢有用之学”[③]，而且文学与经史并不对立，“经书不可不温，乃道理之源头，即学文亦有根柢”，他选取经书中若干篇章要求学生“熟读”“熟记”。例如《诗经》中有《二南》《凯风》《柏舟》《淇澳》《抑》《武》《出其东门》《杕杜》《常棣》《鸤鸠》《蓼莪》《文王》《敬之》《闵予小子》《板板》诸篇，《尚书》中如《五子之歌》《伊训》《太甲》《咸有一德》《说命》《旅獒》《金縢》《无逸》《蔡仲之命》《冏命》，《易经》中如《六十四卦》大象、《谦卦》《家人卦》等，《礼记》中如《曲礼》《内则》《学记》《儒行》[④]等。同时，他认为学习经书，对读其他类书籍很有帮助，他说：“皆以此意相求，则

① 方宗诚：《柏堂集》外编卷2《示马生兄弟》，光绪方氏柏堂遗书本。

② 方宗诚：《柏堂集》后编卷5《说诗章义跋》，光绪方氏柏堂遗书本。详论参见周兴陆：《桐城亦有诗派》，载《中国文学研究》，2012年第4期。

③ 方宗诚：《柏堂集》外编卷6《复李文园先生》，光绪方氏柏堂遗书本。

④ 方宗诚：《柏堂集》外编卷2《示马生兄弟》，光绪方氏柏堂遗书本。

不至泛滥而无主矣。凡此类之切身心者,能熟读玩味,则其他亦易记易明。"[1]

长期以来,桐城派作家强调文与道的关系,这也是桐城派古文理论的重要内容之一。方宗诚在《斯文正脉》的序文中说:"道之显者,谓之文。"在编选的三卷本《文章本原》跋文中,开篇便言"道与文一"。在文与道的关系上,方宗诚一方面承续姚鼐有关"道与艺合、天与人一"的主张[2];另一方面他对文与道的关系,是从内在和外显角度加以界说,"道"的外显是"文",即看到了两者的联系,也看到两者的区别。"道"就是"理","其著于外而言,谓之文"[3]。

第二,在文章功能与分类上,方宗诚于《古文简要叙》中,将文章功能总结为晰理、纪事与抒情三个方面。晰理之文即可以应用于"自身心性情之近",也可以是"家国天下之远"。凡患难死生之变,喜怒哀乐之节,视听言动之宜,"千条万绪,变变化化,不可端倪,是是非非,混淆杂出"。只有通过晰理之文,才可以"明诸心而处其当"。纪事之文,既要有圣君贤臣的功绩,也要有暴君污吏的恶行,这类文章的作用是"昭法戒","使后之人多识多闻"。抒情之文包括违顺苦乐之境、存亡聚散盛衰之遇等内容,通过"发愤宣悲,写人情之所难言"[4]。方宗诚将文章分为说明文、记叙文和抒情文三类,这实际上是对古文分类法的发展。古文分类在姚鼐《古文辞类纂》编选之前,存在着分类日益烦琐的趋向,姚鼐编选古文后,以"为用"为标准,划分十三大类,实际上划分为应用文体与文学作品两种,但并没有明确说明。方宗诚的三分法是对古文文体划分的进一步发展,也更加接近现代文体的划分方法,从这种意义上来说,就是创新,就是发展。

第三,在文章风格上,方宗诚提出"雅驯"为文章旨归。他认为"义理、经济、事实、考证"等文章,皆必归于"雅驯"。"雅驯"是指文辞优美,风格典雅不俗。方宗诚在编选、点评文章时,以此为标准。如他在《桐城文录叙》中,回顾明代之前桐城之文的特点是"尚经济,矜气节,穷理博物,而于文则未尽雅

① 方宗诚:《柏堂集》外编卷2《示马生兄弟》,光绪方氏柏堂遗书本。
② 姚鼐:《惜抱轩全集·文集》卷4《敦拙堂诗集序》,北京:中国书店,1991年,第36页。
③ 方宗诚:《柏堂集》后编卷5《文章本原跋》,光绪方氏柏堂遗书本。
④ 方宗诚:《柏堂集》次编卷1《古文简要叙》,光绪方氏柏堂遗书本。

驯”。而从方宗诚文集中对“雅驯”的使用，可以看出，他将其应用于文辞表达、文体选择上，例如他说“辞有不雅驯”者，这里是从文辞角度，强调“雅驯”；在校刊《日知堂集》，将“无甚关系及文体未雅驯者”删除[①]，这就是从文体上来强调“雅驯”。同时，他倡导“雅驯”的为文主张，也影响了弟子和生徒。马其昶撰写《桐城耆旧传》一书，堪称是桐城派发展史的重要文献资料，马其昶在序文中说：“余维传记之作，蔚然成一家言者，必窃取迁、固之遗法，本末翔实，而一归诸雅驯。”[②]可见他认为撰写传记作品，要成一家之言，必须取法于司马迁、班固，标准是内容翔实，文辞最终要归于“雅驯”。也只有做到“雅驯”的文章，才能传诸后世，流芳千古。

第四，对桐城派文学发展的认识。方宗诚对咸丰以前桐城派的名家、文派本身的发展多有评述与总结，对戴名世的文章价值重新予以挖掘与肯定。在《桐城文录叙》文中，有关桐城派三祖的传承及各自特点问题，方宗诚认为“三先生实各极其能，不相沿袭”。这就抓住了桐城派文论思想中“求变”的核心特点，桐城派三祖虽有师承渊源，但是并不死守师法，而是有所创新、有所发展。方宗诚认为方苞以学胜，刘大櫆以才胜，姚鼐则以识胜。他用“才、学、识”三字，精炼地总结了“桐城派三祖”各自特点，这也是对方东树观点的肯定和支持。方东树曾对方宗诚说：“望溪之学，海峰之才，惜抱之识，性情体态迥乎不侔，而皆克杰。”[③]姚鼐作为桐城派文论思想的集大成者，其散文特点，方宗诚总结为“神韵为宗”，后世学者在研究姚鼐散文特点时，多引用此观点予以论述。对于姚鼐之后桐城派的发展情况，方宗诚认为有两大特点：“自植之先生后，学者多务为穷理之学；自石甫先生后，学者多务为经济之学。”[④]他敏锐地指出了桐城派作家进入嘉庆、道光年间的发展与变化，尤其是对于经济之学的重视。这篇叙文是方宗诚对咸丰之前桐城派发展的总结，体现了当时学者对桐城派的认识与思考，其中的一些观点，至今仍为学界所认同，并进一

① 方宗诚：《柏堂集》后编卷3《校刊日知堂集目录叙》，光绪方氏柏堂遗书本。

② 马其昶：《桐城耆旧传》，见沈云龙主编：《近代中国史料丛刊》第409册，台北：文海出版社，1961～1973年，第1页。

③ 方宗诚：《柏堂集》前编卷3《记张皋文茗柯文后》，光绪方氏柏堂遗书本。

④ 方宗诚：《柏堂集》次编卷1《桐城文录叙》，光绪方氏柏堂遗书本。

步阐发，这对后世研究桐城派具有十分重要的意义。

方宗诚积极肯定戴名世在桐城派发展中的地位，为后世的“桐城四祖”说提供了依据。戴名世是桐城派的先驱者[①]，方苞曾评价说：“所见当世之士，学成而并于古人者，无有也。其才之可扳以进于古者，仅得数人，而莫先于褐夫。”[②]但戴名世在康熙年间因《南山集》案遭到杀害，此后很长时间，戴名世之名不显于文坛。姚鼐在创立桐城派时，追溯师承，阐明文统时，只提到方苞、刘大櫆。在道光、咸丰年间，后学人士在总结桐城派发展时，也多涉及方、刘、姚三人，认为“桐城自望溪方氏、海峰刘氏、惜抱姚氏三先生起，以经学、古文倡后进”[③]，对戴名世涉及较少。方宗诚在编纂《桐城文录》时，选录戴名世的文章六卷，评价戴文特点是“文颇得司马子长、欧阳永叔之生气逸韵。其空灵超妙，往往出人意表”，但因为愤世嫉俗之作尤多，故在“蕴畜渊懿、沉深高洁”上，与“桐城派三祖”相比，稍显逊色[④]。但方东树非常欣赏戴名世的文章，方宗诚说：“从兄植之先生晚岁又并推戴氏潜虚。”[⑤]可见，方宗诚对戴名世之文的重视与赞赏，与其师方东树的影响不无关系。

三、方宗诚对近代桐城派发展的影响

作为桐城派文学理论的继承人和传播者，方宗诚一度被众人称誉为“桐城正脉，今在柏堂”[⑥]。方宗诚无论是早年于家乡授徒，还是中年游幕各地、为官枣强等，都重视对桐城派名家文集、乡邦文献的整理与编辑，这些对桐城派与桐城文献有保存之功。方宗诚在曾国藩幕中六年，与曾国藩及门下名徒均有所交往，成为咸同年间桐城本籍与湘乡派沟通的重要人物。他在著文立说、编选教材中，继承与发展桐城派文学理论，通过私塾授徒、书院讲学传播

① 杨怀志、江小角编：《桐城派名家评传》，合肥：安徽人民出版社，2001年，第1页。

② 方苞：《南山集序》，见戴名世著，王树民编校：《戴名世集》，北京：中华书局，1986年，第451页。

③ 方宗诚：《柏堂集》续编卷3《逊敏录叙》，光绪方氏柏堂遗书本。

④ 方宗诚：《柏堂集》次编卷1《桐城文录叙》，光绪方氏柏堂遗书本。

⑤ 方宗诚：《柏堂集》前编卷3《记张皋文茗柯文后》，光绪方氏柏堂遗书本。

⑥ 钱泰吉：《柏堂集前编次编题辞》，见方宗诚：《柏堂集》补存卷3，光绪方氏柏堂遗书本。

桐城派文学思想，培养了一批桐城派后期名家，使桐城派的影响力延续至民国时期。

（一）通过整理编纂桐城派名家文集，抢救并保存了乡邦文献资料

方宗诚在桐城派发展史上的地位，可谓承上启下。他编选师友遗集和《桐城文录》，为后人研究桐城派保存、整理了大量资料。方宗诚出生之时，距离桐城派创立者姚鼐去世已"数年矣"，姚门弟子或去世，或散处四方，但后来他们大多数"倦游归里"，方宗诚得"与前辈接者，尤复数人"。除其兄方东树外，还有姚鼐长子姚景衡、侄孙姚莹，同里前辈马瑞辰、朱道文、马树华等[①]。而与方宗诚同辈友人中，如戴钧衡、文聚奎、何衍福等又大多早亡，这些前辈先儒及同辈友人散佚的文章，多仰仗于方宗诚为之编次保存。例如《马征君遗集》《戴存庄遗集》《朱鲁存先生遗集》《仪卫轩遗书》《许玉峰先生集》等。

咸丰八年(1858)整理编纂七十六卷《桐城文录》，更是集中体现了方宗诚在桐城派文献保存与整理上的贡献。咸丰二年(1852)春，方宗诚与戴钧衡开始了文录的编纂。但不久太平军攻陷桐城，藏书之家多被焚掠，友人戴钧衡后客死怀远。方宗诚深恐此书中途废止，使数百年文献无征，在避乱鲁硔山中时，仍继续编纂文录，在友人方宗屏和生徒萧穆的帮助下，终于编辑而成。文录选取了桐城八十三位作家的作品，以有关义理、经济、事实、考证者为主，以雅驯为选文标准。其空文无事理，或虽有事理，而文鄙倍者不录。体例上按时代分卷次，其大家或数卷至十余卷；其足名一家者，或数卷至一卷；而杂家则数人一卷以附之。旨在正文统、扩学识、去浮学、资实学[②]。卷首有诸先生的行谊，便于读者了解作家生平简历。《桐城文录》既保存了如方苞、姚鼐、方东树等桐城派名家的作品，也保存了如许鲤跃、许鼎等地方文人或次要桐城派作家的作品。这些文章对于宣传、研究桐城派及桐城地方名人，积累了丰富的资料，具有十分重要的文献价值和史料价值。此后编选桐城地方文献

① 方宗诚：《柏堂集》前编卷2《存悔轩文集叙》，光绪方氏柏堂遗书本。

② 方宗诚：《柏堂集》次编卷1《桐城文录叙》，光绪方氏柏堂遗书本。

成为桐城派晚期名家的重要责任之一，方宗诚的弟子多有参与。萧穆在《桐城文录》基础上，竭三十余年心力，广加搜集，选取明代至清同治间作者二百三十家，选录四千三百八十余篇文章，编成二百六十四卷《国朝桐城文征约选》[①]。马其昶编成《桐城古文集略》(以下简称《集略》)，《集略》取录标准，以文献价值为主，同时考虑“理高”“辞雅”，选取清朝三十五家作品，编为十二卷。希望为后人考论文章体势与学派流衍，保存较为完整的资料[②]。这些都为桐城派文学理论的传播发展提供了保障。

(二)大力培养人才，壮大了桐城派作家队伍

方宗诚在游幕与为官期间，由于曾经入曾国藩幕府，与同时期的曾门弟子相交友，成为桐城派嫡传弟子与湘乡派学人沟通与联系的重要人物。曾国藩被视为桐城派中兴之士，他继承与发展了桐城派文论思想，其幕府中的学人也形成了曾门生徒群体，代表人物有武昌张裕钊、桐城吴汝纶、遵义黎庶昌、无锡薛福成等。张裕钊曾说，自己自少时治文事，“笃耆桐城方氏、姚氏之说，常诵习其文”，对桐城山川人文都非常向往。他后来结交的桐城文人有吴汝纶和方宗诚，故说“裕钊于桐城，有为我主者矣”[③]。薛福成称赞方宗诚“才高博学，著述斐然可观”[④]。这些近代名人与方宗诚的交往甚密、交谊深厚，使桐城派文学思想与理论在他们的交往中，不断发扬、传承光大。

方宗诚通过私塾与书院培养生徒，传授桐城派作文之法及文学理论，进一步壮大了桐城派作家队伍。除前文叙及的萧穆外，知名的生徒还有马其昶、姚永朴、姚永概、方守敦、方守彝等。姚永朴说，在方宗诚辞官归里后，“当咸丰、同治中，吾乡耆宿永朴及见者，柏堂先生最为先辈，吴挚甫、萧敬孚、徐

---

① 萧穆:《敬孚类稿》卷2《国朝桐城文征约选序》，光绪三十三年(1907)刻本。

② 马其昶:《抱润轩文集》卷3《桐城古文集略序》，宣统元年(1909)安徽官纸印刷局石印本。

③ 张裕钊著，王达敏校点:《张裕钊诗文集·濂亭文集》卷3《吴育泉先生暨马太宜人六十寿序》，上海:上海古籍出版社，2007年，第71页。

④ 薛福成:《庸庵全集》文编卷4《叙曾文正公幕府宾僚甲申》，清光绪丁酉上海醉六堂石印本。

椒岑诸先生继之"[①]。马其昶回忆童年时,先生谒方东树先生墓,留宿其家中,他"侍侧深宵不欲去","先生以此见誉,因从受学"[②]。方宗诚称赞马其昶"勤学好问",勉励他在年方英少之时,务必恪守"虚心实志""不自足,不自是",如此"乃可有成"。还要马其昶做到"孝弟忠信,明义理,通经史,达时务"[③]。马其昶没有辜负方宗诚的期望,著书作文,成为桐城派后期名家之一。姚永朴曾问业于"同里方存之、吴挚甫、萧敬孚诸先生"[④],姚永概"师事同邑方存之、吴挚甫、武昌张廉卿诸先生"[⑤],姚永朴与姚永概也成为桐城派后期极具影响的大家。他们都自觉继承并弘扬桐城派文学理论与思想,将桐城派的影响延续至民国时期。从这些后学弟子的回忆中可以看出,方宗诚晚年归里后,由于像方东树、姚莹这些姚门第一代弟子早已去世,与他同时期的桐城文人,如戴钧衡等,也大多离世。方宗诚成为桐城乡里名望、资历凸显的先辈,他也在归里后承担起提携奖掖后学的责任,马其昶、姚永朴、姚永概这些桐城派晚期名家的早年学习,都有赖其指点与教诲。如马其昶的《风俗论》,文中提风俗的产生是由于人的"志之所向,意之所专",方宗诚点评此文说"气醇理充,而笔法变化"[⑥]。后世学人在谈及马其昶的师承时,多强调张裕钊、吴汝纶的影响,例如王树枏所作的《抱润轩文集序》,就说他"尝问业张、吴二先生之门",而实际上也不应忽略方宗诚对这些桐城后劲的指点。故吴汝纶曾说:"执事宦成归里,提唱宗风,后进仰流,辐辏并进,吾县故老余韵,赖以不绝,甚盛事也。"[⑦]应该说,吴汝纶作为同时期的桐城派代表人物,与方宗诚交谊深厚,交流频繁,都把光大桐城派文学思想作为自己的责任,他对方宗诚的评价是十分中肯的。

---

① 姚永朴:《蜕私轩续集》卷2《方君伦叔墓表》,民国三十一年(1942)周氏师古堂刻本。

② 马其昶:《桐城耆旧传》,见沈云龙主编《近代中国史料丛刊》第409册,第710～711页。

③ 方宗诚:《柏堂集》外编卷11:《答马生通伯》、外编卷12《与马生通伯》,光绪方氏柏堂遗书本。

④ 姚永朴:《蜕私轩集》卷1《蜕私轩读经记序》,民国六年(1917)北京共和印刷局铅印本。

⑤ 姚安国:《慎宜轩诗集续钞·说明》,民国年间铅印本。

⑥ 马其昶:《抱润轩文集》卷1《风俗论》,宣统元年(1909)安徽官纸印刷局石印本。

⑦ 吴汝纶:《吴汝纶全集·尺牍》第3册《答方存之》,合肥:黄山书社,2002年,第9页。

(三)对桐城派后期作家文学思想的影响

桐城派进入道光年间,尤其是鸦片战争之后,以方东树、姚莹为代表的第一代姚鼐嫡传弟子亲历时局变化,面对社会各个层面的危机,其“为文”的重点发生了转向,方宗诚曾总结为“自植之先生后,学者多务为穷理之学;自石甫先生后,学者多务为经济之学”。无论是“穷理之学”还是“经济之学”,都重视“实学”,文章强调“经世致用”,成为共同的价值取向。方宗诚受业于方东树等人,也与姚莹等乡里前辈相交友,方宗诚早年就确定了“实学实用”的学术思想,中年于曾国藩幕中,与曾国藩之间的关系名分上是幕僚与府主,情感上却是亦师亦友[①]。曾国藩主张“文章切于世用”的思想,与方宗诚的文论思想相契合。方宗诚在《桐城文录叙》中,将文章按照内容分为“义理、经济、事实、考证”四类,后来曾国藩将姚鼐的“义理、考证、文章”发展为“义理、考据、辞章、经济”[②],这都是对桐城派理论的发展,其中对“经济”的关注,体现了桐城派作家的文论思想在进入咸丰、同治年间之后在“为文”重心、创作主旨方面的转变。方宗诚晚年在总结自己二十年学术之路时,曾说:“宗诚自少不乐仕进,而于学术治道、国计民生,则无一刻忘于心。二十年来专心讲明义理、经济、文章之学,以为义理所以立本,经济所以济世,而文章可以发挥道蕴,推明事理,纪载忠孝、名儒、循吏之实迹,以感人心而振士气,是亦义理之用也。”[③]这里的“发挥道蕴,纪载忠孝,感人心”也是对晰理、纪事、抒情文章分类的另一种表述。

吴汝纶与方宗诚的关系介于师友之间,两人对直隶当地书院教育都作出过贡献。方宗诚于枣强创办敬义书院,吴汝纶于深州整顿书院。方辞官归里后,吴汝纶返回直隶,先知冀州,后主莲池书院。两人交谊近二十年,早在曾

---

① 汪长林、方盛良:《方宗诚与曾国藩交游述考》,载《安庆师范学院学报》(社会科学版),2005 年第 2 期。

② 曾国藩:《曾国藩全集》第 14 册《劝学篇示直隶士子》,长沙:岳麓书社,1994 年,第 442 页。

③ 方宗诚:《柏堂集》外编卷 3《与王子怀侍郎》,光绪方氏柏堂遗书本。

国藩幕时,他们就曾“畅言文章,兼及经史”[①],文学创作观点多有契合之处。例如,方宗诚对“奇崛”之文颇为欣赏,对友人所示之文曾评价为“雄峻奇崛,足发其胸中不平之气”[②]。而吴汝纶更是从桐城派发展角度,对“奇崛”之文加以认识,他认为桐城诸老为“海内所宗”,但“雄奇瑰玮之境尚少”,在曾国藩、张裕钊的努力下,“文体一变”[③]。前文已经介绍方宗诚对姚鼐在编纂《古文辞类纂》时,对有关经世文章十分重视,推荐生徒选读学习。而吴汝纶在清末教育改革的背景下,对此书的推崇更显突出。吴汝纶认为《古文辞类纂》是“二千年高文略具于此”,“六经后之第一书”,日后“西学盛行”,中国之书“行当废去”,但“独留此书”,则“可令周孔遗文绵延不绝”[④]。但在桐城派文学理论发展与继承问题上,他们的认识显得有一定的差异。如方宗诚在《桐城文录叙》中,极力推崇其师方东树,认为他“少学于惜抱,而不为其说所囿,能自开大以成一格”;而吴汝纶则认为梅曾亮为“道光之季最名能古文”[⑤]。这些对前辈名家认识上的差异,从某种意义上来说是丰富了桐城派文学思想的内涵。

马其昶、姚永概、姚永朴是方宗诚晚年提携的桐城后劲,他们对方宗诚的文学思想有着不同程度的继承、创新。在文学与经史关系上,马其昶曾言“为文而不求之经,是无本之学也”[⑥]。在文与道的关系上,姚永概在强调“文以载道”的基础上,认为“文益工,则道愈显”[⑦],这体现了他也是从内在与外显角度认识两者关系的。在文章分类上,姚永朴在《文学研究法》中,总结文章

---

① 吴汝纶:《吴汝纶全集·日记》第4册,合肥:黄山书社,2002年,第289页。

② 方宗诚:《柏堂集》余编卷3《昔友箴言叙》,光绪方氏柏堂遗书本。

③ 吴汝纶:《吴汝纶全集·尺牍》第3册《与姚仲实》,合肥:黄山书社,2002年,第51~52页。

④ 吴汝纶:《吴汝纶全集·尺牍》第3册《与严几道己亥正月卅日》,合肥:黄山书社,2002年,第231页。

⑤ 吴汝纶:《吴汝纶全集·文集》第1册《孔叙仲文集序》,合肥:黄山书社,2002年,第55页。

⑥ 王树枏:《抱润轩文集序》,见马其昶:《抱润轩文集》,宣统元年(1909)安徽官纸印刷局石印本。

⑦ 王树枏:《慎宜轩文集序》,见姚永概:《慎宜轩文集》,民国排印本。

有六大"功效":论学,匡时,纪事,达情,观人与博物[①]。其中"纪事"与"达情"继承了方宗诚的观点,而"论学"与"匡时"又与"晰理"有密切关系。"雅驯"作为方宗诚所重视的为文标准,也为这些后学所接受。姚永概在点评其兄姚永朴诗歌特点时说:"仲实诗文驯雅,有法度可诵,皆有为而作。"[②]马其昶认为传记之文,要想成为一家之言,必取"迁、固之遗法,本末翔实,而一归诸雅驯"[③]。

总之,后世学者论及桐城派在近代转型时期的发展时,无不肯定曾国藩之功,胡适曾说"曾国藩的魄力与经验,确然可算是桐城派古文的中兴大将"[④]。而方宗诚作为与曾国藩同时期的桐城派人物,对桐城派中兴之业,建树良多,功不可没。特别是在古文选本、生徒学习方法上多有创造;在文学思想上对前人既有继承,也有创新,并与同时期友人相互研讨,互相影响,使桐城派文学理论得到传播与弘扬,并给转型期的桐城派文学思想与理论发展,注入了新的活力。客观地说,他们虽然无法超越方、刘、姚等前辈大家,但体现出来的纯正雅洁的文风、与前辈一脉相承的文学观念,以及所呈现出的与时俱进的创作特色,都展示了桐城派的遗风余韵,也使他们成为近代文坛不可忽视的重要力量。

原载《安徽大学学报》2013 年第 5 期

---

① 姚永朴:《文学研究法》,见葛剑雄主编:《姚永朴文史讲义》,南京:凤凰出版社,2008 年,第 30～36 页。

② 姚永概:《慎宜轩文集》卷 3《蜕私轩诗文经说跋》,民国排印本。

③ 马其昶:《抱润轩文集》卷 3《桐城耆旧传序》,宣统元年(1909)安徽官纸印刷局石印本。

④ 胡适:《胡适全集》卷 2《五十年来中国之文学》,合肥:安徽教育出版社,2003 年,第 259～345 页。另参见张思齐:《曾国藩的散文创作与文学批评》,载《中国文学研究》,2012 年第 4 期。

桐城末学的群体构成与唐宋古文接受

石　珂

桐城派在清末民国时期仍有很大影响。以吴闿生、姚永朴为代表的一批士人,在文化大变革的时代环境里仍坚持古文创作,发展古文理论,成为桐城派在近代的重要接续者。这些士人构成了一个有自觉古文传承意识的文学流派,本文称之为"桐城末学"。这一流派内部,又因古文创作追求的差异及师承交游的复杂联系,形成了以吴闿生与姚永朴为中心的两个创作群体。本文将梳理两个群体的成员构成,并以唐宋古文的接受为中心,探讨两个群体不同的古文接受取向及古文艺术追求的差异,以期对"桐城末学"复杂的流派意识及古文艺术思考作出分析。

一、"桐城末学"的群体构成与流派意识

桐城派在清代中后期一直传承不绝。方苞、刘大櫆、姚鼐初创之后,大致经历了姚门弟子之传播,曾国藩及其弟子之中兴,张裕钊、吴汝纶及门人之传续等几个阶段。张裕钊、吴汝纶分别于1894、1903年去世,二人的弟子构成了清末民国时期传承桐城派的主力,其中又大致以吴闿生、姚永朴为中心形成了两个群体。这两个群体共同构成了本文所讨论的"桐城末学"。

以吴闿生为中心的古文群体,主要成员有高步瀛、李刚己、廉泉等。吴闿生(1877—1950),吴汝纶之子,原名启孙,字辟疆,号北江,师从贺涛、范当世、姚永概等受古文法。曾任清朝度支部财政处总办,大使幕僚。民国后,入总统府任秘书监。后留学日本。北洋政府时期任教育部次长、国务院参议,主持河北莲池书院。1928年后,任奉天萃升书院教授、北京古学院文学研究

员。其弟子之中不乏影响中国文化界及教育界的名人，如于省吾、吴兆璜、潘伯鹰及齐燕铭等。

与吴闿生在古文教学上合作密切的主要是高步瀛。高步瀛(1873—1940)，字阆仙，河北霸县人，曾于保定莲池书院从吴汝纶问学。光绪年间任教于畿辅大学堂、保定优级师范学堂。1902年留学日本，毕业于宏文师范学院。回国后任学部侍郎，后调任图书局主编，兼董理顺天府学务总处。辛亥革命后，任教育部佥事、教育部编审处主任、教育部社会司司长等职。1927年张作霖入北京，他辞去教育部司长之职，任教于北京师范大学、女子师范大学。1930年应吴闿生之邀，赴奉天萃升书院主讲文学。"九一八"事变后，回北平任教于北京师范大学、中国大学。后兼任保定莲池讲学院教席。高步瀛在古文的义理、考据、辞章等方面有着很深的功底。抗日战争时期日本学者曾把黄节的诗学、高步瀛的考据与吴闿生的古文并称为"中国三绝"①。高步瀛与吴闿生在教材编选上密切合作，《国文教范》《孟子文法读本》《古今体诗约选》等书均由吴闿生选编、高步瀛笺注。

与吴闿生关系较为密切的桐城末学还有李刚己、廉泉等。李刚己(1872—1914)，清末直隶南宫人。曾问学于保定莲池书院。历任灵丘、繁峙、五台、静乐等县知县。民国三年(1914)，受聘于保定高等师范国文部，不久卒。吴闿生在《故友录》中对李刚己评价颇高，《李刚己遗集》也由吴闿生作序。廉泉(1868—1931)字惠卿，号南湖，又号岫云、小万柳居士，无锡城内水獭桥人。参与过以康有为为首的"公车上书"。光绪年间任户部主事、户部郎中，后移居沪上创办文明书局。民国后隐居北平潭柘寺。廉泉与吴芝瑛结婚，吴芝瑛为吴闿生堂姐。吴闿生《桐城吴氏文法教科书》等书亦由其经营的文明书局发行。

以姚永朴为中心的古文群体，主要成员有姚永概、马其昶、王树枏等，林纾、严复等也与之交往密切。姚永朴(1861—1939)，字仲实，晚号蜕私老人。其祖父姚莹乃姚鼐侄孙，位列"姚门四弟子"。姚永朴从学于方存之、吴挚甫、萧敬孚等人，先治诗及古文辞，后专注经学。曾任起凤书院山长，后任教于山

① 陈金造:《高步瀛传略及后记》，载《晋阳学刊》，1983年第4期。

东高等学堂、安徽高等学堂。1909 年被奏荐为学部咨议官，兼任京师法政专门学堂教席。民国三年(1914)年应北京大学之聘，任文科教授。1914 年清史馆赵尔巽复聘其为清史馆纂修。后因新文化运动，于民国六年(1917)离开北京大学，入徐树铮正志学校教书。1921 年南归，先后任教于宏毅学舍、桐城中学、东南大学、安徽大学等校。抗日战争爆发后由赣入湘，1939 年 7 月卒于桂林。其弟姚永概、妹夫马其昶均是桐城末学中很有影响力的人物。

姚永概(1866—1923)字叔节，安徽桐城人。1894 年，师从吴汝纶治学。后任桐城中学堂总监、安徽高等学堂总教习、安徽师范学堂校长，1907 年赴日本考察学制。民国成立后应严复之邀任北大文科学长，又应清史馆馆长赵尔巽之聘为清史馆协修。后因新文化运动而离开北京大学，入徐树铮正志学校任教务长。1923 年辞世。

马其昶(1855—1930)，字通伯，晚号抱润翁。师从方存之、吴汝纶、张裕钊等学习古文辞。曾主讲庐江潜川书院、任桐城中学堂堂长。1910 年入京，任学部《礼》经编纂，又授学部主事、充京师大学堂教习。民国二年(1913)回安徽，旋主安徽高等学堂。1914 年再赴北京，主持政法学堂教务，兼任袁世凯政府参政院参政。1915 年袁世凯称帝，遂离开北京。1916 年，应清史馆馆长赵尔巽之聘为清史馆总纂，主修儒林、文苑及光宣大臣传。后以老病归故里。1930 年逝世。

王树枏(1851—1936)，字晋卿，号陶庐老人，河北新城人，从吴汝纶、张裕钊学习古文。历任工部主事，四川青神县、资阳、新津、富顺知县，又入张之洞、陶模幕府。1906 年，任新疆布政使。1911 年回京任学部宪政编查馆、礼学馆顾问。后任清史馆纂修、参政院议员。1921 年与罗振玉等主持敦煌经籍辑存会。1925 年任东方文化事业总委员会委员，组织以庚子赔款续修四库全书提要事宜。1930 年主讲奉天萃升书院。1936 年卒。

王树枏与吴闿生、高步瀛虽然有过同讲萃升书院的经历，但他们之间的交情并不深厚。吴闿生晚年所写《故友录》中只将王树枏列于姚永概一则之下，一笔带过。王树枏反倒是与马其昶、姚永朴、姚永概交往更多。1911 年同在学部任职的王树枏与马其昶相识，后与姚永概、姚永朴相识于清史馆中。王树枏《陶庐文集》由马其昶为其作序，姚永概《慎宜轩文》则由王树枏为其作序。王树枏在《慎宜轩文序》中还将马、姚的古文传播上升到了“斯文”绝续的高度来看待。

姚氏兄弟及马其昶与当时影响颇大的严复、林纾也有较密切的联系。姚永朴、姚永概正是在严复任北大校长之时入校任教的。林纾虽非桐城门人，但他对捍卫桐城派正宗地位却有很高的积极性，无论是魏晋派、骈文派的攻击，还是新文化运动的批判，林纾始终都处于风口浪尖，对桐城派古文的发展产生了深刻的影响。一方面林纾引桐城派以自重，与攻击他的人进行争辩；另一方面，桐城派也希望利用林纾的大众影响力来扩大自身的影响。

从流派意识上看，吴、姚两个古文群体，都表达了传承桐城古文理论的自觉追求，但为了回应桐城派在近代文化转型中所受到的挑战和质疑，他们还共同表达了“桐城无派”的观点，以应对流派意识可能引发的世人“宗派”之讥。

王树枏为马其昶《抱润轩文集》作序时，开篇即言“古文无所谓宗派也”，明确表示自己作此序的动机是“有感于世俗宗派之妄论”。序文从姚氏《古文辞类纂》所选之文的经典性与普遍性的角度论证桐城有派之论的不正确性，还刻意强调马其昶之文与桐城祖师姚鼐之文的差异性。

吴闿生关于桐城无派的言论更为明确。《答张江裁书》中云：

> 夫桐城无所谓派也，盖由外人不知者漫加之以是名……即以派言，桐城者，固所以导人，而非囿人者也。且如执事云：文宗秦汉，风格斯高。桐城家法正自如是……孔子曰：谁能不出由户。桐城诸老之学说，固斯文之途辙门户也。[①]

吴闿生在信中针对张江裁的批评作出了回应，反驳了张的看法，否认了桐城派的提法，但他仍然承认桐城派所指出的学文途径的正确性，并肯定桐城派所揭示的文章之法乃文章之天理而并非一家之私言。他们否定流派意识，但肯定桐城派文章之法的正确性，他们所谓的“桐城无派”只是一种托词、一种姿态。他们要达到的效果是：先把自己从桐城派的身份上剥离，然后再从一个看似局外人的立场来肯定桐城派理论的正确性，从而回应外界对桐城

---

① 吴闿生：《北江先生文集》卷9，民国十三年(1924)文学社刻本。

派的非难。“桐城无派”观点的背后恰恰是他们与桐城派斩不断的血缘关系，表达的是他们对桐城古文理论的认同，体现出的是他们共同的流派意识。

吴、姚两个古文群体虽然有共同的流派意识，但学术见解、文学追求还是存在明显差异的，而姻亲关系与地域背景，也对这些差异起到了强化的作用。王维庭在为吴闿生作传时，就已经提到这两个群体的存在：

> 桐城古文辞之学，盛行二百余年，大名家不下十余人，再世相传知名于天下者，独姚、吴两家而已。仲实、叔节之学，信美矣！然若论著述之宏富，教泽之深远，皆不能与北江先生相比。①

其着眼点虽然是要通过对比突出吴闿生的成就高于姚永朴、姚永概，但其提出的“独姚、吴两家”也刚好从侧面揭示出清末民国时期桐城末学中最具影响力的两个群体。

吴闿生《故友录》中谈到与姚永朴等人之间的学术分歧时说：

> 通伯初学于方宗诚存之，多传其师说。仲实则不知其本何师。两人于先公所论皆未洞达而不求甚解，反多不满之辞，岂非故墟未化不能超然自得，故各本其所见以为言邪。②

他认为马其昶、姚永朴二人对吴汝纶的学术并未深解，只是根据各自识见提出意见而已，并未真正领悟吴汝纶学术精粹所在，表达了对姚永朴、马其昶的不满，足见吴、姚之间学术观点的差异。

马其昶《慎宜轩文序》还提到姻亲关系与地域背景对他们群体的强化作用，他回忆与姚家的交往，表达出很强的严守家学传统的意识③。马其昶、姚永朴、姚永概之间的姻亲关系与共同的地域背景强化了他们群体内部的团结，也强化了他们与吴闿生等人之间的分野。

吴闿生之父吴汝纶虽然亦来自桐城，但吴闿生生于北方，长于北方，其父吴汝纶之学说、保定莲池书院的教育对他产生的影响更大。《吴门弟子集序》中，吴闿生叙述了莲池书院兴盛的过程，表达了对莲池书院人才之盛的无比

---

① 王维庭：《吴北江先生传略》，载《文献》，1996 年第 1 期。

② 吴闿生：《北江先生文集》卷 8，民国十三年（1924）文学社刻本。

③ 姚永概：《慎宜轩文》卷首，民国十五年（1926）铅印本。

自豪[1]。吴闿生主要的学业也都在莲池书院完成。莲池书院所倡之文虽然也是桐城派文章，但经过曾国藩改造的桐城派，已经与姚鼐时代大有不同。莲池书院众弟子多提倡雄奇高峻的文风，对先秦两汉文章更加重视。其文风及古文艺术追求已经与严守"雅洁"传统的早期桐城派文章有了很大的不同。

接下来，我们将围绕吴、姚两个古文群体对唐宋古文的接受来剖析他们在古文艺术追求上的差异，以进一步深化我们对桐城末学的认识。

二、吴、姚两个古文群体对唐宋古文的不同接受取向

桐城派历来重视唐宋八大家古文。方苞、姚鼐等均强调学习唐宋古文对上溯六经的津梁作用。桐城派成员也大多自觉接续唐宋古文传统，丰富并发展自己的理论体系。但吴闿生对唐宋古文的态度却出现了一些变化。

一是吴闿生对唐宋八大家的贬抑。

吴闿生在其《桐城吴氏文法教科书》中未选一篇唐宋古文，且评点中对唐宋八大家古文持贬抑的态度，该书下编《史记序赞》云：

> 用意俶诡最是史公胜处，后人鲜能悟其妙者。八家之徒，窃得一二形似，皆足以名世矣。凡文字专就正面铺叙，无可发挥，以诡愤荡谲出之，其精彩乃百倍生动，而趣味亦益渊永也。[2]

这里，他高度评价司马迁的文学造诣，认为文章立意的奇特诡谲是司马迁最值得称道的地方。其意虽为褒扬《史记》，但用一"窃"字概括唐宋八大家对《史记》的学习，称八大家学习《史记》也仅得一点点的形似而已，足以显示出吴闿生对唐宋八大家古文成就的贬低之意。

吴闿生另一选本《国文教范》中对唐宋八大家古文的评价也不高。评司马相如《难蜀父老》时讲：

> 西汉文章之盛，气体雄直，而奇文奥旨，足以运其气而举其词，故巍然浩然，如山海之富，而蛟龙万变，皇惑出没于其中。盖扬马于斯尤为极轨，此文章之瑰玮大观也。学文者固当导源于此，而后上穷六经，下该百

① 吴闿生：《吴门弟子集》卷首，民国十九年（1930）莲池书社刊本。
② 吴闿生：《桐城吴氏文法教科书》下编，宣统元年（1909）上海文明书局铅印本。

家，一以贯之矣。韩公所以起八代之衰，亦由此也。后世为文者不能取法于此，而但于八家中觅生活，宜文事之不振矣。惟曾文正公以空前学识，为文必本扬马，其道未张，而时变已亟，学者刍苟汉学矣，惜哉，惜哉！[①]

他认为文章应有的境界是“盛气雄直而奇文奥旨”，学文之人应当由学习扬雄与司马相如入手，上溯六经之源，广以百家之学。且认为韩愈文章能起八代之衰也是走的这条路径，但后来学文之人却不知道由更高一层次的“扬马”入手，而仅将眼界囿于唐宋八大家，这是造成文学日益衰弱的原因。改变这一状况的重要人物是曾国藩，曾国藩重提“扬马”的学习意义，可惜主张未能推广，其中原因从桐城派外部看是“汉学”的阻挠造成的，从桐城派内部看是由学者固守唐宋八大家造成的。

曾国藩自称平生好雄奇瑰玮之文，对姚鼐雅洁之文既肯定其价值又“惜少雄直之气，驱迈之逝”[②]。而如何救文章之弱，曾国藩为其高徒张裕钊所开的“药方”很有代表性：“足下气体近柔，望熟读扬、韩各文，而参以两汉古赋，以救其短，何如？”[③]提出熟读扬雄、韩愈的文章，并参读两汉古赋的方法。吴汝纶在描述曾国藩对桐城派的改造时，他将桐城派的问题概括为缺少“雄奇瑰玮之境”，将韩欧之后文章才气薄弱的问题归结为“不能奇崛”，将曾国藩对桐城派文章的改造方式概括为“以汉赋之气运之”[④]。曾国藩只有以扬雄、韩愈或汉赋的雄直之气运于文中的意思，并没有从根本上改造桐城派文章学习轨途。而吴闿生所说的要以“扬马”为“极轨”，则实际上是抛弃了桐城派原有的从唐宋八大家文章悟“义法”的学习路径，直接将学习对象暗换成了曾国藩改造桐城派所用的工具。

另一个值得注意的现象是吴闿生在解答古文学习从何处入手这个问题

① 吴闿生、高步瀛：《国文教范》上编，民国二年(1913)京师国群铸一社石印本。

② 曾国藩：《复吴敏树》，见《曾国藩全集·书信十》，长沙：岳麓书社，2003年，第7496页。

③ 曾国藩：《加张裕钊片》，见《曾国藩全集·书信二》，长沙：岳麓书社，2003年，第934页。

④ 吴汝纶：《与姚仲实》，见《吴汝纶尺牍》，合肥：黄山书社，1990年，第34页。

时也并不固守“扬马”之说。在作为蒙学教科书的《桐城吴氏文法教科书》中，吴闿生认为古文学习应当从韩非入手，并提示古文学习应由韩非进观《史记》的学习路径，称：“由韩非进观史公，所高不止百倍……窥见此妙，然后尽文章之能事矣。”[①]强调“雄奇”文风在古文启蒙教育中的重要性。

就如何进一步提高文章境界，吴闿生认为应从庄子“环玮连犿、洸洋恣肆”[②]之文推而广之。不论是导源于“扬马”，还是由韩非进观《史记》，抑或是从庄子入手开拓境界，吴闿生对桐城派文学取法对象的改造都是在崇尚雄奇文风的文学观念下进行的，而吴闿生对雄奇文风的崇尚自有桐城派文学发展的内在原因。吴孟复在《桐城文派述论》一书中辨析了“湘乡派”与“桐城派”的差异，认为湘乡派“变柔为刚，雅而不洁”[③]，走的是用汉赋气体拯救桐城文章之柔弱的路子，并把吴闿生也归入“湘乡派”。王达敏在《张裕钊与清季文坛》一文中则将张裕钊、吴汝纶先后主持莲池书院后，在北方形成的古文群体称为“莲池派”，吴闿生亦在其中，并指出“莲池派诸子高倡雄奇文风”，他们论文首推盛汉，兼重周秦与唐之韩愈[④]。“湘乡派”或“莲池派”均是桐城派后期的演变。吴闿生正是沿着“湘乡派”“莲池派”的文学路子对桐城派古文取法对象提出了自己的看法。

唐宋八大家中吴闿生仅肯定韩愈与王安石。认为学习他们的文章对矫正流俗文章“凡猥浮滑”[⑤]的问题能起到很好的作用。而文章“凡猥浮滑”的问题，吴闿生将其主要根源归咎于宋代古文转向“平直浅近”的不良影响。《国文教范·送董邵南游河北序》案语云：

> 夫为文不能涵泳微意则词尽而与之尽，平直浅近复何蕴藉之可言乎。此至唐以后文章之所以日衰而高尚理想之不复存在也，岂小失去哉？[⑥]

---

① 吴闿生：《桐城吴氏文法教科书》上编，宣统元年(1909)上海文明书局铅印本。

② 吴闿生、高步瀛：《国文教范》上编，民国二年(1913)京师国群铸一社石印本。

③ 吴孟复：《桐城文派述论》，合肥：安徽教育出版社，2010年，第149页。

④ 安徽大学桐城派研究所：《桐城派与明清学术文化》，合肥：安徽大学出版社，2008年，第431页。

⑤ 吴闿生、高步瀛：《国文教范》下编，民国二年(1913)京师国群铸一社石印本。

⑥ 吴闿生、高步瀛：《国文教范》下编，民国二年(1913)京师国群铸一社石印本。

这里，他将批评的矛头指向了“平直浅近”的文章，认为唐代之后的文章不再有“高尚理想”了。欧阳修正是宋代文学及之后文章转向“平直浅近”的关键人物。在《国文教范》中吴闿生在欧阳修《送田画秀才宁亲万州序》下评论道：

盖周秦三代之文自东汉以降兴于唐之韩退之，而复衰于宋，宋以后无复真古文矣。欧公虽不尸其咎，然公之文实导人于平易，而不能引人日上则昭然无可疑也。

他认为宋代之后无“真古文”状况的形成，欧阳修应负很大的责任。欧阳修之后的苏洵、苏轼、苏辙更是被吴闿生称为破坏古文之体的始作俑者，《上韩枢密书》案语云：

三苏议论文字明爽俊快，得力于战国策士为多……古人之文，意有所不敢恣言，有所不敢尽行于所不得行，止乎所不能至。乌有率性自如若此者哉。故谓古文之体坏于三苏，非謷言也。自是以后，三苏文体风靡一时，于唐以前之文字若划鸿沟不复相通，行千余年以至于今。而后生莫复知有韩退之以上周秦盛汉之文字矣，始作俑者能无任受咎哉！[1]

他认为三苏一泻无余的文风与古人浑穆高古的境界相去甚远。他们不留心章法文词，多率性而为，所以吴闿生认为古文之体坏于三苏。而三苏的文章风靡后世，阻碍了韩愈之上的周秦两汉文章的传播。基于这样的认识，吴闿生《国文教范》中三苏之文入选甚少，只苏轼、苏洵各一篇。

欧阳修对桐城派的影响甚大，是桐城派文统中非常重要的一环[2]。“三苏”古文影响也非常广泛，桐城末学古文选本中《论策合钞简编》《历朝经世文钞》所选苏轼之文也均多于其他各家。但在吴闿生看来欧阳修及“三苏”古文负面影响太大，应当阻断他们文章的影响。因此吴闿生贬低唐宋八大家整体价值，试图割断八大家作为古文学习的津梁的做法与他对欧阳修、“三苏”古文的认识有密切关系。

---

① 吴闿生、高步瀛：《国文教范》下编，民国二年(1913)京师国群铸一社石印本。

② 现代学者多认为桐城派前期多受欧阳修影响，如熊礼汇认为“桐城三祖的文尚韩、欧，终以尚欧为主。”见熊礼汇：《明清散文流派对韩欧艺术传统的接受和疏离》，载《武汉大学学报》(人文社会科学版)，2007年第4期。

二是姚永朴等对唐宋古文津梁作用的坚持。

高步瀛与吴闿生关系密切，在出版于民国二年(1913)的《国文教范》中，高步瀛并无明显不同意吴闿生贬低唐宋八大家地位的意思。但在民国二十四年(1935)高步瀛自己选注的《唐宋文举要》(甲编)中则认为应该坚守从唐宋文入手学习古文的门径。在《唐宋文举要》卷首总案语中高步瀛表达了他对当时某些选本标新立异不选唐宋文的做法的不满：

> 古今精于文者，曷尝姝暖于一先生之言哉？近人好为立异，乃或摈斥八家，别取鄙陋拙滞之作以代之。夫鄙陋拙滞尚安得谓之文？斯亦不足辨也。今约取唐宋文若干首，加以笺释，分为甲乙编，用备学者习肄。窃尝谓今日为学，门户之见不可存，而门径之辨则不可不审。区区文艺，特其一端云尔。

这里，他认为批评者认为唐宋文滞拙的问题完全不成立，指出："门户之见不可存，而门径之辨则不可不审。"认为作为学术的一种，文学学习不应当有门户之见，但应当重视入学的门径，强调门径与门户区别对待。

姚永朴、姚永概对唐宋八大家的态度一直比较平和，《历朝经世文钞》并无贬低唐宋八大家的意思，姚永朴《文学研究法》中对唐宋八大家文章"途轨"作用也有比较清楚的认识：

> 先大父石甫府君《复方彦闻书》云："唐、宋诸贤修辞之工，或不逮六朝以前；特其取义甚正，立体尤严，譬诸乐然，虽非清明广大之奏，已绝烦数淫滥之者。"先正论文所以必主八家者，非谓文章极于八家，谓八家乃斯文之途轨也。①

姚永朴对唐宋八大家的认识主要来自其祖父姚莹，虽然他并不认为唐宋八大家之文为文章的极致，但强调唐宋八大家作为上溯六经的津梁作用，重视唐宋八大家作为古文学习门径的启示意义。

姚永朴不仅肯定韩愈、王安石的价值，而且对欧阳修及三苏等也并无贬低之辞。他认为：

> 永叔与南丰曾氏、眉山三苏氏皆变退之之奇崛而为平易……即永叔

---

① 王水照：《历代文话》第七册，上海：复旦大学出版社，2007年，第7000页。

以深婉胜，未尝不绵远；子固以醇厚胜，未尝不宽博；三苏以条达胜，未尝不精悍。[①]

他分别肯定了宋代六家各自的成就，在他看来宋六家各有特点。姚永朴虽然也承认三苏文章容易造成不良影响，但他认为这个问题并非无法解决。他在《国文学·苏子瞻答黄鲁直书》中对学习三苏文章的弊端有比较通融的说法：

东坡《与侄帖》云："凡文字，少小时须令气象峥嵘，采色绚烂。渐老渐熟，乃造平淡。其实不是平淡，乃绚烂之极也。汝只见我而今平淡，何不取旧日应举时文字看。"……吾家惜抱先生选《古文辞类纂》于战国策及三苏策论，多所甄录，用意与东坡正同。若曾文正选本则悉删去，盖文正论文宗旨主于奇崛深古，而不甚取隽快之作，惧滑笔也。然此意施之中年以后为宜，学者勿躐等，斯无弊耳。[②]

姚永朴对比了姚鼐与曾国藩对三苏的态度，并阐释姚、曾选或不选三苏文章的原因。认为姚鼐选录三苏之文的目的在于让古文学习者循气象峥嵘、色彩绚烂归于平淡的路径。而与姚鼐文章崇尚"雅洁"不同，曾国藩论文崇尚"奇崛深古"与三苏文风的"隽快"不合，所以曾国藩《经史百家杂钞》将三苏策论之文全都删去。面对"矛盾"，姚永朴提出的方案并不像吴闿生那样直接贬低三苏价值然后抛弃，而是主张把学习三苏的时间延迟到中年。

姚永朴对"雄奇"与"雅正"的关系也有自己的看法：

《答刘正夫书》云："夫百物朝夕所见者，人皆不注视也；及观其异者，则共观而言之。夫文岂异于是乎！是故为文章者，说平实之理，载庸常之行，最难制胜。必力去陈言，标新领异，然后为佳。"古今文人好奇，其原因盖在于此。虽然，此种文字虽然极可喜，然非根本深，魄力厚，而以鸷悍之气，喷薄之势，诙诡之趣，崛强之笔，浓郁之辞，铿锵之调行之，必不能窥其奥窔。使初学者而骤希乎此，其流弊可胜言乎？故《文心雕龙·定势》篇云："旧练之才，执正以驭奇；新学之士，逐奇而失正。"[③]

他认为文学学习如果从追求奇特入手则流弊很大，因为"奇"文需要深厚的修

① 王水照：《历代文话》第七册，第6991页。

② 姚永朴：《国文学》卷3，宣统二年(1910)京师法政学堂铅印本。

③ 王水照：《历代文话》第七册，第6987页

养、更高层次的用笔方法，而初学者不可能具备这样的条件，反而有可能因为过分追求文章之奇特而偏离文章的“正轨”。对韩愈的“陈言务去”理论，姚永朴也从“洁”的角度立论，《李习之答王载言书》案语云：

韩子曰：“惟陈言之务去。”岂独其词意之不可袭哉？夫古今之理势，固有大同者矣，其为运会所移，人事所推演而变异日新者，不可穷极也。执古今之同而概其异，虽于词无所假者，其言亦已陈矣，此亦就创意言之也。大抵作文必以去陈言为始事，陈言去而文乃洁。①

姚永朴对“陈言务去”理论不从“奇”或创新的角度解读，而从“洁”的角度进行阐释，将桐城派一直强调的“洁”从修辞与立意两个方面作出了规定。姚永朴对“洁”的强调与吴闿生对“峻”的欣赏有很大的不同，但姚永朴也并非认为“洁”与“峻”不可调和。

昔柳子厚云：“参之太史以著其洁。”又云：“谷梁子、太史公甚峻洁。”归熙甫尝言：“峻字之意不易知，窃谓必先求洁。即洁矣，而后可至于峻也。”吾乡徐椒岑先生（宗亮）告永朴曰：“夫所谓不洁者，非字句之不修也，陈义太尽，无含蓄之致，造句虽新，多习见之意，皆不洁也。无意于模仿，而不觉举笔辄见者是矣。”斯诚笃论。②

他同意柳宗元认为《谷梁传》及《史记》兼具“峻洁”的观点，但又同意归有光认为“峻”比“洁”更不易学，应当先追求“洁”再追求“峻”的观点。所以在姚永朴看来，古文学习应从“洁”入手，而不是从吴闿生所追求的“峻”入手。也正因为姚永朴对文章学习有如此认识，所以他坚持肯定唐宋八大家的地位，而并不像吴闿生那样贬低唐宋八大家的地位。与姚永朴、姚永概关系甚密的林纾亦坚持肯定唐宋八大家的价值，并因此与崇尚魏晋的章太炎弟子发生了冲突。

三、结　语

桐城末学继承桐城派文学传统，并在新的时代中继续发展，呈现出自身独特的风貌。他们文学观念的守与变虽然自有文学发展的内在动因，但外部

① 姚永朴：《国文学》卷2，宣统二年（1910）京师法政学堂铅印本。
② 姚永朴：《国文学》卷3，宣统二年（1910）京师法政学堂铅印本。

环境的变化也起到了很大作用。身处清末民国这个大变革的时代中，桐城末学古文传承既遭到文学各派特别是魏晋文派、骈文派与新文化运动的攻击，又受到取消科举、学校改制等政策因素的影响。在古文价值遭到动摇、古文学习时间遭到压缩的境况中，对桐城末学的流派意识与文学艺术思考还应当进一步落实到时代环境考察中去，还有很多问题留待我们继续深入研究。

原载《安徽大学学报》2011 年第 6 期

桐城派文学理论研究

“文学”流派，还是“学术”流派？
——“桐城派”界说之反思

欧明俊

古代文学史研究要创新，最重要的工作之一是对通行的观念、观点进行学理上的反思。反思，不是研究对象本身，而是对对象研究之再研究，是深入进行学理上的思考。承现代学者、前辈学者而来的观念、观点，从教科书学来的知识，构成我们认识问题的“前理解”。学界习惯于接受一些文学史“常识”，作为进一步认识和论证问题的“前提”，“前理解”正确与否，多不自知，而这正是影响文学史研究创新的重要因素。对“前理解”，我们应具备反思能力，要不断清理自己的思想，更新知识，更新观念。反思并不意味着轻易将原观念、观点推翻，不能走极端，而一般是首先肯定其合理性一面，再进行质疑，客观指出其局限性，并给出合理解释及解决问题的答案。“桐城派”研究取得的成绩有目共睹，首先要充分肯定。通行观点，“桐城派”又称桐城“古文”派或桐城“散文”派或桐城“文派”，是清代文坛最大的散文流派，也是古代最大的文学流派。这样界说是否科学？实际上，学界已对“桐城派”界说进行过反思，王达敏先生《姚鼐与乾嘉学派》一书就是将“桐城派”视为“学术”流派来研究的①。笔者拜读后深受启发，兹不避浅陋，进一步对通行的“桐城派”界说进行反思。

① 王达敏：《姚鼐与乾嘉学派》，北京：学苑出版社，2007年。

一、如何理解桐城“古文”派和桐城“散文”派?

对于“桐城派”这一概念,学界有不同的表述:桐城“文派”、桐城“古文”派、桐城“散文”派,这几个概念内涵并不完全一样,该如何理解呢?“桐城派”,不少学者称作桐城“古文”派,这“古文”究竟是什么内涵?“古文”是不是指古代的散体文?包不包括骈文和赋?

“古文”,古人还表述为“散文”“文章”“古文辞”“古文词”“辞章”“词章”等。古人常“诗古文辞”并称,“古文辞”即多指非诗体的散文,相对于韵文即广义诗歌。

“古文”在古代具有不同的内涵,相对应的有几个概念。“古文”首先是指学习先秦两汉内容充实、长短自由、朴质流畅的正规严肃的文体,强调散句单行,不讲究对偶押韵,相对于骈文,这是狭义的“古文”概念。古文是散文正宗,是“文统”,以“载道”为主,主要是为统治阶级主流意识形态服务的。我们现在多称古代散文为“古文”,实际上“古代散文”与“古文”不是等同概念。

“古文”又与“时文”或“今文”相对,“时文”是当时流行的文体。“时文”,是时间概念,更是一种内质界定、价值判断。古文与时文语言上有雅俗之别。今天说的“文言文”就是雅语,是书面语,排斥口语。古代主流文学观念,“文”和“言”是分离的。“文”就是文言,“言”就是语体、白话。“桐城派”严分“文”“言”疆界,认为只有“文”才是真正的文章,“言”即白话写的不能算是真正的文章。他们坚持用古语、雅语,排斥“言”,即口语白话。沈廷芳《书方望溪先生传后》记方苞语云:“古文中不可入语录中语,魏晋六朝人藻丽俳语,汉赋中板重字法,诗歌中隽语,南北史中俳巧语。”[①]方苞强调“五不”雅语标准。姚鼐继承这一观念,梅曾亮《姚姬传先生尺牍序》一文载:“先生尝语学者,为文不可有注疏、语录及尺牍气。”[②]反对古文使用俗语,追求语言的典雅、古朴。直到现代,胡适等提倡新文化运动,主张“文言合一”,口语和书面语始融为

① 沈廷芳:《隐拙轩集》卷41,清乾隆二十二年(1757)刻本。

② 梅曾亮:《柏枧山房全集·文续集》,见《续修四库全书》第1514册,上海:上海古籍出版社,1995年,第105页。

一体。

明清时期的时文多指八股文，八股文以骈为主，接近骈文。“桐城派”古文与制举之文即八股时文相通，有利于维护理学“道统”。

“古文”又与“小品”相对。一些非正统的带有“旁门左道”性质的，或游戏消遣的，或抒情言志的，历代皆有，晚明时发展为“小品”文。“小品”成为与正统、正宗古文相对的偏重个人情趣和审美娱乐的艺术性散文，近似现代“纯文学”散文。“桐城派”亦有“小品”文。

“桐城派”观念中的“古文”有独特内涵，是指不包括诗歌的文章，阐发宣扬并践行程朱理学，“清真古雅”，是散文的正宗、传统、典范，是严肃规范的文章。

在“桐城派”眼中，古文和骈文、八股时文究竟是什么关系呢？桐城“古文”派究竟是排斥还是包括骈文、八股时文呢？其间关系复杂，不能一概而论。

姚鼐是重视古文，而排斥骈文的。他纂辑《古文辞类纂》，选辑七百余篇古文，不选骈文，确立正宗“文统”，被桐城古文家奉为圭臬。而姚鼐的弟子管同、梅曾亮、方东树、姚莹等人，皆主张不废骈文。刘开主张骈散融合，不能偏废，《与王子卿太守论骈体书》说：“夫文辞一术，体虽百变，道本同源……故骈之与散，并派而争流，殊途而合辙……骈中无散，则气壅而难疏；散中无骈，则辞孤而易瘠。两者但可相成，不能偏废。”[①]也就是说，“桐城派”内部，有的人排斥骈文，有的人不排斥骈文。总的来说，“桐城派”是以古文为主的，阮元等骈文家贬低排斥桐城古文，视其为骈文的对立面，正是明证，但不要以为“桐城派”完全排斥骈文。在清人眼中，骈文与古文（散文），通常是并列概念，不是种属关系。骈散之争只是大散文内部的观念之争。现代不少学者将散文等同于古文，以散文涵盖骈文，即以散文为母概念，骈文为子概念，骈文归属于散文，是不合理的。

“桐城派”重古文而轻时文。方苞认为时文是章句无补之学，而力劝他的友朋后进与时文决绝，《与章泰占书》云：“使能绝意于时文，以从所当务（指用

---

① 刘开：《刘孟涂集·骈体文》卷2，清道光六年（1826）姚氏檗山草堂刻本。

力于古文)，虽古人不难至。”[①]“桐城派”古文家吕璜整理吴德旋所撰《初月楼古文绪论》更明确说：“古文之体，忌小说，忌语录，忌诗话，忌时文，忌尺牍。此五者不去，非古文也。”[②]时文与古文，界线分明。吴汝纶早年工时文，后来反思传统教育的弊端，认为那是愚民教育，光绪二十四年(1898)五月十五日，在《与李季高》尺牍中主张“废去时文，直应废去科举，不复以文字取士”[③]。但这只是一方面，另一方面，他们也不废时文。姚鼐认为古文、时文可以相通，《惜抱轩稿序》谓读正德、嘉靖间人时文以后，“乃见初立经义(时文)本体，与荆川、震川所以为文章之旨，恍然曰：是亦古文耳，岂二道哉”[④]！“桐城派”尊奉的归有光即是时文大家。“桐城派”先驱戴名世精于时文，他的文集多半是为某些时文写的序，是关于八股文的理论，提倡“以古文为时文”，能说戴名世排斥八股时文吗？方苞是时文名家，在《进四书文选表》中总结明人八股文时说：“至启、祯诸家，则穷思毕精，务为奇特，包络载籍，雕刻物情，凡胸中所欲言者，皆借题以发之。就其善者，可兴可观，光气自不可泯。”[⑤]钱大昕《与友人书》引方苞同时人王若霖语云：“灵皋以古文为时文，却以时文为古文。”[⑥]方苞《古文约选》是乾隆皇帝钦定的八股文的参考书，《〈古文约选〉序例》主张学者切究于唐宋八家，“而以求《左》《史》《公》《谷》《语》《策》之义法，则触类而通，用为制举之文，敷陈论策，绰有余裕矣”[⑦]。刘大櫆写有专文《时文论》，论时文作法。因此，也不能说方苞、刘大櫆排斥八股时文。

“桐城派”中人在成名之前，一般都要经过科举考试，都要经过严格的八股时文训练。我们不能简单地说“桐城派”就是反对骈文、八股时文。时文与古文，二者循环互动影响，主要是古文影响时文，即以上化下，以高化低，以尊化卑，以古化今，以“文”化“言”，以雅化俗。古文影响时文，提高时文的水准；而时文影响古文，则是降低古文的品格。上影响下，可以通过各种各样的制

① 方苞：《方苞集·集外文》卷5，上海：上海古籍出版社，1983年。

② 王水照编：《历代文话》第5册，上海：复旦大学出版社，2007年，第5037页。

③ 吴汝纶：《吴汝纶尺牍》，合肥：黄山书社，1990年，第132页。

④ 姚鼐：《惜抱轩稿》卷首，清光绪二年(1876)桐城刘氏刻本。

⑤ 方苞：《方苞集·集外文》卷2，上海：上海古籍出版社，1983年。

⑥ 钱大昕：《潜研堂文集》卷33，上海：商务印书馆，1935年。

⑦ 方苞：《方望溪全集》，第303页，北京：中国书店，1991年。

度设计来强化；下影响上是客观存在，但不会很大。不能认为“桐城派”的古文就是完全纯粹的古文，而排斥时文和八股文，不是那么简单。

“桐城派”倡导古文，但又不局限于古文。过分重视“桐城派”古文，势必“遮蔽”桐城派骈文、八股时文成就，也“遮蔽”了桐城派小品文成就。

另一通行观点，“桐城派”是清代文坛最大的“散文”流派，对“散文”的理解，学界亦因人而异。古人极少用“散文”概念，我们是使用“现代化”的文学“散文”概念来理解古代“散文”。所谓古代“散文”，实有不同层面的内涵：最广义的散文，与韵文相对，包括一切种类与形式的非韵文，散文就是一切非押韵之文章，经、史、子、集中，都有散文，现代观念中的“纯文学”散文也包括在内；文学与经学、史学分离后，散文则是指经、史、子、集的“集部”之文，指文章，包括骈、散各体和赋，不只是散体文，一般不包括笔记文；散文，仅指古文（散体文），与骈文相对；散文特指“古文”，相对于“时文”或“今文”；散文指“辞章”（词章），讲究文采、辞藻、想象、技巧，是有文采之文，近似现代“纯文学”意义上的散文；最狭义的散文，特指说理文或叙事文、抒情文，排斥他者。这几种概念往往并行不悖，“散文”只是指称此类文的一种概念，可作“共名”。桐城“散文”派的“散文”究竟指哪种内涵的“散文”呢？学界至今仍是不甚了了。

现代通行的是以“散文”指称古代散体文，“散文”和“散体文”是同一概念。古人多以“文”“文章”“辞章”“古文”“古文辞”指称散文，而不用“散文”概念，“桐城派”一般也不用“散文”概念。陈衍《散文体正名》，主张以“散文”“散体文”取代“古文”“古文辞”之称[①]。实际上，“古文”不能简单化等同于“散文”。

传统主流散文观念是“大文学”散文、“杂文学”散文，说理文是正宗文体，最受重视。认为散文只是纯文学，纯抒情、纯审美、纯艺术，是狭隘化理解。李斯的《谏逐客书》、贾谊的《过秦论》、韩愈的《原道》、欧阳修的《五代史伶官传序》、苏洵的《六国论》等，都是最正宗、影响广泛深远的散文经典。古代文、史、哲不分，《墨子》《孟子》《庄子》是哲学著作，司马迁的《史记》是史学著作，更是优秀的文学散文。

---

① 《小说月报》17卷号外，1926年。

现代散文观念，深受近现代西方“纯文学”观念的影响，“散文”是文体“四分法”中的一种，与诗歌、小说、戏剧并列，强调感性、抒情性、审美性、艺术性。刘经庵《中国纯文学史纲》甚至不论散文，将散文完全排斥于“纯文学”之外。现代“纯文学”观念，排斥古代散文“正宗”的说理文。古今散文观念往往差异很大，甚至完全相反。仅仅以“纯文学”标准认识古代散文概念是不够的，而应从传统汉语言文章的实际情况出发。因此，桐城“散文”派的“散文”，不能仅仅理解为“纯文学”散文，应指“大文学”散文。“桐城派”散文，有不同层面的内涵，要区别对待，不应简单泛泛理解。“桐城派”的“文章”和我们现在的“纯文学”散文不是完全对等概念。笔者认为，桐城“散文”派应称作桐城“古文”派更合适，因为阮元等“骈文”派就是明确反对桐城“古文”派，视其为对立面的。

二、“桐城派”只是“文学”流派吗？

学界多认为“桐城派”是“桐城文派”的简称，“桐城派”是“文学”流派。“桐城派”只是“文学”流派吗？还是“学术”流派？这“文”概念又如何理解？“文”是指古文？文章？散文？辞章？还是文学？是不是现代观念中的“纯文学”？或指“纯文学”散文？“文”，古人一般指“文章”，广义的“文章”，包括诗、文，还指学术，包括经、史、子、集。狭义的“文章”，即“辞章”（词章），现代概念叫文学。古代，“文”和“文学”很多时候不是对等概念。“桐城派”的“文学”与现在的“文学”概念也不是对等概念。文学观念决定散文观念，“大文学”观念决定“大文学”散文观念，“纯文学”观念决定“纯文学”散文观念。不能完全以现代“纯文学”观念来孤立看待和评价古代散文，认识“桐城派”当然也不例外。

“桐城派”是一个“文学”流派，这“文”相对于经学和史学，包括现代审美、感性的纯文学，还包括现代公文类的应用文。“桐城文派”的“文”的内涵比现代从西方引进的“纯文学”范围要广许多。“桐城派”是“文学”流派，应是“大文学”的流派，而不是“纯文学”的流派。

现代“纯文学”观念，认为文学就是“抒情”的，将“情”与“理”对立，排斥“理”，以“抒情性”规定文学本质，要求一切文体排斥古代“正宗”的说理文。

古代传统"大文学"观念，文学不只是审美，还有审智，不只是抒情，还有说理，即重思想性。"文学"包括现代学科意义上的政治学、伦理学、教育学、美学、文学、艺术学等，将古代文学仅仅理解为"情"，只讲审美，而排斥说理、审智，那么，古文正宗的论说文又归于何学科呢？政论文属于政治学，还是文学？

"桐城派"究竟是"文学"的流派，还是"学术"的流派？笔者浅见，"桐城派"首先是一个"学术"流派，应称作桐城"学派"，这是它的"原生态"内涵，应置于历史语境中来考察。在汉学摈斥理学的大背景下，姚鼐主张为学要兼"义理、文章、考证"三者之长，三者不可偏废，将宋儒之性道与汉儒之经义相结合、考证与文章相统一，其现实针对性是很明显的[①]。姚鼐所谓"义理"，主要为儒家经义，特别是程朱理学。义理是思想内容，是道的层面；考据是基本功，属于文献功底；文章是文辞，属于学术思想的表达艺术。三者是学术的三个层面，是一体三面。文章只是学术的一面，不是现代意义上独立的"散文"或"文学"。一般认为姚鼐是站在"古文"立场来阐述其理论的，这是将其狭隘化理解。其实，姚鼐是站在"学术"立场创立"桐城派"，开辟一条学术新路子，引导大家的学术方向，而不是站在"文学"立场，更不是站在"散文"立场创立流派。姚鼐创立"桐城派"，以宋学与汉学抗衡。他认为，作为一个学者，要追求思想，义理属于道的层面，最重要，所以放在第一位，道通过文章来传播，辞章也要美，要写得漂亮，不能像汉学家那样只讲考据，文章写得支离破碎。"桐城派"的内在特质是，文章是用来阐发宣扬程朱理学的，是为义理服务的，是末而非本，是手段而不是目的。从历史语境来看，"桐城派"是一个"学术"流派。"学""为学""学问""学术"，意思相近，"文章"与"学术"是种属关系，文章是种概念或下位概念，学术是属概念或上位概念，或者说，文章是子概念，学术是母概念，文章与学术不是一个层面。姚鼐本意绝不是认为文章包含义理、考证，而是学术包含义理、文章、考证。姚鼐是站在更高层面来论述三者的重要性，而不是现在我们所理解的，仅仅是为了写好古文或散文。学术处于高层，包括义理、文章、考证，而文章才近似于我们现在所说的文学，包括诗、文、赋等各种文体。"文"是"大文学"散文概念，又包括古文、骈文，若仅仅

---

① 参见王达敏：《姚鼐与乾嘉学派》，第163～182页。

将其理解为古文，也是狭隘的，我们应站在学术的角度来认识“桐城派”。为什么如今文学史著作一般将其当作“文学”流派呢？这是因为现代学科分类所造成的，姚鼐本主张“义理、文章、考证”三位一体，后人将“文章”独立出来，并视为“桐城派”的主要思想，讲究如何写作古文，所以才会将其视为单纯的文学流派。仅仅研究“桐城派”的古文和文学，是远远不够的。作为学者，他们的思想不仅仅影响古文，更是影响整个学术，将道德、事功、学术、文学集于一身的大家人为分开，一方面的成就“遮蔽”了另一方面或几方面的成就，现代学术分工影响了我们的学术视野。如果我们把“桐城派”仅仅理解为“文学”流派，那么我们只是看到“义理、文章、考证”中的“文章”，只看到一面，另外两面都没有看到。也就是说，仅仅把“桐城派”看成“文学”流派，是“误读”了姚鼐，看轻了姚鼐，也看轻了“桐城派”。姚鼐不自认是古文家或文学家，而是集“义理、文章、考证”三方面之大成的学者。

笔者浅见，“桐城派”首先是一个“学派”。研究经学的，可以说它是经学流派；研究理学的，可以说它是理学流派；研究史学的，可以说它是史学流派；研究文学的，可以说它是文学流派。我们的认识要到位。

对姚鼐的“义理、文章、考证”之说，王达敏先生认为，姚鼐真正重视的是“行”，是实践，而义理即理论是第二位的。他据新发现的安徽省博物馆所藏姚鼐的《复林仲骞书》中所称“躬行为己，乃士所以自立于世根本所在，无与之并者，安得同列而为三乎”“为学之要，在于涵养而已”等语，论证了“姚鼐以躬行为己作为准的，按义理、文章、考证与躬行为己的远近，来安排其在学问结构中的座次”[①]。论证精辟，发前人所未发，亦说明“桐城派”本是“学术”流派。

三、“追认”的“桐城派”

“桐城派”本无所谓“派”，姚鼐之前，桐城文人皆无流派意识，从先驱戴名世到“三祖”中的方苞、刘大櫆，他们只是创作，根本没有想过要创立什么“派”，做梦也没想到会变成“桐城派”的领袖，不能说方苞“开创”了“桐城派”。“桐城派”是姚鼐刻意拟构的，姚鼐是为了创立学派需要而将方苞、刘大櫆“追

① 参见王达敏：《姚鼐与乾嘉学派》，第 172 页。

认”为领袖的，刘大櫆与方苞并没有直接师承关系，也是姚鼐拟构“追认”的。姚鼐以前的所谓“桐城派”中人，皆是姚鼐和后人“追认”的。

乾隆四十二年(1777)，姚鼐在《刘海峰先生八十寿序》中引用吏部主事程晋芳、编修周永年话说：“昔有方侍郎，今有刘先生，天下文章，其出于桐城乎?”[①]此文还追述了方苞、刘大櫆及姚鼐之间的理论继承关系，揭示桐城学术、文章形成派系的端绪，正式亮出“桐城派”旗号，此后“桐城派”之名遂显于世。

姚鼐创立“桐城派”是有意的，在受到汉学家的排挤之后，要自己独创一条学术道路，他针对当时汉学的流弊，创立桐城学派。当时宋学凋敝，汉学讥评宋学以程朱理学作为科举的“敲门砖”，称其文章为沽名钓誉的“功令文”，姚鼐就以宋学来抗之。姚鼐要开辟一条与汉学不同的路，所以才有了所谓的“桐城派”[②]。

姚鼐创立“桐城派”时，“桐城派”所涵盖的范围只是“桐城三祖”而已，姚鼐向前“追认”了方苞、刘大櫆。后人又不断“追认”，近年来，有专家研究认为戴名世当为“一祖”，于是有“桐城四祖”说。戴名世针对明末故作艰深、虚矫的文风，主张“言有物”“修辞立其诚”，为文道、法、辞兼备，精、气、神合一，实为桐城派“义法”理论的先驱。现在，学术界对戴名世属于“桐城派”基本认同，此桐城民间至今亦尚以方苞、戴名世并称为“桐城派”为据，将戴名世列为“桐城派”之祖。但王献永坚持认为，戴名世的反抗性和叛逆精神决定了他“只能是桐城人的戴名世，而非桐城派的戴名世”[③]。该观点值得重视。戴名世提倡“以古文为时文”，在一系列时文序中给出的所谓写作法则，实为八股文的文体训练。戴名世对桐城文章的本质影响是“反方向”的，《南山集》案，使方、刘、姚引为鉴戒，从而形成了“阐道翼教”“雅驯不芜”的新文风。说戴名世属于他所生活的年代还不存在的一个流派，戴名世本人未必认可，“桐城派”中人也未必答应。学界尚有“桐城五祖”之新说，戴、方、刘、姚，加上潘江，认为潘江乃戴名世之尊师而为“桐城派”之奠基人。又有人再往前“追认”到

① 姚鼐著，刘季高标注：《惜抱轩诗文集》，上海：上海古籍出版社，1992年，第114页。
② 参见王达敏：《姚鼐与乾嘉学派》，第103～107页。
③ 王献永：《戴名世与桐城派》，载《安徽师范大学学报》，1990年第3期。

明末清初的方以智、钱澄之、朱书等人，“桐城派”谱系不断向前延伸。

“桐城三祖”是站在“桐城后学”立场的表述，实际上，“三祖”就是“桐城派”自身，准确的表述，应该是方、刘、姚是“宗”，姚鼐是真正创派者，戴名世可称为“祖”，可仿江西诗派“一祖三宗”，“桐城派”是“多祖三宗”。方以智、钱澄之、朱书、潘江，是“桐城派”的近祖、远祖，不是“桐城派”自身。

后人不仅向前“追认”，还不断向后“追认”。如林纾自己不认为属于“桐城派”后学，但是他人却把他当成“桐城派”后学的一员。刘声木《桐城文学渊源考》及《补遗》载“桐城派”作家1200余人(内女士2人，日本人2人)，其中多数为“桐城派”末流作家。日本人也是“桐城派”吗？在刘声木眼中，只要和“桐城派”有点关系的，如姚鼐再传弟子的再传弟子，都属于“桐城派”。如此，则世人都算是“孔子学派”了，谁不学点“孔学”呢？同理，学过朱熹学说的也都是“朱熹学派”了。“桐城派”在时间上应有限定，不应无限向前向后延伸，无限扩大。

“追认”是历史和文学史上普遍的文化现象，借用顾颉刚“层累地造成的中国古史”理论来解释，“桐城派”的历史也是“层累”地“追认”的历史。“桐城派”的历史不断向前后延伸，越来越长，范围越来越大，人员越来越多，内涵越来越丰富，今人概念中的“桐城派”，也越来越远离原初概念的“桐城派”。

本来并不存在“桐城派”，“桐城派”是姚鼐拟构出来的，“追认”以后即变成客观存在，变成实实在在的“桐城派”。

“桐城派”到底有没有合理的时间限定？笔者浅见，姚鼐和姚鼐的弟子，最多到姚鼐弟子的弟子，如“姚门四杰”梅曾亮、管同、方东树、姚莹，这可以视为“桐城派”自身，当然包括姚鼐“追认”的方苞、刘大櫆，都是“桐城派”自身。而再往前“追认”的戴名世、方以智、钱澄之、朱书、潘江，只能说是“桐城派”的渊源。后来，“桐城派”嫡传包括“三祖”后人、桐城人、姚鼐再传弟子的弟子，一脉相传，自觉以传承桐城文学和学术为己任；以恽敬和张惠言为代表的“阳湖派”，以曾国藩为代表的“湘乡派”，吴德旋弟子永福吕璜开启的粤西古文之学，以严复、林纾为代表的“闽派”等，是“桐城派”旁生出来的学派，是“桐城派”的别支，与“桐城派”是“母子关系”。这些可称作“后桐城派”或“桐城后学”，并不属于“桐城派”自身。这样就把“桐城派”分成了三部分：“桐城派”自身、“桐城派”的渊源和“后桐城派”，广义的“桐城派”概念，就包括这三部分，狭义的“桐城派”概念只特指“桐城派”自身，这样的认识更到位。打个比方，“桐城派”自身就是自己，渊源就是祖辈、父辈，而“阳湖派”“湘乡派”等，都是从母体中分离出来的旁支别派。

就像“江西诗派”一样，该派并不都是江西人，因为领袖人物黄庭坚是江西人，所以叫江西诗派。“桐城派”因为“桐城三祖”是桐城人，所以叫“桐城派”。也就是说，“桐城派”不能完全以地域籍贯来界定，不能因为是桐城人，就视为“桐城派”。非桐城人，但文宗桐城，也可以归属“桐城派”，严复和林纾是福州人，也属于“桐城派”。仅仅是桐城文人，但与姚鼐或姚门弟子没有密切关系，就不是“桐城派”。过度重视桐城籍贯因素，似乎“桐城派”的创立纯粹是桐城一地文风、学风影响的结果，是过度阐释。

界说“桐城派”，应有内在规定性。“桐城派”的内质，就是用规范、正宗的古文阐发宣扬并践行程朱理学。

作为“桐城派”中人，自己怎么看？后人又是怎么看？作为研究者，我们要怎么看？应分别看待，要有历史观念，不能一概而论。

“桐城派”是与时俱进的、开放的、能容纳新思想的学派。它自身有调节机制，不断革新，如吴汝纶学贯中西，广泛涉猎西学著作，提倡西学，抨击科举取士制度，是最有开放意识的思想家和文学家。

桐城学派实际上包括古文派、诗派、经学派等。学界往往只重“桐城派”古文，却忽略了其他方面。姚鼐是古文家，同时也是诗人，“桐城诗派”已有学者研究，刘世南《清诗流派史》列一章专门论述桐城诗派。为什么多数人不知道有桐城诗派呢？正是因为其“诗名被文名所掩”，这种“遮蔽”现象在文学史上是非常常见的。

我们应从学术立场对“桐城派”界说进行全面的清理和反思，将其置于历史语境中考察，再现其“原生态”内涵。本文反思“桐城派”界说，只是强调以不同标准、从不同角度看，“桐城派”界说各有其“历史合理性”，又有明显的“历史局限性”，各说可相互补充完善，完全可以并存。学术、文化观念是多元的，文学观念也是多元的。“桐城派”是开放的动态的概念，可有不同的理解和阐释，不必强行规定统一的标准定义和界说，这与自然科学不同。我们应以宏通的视野宽容看待，切忌以“专制”思维，只取一说，轻易排斥他说，唯我独是，唯我独尊。“桐城派”是由“当世”观念、“历时”观念和现当代观念共同构成的，应结合历史语境和当下语境，对其作出既合乎历史的又合乎逻辑的认识和评价。

原载《安徽大学学报》2011 年第 6 期

桐城派与汉学派的制义之争

程　维

关于桐城派与汉学派的关系，学界已经有了不少深入的解读[①]。这些研究从不同角度对此问题作出了精深的探讨，然而却大多限制在文学和学术领域内。笔者认为一个学派能屹立几百年而不倒，一种争端能长时间持续而热情不减，恐非仅仅文学和学术本身所能解释的。对于清代士人来说，科举和功名是被投注了最广泛的热情，被掌握了最普遍的喜怒哀乐，耗费了最勤笃的学力的重大事情。任源祥云："从来天下之风气，成于制科。制科尚躬行，则天下之风气趋于实；制科尚文辞，则天下之风气趋于浇。"[②]制科尚且有如此的影响力，整个科举对文风的导向可想而知。桐城派和汉学派的重要学者，无不非常重视科举选拔的工作，很多人亲自参与其中。因此，研究二者的学术争端，我们不能不考虑科举制义的因素。

---

① 按：例如王达敏先生的专著《姚鼐与乾嘉学派》(北京：学苑出版社，2007 年)系统地研究了姚鼐与四库馆臣的学术争端，阐释了乾隆时期清廷宗汉抑宋的学术风尚对此争端的影响。钱竞《乾嘉时期文艺学的格局》(《文学评论》，1999 年第 3 期)一文则通过研究考据派对桐城派的挑战以及后者的回应，勾勒了乾嘉时代文艺学演变的轨迹等等。

② 任源祥：《鸣鹤堂文集》卷 1《制科议二》，见杨学为主编：《中国考试史文献集成》第 6 卷，北京：高等教育出版社，2003 年，第 529 页。

一、八股文与两派的争议

桐城派与汉学派的矛盾，很大程度上与学术争端脱不了干系。方苞曾批评汉学派是“立程、朱为鹄的”的“浮夸之士”[①]，姚鼐与戴震等四库馆臣分歧的焦点也指向如何对待理学[②]，方东树的《汉学商兑》正是汉宋之争的直接产物。可见桐城派与汉学派有着巨大的学术分歧，这一点不少学者已经予以论证，应无疑义。然而，这种学术对立并非与生俱来的，方苞、姚鼐诸人本都不排斥考据，方苞自己就有不少考据文章，比如《周官辨伪》《辨明堂位》等，姚鼐也有《郡县考》《项羽王九郡考》等；姚鼐还曾经拜戴震为师学习舆地之学[③]。可见学术之争有很大的相对性。同时，有些学者通过细致的调查，惊奇地发现，对汉学家的责难竟然并非来自宋学家，而几乎全部来自能文之士。而其中攻击最为凌厉者，则是以姚鼐为首的桐城派[④]。台湾学者也有类似的发现：“将近一个世纪以内，汉学家虽然对宋学展开全面的攻击，可是除了桐城派的古文家，如姚鼐、方东树等尚路见不平、拔刀相助以外，在当时的理学家当中，却很少有人提出系统而有力的答辩。”[⑤]可见，即使像汉、宋学派这样学术观念分歧这么激烈、直接的两派，也未出现过如此激动而持续的相互攻讦。桐城派与汉学派之间的矛盾，恐怕还有超出于学术争端的所在。

如果检论双方攻难最激烈处，我们会惊奇地发现，他们往往绕不开“制义”一题。孙星衍《洪筠轩文钞序》批评桐城一脉制定的“义法”，实际是以时文为坐标，而不足以为“古文之定格”[⑥]。阮元称：“近代古文名家，徒为科名时艺之累，于古人之文有益时艺者始兢趋之。”[⑦]钱大昕说：“盖方所谓古文义

① 方苞：《再与刘拙修书》，见《方望溪全集》，北京：中国书店，1991年，第87页。

② 参见王达敏：《论姚鼐与四库馆内汉宋之争》，载《北京大学学报》（哲学社会科学版），2006年第5期。

③ 王达敏：《从辞章到考据——论姚鼐学术生涯第一次重大转折与戴震的关系》，载《清华大学学报》（哲学社会科学版），2007年第1期。

④ 暴鸿昌：《清代汉学与宋学关系辨析》，载《史学集刊》，1997年第2期。

⑤ 王家俭：《清代“汉宋之争”的再检讨——试论汉学派的目的与极限》，见《清史研究论薮》，台北：文史哲出版社，1994年，第61～85页，引文见78页。

⑥ 孙星衍：《平津馆文稿》卷下《洪筠轩文钞序》，四部丛刊景清嘉庆兰陵孙氏本。

⑦ 阮元：《揅经室三集》卷2《与友人论古文书》，北京：中华书局，1993年，第609页。

法者，特世俗选本之古文。”[①]所谓“世俗选本”，不脱“制义”一体。可见，桐城派被汉学家深为诟病之处，便是其不能摆脱对时艺的依赖。

而桐城派对汉学派的诘难，也有同样的倾向。李兆洛在给方东树的书信中论述道：“汉宋纷纭，亦事势相激使然。明代以八股取士，学士低首束缚于《集注》之日久，久则厌而思遁……汉学兴，于是乎以注攻注，以为得计，其实非为解经，为八股耳。”[②]他认为汉宋之争，并非纯学术之争，而是“事势相激”的结果。汉学派以汉儒的注解，否定制义中所盛行的宋儒注解，目的在于取得八股考试中的话语权，可谓一针见血。方东树在其《汉学商兑》中形容汉学的风行是“承窍附和，逐臭趋名”，与汉学诟病桐城的“趋时”“世俗”意义相同而语气更重。其自注曰：“顾亭林引林文恪材之言曰：正德末，异说者起，以利诱后生，使从其学。士附讲学之门者，皆取荣名……窃谓今日之汉学，其弊亦若是。”[③]方氏认为汉学之弊，在于以利禄荣名、终南捷径诱导后学。

汉学指责桐城为八股之余，桐城指责汉学为利禄之途。两方看似都极为反对制义之学，而实际上他们又都不得不重视此学。科举对于汉学派和桐城派传播的重要意义是显而易见的。我们先看桐城诸人的说法：

> 以古之法为之者，是即古文也。[④]
>
> 谈古文者多蔑视时文，不知此亦可为古文之一体。[⑤]
>
> 即今文之体而通乎古作者文章绝盛之境。[⑥]

是以时文与古文具有天生的同构性，是传播古文之法的一个绝佳的媒介。通过这个媒介，桐城义法虽然未必马上被接受，但至少可以获得大量的人才储备，从而具备了时间和空间的拓展性。因此，姚鼐《陶山四书义序》云：“余生平不敢轻视经义之文，尝欲率天下为之。夫为之者多，而后真能以经义

---

① 钱大昕：《潜研堂文集》卷33《与友人书》，南京：江苏古籍出版社，1997年，第577页

② 李兆洛：《与方植之书》，见谭国清主编：《历代名人书札》（第3册），北京：西苑出版社，2009年，第40页。

③ 方东树：《汉学商兑》，上海：商务印书馆，1937年，第55页。

④ 戴名世：《甲戌房书序》，见《戴名世集》，北京：中华书局，1986年，第86页。

⑤ 刘大櫆：《时文论》第15则，见刘大櫆：《海峰制艺》附录，光绪元年（1875）刘继于邢邱重刊本。

⑥ 姚鼐：《停云堂遗文序》，见《惜抱轩全集》，北京：中国书店，1991年，第40页。

为古文之才出其间而名后世。”[①]

对于汉学派来说，虽然第二、三场的五经和策论更利于传播其学术观念，汉学家们也不断努力提升其重要性并加大其中考据学的比重[②]；然而由于清代科举考试“重头场”的现象一直未能改变，汉学家们也毫不放弃对头场四书文的渗入。我们试看乾隆六十年(1795)浙江乡试的四书文试题，是年阮元为浙江学政，吴省钦为乡试主考。第一题“利与命与仁”是来自《论语》，原文是“子罕言利与命与仁”，是一个从千年以来就聚讼纷纷的命题。清代考据学正是从有争议的地方入手，对元明以来已经固定化的经典进行重新解释[③]。像这样具有争议的问题，容易触发考生对所习宗的宋学的反思，这对于汉学的传播具有极重要的意义。第二题“官盛任使”来自《中庸》，第三题“方里而井井九百亩”来自《孟子》，其共同特点是都避开了空谈心性，而论实事：一谈职官，一谈田制。而关于“方里而井井九百亩”，阮元作过考据，焦循《孟子正义》引阮元校勘记云：“以为庐井、宅园、圃家，一亩半也。闽、监、毛三本同，廖本、孔本、韩本考文古本无井字。”可见其出题的学术导向性。而乾隆五十一年(1786)阮元自己参加的江南乡试，主考官朱珪则以《论语·乡党》中“过位色勃如也”一节为题考四书文。而这一节，当时已经有汉学家作出了新的研究，比如江永的《乡党图考》对此问题已作出详细考证。汉学派学者朱珪出这样的题目，目的和倾向是十分明显的，用姚鼐的话说，“士有达于江氏说者，乃褒录焉”。阮元在考试中采用了江永的新说，大受朱珪赏识，得中第八名。

可见，两派虽然都批评对方不能脱离“时艺”，而实际上双方又都积极参与其中，希望以此来推广他们的学术。朱筠曾典学安徽，王昶评价他“尤喜汲

---

① 姚鼐：《惜抱轩全集》，第208页。

② 参见 Elman, Benjamin. *From Philosophy to Philology: Social and Itellectual Aspects of Change in Late Imperial China*. Cambridge: Harverd University Council on East Asian Studies, n. s. pp. 57～85.

③ 按：阮元自己即以考据训诂之法对“利与命与仁”问题作过重新解释，阮元《揅经室集》一集卷9曰：“元此论乃由汉郑氏相人偶之说，序八学者或致新僻之疑，不知仁字之训为人也，乃周秦以来相传未失之故训。”

引人才"[①]，洪亮吉称："安徽八府有能通声音训诂及讲求经史实学者，类皆先生视学时所拔擢。"[②]而姚鼐在闻知鲍桂星在京城晋身后，致书说："大考闻进职，甚喜……至天下文章衰敝，得登高而呼以振兴之，亦所幸也。"在获悉他可能典试礼闱后，他谆谆勉励道："总裁会闱。文体之坏甚矣。能反之以正，乃士流之所望矣。"他勉励贾声槐"以当衡士之任，必能厘正伪体，有裨于教化"[③]。然而如何能通过科举"厘正伪体""反之以正"，很重要的一点，就是要在科举的衡文上下功夫。

二、衡文标准的不同趋向

衡文主要与考官有关。清代考官"综司衡之责"[④]，主持各省的乡试，负责包括命题、阅卷、录取等工作。同考官"膺分校之任"，主要任务是阅卷。刘大櫆曾讥刺考官衡文录取的霸道，说："彼一夫者，懵然踞坐于其上，持彼之一是，恃彼之一长，自以为绳墨，而以之衡天下士。曰：如此则中吾彀，如彼则不中吾彀；如此则得之，如彼则失之矣。"[⑤]可见考官在科举衡文中的重要性。清代汉学派和桐城派在地方任考官的数量均不在少数，以乾嘉时期为例，桐城派的姚鼐、陈希曾、鲍桂星、陈用光等，汉学派的王鸣盛、朱珪、朱筠、钱大昕、卢文昭、王引之等均担任过各省乡试主考官。

考官评阅试卷，都有他们的标准，清代统一的衡文标准是"清真雅正"[⑥]。然而，对待同一条标准，各个流派却能有不同的解释。方苞《进四书文选表》说：

> 文之清真者，惟其理之是而已，即翱所谓创意也。文之古雅者，惟其辞之是而已，即翱所谓造言也……欲理之明，必溯源六经而切究乎宋、元诸儒之说。欲辞之当，必贴合题义而取材于三代、两汉之书。欲气之昌，

① 王昶：《湖海诗传》卷17，见《蒲褐山房诗话新编》，济南：齐鲁书社，1988年，第66页。
② 洪亮吉：《更生斋文甲集》卷4，北京：中华书局，《四部备要》版。
③ 姚鼐撰，龚复初标点：《姚惜抱尺牍》，北京：新文化书社，1935年。
④ 赵尔巽等：《清史稿·选举三》，北京：中华书局，1977年，第3155页。
⑤ 刘大櫆：《徐笠山时文序》，见《刘大櫆集》，上海：上海古籍出版社，1990年，第93页。
⑥ 参见龚延明、高明扬：《清代科举八股文的衡文标准》，载《中国社会科学》，2005年第4期。

必以义理洒濯其心而沉潜反覆于周、秦、盛汉、唐、宋大家之古文。兼是三者，然后能清真古雅而言皆有物。[1]

换句话说，清廷所谓的“清真雅正”与方苞所提倡的“义法”说从根本上来说是完全一致的：“清真”依于义理，“雅正”存乎辞章；义理需究乎宋儒，辞章必取法古文。吴德旋以为“清气澄澈中自然古雅有风神”[2]，方东树评诗曰：“只是一往清真，而吐属雅令，句法高秀。”[3]都是对方苞观念的延续。然而汉学家朱筠在《劝学编序》中，却有另一番的解读：

余试士之文谓之经义，所以说五经及四子书之义也……唐韩愈氏曰：“士不通经，果不足用。”又曰：“为文须略识字。”……诸生不读许氏书，无以识字；不读毛、何、赵、郑氏书，无以通经。诸生应使者试，为文不如此，其求合于诏令“清真雅正”之旨者盖难矣。夫“清真”者，非空疏之谓；“雅正”者，非庸肤之谓。诸生将求免于空疏、庸肤，以仰符诏旨，其必不能外乎识字以通经矣。[4]

朱筠认为，要符合“清真雅正”之旨，首先要有识字通经之学，否则就会流于空疏庸浅。也就是说，经学和小学是“清真雅正”的基础，而以许、毛、何、赵、郑氏为代表的汉学才是真正的经学，不读则“无以识字”“无以通经”。这就将汉学拉入了四书文的评价体系。桐城派讲求“辞”之古雅帖当，而汉学派则发扬韩愈“为文须略识字”，强调小学对为文的作用。嘉庆三年(1798)，阮元为浙江学政，考生马遴书的四书文被评“古藻班如”[5]；嘉庆十八年(1813)，汪廷珍为浙江主考，考生余钧的四书文被评“彝鼎图、书自典重”等[6]，都是汉学派强调须“识字”的表现。而朱筠所谓的“空疏”“庸肤”，正是汉学家指责桐城派和宋学派的常用词汇。俞樾《赵子玉文钞序》曰：“世之自托于桐城一派

---

① 方苞：《方望溪全集》，上海：上海古籍出版社，1983年，第578页。

② 吴德旋：《初月楼古文绪论》卷首，清宣统武进盛氏刻常州先哲遗书后编本。

③ 方东树：《昭昧詹言》，北京：人民文学出版社，1961年，第107页。

④ 朱筠：《笥河文集》卷5《劝学编序》，见《丛书集成初编》(第2506～2509册)，北京：中华书局，1985年，第79页。

⑤ 顾廷龙：《清代朱卷集成》第232册，台北：成文书社，1992年，第228页。

⑥ 顾廷龙：《清代朱卷集成》第233册，第232页。

者，貌为高古，实则空疏。貌为清真，实则枯涩。”[①]他认为桐城派所标举的“清真雅正”并不能名副其实，而只有“不务以雕琢为工、剽窃为富，而俯仰宽博，无噍杀之音，前后融洽，无凌躐之弊……所谓清真雅正者，庶几近之。”[②]“凌躐”便是空疏，“雕琢”“剽窃”便是“庸肤”。

乾隆三十六年（1771），姚鼐充恩科会试同考官。程晋芳、孔广森、钱沣参加考试。姚鼐总批钱沣卷曰：

> 胎息古文，步趋先正，语语具见本色，立心不苟。可知后场尤源源本本，博奥沉雄，盖征积学功深。榜发，知为滇名士，愈信文章自有定价，无谓世无碧眼人，尽皆买椟还珠。[③]

如果说艾南英、吕留良、戴名世等是以古文传统将文学从八股的牢笼中解救出来，而方苞是把古文传统带入八股之中，使得制义的格局既包含考试的要素，又包含了桐城派的文学品味；那么姚鼐就是首先将古文传统名正言顺地运用到正式的科举衡文之中。遍翻《清代朱卷集成》，乾隆三十六年（1771）以前，“古文”这一概念从未出现在评语之中；而此后，在八股文的评语尤其是桐城派考官的评语当中则屡见不鲜。道光十四年（1834），姚元之为顺天乡试副考官，主考官为满族官员穆彰阿。考生胡应泰的时文《徒善不足以为政》，本房加批：“濡染大笔，纯乎古文。”同年，王世钤《胶鬲举于鱼盐之中管夷吾举于士》一文，聚奎堂原评云“真能以古文为时文者”，本房加批：“非得力于史汉者不办。”道光二十三年（1843），曾国藩为四川乡试正考官，中式第五十二名举人戴轮《景公曰公孙衍张仪》一文衡文堂原批云：“是学唐宋大家而得其精髓者。”这都是在时文的评阅中标举古文的文统。从某种意义上讲，这是继方苞在时文选本中标举古文文统后，桐城派渗入科举的进一步的努力。

而汉学派考官们则常常把“经学”尤其是“汉学”作为评价的重要因素。乾隆五十一年（1786），江南乡试主考官朱珪，在阅卷官刊落的试卷中发现了头场三试都依据汉儒古注的卷子，于是皆录取为举人。乾隆五十五年（1790）

---

① 俞樾：《春在堂杂文》五编卷 6，清光绪二十五年（1899）刻春在堂全书本。

② 俞樾：《春在堂杂文》续编卷 3《胡春波遗文序》。

③ 方树梅：《钱南园先生年谱》，见余嘉华主编：《钱南园诗文集校注》，昆明：云南民族出版社，2007 年，第 438 页。

恩科，朱珪任会试副主考，他欲搜寻洪亮吉的试卷为榜首，寻找的标准仍是是否以汉儒注解答题。嘉庆四年(1799)会试，王家景答卷被总评为“经义折衷两汉，五策茹古涵今”①。道光元年(1821)，王引之主考的浙江乡试，中式第十九名的朱其镇被评为“诂经夺戴凭之席，对策侔贾傅之能”②，第五十名周谦被评“经义搴华贾郑”，第四十二名万文煛被评为“诗律撷休庾徐，经义搴华贾郑。五策典赡详明，具征腹笥。揭晓后知学有根柢，名播艺林”。所举戴、贾、傅、郑等，都是汉儒。

尊古文和尊古学的不同走向，必然导致科举衡文意见的相左。首先，尊古学则必求“实”，尊古文则有时需务“虚”。汉学派为学讲究实证，不空言性理，其教导后进，也以“实”为训。朱筠为学政时，“宏奖士林，敦崇实学”③，倡议开馆校书，以便学人实践考据之学。洪亮吉督学时，“其教士，敦励实学”，这种学术倾向也反映在科举的衡文之中：

嘉庆四年(1799)会试，朱珪正考，阮元副考，中式第五十八名王家景四书文首篇《是故君子有大道必忠信以得之骄泰以失之》，房批：“古力蟠深，字字精实。”

嘉庆十八年(1813)浙江乡试，汪廷珍为正主考，中式第四十四名缪澧英《子曰刚毅木讷近仁》一文，聚奎堂原评为：“三作皆朴老精实，具见根柢深厚，足以振浮靡而追先正。”

道光元年(1821)浙江乡试，王引之为正主考，第六十三名方陈矩《修身则道立，尊贤则不惑》，房批曰：“运典确切不浮。”又曰：“经籍之腴，诠题着实。”

这类批语不胜枚举。按之原文，大体上是以学有根柢、言有根据为实，而以空谈义理、言无所据为虚。清梁章钜《制义丛话》记载自己童子试时，汉学家吉梦熊十分看重他的文章，给他的批语说：“第一比本说苑，第二比本晏子春秋，第三比本仁山金氏说，第四比本包氏注，不料风檐寸晷中，乃得此极有根据之文。”④嘉庆三年(1798)，浙乡试马遴书的考卷房批曰：“说理铿铿，不

① 顾廷龙：《清代朱卷集成》第4册，第192页。

② 顾廷龙：《清代朱卷集成》第234册，第86页。

③ 徐世昌：《清儒学案小传》卷9《大兴二朱学案》，台北：明文书局，1985年，第259页。

④ 梁章钜著，陈居渊校点：《制义丛话》卷21，上海：上海书店出版社，2001年，第339页。

同邵武士人之陋。”所谓“邵武士人之陋”，便是指“不解名物制度”而空为演论的学风[①]。可见，在汉学家看来，言而有据是觇其实学的重要标准。而桐城派这种以文法见长的流派，在汉学派看来，便是只会凭空搭架、以虚言虚了。江藩赞美凌廷堪的文章远超桐城之文，他说：“近日之为古文者，规仿韩、柳，模拟欧、曾，徒事空言，不本经术，汙潦之水不盈，弱条之花先萎，背中而走，岂能与君之文相提并论哉？”[②]赵之谦批评桐城派：“桐城一派所以鄙陋如斯者，坐不读书，且其师法，全在避实击虚四字。”[③]这是汉学界一贯的说法，直到清末，刘师培还批评桐城派说：“以空议相演，又叙事贵简，或本末不具，舍事实而就空文。”[④]

这种论调，桐城派显然无法接受。方东树在其《汉学商兑》中对汉学派的虚实论提出严正抗议：

> 汉学诸人，言言有据，字字有考，只是纸上与古人争训诂形声，传注驳杂，援据群籍，证佐数百千余，反之身己心行，推之民人家国，了无益处，徒使人狂惑失守，不得所用。然则虽实事求是，而乃虚之至者也。[⑤]

在他看来，言言有据只是纸上“实”，不过一种涵古茹今的文字游戏而已。显然，桐城派对“实”有自己的看法。方苞《礼闱示贡士》曰：“至于质实而言有物，则必智识之高明，见闻之广博，胸期之阔大，实有见于义理而后能庶几焉，是又清真古雅之根源也。”于义理有自己切身而实在的见地，才是桐城派所理解的“实”。道光十四年(1834)，桐城学人姚元之为顺天乡试主考官，考生常纲的一段四书文被评为“精义弥纶，实理蕴结”。这段文字如下：

> 是则中为性之浑，如百汇之秘于一元；和为清之流，如五方之会于首善。本曰大本，而孩提之知能、大人之威福，皆于中裕其神；道曰达道，而圣贤之褒贬、庸愚之爱憎，皆于和征其合。而中非同于清净，而和不参以

---

① 黎靖德编：《朱子语类》，北京：中华书局，1994年，第443页。

② 江藩：《校礼堂文集序》，见凌廷堪著，王文锦点校：《校礼堂文集》，北京：中华书局，1998年，第3页。

③ 罗振玉著，萧立编：《雪堂类稿》戊册，沈阳：辽宁教育出版社，2003年，第775页。

④ 刘师培：《论近世文学之变迁》，《国粹学报》第二十六期。

⑤ 方东树：《汉学商兑》，第41页。

人为。[1]

本段皆是承题目《中也者天下之大本也和也者天下之达道也》而论的，全无生词僻典。它不同于汉学的言言有据，相反，在论述时多阐发自己独特的见解，比如“中为性之浑”“和为清之流”“中非同于清净”“和不参以人为”等，发人所未发之义理，所以房官批曰：“剽窃者那得如是精淳？”同年，姚鼐的学生陈用光为浙江学政，考生汪世钤的四书文《发强刚毅足以有轨》，房批为“理境宏深，气势豪迈，笔笔精实，字字密栗”。道光二十三年(1843)，曾国藩主考四川乡试，考生戴轮的卷子被评为“朴实精到”“衔华佩实”“切理厌心”。这些论“实”的批语都是从“理境”出发，与经籍典实无关。可见，桐城派所推崇的“实”，是“理”之实，即方苞所谓“言有物也”。

其次，桐城古文提倡顿挫呼应之法，汉学派则尽力避免执着于文法。二者虽并不完全矛盾，但思考的方向则差异极大，甚至针锋相对。刘师培《论近世文学之变迁》云：“望溪方氏，摹仿欧、曾，明于呼应顿挫之法……桐城文士多宗之。”[2]呼应顿挫之法，即方苞所谓“言有序也”。乾隆四十八年(1783)山东乡试，姚鼐门生周兴岱任正考官，考生宁云鹏的首篇四书文《大宰问于子贡曰夫子圣者与何其多能也》的文中批语为“逆从圣者跌落夫子入手，迴毕恒踖”“两层翻观，多能抑扬顿挫，意致绝佳”“推波助澜，衬托不穷”“廻顾子贡，颊上添毫”。完全是以顿挫呼应的文法分析文章。方苞认为学者如果能切究于古文的义法，“用为制举之文，敷陈论策，绰有余裕矣”[3]，这也就是桐城派所提倡的“以古文为时文”的具体途径。

汉学派显然不同意这种做法。焦循曾有一段论述，颇能代表一般汉学家的意见：

> 文之有序也，必提挈一书之精要而标举之……若徒讲关键之法，侈口于起伏钩勒字句之间，以公家泛应之词自诩作者，如是为文，何取于

---

① 顾廷龙：《清代朱卷集成》第96册，第349页。

② 刘师培：《论近世文学之变迁》，《国粹学报》第二十六期。

③ 方苞：《古文约选序例》，见《方苞集》，上海：上海古籍出版社，2009年，第613页。

文耶?①

焦循认为方苞的“言有序”的理论只是纠结于文学的表面,只关心文辞的起伏扬抑,不是为文的真谛。时文创作也是如此,他说时文“关键起伏似于欧苏古文,扤于欧苏古文者不知也”,一旦执着于古文之法,反而为其所拘束。汉学家们主张文无常法,所以不必如桐城派一般孜孜不倦于起伏关键、锱铢必较于呼应顿挫,钱大昕谓:“夫古文之体,奇正、浓淡、详略,本无定法。”②礼学大家凌廷堪诗云:“文章无成法,达意即为善。高源万里来,曲折随地变。”③便是此意。嘉庆三年(1798),阮元为浙江学政,浙江乡试第四十二名马遴书的考卷《周因于殷礼所损益可知也》,本房文中加批曰:“神理酣畅淋漓,是能穿穴经义,非徒为炳炳烺烺者也。”本文总批曰:“读书得间,非徒以填写见长。”④嘉庆十八年(1813),汪廷珍为浙江主考,考生余钧的考卷《车同轨书同文》,本房加批为“树骨训典之区,选言宏富之路,不苟为炳炳烺烺者”⑤,所谓“炳炳烺烺”“以填写见长”,皆指为文有法、文采有长。桐城姚莹《复杨君论诗文书》曰:“向数子者……千载而下,仰其风者犹将奋起;况其发之为炳炳烺烺之辞,诵之有铿铿锵锵之声者哉。”⑥汉学派反对过分研究文法,由此可见也。

三、辞章、经义与争议渊源

遍检双方互诘的文字,虽然看似眼花缭乱、热闹非凡,但循其根不过是一偏重于文,一偏主于学而已。桐城派虽然是十分重视学养的理学家群体,然而其异于其他理学派而独出的地方,或者说其立派之基,却是辞章之学。方

① 焦循:《里堂家训》卷下,见《续修四库全书》第951册,上海:上海古籍出版社,1995年,第530页。

② 钱大昕撰,吕友仁标校:《潜研堂文集》卷33《与友人书》,上海:上海古籍出版社,1989年,第606~607页。

③ 凌廷堪:《校礼堂诗集》卷5《学古诗二十首》其十九,见《续修四库全书》第1480册,上海:上海古籍出版社,2002年,第42页。

④ 顾廷龙:《清代朱卷集成》第232册,第225~228页。

⑤ 顾廷龙:《清代朱卷集成》第233册,第234页。

⑥ 姚莹:《东溟文集》外集卷2,清同治六年(1867)姚濬昌安福县署刻中复堂全集本。

苞《古文约选序例》云："先儒谓韩子因文以见道，而其自称则曰：'学古道，故欲兼通其辞。'"他观察到当时世人诵欧阳修《王恭武》《杜祁公》诸志，不若《黄梦升》《张子野》诸志之熟，因而发议论说："功德之崇，不若情辞之动人心目。"[①]姚鼐少时学问根基原在辞章，少成若天性，所以他虽然置"辞章"于"义理""考据"之后，实际上却是其一生用力之所在[②]。方东树也曾被批评"本以文辞为宗，横欲自附宋儒"[③]。无疑，辞章之学是桐城派的根本。

汉学派因此批评桐城专于文而废学："夫学充于此，而深有所得，则见诸言者，自然成文，如江河之水，随高下曲折以为波涛，水不知也。倘无所以言之者，而徒质言之，谆谆于字句开合、呼应、顿挫之间，是扬行潦以为澜，列枯骨朽荄，吹嘘之以为气，剿袭雷同，粣糁可憎。试思所欲质言者何在，而为是喋喋也。是故学为古文者，必素蓄乎所以言之者，而后质言之。古文者，非徒质言之者也。"[④]他们认为桐城派专于研究辞章的造作，而忽视了学问乃是文章的根柢所在。

桐城派与汉学派的争论，正如清人谭献所言，是文人与学者的不同立场之争："才甫师法望溪，竹汀不满望溪。才甫文人，竹汀学者，所见固不同也。"[⑤]章太炎也说："夫经说尚朴质，而文辞贵优衍，其分涂自然也。"[⑥]与谭献几乎异口同声。因此，嘉庆年间桐城派文人邓廷桢总结当时的文坛说："夫自辞章、考据分为二家，别户分门。"[⑦]这大概不假。

自隋唐实施科举考试以来，辞章、经义之争从未中断。唐代有明经和进士科之争，明经重经学，进士考诗赋。据牛希济《贡士论》记述，唐至玄宗时，进士科渐成三场试，"初以词赋，谓之杂文；复对所通经义；终以时务为策目"，

---

① 钱大昕撰、吕友仁标校：《潜研堂文集》卷33《与友人书》。

② 关爱和：《姚鼐的古文艺术理论及其对桐城派形成的贡献》，载《文艺研究》，1999年第6期。

③ 章炳麟：《检论清儒》，见朱维铮编校：《章太炎全集》(第三册)，上海：上海人民出版社，1985年，第475页。

④ 焦循：《雕菰集》卷10《文说》，清道光岭南节署刻本。

⑤ 谭献：《复堂日记》，石家庄：河北教育出版社，2001年，第286页。

⑥ 章炳麟撰，徐复注：《訄书详注》，上海：上海古籍出版社，2000年，第152页。

⑦ 程晋芳：《勉行堂文集》卷首，见《续修四库全书》第1433册，第288页。

此后历代科举考试的科目，未有不出于这三科的。而其中策论因为“汗漫难知”[①]“理无适莫”[②]，高低不易作判断，再加上士子往往不敢以真心议论时政，“诗赋经术，皆是朝廷取人科目……殿试用诗赋策问，固无优劣，人以得失为重，岂敢极言时政得失，自取黜落”[③]？故而历代科考的主科目，便只在诗赋与经义中选择。至宋代科考，“诗赋”与“经义”的对立与争锋竟成一时风气，马端临《文献通考》记述甚详：

熙宁四年始罢词赋，专用经义取士，凡十五年。至元祐元年复词赋，与经义并行。至绍圣元年复罢词赋，专用经义，凡三十五年。至建炎二年又兼用经赋。盖熙宁、绍圣，则专用经而废赋；元祐、建炎，则虽复赋而未尝不兼经。[④]

“经义考讲学之源流，诗赋观词章之润色”[⑤]，可见诗赋、经义的争端，本质上仍是辞章与经术之争。宋元祐年间，朱长文在《苏州学记》中说：“凡命教之法，以经术观其学，以词赋观其文，以论策观其智。”[⑥]学问与辞章作为不同的选士标准，在科举考试中已经有了较为明晰的观念。至元代仁宗皇庆二年(1313)开始，以四书文为首场，第二、三场考应用文和策论，并明确“试义则以经术为先，词章次之”[⑦]，这种模式一直沿用至明清。明清的科举考试，以四书文为主，而四书文重理法、讲格律，“其文略仿宋经义，然代古人语气为之，体用排偶，谓之八股，通谓之制义”[⑧]，从某种意义上讲是经义和辞章的结合体，因而给辞章之学在明清科举中的发展预留了空间。

然而明代中期开始，有两种新风在科考中悄然隐现。一种是宋代以来发展得极为兴盛的文章学，包括唐宋以来的古文之法，被悄然引入时文。

自洪、永至化、治百余年中皆恪遵传注，体会语气，谨守绳墨，尺寸不

---

① 马端临：《文献通考》卷31《选举四》，杭州：浙江古籍出版社，1988年，第289页。
② 沈作喆：《寓简》，北京：中华书局，1985年，第34页。
③ 盛如梓：《庶斋老学丛谈》卷下，北京：中华书局，1985年，第40页。
④ 马端临：《文献通考》卷32《选举考五》，第299页。
⑤ 徐松：《宋会要辑稿》第109册《选举》，北京：中华书局，1957年，第4338页。
⑥ 朱长文：《乐圃余稿》卷6，文渊阁四库全书本。
⑦ 嵇璜：《续文献通考》卷34《选举考——举士》，文渊阁四库全书本。
⑧ 张廷玉等：《明史》卷70《选举志》，北京：中华书局，1974年，第1693页。

逾。至正、嘉，作者始能以古文为时文，融液经史，使题之义蕴隐显曲畅，为明文之极盛。[①]

当时的古文大家唐顺之、茅坤、归有光又都是时文大家。姚鼐在读过他们的时文后感慨道："使为经义者能如唐应德、归熙甫之才，则其文即古文。"又谓："乃见初立经义本体，与荆川、震川所以为文章之旨，恍然曰：是亦古文耳，岂二道哉！"[②]可见从明代中期开始，古文之法已经渐渐深入时文写作中了。

第二种是考据之风在科举考试中渐渐崭露。早在成化元年(1465)的山东乡试中，副主考罗绚评价考生王伦的答卷说："考据详明……宜拔头筹。"[③]而成化七年(1471)的广西乡试，考官张瑄批考生李澄的策论"考据详明，议论正当"[④]；成化十一年(1475)会试，主考官徐溥给王鏊策论的批语是"有考据，有断制"[⑤]；嘉靖十四年(1535)，常州薛应旂的三篇文字学策论文章被选为最出色的策论[⑥]。这类例证很多，已有学者作出了详细的调查，本文就不一一举证了[⑦]。

所以，从某种意义上说，桐城、汉学二派继承和发扬了明代以来科举中兴起的经学的新风向与辞章学的新空气，而两派之间的斗争是唐宋以来科举考试中辞章与经义之争的延续。方苞提倡"义法"说、"言有物、言有序"说，实际上表明了其程朱理学的立场，从而共享了理学在四书文领域的优势。而考据学则大范围占领策论领域，并向四书文渗透。所以清朝从康熙到嘉道年间，科举衡文出现两大倾向：一是文章学的评价体系逐步强化，在"理、法、辞、气"等各个层面均有细致的研究[⑧]；二是实学即考据学的一步步渗入，不论是

① 方苞：《进四书文选表》，见《方苞集》，第579页。

② 姚鼐：《惜抱轩文集》序，清光绪九年(1883)桐城徐氏刻本。

③ 《成化元年山东乡试录》，明成化元年(1465)刻本。

④ 《成化七年广西乡试录》，明成化七年(1471)刻本。

⑤ 《成化十一年会试录》，明成化十一年(1475)刻本。

⑥ 《嘉靖十四年会试录》，明嘉靖十四年(1535)刻本。

⑦ 详见 Benjamin A. Elman, *A Cultural History of Civil Examinations in Late Imperial China*. Berkeley, Los angeles, London: University of California Press, pp. 451～459.

⑧ 参见龚延明、高明扬：《清代科举八股文的衡文标准》，载《中国社会科学》，2005年第4期。

策论、五经文，还是四书文的衡文，都越来越多地显现考据学的痕迹。这也是二者矛盾的表现。正是由于科举中辞章和考据经学的长期矛盾，使得桐城派和汉学派产生了巨大的向心力，并保持着旺盛的斗志。方东树《汉学商兑》说："用意不猛，则其门户不峻，面目不著，自占地步不牢。"批评的虽然是汉学派，或许不免于同理之心。

原载《安徽大学学报》2014 年第 6 期

论桐城派对骈文的态度

吕双伟

如果文学史上“诗的唐朝”能够成立的话，那么，“桐城古文的清朝”，似乎也顺理成章。桐城派是清代也是中国文学史上影响时间最长、范围最广和效果最显的散文流派。自然，桐城派研究成果也非常丰富，不管是在综合论述、散文理论、散文创作、作家个案方面，还是关于桐城派的产生、发展、与八股文关系及其学术思想等方面，都有深浅不一、精粗不等的研究[①]。但因为政治、历史因素的影响及骈文本身的限制，学术界对桐城派的骈文态度研究极少。本世纪以前，多为整体性的简要概括，灵光闪现但主观臆断明显，如吴孟复先生以“‘桐城文派’与骈文”为题，指出“自唐朝韩愈到清代‘桐城派’，一直反对骈俪，菲薄六朝”[②]。事实上，桐城文派未必一直反对骈文与六朝文章。近十年来，学术界对桐城派的骈文态度有所涉及，有的观念较为通达，如王达敏先生以“汉宋与骈散”为题，既指出姚鼐与姚门弟子大多“尊散而抑骈”的事实，又强调“姚门深具宏通之识者对于骈散也多平情之论”[③]，辩证地说明了桐城

---

① 关于桐城派的研究成果，参见汪龙麟：《20世纪中国文学研究·清代文学研究》，北京：北京出版社，2001年，第247～268页；裴效维、牛仰山：《20世纪中国文学研究·近代文学研究》，北京：北京出版社，2001年，第262～297页；宁俊红：《20世纪中国古代文学研究史》（散文卷），上海：东方出版中心，2006年，第209～223页和第274～280页。

② 吴孟复：《桐城文派述论》，合肥：安徽教育出版社，2001年，第13页。

③ 王达敏：《姚鼐与乾嘉学派》，北京：学苑出版社，2007年，第210页。

派对待骈文的态度。最近彭国忠先生则对嘉道间桐城派领袖梅曾亮的骈文态度、骈文功能、援散入骈的创作特征及其一生的骈文创作等作了详细深入的分析①,代表了目前学术界对此问题的最新思考。本文拟以方苞、姚鼐、刘开、梅曾亮为中心,对桐城派的骈文态度加以整体性观照,以期了解桐城派因时而变、因人而异的文章创作思想,说明桐城派对骈文多有通识之论,有践行之举,并不能笼统地说其反对骈文。

一、先驱者的轻视

自从唐宋"古文运动"以来,从东汉末到中唐韩柳以前的骈体文章,就被冠以文衰道蔽的帽子,受到绝大多数人的排斥甚至批判。魏晋六朝骈体文学之所以被排斥,不仅仅是因为它绮靡、华丽的对偶形式,而更主要的是它丧失了明道、载道的功能:内容上淫靡空洞,甚至侈情纵欲,违反温柔敦厚的诗教传统,打破忠孝节义的儒家信条。所以,"古文"自从被韩愈借用到文章学领域的那天起,就注定了具有打破骈俪形式与追求明道、载道的双重功能。如果说在中唐和宋代,"古文"针对的潜在对象是"骈偶之文"或者"四六"的话;那么在元明和清初,随着科举对士人命运的决定性功能上升到极点,四六衰微不振,影响甚小,此时"古文"的潜在对象便是科举时文了。清初顺治、康熙和雍正期间,古文与时文划界而立。在理论话语中,它们或疆域分明,或泯灭界限,共同构成了文章学的主体。在文集序跋和书、论中,时时可见对两者关系或者文体特征的论述,而"四六""骈体""俪体"②依旧处于弱势地位,要么被忽视,要么被歧视。

戴名世、方苞、刘大櫆等为桐城派的先驱,他们不仅没有开宗立派的动

---

① 彭国忠:《从重古轻骈到援散入骈——古文大家梅曾亮的骈文创作》,载《文学遗产》,2012年第2期。

② "四六""骈体""俪体"最初不是同一概念,唐、宋、元、明时,"四六"主要指制诰表启等运用四六隔句对行文,讲究声韵的公牍、应酬文章,包含文类不广;"骈体"或"俪体"则多指骈偶行文的文章,可以包括近体诗,范围比"四六"要广。但在清代文章学领域,"四六""骈体"含义逐渐相同,经常混用,都指以对偶句式行文的文章,即骈文。参见拙著《清代骈文理论研究》,北京:人民出版社,2011年,第7~19页。

因,也无建构流派的意识与实践,桐城派的真正创始者为姚鼐。[①] 戴名世和方苞对时文和古文有深刻评价,甚至主张以古文之法为时文,借以提高时文的文体地位和思想价值,为古文、时文理论的发展起了重要的推动作用。如戴名世《己卯行书小题序》提出制义三要素:道、法和辞,即以孔孟之“道”,运用御题、行文之“法”及古“辞”而不是今辞撰写八股文;又在明代艾南英的“制举业之道,与古文常相表里,故学者之患,患不能以古文为时文”[②]的基础上,提出时文乃古文之一体,从而主张以古文之法,即“根柢乎圣人之《六经》,而取裁于左、庄、马、班诸书”的方法,来写时文,则“时文莫非古文也,而何为必欲举古文、时文区画而分别之也耶”[③]。希望在泯灭时文和古文界限的基础上,以古文之法来救被竖儒老生腐坏的八股时文。方苞则在《左传》《史记》叙事之文的基础上,在程朱理学的熏蒸下,在文集中反复提到“义法”,建立了古文创作的重要纲领——义法说[④],为后来桐城派的形成奠定了理论基础。然而,在清初骈文领域出现了陈维崧、吴绮等名家的背景下,在理论界已有较多四六、骈体评论的情况下,方苞对骈文比较冷漠——无心骈文创作,也不关注骈文批评,只是表达了对六朝藻丽俳语的否定及对“四六”按照格式“填词”的不满。

据笔者查阅,《方苞集》中,“四六”仅仅在《詹事府少詹事兼翰林院侍讲学士查公墓表》中出现一次:

> 当长洲韩公(韩菼)既殁,长南书房为圣心所注者,无如声山(查昇),而声山推挽后进,无嫉心,然终为争者所困。声山以诗、词、书法、四六名,然古之人弗重也,故为《揭时论》[⑤]。

此外,苏惇元在为方苞撰写年谱时,也记载了方苞曾对他人说到“四六”

---

① 王达敏:《姚鼐与乾嘉学派》,第1页。

② 艾南英:《金正希稿序》,见蔡景康编选:《明代文论选》,北京:人民文学出版社,1993年,第395页。

③ 戴名世:《甲戌房书序》,见贾文昭编著:《桐城派文论选》,北京:中华书局,2008年,第33页。

④ 关于义法的来源、内涵及其与古文的关系等,参见许福吉:《义法与经世——方苞及其文学研究》,上海:学林出版社,2001年,第57~96页。

⑤ 方苞著,刘季高校点:《方苞集》,上海:上海古籍出版社,2008年,第361页。

一次：

> 文，所以载道也。古人有道之言，无不传之不朽。文所以佳者，以无肤语支字，故六经尚矣。古文犹近之，至于四六、时文、诗赋，则俱有墙壁窠臼，按其格式，填词而已。以言乎文，固甚远矣。[①]

前文为乾隆十一年(1746)正月方苞为南书房同僚兼朋友查升所写的墓表。提到"四六"，只是为了介绍查升的文艺才能，然而方苞志不在此，诗词、书法和四六，在他看来，古人并不重视，他自己也反复强调这些只是末流之"艺"或"技"，不是关乎国计民生的"道"。后文为苏惇元所转述的方苞言论，姑且不论其真实与否，即使方苞确实说过，从中也可见方苞重视载道的、不枝蔓冗杂的六经之文，"古文"勉强接近六经之文，至于四六、时文、诗赋，都是依样画葫芦，以"文"标准来衡量，还相差甚远，更不必说接近六经之文了。

除了对"四六"不重视外，方苞还对六朝文章，主要是骈体文作了隐性的否定。苏惇元记载方苞训导门人沈廷芳曰："南宋、元、明以来，古文义法不讲久矣。吴、越间遗老尤放恣，或杂小说，或沿翰林旧体，无一雅洁者。古文中不可入语录中语，魏、晋、六朝人藻丽俳语，汉赋中板重字法，诗歌中隽语，《南》《北史》佻巧语。"[②]其中的"六朝人藻丽俳语"不是指六朝骈文，而是指六朝文人所用的华丽辞藻和排偶句式，如同文中的语录语、隽语、佻巧语一样，都是指语言句式特征，指向语体而不是文体；同时，方苞反对各种"语"入古文，是为了保持"古文"的雅正，实际上是要坚持"古文"的六经本位，其前提是在古文范围内选择表达语言，而不是在文章学领域内排斥其他文体，故我们不能据此就认为方苞反对六朝骈文。但是，毕竟六朝文章多骈体，是六朝人"藻丽俳语"的主要载体。因此，从中至少可以看出方苞对六朝骈文心存芥蒂，不能认同。方苞认为用"藻丽俳语"纪事、议论，芜杂重复，没有遵守"义法"规则，违反清真雅洁的文风标准，所以编《古文约选》时，只选录两汉书奏及唐宋八家之古文，不选魏晋南北朝藻绘之文。另外，方苞对六朝"藻丽俳语"文风的反感，还有一个重要原因就是对当时文人立身行事无操守、品行的

---

① 方苞著，刘季高校点：《方苞集・附录一》，第890页。

② 方苞著，刘季高校点：《方苞集・附录一》，第890页。

厌恶。方苞推崇程朱理学，更敬仰理学开创者居敬慎独，品行卓越，人格高尚，故他对六朝文人无行、气节堕落十分不满："学不明，则性命之理不顺。汉代儒者所得于经甚浅，而行身皆有法度，遭变抵节，百折而其志必伸。魏、晋以后，工文章垂声于世者众矣；然叩其私行不若臧获之庸谨者，少遇变故，背君父而弃名节，若唾溺然。"[①]因人废言，"恨"屋及乌，是古代文士评文论史的通病，何况六朝文章自中唐以来就饱受诟病，方苞也难免超越流俗。方苞的古文禁忌之说，深刻影响了桐城后学。吴德旋在此基础上作了补充、修正："古文之体，忌小说，忌语录，忌诗话，忌时文，忌尺牍。此五者不去，非古文也。国初如汪尧峰文，非同时诸家所及，然诗话、尺牍气尚未去净，至方望溪乃尽净耳。诗赋字虽不可有，但当分别言之。如汉赋字句，何尝不可用？六朝绮靡，乃不可也；正史字句，亦自可用；如《世说新语》等太隽者，则近乎不可说矣。公牍字句，亦不可阑入者。"[②]方苞之论，相比乾隆三年（1738），御选《唐宋文醇》选录唐宋骈文，区分骈句与骈体，并为骈文地位呼吁："夫十家者，谓其非八代骈体云尔。骈句固属文体之病，然若唐之魏郑公、陆宣公，其文亦多骈句，而辞达理诣，足为世用，则骈又奚病？日月丽乎天，天之文也；百谷草木丽乎土，地之文也。化工之所为，有定形乎哉？化工形形而不形于形，而谓文可有定形乎哉？顾其言之所立者何如耳。"[③]就显得拘谨多了。即使和朋友李绂（1673—1750）相比，方苞（1668—1749）对骈文的态度也较为消极。29岁时，李绂在其《秋山论文》中就多处点评四六骈体，见解深刻，如："四六骈体，其派别有三种：平仄不必尽合，属对不必尽工，貌拙而气古者，六朝体也；音韵无不合，对仗无不工，句不过七字，偶不过二句者，唐人体也；参以虚字，衍以长句，萧散而流转者，宋人体也。体不必拘，惟性所近，然调不可弱，意不可乱，词不可堆垛，一气浑成，读去似散文乃佳。"[④]将四六骈体分为六朝体、唐体和宋体，分别对其对偶、平仄、句式及风格特征作了精确概括；又以"调""意""词"和"气"来论四六文，以"似散文"来褒扬四六骈体，开骈散交融之

---

① 方苞著，刘季高校点：《方苞集》，第175页。

② 吴德旋撰，吕璜整理：《初月楼古文绪论》，北京：人民文学出版社，1959年，第19页。

③ 弘历：《御选唐宋文醇》卷首，文渊阁四库全书本。

④ 王水照主编：《历代文话》，上海：复旦大学出版社，2007年，第4002～4003页。

先河。

方苞为人严谨，究心经史之学，为文崇尚雅洁，讲究义法，敛才于气。而其门生刘大櫆(1697—1780)则是典型的才子型文人，好为辞章而不是经学，为文重音节才气而不拘泥于义法。其《徐昆山文序》有云："余性喜为辞章，昆山亦舍是无以为好。余于今之号为能文者多所称许，而昆山独少可多怪。"[①]他为文任才使气，不拘常规，为人爽朗重义，方苞在《与魏中丞定国》《与双学使庆》中对其赞赏有加。可以说，刘大櫆展示了方苞较为缺乏或因天性所拘不愿意外露的才情气概，又由于刘大櫆的同乡后学背景及坎坷不平命运，让方苞对之关爱推举，奖掖有加。

刘大櫆和乾隆骈文大家胡天游(1696—1758)基本同时而年寿较永。袁枚(1716—1798)在《胡稚威骈体文序》中认为胡天游骈文水平当世第一，本朝第一。1773年开始撰修的《四库全书》时，对唐宋四六及清代骈文家陈维崧、吴绮、章藻功、邵齐焘等都有客观详细的评论。这时候，骈文的"生存"环境，与方苞时之"冷遇"已大有不同了。但《刘大櫆集》中却没有发现"四六""骈体"等与骈文相关的材料，仅仅在其《论文偶记》中提到了"排比之文"和"偶俪"：

> 文贵参差。天之生物，无一无偶，而无一齐者。故虽排比之文，亦以随势曲注为佳。好文字与俗下文字相反；如行道者，一东一西，愈远则愈善。[②]

> 文贵去陈言……人谓"经对经，子对子"者，诗、赋、偶俪、八比之时文耳。若散体古文，则六经皆陈言也。[③]

语言整齐偶俪和喜欢使用典故陈言，正是骈文的两大特点。既然文贵"参差"与"去陈言"，那么刘大櫆不可避免地要提到"排比之文"——骈文。他强调骈文应该随着情势转化句式，要摆脱以经子陈言为对偶的行文模式，这样才是理想之文。此外，刘大櫆还对六朝靡弱文风从华美的角度作了史的梳理："文贵华；华正与朴相表里，以其华美，故可贵重。所恶于华者，恐其近俗

---

① 刘大櫆著，吴孟复标点：《刘大櫆集》，上海：上海古籍出版社，1990年，第51～52页。

② 刘大櫆著，舒芜校点：《论文偶记》，北京：人民文学出版社，1998年，第10页。

③ 刘大櫆著，舒芜校点：《论文偶记》，第10～11页。

耳；所取于朴者，谓其不著脂粉耳……天下之势，日趋于文，而不能自已。上古文字简质。周尚文，而周公、孔子之文最盛。其后传为左氏，为屈原、为宋玉，为司马相如，盛极矣。盛极则孽衰，流弊遂为六朝；六朝之靡弱，屈、宋之盛肇之也。昌黎氏矫之以质，本六经为文。后人因之，为清疏爽直，而古人华美之风亦略尽矣。"[①]在"文贵华"的前提下，刘大櫆强调华与朴相生，与俗相反；承认文字由简质到文饰是必然之势，楚骚与司马相如的大赋达到了文饰的高峰，但六朝文过于华丽而走向靡弱，故韩愈复古，本六经之旨以为文。然而，后人效法韩愈为文，清爽疏直有余而华美不足。对此，刘大櫆感到惋惜。

刘大櫆在理论上漠视甚至批评骈文的偶俪句式与陈言典故，但在创作上，他的文章特别是论辩类文章，多用对偶或者排比句，铺陈扬厉，才情洋溢，其骈俪性质远超方苞及姚鼐。《天道上》《天道下》《雷说》《观化》《养性》《辨异》等都堪称代表。如《天道上》有云："祖有功矣，而功可恃乎？宗有德矣，而德不刊乎？为粥糜以食饿者，而已且啼饥；分缊赝以衣冻夫，而已且号寒乎？刳像设之肠，而神不能加之罚；掘陈人之冢，而鬼不能肆其残乎？御人于国门之外，使之抵罪；而贪惏以逞者，世守其官乎？大武之下，蚁或亡矣，而人不顾也；大祲之下，人多弊矣，而天不怜也。"[②]全段语气词丰富，情感强烈，句式上主要是排比和骈偶，最后几句更是宋四六文中常见的长联对；结构上注重句意的回环往复，讲究宛转相承。骈体文的对偶、排比，运用得当，气势恢弘，一泄如注，更加适合发挥才情。这比较吻合刘大櫆的个性与才情，故他创作中并没有接受方苞的古文辞禁忌观点。吴定《海峰先生墓志铭》有云："其才之雄，兼集庄、骚、左、史、韩、柳、欧、曾、苏、王之能，瑰奇恣肆，铿锵绚烂，足使震川、灵皋惊退改色。"[③]"瑰奇恣肆，铿锵绚烂"确实道出了刘大櫆的文章特色。后来桐城派刘开、张裕钊等人的文章，铺张扬厉，辞藻华丽，与之可谓是一脉相承。

---

① 刘大櫆著，舒芜校点：《论文偶记》，第9页。

② 刘大櫆著，吴孟复标点：《刘大櫆集》，第1～2页。

③ 刘大櫆著，吴孟复标点：《刘大櫆集·附录三》，第623页。

二、创始者的关注

姚鼐(1731—1815)生活的乾嘉时期，正是汉学兴盛，宋学处于低谷的时期，也是骈文中兴而古文相对衰微的时期。姚鼐1775年自京师回到南方，利用在书院讲学的机会，广收门徒，宣扬孔孟程朱以来的儒学道统，倡导先秦盛汉及韩欧以来的古文文统，创作了义理与考据兼采、内容与形式兼善的古文，培养了梅曾亮、方东树、管同、刘开、姚莹等著名弟子。正是因为姚鼐本人的用心培育，加上姚门弟子的追踪师风，桐城派才被文坛和学坛所接受，桐城派才具备自觉性和自足性，姚鼐也成为桐城派的开派宗师。

乾嘉时代为骈文的复兴期。乾隆五十四年(1789)，孙梅(1739—1790)《四六丛话·凡例》云："圣朝文治聿兴，己未、丙辰两举大科，秀才词贤，先后辈出，迥越前古。而擅四六之长者，自彭羡门(彭孙遹)、尤悔庵(尤侗)、陈迦陵(陈维崧)诸先生后，迄今指不胜屈。"①擅长四六的人"迄今指不胜屈"的"今"，就是指乾隆时期。李祖陶《国朝文录序》则云："嘉庆朝骈体盛行，古文予不多见，所见者惟陶萸江(陶必铨)先生，文存不多而迥绝流辈。"②尽管实际情况未必如上所述，但相对来说，此时为骈文的复兴期当之无愧。和桐城派先驱者戴名世、方苞相比，姚鼐不仅仅留意《左传》《史记》等史书纪事之义法，也不是简单地将古文局限在六经内，而是重视文辞之美，以神理气味、格律声色来评价古文，引导古文创作。因此，姚鼐能在古文的文学性、审美性方面实现突破。其编撰《古文辞类纂》，将铺采摛文、藻饰纷纶的辞赋纳入"古文辞"的范畴，这对有古文禁忌的方苞来说，是难以想象的。对于"四六""骈体文"，姚鼐虽然没有积极宣扬，但是没有排斥反对，而是加以关注。在《惜抱轩诗文集》中，姚鼐没有专门的骈文评论文章，但有三篇墓志提到"四六""骈体文"：

> 君(侍朝)少孤好学，无师友之助，而于古文辞、诗歌、四六诸体，皆习而能之，始冠得乡举。
>
> (《翰林院庶吉士侍君权厝铭并序》)③

① 孙梅编著，李金松校点：《四六丛话》，北京：人民文学出版社，2010年，第11页。

② 王水照主编：《历代文话》，第7800页。

③ 姚鼐著，刘季高标校：《惜抱轩诗文集》，上海：上海古籍出版社，1992年，第181页。

君(袁枚)古文、四六体,皆能自发其思,通乎古法。于为诗尤纵才力所至,世人心所欲出不能达者,悉为达之。

(《袁随园君墓志铭并序》)[①]

君(张汝霖)博学多闻,尤工骈体文及诗。

(《广州府澳门海防同知赠中宪大夫翰林院侍讲加一级张君墓志》)[②]

在上述文章中,姚鼐对于骈文的态度比较平和,对其朋友的骈文加以肯定。三位墓主的骈文在姚鼐看来,都属于当行之作,值得在墓志中指出,以广流传。反之,如果姚鼐对侍朝、袁枚和张汝霖的骈文不满意或者笼统反对的话,那么他是可以略而不说的。在这里,"不说破"对墓主没有任何不利影响。

姚鼐不反对骈文,还可以从他的朋友中多骈文名家,姚鼐肯定他们的骈文成就中窥见端倪。清代对袁枚的骈文评价毁誉参半,但他被吴鼒选入《八家四六文钞》,被曾燠选入《国朝骈体正宗》,为清代骈文史上的重要人物。朱一新既肯定其才情,又惋惜其根柢不深:"袁简斋才笔纵放,胜于荔裳(杨揆)诸人,惟根柢不深,偶用古语,多成赘疣,若《修于忠肃庙碑》之类,故是杰作。"[③]袁枚为姚鼐在南京讲学时的好友,姚鼐将其古文和四六并列论及,以"自发其思,通乎古法"来点评,已属不易。乾嘉时代才子王芑孙(1755—1817)骈文体雅气畅,陈康黼《古今文派述略》以之为乾嘉时的骈文名家,特别推崇:"其专以骈文名者,吴锡麒榖人、曾燠宾谷、吴鼒山尊、刘嗣绾芙初、乐钧莲裳、杨芳灿蓉裳,而以彭兆荪甘亭、王芑孙惕甫风格为最适,气体为最雅。"[④]他也是姚鼐的朋友,对其骈文,姚鼐也从"美文"的角度加以肯定:"先生文章之美,曩得大集,固已读而慕之矣;今又读碑记数首,弥觉古淡之味可爱,殆非今世所有。夫古人文章之体非一类,其瑰玮奇丽之振发,亦不可谓其

---

① 姚鼐著,刘季高标校:《惜抱轩诗文集》,第 202 页。

② 姚鼐著,刘季高标校:《惜抱轩诗文集》,第 201 页。

③ 朱一新著,吕鸿儒、张长法点校:《无邪堂答问》,北京:中华书局,2000 年,第 91 页。

④ 王水照主编:《历代文话》,第 8181 页。

尽出于无意也；然要是才力气势驱使之所必至，非勉力而为之也。”[①]不仅肯定王芑孙文章（包括骈文）之美，而且提出文章体裁不止一类，瑰玮奇丽的骈文，只要是才力气势驱使而成，就不愧为好文章。清代骈文八大家之一的孔广森，是姚鼐门生，少年时爱好骈文，后来转入考据。但不管他的文章、学术兴趣何在，姚鼐一直赏爱有加。在《陶山四书义序》中，姚鼐更认为文体高卑由作者才华决定，而不是由文体自身造成，继而肯定陶山的八股文。连一般人看来地位更卑的八股文，姚鼐都认为其体不卑，更不必说优秀的骈文了。

“古文不取六朝人”“六朝骈俪绮靡”等评语不代表，更不等于说话者反对骈文。“古文”得名的直接缘由是反对六朝骈俪绮靡的文风，正如曾国藩所说：“然溯古文所以立名之始，乃由屏弃六朝骈俪之文，而返之于三代两汉。”[②]因此，文章学领域内的“古文”，成立的前提——题中之意就是排斥六朝骈俪绮靡文风。但是，“古文”文体排斥六朝骈俪绮靡之风，不代表作家反对骈体之文。作家与文体，两者不能等同。古文作家，可以追求古文的雅洁，从而排斥其他文风；但他也可以写作骈文，以散文之气，运排偶之文，接受骈体。因此，以作家或者流派的古文创作方法来决定其创作主体的文体取向，如以追求雅洁古文的桐城派为基础，进而推导出桐城派反对骈文之类的观点，理论上就难以成立，实践中更是扞格不通。在古文领域，后世不管是古文选本还是古文理论，多轻视、忽视六朝骈文，这是由其含义决定的。但是，在文章学领域，古文家并不是始终、全部轻视骈文，反对骈文。相反，乾嘉以后，多主张骈散融合，强调两者相辅相成。

姚鼐继承自中唐古文运动以来的前代文人陈说，包括方苞对六朝“藻丽俳语”的轻视，也表达了“古文不取六朝人”的观点。乾隆四十四年（1779），姚鼐编《古文辞类纂》成，有曰：“古文不取六朝人，恶其靡也。独辞赋，则晋宋人犹有古人韵格存焉。惟齐梁以下，则辞益俳而气益卑，故不录耳。”[③]但正如前所论，这里“不取六朝人”的前提是“古文”，而不是姚鼐本人，故这不能成为姚鼐轻视骈文、反对骈文的依据。六朝文章浮靡，内容空洞，不能称为“古

① 姚鼐著，刘季高标校：《惜抱轩诗文集》，第289页。

② 曾国藩著，王澧华校点：《曾国藩诗文集》，上海：上海古籍出版社，2005年，第315页。

③ 姚鼐纂集：《古文辞类纂序目》，上海：上海古籍出版社，1998年，第17页。

文”，所以《古文辞类纂》不选；齐梁辞赋辞俳气卑，无雅正之风，所以也不录。这只是涉及了文风，而没有牵连作家的文体取向问题。何况，在古文选本中表达轻视六朝浮靡空洞的文风，是古文家的“集体无意识”，这不等于古文家整体轻视六朝骈文或者反对骈文。管同《重刻古文辞类纂序》认为《昭明文选》《文苑英华》等书皆六代隋唐骈丽绮靡之作，陈用光《寄姚先生书》《与梅伯言书》等认为六朝绮丽绝不足贵，梅曾亮《古文词略凡例》也认为文衰于东汉，等等，都只是在古文系统中否定骈俪绮靡之文，而不代表作家本人反对骈文。

三、后学者的认可

正是由于姚鼐对骈文加以关注，态度平和，加上乾嘉骈文尽管繁荣，但是还没有达到笼罩文坛，给古文造成压抑逼仄的局面，更没有像乾嘉汉学那样引领时代潮流，左右学术风尚，所以姚门弟子对骈文也多包容、认可，有的还创作骈文，成为清代骈文名家，如梅曾亮、刘开等。正如王葆心《古文词通义》云：“桐城文家多骈散兼工。梅氏始工骈文，继工散文，与刘孟涂辙迹绝同，而孟涂骈文尤特有名，皆亲受学于姚氏者也。”[①]也如王达敏先生所指出的，“在汉宋与骈散两大问题上，姚门弟子一方面与汉学派相驰逐；另一方面也吸收汉学所长。他们在尊宋抑汉的同时，不废考据；在尊散抑骈的同时，也不排斥引入骈体文的表现手段，甚至直接写作骈体文”[②]。

和方苞、刘大櫆、姚鼐对“四六”“骈体”关注不够，在文集中出现频率屈指可数不同，姚门杰出弟子，如刘开、梅曾亮、方东树、管同、姚莹等，简单提及骈文对他们来说意义已经不大，重要的是评论短长，甚至亲自创作，以“骈体”命名文集。他们对骈文学的贡献，超过桐城三祖。其中，刘开（1784－1824）去世较早，对骈文最早也最为关注，相应的理论和创作成就也最高。可以说，清代骈文理论的重要命题，如骈文渊源、骈文地位、骈文历史、骈散优劣及骈散交融等，刘开都有清晰明了的判断，观点成熟、周全。

刘开非常重视文学的修辞与才情、气势，完全不同于方苞的重道轻文，也

① 王水照主编：《历代文话》，第7318页。

② 王达敏：《姚鼐与乾嘉学派》，第205～206页。

不同于姚鼐的敛才于气。其对文辞的重视，可以媲美刘大櫆，甚至超越之。刘开的文学创作年代主要在嘉庆至道光初。嘉庆末，姚鼐编选的《古文辞类纂》刊刻问世；道光元年(1821)，李兆洛编的《骈体文钞》刊行。阮元推崇骈文，鄙视古文的系列文章，如《文言说》《书梁昭明太子文选序后》《与友人论古文书》和《四六丛话序》已经问世。此时的文坛，尽管没有像学坛上的汉学和宋学那样公开对立，针锋相对，但文士尊散抑骈或者扬骈抑散的倾向已经是非常明显。刘开通过《与王子卿太守论骈体书》《与阮芸台宫保论文书》《书文心雕龙后》等文章充分而深入地表达了自己对骈文的态度。其观点主要有：追溯骈文的肇始与形成，指出骈文形成的自然属性；文章优劣、高卑在乎人，而不在乎辞章体制；文辞不分古今，文体不分疏整，骈散地位相等；楚辞的辞采和情韵，为古文和骈文的共同渊源；骈散各有短长，骈文重辞，散文重理，无高卑之分；《文心雕龙》为六朝骈文极则，理论内容丰富；唐宋八大家、归有光、方苞古文各有缺点，但都是文章正宗，值得学习。

道炳而有文章，辞立而生奇偶，从周迄于汉初，为骈文的萌芽期，西汉赋家为骈体肇基者，东汉文章闳丽，南朝骈文大盛，这些对刘开而言，都属老生常谈。至其《与王子卿太守论骈体书》曰：

> 是知词者，依骚以命意者也；赋者，托骚以为体者也。后人知赋体之必宜宗骚，而文辞则置骚不论，惑矣。夫辞岂有别于古今，体亦无分于疏整……夫骚人情深，犹能有资于散体；岂芳草性僻，不欲助美于骈文？……夫文辞一术，体虽百变，道本同源。经纬错以成文，元黄合而为采，故骈之与散，并派而争流，殊途而合辙。千枝竞秀，乃独木之荣；九子异形，本一龙之产。故骈中无散，则气壅而难疏；散中无骈，则辞孤而易瘠。两者但可相成，不能偏废……世儒执墟曲之见，腾埳井之波，宗散者鄙俪词为俳优，宗骈者以单行为薄弱，是犹恩甲而仇乙，是夏而非冬也。夫骈散之分，非理有参差，实言殊浓淡，或为绘绣之饰，或为布帛之温，究其要归，终无异致；推厥所自，俱出圣经……一以理为宗，一以辞为主耳。夫理未尝不藉乎辞，辞亦未尝能外乎理。[1]

① 刘开：《刘孟涂集·骈体文》，见《续修四库全书》第1510册，第425～426页。

指出楚辞辞采和情韵为散体与骈文的共同来源；骈散只是语言体式不同，道本同源，各有利弊；散体以理为宗，骈体以辞为主，两者无尊卑、高下之分，在创作中可随性而适。这在当时骈文与古文争文章正宗地位的背景下，在历代古文家多轻视或者忽视骈文的环境下，作为桐城派重要作家的刘开，能够作如是观，已属不易。这既是骈文影响增强的自然结果，也是刘开性情通达和视野开阔的表现。在《与阮芸台宫保论文书》中，刘开对阮元非议方苞古文以及唐宋八大家的观点并加以委婉反驳，指出："夫退之起八代之衰，非尽扫八代而去之也，但取其精而汰其粗，化其腐而出其奇，其实八代之美，退之未尝不备有也。"[①]较早指明了韩愈实集八代之成，并没有摒弃六朝骈俪之文。刘开还从骈体的角度对《文心雕龙》作了全面分析，认为其理辞与文质兼善，道丰、义肥、词丽、理富，为六代骈文之极则，不能因为其用骈体就摒弃不理："以骈俪之言，而有驰骤之势，含飞动之采，极瑰玮之观，其惟刘彦和乎。"[②]"示人以朴，探骊得珠，华而不汩其真，炼而不亏于气，健而不伤于激，繁而不失之芜，辨而不逞其偏，核而不邻于刻。文犀骇目，万舞动心，诚旷世之宏材，轶群之奇构也……夫文亦取其是而已，奚得以其俳而弃之不重哉。然则昌黎为汉以后散体之杰出，彦和为晋以下骈体之大宗。"[③]这在《文心雕龙》接受史上十分罕见，也为后来者从骈文角度研究《文心雕龙》开启了方向。

作为嘉道年间京师古文领袖，少年时代酷爱骈文的梅曾亮（1786－1856），对骈文怀有深厚感情。管同（1780－1831）轻视文艺，曾认为制义、骈文、古文都是"形"而不是"本"，都不能充分地表情达意，其《赠汪平甫序》有云："文也者，在外者也，在外也者，春华而云丽，钟铿而琴和，炳然訇然皆形耳，而岂情也哉！是故科举之文，凡物之形也；骈丽之文，佳物之形也；司马迁、韩愈之文，异物、尤物之形也。虽然，皆形而已矣，以言情则未也。"[④]1833年，梅曾亮在为管同和马韦伯文集作序跋时，都提到了约二十年前在南京学习时，与管同关于骈文表情达意功能的争论。管同认为骈文形式虽美，但文

① 刘开：《刘孟涂集·文集》，第350页。

② 刘开：《刘孟涂集·骈体文》，第426页。

③ 刘开：《刘孟涂集·骈体文》，第427页。

④ 管同：《因寄轩文·二集》，见《续修四库全书》第1504册，第481页。

胜于质，形式遮蔽了内容，因而主张弃而不作；梅曾亮则以庾信、徐陵的骈文代表作表情达意酣畅淋漓，形式并没有影响内容的表达为例，证明管同轻视骈文的不合理。管同依然不承认徐庾骈文的达意功能，以先秦诸子和司马迁文章来反衬徐、庾骈文的词不达意、言不尽意。梅曾亮在管同的影响下，“稍学为古文词”[①]，但其中并无放弃骈文之意。同年，梅曾亮作《马韦伯骈体文叙》再提往事，不过对是否放弃骈文创作，表述有所不同：

余少好为诗及骈体文，君皆好之。余苦故实遗忘，弃骈体不作，君独勇为之。故吾两人诗异趋，文则君壮浪雅健，余不及也……异之色独庄，盛言古文。余曰：“文贵者，辞达耳。苟叙事明，述意畅，则单行与排偶一也。”异之不复难，曰：“君行自悟之。”时韦伯在坐，亦右余言。[②]

在此文中，梅曾亮说自己苦于典故遗忘而放弃骈体创作，目的是衬托马韦伯坚持骈文创作的不易，也为下文的“余不及也”及懊悔自己“骈体文遂不复有所成就”作铺垫。同时，为朋友文集作序，自然流于抑己扬人：贬低自己在骈文方面的决心与成绩，目的是为了突出马韦伯骈文的成功。事实上，梅曾亮并没有“弃骈体不作”，只是少作而已。而“文贵者，辞达耳。苟叙事明，述意畅，则单行与排偶一也”更是对骈文地位的积极呐喊，是对刘开骈散合一理论的回应。稍早的方东树以推崇宋学、批评汉学著称，但其对骈文的态度也非常通达，和梅曾亮观点一致。其《小谟觞馆文集·跋》有云：“俪偶之文，运意遣词，与古文不异。椎轮既远，源派益歧。悼先秦之不复，则弊罪齐梁；陋骈格之无章，则首功萧李。自是而降，殊用异施，判若淄渑，辨同泾渭。嗟夫……孰辨其波澜之莫二，妙谛之无上哉！”[③]

梅曾亮不仅认为骈文与古文只要叙事明、述意畅就没有高低之分，而且进一步探讨骈文的行文特征。他对文气凝滞而不畅通的骈文加以批评。1843年，梅曾亮作《方彦闻墓表》，对方履篯骈文“气逸不可止”加以肯定：“君性豪迈，博学能文章。病为骈体者气弱不能持论，故其文独震荡飘忽，气逸不

① 梅曾亮著，彭国忠、胡晓明校点：《柏枧山房诗文集》，第109页。
② 梅曾亮著，彭国忠、胡晓明校点：《柏枧山房诗文集》，第110～111页。
③ 方东树跋，彭兆荪著：《小谟觞馆诗文集》，见《续修四库全书》第1492册，第665页。

可止，不复以骈体自囿。”[①]1851 年，其《与孙芝房书》有云：“尊意欲变骈体为古文，而来书词旨明健，已绝去六朝�婀之习，此天姿高胜处，坐进于古人不难。夫古文与他体异者，以首尾气不可断耳。有二首尾焉，则断矣……其能成章者，一气者也。”[②]也主张学习周秦汉及唐宋古文之气来写骈文，这样才首尾连贯，意思紧凑而不中断。

在乾嘉年间骈文兴盛的影响下，桐城后学对骈文的态度和方、刘、姚相比，要深刻全面多了。曹虹先生有云：“由于在乾嘉之时骈散互竞形成了新的格局，骈文在崇尚宏博的汉学氛围下达到了中兴的高潮，褒赏骈文的呼声进一步提高，这也有助于对古文的反省，并为融通骈散提供了条件。受桐城派影响而别开生面的阳湖派，在打通骈散方面颇为致力，李兆洛选编的《骈体文钞》是其理论上的标志。”[③]其实，此时不仅是阳湖派在打通骈散，桐城派也主张骈散合一。他们对华丽浮靡的六朝文风反感，对凝滞呆板的骈文反感，但是，对于骈文文体，他们整体上能够理性对待，客观分析其和古文的优劣长短，认可其文章学地位。晚清是桐城派发展的重要时期，也是其文章学理论的总结期。曾国藩及曾门弟子、林纾、姚永朴等桐城后学，对于骈文，虽然有批评，但较少否定和摒弃。特别是曾国藩，对于骈文多加推举，甚至可以说有所偏好，这正是嘉道间桐城派认可骈文的延续。这里不再赘述。

桐城派以古文名家，又有“义法”“清真雅正”“义理、文章、考证”等为文主张，加上巨大的创作实绩，在清代散文史上地位显赫。通过对桐城派主要作家的骈文态度的梳理，我们可以发现：不同时期，由于学术思想、文化背景、作家才情等的不同，导致对骈文的态度也不同。方苞、刘大櫆时代，八股文特别盛行，四六文衰微，导致方、刘对八股文多有评论，而对骈文漠然置之，甚至轻视。处于乾嘉时期的姚鼐，面对骈文中兴的事实，加上其好友中有袁枚、孔广森、王芑孙等骈文名家，所以他对“四六”“骈体”加以关注，同时肯定朋友的四六文创作。嘉道至晚清，姚门弟子及曾国藩等人，整体来说，不仅认可骈文与古文对等的文体地位，探讨骈文的文体功能、风格特征，还将之作为自己文学

① 梅曾亮著，彭国忠、胡晓明校点：《柏枧山房诗文集》，第 306 页。

② 梅曾亮著，彭国忠、胡晓明校点：《柏枧山房诗文集》，第 43 页

③ 蒋寅主编：《中国古代文学通论》(清代卷)，沈阳：辽宁人民出版社，2005 年，第 54 页。

创作的重要参考，有的甚至大力创作骈文，如刘开、梅曾亮就存有骈体文别集。同时，姚门弟子和其他桐城后学对骈文文体自然性、正常性和功能、风格等的探讨，多放在与“古文”或者“散文”对举的话语系统内，这为今天构建古代文章学体系提供了重要的参考，具有持久的价值。此外，桐城派古文排斥六朝藻丽俳语或者绮靡文风，不等于就是他们反对骈文、歧视骈体。当然，桐城派对骈文的思想、观念，受到同时代或者前人骈文理论或实绩的启发，但作为古文的代表流派，乾嘉以后，桐城派诸家能够接受他人对骈文的观点并行之于文，变先驱者的冷漠、轻视为关注、接受，这本身就是值得思考、探究的文学史现象。

原载《安徽大学学报》2012 年第 6 期

论桐城派古文选本中的古赋思想

——以《古文辞类纂》等主要古文选本为例

王思豪

桐城派以古文雄踞有清一代文坛，数量众多的古文选本是其表达观念、传播思想的主要媒介。《古文约选》《古文辞类纂》《古文词略》《经史百家杂钞》《经史百家杂钞简编》《评注古文四象》《续古文辞类纂》《选评〈古文辞类纂〉》《古文读本》《历朝经世文钞》等，是习古文之典型范本，既见选评家的古文批评眼光，又传承、教授古文之思想。值得注意的是，为方苞所不重的古赋，继姚鼐《古文辞类纂》后大量出现在桐城派作家的古文选本中，梅曾亮、曾国藩、黎庶昌、吴汝纶、林纾等悉尊姚旨，于古文选本中选录古赋，但至姚永朴、永概兄弟编《历朝经世文钞》却又舍而不录。这种由舍而取、由取而弃的转变有着什么样的文学发展背景①？尤其是有着怎样的赋学发展背景？古

---

① 目前学界多在文学史，尤其是古文发展背景下探讨古文选本选古赋，而对赋学在清代古、律之辨的这个大背景有所忽视。如高黛英《〈古文辞类纂〉的文体学贡献》认为《古文辞类纂》包括辞赋类在内的文体划分"生动展示了古文由杂（文学）向纯（文学）演进的趋势。而以'为用'为文体类分的标准及对文体文学性的强调与彰显，表现出与现代相关文学观念的惊人契合。"（《文学评论》，2005 年第 5 期）。汪祚民《〈古文辞类纂〉评选辞赋发微》指出《古文辞类纂》"在辞赋类选录赋作 65 篇，在哀祭类选录辞赋 13 篇，共 78 篇，超过选文 708 篇总数 11%，在历代古文选本中录赋最多"，并对《古文辞类纂》在辞赋文体的认定与选录上"一以《汉略》为法"作了详明分析，认为是"为赋体界定寻找内在依据""为现代的辞赋研究提供了重要的参考与借鉴"。又在《〈古文辞类纂〉重视辞赋选录的理论指归》一文中指出《古文辞类纂》"圈定的最优作品，辞赋最多"，认为这是"意在强化古文的辞章之美，完善其古文内部审美图式的理论构建，提升古文的审美层次，重建桐城派古文的新文统，使桐城派古文理论在审美的维度上获得了新的飞跃"。二文分别载于《安庆师范学院学报》（社会科学版），2005 年第 5 期、2006 年第 6 期。

文选本选古赋，他们对赋学上的一些基本却又有争议的问题，如赋的渊源、辞与赋的关系、具体作家作品的评价等是如何解答的？这些选本在沿承过程中，编纂者的赋学思想有哪些差异，其用意是什么？对上述诸问题，本文拟作初步探究。

一

在赋学古、律之辨视野下，桐城派作家在所编纂的古文选本中大量选录古赋，走向尊古抑律之途。

中国辞赋发展至中唐已经众体皆备，宋人将唐人发掘未深的新文赋创为巅峰，元明人已无新途可拓，走向复古尊体的道路，古赋派占据赋坛主流。元人祝尧《古赋辨体》谓“心乎古赋者，诚当祖骚而宗汉”[①]，主张以“骚人情致”取代“空谈性理”，向楚骚悲情传统复归；以古赋之体取代唐宋律赋，向铺张扬厉的汉赋回归。元后期“变律为古”，科试古赋。明前七子之一的李梦阳倡导“唐无赋”“汉无骚”，教人“究心赋骚于唐汉之上”[②]。明末吴应箕、陈子龙、夏完淳等人，更举复古大旗，大量创作汉魏古体赋。

在清代，古律之辩是赋坛重大主题。程廷祚谓：“盖自雅、颂息而赋兴，盛于西京。东汉以后，始有今五言之诗。五言之诗大行于魏、晋而赋亡。”“唐以后无赋。其所谓赋者，非赋也。”[③]就辞赋创作而言，康熙年间仍有考古赋的现象。乾隆以后，馆阁场屋律赋渐盛，与古赋呈相对之势，又“因帝王倡导‘以古文为时文’，反对制艺之文仅为‘弋取科名之具’，从而激发一批赋家以古赋为世用的热情”，古律之辩一时成为赋坛主导风尚，直至“咸同以降，应试律赋已成强弩之末，古体派再度擎起‘祖骚宗汉’大旗扬古绝学”[④]。清代赋学选本亦呈现出这种态势，编选者或尊古赋，或重律赋，或主融通。推尊律赋的选本兴盛于乾隆年间，后层出不穷，如朱一飞《律赋拣金录》、法式善《三十科同

① 祝尧：《古赋辨体》卷3，见王冠辑：《赋话广聚》第二册，北京：北京图书馆出版社，2006年。

② 李梦阳：《潜虬山人记》，见《空同集》卷48，文渊阁四库全书本。

③ 程廷祚：《骚赋论中》，《青溪集》卷3，见《赋话广聚》第三册。

④ 许结：《论清代的赋学批评》，载《文学评论》，1996年第4期，第31～32页。

馆赋钞》等。推尊古赋的选本主要出现在嘉庆、道光与同治年间，如姚文田《赋法》、郑抡才和蒋承志《古小赋钞》、王芑孙《古赋识小录》等。张惠言也力推古赋诸闲[①]，编《七十家赋钞》，《序》谓庾信之后“其体之变则穷矣，后之作者概乎其未之或闻也”，只选汉魏古赋。李元春《古律赋要》也强调“文随世变”“文变而为赋，赋又行以文，亦何定体之有。则古之为律，律之法古又何过分哉！惟古赋如诗，皆有劝惩讽谕，律赋试体此意微矣”[②]。同治年间的梁夔谱更是标举《古赋首选》，且以“《离骚》为词赋之祖，《哀江南赋》为《文选》后钜观”[③]。

在清代赋学古律之辩背景下，桐城派作家选择了尊古抑律的道路。方苞认为“古文之传，与诗赋异道”，称唐宋之学者“逐于诗赋论策之末”[④]，对用于取士的律赋颇为不屑。姚鼐编《古文辞类纂》，辞赋类“一以《汉略》为法，古文不取六朝人，恶其靡也。独辞赋则晋宋人犹有古人韵格存焉。惟齐梁以下，则辞益俳而气益卑，故不录耳”。只录古赋，不录律赋。其门人姚椿编《国朝文录》赋类亦只选录古体赋，声明“是录依桐城姚先生《古文辞类纂》例”[⑤]。梅曾亮编《古文词略》，亦规随《古文词类纂》，尊崇古赋。曾国藩称自己“最好扬、马、班、张之赋”[⑥]，评张惠言《七十家赋钞》“评量殿最，不失铢黍”[⑦]。他对唐人律赋多有指疵，如评点《韩昌黎集·送温处士赴河阳军序》有云：“唐人为官韵赋，往往起四句峭健壁立。施之于文家，则于立言之体大乖。汉文无起

① 张惠言辞赋创作，“尝拟司马相如、扬雄之言”，大赋学两汉，小赋以六朝为宗。详参见曹虹：《阳湖派研究》第八章《“渊雅”之人、恢闳之人——论张惠言》，北京：中华书局，1996年，第146～154页。

② 李元春：《古律赋要序》，见《古律赋要》，道光三十年(1850)刻本。

③ 梁夔谱：《古赋首选序》，见《古赋首选》，同治八年(1869)刻本。

④ 方苞：《答申谦居书》，见刘季高校点：《方苞集》，上海：上海古籍出版社，1983年，第164页。

⑤ 姚椿：《国朝文录·序》，上海扫叶山房光绪庚子年(1900)刊本。

⑥ 曾国藩：《同治六年二月初六日日记》，见《曾国藩全集·日记》，长沙：岳麓书社，1989年，第1348页。

⑦ 曾国藩：《茗柯文序》，见张惠言：《茗柯文编》，上海：上海古籍出版社，1984，第263页。

笔峭立者,按之固自有序也。"[①]认为律赋作法不适合古文家。自编《经史百家杂钞》立"词赋"一类,多录古体赋。又从《经史百家杂钞》中"择其尤者四十八首"而成《简编》,可谓字字珠玑,但仍从"词赋类"取四篇。又编《评注古文四象》,分古文为"太阳气势""少阳趣味""太阴识度""少阴情韵"四象,其中第一、二、四象均收有古赋[②],可见曾氏对古体赋之推重。其弟子黎庶昌《续古文辞类纂》亦立"辞赋类",不收律赋。吴汝纶所纂《古文读本》亦只选录古赋。林纾《选评〈古文辞类纂〉》缩姚《古文辞类纂》13 类 700 余篇为 11 类 187 篇,存辞赋类,且评曰:"彦和称当时英杰但有十家(荀卿、宋玉、枚乘、相如、贾谊、王褒、孟坚、平子、子云、延寿也),太冲诸人不与焉……当此风雅销沉之后,能存此国粹,为斯文一线之延,亦幸事也。"[③]录古赋,推崇其为"国粹"。

在桐城派中,方苞《古文约选》为什么不选古赋,至姚鼐又选古赋,到姚永朴兄弟却又舍弃不录呢?《昭明文选》集赋、诗、文章,主要是"辞藻"之作,而论理之文不录。至宋真德秀编《文章正宗》分辞令、议论、叙事、诗歌四类,录《左传》《国语》以下至唐末之文。真德秀的选文标准,必取论理辨事之文,舍去"辞藻"之作。后来称《文章正宗》为"谈理"一派,和《文选》主张"辞藻"一派,判若二途。方苞编《古文约选》,陈光贻认为其"不过继承《文章正宗》'谈理'一派,并无创见"[④]。陈先生认为方苞"并无创见",不免偏颇,但言方苞重理轻辞却是卓识。方苞编《古文约选》"惟两汉书、疏及唐宋八家之文,篇各一事,可择其尤,而所取必至约,然后义法之精可见"。他曾说:"古文中不可入语录中语、魏晋六朝人藻丽俳语、汉赋中板重字法、诗歌中隽语、南北史佻巧语。"[⑤]其重义法轻辞藻的倾向甚为明显。姚鼐则不然,其《古文辞类纂》大量采入古赋,其意即在调和辞、理之间的矛盾。这成为桐城派古文选本的一种传统,梅、曾、黎、林、吴诸家古文选本悉依姚旨。直至后来,姚永朴、姚永概兄

---

① 曾国藩:《读书录》,见《曾国藩全集》,第 291 页。

② 曾国藩:《评注古文四象》,民国十三年(1924)有正书局铅印本。

③ 林纾:《选评〈古文辞类纂〉》,杭州:浙江古籍出版社,1986 年,第 442 页。

④ 参见陈光贻:《谈〈古文辞类纂〉等书的选文标准》一文,载《文献》,1984 年第 4 期。

⑤ 沈廷芳《书望溪先生传后》引方苞言,见徐斐然:《国朝二十四家文钞》卷 23,道光十年(1928)文光堂刻本。

弟，改从方《选》，纂《历朝经世文钞》，弃古赋而不录，强调文章的经世作用[①]。

二

由方苞《古文约选》到姚鼐《古文辞类纂》、梅曾亮《古文词略》、曾国藩《经史百家杂钞》《经史百家杂钞简编》《评注古文四象》、黎庶昌《续古文辞类纂》[②]，吴汝纶《古文读本》、林纾《选评〈古文辞类纂〉》，再到姚永朴、姚永概兄弟《历朝经世文钞》，对古赋的选择，经历了一个由舍到取、由取到舍的过程，取舍之间亦是对古律之辩的赋学思想的承延，这其中也凸显出桐城派作家赋学思想的独特之处。

首先，桐城派古文的辞、理矛盾亦存在于赋学的古律之辩中。祝尧《古赋辨体》基于古赋与律赋的对立，"祖骚宗汉"，对唐宋赋多有不满，"愚考唐宋间文章，其弊有二：曰徘体，曰文体……至于赋，若以文体为之，则专尚于理而遂略于辞、昧于情矣……以论理为体，则是一片之文，但押几个韵耳"，认为"古赋所以可贵者，诚以本心之情，有为而发，六义之体，随寓而形""辞者，情之形诸外也；理者，情之有诸中也。有诸中故见其形诸外，形诸外故知其有诸中。辞不从外来，理不由他得，一本于情而已矣"[③]"其情不自知而形于辞，其辞不自知而合于理。情形于辞，故丽而可观；辞合于理，故则而可法"[④]。古赋是情辞相符、辞理相合的典范，则而可法。康绍镛为《七十家赋钞》作序谓"盖赋者，《诗》之讽谏，《书》之反覆，《礼》之博奥，约而精之，以情为表，以理为职，以言为端倪者也"[⑤]，认为汉魏古赋源于经术，情、辞、理相为表里。在古、律之辨中，桐城派选择古赋。在辞、理之辨中，桐城派亦求助于古赋。姚鼐《古文辞类纂》选古赋，即是效赋作法，以古赋为古文，法赋辞章，在方苞"义法"之外，增入"情"与"辞"的因素，因此他在选录古赋时尤重宋玉、司马相如赋作。

---

① 有关姚永朴的文论观念参见魏世民：《桐城派理论的发展和最后总结——论姚永朴的〈文学研究法〉》一文，载《安徽大学学报》(哲学社会科学版)，2009 年第 6 期，第 57～60 页。

② 王先谦《续古文辞类纂》不选辞赋，认为辞赋专尚骈俪，与古文有别。

③ 祝尧：《古赋辨体》卷 7"唐体"序，见王冠辑：《赋话广聚》第二册。

④ 祝尧：《古赋辨体》卷 3"两汉体"序，见王冠辑：《赋话广聚》第二册。

⑤ 康绍镛：《七十家赋钞序》，见张惠言：《七十家赋钞》，道光元年(1821)年合河康氏刻本。

吴汝纶编《古文读本》一依姚《纂》、曾《钞》，录荀卿、屈原、宋玉、王褒、扬雄、王粲等古体赋，并指出："桐城诸老，气清体洁，海内所宗，独雄奇瑰玮之境尚少……曾文正公出而矫之，以汉赋之气运之，而文体一变，故卓然为一代大家。"[①]曾《钞》、吴《读本》均有选录古赋以达到运赋气作古文之目的。

其次，桐城派古文选本选古赋，也承延了古律之辩视野下古赋选本广纳众体以扩大堂庑的趋势。现存最早的古赋合集是《文选》，赋居其首，只录以"赋"名篇者，楚骚、七体、颂赞等皆另立门类。祝尧《古赋辨体》分赋为"楚辞体""两汉体""三国六朝体""唐体""宋体"五类，又于外录中附入"骚""辞""文""操""歌"诸体。张惠言《七十家赋钞》将楚骚、七体纳入赋体之中。桐城派作家继承这种趋势，姚鼐以为"汉世校书有《辞赋略》，其所刻者甚当。昭明太子《文选》，分体碎杂，其立名多可笑者"，其《古文辞类纂》分文为13类，将楚辞纳入辞赋类，并增入《战国策》文、七体及司马相如《难蜀父老》、扬雄《解嘲》等类赋之文。梅曾亮《古文词略》、黎庶昌《续古文辞类纂》、吴汝纶《古文读本》[②]等悉依姚《纂》13类例。曾国藩《经史百家杂钞》将姚《纂》的13类更易为11类。他以汉赋之体入古文，又将颂赞、箴铭诸体也纳入辞赋类中，赋体更加张而广之。桐城派古文家一方面视辞与赋无别，另一方面将古文纳入古赋的范畴，又将辞赋编入古文的选本中，借扩大古赋之范畴从而扩大古文之规模来为自己服务。

最后，桐城派作家以古赋为古文，以古文为时文，承延的又是古律之辩视野下以古赋为律赋的创作范式。这其中又内含有以古赋与律赋之关系来探讨古文与时文之关系，即以古赋为古文、以古文为古赋之关系与以古赋为律赋、以古文为时文之关系。清初陆棻即说："古赋之名始于唐，所以别乎律也。犹之今人以八股制义为时文，以传记词赋为古文也。"[③]古赋与律赋之关系相

---

① 吴汝纶：《与姚仲实》，见《吴汝纶尺牍》，合肥：黄山书社，1990年，第34页。吴汝纶《古文读本》评王粲《登楼赋》云："两汉浓郁之体，于是一变，建安七子所以为雄。"评鲍照《芜城赋》云："气骏，而词已失古泽。"皆说明吴氏重汉魏古赋之气。

② 吴汝纶《古文读本》卷1"荀卿赋"下注曰："坐圈依曾文正公。"《渔父》下注曰："以下四首依《类纂》本。"扬雄《酒箴（赋）》下注曰："以下三首依《类纂》本。"等。

③ 陆棻：《历朝赋格序》，见《历代赋格》，康熙二十五年（1686）刻本。

类于包括古赋在内的古文与时文之关系。阮元认为汉赋已开八比先河："《两都赋序》'白麟神雀'二比、言语公卿二比，即开明人八比之先路。"[①]王芑孙云："赋无工拙，以文之工拙定。赋有不嫌四六者，必旁挟乎《史》《汉》散文之体，而直树以韩、柳孤行之骨，然后营度无乖，波澜皆老。诗不于诗求，赋亦不可于赋求也。"[②]提倡以古文写法作赋。鲍桂星《赋则》序中言其受师教诲时谓"两先生（吴澹泉、刘大櫆）皆深于古文，其论为赋之法，与古文不异"，指出赋与古文在创作方法上的相通之处，紧接着又说："夫赋有古有律，为古而不求之古，无以为法也；为律而不求之古，犹无以为法也。"[③]明确提出律赋创作要求诸古赋，以古为法。又在《凡例》中称宋人试赋多沿唐体"大率皆有韵时文耳"。在鲍氏看来，古文与古赋作法相通，律赋创作要以古赋为法，律赋又是有韵时文，循环一视，四者本通[④]。李调元《赋话》引唐元稹《郊天日五色祥云赋》中起句云"臣奉某日诏书曰：唯元祀月正之三日，将有事于南郊"，中间云"于是载笔氏书百辟之词曰""象胥氏译四夷之歌曰"，后云"帝用愀然曰"诸语，认为"皆以古赋为律赋"[⑤]。卷 2 评白居易《动静交相养赋》"通篇局阵整齐，两两相比，此调自乐天创为之，后来制义分股之法，实滥觞于此种"。卷 3 云："唐李程《金受砺赋》，双起双收，通篇纯以机致胜，骨节通灵，清气如拭，在唐赋中又是一格。毛秋晴太史谓制义源于排律，此种亦是滥觞，分合承接，蹊径分明，颖悟人即可作制义读。"邱士超更鲜明地提出"时赋"一说，要求"时赋"学唐律赋："赋中之尔乃、若夫，不择而施，最为讨厌，而时赋必强用两字以冠之，不知唐人胸有成竹，唯以古文大气呼吸之法行之，故一用虚字不见其少，连用虚字而不厌其多，起接上以启下，如一身之血脉相承，绳贯珠联无有

---

① 阮元：《书梁昭明太子文选序后》，见《揅经室集》第三集卷 2，上海书店 1989 年据商务印书馆 1926 年版影印《四部丛刊》本。

② 王芑孙：《审体篇》，见《读赋卮言》，光绪十一年(1885)富顺考隽堂刻本。

③ 鲍桂星：《赋则序》，见《赋则》，道光年间刻本。

④ 有类似观点的人不少，如李元度《赋学正鹄序目》即云："赋者，古诗之流。其体肇于荀卿宋玉，自周秦汉魏至六朝，皆古赋也。唐以诗赋取士，始有律赋之目。古赋变为律赋，犹古文变为时文也。"光绪十八年(1892)茹古山房校刊本。

⑤ 李调元：《赋话》卷 2，丛书集成初编本。

断续。”[①]唐赋虚字运用得好是因为它以古文之法行之，时赋也要学习古文作法。

为方苞所不重的古赋，为姚鼐、梅曾亮、曾国藩、吴汝纶诸人的古文选本所录。在这些选本中，以圈点时文之方法评点古赋，以古赋之作法、结构指导时文写作的现象随处可见。律赋、时文创作衰微，追求经世致用的姚氏兄弟在编纂《历朝经世文钞》时也就弃古赋而不录了。

三

桐城派古文选本对古赋的选择，由舍而取，由取而舍，但其主流倾向在取。姚鼐、曾国藩及其诸门生的古文选本均选录古赋，对赋学上的一些基本问题作出了各自的回答，达成很多共识，如同意辞赋一体，以古文为古赋，扩大古赋范畴；以古赋为古文，扩大古文堂庑等。但他们对一些具体问题认识的侧重点亦有诸多不同，从而显现出不同的用意。

一是对辞赋渊源与性质的认识有异。尽管他们都认同《诗经》是赋之源头，但各有偏重。姚鼐虽说“辞赋类者，风雅之变态也”，但紧接着又指出《战国策》中《楚人以弋说顷襄王》《庄辛说襄王》和《史记》中《淳于髡讽齐威王》等表现战国纵横家风采的文章是赋，因此不少人就将姚鼐归为“赋源于纵横家”之说的提倡者[②]，这是有一定道理的。姚鼐于《圣驾南巡赋序》中称：“臣愚无似窃作赋一篇，不敢自附于古诗之流。”[③]姚氏虽也认同“赋者，古诗之流”的说法，但表现得并没有后来的曾国藩诸人那么鲜明。曾国藩编《经史百家杂钞》谓“近世一二知文之士纂录古文，不复上及六经，以云尊经也”，对《古文辞类纂》等古文选本表示出不满，于是“余抄纂此编，每类必以六经冠其端，涓涓之水，以海为归，无所于让也”。并将《诗经》诸篇冠“词赋类”之首，以示源头。又在《评注古文四象》“少阴情韵”卷中首列《诗经》，后再列诸赋。曾氏以行动

---

① 邱士超：《唐人赋钞》，同治十三年(1874)重刊本。

② 如马积高先生在探讨赋源说时，于“本于纵横家言说”条云：“姚鼐编《古文辞类纂》，将《战国策》中的《楚人以弋说顷襄王》《庄辛说襄王》亦收入‘辞赋’类，盖亦有见于此。”见《历代辞赋研究史料概述》，北京：中华书局，2004年，第6～7页。

③ 姚鼐著，刘季高标校：《惜抱轩诗文集》，上海：上海古籍出版社，1992年，第239页。

来实践“赋者，古诗之流”说，尊体致用。

与此相应，姚鼐、曾国藩对辞赋性质的认识也有所不同。姚鼐认为“辞赋固当有韵，然古人亦有无韵者，以义在托讽，亦谓之赋耳”。姚氏因而将无韵的战国纵横家之文纳入古赋中，强调赋的讽谏功能。曾国藩则说“词赋类，著作之有韵者”，遵从传统的辞赋界定，“著作敷陈，发明吾心之所欲言者。其为类有二：无韵者曰著作，辩论之类；有韵者曰词赋，敷陈之类”①，明确地将战国纵横之文排斥在辞赋之外，强调辞赋的韵律和铺陈的文学特征。同理，姚氏选录赋作重宋玉而轻荀卿，而曾氏则重荀抑宋。姚氏重宋玉的原因，一方面正如他所声明的“辞赋类者，楚人最工为之，盖非独屈子而已”，为了显示宋玉在辞赋创作中的突出地位。宋玉“祖屈原之从容辞令，终莫敢直谏”，他于赋学的突出贡献是变屈原的“直谏”为“曲谏”。另一方面选《对楚王问》入辞赋，以显示辞赋家与战国纵横家之关系。姚《纂》大量选录宋玉赋作，而对荀子赋作一篇不录。曾氏《钞》在少量选录宋玉赋作的同时，又录入荀卿《赋篇》，且紧置《诗经》后，尊荀抑宋的倾向很明显。

二是对扬雄、司马相如地位的认识有异。方苞虽歧视汉赋，但对司马相如却多有褒言，“盖相如天骨超俊，不从人间来”，其《古文约选》不收司马相如赋是“恐学者无从窥寻，而妄摹其字句，则徒敝精神于蹇浅耳”。尔后，姚《纂》、曾《钞》等古文选本对司马相如、扬雄的赋均有选录，但对他们的作品选录各有侧重。就姚《纂》、曾《钞》选录司马相如、扬雄作品的总数而言，二者相差不大。但就他们所认同的辞（词）赋分类来看，姚氏“辞赋类”收司马相如赋7篇，康本认为是一流作品的有3篇，篇目圈数为12圈，平均每篇1.71圈；李本认为是一流作品的有4篇，篇目圈数17圈，平均每篇2.43圈。收扬雄赋亦7篇，康本篇目圈数10圈，平均每篇1.43圈；李本篇目圈数12圈，平均每篇1.71圈，康本、李本均认为一流作品仅有2篇。由此可知，在姚氏眼中，司马相如的赋作成就高于扬雄。曾《钞》“词赋类”选司马相如赋仅5篇，而扬雄达10篇，又从《经史百家杂钞》中“择其尤者四十八篇”而成的《简编》，“词赋类”只选4篇，扬雄《解嘲》紧随《诗·七月》后，司马相如赋一篇未选，本人“哀

① 曾国藩：《杂著·笔记二十七则》，见《曾国藩全集·诗文》，第373页。

祭类”的《哀二世赋》也未入选《简编》。就曾氏所认可的“词赋”而言，扬雄的地位高于司马相如。曾氏《评注古文四象》“太阳气势(上)”“经”类后紧接的就是“史”类扬雄赋作，而司马相如赋列入“太阳气势(下)”“史”类。曾氏不以时间先后顺序排列司马相如、扬雄的作品，而是将后于司马相如的扬雄列在“经”类之下，这也显示出他对扬雄的推崇。

姚、曾对司马相如、扬雄地位认识的不同，从他们的赋论中亦可看出。姚鼐《翰林论》云：“是故君子求乎道，细人求乎技。君子之职以道，细人之职以技。使世之君子，赋若相如、邹、枚，善叙史事若太史公、班固，诗若李、杜，文若韩、柳、欧、曾、苏氏……”[①]将司马相如与李杜、韩柳等并举，归入“求道”君子之列而不及扬雄。又在《王禹卿七十寿序》中说：“今夫闻见精博至于郑康成，文章至于韩退之，辞赋至于相如，诗至于杜子美……此古今所谓绝伦魁俊，而后无复逮者矣。”[②]认为司马相如赋成就最高，可与郑玄、韩愈、杜甫等并列为古今“绝伦魁俊”，这对司马相如已经相当推尊了。姚鼐在推尊司马相如的同时，对扬雄的评价却并不甚高，《古文辞类纂》目录序云：“文士之效法古人，莫善于退之，尽变古人之形貌，虽有摹拟，不可得而寻其迹也。其他虽工于学古，而迹不能忘，扬子云、柳子厚于斯盖尤甚焉，以其形貌之过于似古人也。”推崇韩愈，而对扬雄、柳宗元却颇有微词。曾氏处咸丰、同治之世，出于经世致用的需要，在对文统、道统的回溯中，更推崇扬雄的辞赋创作。曾氏在《咸丰九年三月初三谕纪泽》中即推“扬子云为汉代文宗”[③]；在《咸丰十一年正月初四谕纪泽》中称：“余好古人雄奇之文，以昌黎为第一，扬子云次之。二公之行气，本之天授。”在古文大家中扬雄仅次于韩愈，这是何等推崇。他又在《同治二年三月初四日谕纪泽》中云：“私窃其志，欲以戴、钱、段、王之训诂，发为班、张、左、郭之文章……由班、张、左、郭上而扬、马，而庄、骚，而六经，靡不息息相通……至韩昌黎出，乃由班、张、扬、马而上跻六经……近世学韩文者，皆不知其与扬、马、班、张一鼻孔出气。”将韩愈与扬、马、班、张并举。

---

① 姚鼐：《惜抱轩诗文集》，第4～5页。

② 姚鼐：《惜抱轩诗文集》，第126页。

③ 曾国藩：《咸丰九年三月初三日谕纪泽》，见《曾国藩全集·家书》，长沙：岳麓书社，1985年，第469页。

在曾氏眼里，扬雄的地位远高于司马相如。其后《选评〈古文辞类纂〉》的林纾也推尊扬雄，认为“昌黎者，竟死追逐扬雄氏所为文，实未尝貌类扬雄。盖雄文肆于赋笔而缩于《法言》，造语重而结响坚，此昌黎之所慕也”①，又说“昌黎沉浸于(扬)雄文”②，扬雄成为韩愈学习的偶像。他在《选评〈古文辞类纂〉》扬雄《解嘲》文后云“通篇行气、结响、赋色，皆臻绝顶”，在韩愈《送穷文》后评云“此文盖仿子云《逐贫赋》而作”，均对扬雄评价甚高。

三是对班固、左思、庾信等人赋学成就的认识有异。方苞对班固的文、赋不甚看重，《古文约选序例》云：“《答宾戏》《典引》之类皆不录。”姚鼐《纂》“辞赋类”只收《两都赋》一篇，“箴铭类”一篇未收。曾氏对班固赋却非常重视，在《经史百家杂钞》“词赋类”中收《两都赋》《幽通赋》《答宾戏》加三篇铭文，共有六篇；在《简编》中选录了《两都赋》；在《评注古文四象》中把班固赋列入“少阴情韵”“史”类，紧随“经”类《诗经》后。班固《两都赋序》称“赋者，古诗之流也”，这正合曾氏将《诗经》列“词赋类”之首的心意。左思赋，姚《纂》一篇未收；曾《钞》收《三都赋》一篇，这一方面可能与《三都赋》是汉大赋最后的辉煌有关，另一方面可能也与《三都赋序》所称的“赋者，古诗之流也”有关。另外，曾氏也选了姚《纂》未收的庾信《哀江南赋》一篇，并于每段段末按语云：“以上追痛梁亡。”“以上追述梁承平之盛。”“以上言侯景兵起，梁君臣忽于武备。”“以上叙侯景内附。”“以上叙临贺王通侯景。”“以上叙景围台城。”“以上叙援兵不至。”“以上叙韦、江、羊、柳诸将。”这简直就是拿庾信赋作史书读了。

四

姚鼐《古文辞类纂》选录古赋，在评注中重考据功夫的展示；而曾国藩《经史百家杂钞》在评述古赋时，重在赋气的阐发，从辞赋入经术，崇尚道统与经世致用。

处在汉学盛行的乾嘉时代，姚鼐不得不对考据之学有所关注。因此他的

---

① 林纾：《百大家评选韩文菁华录序》，见《畏庐文集》之《三集》，民国丛书本第4编。

② 林纾：《慎宜轩文集序》，见《畏庐文集》之《三集》。

《纂》不仅选录"体国经野，义尚光大"的汉大赋，而且还对兼包才学的汉大赋作过详细的文字考据功夫。如注《上林赋》"蒙鹖苏，绔白虎"谓："《续书·舆服志》云：'武冠，环缨无蕤，以青系为绲，加双鹖尾。五官、左右虎贲、羽林中郎将、羽林左右监，皆冠鹖冠。虎贲将虎文绔。襄邑岁献，织成虎文。'[①]此乃所云'蒙鹖苏，绔白虎'也。孟康注鹖，鹖尾也；苏，析羽也，盖得之，而善注谬甚，郭景纯以绔为绊，亦失之。"名物训诂有理有据，纠正李善、郭璞的谬失。又如注扬雄《河东赋》"河灵矍踢，爪华蹈襄"句云："颜坚云：爪，古掌字。鼐按：《说文》：爪，亦丮也，从反爪，诸两切。丮，持也。故苏林注此赋云：掌据之。是即持丮之义，不得谓即掌字也。《水经·河水下》郦注引'掌华蹈襄'，盖以音近而相承，失读久矣。'襄'《汉书》作'衰'，然《郊祀志》及《史记·封禅书》并作襄山，此文与'矍踢'协韵，故知作'襄'为正，'衰'字误也。"文字考证旁征博引，指出了《汉书》记载的错误。再以班固《两都赋》为例，评注文字共有八处，七处都为考证文字，文学评论仅有一处，还是引用姚范之语。

经世之学兴盛，汉学走向衰微，曾国藩选录古赋，已不再汲汲于文字训诂的功夫。同以曾《钞》选录《两都赋》为例，评注的文字皆为概括每节大意，如"以上浑言宫室""以上归真返朴""以上较论东西之长短"……无一处考证文字。曾氏选录古赋潜心于运赋气上。曾氏运赋气作古文的思想，学界论述甚多，这里需有两点稍作补充：一是曾氏最看重的是扬雄的赋气，认为他仅次于韩愈"行气"，皆"本之天授"。二是曾氏将汉赋之气分为两类，并与姚鼐的阳刚与阴柔之说结合起来。他在《圣哲画像记》中说："西汉文章，如子云、相如之雄伟，此天地遒劲之气，得于阳与刚之美者也，此天地之义气也。刘向、匡衡之渊懿，此天地温厚之气，得于阴与柔之美者也，此天地之仁气也。"[②]这是曾氏的理论创新，但曾氏选录古赋的最大用意是借词赋以入经术。曾氏推

---

① 《续书》指《后汉书》，其《舆服志》云："武冠，俗谓之大冠，环缨无蕤，以青系为绲，加双鹖尾，竖左右，为鹖冠云。五官、左右虎贲、羽林、五中郎将、羽林左右监皆冠鹖冠，纱縠单衣。虎贲将虎文绔。白虎文剑佩刀。虎贲武骑皆鹖冠，虎文单衣。襄邑岁献织成虎文云。"见《后汉书》，北京：中华书局，1965 年，第 3670 页。

② 曾国藩：《圣哲画像记》，见《曾国藩全集·诗文》，长沙：岳麓书社，1986 年，第 249 页。

“赋者，古诗之流”说，选录古赋尤重荀卿、扬雄赋作。曾氏之所以重视荀卿赋作，一方面是荀赋有很深的《诗经》印记，另一方面也与荀卿在《诗经》传承中的重大作用密切相关①。魏源《定庵文录叙》云：“荀况氏、扬雄氏亦皆从词赋入经术，因文见道，或毗于阳则驳于质，或毗于阴则愦于事，徒以去圣未远，为圣舌人，故至今其言犹立。”而宋玉、唐勒、景差之徒“益与道分裂”②。曾氏重荀卿赋、扬雄赋，意在从辞赋入经术、从辞赋入道统，即以经术为古文，以古文见道统，从而达到经世致用的目的。

在清代赋坛古律之辩的视野下，观照桐城派作家古文选本选录古赋的风尚，其主要创获有四：一是桐城派古文选本选古赋主要出现在嘉庆、道光、咸丰、同治年间，这与清代古赋风尚盛行的时期大致相同。方苞《古文约选》不录古赋，而姚鼐等作家的古文选本则选录古赋，这是缘于古文辞、理之辨的考量。二是古文批评与赋学的古律之辩，皆涉及辞理之争，而赋学上的辞、理之辩自元人祝尧的《古赋辨体》以来就有较完备的阐述，认为古赋是情辞相符、辞理相融的典范。故桐城派作家选古赋，提倡效赋作法，法赋辞章，以古赋为古文，在方苞“义法”之外，又增入“情、辞”因子。三是桐城派作家选录古赋，除辞、理方面的权衡外，还有两个方面原因：其一将骚体、七体、赋类文以及颂赞、箴铭等纳入古赋范畴，借以扩大古文堂庑；其二承延赋坛以古赋为律赋之风，桐城派作家将此推衍至古文与时文关系的批评中，论古文与论古赋方法不异。一旦律赋、时文衰微，主张经世的姚氏兄弟即弃古赋而不录。以上两点也是桐城派赋学思想的独特处所在。四是姚鼐、曾国藩对古赋渊源与性质认识有别，对作家作品的抉择各异，表现出不同的用意。姚氏以辞章合于义理，选录古赋，效赋法、法赋辞，重屈宋、司马相如之赋，重在以古赋为古文。曾国藩则尊“赋者，古诗之流”说，运赋气，重荀卿、扬雄赋作，从词赋入经术，

---

① 汉初经学，尤其是《诗经》学，多传自荀子。陆玑《毛诗草木鸟兽虫鱼疏》云：“孔子删《诗》，授卜商。商为之序，以授鲁人曾申，申授魏人李克，克授鲁人孟仲子，孟仲子授根牟子，根牟子授赵人荀卿，荀卿授鲁国毛亨，毛亨作《训诂传》以授赵人毛苌。”《毛诗》为荀子所传；《汉书楚元王交传》云：“少时尝与鲁穆生、白生、申公俱受《诗》于浮丘伯。伯者，荀卿门人也。”《鲁诗》亦荀子所传；皮锡瑞《经学历史》谓：“《韩诗》今有《外传》，引《荀子》以说《诗》者四十有四。”《韩诗》亦与荀子有关。

② 龚自珍撰，王佩诤校：《龚自珍全集》，北京：中华书局，1959 年，第 632 页。

以词赋为经术，以经术为古文，以古文贯道统，从而达到经世目的。

桐城派作家选录古赋，既丰富了中国的赋学理论，又裨益于桐城古文的创作与批评。

原载《安徽大学学报》2011年第6期

谈艺不讥明七子

——姚鼐诗法论初探

单重阳

在历代关于复古的理论和实践中，以前后七子为代表的明代复古派是其中最突出的群体，但也是最受诟病的群体。从清初开始，诗坛还在七子诗风笼罩之时，不少诗论家已经开始反思并批判明七子的诗歌理论与创作①，随着王渔洋对七子诗学的改造，继而沈德潜对七子诗学的继承发挥，尽管很多人仍对明七子嗤之以鼻，但七子诗学的影响不绝如缕。本文所要谈到的姚鼐，就是清代中叶乾嘉时期对明七子诗学有所吸取并加以维护的重要人物，凌廷堪《答姚姬传先生》诗云"谈艺不讥明七子"②，就是对姚鼐诗学这一特点极为恰切的概括。"谈艺"即论诗，"不讥"者，非完全肯定，亦非完全否定，而是好而知其恶，批判地继承。姚鼐对明七子的肯定集中在诗法方面，本文在发掘姚鼐与明七子诗学之联系的相关文献基础上，结合清人对明七子诗学的评论接受情况，对姚鼐的诗法论进行阐发。

一、从姚鼐与翁方纲的诗学争论谈起

乾隆三十九年(1774)秋，姚鼐辞官南还。在姚鼐离开京师的前夕，翁方

---

① 参看赵永纪:《清初诗坛与明七子》(《江淮论坛》,1989 年第 6 期)。鄢传恕:《清代诗论家论明代前后七子》(《华中师范大学学报》,1993 年第 3 期)。张兵:《论清初三大儒对明七子复古之风的批评》(《西北师大学报》,1995 年第 5 期)。

② 凌廷堪:《校礼堂诗集》卷 12,见《续修四库全书》,上海:上海古籍出版社,2002 年,第 1480 册,第 84 页。

纲有诗送行，即《送姚姬川郎中假归桐城五首》，其二云：

纵观当代述人文，前辈诸公用意勤。清庙明堂庀梁栋，深山大泽蓄风云。开元大历非空貌，秀水新城莫漫云。君去重编《海峰集》，肯随北地乞馀芬？（自注：刘广文大櫆，姬川师也。）[①]

此诗尾联所谓"北地"指明代前七子的领袖李梦阳。明七子推崇盛唐诗，但在世人眼中，他们对盛唐诗不过是貌袭，所以翁氏特地提出盛唐诗"非空貌"，并且因为清初两大诗家秀水朱彝尊和新城王士禛对七子均有所继承而皆致不满之意[②]。姚鼐的老师刘大櫆在诗学上也推崇明七子，翁氏末句"肯随北地乞馀芬"，肯者，岂肯也，乃建议姚鼐在重编刘大櫆集时当有所取舍。

姚鼐得见此诗后，十分不满，在与孔广森见面时表示于诗"宜法何、李"[③]。翁方纲得见孔广森转述姚鼐的意见，遂修书一封给姚鼐，表达了自己的诗学观念以及不满明七子的原因何在。姚鼐并不同意翁说。翁氏再次修书阐明自己意见，这就是保存在《复初斋文集》稿本中的《与姬川郎中论何李书》《再与姬川论何李书》[④]（下文简称前书、后书）。因二书未收入刻本《复初斋文集》，长期以来被学界忽视，姚鼐和翁方纲的这场诗学之争就此埋没。直到沈津将其辑入《翁方纲题跋手札辑录》[⑤]，方与世人相见。

翁、姚两人在学古一点上是一致的，学诗当有法的观念也是相类似的[⑥]，争论焦点在于对明七子的态度不同。据翁氏二书所引述，姚鼐认为"于诗""宜法何、李"（前书），谓翁方纲"不喜何、李，不深求之"（后书）。又说"今人工诗者，非似李杜，则似韩，不则似苏似黄，同于有所似，而非独创也"。其意在于生当诗歌高峰之后，学习摹仿前人不可避免，故明七子诗学无可厚非。

---

① 翁方纲：《复初斋诗集》卷11，见《续修四库全书》第1454册，第456页。

② 翁方纲：《七言律诗钞·凡例》云："以渔洋、竹垞二先生论诗之精，而不能不心服李空同七律，杜陵云别裁伪体转益多师，愚此钞置明诗不论者以此。"《苏斋丛书》影印清乾隆四十七年(1782)复初斋刊本，上海：博古斋，1924年。

③ 见翁方纲：《与姬川郎中论何李书》："昨见㧑约道执事所以成就惓惓之意，于诗则曰宜法何、李。"

④ 《复初斋文集》稿本第一册，见《清代稿本百种汇刊》，台北：文海出版社，1974年，第67种，第89～106页。

⑤ 沈津辑：《翁方纲题跋手札辑录》，桂林：广西师范大学出版社，2002年。

⑥ 可参见《复初斋文集》卷8《诗法论》、《惜抱轩文集》卷6《答翁学士书》。

翁方纲则以明七子诗为“伪诗”(前书)，虽说“肖盛唐”，但只是“袭其貌，演其腔，吞剥其句与言”(前书)，“人之学问文章，断无似前人之理”(后书)，其意在于学古人不可貌袭，凡貌袭者皆非诗。

姚鼐的这一观念至晚年并未改变，在给弟子陈用光的信中就曾对翁方纲诗学颇有微词。一则曰：“听覃溪(翁方纲)之论，须善择之。吾以谓学诗不经明李、何、王、李路入，终不深入。而近人为红豆老人(钱谦益)所误，随声诋明贤，乃是愚且妄耳。覃溪先生正有此病，不可信之也。”[①]再则曰：“吾尝谓袁简斋(枚)尝云：人只可以名家自待，后世人或置吾于大家之中；切不可以大家自待，俾后世人并不数吾于名家之内。此言最善，覃溪先生恐正犯简斋所举之弊，以之自误，转以误人，其一生用功辛苦实自过人，而于此理不明，转为可惜耳。”[②]而翁方纲也始终对姚鼐诗学耿耿于怀，乾隆四十三年(1778)重读《空同集》，作论诗绝句《书空同集后十六首》，末首云：“苑树空留旧羽痕，邗江风雪忆离樽。春来寄讯扬州守，不得姚郎与细论(自注：谓姬川也)”[③]。两人的诗学分歧始终不变。

所谓“重编《海峰集》”一事也并非空谈，乾隆三十七年(1772)二月二十三日姚鼐写给刘大櫆的信中曾提到：“老伯诗文集中，愚见亦有数处欲相商者，此非面见不可详悉。其本子款式雕刻俱不佳，他日有意谋为老伯另刻也。”[④]自乾隆三十七年末至四十年(1772—1775)初，翁姚二人来往颇密，翁氏固可从姚鼐口中得知其心思。其后姚鼐果然为刘大櫆重编了诗集，不仅删除若干篇章，在字句上也作了许多修改，但翁氏建议的“莫随北地乞余芬”，姚鼐则是不会遵从的，他在为刘大櫆重编诗集时专门写了一篇书后来阐述自己的观点并为刘氏摹拟辩护，间接也就是为明七子的摹拟辩护：

> 夫古今暌绝，以今追古，非拟学何由得近？才高者取其精华，才卑者获其糟粕。功深者化其痕迹，功浅者滞于形模。此在昔人集中亦多，利

---

① 姚鼐：《惜抱先生尺牍》卷7《与陈硕士》，《丛书集成续编》本，第130册，上海：上海书店出版社，1994年，第964页。

② 姚鼐：《惜抱先生尺牍》卷7《与陈硕士》，第965页。

③ 翁方纲：《复初斋诗集》卷18，第513页。

④ 姚鼐：《惜抱先生尺牍》卷1《与刘海峰先生》，第885页。

病互见耳。不得以长覆短，亦不得以短弃长。世之陋才，力不能追希古哲，苟尔成篇，义猥词鄙，反以脱化自矜，遗哲匠之巨材，訾一端之小失，欺诬后生，荡蔑型矩，此文运之所以衰也。后有作者，必能辨之。[①]

萧穆跋此文云："此姚惜翁手批海峰先生诗集后……今案此文为当时庸妄巨子有诋海峰者而发。"[②]所谓"庸妄巨子有诋海峰者"虽不能确指为翁方纲，但就上文所述两人的分歧来看，指翁方纲的可能性还是很大的。

二、清代中期对明七子的正面评价及其对姚鼐之影响

明七子诗风至明末清初仍旧盛行，与竟陵诗风分庭抗礼，当时诗坛几有不归杨则归墨之势[③]。当时，在理论上对七子展开批判的首推钱谦益。钱氏选有明一代诗为《列朝诗集》，其选诗数量即鲜明地表现出对明七子的态度，选诗最多的前十名诗人中前后七子无一人列名其中，而且在七子派诗人的小传中极力抨击七子的拟古作风。而整个清初诗坛在对明代诗学的反思中，首当其冲的也是明人的摹拟风气。如蒋寅先生所说："明人的拟古在清初简直像过街老鼠，大有人人喊打之势。"[④]直至康熙中叶，王士禛所倡导的神韵诗风成为一代盛世之元音，七子诗在主流诗学中式微，不再是诗坛关注的焦点，反对者也不过摭拾前人一二话头，对七子诗加以嘲讽而已。这其中最常见的话头便是"优孟衣冠"与"描头画角"[⑤]。前者着眼于七子诗因摹拟剿袭貌似前人，后者着眼于七子诗讲究修饰、讲究诗法的作风。

明七子的摹拟作风尽管遭到沉重打击，但实际上并未完全消失。后人只

---

① 姚鼐：《海峰先生诗集书后》，见《海峰先生诗集》，清光绪二十五年（1899）萧穆刻本。此文未收入《惜抱轩文集》《文后集》，故流传不广。

② 萧穆：《跋惜抱先生书海峰诗集后》，《敬孚类稿》卷7，见《续修四库全书》第1561册，第33页。

③ 钱钟书《谈艺录》："后世论明诗，每以公安、竟陵与前后七子为鼎立骖靳；余浏览明清之交诗家，则竟陵派与七子体两大争雄，公安无足比数。"（北京：中华书局，1984年，第418页）钱先生列举了丰富的材料，足以证明他的结论是可以成立的。

④ 蒋寅：《清初诗坛对明代诗学的反思》，载《文学遗产》，2006年第2期。

⑤ 如赵翼《瓯北诗话》卷8："后来学唐者，李、何辈袭其面貌，仿其声调，而神理索然，则优孟衣冠矣。"北京：人民文学出版社，1963年，第124页。袁枚《随园诗话》卷3："阮亭之意，必欲其描头画角若明七子，而后谓之窥盛唐乎？"南京：凤凰出版社，2000年，第60页。

是摒弃了明七子僵化、死板的拟古作风，而继承了其学习汉魏唐诗的取径和雄健雅正的风格。其中最具代表性的就是沈德潜。

沈氏对明诗用功极深，基本观点体现在《明诗别裁集》及《说诗晬语》卷下。他虽从学于叶燮，但叶燮倾向于“变”，他却倾向于“复”，故而不像其师一样激烈反对明七子，相反对七子诗学有相当的继承与发展。他站在维护诗学正道的立场上，对李梦阳、何景明等人的复古运动给予相当高的评价，并对钱谦益诋諆七子表示不满：“李何角立敬皇年，力扫纤秾障巨川。何事受之轻诋谰，一朝风雅许松圆？”“王李相高过诩夸，虞山掎摭太求瑕。披沙大有良金在，正格终难黜两家。”[①]他之所以推崇明七子，一则七子诗学使“诗道复归于正”[②]。二则七子“力追雅音”[③]。雅与正是一而二、二而一的关系，共同维系着沈德潜的诗学理想。在学诗的具体取径上，七子宗法汉魏、盛唐的诗学路向又切合了沈德潜沿流讨源、穷本知变的诗学思想；七子诗风尤其是李梦阳雄健悲壮的风格又恰符合沈氏“鲸鱼碧海”“巨刃摩天”的美学取向[④]。因此，尽管沈德潜不能不承认李、何“学少陵，实有过于求肖处”[⑤]，对七子的摹拟过甚给予批评，但并不影响他对明七子的基本评价。

沈德潜晚年辞官归里，主讲紫阳书院，于乾隆十六年(1751)选门下弟子七人之诗为《吴中七子诗选》，包括王昶、王鸣盛、吴泰来、钱大昕、赵文哲、曹仁虎、黄文莲，七子之名号实即本于明七子[⑥]。从《七子诗选》来看，各家集中均有摹拟之作收入其中。如曹仁虎《宛委山房集》二卷开卷即为四首拟古诗，

---

① 沈德潜：《论明诗十二断句》四、八，见《沈归愚诗文全集·诗钞》卷20，清乾隆教忠堂刊本。

② 沈德潜：《说诗晬语》卷下，见《原诗·一瓢诗话·说诗晬语》，北京：人民文学出版社，1979年，第238页。

③ 沈德潜：《明诗别裁集》序，上海：上海古籍出版社，1979年，第1页。

④ 沈德潜《重订唐诗别裁集序》：“新城王阮亭尚书选《唐贤三昧集》，取司空表圣‘不着一字尽得风流’、严沧浪‘羚羊挂角无迹可求’之意，盖味在咸酸外也，而于杜少陵所云‘鲸鱼碧海’、韩昌黎所云‘巨刃摩天’者或未之及。余因取杜韩语意定唐诗别裁，而新城所取亦兼及焉。”上海：上海古籍出版社，1975年，第2页。

⑤ 沈德潜：《说诗晬语》卷下，第239页。

⑥ 沈德潜《七子诗选序》云：“七子继起，独能矫尾厉角，骖驾李何王李诸贤。”《七子诗选》卷首，清乾隆十八年(1753)刻本。

分别为《拟左太冲招隐》《拟陶渊明田居》《拟谢康乐游山》《拟鲍明远从军》，其题目及格调极似《文选》卷三十一所收江淹《杂体诗三十首》。七子中其他诸人亦是如此。这些摹拟之作也收入了他们晚年所编别集中，如王昶《春融堂集》、钱大昕《潜研堂诗集》、王鸣盛《西庄始存稿》所收早年诗中均有不少拟汉魏六朝诗的作品，我们据此可以推测他们最初开始学诗是从摹拟入手的。可见明七子摹拟的方法在吴中这一地区并未消沉，只不过已经蜕变成为初学入手之门径。

至于吴中七子这一群体在诗学上的理论思考，可以赵文哲《诗话》[①]为代表。因赵氏早卒（乾隆三十八年卒于征金川木果木之役，终年四十九岁），保持早年观念更多一些，且此书为七子著作中唯一的一部诗话，其诗学观念也比较集中。此书分体泛论古今诗家，其特色在于"纯从示初学门径着眼，故评说历代大家最终归结于可学不可学"，虽"去取之间不无功利色彩"[②]，但由此正可见他所选择的取法对象，其中除八代唐宋大家及本朝之王渔洋外，多以明前后七子为正宗，为初学所宜留意者，如五古，"李空同全学选体，气格雄厚，何大复又以明秀胜……以上并为五古正宗"。七古，"李空同、何大复竟体杜陵，其顿挫断续擒纵处已得神髓，为有明一代之冠，徐昌穀规抚摩诘、东川而逸气实近太白，亦堪鼎足"。五律，"明之李空同、何大复、徐昌穀学李杜而得其神者，后则谢茂秦明秀华整，斯为正则，虽入微处未到右丞，而有轨迹可循，初学所宜留意"。七律，"空同学杜太似，时伤于野。大复竟体精丽，不粗不弱，是为正宗。李于鳞最工七律，间有浮声，其秀骨天成神采四溢者有十余首，洵是绝唱"。五七绝"以盛唐为主"，七绝"当兼中晚之刘禹锡、李益、杜牧、李商隐诸家并宋之苏东坡、陆放翁、姜白石夔及明之高青邱、袁海叟、李空同、何大复、徐昌穀、李于鳞、徐惟和诸家"。于此可见赵文哲对明七子之诗颇为推重，并不像一般舆论对七子以诋諆为能事；他推重明七子，除七子本人的诗歌成就外，所谓"全学选体""竟体少陵""学杜而得其神"等话语说明他所关注的重点在于七子学习效法前人的一面，也可谓以七子为先导，下学而上达，以

① 收于《媕雅堂别集》卷 4，见《四库未收书辑刊》第十辑 26 册。

② 蒋寅：《清诗话考》，北京：中华书局，2005 年，第 369、370 页。

至古大家。下文我们将看到，姚鼐的意见与此很相似。

除沈德潜一派之外，值得我们注意的还有桐城一派，主要是姚鼐的两位老师：姚范和刘大櫆。

姚范作为姚鼐的伯父，对姚鼐的学问启蒙及发展路向有相当的影响，而姚范对明七子诗就不像同时代一般人那样一口否定。其读书札记《援鹑堂笔记》卷四十论谢灵运诗时说："按空同之效大谢，仿其行迹，遗彼神明，天韵既非，句格皆失妍矣。（中略）凡空同仿大谢，可写数首，附谢诗观之，可得谢诗神韵，不可强而能者。昔沈启南仿倪元镇作画，以示赵同鲁与哲，辄云：下笔又重了。余于空同亦云。"[①]此处说李梦阳效仿谢灵运诗，致得其行迹而不得其神韵，虽是否定语气，但也说读李梦阳诗数首，兼读谢诗，对谢灵运诗的神韵当更有体会。这一观点在卷四十四讲得更清楚："《十九首》浑然天成，兴象神味旨趣岂可以摹仿得之？然观何李诸公诗，转复读之，其妙愈出，正如学书者只见石刻，后观真迹，益见神骨之不易几也。"[②]何李等七子之诗虽本身成就不高，摹拟有过甚处，但读者正可从七子诗与他们所效法的古诗的比较对读中体会到古诗的妙处所在。这一观点从我们的阅读实践中也可以得到印证，古今学杜甫诗者多矣，读后人学杜诗者，转读杜诗，感觉杜甫真不可及。所引赵与哲评沈周仿倪瓒画语，钱钟书先生称"古来评七子拟古，无如此之心平语妙者"[③]，正可见姚范对明七子之肯定。基于这一立场，他对极力抨击明七子的钱谦益与冯班皆致不满，尤其对吴乔《围炉诗话》中大言诋七子反唇相讥，不惜口出恶言，谓其"如瘈犬之狂噬，如橐驼之喷秽"[④]。

刘大櫆《海峰文集》中论诗语不多，其诗学观多寓于诗歌选本中。刘氏有诗选多种，据蒋元卿《皖人书录》，有《历朝诗约选》九十三卷、《七律正宗》四卷、《海峰选明清人七律》不分卷。据汪绍楹《昭昧詹言》校点后记，有《盛唐诗选》《唐诗正宗》。诸书大多亡佚，今所见者仅《历朝诗约选》一种。《历朝诗约选》分体选录汉魏直至乾隆时代的诗，其中明清两朝所占比重很高，明人中七

① 姚范：《援鹑堂笔记》卷 40，见《续修四库全书》第 1149 册，第 52 页。
② 姚范：《援鹑堂笔记》，第 75 页。
③ 钱钟书：《谈艺录》，第 146 页。
④ 姚范：《援鹑堂笔记》卷 48，第 115 页。

子派入选最多,可见其倾向。

姚鼐乾隆十六年(1751)入京参加会试,见到刘大櫆,"闻所论诗、古文法,甚喜"[①];乾隆三十一年(1766)寄诗作一册给刘请其阅定;乾隆三十七年(1771)有随书寄去近诗数首,欲刘观其才力进退,又谋为刘重刻诗文集[②]。从以上几点材料来看,姚鼐在诗学方面受刘大櫆的影响颇深。

上节已提到吴中七子早年接受明七子诗学的情况,在考察姚鼐交游的过程中,笔者发现吴中七子中的大多数人都与姚鼐有过交往,有的甚至有长期的诗酒唱和,使人不能不怀疑姚鼐是否从这些人中也接受了一些对明七子诗学的认识。

点检姚鼐与钱大昕、王鸣盛、王昶、曹仁虎、赵文哲的交游情况,乾隆十九年(1754),姚鼐应会试不第,王昶有《白衣庵赠姚孝廉姬传》诗,姚鼐有《为王琴德(王昶)题泖湖渔舍图即送旋里》诗,是为姚鼐与吴中七子成员结交的最早记载;乾隆二十八年至三十年(1763—1765)间,姚鼐与赵文哲、曹仁虎唱和颇多,与王鸣盛亦有过从;乾隆三十七年至三十九年(1771—1773),在翁方纲等发起组织的诗酒唱和中,姚鼐与吴中七子中的钱大昕、曹仁虎过从最多。此处所列很粗略,但已可见姚鼐与吴中七子交游时间之长、唱和之多,他从这些人中得以印证自己在姚范与刘大櫆处所得明七子诗学的可能性是很大的。

三、"由摹拟以成真诣"的诗学路径

(一)"摹拟论"的提出

通过对前人尤其是明七子理论方法的吸收,本之于家庭师友之间的闻见,又继之以自己的思考与实践,姚鼐形成了颇为系统的诗学观念。这一观念以摹拟为初学方法,以造古人神妙之境为极致,概言之,即姚门弟子梅曾亮

① 姚鼐:《惜抱轩时文序》,见《惜抱轩时文》卷首,清光绪二年(1876)刻本。

② 姚鼐:《与刘海峰先生》,见《惜抱先生尺牍》卷1,第885页。

总结的“由摹拟以成真诣”[①]。摹拟者，学诗之法也；真诣者，诗成之境也。

世人习以明七子诗为复古摹拟，以摹拟为非，摹拟所得为伪诗，清初钱谦益就以此极力诋毁七子。姚鼐独不以为然，他曾说：“观古人之学前古，摹仿而浑妙者自可法，摹仿钝滞者自可弃，虽扬子云亦当以此义裁之，岂但明贤哉？”[②]也就是说，摹拟作为一种学诗的方法本身并无不妥，关键看其达到的效果。姚鼐由此立场出发，于是极力反对钱谦益等人抨击明七子的言论，“由摹拟以成真诣”的诗学路径实际就是在明七子诗学的启发下形成的（观梅曾亮所说“独姬传姚氏确守矩矱，由摹拟以成真诣，为七子所未有”即可见其间关联）。七子曾以《易》之所谓“拟议以成其变化”为自己的拟古辩护，何景明、李攀龙都有这样的说法[③]。惜抱弟子吴德旋亦以此义裁惜抱诗，其《叶水心诗序》云：“予闻惜抱之于诗从李何七子入，然今《惜抱轩诗集》绝非有模写之迹者存焉。夫拟之议之乃成变化，未有不经拟议而遽可以言变化者，亦未有不变化而能自成一家之言者。”[④]这样的说法以拟议为始，以变化为终，在理论上是没有什么问题的，问题是七子之诗往往拟议多而变化少，或者说自拟议入而并没有变化而出，自然遭到世人诟病。

这一诗学路径其重心实在诗法。吴汝纶《姚慕庭墓志铭》在回顾桐城诗学的时候说：“方侍郎顾不为诗，至姚郎中乃以诗法教人，其徒方植之东树益推演姚氏绪论。自是桐城学诗者一以姚氏为归，视世所称诗家若断潢野潦，不足当正流也。”[⑤]这段话指出姚鼐诗学重点在教人作诗之法，既不是纯理论的推演，也不是诗史的建构，作家作品的批评也不是其目的所在，而只是诗法研讨的功夫而已。

学诗为什么要从摹拟入手，即摹拟的原因或曰动机何在是个值得探讨的

---

① 欧阳勋《与罗秋浦书》载梅曾亮语：“学诗从荆公、山谷入，则庸熟繁蔓无从扰其笔端。袁、蒋、赵才力甚富，不屑炼以就法，故多浅直俚浑之病。独姬传姚氏确守矩矱，由摹拟以成真诣，为七子所未有。”转引自《中华大典·文学典·明清文学分典》第四册《清文学部二》，第785页。

② 姚鼐：《与管异之》，见《惜抱先生尺牍》卷4，第927页。

③ 见《大复集》卷32《与李空同论诗书》、《沧溟集》卷1《古乐府序》。

④ 吴德旋：《初月楼文续钞》卷4，《丛书集成续编》本，台北：新文丰出版公司，1988年。

⑤ 吴汝纶：《吴汝纶全集》第一册《文集》卷3，合肥：黄山书社，2002年，第212页。

问题，从常识和一般写作经验来看，摹拟是古今人学诗的必经阶段，但诗人一般不提自己早年的这段经历，也很少从理论上对摹拟进行阐发。就姚鼐而言，可分三个方面分析。

第一，理论的推演。姚鼐说："夫古今睽绝，以今追古，非拟学何由得近。"[①]"近人每云作诗不可摹拟，此似高而实欺人之言也。学诗文不摹拟，何由得入……若初学未能逼似，先求脱化，必全无成就。譬如学字而不临帖可乎？"[②]"唐临晋帖"是后人攻击明七子的惯用话头，姚鼐却偏偏以学写字须从临帖入手为喻来论证学诗以摹拟为方法的合理性，正可谓针锋相对。初学与成家作为学诗道路上的不同阶段，理当有不同的方法与要求，初学者摹拟不仅无可厚非，而且是入手的基本方法。

第二，实践的经验。不像吴中七子诗集中还留下不少早年摹拟的痕迹，姚鼐的《惜抱轩诗集》存诗自二十二岁起，并没留下这方面的资料，仅在卷六有《效西昆体四首》，作于乾隆十七八年间二十二三岁时，略可窥其早年摹拟古人之一斑。

第三，教学的需要。姚鼐中年辞官后一直任教书院，时间长达四十年。书院中的课程虽然主要是为应科举而设的八股文、试帖诗的训练，但也会有诗、古文方面的教学。陈平原在《文派、文选与讲学》一文中从教育、教学的角度深入解析了《古文辞类纂》在姚鼐通过教学宣传自己古文主张时的重要性。陈先生引姚鼐《刘海峰先生八十寿序》中"为文章者，有所法而后能，有所变而后大"，然后说："注重法，则强调可操作性，适合于教学；强调变，则神龙见首不见尾，更适合于独自远行。相对来说，桐城教学有方，强调法的时候多，对变考虑得较少。"[③]古文如此，诗也不例外，这既是吴汝纶所说的"以诗法教人"原因之所在，也是姚鼐诗学以诗法为重心的原因所在，作为教师与作为理论家的不同身份，必然会使诗学的表述方式、理论内涵等各方面有所差别。

---

① 姚鼐：《海峰先生诗集书后》，见《海峰先生诗集》附，清光绪二十五年（1899）萧穆刻本。

② 姚鼐：《与伯昂从侄孙》，见《惜抱先生尺牍》卷 8，第 971 页。

③ 陈平原：《文派、文选与讲学》，载《学术界》，2003 年第 5 期，第 241 页。

(二)“摹拟以成真诣”之剖析

摹拟应从何入手?自唐诗各体皆备,达到诗歌高峰,唐诗的典范意义得到历代学者的公认,后代学诗者不论宗唐祖宋,一般均以唐诗为初学入手处[①],至明七子为代表的复古派则将宗唐尤其是宗盛唐做到极致。虽因摹拟太过而产生不少弊端,但在姚鼐看来,七子诗学究不失为取径较正,“比拟诚太过,未失诗人葩”,可为初学先导。故从明七子入手学唐诗就成为姚鼐所指定的基本路径,当然具体到各体,自有不同的要求,这就要提到辨体的问题。

确立了摹拟入手的路径之后,在操作的过程中运用什么样的方法来摹拟,综观姚鼐的言说,首要问题在于须辨别体制,分体学之。辨体是中国古代文论的重要议题之一,包括不同体裁、不同类型、不同风格的辨析,历代论者的言论极多,姚鼐的特点在于具体指出摹拟的程序,郭麐《樗园销夏录》卷下载姚鼐语:“近日为诗当先学七子,得其典雅严重,但勿沿习皮毛,使人生厌。”[②]指出学习程序上七子的优先性,并且应当学其“典雅严重”,而不要肤受貌袭,这是风格上的辨析,典雅即雅正,姚鼐诗学以“正雅祛邪”(《今体诗钞序目》)为宗旨,讲究雅正,这也是王渔洋、沈归愚以来清代主流诗学的一般观念。“严重”则是指雄健阳刚之风格,这更接近于沈德潜的诗学,也是姚鼐在文学风格上的偏好,在《复鲁絜非书》中他总结文学风格为阳刚、阴柔两大类,并讲究阳刚与阴柔的融合,称“糅而偏胜可也,偏胜之极,一有一绝无,与夫刚不足为刚,柔不足为柔者,皆不可以言文”[③]。在《海愚诗钞序》又进一步阐述曰:“古君子称为文章之至,虽兼具二者之用,而亦不能无所偏优于其间,其故何哉?天地之道,协和以为体,而时发奇出以为用者,理固然也。”[④]然而在阳刚阴柔二体之中,姚鼐还是偏好阳刚的,他以“在天地之用也,尚阳而下阴,伸

---

① 沈德潜《唐诗别裁集》凡例云:“诗至有唐,菁华极盛,体制大备,学者每从唐人诗入,以宋元流于卑靡,而汉京暨当涂典午诸家未必概能领略,从博涉后上探其原可也。”抛开其中对唐宋诗的价值判断,这段话对说明古人的入手对象还是可以利用的。

② 郭麐:《樗园销夏录》卷下,见《续修四库全书》第1179册,第325页。

③ 姚鼐:《惜抱轩文集》卷6,见《惜抱轩诗文集》,第94页。

④ 姚鼐:《惜抱轩文集》卷4,见《惜抱轩诗文集》,第48页。

刚而绌柔”来论证“文之雄伟而劲直者，必贵于温深而徐婉”[①]，说明这不只是他审美上的偏好，而且是对二者的价值判断。职此之故，姚鼐于七子中述及李梦阳处更多一些，且基本以空同为七子代表，谓管同曰：“《崆峒集》亦正为子先导。”[②]正是因为李梦阳的诗风格雄健，既符合姚鼐的价值判断，又合乎他的审美偏好，故以之为初学先导。

以上为辨风格，在体裁方面，姚鼐从初学的角度出发，以近体为先，尝谓姚元之曰：“一时如古今体不能并进，只专心今体可耳。”[③]古人以今体易学而难工，古体难学而易工，而且明清时期应酬诗大多用近体（七律居多），姚鼐大概也是着眼于此，才有此等策略性的论说。近体诗的取法对象问题，姚鼐在给姚元之信中指出“近体只用吾选本”[④]，“吾选本”指姚鼐所选《五七言今体诗钞》一书，此书分五言九卷，选四唐诗，七言九卷，唐宋兼采。说明五律的取法对象仅限于唐诗，七律则不然。姚鼐称“近日为诗当先学七子……复参以宋人坡谷诸家”，虽不是专指近体而言，但姚鼐曾选过《明七子律诗选》[⑤]一书，说明他对七子更看重其近体部分，明七子近体诗作为学唐诗的模范，可作为初学楷模；七律可参以苏黄，也就是姚鼐“镕铸唐宋”诗学观在近体诗上的表现。

古体诗当取法何人，姚鼐有过不同说法，《与管异之》书云：“吾向教后学学诗，只用王阮亭《五七言古诗钞》，今以加于贤却犹未当。盖阮亭诗法，五古只以谢宣城为宗，七古只以东坡为宗，贤今所宗正当以李杜耳，越过阮亭一层。然王所选亦不可不看，以广其趣。”[⑥]《与伯昂从侄孙》云：“古体伯昂尤有魔气，就其才所近，可先读阮亭所选古诗内昌黎诗，读之然后上溯子美，下及子瞻。”“至古体诗须先读昌黎，然后上溯杜公，下采东坡。于此三家得门径寻

① 姚鼐：《惜抱轩文集》卷4，见《惜抱轩诗文集》，第48页。

② 姚鼐：《与管异之》，见《惜抱先生尺牍》卷4，第925页。

③ 姚鼐：《与伯昂从侄孙》，见《惜抱先生尺牍》卷8，第973页。

④ 姚鼐：《与伯昂从侄孙》，见《惜抱先生尺牍》卷8，第970页。

⑤ 吴汝纶《与姚铁珊》：“公家姬传先生……尚有选明七子律诗，最便初学，若哲弟欲刻此书，弟当为求底本，校字奉寄也。”《吴汝纶全集》第3册《尺牍补遗》，第555页。

⑥ 姚鼐：《惜抱先生尺牍》卷4，第925页。

人,于中贯通变化又系各人天分。”[①]前者称当学李杜,后者又称当先学韩愈,然后上探杜甫,下采苏轼。观前书“今以加于贤却未当”、后书“就其才所近”,其差别在于各人才性不同,也就是上文所提到的王渔洋所谓“随性分之近”,各取学习对象。

选定了取法的对象之后,应当从何处学习古人,又成为一个问题。古人对作诗当学习前人一般没有异议,但具体到从哪方面取法前人,则分歧就出现了。明七子剽窃字句、摹拟风格,备遭诟病;王渔洋改造七子诗学,效法唐人艺术表现上的含蓄特征[②],又不免将唐人艺术表现的丰富性狭隘化。相对来说,姚鼐的意见因为基于为初学指路的目的,更接近于明七子的意见,从外在形式入手进窥风格神韵。这一方法是建立在自己的理论基础上的,这就是《硕士约过舍久俟不至余将渡江留书与之成六十六韵》诗中所说的“仰惟圣有作,岂以文矜夸?奇丽光至今,乃逾初日葩。其中矩矱存,已足范奇衺。后贤但有述,敢拟作者姱。譬若镂之而,画绘鸟兽蛇。巧工弃常度,拙工艺反加。一失外形体,岂复中精华。在昔明中叶,才杰蹈高遐。比拟诚太过,未失诗人葩”[③]。秉承古人论文溯源于六经的传统,以作与述的区别为自己摹拟的诗学方法寻找经学上的依据,“一失外形体,岂复中精华”点出形式对内容的重要作用。姚鼐后来在给侄孙姚莹的信中说得更明确:“夫道德之精微,而观圣人者不出动容周旋中礼之事;文章之精妙,不出声色字句之间,舍此便无可窥寻矣。”[④]姚范《援鹑堂笔记》有云:“字句章法,文之浅者也,然神气体势皆阶之而见,古今文字高下莫不由此。”[⑤]与姚鼐此处意见若合符节,可见姚鼐观念所从出。这一观念贯穿姚鼐的文论,不论诗、古文皆当以此视之,《古文辞类纂序目》论文之精者粗者也是如此:“神理气味者,文之精也;格律声色者,文之粗也。然苟舍其粗,则精者亦胡以寓焉?”[⑥]将这一观念以更具逻辑性、

① 姚鼐:《惜抱先生尺牍》卷8,第973页。

② 参见蒋寅:《王渔洋与康熙诗坛》三《唐贤三昧集与王渔洋诗学之完成》。

③ 姚鼐:《惜抱轩诗集》卷5,见《惜抱轩诗文集》,第507页。

④ 姚鼐:《与石甫侄孙》,见《惜抱先生尺牍》卷8,第974页。

⑤ 姚范:《援鹑堂笔记》卷44,第76页。

⑥ 姚鼐:《古文辞类纂》,见《续修四库全书》第1609册,第319页。

更概括的形式表述出来。

从形式上学古人当先求似。《与方植之》云:“大抵学古人必始而迷闷,苦毫无似处,久而能似之,又久而自得,不复似之。若初学不知有迷闷难似之境,则其人必终身无望矣。为学非难非易,只在肯用功耳。”①至于如何从气质上体会古人所作,求与古人相似,这就不能不提到桐城派所持的“因声求气”之说了。“因声求气”理论在桐城派源自刘大櫆,《论文偶记》云:“其要只在读古人文字时,便设以此身代古人说话,一吞一吐,皆由彼而不由我。烂熟后,我之神气即古人之神气,古人之音节都在我喉吻间,合我喉吻者便是与古人神气音节相似处,久之自然铿锵发金石声。”②正是从学古的角度来论说的,这样长期浸淫在古代经典作品的音节字句之中,在古文的神化境界之中与古人融为一体,久之自然体会到古人神韵,与古人合而为一。刘氏仅论及古文,至姚鼐则扩大到论诗,《与陈硕士》云:“诗、古文各要从声音证入,不知声音,总为门外汉耳。”③至于如何从声音证入,方法在于多读。“大抵学古文者,必要放声疾读,又缓读,只久之自悟”。“急读以求其体势,缓读以求其神味,得彼之长,悟吾之短,自有进也”④。熟读精思便是姚鼐所指出的求似古人的方法。《与伯昂从侄孙》云:“先取一家之诗,熟读精思,必有所见。然后又及一家,知其所以异,又知其所以同。同者必归于雅正,不着纤毫俗气;起复转折,必有法度,不可苟且牵率,至不成章。”⑤这讲的是熟读以求风格与法度的似。同卷《与伯昂从侄孙》又一通云:“贤从寄来之诗,七律大有进境……此后但就愚《今体诗钞》更追求古人佳处,时以己作与相比较,自日见增长。”⑥时时拿己作与古人相比较,自然可以体会是否做到了与古人似。

从外在形式入手进行摹拟,其结果很有可能像明人一样得到剽窃剿袭、

① 姚鼐:《惜抱先生尺牍续编》卷2,见《惜抱轩遗书三种》,清光绪五年(1879)桐城徐宗亮刊本。

② 《论文偶记·初月楼古文绪论·春觉斋论文》,北京:人民文学出版社,1961年,第12页。

③ 姚鼐:《与陈硕士》,见《惜抱先生尺牍》卷7,第967页。

④ 姚鼐:《与陈硕士》,见《惜抱先生尺牍》卷7,第968页。

⑤ 姚鼐:《与伯昂从侄孙》,见《惜抱先生尺牍》卷8,第971页。

⑥ 姚鼐:《与伯昂从侄孙》,《惜抱先生尺牍》卷8,第972页。

"唐临晋帖"的恶谥，为了避免这种情况，需要有更进一步的对策。"先取一家，精思熟读，必有所见。然后又及一家，知其所以异，又知其所以同"，是姚鼐所指出的学诗程序，属于深思熟虑后的成熟意见。他在多处表达过类似的看法，比如同是给姚元之信中说："须专摹拟一家，已得似后，再易一家。如是数番之后，自能镕铸古人，自成一体。"[①]其理论基础就是《与陈硕士》中所说的"凡学诗文之事，观览不可以不泛博，若其熟读精思效法者则欲其少，不欲其多"[②]。这也是古今诗人共同的经验，程千帆先生就说过："作诗如学书，平日当博览，写作时当先守一二家入门。"[③]

既然摹拟要经过数番过程，这就要求不能像明七子一样局限于汉魏盛唐，而需要扩大取径的范围，唐宋兼采、正变兼收。郭麐《樗园销夏录》载姚鼐语："近日为诗当先学七子……复参以宋人坡谷诸家，学问宏大，自能别开生面。"[④]学习七子即间接学习唐人雅正的风格，学习宋人在学其以学问融入诗中之宏大气魄。进而"镕铸唐宋"以求脱化，唐宋者，学习之范围也；镕铸者，非剽窃剿袭之谓，要融众家之所长以自成一家，用姚鼐的话说就是"镕铸古人，自成一体"。

扩大取径范围不仅要唐宋兼采，而且要正变兼收。《与石甫侄孙》云："观人之才，须正变兼论之，得其真境乃善。夫文章之事，欲能开新境，专于正者其境易穷，而佳处易为古人所掩。"[⑤]正变兼收首先是学习古人的一种要求，诗有正有变，正是成家之后风格丰富性的表现，只学正而不学变，就会像姚鼐所说的："汝诗文流畅能达，是其佳处，而盘郁沈厚之力，澹远高妙之韵，瑰丽奇伟之观，则皆所不能，故长篇尚可，短章则无味矣。"[⑥]其次在自己进行创作的时候，也要有意识地既有平正通达的常境，也要有新奇的变境，正变虽不是绝对的对立，但当论其大概耳。

---

① 姚鼐：《与伯昂从侄孙》，见《惜抱先生尺牍》卷8，第973页。

② 姚鼐：《与陈硕士》，见《惜抱先生尺牍》卷5，第938页。

③ 蒋寅：《金陵生小言》卷1，桂林：广西师范大学出版社，2004年，第2页。

④ 郭麐：《樗园销夏录》卷下，第325页。

⑤ 姚鼐：《与石甫侄孙》，见《惜抱先生尺牍》卷8，第974页。

⑥ 姚鼐：《与石甫侄孙》，见《惜抱先生尺牍》卷8，第977页。

以上所论皆在诗法，与诗歌境界相比属于细处，但只以法度来论诗、学诗未必就能达到自成一家的境界，不论经过多少番摹拟的功夫，学习多少古代的大家，都是量变，由量变而质变，需要一点催化剂，这就是悟。《与石甫侄孙》云："凡诗文事与禅家相似，须由悟入，非语言所能传……欲悟亦无他法，熟读精思而已。"[①]这一点悟入的功夫仍然要从熟读精思勤作中来，然能不能悟入，则不是一定的，正所谓"至其神妙之境，又须于无意中忽然遇之，非可力探，然非功力之深终身必不遇此境也"[②]。

姚鼐在《复刘明东书》中的一段话大致可以概括上文所论诗法与诗境之关系："前所论在诗境大处，勤心深求，忽然悟入，或半年便得，或一年乃得，又或终身不得。后所论在诗律细处，精意读书，可以必得，然非数年之深功不能。前所论文章之虚，故可速而不可必。后所论乃学问之实，故可必而不能速……俱能功到，方是卓然成家之作。二者得一，亦可谓佳，但非其至。二无一得，便是今日草头名士之诗。"[③]文中所云"诗律细处"虽专指用典而言，但推而广之，凡一切诗律、诗法无不当从学问中来，学问深自然纵横变化无不如意。

以上所论就是姚鼐"由摹拟以成真诣"的基本内涵，由摹拟入门，直到自铸伟辞，姚鼐指出了一条具体而微的诗学道路，使虚玄而神秘的诗歌创作具有可操作性，成真诣的最终追求又防止了诗歌写作沦为纯粹技术性的剽窃剿袭，可以说这条路径对中人之资的学诗者有相当的合理性。

原载《安徽大学学报》2012年第6期

---

① 姚鼐：《与石甫侄孙》，见《惜抱先生尺牍》卷8，第976页。
② 姚鼐：《与伯昂从侄孙》，见《惜抱先生尺牍》卷8，第973页。
③ 姚鼐：《惜抱轩文后集》卷3，见《惜抱轩诗文集》，第291页。

从《今体诗钞》看姚鼐的诗歌批评

韩　胜

诗歌选评能折射出编著者的审美兴趣和理论倾向，姚鼐诗学于乾嘉时期自成一家，这在《今体诗钞》的批评中体现得较为明显。如《今体诗钞》选诗重才力、尚奇警，以文法解诗、注重考据，批评形式上多使用圈点的方式等，这些从多方面反映出姚鼐诗歌批评的特色。

《今体诗钞》共18卷，前9卷为《五言今体诗钞》，选唐人五律，总87人，诗560首；后9卷为《七言今体诗钞》，除选唐人七律6卷外，又兼及宋人七律3卷，总68人，诗411首。姚鼐《今体诗钞序》作于嘉庆三年(1798)，此集有是年历城方氏初刊本。后姚鼐修订此集，定稿刊刻于嘉庆十三年(1808)。同治五年(1866年)李瀚章刻《惜抱轩全集》，又将此集重刊，此本后世流传最多，今人曹光甫整理《今体诗钞》即以此为底本。

一、重才力、尚奇警

姚鼐评诗极重“才力”，尝自称：“夫文章之事，望见途辙可力求，而才力高下，必由天授。鼐所自歉者，在才薄耳。”[①]对于文才的重视，在姚鼐的诗文论述中很常见，如《与鲍双五》：“楚中近有异才否？不知天下人才，何以若是衰耗。”[②]又《与张阮林》：“夫天之生才甚难，才之生于闾里而俾吾亲见之，尤其

① 姚鼐：《与陈硕士》，见《惜抱轩尺牍》，清同治五年(1886)刻本。

② 姚鼐：《与鲍双五》，见《惜抱轩尺牍》。

难也。”[1]又《与石甫侄孙》:“日下人才极乏,后来或有起者,人自勉之。”[2]上述均明显体现出姚鼐对诗人、文人才气的要求并直接体现在《今体诗钞》对所选诗人的评价上,如他在《五言今体诗钞凡例》中云:“晚唐之才固愈衰。”“玉溪生虽晚出,而才力孰为卓绝。”[3]他在《海愚诗钞序》中说:

天地之道,协合以为体,而时发奇出以为用者,理固然也。其柾天地之用也,尚阳而下阴,伸刚而绌柔,故人得之亦然。文之雄伟而劲直者,必贵于温深而徐婉。温深徐婉之才,不易得也。然其尤难得者,必柾乎天下之雄才也。夫古今为诗人者多矣,为诗而善者亦多矣。而卓然足称为雄才者,千余年中数人焉耳。甚矣,其得之难也。今世诗人足称雄才者,其辽东朱子颍乎?即之而光升焉,诵之而声闳焉,循之而不可一世之气勃然动乎纸上而不可御焉,味之而奇思异趣角立而横出焉。其惟吾子颍之诗乎?子颍末而世竟无此才矣。[4]

其中赞赏体现阳刚之美的“雄才”,称之“尤难得者”。“光升”“声闳”,是诗歌“雄健”“雄浑”风格的具体表现,但从根本上说,是来自于诗人的“雄才”。所以谈到王维《出塞作》一诗的创作时,姚鼐说:“右丞尝为御史,使塞上,正其中年才气极盛之时。此作声出金石,有麾斥八极之概矣。”[5]将王维中年边塞诗的成就与其中年才气相联系。

在推崇诗人文才的基础上,姚鼐评诗还尚奇警。其门生方东树曾述其言曰:“惜抱先生曰:‘歌行以才气纵横为奇。六一、道园皆短于才气;而两公各具风韵,使人爱不欲去。六一多深湛之思,道园具闲逸之致。’”[6]这里所说的“奇”,即诗人“才气纵横”在诗中的体现。姚鼐于《今体诗钞》评诗多用“奇”字,如姚鼐评孟浩然《广陵别薛八》:“奇气”。《舟中晓望》:“趣兴奇逸。”[7]

---

① 姚鼐:《与张阮林》,见《惜抱轩尺牍》。
② 姚鼐:《与石甫侄孙》,见《惜抱轩尺牍》。
③ 姚鼐:《五言今体诗钞》凡例,清同治五年(1866)刻本。
④ 姚鼐:《海愚诗钞序》,见《惜抱轩文集》,《四部丛刊》本,上海:商务印书馆,1929 年。
⑤ 姚鼐:《七言今体诗钞》卷二,清同治六年(1866 年)刻本。
⑥ 方东树:《昭昧詹言》卷十二,清光绪十七年(1891)刻本。
⑦ 姚鼐:《五言今体诗钞》卷二。

警为诗意、诗句的新警。姚鼐在《与陈硕士》信云："七言嫌落俗套，无新警处。"[①]所谓"新警"即不为时下俗语，不沾染所谓邪气，故他教人学诗云：

> (伯昂)所作诗则不佳，盖缘初入手即染邪气，不能洗脱。虽天分好处，偶亦发露，然亦希矣。必欲学此事，非取古大家正矩潜心一番，不能有所成就。近体只用吾选本。其间各家门径不同，随其天资所近，先取一家之诗，熟读精思，必有所见。然后又及一家，知其所以异，又其所以同。同者，必归于雅正，不著纤毫俗气。[②]

其中所说"近体只用吾选本"，即指《今体诗钞》而言。"俗气""邪气"，都是姚鼐所批评的不"雅正"的诗风，要洗脱其沾染与影响，则需学习《今体诗钞》中所选的"精警"之作。因此，诗作是否"奇警"，成为姚鼐选评诗歌的重要内容。如评王维《送秘书·监还日本国》诗"奇警称题"，[③]称许浑《咸阳城东楼》诗"豁云"一联为"警句"。[④]

姚鼐将"奇"和"警"作为对诗人及其诗歌的评价标准，并以之来区分王维与孟浩然："孟公高华精警不逮右丞，而自然奇逸处则过之。"[⑤]在他看来，"奇"与"警"是王、孟诗歌风格差异的重要方面。

由于注重诗人不染"邪气"的精警之处，因此《今体诗钞》中对一些有佳句而非佳篇的"凑韵"之作体现出明显的宽容。如姚鼐评章八元《新安江行》诗曰："中二联果为佳句，起结乃似凑成。凡才力不足者，易有此病。"像这种指出起句、结句凑韵评语，在《今体诗钞》中亦属常见。如评许浑《凌歊台》："然'江潭'一联与上二句如何接下？要不免有句无章之病。'寝园'二字亦凑用不得当。此等诗姑以句取可耳。"又评其《咸阳城东楼》诗："'豁云'一联固警句，然必当是咸阳景色耶？大抵用晦诗，似先得句而后加题傅合者然，此其病也。"虽然姚鼐指出许浑"先得句后加题"之病，但对其有"警句"诗的选择，表明相对于"俗气""邪气"批评，佳句、佳篇的取舍标准处

---

① 姚鼐：《与陈硕士》，见《惜抱轩尺牍》。
② 姚鼐：《与伯昂重侄孙》，见《惜抱轩尺牍》。
③ 姚鼐：《五言今体诗钞》卷二。
④ 姚鼐：《七言今体诗钞》卷六。
⑤ 姚鼐：《五言今体诗钞》卷二。

于次要的位置。

二、以文法解诗

桐城派诗人文长于诗，他们的文学理论一般将诗、文同归为“文章”，所以文论在某些情况下与诗论相通。姚鼐《今体诗钞》中以文法解诗，正体现了这个特点。

姚鼐于《今体诗钞》非常重视杜甫的排律，他称：“数十韵百韵中，运掉变化如龙蛇，穿贯往复如一线，不觉其多。读五言至此，始可无憾。”[①]故于《五言今体诗钞》卷6选杜甫长律37首，并书于题下云：“杜公长律，旁见侧出，无所不包，而首尾一线，寻其脉络，转得清明。他人指陈褊益，而意绪或反不逮其整晰。”[②]因此姚鼐对杜甫排律随文评点，以示重视。对于杜甫排律的重视，与姚鼐“以诗当文”的倾向有关。

杜甫排律最初被元稹视为作者的代表之作，此又被元好问讥为“识珷玞”，后来论者对杜甫排律毁誉参半。清初施闰章引人语曰：“宋人每每学之，遂以诗当文，冗滥不已，诗遂大坏，皆老杜启之。”[③]将宋人的“以文为诗”归罪于杜甫排律的影响，此观点于清代很有代表性。但姚鼐对此持不同看法，如他逐句解杜甫《寄刘峡州伯华使君四十韵》：

> 老兄真不坠，（以下论文）小子独无承。近有风流作，（承“老兄”句）聊从月继征。放蹄知赤骥，捩翅服苍鹰。卷轴来何晚，襟怀庶可凭。会期吟讽数，益破旅愁凝。雕刻初谁料，纤毫欲自矜。神融蹑飞动，战胜洗侵凌。妙取筌蹄弃，高宜百万层。白头遗恨在，（承“小子”句）青竹几人登。回首追谈笑，（以下余世事出处）劳歌跼寝兴。年华纷已矣，世故莽相仍。刺史诸侯贵，（谓刘）郎官列宿应。（自谓）潘生骖阁远，（自谓）黄霸玺书增。（谓刘）乳赞号攀石，饥鼯诉落藤。（言托于刘）药囊亲道士，灰劫问胡僧。凭久乌皮折，簪稀白帽棱。林居看蚁穴，野食行鱼罾。筋

---

① 姚鼐：《五言今体诗钞》凡例。

② 姚鼐：《五言今体诗钞》卷六。

③ 施闰章：《蠖斋诗话》，见王夫之等：《清诗话》（上），上海：上海古籍出版社，1982年，第387页。

力交凋丧，飘零免战兢。皆为百里宰，（承"飘零"）正似六安丞。姹女萦新裹，（承"筋力"）丹砂冷旧秤。但求椿寿永，（承"姹女"）莫虑杞天崩。（承"昔为"）炼骨调情性，（自谓）张兵挠棘矜。（谓刘）养生终自惜，（承"炼骨"）伐数必全惩。（承"张兵"）政术甘疏诞，（收后段世事出处）词场愧服膺。（收前段论文）展怀诗诵鲁，割爱酒如渑。咄咄宁书字，冥冥欲避矰。江湖多白鸟，天地有青蝇。①

姚鼐对这首诗用古文章法来分析，注重其中的承接、转折与收放、开阖，与其分析文章的方法相似，体现出以文解诗的鲜明特色。

姚鼐在杜甫另一首五言长律《奉送郭中丞兼太仆卿充陇右节度使三十韵》题下云："读少陵赠送人诗，正如昌黎赠送人序，横空而来，尽意而止，变化神奇，初无定格。"②姚鼐称杜甫赠人之诗同韩愈赠人序言相似，明确表示他以读古文的方法来读杜甫长律。因此，《今体诗钞》中对杜甫长律的评点，是姚鼐以文为诗的最好体现。

三、评诗重圈点

刘声木《桐城文学撰述考》载姚鼐撰《评点五七言诗钞》一种，今未见。世传姚鼐《今体诗钞》刊本中并没有姚鼐的圈点，民国贺培新所藏《七言今体诗钞》中过录有姚鼐圈点。贺氏于此集卷首扉页书云："戊寅十月，于姚慕庭所得定本《七言钞》，圈点间有异同。其题上均有圈识，有朱笔临之。绿笔，刘海峰本。"③可知姚鼐对于《今体诗钞》的最后定本是有圈点的，此赖贺氏之功得以保存传世。此外贺氏所藏王士禛《古诗选》中亦存有刘大櫆、姚鼐详细的圈点。贺培新于此书序后以绿笔书云："姚惜抱先生评点本以朱笔临之，间有海峰先生评点则别以绿笔。批上不注姓名者皆惜抱评，其曰'吴云'，则桐城吴

① 姚鼐：《五言今体诗钞》卷四。

② 姚鼐：《五言今体诗钞》卷四。

③ 贺培新：《七言今体诗钞》手书附记，贺氏所藏《七言今体诗钞》扉页，今藏国家图书馆。

挚甫先生也。”[①]可知此集中的圈点均是过录刘大櫆、姚鼐所为。

作为一种特殊的评点方式，“圈点”是诗文批评者在那些认为值得注意的诗篇、诗句或者具体的字词旁加以圈、点（或三角）等符号，以示注重与突出。书中圈点最早见于宋中叶以后的刻书中[②]，此后诗文集的圈点历代不断。虽然许多诗歌选本中都存有不加任何评语的圈点，但姚鼐却从理论上明确指出圈点对诗、文批评的重要作用。他说：

> 震川阅本史记，于学文者最为有益。圈点启发人意，有愈于解说者矣。望借一部，临之熟读，必觉有大胜处。[③]

姚鼐此言虽是对古文而发，但他认为文章中圈点的价值要高于一般语言“解说”式的批评。这样的观点前人未见。

相对于批语、评语，对圈点批评的理解与体会，需要阅读者与批评者之间在精神与感觉上的共鸣。姚鼐对诗文的批评重圈点，与其讲究诗文的“悟入”直接相关。他在《与陈硕士》信中说：“文家之事，大似禅悟。观人评论圈点，皆是借径。一旦豁然有得，呵佛詈祖，无不可者。此中自有真实境地，必不疑于狂肆妄言未证为证者也。”[④]姚鼐将其中诗文评点视为“借径”，犹如登岸之筏；而“豁然有得”则相当于登岸，此与“得意忘言”的意思大体相同。姚鼐论诗讲究“悟入”，在他给姚莹的信中说：“汝所自为诗文，但是写得出耳，精实则未然。此不可急求，深读久为，自有悟入，若只是如此，却只在寻常境界。”[⑤]强调以心传心，注重学习者自身的体悟与感发，这是姚鼐乃至桐城派诗人评诗重圈点的根据所在。

---

① 贺氏所藏王士禛《古诗选》与姚氏《今体诗钞》并行，其中过录有刘大櫆、姚范、姚鼐、方东树、曾国藩、吴汝纶的批语，以方东树为多。除桐城派人外，批语中所涉亦及纪昀、翁方纲、曾国藩等人。

② 叶德辉：《书林清话·刻书有圈点之始》，北京：中华书局，1999年，第33页。

③ 姚鼐：《答徐季雅》，见《惜抱轩尺牍》。

④ 姚鼐：《与陈硕士》，见《惜抱轩尺牍》。

⑤ 姚鼐：《与石甫侄孙》，见《惜抱轩尺牍》。

四、解诗重考据

姚鼐将学问分为“三端”:义理、考证、文章。[①] 这在他的诗歌批评中也有体现。《今体诗钞》在解诗时,多方面体现了他重考证(考据)的精神,这首先反映在《今体诗钞》重视诗歌的校文中。对于所选诗歌中的字词,姚鼐并没有采取简单接受的态度,而是对其中的内容加以检校。如他评岑参《六月三十日水亭送华阴王少府还县(得潭字)》“荷叶藏鱼艇,藤花罥客簪”句云:“六月岂有藤花? 必字误。”[②]这是从时间上检校、推断诗句。又如姚鼐批郑锡《度关山》“更欲出辽西”句云:“末二字疑是‘洮西’误。”[③]又是从地点考证。这些是在对诗歌所述时、地深入考察与思考的基础上提出的,体现出严谨的考据精神。

姚鼐对诗歌所述史事也加以细致的考证、注释,以期加深读者对诗歌的理解。如他在刘长卿《使次安陆寄友人》诗题下评:“肃、代之时,江淮间有刘展、袁晁之乱。木陵以东,光、黄、舒、卢盖苦兵扰,不识春和矣。其西则差安静,故有第四句。”[④]通过揭示诗人创作时的具体历史环境来阐明诗歌的用意,加深对诗歌的理解。又如姚鼐于刘长卿《穆陵关北逢人归渔阳》诗题云:“《元和郡县志》:光山县木陵关在县南百三十二里,麻城县穆陵关在西北八十八里。鼐按:此两县分界只是一关,其字则作‘木’为正。右丞以对‘石菌’可证也。”[⑤]又于刘禹锡《送浙西李仆射相公赴镇》题下云:“文宗大和八年,李卫公以旧相为镇海节度使。时镇海治润州,旧称浙西。公长庆、宝历间为浙西观察使。”[⑥]对诗歌中涉及的具体地理、时间的这些考证,明确了诗人创作时的具体身份与情境,使读者能够知人论世,从而进一步理解作者的诗意。

---

① 姚鼐:《述庵文钞序》,见《惜抱轩文集》。

② 姚鼐:《五言今体诗钞》卷三。

③ 姚鼐:《五言今体诗钞》卷八。

④ 姚鼐:《五言今体诗钞》卷四。

⑤ 姚鼐:《五言今体诗钞》卷七。

⑥ 姚鼐:《五言今体诗钞》卷四。

《今体诗钞》中姚鼐考据之处很多，也体现出他在考订诗歌史实、典故方面的深厚功力。重视诗歌的注解是清代诗歌选本的一个重要特点，尤其在朴学成为学术主流之后，诗歌选本中有注解成了较普遍的现象。因此姚鼐解诗重考据，也是受当时风气影响。但姚鼐从诗歌理论、批评方面重考据，与翁方纲等人以考据入诗的理论主张又有区别。翁方纲过于强调考据对于诗学的决定性作用，将其作为诗歌鉴赏与创作上的追求。与翁方纲不同的是，姚鼐把考据视为有利于诗歌创作、鉴赏的一种手段，而并非将其看成重要的创作追求。

原载《安徽大学学报》2008 年第 3 期

以古文为时文：桐城派早期作家的时文改良

师雅惠

谈论桐城派的文学活动与文章理念，“时文”是一个绕不过的话题。一直以来，学界对桐城派时文的关注，集中在时文创作是否拉低了桐城派古文的水准，也即“以时文为古文”的方面，而对桐城派作家“以古文为时文”的努力，却缺乏客观的论述及评价。与姚鼐等桐城派后期作家不同，戴名世、方苞等桐城派早期作家大多在时文界享有盛誉，写作、评选时文，贯穿了他们生命的大部分时段，而时文也成为他们宣扬自身文学主张的重要阵地。本文即试图通过对桐城派早期作家从事时文改良的文学史背景、思想立场与具体方法的论述，揭示出他们的时文活动中所蕴含的“文人”与“文章”因素，以期对桐城派兴起时期的文学史细节进行补充描画。

一、晚明文坛的“以古文为时文”

时文向古文学习，自有“时文”之时即已开始。陆游《老学庵笔记》记载：“国初尚《文选》，当时文人专意此书……方其盛时，士子至为之语曰：《文选》烂，秀才半。建炎以来，尚苏氏文章，学者翕然从之，而蜀士尤盛。亦有语曰：苏文熟，吃羊肉；苏文生，吃菜羹。”[①]可见有宋一代，“古文”一直是科举文体的重要取法对象。明代的“以古文为时文”，则有前后两个兴盛期，第一个时

---

① 陆游：《老学庵笔记》卷8，北京：中华书局，1979年，第100页。

期是在正德、嘉靖年间，以归有光、唐顺之、茅坤等唐宋派文人为代表。归、唐将古文家的手眼代入时文，所作文章，能“融液经史，使题之义蕴隐显曲畅”[①]，向被视为“以古文为时文”的典范。第二个时期则是在万历以后。隆庆、万历年间，时文在义理阐释与行文风格两方面均发生变化。义理方面，以隆庆二年(1568)会试，《论语》程文阑入王学为始，时文文义须遵从朱熹《章句》及官修《大全》的科场定规渐为人所忽视，所谓“背弃孔、孟，非毁程、朱，惟南华、西竺之语是宗是竞”[②]，时文中朱学的正统地位，受到严重威胁。在文辞方面，以万历十四年(1586)会试主考王锡爵喜好“新奇”之文为始，时文写作逐渐出现“文胜于质”的局面，吕留良描述这一现象是“杜撰恶俗之调，影响之理，剔弄之法，曰圆熟，曰机锋，皆自古文章之所无”[③]。这种义理和文辞两方面的乱象，虽曾引起朝廷的重视，万历年间，礼部关于科场之文应“纯雅合式”“平正通达”的申饬，即有十余次之多[④]，但其成效并不理想。崇祯六年(1633)，凌义渠上《正文体疏》，认为当日时文，仍多“纵横险轧之言”“危苦酸伤之词”“妖浮纤眇之音”“欺己欺人之语”[⑤]，远离平和质朴的文章正轨。庙堂之上不能转移廓清，于是一些草野人士开始谋求以一己之力维挽风气。这些人中，最具代表性的是天启、崇祯年间的复社二张兄弟与江西豫章社艾南英、陈继泰等人。他们所采取的救弊之方，也是从古文中寻找资源，即艾南英所说的“学者之患，患不能以古文为时文”[⑥]。

尽管张氏兄弟与艾南英在论文主张上有分歧，但对“通经学古”的大前提，双方并无异议。他们所争论的只是学什么样的“古”的问题。复社、几社诸人以秦汉古文为文章正宗，故其论时文，亦要求从秦汉文入手，“日取《五

---

① 方苞：《进四书文选表》，见《方苞集》(下)，上海：上海古籍出版社，1983年，第580页。

② 转引自顾炎武《科场禁约》，见顾炎武著，黄汝成集释：《日知录集释》卷18，上海：上海古籍出版社，2006年，第1059页。

③ 吕留良：《东皋遗选前集论文一则》，见《吕晚村先生文集》卷5，第36页，清雍正三年(1725)吕氏天盖楼刻本。

④ 参见吴柏森等编：《明实录类纂·文教科技卷》，武汉：武汉出版社，1992年，第296、299、302、309、320、324、333页。

⑤ 凌义渠：《正文体疏》，见凌义渠：《奏牍》卷2第10页，明崇祯刻本。

⑥ 艾南英：《金正希稿序》，见《天佣子集》卷3，台北：艺文印书馆，1980年影印本，第329页。

经》摹而书之，左右周接，无非钜人之名，大雅之字，趋而之善也疾焉”[①]。艾南英则推崇唐宋文，尤其是寓法于平淡质朴之中的宋人文字，论及时文时，亦要求士子“刊除枝叶”[②]“以朴为高，以淡为老”[③]，写作平实、简劲之文。因此这两派的分歧，只能算是“以古文为时文”阵营之内的矛盾。较之复社诸人，豫章社对当时时文文坛的影响要大得多，艾南英曾说自己编选的《今文定》《今文待》刊行七年后，士子作文，“一禀程朱”，且开始学习“宋元及国初以来作者之意”与“秦唐汉宋文章相沿之法”，文坛气象为之一变[④]。然而艾氏恢复成化、弘治时期浑朴之文的理想，并未实现。他所极力称赏的“朴淡”的金声文，在后人眼中，却是“鹜八极，游万仞，使题之表里皆精神所发越也”[⑤]，走的仍是奇矫一派说理曲畅刻露的路子。又如他的豫章社同仁陈继泰之文，亦被后人描述为“抉其髓而去其肤，摹其神而尽其变”“纵横排荡，时轶出先辈之法之外”[⑥]。时文的“先正之体”，并未恢复，后来者仍任重而道远。

二、文人与文章的独立性：桐城早期诸家时文改革的基本立场与主要活动

对于时文，桐城早期诸家的态度是矛盾的。一方面，他们并非纯粹的时文家，写作时文以求取功名，并不是他们的初心。如戴名世自幼留心前朝史籍，二十岁以后，“家贫无以养亲，不得已开门授徒，而诸生非科举之文不学，于是始从事于制义”[⑦]。方舟少时喜好兵学、史学，十四岁后，自叹“吾向所学，无所施用”，于是学作时文，以求获得“课蒙童”的资格，来贴补家用[⑧]。方苞幼承父兄之教，“诵经书”“治古文”，后亦因“家累渐迫”，而走上了教馆、作

① 张溥：《房稿表经序》，见《七录斋诗文合集》存稿卷5，台北：伟文图书出版社，1977年影印本，第1034页。

② 艾南英：《王承周制义序》，见《天佣子集》卷3，第369页。

③ 艾南英：《金正希稿序》，见《天佣子集》卷3，第331页。

④ 艾南英：《增补今文定今文待序》，见《天佣子集》卷1，第137～140页。

⑤ 何焯：《两浙训士条约(代)》，见《义门先生集》卷10，第7页，清道光三十年(1850)姑苏刻本。

⑥ 戴名世：《陈大士稿序》，见《戴名世集》，北京：中华书局，1986年，第104页。

⑦ 戴名世：《意园制义自序》，见《戴名世集》，第123页。

⑧ 方苞：《兄百川墓志铭》，见《方苞集》(下)，第496页。

时文的道路[1]。戴、方的友人汪份，为古文家汪琬之从侄，“古文辞深得司马、欧阳家法”，从事时文写作，亦是“抑郁不得志”的无奈之举[2]。这种“非其所习，强而为之”[3]的不愉快经历，使得他们多不愿提及自己在时文方面的成就，如戴名世说自己的时文“无得于己，亦无用于世”[4]，方舟“自课试之外未尝为时文”[5]，方苞少年时亦常欲舍弃时文之业，“以一其耳目心思于幼所治古文之学”[6]，而另一方面，出于生存的需要以及对文事的责任感，他们又未能完全放弃时文，而是试图将他们少年时的学问抱负投射到时文活动中来，对现有的时文进行改良与提升。

在戴名世、方苞等人看来，当日时文的弊病，主要有以下几方面：

一是文章写作目的的功利性。如方苞曾言：“夫时文者，科举之士所用以牟荣利者也。”[7]戴名世也说：“今夫士之从事于场屋，不以得失撄其念者，自非上智不能，其余大抵皆欲得当于考官也。”[8]以“得中”为写作的目的，于是时文完全成为追名逐利之工具，这可以说是时文品质败坏的根源。

二是文章个性的缺乏，即戴名世所言的“雷同剿袭”[9]。文辞的“雷同”，源于作者没有坚定的见解与独立的人格。如戴名世《忧庵集》中记述，当日时文有一种“为吉祥冠冕之辞，不必与题相切”的颂圣套子。时文乃代言体，而“以百世之前之圣贤，预颂百世之后帝王之功德”的情况，是不存在的，因此这种套路，并不合时文体制。但因近日考官欣赏此种体式，“会试往往以此为定元魁之格”，众人便纷纷从而学之。这种“趋同”，正是时文作者在功名面前，

---

① 方苞：《与韩慕庐学士书》，见《方苞集》(下)，第 671 页。

② 戴名世：《汪武曹稿序》，见《戴名世集》，第 100～101 页。

③ 方苞：《与韩慕庐学士书》，见《方苞集》(下)，第 671 页。

④ 戴名世：《自订时文全集序》，见《戴名世集》，第 118 页，

⑤ 方苞：《刻百川先生遗文书后》，见《方苞集》(下)，第 631 页，

⑥ 方苞：《与韩慕庐学士书》，见《方苞集》(下)，第 672 页。

⑦ 方苞：《储礼执文稿序》，见《方苞集》(上)，第 96 页。

⑧ 戴名世：《孙艺山制义序》，原文见《南山文集外编》清钞本，转引自戴廷杰：《戴名世年谱》，北京：中华书局，2004 年，第 372 页。

⑨ 戴名世：《己卯科乡试墨卷序》，见《戴名世集》，第 95 页。

“丧失其所以为心”，不复考虑文辞本身尊严的结果[①]。

三是文章法度的卑陋。戴名世认为，世俗之徒以“以古文为时文”为过高之论，而他们所推崇的时文之法，不过是“谬悠而不通于理，腐烂而不适于用”，与“根柢乎圣人之六经，而取裁于左、庄、马、班诸书”的古文之法，“若黑白冰炭之不相及也”。此种世俗文法的盛行，使得时文、古文两道均萎靡不振，“吾谓古文之亡亡于时文，而时文之亡亡于竖儒老生”[②]。

针对上述弊病，桐城早期作家们继承了前人“以古文救时文”的思路，如戴名世《汪武曹稿序》所言：“顷者余与武曹执以古文为时文之说，正告天下。”[③]而他们“以古文为时文”的改良，并不仅仅停留在文章技法上，而是涉及从人心到文辞的多个层面。在作者人格的层面，他们提倡时文作者不慕世俗功名的品格：“夫读书之有成者，不必其得当于制科，虽以布衣诸生，萧然蓬户，而功名固已莫大乎是焉。”[④]不以世俗功名为意，则作文时“必不肯卤莽灭裂以从事，而得失之数不以介于心”[⑤]。在文体价值的层面，他们认为时文同古文一样，具有明道的功用，所谓“时文之是非关人心之邪正”[⑥]，并希望士子能够“由举业而上之为古文辞，由古文辞而上之至于圣人之大经大法”[⑦]。在文章作法的层面，则提出古文之法可用于时文：“夫所谓时文者，以其体而言之，则各有一时之所尚者，而非谓其文之必不可以古之法为之也。”[⑧]可以看到，这三个层面，均指向对时文“功利”属性的剥除，与对时文“文章”属性的凸显，这一点，可以说是桐城早期诸家时文改良活动的基本立场。

对时文的“文章”属性的强调，体现在桐城早期诸家的时文创作中，即是坚持以古人之文、先辈之文为标杆，不作世俗之文。戴名世友人刘捷回忆说：

---

① 参见戴名世《忧庵集》第 66 条，见《戴名世遗文集》，北京：中华书局，2002 年，第 106 页。

② 参见戴名世《甲戌房书序》，见《戴名世集》，第 88～89 页。

③ 戴名世：《汪武曹稿序》，见《戴名世集》，第 101 页。

④ 戴名世：《蔡瞻岷文集序》，见《戴名世集》，第 79 页。

⑤ 戴名世：《李潮进稿序》，见《戴名世集》，第 105 页。

⑥ 戴名世：《汪武曹稿序》，见《戴名世集》，第 100 页。

⑦ 戴名世：《己卯科乡试墨卷序》，见《戴名世集》，第 96 页。

⑧ 戴名世：《甲戌房书序》，见《戴名世集》，第 88 页。

“方壬子、癸丑(即康熙十一、十二年——作者注)间,海内溺于时文之学,而骛骛自强不肯仿效者,独吾乡人为多。吾兄北固与戴子褐夫辈,发愤于故里,而余与百川兄弟,淹滞金陵,穷愁无聊,刻意相勖以古人之文,一时时文之士,讪侮百出。”[①]可知桐城早期诸家在甫接触时文之时,即立场鲜明地站到了“古人之文”的一面。此后康熙二十五年(1686),戴名世、朱书、汪份、何焯、刘岩、刘齐等以拔贡生的身份入太学。康熙三十年(1691),方苞亦入太学。在风景与江淮殊异的京师,戴名世“以其平日所窥探于经史及诸子者,条融贯释,自辟一径以行”[②]的时文,得到了诸位友人的赞赏。据戴氏回忆说:“余自入太学,居京师及游四方,与诸君子讨论文事,多能辅余之不逮……同县方百川、灵皋、刘北固,长洲汪武曹,无锡刘言洁,江浦刘大山,德州孙子未,同郡朱字绿,此数人者,好予文特甚。”[③]之后,戴名世、方舟、方苞分别于康熙三十六年(1697)、康熙三十四年(1695)、康熙三十八年(1699)刊刻自己的时文集,并受到时任礼部尚书的时文名家韩菼的推重。韩菼认为戴名世之文,“视一第如以瓦注”[④],又极力推崇方氏兄弟的时文,认为方苞文乃“近世无有”,方舟文则是“融液经史,纵横贯串而造微入细,无一字不归于谨”[⑤]。而以如此声望,他们的科场之路却并不顺利,戴名世、方苞分别于康熙四十四年(1705)、康熙三十八年(1699)中举,康熙四十八年(1709)、康熙四十五年(1706)方得以中进士。其中一个重要原因,是他们文字的不趋时,如韩菼在方苞会试落第后的赠诗所言:“春衫底泥萋萋色,只欠新来时世妆。”[⑥]

作者身份之外,桐城早期诸家又大多身兼时文评选者的角色。据萧奭《永宪录》记载,戴名世及其友人汪份、何焯,均是康熙一朝的著名选家[⑦]。作为选家,诸人亦表现出对时文“文章”质素的特别关注。在《九科大题文序》中,戴名世赞扬晚明选家艾南英能在“文妖叠起”之时,“昌言正论,崇雅点

① 刘捷:《方百川遗文序》,转引自戴廷杰:《戴名世年谱》,第 43 页。
② 戴名世:《自订时文全集序》,见《戴名世集》,第 117 页。
③ 戴名世:《自订时文全集序》,见《戴名世集》,第 118 页。
④ 韩菼:《戴田有文序》,转引自戴廷杰:《戴名世年谱》,第 402 页。
⑤ 韩菼:《方百川文序》,见《有怀堂文稿》卷 5,第 14 页。
⑥ 韩菼:《方灵皋解元落第二首》,见《有怀堂诗集》卷 5,第 10 页,清康熙刊本。
⑦ 萧奭:《永宪录》卷 4,北京:中华书局,1959 年,第 279 页。

浮”，清初选家吕留良亦能“为学者分别邪正，讲求指归”“摧陷廓清，实有与艾氏相为颃颉者”。而他自己则意欲继承前人“正文体”的事业：“余为编次是集，以补吕氏之所未及……而艾、吕两家之绪言，犹可于此书得之也。”[①]而选家如何“正文体”？一是提倡“古之辞”，如在《己卯行书小题序》中，戴名世强调士子作文，应沉酣于包括“《左》《国》、庄、屈、马、班及唐宋大家之为之者”在内的“古之辞”，而尽去“怀利禄之心胸之为之”的“今之辞”[②]。二是提倡“先正之文”。戴名世认为，时文虽然风尚屡变，但“屡变之时，辄有不变者存”。此“不变”者，包括“理取其精深”“法取其谨严”“辞取其雅驯而正大”等，而这些因素，均能在“先正之文”中找到[③]。因此，在“新科利器”之外，诸人还注重前代大家之文的编选，如戴名世曾选康熙乙卯到庚辰间会试墨卷为《九科大题文选》与《九科墨卷》，又选有明一代小题文为《有明小题文选》，汪份曾选明隆庆、万历间文为《庆历文读本》。在《庆历文读本序》中，戴名世指出，隆庆、万历两朝文章，“其体无不具而其法无不备”，此后虽亦有作者兴起，而“其源流旨归，未有不出于先辈者”，因此，“为文而不本之于前辈，则必破坏其体，灭裂其法”[④]。艾南英曾认为时文中亦有时、古之分，“以出于近科，纤俊软腐者为时文，而出于先辈，能根据经史理学，高伟朴拙、杰然自名一家者为古文”[⑤]。戴名世对先辈时文的推崇，与艾氏的观点类似，可看作艾氏向“古之辞”学习的思路的延伸。

需要指出的是，与戴名世所推崇的前代选家艾南英、吕留良相较，桐城早期诸家的时文评选，更多只是一种“文字事业”，而无深刻的附加意义。如在对待时文文献的态度上，艾南英说自己《今文定》《今文待》的编选，是为了“存一代之文”[⑥]。吕留良晚年留心搜集有明三百年之程墨、大家文稿及“布衣社

---

① 参见戴名世：《九科大题文序》，见《戴名世集》，第101～102页。

② 戴名世：《己卯行书小题序》，见《戴名世集》，第109页。

③ 参见戴名世：《宋嵩南制义序》，见《戴名世集》，第113页。

④ 戴名世：《庆历文读本序》，见《戴名世集》，第106页。

⑤ 艾南英：《王承周制艺序》，见《天佣子集》卷3，第367～368页。

⑥ 艾南英：《再与周介生论文书》，见《天佣子集》卷5，第515页。

稿”,准备编一部《知言集》,亦是要以时文存一代之史[①]。而戴名世虽曾编选《有明小题文选》与《九科大题文选》等时文总集,但其选文目的,只是给士子提供写作参考,希望士子“一意讽诵研究于此书,则人人皆顾、陆也”[②],并无沉重的史家意识。又如在对时文义理的阐释上,吕留良在清初以时文讲理学,“在彼之意,实欲拔赵帜,立汉帜,借讲章之途径,正儒学之趋向”[③]。而戴名世虽亦推尊程朱,认为宋儒对四子书的阐发“无不达之旨”[④],但其关注点,并不在朱学、王学之辨,现存戴氏文集中所收多篇时文选本序,着力辨析的主要是“古文之法”。这种对“文事”的侧重,固然使得他们的议论缺少一些厚度与深度,但另一方面,又使得他们能从时文的政治与学理背景中跳脱出来,专一精细地展开对文章本身的探讨。

三、表现性情:桐城早期诸家“以古文为时文”的具体操作方法之一

桐城早期诸家的“以古文为时文”,在具体操作方法上,主要有将作者性情代入时文与提倡文章“活法”两个方面。以下分别论述之。

乾隆间学者焦循认为,表意功能的差异,是时文与古文的重要区别:“古文以意,时文以形,舍意而论形则无古文,舍形而讲意则无时文。”[⑤]而桐城诸家则试图打通时文与古文在表意上的界限。他们极为强调文辞与作者情怀的关系,如戴名世认为:“人之心之明暗、善恶、厚薄,其著之于辞者,皆不能掩,是故观其文可以知其人焉。”[⑥]方苞也认为:“自明以四书文设科,用此发名者凡数十家,其文之平奇浅深,厚薄强弱,多与其人性行规模相类。”[⑦]作者

---

① 参见《吕晚村先生文集》卷1《与施愚山书》《与钱湘灵书》、卷2《与某书》、卷3《与董方白书》诸篇。

② 戴名世:《有明历朝小题文选序》,见《戴名世集》,第100页。

③ 钱穆:《吕晚村学述》,见《中国学术思想史论丛》第8册,台北:东大图书有限公司,1980年,第143页。

④ 戴名世:《己卯科乡试墨卷序》,见《戴名世集》,第95页。

⑤ 焦循:《时文说二》,见《雕菰集》卷10,第20页,清道光岭南节署刻本。

⑥ 戴名世:《忧庵集》第160条,见《戴名世遗文集》,第137页。

⑦ 方苞:《杨黄在时文序》,见《方苞集》(上),第100页。

有希圣希贤的品格心胸，代圣人立言，才能“修辞立其诚”，也是在这个意义上，时文可以表现作者的志向与性情。

在用时文表达性情这一点上，桐城早期诸家中成就最高者，当属方苞之胞兄方舟。方舟曾言自己作时文，只求“自知”：“凡吾为文，非求悦于今之人也。吾有得于天地万物之理，古圣人贤人之心，吾自知而已。”[①]因此，他的文章，多能借题发抒己意。夫子之世，夫子不得行其所学，方舟平生留意经世之学，“以万物之不被其功泽为忧”[②]，然亦无机缘实施，因此其文凡涉及圣人心事，便极为深情绵邈。如《道不行，乘桴浮于海》一文中：

> 视其上则无国而不乱，视其下则无人而不矜，长与之共处于域中，非目见其人，即耳闻其事，踟蹰者自顾岂有穷期耶？
>
> 视其国则皆有可以清明之理，视其民则皆有可以仁寿之形，第愁然坐观于局外而于此焉，蒿目于彼焉，怆心栖皇者，岂能越于人境耶？
>
> 夫事之无可奈何者，徒转以自苦无为也。而情之不能自决者，非以计断之不可也。
>
> 使吾身而犹在人群之中，虽百虑其无成，终接时而心动，傀然将以终身。
>
> 使吾身而已在遐荒之外，则怀忧而莫致，虽欲拯而无从，此中亦庶几少释。[③]

《集注》于此题，引程子语：“浮海之叹，伤天下之无贤君也。”此文则并不限于感叹无贤君赏识，而是着力描绘夫子对不可挽回之时势与身处此时势中之民众的悲悯。夫子逃世之想，看似超脱，实则无可奈何，方舟将此一层款曲，揭示得十分动人。

又如《子路宿于石门章》中：

> 盖其心知世不可为，不能以身之察察，受物之汶汶，而又未尝不顾滔滔者，而心恻也。以己之不复能忍，而愈知吾子所为之难，故一旦与吾徒

---

① 《自知集》刘捷序，转引自戴廷杰：《戴名世年谱》，第308页。

② 参见方苞：《与慕庐先生书》，见《方苞集》（下），第674页。

③ 方舟：《道不行，乘桴浮于海》，见方观承辑评：《方百川先生经义》上册论语卷，第12、13页，清乾隆刊本。

邂逅风尘，而不禁于局外发伤心之语，盖其声销而志无穷矣。

抑其心知世不可为，度不能以幽人之贞，逮三代之英，而又未尝不愿斯世有斯人也。以己之绝意于斯，而愈望吾子为之之切，故不能自隐其平生之心迹，而殷然以一言志相属之诚，盖其自计审而其忧世愈深矣。①

与《集注》取胡安国语，认为晨门"以是讥孔子"的意见不同，方舟此文着力抉发晨门与夫子心事的相通处，晨门虽隐，但不能忘情世事，亦欣见世上有"知其不可而为之"之人。此种体察，正源自方舟心中所有，如檀吉甫所评："悃款如知己，亦缘百川夙抱忧世心肠，不觉体贴到此。"②

方舟之外，桐城早期诸家的时文文风大多能肖其性情。方苞为人不偕于俗，其文亦深刻峭劲，有耿介绝俗之风调，如《子曰岁寒章》起讲："且人世何知，受知之分，惟吾自决耳。吾急欲人知而人竟知矣，吾不欲受人不足轻重之知，而人亦不知矣，而亦非终不知也。其藏德深者，其收名也远，旦暮之间，嚣然自炫，虽不为一时所困，亦必无千古之荣也。"③松柏不争"雨润而日暄"之时，不为"朝华而夕秀"者所动，无论世人知与不知，其坚贞之质均无毁无伤。这种阐释，较之朱注对"士穷见节义、世乱识忠臣"的强调，更深入一层，也更合于松柏高洁之身份。又如朱书，性情豪放，与朋友交游，可以"酣嬉终日，解衣盘礴"④。因此其文亦平实通脱，较少凌厉之气，如《子使漆雕开仕》中："吾夫子忧世之切，虽莫宗而犹欲大行其道，即为兆而亦且小试其端，此意固在仕也。吾夫子乐天之深，虽王天下而不与存，即遁世不见知而亦不悔，此其意又并不关仕也。"⑤写夫子在出处问题上平和安详的心态，与二方兄弟笔下常见的凄怨之音不同。上述诸例，虽在唱叹委婉、"寄情遥深"⑥的方面，不及方舟，但都能以明畅之笔抒发个人心得，不为雷同之语，可称得上是具有真性情的文字。

---

① 方舟：《子路宿于石门章》，见《方百川先生经义》上册论语卷，第48页，清乾隆刊本。

② 转引自梁章矩：《制义丛话 试律丛话》，上海：上海书店出版社，2001年，第176页。

③ 方苞：《子曰岁寒》，见《桐城方氏时文全稿·抗希堂稿》，第13页，清光绪十四年(1888)会友书局刊本。

④ 方苞：《朱字绿墓表》，《方苞集》，第346页。

⑤ 朱书：《子使漆雕开仕》，见《朱书集》，合肥：黄山书社，1994年，第293页。

⑥ 参见孔庆茂：《八股文史》，南京：凤凰出版社，2008年，第325页。

四、文成法立：桐城早期诸家“以古文为时文”的具体操作方法之二

“文成法立”，首先是桐城早期诸家所认可的古文写作之法。如戴名世认为，文章写作的最高境界，是“运用之妙成乎一心，变化之机莫可窥测”[①]的随心所欲而不逾矩的状态。方苞在《左传义法举要》中，既对“两两相映”“隐括”“以虚为实”“以实为虚”等具体笔法进行了逐字逐句的讲解，又告诫读者应从整体着眼，感受文辞的“千岩万壑，风云变现，不可端倪”[②]处。其《史记评点》，既讨论“侧入逆叙”“夹叙”“牵连以书”“虚实之法”等具体章法，又强调“纵横如意”“义法所当然”。其《古文约选》诸评，在严格辨析不同文体的独特作法的同时，又多次论及文章之“气”“气象”“文境”，表现出对文章整体美感的关注。可见戴、方等人，对古文法度，有极为灵活通脱的阐释。对初学者、中才之人，注重讲明文章基本的写作技巧，即“死法”，而对已有一定基础者，以及天才之人，则提醒他们注意神妙变化的“活法”。

与对古文作法的理解类似，在现存桐城早期诸家关于时文文法的论述中，我们可以看到，他们一方面强调时文写作的具体技术，如戴名世、刘岩都注重小题文。小题文之题，皆割裂经文而成，虽不能阐发大义，但这种文题，在写法上限制颇多，对士子熟练掌握时文法度极有裨益。因此戴名世建议士子在初学时文时，多作小题文，“惟久而熟焉于小题，而大题已举之矣”[③]。刘岩也认为，小题文可以开作者混沌之心，使其“披豁呈露”，下笔为文，则能变化多端，引人入胜[④]。另一方面，他们又好谈论“文气”与“文境”，如戴名世多次谈到“自然成文”：“今夫文之为道，虽其辞章格制各有不同，而其旨非有二也，第在率其自然而行其所无事，此自左、庄、马、班以来，诸家之旨未之有异

① 戴名世：《史论》，见《戴名世集》，第405页。

② 《鄢陵之战》总批，王兆符、程崟传述：《左传义法举要》，见余祖坤编：《历代文话续编》（上），南京：凤凰出版社，2013年，第73页。

③ 戴名世：《甲戌房书小题文序》，见《戴名世集》，第90页。

④ 刘岩：《小题立诚集序》，《匪莪堂文集》卷2，见《清代诗文集汇编》第198册，上海：上海古籍出版社，2010年影印本，第70页。

也,何独于制举之文而弃之。”[①]他曾描述自己作文的情景说:“每一题入手,静坐屏气,默诵章句者往复数十过,用以寻讨其意思神理脉络之所在,其于《集注》亦如之。于是喉吻之际略费经营,振笔而书,不加点窜。”[②]这正是“率其自然而行其无所事”的状态。又如方苞在乾隆初年(1736)奉敕编选的《钦定四书文》中,亦大力表彰流畅、浑整之文,如评王鳌《桃应问曰章》:“化累叙问答之板局而以大气包举。”[③]评归有光《多闻阙疑 二节》:“显白透亮,而灏气顿折,使人忘题绪之堆垛。”[④]评唐顺之《牛山之木尝美矣 二节》:“依题立格,裁对处融炼自然,有行云流水之趣。”[⑤]诸评均从文章整体气息着眼。

对时文整体气息的关注,明代正德、嘉靖之时即已出现,茅坤在专门论述时文作法的《论文四则》中即特别列出“布势”一条,认为“势者,一篇呼吸之概也”“得其势则相题,言情如风之掣云、泉之出峡,苏文忠所谓行乎其所不得不行,止乎其所不得不止是也”[⑥]。此“势”也即桐城诸家所说的“文气”。但茅坤并没有详述得“文气”的方法。规制严格的八股时文,如何能做到浑灏自然?对此一问题,戴名世在《丁丑房书序》中,认为文章写作不应有文法上的预设:“立一格而后为文,其文不足言矣。”“循题位置”的“铺叙”与“相题之要而提挈之”的“凌驾”法,本身并无高下之分,文章采取哪种叙述结构,应根据题意而定,能“扼题之要而尽题之趣,极题之变,反复洞悉乎题之理”[⑦],即可算得上好文章。方苞在《钦定四书文》中,同样强调题目之“义”对“法”的决定性作用,如评唐顺之《此之谓絜矩之道 合下十六节》:“法由义起,气以神行,有指与物化而不以心稽之乐……循题腠理,随手自成剪裁。后人好讲串插之法者,此其药石也。”[⑧]又如评瞿景淳《天子一位 六节》:“以义制法,文成而法

---

① 戴名世:《李潮进稿序》,见《戴名世集》,第105页。

② 戴名世:《意园制义自序》,见《戴名世集》,第123页。

③ 《钦定四书文·化治文》卷6,第20页,文渊阁四库全书本。

④ 《钦定四书文·正嘉文》卷2,第13页。

⑤ 《钦定四书文·正嘉文》卷6,第28页。

⑥ 茅坤:《论文四则》,转引自龚笃清:《明代八股文史探》,长沙:湖南人民出版社,第334～335页。

⑦ 戴名世:《丁丑房书序》,见《戴名世集》,第93～94页。

⑧ 《钦定四书文·正嘉文》卷1,第11、12页。

立，整练中有苍浑之气，稿中所罕见者。”[①]瞿景淳是明代时文机法派的代表人物，方苞对瞿氏文章整体评价并不高，认为其“殊不远时文家数”，此处特别表彰其“以义制法”的篇目，亦可以见出方苞对不顾题意、一味调弄法度的做法的贬斥。总之，在戴、方看来，“法以义起”“文成法立”，不仅是古文写作准则，而且同样适用于时文，唯其如此，时文才不再是拼凑字词的文字游戏，而是具有内在气韵的“文章”。

五、结　语

“以古文为时文”，虽非桐城早期作家的首创，但在这一口号的创作实践和理论建设上，桐城诸家的贡献却不可忽视。虽然由于《南山集》案的影响，戴名世、朱书、刘岩等人的文章，在康熙五十年（1711）以后被禁止刊行，逐渐湮没不彰，但从这场文字狱中侥幸逃脱的方苞，以及方苞早逝的兄长方舟，终清之世，都被认为“以古文为时文”的代表作家。二方富含文学意味的时文，不仅受到桐城派内部人士的称赞，如吴敏树于时文“独高明之震川归氏，及我朝方舟百川，以为超绝，真得古人文章之意”[②]，曾国藩认为方苞得“八股文之雄厚”[③]；而且得到桐城派之外的文人的推尊，如翁方纲说：“桐城两方子，喻彼马与指。时文即古文，使我心翘跂。”[④]梁章钜也认为方苞时文“纯以古文之法行之，故集中篇篇可读”[⑤]。而经由戴名世、方苞等人的时文评选而得以细致、深入的“以古文为时文”的方法与理念，在士子中也产生了广泛深远的影响。戴名世、方苞之后，文坛上的“时文古文一体论”仍不绝如缕，如吴玉纶认为，在“有物有序”方面，“古文与时文异源同流”[⑥]；张文虎认为“志古人之志以为时文，即亦何异于诗古文词”[⑦]；俞樾也认为：“以古文为时文，其时文

① 《钦定四书文·正嘉文》卷6，第17页。

② 吴敏树：《记钞本震川文后》，见《吴敏树集》，长沙：岳麓书社，2012年，第375页。

③ 曾国藩：《曾国藩全集·读书录》，长沙：岳麓书社，1989年，第368页。

④ 翁方纲：《次东墅纪梦韵叙述江南当代人文之盛用志鄙怀》，见《复初斋外集》诗卷13，第17、18页，民国嘉业堂从书本。

⑤ 梁章钜：《退庵随笔》，扬州：广陵古籍刻印社，1997年，第502页。

⑥ 吴玉纶：《试谕一则》，见《香亭文稿》卷12，清乾隆六十年（1721）滋德堂刊本。

⑦ 张文虎：《妙香斋集序》，见《舒艺室杂著》乙编卷上，第57页，清光绪刊本。

必佳矣。”[①]这些意见，都可以视为桐城早期诸家“以古文为时文”的回声。

站在古文家的立场上看，桐城早期诸家“以古文为时文”的时文改良，对他们的古文事业来说，是一把双刃剑。其积极的一面，首先是诸人“以古文为时文”理念在创作中的成功实践，以及在此理念指导下编纂的诸种时文选本的流布，有助于提升他们在文坛的知名度，对他们古文理论的传播亦不无裨益。其次，对时文取法古文的具体方法的探究，促使他们对古文文体功用及写作方法进行深入思考，有助于他们古文理论的形成与完善。而消极的一面，主要在于时文篇幅窄小，在义理上又限制颇多，长期致力于这种以说理为主的拘谨文字，在面对叙事性体裁时，便显得力不从心。方苞文集中多篇墓志铭，剪裁皆极有分寸，却不免失之单薄，其原因即在于此。要想从根本上改变这种“不能大”的格局，除需尽力淡化时文文法的影响外，恐怕还需要来自外部思想界的变革与冲击。当时文所依附的思想条框得以松动时，文人才能够较彻底地摆脱“时文思维”与“时文语感”，桐城古文在晚清的自我蜕变，即从历史事实上证明了这一点。

原载《安徽大学学报》2014年第6期

① 俞樾：《孙卯庵试帖诗序》，见《春在堂杂文》六编卷9，第7页，清光绪二十五年(1899)刊春在堂全书本。

“岂关科第求人才”

——刘大櫆与吴敬梓科举观之比较

宋 浪 胡益民

在相当长的时间里，学界因桐城派尊崇程朱、吴敬梓通过批判八股科举否定程朱而视二者若水火不容。从总体上说，这也不能算错。但具体到桐城派的个别人物，就很值得研究。本文拟从刘大櫆与吴敬梓的科举经历和科举观入手，作一些初步探讨。之所以选择刘大櫆，是因为：其一，刘大櫆与吴敬梓身处同一时代，且地缘相近①，有着较为紧密的交游圈，与吴檠②、程晋芳③、王令樾④、程廷祚⑤等关系都较为密切；其二，吴、刘二人在科举上的经历和观

---

① 刘大櫆(1697—1780)与吴敬梓(1701—1754)生活在清代康雍乾时期，刘大櫆是安徽桐城(今分为枞阳)人，吴敬梓是安徽全椒人，两人活动范围存在诸多交集。

② 吴檠(1696—1750)，字青然，号岑华，安徽全椒人，吴敬梓的堂兄，在青少年时期与吴敬梓情趣相投，来往甚密，有学者认为其是《儒林外史》中杜慎卿人物原型。吴檠与刘大櫆同时参加博学鸿词考试，相识并成为好友。

③ 程晋芳(1718—1784)，清代经学家、诗人。初名廷璜，字鱼门，号蕺园，歙县岑山渡(属安徽)人。程晋芳曾学古文于刘大櫆，问经义于程廷祚，与袁枚等唱和。姚鼐在《刘海峰先生八十寿序》中写道：“鼐在京师，歙程吏部、历城周编修语曰：‘昔有方侍郎，今有刘先生，天下文章，其出于桐城乎？’”程晋芳与吴敬梓交谊深厚，著有《怀人诗》《文木先生传》等，对研究吴敬梓和《儒林外史》有着重要价值，有学者认为其是《儒林外史》中庄濯江人物原型。

④ 王令樾，安徽含山县人，以举人流落京城，卖文为生。后出任浙江石门知县。早年，与吴檠、吴敬梓等有交游。故吴敬梓长子吴烺赠诗，有“先生(令樾)家君之挚友，少年束发同携手”之语(《杉亭诗集》)。刘大櫆在《吴青然诗序》中提及与吴檠、王令樾为好友关系，并有诗《瓠落行答王令樾》(《刘大櫆集》)。

⑤ 程廷祚(1691—1767)，初名默，字启生，号绵庄。原籍安徽新安(今歙县)，著名经学家。与刘大櫆、吴敬梓一同参加乾隆元年(1736)的博学鸿词考试。程廷祚与吴敬梓关系密切，有学者认为其是《儒林外史》中庄绍光的原型。

点相似，有可比性。

一、一种无可选择的人生窘境

刘大櫆与吴敬梓都生活在清朝康熙、雍正、乾隆时代，主要在雍正、乾隆年间。当时，出现了资本主义生产关系的萌芽，社会呈现了某种程度的繁荣，但这也不过是即将崩溃的中国封建社会的一丝希望，表面的繁荣掩盖不了大厦将倾的事实。刘大櫆和吴敬梓生活的长江中下游地区，正是知识分子集中，反抗也最为激烈的地区。通过清初对武装起义的残酷镇压，清朝统治者逐渐腾出手来对付知识分子，主要是采取了两种方法：

一方面，就是大兴文字狱加以威逼。其中影响比较大的如《南山集》案。《南山集》案发生于康熙五十年（1711），主要经过是：桐城人戴名世由于集中引用方孝标《滇黔纪闻》议论南明史事，用了南明年号，触犯忌讳而获罪。此案牵连极广，除戴名世、方孝标两姓族人以外，作序、刊刻、贩卖者均被逮，甚至连名著一时的方苞也一并被罪。这一案件，不仅是戴、方二姓的灭顶之灾，而且给桐城学子以沉重打击。那场文字狱发生时，刘大櫆正值青年，成年以后所作《感怀》诗，内有"弱冠负勇气，乡闾婴祸罗"[①]之句，可见此案对其所造成的心理伤害是相当深远的。

《南山集》案同样给吴敬梓造成影响。《儒林外史》中有很多"文祸"的描写，最为著名的是"《高青邱集》案"。关于小说的故事原型，金和在《儒林外史跋》中谓："《高青邱集》即当时戴名世诗案中事。"[②]何满子先生也认为，"金和认为指的是《南山集》，就《南山集》案属于这一系列大规模的文字狱案中发生得较早，又且发生于吴敬梓的故乡安徽，因而对他是精神冲击最激烈、印象最深刻的案子这点而言，无宁是说对了的。"[③]《高青邱集》案是清初众多文祸的

① 刘大櫆：《感怀六首》之六，见吴孟复标点：《刘大櫆集》，上海：上海古籍出版社，1990年，第371页。

② 金和：《儒林外史跋》，见吴敬梓著，李汉秋辑校：《儒林外史汇校汇评》附录一，上海：上海古籍出版社，2010年，第691页。

③ 何满子：《吴敬梓是对时代和对他自己的战胜者》，此文见李汉秋编：《儒林外史研究论文集》，北京：中华书局，1987年，第269～281页。

一个缩影，我们虽不可坐实为某一场具体文字狱，但戴名世《南山集》案一定是其中最主要的本事。因此，接连发生的残酷文字狱给包括刘大櫆、吴敬梓等在内的当时的知识分子投下了相当浓重的阴影。

另一方面，就是实行科举制度予以利诱。作为重要的文官选拔制度，科举肇始于隋唐，曾在中国历史进程中发挥过积极作用，但沿用上千年，特别是历经有明一代，已是弊病缠身，严重阻碍了时代进步。明末清初许多有识之士对此已有共识。张岱在《石匮书・科目志》里就有"八股一日不废，则天下一日犹不得太平"[①]的激烈抗议之声。1644 年，清王朝建立之后，降臣范文程建议采取明王朝八股科举取士制度。他在奏疏中说："治天下在得民心，士为秀民。士心得，则民心得矣。请再行乡、会试，广其登进。"[②]通过科举取士来笼络知识分子，可以消除他们对满洲贵族的反抗情绪。他的建议很快就得到清统治者采纳，第二年就恢复科举。清朝政府实行科举制度的目的非常明确，且"旧方子"相当管用，真可谓"纲举目张""江以南士子毕集，得人称极盛云"，许多知识分子乃至抗清志士都堕入这一追求利禄的圈套。

在这样的大背景下，无论是在政治、经济，还是在文化学术和知识分子政策上，都存在着许多向两极发展的现象：知识分子反抗或是不合作就可能掉脑袋。但科举考试绝不是知识分子的福音，纵使有一批人才从科举中出来，"所谓文武干济、英伟特达之才，未尝不出乎其中"[③]，但正如林纾所驳斥的那样："须知人才得科第，岂关科第求人才？"[④]清代科举沿用明制，以八股文为主要考试内容，形式僵化，弊端频现，危害极大，严重束缚人的思想，成为维护封建专制统治的工具。其造成的后果是，绝大多数的知识分子包括蒲松龄、刘大櫆、吴敬梓等一大批杰出人才在八股中虚耗生命，在科场上屡战屡败，往往蹉跎一生。对于他们而言，这个时代是一种没有更好选择的人生窘境。

---

① 凤嬉堂抄本卷 26，转引自胡益民：《张岱评传》，南京：南京大学出版社，2011 年，第 156 页。

② 赵尔巽等撰：《清史稿》卷 232，北京：中华书局，1977 年，第 9353 页。

③ 赵尔巽等撰：《清史稿》卷 108，第 3151 页。

④ 林纾：《闽中新乐府・破蓝衫》，见林薇选注：《林纾选集・文诗词卷》，成都：四川人民出版社，1988 年，第 288 页。

二、两个伟大身影的擦肩而过

从人生经历来看，刘大櫆的科举之路颇为坎坷。其祖与父，世为秀才，课读乡里。他自己曾多次应乡试，两中副榜，但未曾考上举人。后来通过方苞举荐，应"博学鸿词"试，但被同乡大学士张廷玉所黜[①]。晚年曾任黟县教谕。后被聘为黟县问政书院山长，又主讲安庆敬敷书院。一生教文、评文，以此造才甚众。年八十余，因病回乡，门人来省疾考，犹强起与之论文[②]。与刘大櫆相比，吴敬梓的科举道路则要简单许多。"世望族，科第仕宦多显者……稍长，补学官弟子员……安徽巡抚赵公国麟闻其名，招之试，才之，以博学鸿词荐，竟不赴廷试，亦自此不应乡举"[③]。对刘、吴二人的科举经历加以比较，有两个方面值得关注：

第一，他们都同时参加了"博学鸿词"考试，虽态度和经历不同，但是他们的一次交集，也是一个大的人生转折，促使他们对科举制度有了更深的认识。

雍正十一年(1733)，下诏举行"博学鸿词"科，令各省督抚推荐，但未及举行考试雍正病故，乾隆元年(1736)才在京考试。刘大櫆和吴敬梓都得到荐举，分别参加了学院、抚院及督院三级地方考试。安徽的督院考试在安庆举行，因为系同省，刘大櫆和吴敬梓都在安庆参加了督院考试。但这次考试有没有使二人得以相识，目前掌握的资料尚未见记录。但同时参加此次督院考试，随后与刘大櫆一同进京参加廷试的吴敬梓族兄吴檠却成为他们的共同好友，却是不争的事实[④]。

对于刘大櫆而言，此次"博学鸿词"考试是其人生最重要的一次契机。他

---

① 有学者认为：张廷玉后来为此而后悔，乾隆十五年(1750)独荐刘大櫆应诏举经学。不久张廷玉去位，刘大櫆举经学亦未成。

② 参见姚鼐《刘海峰先生传》、吴定《海峰先生墓志铭》、《清史稿》卷485等关于刘大櫆生平撰述。

③ 程晋芳：《文木先生传》，《勉行堂文集》卷6，见朱一玄、刘毓忱编：《儒林外史资料汇编》，天津：南开大学出版社，2003年，第131页。

④ 刘与吴相交甚深，刘大櫆在《吴青然诗序》中对二人同时参加"博学鸿词"考试而建立友谊的经历有所记述，参见《刘大櫆集》，第61～63页。

虽然出身于书香世家,但其祖父辈都只是秀才,所以他青少年时就胸怀大志,意气风发,曾在诗中畅言:“少年负勇气,志在立功勋。”①“生则为国干,死当为国殇。”②虽然前期科举之路屡遭坎坷,但此次“博学鸿词”考的是其所擅长的诗文,而且得到名重一时的方苞的褒奖和举荐,应是志在必得。他在赴考途中写下“闻命只益愧,捧檄仍多欣”③之句,可以看出其愉悦的心情。从他当时写给当朝一些达官贵人的书信来看,他想通过荐举改变人生的愿望也是比较积极和迫切的。如得到荐举后就主动写信说:“夫櫆素非山林逸遗之士不求闻达以为高者……持货贿日游于市,岂其辞沽直者。譬如山木,榱栋是资,其惮为工师取乎?夫何不任受之有!”④但考试结果却令他大失所望,对他的打击也分外沉重。他在《秋夜独坐寄沈惟涓》《金台行》和《送凌自强序》等多篇诗文中都表达失望和愤懑之情⑤。直到其好友叶酉于乾隆四年(1739)中进士,他在《寄叶书山》诗中说:“对月发悲吟,临风振高啸……昔君本共栖,今余不同调。”⑥悲凄心情仍溢于言表。此后,刘大櫆虽再次应诏举经学,但心境已大不相同,其后半生主要是教书做幕僚来维持生计,不再参加科举考试了。可以说,此次“博学鸿词”考试既是刘大櫆人生的重要转折,也是他对科举制度选拔人才的虚伪性、欺骗性彻底看透的重要心理历程。

对于吴敬梓来说,他没有通过科举光宗耀祖的压力,反而通过祖父辈的经历,对科举制度看得更深更透。虽从吴敬梓参加院试期间的诗词来看,他的思想有过矛盾和波动,也有学者认为吴敬梓是因病放弃后来的廷试,但从《儒林外史》来看,吴敬梓是看透了这种黑暗的政治和腐朽的社会风气,憎恶士子们醉心制艺、热衷功名利禄的习尚,而且认定即使通过科举走出来也改变不了现状。因此,可以基本判断他应该是主动放弃廷试的。廷试结果出来,“面对着这一场所谓征聘人才的闹剧骗局,吴敬梓更加坚信与其进而求官

---

① 刘大櫆:《感兴十首》之五,见《刘大櫆集》,第384页。

② 刘大櫆:《感怀六首》之三,见《刘大櫆集》,第370页。

③ 刘大櫆:《诏征博学鸿词赴都道中述怀》,见《刘大櫆集》,第367页。

④ 刘大櫆:《与盐政高公书》,见《刘大櫆集》,第109~110页。

⑤ 参见孟醒仁:《桐城派三祖年谱》,合肥:安徽大学出版社,2002年,第93页。

⑥ 刘大櫆:《寄叶书山》,见《刘大櫆集》,第400页。

求禄,一无所得,不如退而安居,自由自在,无荣无辱,无拘无束之为自得,一扫过去或因生活艰窘,或因道路坎坷,而偶然幻想所及的功名富贵"①,于是,"自此不应乡举",与科举考试彻底决绝,专心于《儒林外史》创作。因此,此次被荐博学鸿词也是吴敬梓人生中的重大转折。

第二,刘大櫆的科举经历比吴敬梓更为曲折和复杂,但恰恰又集聚了《儒林外史》诸多人物的影子。

众所周知,《儒林外史》中人物大多有现实原型,刘大櫆的经历从某种程度上亦予以了验证。其一,刘大櫆科举屡试不中,备受打击,"举世揶揄",这与周进、范进考中前的悲惨遭遇何其相似。其二,诸多学者认为,大学士张廷玉主持"博学鸿词"科廷试,拉拢才士程廷祚而不得,转而黜落之,是《儒林外史》中庄尚志的人物原型。但张廷玉为避同乡之嫌或其他原因而黜落刘大櫆亦为事实。从史料记载来看,此科"从雍正十一年(1733)四月初八日下诏,到乾隆二年(1737)七月十五日万松龄等补试人员授职,历时四年多,内外所举共二百六十七人……一共录取了二十人,和应试的人数相比,不过十分之一。在落第的人中,有淹通经史的桑调元、顾栋高、程廷祚、沈彤、牛运震、沈炳震,擅长文章诗赋的厉鹗、沈德潜、胡天游、刘大櫆、袁枚等"②。因此,庄尚志的遭遇与刘大櫆的个人遭际十分相似。庄尚志是以程廷祚为基本原型的,但无疑也包含着刘大櫆等人的遭遇,反映了一代有思想文人的共同命运。其三,刘大櫆此后入江苏、湖北、山西等地学幕,助评文卷,或设馆授徒,颠沛艰辛,生活清贫。乾隆二十六年(1761),刘大櫆出任黟县教谕,教授学生。这一经历很显然有《儒林外史》中余大先生的人物缩影。可以说,刘大櫆用自己丰富曲折的科举人生去戳破科举制度的虚伪性、欺骗性,从而揭露科举制度残害知识分子的本质;而吴敬梓本人虽未过多参与科举,但他却用如椽巨笔生动真实地记录下发生在他身边的一代文人的厄运。

刘大櫆与吴敬梓面对已成为时代桎梏的八股科举,人生选择不同,一个选择向体制妥协,一个选择拒不合作,但都未能被体制所接纳,"黾皇为衣食,

① 孟醒仁、孟凡经:《吴敬梓评传》,郑州:中州古籍出版社,1987年,第172、173页。

② 王道成:《科举史话》,北京:中华书局,1988年,第98页。

奔走何时休!”[1]在贫病交加、颠沛流离中度过一生(在这一点上亦有似蒲松龄),从不同侧面验证了八股科举对人才的禁锢和扼杀。

三、不平之鸣与公心讽世

刘大櫆虽曾在科举之路上孜孜以求,但对这种取才形式则予以坚决否定和批判。这一方面是受到顾炎武等启蒙思想,特别是戴名世等桐城派前驱者影响,另一方面也与其自身经历和认识密切相关,所以他的批判是较为深刻的。刘大櫆对八股科举的批判言论主要集中在为一些亲朋好友诗文集所作序文里(特别是时文集序)。刘大櫆在序文中很少对作者的八股时文作出评价,有时仅一句带过,反而将时文序当成了讨伐八股科举制度的檄文,以一吐胸中之块垒。从这些序文中,我们可以大致梳理出刘大櫆对科举制度的基本态度和思想。与吴敬梓相比较,亦能衡量其思想所达到的高度。

第一,八股科举内容空泛,是对原始儒家经典的精神背离。

刘大櫆特别推崇原始儒家经典,他说:“昔者,圣人作经于千载之上,而千载之下,万物之象、兆民之情,无不备具其中。经之为用大矣!”[2]他是以崇经即原始儒学为武器来反对当时盛行的科举时文,指出:“今之‘时文’,号称经义。以余观之,如栖群蝇于圭璧之上,有玷汙而无洗濯,虽古圣之言,光如日月,极人世之能,不足使之晦蚀;而时文自为其不道之言,究何补于经哉?”[3]八股时文非但于经无补,反而使“今世之士,惟知决科之为务,其有以经术倡道于人,则人皆笑之。科举之制,比之秦火,抑又甚焉”[4]。这一点与顾炎武的见识相同。“乡举里选之制废,以文辞取士,至有明而其术穷。爰取四子之书,创为八比之文,家诵户习,而能者出于其间,若唐氏、归氏其资之于古者既深,则其垂之于后必远矣。沿用既久,后学厌弃先矩,乃更旁罗经史,以相附益,炫其采色音声,而与古圣立言之旨,寖以违戾。迄于今而承袭舛讹,先民

① 刘大櫆:《病中读书》,见《刘大櫆集》,第400页。

② 刘大櫆:《侑经精舍记》,见《刘大櫆集》,第323页。

③ 刘大櫆:《张俊生时文序》,见《刘大櫆集》,第104页。

④ 刘大櫆:《侑经精舍记》,见《刘大櫆集》,第323页。

之遗学扫地尽矣"[①]。刘大櫆对科举把儒家经典变成教条、重形式轻内容甚至肆意曲解的现象加以指谪和批判,具有明显的进步意义。

吴敬梓也同样重视原始儒家经典,认为"圣人之经,犹天有日月也。学者心思细绎,义理无穷,经学亦日为阐明"[②]。他把治经说成"人生立命处"[③],晚年好治经,并著有《诗说》。如果联系《诗说》的相关文字来看,吴敬梓还算不上"封建阶级的逆子",他用来批判当时科举制度和理学制约下的世风人心的武器,不过是原始的儒学,他并没有走出儒家"温良敦厚"的传统。他的《儒林外史》亦是以儒家经典所要求的文行出处为小说纲领的。对于泰伯这个被孔子称为"至德"的儒家先贤[④],吴敬梓推崇备至,书中正是通过泰伯祠大祭来寄托其思想主张的[⑤]。他所反对的也恰恰是科举制度本身对原始儒学的精神背离。他在敷陈大义、隐括全文的第一回通过正面人物王冕的口宣称:"这个法(指八股科举取士——引者注)却定的不好!将来读书人既有此一条荣身之路,把那文行出处都看得轻了。"[⑥]文中又借马二先生之口说道:"就是夫子在而今,也要念文章、做举业,断不讲那'言寡尤,行寡悔'的话。何也?就日日讲究'言寡尤,行寡悔',那个给你官做?孔子的道也就不行了。"[⑦]书中描绘了一大批丧失"礼义廉耻"科场得意者,揭露出科举的本质是对儒家经典教义的抛弃和背离。

刘大櫆和吴敬梓所处的时代,仍处于封闭的封建社会,门户未开,西学未进,还没有更进步的思想来取代儒家思想。他们反对科举八股,但并不反对"原始儒学",因为"原始儒学"在他们的理解与阐释中带上了理想化的色彩,

---

① 刘大櫆:《东皋先生时文序》,见《刘大櫆集》,第 92 页。

② 吴敬梓:《〈尚书私学〉序》,见李汉秋点校:《吴敬梓吴烺诗文合集》,合肥:黄山书社,1993 年,第 71 页。

③ 程晋芳:《文木先生传》,见《勉行堂文集》卷 6,第 131 页。

④ 参见《论语·泰伯》:"子曰:'泰伯,其可谓至德也已矣。三以天下让,民无得而称焉。'"见杨伯峻:《论语译注》,北京:中华书局,2006 年,第 89 页。

⑤ 刘大櫆在《泰伯高于文王》《续泰伯高于文王》中对泰伯给予较高的评价,思想与吴敬梓基本一致。

⑥ 吴敬梓著,黄小田评点,李汉秋辑校:《儒林外史》(第一回),合肥:黄山书社,1986 年,第 10 页。

⑦ 吴敬梓:《儒林外史》(第十三回),第 126 页。

其道德观、人性论富于人道主义的温馨;而当时作为统治工具即通过八股科举来推销的程朱理学特别是其“存理灭欲”的理学人性论,恰恰是对原始“儒学精神”的根本背离[①]。在这一点上,刘大櫆与吴敬梓的思想几乎是完全相同的,这也受到了一些学者的关注。如吴孟复先生就曾指出:“刘大櫆部分作品中,讲了一些方、姚所不敢讲的话,有的竟与黄宗羲、唐甄、吴敬梓、曹霑、戴震颇为近似。这也不奇怪,他与曹、吴本是同时代的人,与黄、唐、戴,或早或晚,但也先后相接。他们接触的社会现实相同,而刘的社会地位与文学修养又使他能比较清醒地看待现实,敏锐地发现问题。”[②]

第二,八股科举形式僵化,选拔不出真正的人才。

“明代复试以八比之文,相与为臭腐之辞,以求速售。嗟呼,此岂有天下豪俊出于其间哉”[③]?科举考试为什么不能选拔出天下之豪俊呢?首先在于根本就没有好坏的标准,“作时文,使不得才情,使不得议论,使不得学问,并使不得意思”[④]“传习既久,日趋诡异,加之以患失之心、求得之念,而流弊至不可胜言”[⑤]。这样的文章不知如何而作,所以只能“以俳优之道,扶圣贤之心”,一味地揣摩考官的好恶了。考中了的就是好文章,也就成为衡量的标准,夺魁者随之成为考官,拥有定夺天下考生命运的权力。刘大櫆由此指出:“彼一夫者,懵然踞坐于其上,持彼之一是,恃彼之一长,自以为绳墨,而以之衡天下士,曰:如此则中吾彀,如彼则不中吾彀;如此则得之,如彼则失之矣。”[⑥]遭逢这样的考官,像刘大櫆这样的考生又不屑且写不出庸滥之时文,以“古文为时文”则只有名落孙山的命运。如果这些考官再“蓄意毁白以为黑,誉浊以为清”,那真是“一代文人有厄”了。

吴敬梓对科举考试评判标准的揭露也颇为深刻,其中有描写周进对范进文章的评判:

---

① 参见胡益民:《〈阅微草堂笔记〉“反理学”问题新论》,载《文学遗产》,1990年第2期。

② 吴孟复:《桐城文派述论》,合肥:安徽教育出版社,2001年,第220页。

③ 刘大櫆:《答周君书》,见《刘大櫆集》,第120页。

④ 刘大櫆:《时文论》,见《刘大櫆集》,第612页。

⑤ 刘大櫆:《方晞原时文序》,见《刘大櫆集》,第97页。

⑥ 刘大櫆:《徐笠山时文序》,见《刘大櫆集》,第95页。

看罢,不觉叹息道:“这样文字,连我看一两遍也不能解,直到三遍之后,才晓得是天地间之至文,真乃一字一珠!可见世上糊涂试官,不知屈煞了多少英才!”①

八股文之所以搞什么“破题”“承题”“起讲”……本来就是为了层次清楚,改卷方便,范进“天地间至文”的卷子竟叫人看不懂,其水平可知。而因为考官周进首先存了一个“倘有一线光明,也可怜他苦志”的念头,第一次虽是“用心用意”看了一遍,也只得说:“这样的文字,都说的是些什么话?怪不得不进学!”第二次看就“觉得有些意思”,及至第三遍,竟然发现是“天地间之至文,真乃一字一珠!”不等看其他人卷子,就不加犹豫地“填了第一名”。其实,范进的文章还是范进的文章,所谓“一字一珠”,本来就只是考官周进心理上的主观意念。这一点,吴敬梓以白描式的讽刺之笔,和刘大櫆的观点是高度一致的。

同样,《儒林外史》中一些不学无术、只把科举考试当成升官发财敲门砖的人,如鲁编修、高侍读及王惠之流往往科场得意,而奉八股文若神明并当成终身事业,“一个批语要做大半夜”的马二先生却屡屡是科场失意者!以这样的考试来选取人才只能成为骗人空谈。

第三,八股科举以名利为导向,败坏士风。

八股时文盛行于世,遂造成取莠去良。刘大櫆指出,“今以汉、唐以来,诗歌、古文之信而传者,与今人见之,其昧者争避之,以为不祥之物也”②。揣摩八股文、进科场才是文人的唯一正途,否则会被看作邪魔外道,唯恐避之不及。如同《儒林外史》文中鲁编修所说:“八股文章若做的好,随你做甚么东西,要诗就诗,要赋就赋,都是一鞭一条痕,一掴一掌血。若是八股文章欠讲究,任你做出甚么来,都是野狐禅、邪魔外道!”③面对这样的文化环境,作为诗文大家的刘大櫆和吴敬梓自然“没有市场”。

科举八股以功名富贵利诱士人,导致士风日坏。刘大櫆斥责那些热衷于

① 吴敬梓:《儒林外史》(第三回),第25页。
② 刘大櫆:《徐笠山时文序》,见《刘大櫆集》,第94页。
③ 吴敬梓:《儒林外史》(第十一回),第103页。

科举功名的人每每“用贪冒苟得之心，以求悦于鄙夫小人之目，而其道始离也”[①]，甚至唯“知有荣利而已，为宫室、膳啖、妖丽之奉，辱身以求之，老死而不止，是其所知，犹犬之于骨，鸱鸦之于鼠，蛆蝇之于粪秽也。彼岂知天下之正味哉”[②]？其对科举制度毒害下封建文人的卑劣行为那种鄙视、愤慨和憎恨之情跃然纸上。他深为悲愤地感叹道：“呜呼！世俗日益偷，竞为软美，以相媚悦为能，下以是贡，而上益以自矜，若人之于我固当然者。取人不必才，惟其善谀；弃人不必其不肖，惟其不识形势，不能伺贵人意指。从荐绅以迄里巷，父兄所以教戒其子弟，一皆摹揣成习。与人终日言，无一言稍可恃赖。”[③]世俗浇漓，正直之人很难容身。

同样，《儒林外史》不仅写出周进、范进和马二先生等被科举残害的惨状，也写出鲁编修、高侍读、王惠、张静斋、匡超人这些科举“高高地中了”之流，一旦攫取高位，全然不顾礼义廉耻，一心追求功名富贵，把坏事做绝，描绘出一幅科举制度下士人地狱变相。这些人“既与近代知识分子的概念不沾边，也与孔孟关于‘士’的定义不搭界，非驴非马正是这等‘士’的结构性特征”[④]。

刘大櫆哀叹：“天之生才，常生于世不用才之时，或弃掷于穷山之阿、丛薄之野，使其光气抑遏而无以自达；幸有可达之机矣，而在位者又从而掩蔽之，其阨穷以终、沦落以老者，何可胜数！”[⑤]这既是对朋友的同情，对自身的哀叹，同时又是对整个时代扼杀人才所发出的控诉。

总之，作为古文家，刘大櫆或结合朋友的人生，或结合自身遭际，借写文章作不平之鸣，尽情抒发对科举制度的不满，并予以直接抨击。吴敬梓作为小说家，则借《儒林外史》中人物，艺术性地传达八股科举对一代士人的残害。二人观点有很多相似之处，代表了当时知识精英的高瞻远瞩。相比较而言，作为小说家，吴敬梓对科举制度的揭露思想更深刻、内容更丰富、形象更生

---

① 刘大櫆：《张荪圃时文序》，见《刘大櫆集》，第101页。

② 刘大櫆：《汪在湘文序》，见《刘大櫆集》，第54页。

③ 刘大櫆：《中书舍人程君墓志铭》，见《刘大櫆集》，第253、254页。

④ 胡益民、周月亮：《儒林外史与中国士文化》，合肥：安徽大学出版社，2005年，第108页。

⑤ 刘大櫆：《见吾轩诗序》，见《刘大櫆集》，第80页。

动;他以讽刺的手法,对这些丑恶的事物进行了深刻的揭露和有力的批判。正如鲁迅先生所言:“乃秉持公心,指摘时弊,机锋所向,尤在士林;其文又戚而能谐,婉而多讽。”[①]展现了小说家高超的讽刺手法。此外,吴敬梓对科举的揭露也更为深入、系统,呈现了一代文人的整体画卷。刘大櫆则更直接地把自己对八股科举的批判述诸诗文,其大胆、激烈和批判力度与吴敬梓亦堪媲美。

四、余　论

基于以上比较和分析,我们可以得出两点认识:

一是需要全面客观地认识和评价刘大櫆。不论是通过全人看全文,还是通过全文看全人,对刘大櫆都应该有一个客观公允的评价。我们不能因为刘大櫆一生屡屡参加科举考试,就推断他热衷于功名。在科举作为知识分子唯一上升通道的时代,一个有所抱负的知识分子,只有通过科举实现自己的人生价值,此外别无他途,因而对此不应过于苛责。而刘大櫆并未陷于八股时文不可自拔,他在诗、文,特别是在古文方面的创作和研究是卓越的,也影响和教授了诸如姚鼐、程晋芳、吴定等一批优秀的后来者,这应给予充分肯定。更为难能可贵的是,刘大櫆正是通过自身坎坷艰辛的科举经历,逐步认识科举制度的种种弊端,并进行了深刻的揭露和批判,以坎坷不平之气发愤世嫉俗、敢想敢说之文,有些思想与张岱、顾炎武、黄宗羲、蒲松龄、吴敬梓、曹雪芹等一批具有远见卓识的知识分子有许多共同之处,这在当时时文网罗密集的情况下是极为难能可贵的,也在早期思想启蒙中发挥了重要作用。所以,刘大櫆的相关诗文既是研究清代诗文的重要材料,也是研究早期启蒙思想史的材料,理应得到充分的重视。

二是更好地理解和把握吴敬梓及《儒林外史》。前文已述及,刘大櫆和吴敬梓身处同一时代,地缘相近,交友群相似,接触的社会现实大体相同,所以他们的人生经历、思想渊源和许多观点有相似之处,实非偶然。我们可以通

① 鲁迅:《中国小说史略》,见《鲁迅全集》第9卷,北京:人民文学出版社,2005年,第228页。

过研究刘大櫆，从而更好地走近吴敬梓，更好地读懂《儒林外史》这部堪称"伟大"的著作。一方面，《儒林外史》中一些人物或多或少有刘大櫆的影子，刘大櫆的真实人生让我们认识到吴敬梓对人物刻画的写实性，也因此达到了"日用酬酢之间无往而非《儒林外史》"(卧评)的效果。可以说《儒林外史》以生动形象的笔墨，逼真地反映了社会，当之无愧是一部伟大的写实之作，它开创了以小说直接评价现实生活的范例。另一方面，刘大櫆的思想让我们更好地理解吴敬梓思想产生的时代背景、现实土壤和历史地位，通过比较刘大櫆与吴敬梓在思想上的诸多共性，并据此拓展之，让我们认识到蒲松龄、袁枚、曹雪芹等一批具有远见卓识的知识分子的共同思想主张及在时代进步中的作用。在这个群体中，吴敬梓正是透过封建末世的虚假繁荣，对当时吏治的腐败、科举的弊端和礼教的虚伪等进行了深刻的批判和嘲讽，使其思想在当时处于卓然不群的高峰。

原载《安徽大学学报》2014 年第 6 期

从《国朝文录》看姚椿的选本批评及学术思想

杨新平

姚椿是桐城派后期的重要作家，于诗、文、词皆有造诣。自称于诗用力甚勤，并获时人佳评，洪亮吉称其诗“如洛阳少年，颇通治术”；[①]王昶称其“才情宏放，正如天马凌空，不宜羁勒”。[②] 其文得桐城正统，“义法高洁，不事雕琢，磅礴而出，和平淳雅”。[③] 其词则以“清豪”称，“实为近代词别见生面之一家”。[④] 然而，在已出版的各种清代文学史、文学批评史中，关于姚椿的文学创作与批评均鲜有论及，[⑤]在桐城派的研究中亦仅被作为姚鼐后学略有提及，并不受重视。事实上，姚椿对程朱理学的坚守及其古文创作与批评，皆对桐城派的发展和延续有过积极贡献，其作用并不逊于姚门四大弟子。本文考察《国朝文录》的编选动因与编撰体例，并结合选文分析其选录标准，以透视姚椿的选本批评及学术倾向。

---

① 洪亮吉：《北江诗话》卷1，北京：人民文学出版社，1983年，第6页。

② 王昶：《湖海诗传》卷44，见《续修四库全书》第1626册，第402页。

③ 刘声木：《桐城文学渊源考》卷6，合肥：黄山书社，1989年，第222页。

④ 严迪昌：《近代词钞》，南京：江苏古籍出版社，1996年，第66页。

⑤ 笔者仅见两篇专门性的研究论文：陈玉兰：《姚椿雅正诗心论》，载《浙江师大学报》（社会科学版），2001年第5期；贾乐园：《姚椿词研究》，华东师范大学硕士学位论文，2007年。

一

姚椿(1777—1853),字子寿,一字春木,号樗寮生,江苏娄县(今上海松江)人。父令仪,屡参戎幕,官至四川布政使。姚椿自幼随父南北奔驰,熟知民间疾苦,欲求有用于世,然科场蹭蹬,屡试不遇,以布衣终。后从游于姚鼐之门,受古文法,又得理学家朱泽沄遗书而服膺备至,且拜谒其墓,申私淑之礼。历主河南夷山、湖北荆南、松江景贤等书院讲席,以实学励诸生。姚氏著述颇丰,有《通艺阁诗录》《续录》《三录》《和陶诗》《晚学斋文集》《洒雪词》等,并辑《国朝文录》(以下简称《文录》)。

(一)《国朝文录》的编撰动因

《文录》共82卷,选文起顺治、康熙,迄嘉庆、道光,共录303人,文1380篇,卷帙浩繁,辑录不易。姚椿年过三十,立志搜辑国朝文集,对所采获之文,在讲业之余,"取而类之,汰其繁芜,去其复冗",[①]于道光三十年(1850)编成《文录》。此时距其谢世仅三载,"搜罗历四十年",[②]足见其积时之勤与用功之深。他立志辑选清文,主要有两个方面的原因:首先,是为了网罗文献,使之彰显于世,不至"任其放轶"而湮没无闻。其《复邹钟泉太守书》曰:"椿少时亦颇有意用世,讲求不精。中岁自放,又以性卞急而才拙滞,不足以有为。方欲网罗一代遗文轶事,其大者为《国朝诸儒学案》,次则《文录》一书,二者相为表里,使其言其事,皆章章著明于世。"[③]即知其选录清文的用意所在。《文录》序又说:"后之君子,苟欲观历代之会通,综一朝之典要,而求前古圣贤之遗意焉,其亦将流览于斯。"[④]姚椿虽未入仕途,却并不遁世,用半生之力完成《文录》一编,以著述来实现自己的用世之志。其《学案》一书则因采掇甚烦,虽已创稿,终未及成。

其次,主要在于他对已有清文选本的不满。其《题吴枚庵〈国朝文

① 姚椿:《国朝文录·自序》,清咸丰元年(1851)刻本。

② 沈曰富:《国朝文录·述例》。

③ 姚椿:《晚学斋文集》卷5,清咸丰二年(1852)刻本。

④ 姚椿:《国朝文录·自序》。

征〉》曰：

> 长洲吴枚庵翌凤，谓《切问斋文钞》一编，乃经济致用之书，非以其文；又谓考据之文，易于伤气，其言皆是也。枚庵以昭代文尚无选本，为《国朝文征》三十八卷，《补编》二卷，计二百八十余家，较《文钞》一百三十七家，又增其半。然所选多猥杂，不尽轨于雅正。又以人为次，例尤未安。外此，则有归安徐斐然《二十四家文钞》及《今文偶见录》二书，《二十四家》例与吴同，《偶见录》所分门目，又与陆钞近似，皆未尽善。吾乡王述庵侍郎《湖海文传》一书，例踵前人之旧，然非平生交游不列，亦未得为详备。采辑富而综核严，其殆后死之责也欤！[①]

《切问斋文钞》为清人陆燿所选，系网罗清初至乾隆间"名宿诸作"而成，列学术、风俗、教家、服官等十二门，其宗旨在经世，而非笃意于文。徐斐然《今文偶见录》分学术、风教、政治、道古、论文、献征、酬应、游览八门，与陆钞近似。吴翌凤《国朝文征》和徐斐然《二十四家文钞》则"以人为次"，在姚氏看来体例未能尽善。王昶《湖海文传》按文体分类编排，与《文录》相类，但所收各家均为其交游所及者，实据所见而录，故难详备。姚氏认为上述诸种清文选本均未餍人意，遂有综辑清文之宏愿，而"采辑富而综核严，其殆后死之责也欤"，正是其毕其功于裁汰别择而综辑清文的自励之语。

（二）《国朝文录》的编撰体例

姚椿弱冠时出游至杭州，曾于敷文书院拜谒王昶。王氏晚年完成《湖海文传》之编后，尝言："后有吕公（指吕祖谦）其人者，未必不借此为嚆矢也。"[②]姚椿从游之时得读是选，并曾抄录副本，为《文录》的编选做准备，正应了王昶期许之意。后又亲炙姚鼐，熟读《古文辞类纂》，并请业乃师有关选文弃取之道。[③] 故《文录》以文体为次，对《湖海文传》和《古文辞类纂》之体例多有承祧与整合。沈曰富《国朝文录·述例》曰：

> 是录依桐城姚先生《古文辞类纂》例，而卷之离合、序次之先后，微有

---

① 姚椿：《晚学斋文集》卷3。

② 王昶：《湖海文传·凡例》，见《续修四库全书》第1668册，第381页。

③ 姚椿：《〈古文辞类纂〉书后》，见《晚学斋文集》卷3。

不同。如诏令类一门未立，奏议类仍分为上、下编。而疏、劄子外，别有进讲义一体，今列于对策前，盖均为入告之辞。碑铭旧为一类，今分二门，曰碑表，曰志铭；而于碑表之中仍分上下，以祠庙、堂室各碑刻入上编，而以下编载神道碑、墓表。其箴铭、颂赞、祭文、哀词各自为类。盖文虽同出一原而分之，又以示文体之别也。①

姚椿所录文体据姚鼐所分十三类损益而成，计有论辩、序跋、奏议上（疏、劄子）、奏议下（进讲义、对策）、书、赠序、杂记、碑表上（祠庙、堂室碑记）、碑表下（神道碑、墓表）、志铭、传状、赋、颂、箴、铭、赞、祭文哀诔十七类。每种文体中，又以作者时代前后为序，“国初诸人先朝士而后遗老，自后略依科目，而布衣之士齿列其间”。②

《述例》指出奏议类较《古文辞类纂》增“进讲义”一体。按：“讲义”始于宋代经筵讲席，本为侍讲之官为帝王研读经史而进呈的讲解之文。王应麟《困学纪闻》云：“古之讲经者，执卷而口说，未尝有讲义也。元丰间，陆农师在经筵，始进讲义。”③元、明、清三代沿袭经筵之制，清代经筵讲官为大臣兼衔，如陈廷敬、沈德潜、杭世骏等均有进讲义之作。清人文章选本中，王昶《湖海文传》体例分赋、颂文、讲义等三十四体，分类远比姚鼐《古文辞类纂》冗杂而繁碎，但其中列有“讲义”一体，则为《古文辞类纂》所无。姚椿尝为《湖海文传》作序，并参与校勘之事，《文录》增“进讲义”一体即本于此，其中所选陈兆仑《帝德罔愆一节讲义》和杭世骏《兢兢业业一日二日万几讲义》两篇，亦见于王氏《文传》，其承递关系甚明。归诸“奏议”者，是因讲义与疏、劄、议、策等同为在下者向在上者的“入告之辞”。另外，尚有策问一体附于“书”后，包括姚鼐《山东乡试策问》三首和韩菼《拟策问》。因选录甚少，不足为类，故附录以存，可知其所分文体实有十八类。

二

关于《文录》的选文标准，姚椿在自序中指出：“其意以正大为宗，其辞以

---

① 沈曰富：《国朝文录·述例》。

② 姚椿：《国朝文录·自序》。

③ 王应麟：《困学纪闻》卷 8，沈阳：辽宁教育出版社，1998 年，第 190 页。

雅洁为主。中间小有出入,要必于理无甚悖者,然后辑焉。凡综录之文,一曰明道,一曰纪事,而考古有得与夫辞章之美,因以附见。”[①]下面结合选文对《文录》的选录标准作一些具体分析。

先说“明道”。

姚椿论文首先标举“明道”,与方苞、姚鼐论文以义理为归的主张一脉相承,所明之“道”自然是桐城派所推尊的程朱义理。姚椿认为作古文者要“德行以植其本,经史以浚其源,阅历世故以尽其变,如是而已”。[②] 将道德修养的完善作为作文的第一要素。他认为笃守和践履朱子主敬存心、致知穷理的修养方法,是提高道德修养的基本路径。因此他说,以朱子为法,“循之则理,拂之则乱”。[③] 又说:“后之人遵其说而行之,虽百世而无弊可也。”[④]将朱熹推到了至高无上的地位,较桐城前辈有过之而无不及。因之姚氏论学自然也是崇朱抑王的,他认为王阳明“阳附孔、孟之名,阴用桑竺之实,而又以名誉涂一时之耳目,以权谋济一时之事功,遂使新安之学,为世诟病”。[⑤] 对王学末流“狂禅肆出,学术横裂”[⑥]的弊病更是深恶痛绝。这种论学倾向,自然地体现在《文录》的选文当中。

与对程朱义理的无上推重相表里,《文录》对清代宗朱理学家及名臣的作品选录较为突出,如应撝谦 16 篇、陆陇其 15 篇、朱泽沄 14 篇、汤斌 12 篇、李光地 16 篇。其他如张履祥、陆世仪、魏象枢、熊赐履等人亦各选 3 至 4 篇。其中应撝谦、陆陇其、朱泽沄等均为纯守程朱之学的理学名家,姚椿对他们的学行十分推崇,如他读陆陇其《三鱼堂日记》而“爱其理境精纯,词语简质,以为可资检察、考是非”。[⑦] 又说:“近贤之作,则陆清献公醇乎醇者也。”[⑧]于朱

① 姚椿:《国朝文录·自序》。

② 姚椿:《送谭绳其归南丰序》,见《晚学斋文集》卷 5。

③ 姚椿:《阳明朱子晚年定论辨序》,见《晚学斋文集》卷 3。

④ 姚椿:《汉宋儒者论》,见《晚学斋文集》卷 1。

⑤ 姚椿:《阳明朱子晚年定论辨序》,见《晚学斋文集》卷 3。

⑥ 姚椿:《汉宋儒者论》,见《晚学斋文集》卷 1。

⑦ 姚椿:《陆清献公日记后序》,见《晚学斋文集》卷 2。

⑧ 姚椿:《朱宗洛日记题辞》,见《晚学斋文集》卷 3。

泽沄更赞为醇儒而申私淑之礼，称其为“真宗守程、朱之道”者。[①]《文录》对他们的明道之文多有选录，如应抝谦《道统论》《重订性理大中序》，陆陇其《太极论》《学术辨》，朱泽沄《合意编序》等。而张履祥曾游蕺山之门，为学初自王学入；汤斌与魏象枢曾从学于孙奇逢，夏峰之学虽欲调和程朱陆王，而仍以陆、王为主。虽然他们后来都专宗程、朱，但多少带有王学色彩，这对于崇朱抑王的姚椿而言，自然会影响其选文时的裁量，故除汤斌位隆声著选文较多外，余二人之作入选较少。而最成显例的是学统源出陆、王的黄宗羲和李绂两大家，黄宗羲师事刘宗周，姚椿说他“阳赞蕺山而阴祖阳明”；[②]李绂学主陆、王，“力申阳明致良知之说”。[③] 故《文录》于黄、李仅分别录4篇、5篇，也在情理之中。

清代盛极一时的汉学家文，在《文录》中并没有如他们所取得的成就那样占据绝对大的分量。择其要者而言，王昶36篇、张尔岐12篇、杭世骏11篇、纪昀和汪中各3篇、朱筠和惠士奇各2篇、惠栋和孙星衍各1篇。最能代表汉学之帜的纪昀、朱筠、惠栋、孙星衍等人，选文均不超过3篇。因笃守因文明道之旨，姚椿对于汉学家针对宋儒的批驳辩之不遗余力。如他斥纪昀曰：“纪氏之《总目》，殊致不满于宋儒，略其大美而责其小疵。其于朱子，特以圣祖尊崇之故，不敢显相龃龉，然其阳奉而阴诋之者，不可胜数矣。”[④]因之，他对力排宋学的毛奇龄和戴震之文不予齿及，其他如阎若璩、钱大昕、阮元等汉学家亦未入选。由此而招致李慈铭的不满，他说：“其于别派之胡稚威，选至数十首，而于毛西河、钱竹汀、凌次仲、孔㢲轩，不录一字。王山史、王于一、顾黄公、孙渊如，皆仅录一首，黄梨洲仅录二赋，汪容甫仅录《释三九》三篇，侯朝宗仅录三首，洪稚存仅录文二首（《征邪教疏》《乐毅颂》）及天山等四赞。朱竹君、石君兄弟，钱新梧，阮芸台等皆不挂姓名，姜西溟、李穆堂等所录亦甚

---

① 沈曰富：《姚先生行状》，见《续碑传集》卷78，上海：上海古籍出版社，1987年，第1217页。

② 姚椿：《陆桴亭先生传》，见《晚学斋文集》卷6。

③ 徐世昌等：《清儒学案》卷55，北京：中华书局，2008年，第2172页。

④ 姚椿：《书〈读史管见〉后》，见《晚学斋文集》卷2。

鲜。”[1]李氏偏袒汉学，所论不免有门户习气。胡玉缙说：“椿此录务反王昶《湖海文传》之辑，考订家诸集不甚措意，故钱大昕、凌廷堪、孔广森、朱筠、阮元等概未采及，实则其集岂皆考证之文。”[2]所言尚公。[3] 王昶选文名列前茅，是因姚椿曾从游其门，且王氏“治经通汉儒之学”，而“言性道则尊朱子”，[4]况其文宗韩、苏，又与桐城文宗“八家”相通。张尔岐著《仪礼郑注句读》，江藩《国朝汉学师承记》视其为汉学经师，但其学不纯主汉儒，亦尊程、朱，唐鉴《清儒学案小识》视之为程、朱的卫道者，这说明他并非纯粹的汉学家。顾炎武倡明经学，被汉学家所推崇，但亭林之学实事求是，不分汉、宋门户，注重经世致用。江藩《国朝汉学师承记》将其置于卷末，原因即其“不纯宗汉学也”。[5] 故亭林之文亦得到姚椿的肯定，选录达 18 篇。

次说“纪事”。

《文录》一编以“纪事”为择取标准之一，即是要求文章反映社会政治、经济生活的各个侧面。这在《文录》的选文中也有突出的反映，在“论辩类”和“奏议类”文体中，编者选录了许多有关社会经济、民生等内容的文章。如翁叔元《论宋免役之法》《救灾议》、惠士奇《防海》、李之芳《严饬讳盗累民疏》、王命岳《惩贪议》、陈廷敬《劝廉祛弊疏》、汤右曾《陈奏广东缉盗安民疏》、晏斯盛《水利备旱疏》、柴潮生《理财三策疏》、储方庆《兵制》《水利》《弭盗》、朱泽沄《治河策》，等等。所纪之“事”涉及防灾、保民、吏治、财政、海防、兵制等社会政治、经济生活的许多方面。尤其值得注意的是，《文录》选吴铤经世文多达 37 篇。吴铤著《因时论》，集中讨论当时的政治、经济问题。《文录》选其《因时论》12 篇和《前因时论》25 篇，内容涵盖用人、科举、律法、财用、田制、兵制、盐法等，对关乎国计民生的问题都作了深入的探讨。这种选文特点反映了姚椿关注现实民生的用心，与其生平经历密切相关。同时，此一倾向亦与其创

---

① 李慈铭：《越缦堂读书记》，沈阳：辽宁教育出版社，2001 年，第 833 页。

② 胡玉缙：《续四库提要三种》，上海：上海书店，2002 年，第 772 页。

③ 按：《文录》选顾景星 2 首、黄宗羲 4 首、侯方域 5 首，且选入朱筠《哨鹿赋》和《后哨鹿赋》二赋，而李、胡皆云姚椿未录其文，持论未严，厚诬于椿。皆与李氏所言不合。

④ 徐世昌等：《清儒学案》卷 81，第 3117 页。

⑤ 伍崇曜：《国朝经师经义目录跋》，见《国朝汉学师承记》，北京：中华书局，1983 年，第 148 页。

作祈尚相合。

姚椿少时随父转徙幕府，壮而广游历，对当时社会及民瘼均有深刻感触，颇有意用世，故“凡河渠、农桑、漕运、边防以及闾阎疾苦，无不反复熟筹，稽诸史传，证之以游历”。[①] 后因屡困场屋，乃绝意仕进而笃志于学问文章。姚椿的行身祈向以“独善”与“兼济”为准则，他在《宝褉轩诗集序》中说：“士之显达，必以济实用、能识大体为贵；而贫贱自处，则以乐而忘愠为贤。此文章之士所以必贵乎知道也。”[②]其所追求的人生理想，不脱儒家内圣外王的传统价值观。在求仕无门、求用无途时，他以加强道德修养的内圣功夫要求自己，并不作遗世独立的隐者，在为学作文的同时，也关注现实，强调实学功用，存忧世之虑。

在创作中，姚椿也不时对现实问题发表自己的见解。如他在《复邹钟泉太守书》中论科举时，指出以八股取士所造成的求仕者只知记诵圣言而无实际才能、更不知民间疾苦的弊端，可谓切中要害。又《川米行》《续运川米议》等篇，提倡从四川贩米解决两江、两湖灾民的食粮问题。林则徐读后深为感奋，其《答姚春木寄怀原韵》赞曰：“多君新著潜夫论，移粟江湖为活民。”[③]姚椿的见解对解决现实问题都有积极价值。这份关切民生的热肠，体现了他所谓“苟有益于物，虽一命足以为荣；苟无济于用，虽公卿不足以为贵”[④]的人生价值观。

再谈“考古有得”与“辞章之美”。

“考古有得”是就以汉学家为代表的考据之文而言，可见姚椿在姚鼐的基础上欲调和汉、宋的用心。但《文录》中考证之文选录不甚突出，如刘子壮《制科取士之法考》，姚鼐《郡县考》、钱塘《三代田制考》《三江辨》、汪中《释三九》等都不在多数。一般认为、姚椿论学兼宗汉、宋，沈曰富说：“先生解经主兼通汉、宋儒。曰：‘譬之释氏之有宗有教，不可偏废也。’”[⑤]认为他对汉、宋学等

---

① 沈曰富：《姚先生行状》，见《续碑传集》卷 78，第 1217 页。

② 姚椿：《晚学斋文集》卷 4。

③ 林则徐：《云左山房诗钞》卷 8，见《续修四库全书》第 1512 册，第 350 页。

④ 姚椿：《赠俞参军序》，见《晚学斋文集》卷 5。

⑤ 沈曰富：《姚先生行状》，见《续碑传集》卷 78，第 1217 页。

量视之。但统观其言与《文录》选文，姚椿于汉、宋二者之间还是暗寓轩轾的，虽无意苛责汉学，却是有意偏主宋学的。他对“文以载道”“以文明道”说的持守非常坚定，这与嘉庆、道光年间汉学衰落而理学复兴的学术背景有关。嘉庆、道光间社会危机愈演愈烈，汉学家的烦琐考据已无益于除弊图强，士人们积极寻求解决危机的办法，除了提倡经济实学外，大多数学者都将危机归于风俗的败坏与道德的颓堕。因此，呼唤程朱理学，以之整肃道德人心，成为众多学者的共识。李元春说：“宋程、朱诸子，倡明正学而得其精，通世顾横诋之，亦大可惑矣。”①辟汉扬宋亦成为学界时尚，与姚椿师出同门的方东树著《汉学商兑》，揭示汉学流弊，对之进行反攻清算。姚椿论学、选文正是在这种背景下进行的，这就不难理解他选文以“明道”为先，而以“考古有得”为附了。

姚椿所谓“辞章之美”，即要求文章在“明道”“纪事”的同时需讲求文采。他本人“少时好为俪偶文字”，②且与骈文大家洪亮吉、彭兆荪交契，虽服膺义理，奉“明道”为衡文之钥，但他并不拘滞于桐城樊篱。如胡天游文尚骈俪，辞采华美，而《文录》选录胡作多达49首，并评其文云：“征士之文不袭凡近，所宗法者唐中晚诸家，虽瑰玮绝特，卒不能尽去破碎怪异之病。然亦自成一家，其视好为辞而悖于理者，固已远矣。”胡文虽有“破碎怪异之病”，但并不悖于理，由此姚椿提出“酌唐之辞以准宋之理”的说法，③意谓只要在“义理”正的前提下，并不妨与辞华并举，而其风格表现则以雅正醇厚为尚。故沈曰富《述例》说：“既名《文录》，则夫言理而涉语录，述事而近稗官，与夫专尚考据、琐屑不复成篇者，不得入焉。故四之中，又以词美为三者之权衡云。”④“涉语录”与“近稗官”均就文涉俚俗而言，故张祥和称“其所录皆醇乎醇者”，⑤这种崇雅黜俗的论旨是桐城派的一贯主张。史称姚椿“论文必举桐城所称”，⑥故《文录》选文自然以桐城为圭臬，这从桐城大家的选文数量即可得知，如方苞

---

① 李元春：《学术是非论》，见《时斋文集初刻》卷2，清道光四年(1824)刻本。

② 姚椿：《书董荣若太守国华文稿》，见《晚学斋文集》卷2。

③ 姚椿：《唐文选题辞》，见《晚学斋文集》卷3。

④ 沈曰富：《国朝文录·述例》。

⑤ 张祥和：《国朝文录序》。

⑥ 赵尔巽等：《清史稿》卷486，北京：中华书局，1977年，第13419页。

68篇、姚鼐61篇、刘大櫆33篇、管同27篇、吴定10篇等。方、姚文遥居前两位，刘大櫆与管同文亦位列前十。除推尊桐城文士的作品外，姚椿于派外文家选录15首以上者尚有：汪琬、朱彝尊、朱仕琇、彭绍升、魏禧、全祖望、王源、张士元、姜宸英、储大文等。其中汪琬、朱彝尊、朱仕琇及张士元，为文醇厚，与桐城雅洁文风相近，故选文较多。清初三大家文，以汪琬居首（31篇），魏禧次之（20篇），侯方域则仅有5篇入选。三家中汪琬文风最为醇雅，为文以朱熹等南宋诸儒为尚，清人王韬将其与方苞相比，称"尧峰邃于经术与望溪同"，且谓方、汪"后先竞美"。[①] 故汪文最受姚椿推崇。其他如彭绍升、全祖望、王源等大家之文确有绝诣，选录亦较多。

综而言之，姚椿选文标准基本上不出桐城"义法"范围，所谓意"正"辞"雅"，是对方苞言有物、有序说的继承。而"明道、纪事、考古有得与辞章之美"，又是对姚鼐"义理、考据、辞章"合一主张的自觉体认。值得注意的是，姚氏选文在维护桐城家法的同时，也体现出一些新的时代特点，他于"义理、考据、辞章"之外加入了"纪事"一项。"纪事"主要与经世致用有关，指文章反映经济、典章等实学要务而言，这是嘉庆、道光之际经世致用思潮的兴起在文学批评中的反映。应和着嘉庆、道光间求变务实的时代精神，桐城后学也在积极思考着为早已僵化和受人诟病的义法理论注入新的内容。与姚椿同时而"洞达世务，长于经济"[②]的姚莹在谈到读书作文时也指出，其"要端有四，曰义理也，经济也，文章也，多闻也"。[③] 其增"经济"一项与姚椿所提"纪事"者正是同一用意。不论"经济"还是"纪事"，都是桐城作家顺应时代变革与文学发展所作出的努力与回应。[④] 现代学者在论及桐城文论的发展时，多肯定姚莹的"四端"说为曾国藩"义理、词章、经济、考据"说的先导，并认为经过曾氏

---

① 王韬：《续选八家文序》，见《弢园文录外编》卷9，上海：上海书店，2002年，第216页。

② 方宗诚：《桐城文录序》，见《柏堂集次编》卷1，清光绪八年（1882）刻本。

③ 姚莹：《与吴岳卿书》，见《东溟文外集》卷2，清同治六年（1867）刻本。

④ 关于桐城派与经世致用思潮的论述，可参阅施立业：《论姚莹的哲学思想——桐城派经世之路探讨（一）》，载《安徽史学》，1994年第1期；汤奇学：《桐城派的经世致用与"中体西用"论》，载《安徽史学》，1995年第2期；曾光光：《桐城派与晚清社会思潮》，载《江海学刊》，2001年第6期；曾光光：《桐城派与嘉道时期的经世致用思潮》，载《江淮论坛》，2003年第5期。

的张大，“经济”说才产生了广泛和实际的社会影响，而对于姚椿的贡献却始终无人提及。姚椿以布衣终老，其影响自然不及身处宦门的姚莹和曾国藩，但他通过选本批评对经世实学思想的传播，及其对于桐城派的发展所发挥的作用却是值得肯定的。因此，姚椿的文学思想与理论贡献理应得到重视。

三

《文录》一编为姚椿用尽半生心力搜辑而成，其在保存一代文献、传播桐城义法方面具有重要价值。

首先，《文录》具有保存文献的价值。沈曰富《述例》称编选时“间有深爱其文而忘其人之详者”，[①]这使《文录》保存了部分事迹未详者的作品。如所选孟远的《出都门再上龚合肥书》等6篇书信，李慈铭称此“皆痛陈时弊，洋洋数千言”，而孟远其人则事迹不详，“乡里不知其名，亦不知其著有何集”。[②]《文录》中还选录了一些文集罕见或没有传世者的作品，如沈磊、甘京、蔡上翔、王谟、张嘉玲、周大璋、朱直、卢生甫等，姚椿所录之文成为研究他们的重要资料。清人李元度云：“一代之文，尤著者不过数家，其余多久而渐佚。唐宋历朝，自韩、柳、欧、苏诸公外，余子非有《唐文粹》《宋文鉴》《元文类》《明文海》诸编，后之人几莫能举其姓字。盖专集不尽传，选辑之所为不得已也。”[③]道出了选本网罗放轶的独特功能。而《文录》正与《唐文粹》等断代选本相类，在体现选家论文主张的同时，实现了保存文献的历史使命。

其次，《文录》对传播桐城义法、扩大桐城派的影响有积极作用。桐城派能主盟清代文坛两百余年，作者辈出，代有传人，自有其存在与发展之道。细绎其理，有完整的理论体系相传承，能应时而生，又有因时而变的创新性，借助书院讲席造育后学而不断拓展地域空间等，都是桐城文派得以衍生与壮大的重要原因。除此之外，各代桐城派作家所精心编选的完备的古文选本系列，也是助推桐城派不断发展和延续的重要载体。从方苞《古文约选》、姚鼐

---

① 沈曰富：《国朝文录·述例》。

② 李慈铭：《越缦堂读书记》，第833页。

③ 李元度：《复彭丽生亲家书》，见《天岳山馆文钞》卷36，长沙：岳麓书社，2009年，第741页。

《古文辞类纂》，到梅曾亮《古文词略》、曾国藩《经史百家杂钞》，再到吴汝纶《古文读本》等，几乎每位主持坛坫的桐城派作家都要借助选本落实和传播其理论主张，从而光大桐城门楣。由此而言，姚椿《文录》作为一部体现桐城派文学思想的清文选本，对于桐城派的传衍所发挥的积极作用是不言而喻的。

《文录》的价值与贡献固然不可否认，但其不足亦毋庸讳言，此选恪守桐城义法，对派外大家之文多有遗漏。由于姚氏选文以"明道"为首，受义法说的局限，对为文不取法古亦不肖于今而极富个性色彩的才人之文选录很少，或径摒弃不录。如李渔、尤侗、侯方域、袁枚、郑燮等清代著名的才人之文，《文录》仅选袁枚 10 篇、侯方域 5 篇、尤侗 1 篇，较之桐城三祖及汪琬、朱彝尊等儒者之文，数量均瞠乎其后，而李、郑之作则弃置不录。对于文有绝诣的一些大家之作亦多有旁落，如张惠言、恽敬文有桐城渊源，后又创阳湖文派，在散文史上有重要地位，而《文录》登录张、恽文各 7 篇和 9 篇，与其创派之主的地位极不相称。李慈铭和谭献两位晚清学者对此都颇有微词，李慈铭深斥姚椿"沈溺桐城末派，全无别裁"。[①] 谭献则谓其"多取说理之文，气茶词繁，不无皮傅，春木墨守桐城，而方、刘、姚三家甄录亦未尽当"，并称此选"蔀于理障"。[②] 这些批评也不无道理。

要之，姚椿《文录》一编既以桐城为归，又能适时突破樊篱，体现出一些新的时代特点，值得重视与肯定。当然，选文家总是站在自己或所属学派的特定立场，确立具体的裁量标准，不能完全摆脱时代环境和自身文学与学术观念的局限，姚椿亦不例外。

原载《安徽大学学报》2010 年第 6 期

---

① 李慈铭：《越缦堂读书记》，第 832 页。

② 谭献：《复堂日记》卷 6，石家庄：河北教育出版社，2001 年，第 136 页。

桐城派理论的发展和最后总结

——论姚永朴的《文学研究法》

魏世民

一

姚永朴(1861—1939),字仲实,安徽桐城人,姚鼐伯父姚范的五世孙。姚永朴自幼生长在桐城派姚氏世家,受过良好的家庭教育,于文学、史学、经学、诸子等无不洽熟淹贯,历主山东大学、北京大学、东南大学、安徽大学等校讲席,为清史馆纂修,与其弟姚永概,姊丈马其昶,挚友林纾、严复等一起为桐城派末期重要作家。① 姚永朴一生,殚精学术,淡泊名利。其于学孜孜以求、好学不辍;其于人谆谆善诱、诲人不倦。他一生著述甚丰,著有《诗说》《十三经举要》《群经考略》《诸子考略》《史学研究法》《文学研究法》《蜕私轩集》等数百卷。②

其中,《文学研究法》一书成于民国三年(1914)其任北京大学文科教授之时。该书仿《文心雕龙》之体例,系统地探讨了文学的起源、发展、体裁、创作方法、风格和作家的修养等问题,翔赡而简易,典显而精凿,是继《文心雕龙》之后,我国文学理论史上的又一部重要的理论著作。它的问世,不仅弥补了刘勰之后一千多年来无相当著作出现的遗憾,也给刘勰之后无人系统整理文学理论的现状画了个圆满句号。因此,本书的问世可谓文学理论界的一大盛

---

① 杨福生:《姚永朴文学研究法述论》,载《北京大学学报》,1998年第5期,第85页。

② 黄根苗:《姚永朴教学生涯述略》,载《池州师专学报》,2006年第2期,第97~99页。

事。尽管作者声称其论文不主张分别流派，无门户之见，其论述也自周秦迄于近代，各代通人之论，多有采撷，然其论文大旨，本之姚范、姚鼐两先哲，而对方苞、刘大櫆、方东树、曾国藩等桐城派先驱和重要人物的见解也多有继承和发展，故本书实为姚永朴对桐城派理论的发展和总结。此后，随着新文化运动的开展，新学渐兴，旧学顿衰，桐城派的影响力和吸引力都大为减弱，其后继者也因此中绝。这样，《文学研究法》一书便成了桐城派理论的最后绝响，其意义不同凡响。[①]

《文学研究法》一书共四卷二十五篇。其中，第一卷从文学的"起源"开始谈起，接着说及文学的"根本""范围""纲领""功效"等问题，也就是对文学的性质、含义、写作方法、社会作用等问题作了深入的探讨。第二卷先述及"运会""派别"问题，也就是对文学与时代的关系、文学流派等问题作了探讨。随后，作者以姚鼐、曾国藩两人的分类为基础，将文体分为"著述""告语""记载""诗歌"四大类别，每一大类(诗歌除外)又分为若干小类，并依次对这些小类作了详细分析。对每一种文体，作者都阐释其名称以彰显其含义，追溯其起源以说明其流变，并选出代表性作品加以分析评论。经过这样一番辨析之后，各类文体的概况也就清晰地显露了出来。第三卷中，作者主要阐述了文学的创作方法，即"性情""状态""神理""气味""格律""声色"等问题，这是作者着力用功的部分，也是本书最有特色的地方，体现了桐城派的文学主张和文论特色。第四卷中，作者首先论述了文学的"刚柔""奇正""雅俗""繁简"等风格问题，接着述及"疵瑕""工夫"等问题，也就是对文章写作中的注意事项、作家如何提高自己的文学修养和创作水平等问题作了详细的探讨。其中，对风格问题的探讨最有特色，体现了作者在桐城派基础上广收博纳的态度和主张。最后，"结论"部分对全书作了概括性的总结。

《文学研究法》一书共十万余字，其规模与《文心雕龙》相当，其体例亦与其相仿。除文学批评未涉及外，其他关于文学的起源、性质、文体、创作方法、风格、作家的修养等问题本书皆有讨论，故本书同样是一部内容翔实、体例完

---

① 汪春泓：《论刘师培、黄侃与姚永朴之文学派与桐城派的纷争》，载《文学遗产》，2002年第4期，第14～28页。

整的文学理论著作。由于作者生当刘勰之后一千多年，而此间中国文学的创作实践和理论基础都有了巨大的发展变化，因此姚永朴此书能够将刘勰之后一千多年里中国文学的一些新观念、新理论采摘进去，故此书从内容上表现出了不同于《文心雕龙》的一些新面貌，其中的许多观点较之《文心雕龙》已有了较大的演进，许多地方反映了文学理论发展的新成就。如《文心雕龙》将文体分为诗歌、辞赋、乐府等三十多个类别，而本书则简单地将其分为论辩、词赋、箴铭等十六个类别，表现了刘勰之后文体观念的新发展。同样关于文学创作，刘勰的《文心雕龙》用"神思""风骨""情采""声律""比兴"等二十多个篇章细致地探讨了文学的构思、艺术风格、修辞技巧等问题，[①]而本书则简括地用"神理""格律""声色""刚柔""奇正"等十个篇章就系统地探讨了文学的创作方法、风格问题，同样表现了不同于《文心雕龙》的文学创作观。由此可见，与《文心雕龙》相比，本书所表现出来的文学观念之演进十分明显。

本书文学观念之演进不仅表现在与《文心雕龙》的比较上，而且还表现在对桐城派理论的发展上。作者生当清末民初之际，其时内忧外患不断，社会巨变，随着近代中国国门的洞开，传入中国的不仅有西方的科技思想，而且西方的文艺观念和美学思想也蜂拥而至，这些都对中国传统的文学观念产生了巨大的冲击。[②] 其时，黄遵宪提出了"诗界革命"的口号，梁启超倡导"文界革命"和"小说界革命"，[③]而王国维则将西方的文艺美学观念引入中国的文学研究中来。[④] 面对这样的形势，如何让桐城派在新的时代条件下继续发扬光大，这是摆在桐城派后继者面前的紧迫任务。为此，姚永朴给出了自己的答案，那就是坚守善道，吸纳新液，也就是在继承的基础上创新，在坚守的情况下发展。正因为如此，本书在继承和创新两个方面都很有特色，表现了作者宽广的胸怀、与时俱进的精神、严谨踏实的学风和深厚渊博的家学修养，也体现了本书鲜明的时代特征和文派特色。

① 陆侃如：《文心雕龙译注》，济南：齐鲁书社，1995 年，第 47～82 页。

② 葛兆光：《中国思想史》第二卷，上海：复旦大学出版社，2001 年，第 446～449 页。

③ 梁启超：《论小说与群治之关系》，载《新小说》，1902 年第 1 期，第 3 页。

④ 程华平：《中国小说戏曲理论的近代转型》，上海：华东师范大学出版社，2001 年，第 128～139 页。

二

那么,《文学研究法》一书的创新精神、文学观念的进步又表现在何处呢?其实,书中表现出来的创新精神和观念的进步之处甚多。首先,面对时代的变迁,作者摒弃一切褊狭之见,以一种求实的态度和开放的胸怀面对一切,提出了论文不分宗派的新主张。关于这一点,他在"派别"篇中述之甚详。他先从唐、虞、三代说起,认为道术之分,从东周起,文学之裂,自东汉始,后代遂将诗与文分为二派,古文与骈文裂为二端。他认为这种做法是"由末流而生,实根于党同伐异之见"。[①] 他引用叶梦得、顾炎武和姚莹等人的话说:人之才各有不同,能文者未必能诗,能诗者未必能文,古人并不要求人们两者兼美。而诗与文本来是相通的,如果"必谓诗与文两道,何啻痴人说梦"。[②] 明确表达了不将诗、文看作二道的主张。同样,对于古文与骈文之争,他也认为"用奇与用偶,其流异,其源同,彼此訾謷,亦属寡味",[③]明确表示了不以古、骈分优劣的求实态度。

就是对"桐城派"的提法,他也表示了完全不同的看法。他认为,"大抵方、姚诸家论文诸语,无非本之前贤,固未尝标帜以自异也"。[④] 并借姚鼐的话说:"夫文无所谓古今也,惟其当而已。"又说:"宗派之说,起于乡曲竞名者之私,播于流俗之口,而浅学者据以自便,有所作弗协于轨,乃谓吾文派别焉耳。近人论文,或以'桐城''阳湖'离为二派,疑误后来,吾为此惧。更有所谓'不立宗派之古文家',殆不然欤!"[⑤]清晰地表达了对分立宗派做法的不满。同样,对于汉、宋学之争,他也表明了自己的鲜明立场,提出了辩证看待的主张:"守汉儒之训诂名物,而无取专己守残;宗宋儒之义理,而力戒武断。"[⑥]提出了扬长避短、综合两家之长的新见解。所有这些都表明了他超越宗派浅见

① 姚永朴:《文学研究法》,合肥:黄山书社,1989年,第59页。
② 姚永朴:《文学研究法》,第61页。
③ 姚永朴:《文学研究法》,第62页。
④ 姚永朴:《文学研究法》,第63~64页。
⑤ 姚永朴:《文学研究法》,第64页。
⑥ 姚永朴:《文学研究法》,第2页。

的卓越见识。

正因为作者以这样的态度和观念来看待文学，故他在阐述道理、辩明观点时，能够做到合众家之所长，集其大成，而不为宗派陋习所限。如《尚书》《诗经》《礼记》《周易》《论语》《孟子》《荀子》《庄子》等先秦典籍，刘安、司马迁、扬雄、班固、王充、许慎、曹丕、徐干、陆机、左思、沈约、刘勰、钟嵘、王通、韩愈、柳宗元、李翱、空海、皎然、欧阳修、柳开、尹师鲁、王安石、苏洵、苏轼、苏辙、黄庭坚、张耒、朱熹、洪迈、宋邵博、叶梦得、归有光、唐顺之、茅坤、董其昌、李兆洛、顾炎武、黄宗羲、魏禧、王士祯、全祖望、阎若璩、仇兆鳌、章学诚、刘熙载等非桐城派中人物言论，书中皆有征引，而尤以对刘勰、韩愈、欧阳修、归有光、顾炎武等人的言论征引最多。至于方苞、刘大櫆、姚范、姚鼐、姚莹、方东树、梅曾亮、张惠言、曾国藩、吴汝纶、张裕钊、姚濬昌等桐城派中人物言论也时时羼杂其间。这样，各家观点和谐一致，相得益彰，从而愈加有力地阐明了其论点。作者宽广的胸怀和广收博纳的态度于此可见。

作者这种"转益多师"的态度，也使他在阐释道理时，能做到辩证客观地看问题，而不至走极端、固执己见。如"范围"篇在论述文学的含义和范围时，作者明确指出他所论之文学与性理家、考据家、政治家和小说家不同。这是因为"性理家所讲求者，微之在性命身心，显之在伦常日用，其学以德行为主，而不甚措意于词章"[①]"考据家宗旨，在于训诂名物……然综其大体，多采掇群书，加以论断，与文学家分道扬镳"[②]"政治家宗旨，主于事功……遂与文学家判若两途"[③]"小说家盖摈于九流之外……其辞纵新颖可喜，而终不免纤佻"。[④] 但他并没有就此认为文学家与此四家毫无关联，而是进一步指出：文章并不是不可谈理，只要谈得理得而辞顺，自然出类拔萃；文章也不是不要考据，只要考据有助于文境，正是其佳处；文章也不是不可谈政治，只要谈得有雅人深致，照样是文章典范。同样，文章也不是不可用小说家笔法，只要用得义归正大，意存言外，亦可助文澜。可见，作者在看到文学家与这四家不同的

---

① 姚永朴：《文学研究法》，第 16 页。

② 姚永朴：《文学研究法》，第 18 页。

③ 姚永朴：《文学研究法》，第 19 页。

④ 姚永朴：《文学研究法》，第 20 页。

同时，也看到了它们之间的联系，因而他能够做到客观辩证地对待它们，这也使他的论述不偏不倚、公正稳妥。

当然，从他的这一番论述中我们也可以看出，他所说的文学属于传统的文章学范畴，和我们今天所说的文学概念还不是一回事。当然，这是他所处的时代的局限性所致，我们不必去苛求他。但与前人相比，他的文学观念确实前进了一步，因为他毕竟看到了文学与理学、考据学、政治学、小说的不同，从而把它们与文学区分开来。把"小说"排除在文学之外尽管有值得商榷之处，但把理学、考据学和政治学排除在文学之外无疑是正确的，这说明他对此问题有过深入的思考。

同样，对于有人指责古文"乃精深高古之文，势不能尽人皆知之，皆为之"[①]的责难，他也提出了变通解决的办法，那就是将文学分为"普通学"与"专门学"两个类别。而所谓普通学，"但求其明白晓畅，足以作书疏应社会之用""大抵中小学校与夫习他种专科，能有普通文学"，[②]也就是所谓的通俗、浅切文学，即白话文学。而所谓专门学，则以韩愈所说的"将蕲至于古之立言者"的高度为标准，也就是传统意义上的文学。可见，在语言文字如何适应时代的变化，语体如何改革方面，作者既能做到顺应时代潮流，又能做到坚守善道。也就是说，作者认为既要推广白话文（即普通学），也要保留文言文（即专门学）。这种主张可谓相当客观辩证。

此外，其文学观念的进步还表现在对文学功用的认识上。在"起源"篇中，作者首先论述了文学的功用，认为文学具有"上可以溯诸古昔而知建立所由来，中可以合大群而激发其爱国之念，下可以贻万世而宣其德化政治于无穷"[③]的功效。而后，在"根本""功效"篇中，他又广征博引，具体总结出文学具有"明道""经世""论学""匡时""纪事""达情""观人""博物"等功用。将文学的功用分析概括得如此清晰，这是前所未有的，就是对我们今天从事文学研究也不无启发和指导意义。

---

① 姚永朴：《文学研究法》，第 7 页。

② 姚永朴：《文学研究法》，第 7 页。

③ 姚永朴：《文学研究法》，第 7 页。

三

如果说作者的创新精神和文学观念的进步是实实在在、具体可感的,那么他受到桐城派的影响和对桐城派的感情则是根深蒂固、深入骨髓的。本书的思想体系是建立在桐城派理论基础之上的,作者自始至终没有抛弃、离开过桐城派理论,而是在此基础上广收博纳、丰富发展,从而创造出了更加系统完善的理论体系。这既是对桐城派理论的发展和总结,也是对中国文学理论的贡献,其中的双重意义不言而喻。作者以桐城派理论为基础,总结、发展桐城派理论的良苦用心贯穿全书的始终,其表现十分明显。

首先,作者维护桐城派的态度非常鲜明。如"雅俗"篇在谈及文章的雅俗时,作者引用曾国藩的话说:"《与欧阳小岑书》中,论及桐城文派,不右刘、姚;至比姚氏于吕居仁,讥评得无少过?刘氏诚非有过绝辈流之诣,姚氏则深造自得,词旨渊雅,其文为世所称颂者,如《庄子章义序》等篇,皆义精而词俊,夐绝尘表。其不厌人意者,惜少雄直之气,驱迈之势。姚氏固有偏于阴柔之说,又尝自谢为才弱矣。其论文亦多诣极之语,国史称其'有古人所未尝言,鼐独抉其微,而发其蕴'。惟亟称海峰,不免阿于私好。要之方氏以后,惜抱固当为百年正宗,未可与海峰同类而并薄之也。"①作者在这里借用曾国藩的话驳斥了时人讥评、鄙薄姚鼐的言论,旗帜鲜明地维护了方、姚在文学史上的地位和影响,其态度之鲜明和用心之良苦清晰可见。

其次,从思想内容和理论体系来说,本书离不开桐城派先驱的理论基础。如前文所说的作者不将诗、文看作二道,力主调和汉宋学之争的做法就是受姚鼐影响所致,其观点是对姚鼐思想的直接继承。而卷二的文体论,作者首先将文体分为著述、告语、记载、诗歌四大门类,然后再细分为论辩、词赋、箴铭、序跋、诏令、奏议、书说、赠序、哀祭、典志、叙记、杂记、纪传、碑志、赞颂、诗歌十六个小类,这种分类法就是在姚鼐《古文辞类纂》和曾国藩《经史百家杂钞》的分类基础上综合而成的。再如卷三的创作论,作者论及"性情""状态""神理""气味""格律""声色"六个问题。这些问题其实主要是对刘大櫆"文贵

---

① 姚永朴:《文学研究法》,第163页。

奇”说和姚鼐“神、理、气、味、格、律、声、色”说的概括和总结。同样，卷四所论的文章“刚柔”“奇正”“雅俗”“繁简”等风格问题，也主要是在姚鼐“刚柔”说、曾国藩“四象”说和方苞“雅洁”说的基础上，总括各家之说而成。因此，作者所受桐城派理论的影响十分巨大，这些构成了本书的理论基础，也是本书文学观念的基石。

当然，作者对桐城派理论的论述也不是泛泛而谈，而是带有总结的性质。如“纲领”篇谈文章的写作纲领问题。作者首先指出“义法”为文学纲领之首，并称“义法”二字虽最早见于《史记·十二诸侯年表序》，但长时间以来一直未引起人们的重视。自方苞揭此二字以为文章的写作纲领之后，才为桐城派后人所珍视。姚永朴自然也不例外，他认为“使为文而不讲义法，则虽千言立就，而散漫无纪，曷足贵哉”！[①] 并说：“夫文之有法，犹室之有户也。谁能出不由户，而文顾可无法哉？”[②]鲜明地表明了自己的立场态度。随后，他又阐述了归有光、刘大櫆、姚鼐等人的观点，并指出：“夫义法虽文学家所最重，而实不足以尽文章之妙。”并引用姚鼐的话说：“望溪所得，在国朝诸贤为最深，较之古人则浅。其阅太史公书，似精神不能包括其大处、远处、疏澹处及华丽非常处。止以义法论文，则得其一端而已。”“而所以为文者八，曰神、理、气、味、格、律、声、色。”[③]这就明确指出了方苞“义法”说的缺陷，并用姚鼐的“八字”法来发展方苞的“义法”。随后，他又进一步阐述了方东树、曾国藩的“文气”观，并引用张裕钊的话说：“欲学古人之文，其始在因声以求气，得其气，则意与辞往往因之而并显，而法不外是。”[④]这就又用张裕钊的“因声求气”法进一步丰富了姚鼐的“八字”法。可见，从方苞的“义法”到姚鼐的“八字”法，再到张裕钊的“因声求气”法，作者将桐城派先驱关于文学写作纲领的论述脉络清楚地描述了出来，这使我们能够清楚地看到桐城派理论的发展完善过程，这不能不说是作者对桐城派理论的最好概括和总结。书中像这样的例子尚多。

---

① 姚永朴：《文学研究法》，第 23 页。
② 姚永朴：《文学研究法》，第 24 页。
③ 姚永朴：《文学研究法》，第 27 页。
④ 姚永朴：《文学研究法》，第 28 页。

总之，姚永朴站在时代的高度，以桐城派先驱的理论为基础，模仿《文心雕龙》之体例，写出了一部具有划时代意义的文学理论专著，为桐城派理论的发展、为中国文学理论的丰富作出了自己的贡献。

原载《安徽大学学报》2009 年第 6 期

桐城派现代流变

“兼容并包”与“谬种”退隐
——桐城文章与大学教育的现代转型

吴 微

尽管古代中国没有现代意义上的大学体制，可自宋明以降传承千年的书院制度，因富有“思想”与“研究”精神，至今仍让学界追慕不已。其中的佼佼者如白鹿洞书院、岳麓书院、钟山书院、莲池书院等，不妨视为传统教育中的“高等学府”。历史行进至晚清，虽然在主政者看来“书院与学堂，名异实同”,①但晚清的教育变革还是沿着“现有之大小书院，一律改为兼习中学西学之学校”②的思路展开。新式大学亦由此蜕变而成。有趣的是，在这一进程中，一直据守书院的桐城文人既有着超乎他人的热情与努力，又难以由“士”变为“知识人”，实现华丽的转身，不得已，最终沦为文化边缘人。因此，从晚清民初大学教育的现代转型入手，“阅读”桐城文章，对于解读古文的失落和桐城派的退隐，应该说是一个不错的选择。

一、书院记忆中的学堂亲和

书院制度自宋代正式确定之后，其官学化的趋势日益明显。发展到清代，经过几番犹豫，雍正、乾隆年间，终于构建起比较完备的官办书院体系并逐渐取代官学成为培养人才的主要教育机构。在科举制度笼罩下，这种官办书院很自然地成为科举育才场所，其教学目标、教学内容和课程设置，充分考

① 《清实录》第57册《德宗景皇帝实录》(六)，北京：中华书局，1986年，第655页。

② 《清帝谕各省府厅州县改书院设学校》，见舒新城编：《中国近代教育史资料》上册，北京：人民教育出版社，1961年，第82页。

虑课艺的需要,成为必然的选择。当然,“书院教学并不是为科举而科举,而是在坚守自身特色的基础上去适应科举制度”,是“和而不同”。[①] 应运而生的桐城派,“学行继程朱之后,文章在韩欧之间”,其“家法”不仅契合八股取士以“古文为时文”的“课艺”要求,而且合拍于清廷将程朱理学作为官方哲学、推重清真雅正文章的文化政策。因此,桐城文人热心教育,流连书院,其文化教育努力,自然得天独厚,左右逢源。同时,桐城文人“多朴厚”“尚气节”“敦廉耻”,[②]为人师表,淡漠荣华富贵,写作恪守家法,不妄加毁誉于人,以白描反对藻饰,以写实代替空疏,借“雅洁”载道的“小文章”,扬君子之风,行君子之志。如此的内外“联手”,桐城文派与教育结合紧密就不足为奇了。自方、刘、姚始,其要员环环相扣,薪火相递,大体上有着明确的师承关系而代代承传。尤其令人称誉的是,其中绝大多数均设席于各地书院,以授徒课文作为谋生和济世的手段。方苞早年以四方授徒为业,中年以后,虽然受到康熙、雍正、乾隆三代皇帝恩宠,成为文学侍从,但终其身非文化教育之职不就。刘大櫆虽才高绝世,但困厄科场,一生布衣,奔走大江南北,设馆授徒则是他唯一的选择。其门人姚鼐秉方、刘之风,年甫弱冠,即“授徒四方以为养”;[③]年逾不惑,又辞官主讲于梅花、敬敷、紫阳、钟山各大书院,凡四十余年,“门下著籍者众”。[④] 姚门四弟子方东树、梅曾亮、管同、刘开(从姚莹说)无一不以授徒为生。晚清桐城后贤吴汝纶、马其昶、姚永朴、姚永概及严复、林纾等人也都长期从教。甚至桐城旁支阳湖派、岭西五大家等诸多要员亦多以教师为职,终身不倦。据徐雁平考证,桐城派文人有79人主讲全国各地大小书院,除曾国藩、黎庶昌、薛福成外,其他主要代表人物均位列其中。[⑤] 凡此种种,一言以蔽之,桐城派及其景从者大多以教师为业、以从教为荣。他们或创办书院,或设席书院,传道授业,并借此弘扬桐城道统与文统,传承家法。如此文化教

---

① 邓洪波:《中国书院史》,上海:东方出版中心,2004年,第492页。

② 姚莹:《东溟文集·吴春麓诗序》,同治六年(1867)《中复堂全集》刻本。

③ 姚鼐著,刘季高标校:《惜抱轩诗文集·亡弟君俞权厝铭并序》,上海:上海古籍出版社,1992年。

④ 《清史稿·文苑传》,北京:中华书局,1998年。

⑤ 参见徐雁平:《清代东南书院与学术及文学》,合肥:安徽教育出版社,2007年,第68页。

育现象，为中国文学史、文化史上所仅见。桐城派之所以成派，之所以绵延二百余年而不绝，除有一套基本一致的文学主张和写作技巧外，兴学从教则是维系其学派生命的纽带。由此可以说，桐城文人与教育、与学校有一种天然的融合与亲近。进一步说，桐城文人对教育、对学校的创新、发展和变革，较学界他人有着更深、更具体的渴求和关切。

不过，在科举制度下，桐城文人主持各地书院，之所以备受礼遇和欢迎，关键在于桐城文章。桐城文章所运用的一套写作技巧，善于操练“有节制的表演”，能很好地接通“古文”与“时文”。桐城文人自方、刘、姚起，大都为时文高手，古文与时文的共振与转换，得心应手，即是一证。桐城派之所以是天下第一文派，与其写作训练“有利于科举考试，获取功名，不无关系”。[①] 换言之，各大书院争相礼聘桐城文人，很大程度上是因为桐城文章乃科举考试中的古文正宗和晋阶荣身之利器。在桐城文人的书院记忆中，桐城文章始终是传播、关注的焦点，八股时文也是其文学教育挥之不去的阴影。

于此，吴汝纶感触良深，他在主持莲池书院长达十二年(1889－1901)之后感叹道：“仆十余年来，实为时文所苦，近益颓唐，无此精神，书院一席，万难胜任。”[②]在其《尺牍》中抱怨、贬斥八股时文的言语比比皆是，如：“胡中丞请变通书院，并课天算、格致等学，自是当今切务。然不改科举，则书院势难变通。”[③]虽然对戊戌变法中的康梁激进举措颇有微词，但称颂光绪“端午诏书，竟废去时文不用，可谓大快……窃谓废去时文，直应废去科举，不复以文字取士”。[④] 尽管吴汝纶“素主持废时文者”，但是这位“桐城派最后宗师”、古文大家，还得直面年复一年的科举考试。他在丁酉(1897)三月三日写给侄女婿廉惠卿(笔者注：廉泉，字惠卿，吴芝瑛丈夫)的信中透露了此种“不得已”的心理：“明年得意，固是长局，万一不遽得意，亦宜在都用功，争名于朝。我国不

① 陈平原：《从文人之文到学者之文》，北京：生活·读书·新知三联书店，2004年，第226页。

② 吴汝纶：《尺牍·答宋弼臣》，见《吴汝纶全集》(三)，合肥：黄山书社，2002年，第322页。

③ 吴汝纶：《尺牍·答牛蔼如》，见《吴汝纶全集》(三)，第129页。

④ 吴汝纶：《尺牍·与李季皋》，见《吴汝纶全集》(三)，第194页。

改科举，终以八股、八韵、小楷为吾辈安身立命地位，舍此他求，皆旁门也。春秋鼎盛，功名心不可遽淡，此关福分，少年时不宜多作颓唐语。”[①]因此，吴汝纶在主持莲池书院时，既尽心编选古文选本，大力传授桐城古文家法，又从事“课艺”时文评选以教“初学”，应付八股取士之科试。[②] 显然，文章之事是吴汝纶不得不重视的教学内容。作为晚清名重朝野的大儒，吴汝纶岂能甘心如此。他的文化眼光和教育情怀，明显高出侪辈。于是，在主持莲池书院的十二年中，他打破成规，拓宽教育教学视野，积极引介新学于书院教学。认为“中国风气不开，新学不出，与西、东邻国交战，决无能胜之理”。[③] 戊戌之后，在李鸿章的支持下，吴汝纶在莲池书院中开办了东文和西文学堂（实际为两个班），聘请其友人中岛裁之和贝格耨分别教授日文与英文。“书院中兼习西文，亦恐止莲池一处也”。[④] 吴之自信与自得并非虚言。其弟子贺涛《吴先生行状》云：“先生之学……以能济时变为归宿……固尝以新学倡天下……其教人既以古学进之，又必语以当世之务，夺其旧习。”[⑤]马其昶则曰：“其于西国新法，冥心孤探，得其旨要。”[⑥]如此中外合璧，使吴汝纶既赢得文章宗师美誉，又被士林推为“西学知音”。当时以翻译西学而名重一时的严复就曾以伯牙与钟子期喻其师友相知之情。[⑦] 这样的兼通新旧、融合中西的教学，使得莲池书院高材接踵奋起，相望不绝。“己丑以后，风气大开，士既相竞以文词，而尤重中外大势，东西国政法有用之学。畿辅人才之盛，甲于天下，取巍科登显仕，大率莲池高第”。[⑧]

因此，吴汝纶荣膺京师大学堂总教习，其实是顺理成章。从张百熙的奏折便可看出个中奥秘：

---

① 吴汝纶：《尺牍·与廉惠卿》，见《吴汝纶全集》（三），第566页。

② 吴汝纶：《尺牍·与萧敬甫》，见《吴汝纶全集》（三），第52页。

③ 吴汝纶：《尺牍·与柯凤荪》，见《吴汝纶全集》（三），第161页。

④ 吴汝纶：《尺牍·与方伦叔》，见《吴汝纶全集》（三），第256页。

⑤ 贺涛：《吴先生行状》，见《吴汝纶全集》（四）《附录·传状》，合肥：黄山书社，2002年，第1141页。

⑥ 马其昶：《吴先生墓志铭》，见《吴汝纶全集》（四）《附录·传状》，第1153页。

⑦ 严复：《群学肄言译余赘语》，见王栻主编：《严复集》（一），北京：中华书局，1986年，第126页。

⑧ 吴闿生编：《吴门弟子集·序》，莲池书社刊行，1929年。

窃维大学堂之设，所以造就人才，而人才之出，尤以总教习得人为第一要义，必得德望具备品学兼优之人，方足以膺此选。臣博采舆论，参以旧闻，惟前直隶冀州知州吴汝纶，学问纯粹，时事洞明，淹贯古今，详悉中外，足当大学堂总教习之任。臣素悉吴汝纶籍隶安徽，同治乙丑科进士，为前大学士曾国藩门人。其为学一以曾国藩为宗，任冀州后淡于荣利，不复进取。前大学士直隶总督李鸿章尤重之，延主保定莲池书院多年，生徒化之，故北方学者以其门称盛，允为海内大师。以之充大学堂总教习，洵无愧色。①

概括张氏奏折，其推重吴汝纶“道德文章”的理由主要有三点：一是学问中西并重，即所谓“学问纯粹，时事洞明，淹贯古今，详悉中外”；二是出身“正宗高贵”：同治乙丑科进士，并为曾国藩门人、李鸿章幕僚兼挚友；三是誉满天下的教育家：门徒称盛，海内大师。“三美”集于一身，吴汝纶当然是京师大学堂总教习的不二人选。

由此看来，桐城文派的书院记忆中，姚鼐主持二十余年的钟山书院和吴汝纶主持十余年的莲池书院，可谓桐城文派影响清代文学、文化的两大教育基地。“钟山”风雨，使桐城古文沛然而成一代文章正宗；“莲池”荷韵，将桐城文人的新学践行，由书院带向学堂，润泽了新旧教育的转换。

历史的机遇平等地面向每一个人，但只有有所准备者才能拔得头筹，占得先机。尽管严格说来，桐城派是一个文学家群体，他们的教育活动多以文学为中心，但“文以载道”的恪守，“学为人师”的要求，使得他们对士风、学风、教化和人才等社会热点问题始终保持着特有的敏感和关注。于此，桐城三祖之训导有据可考，姚门弟子因时济世之言行历历在目。晚清桐城派代表人物曾国藩、郭嵩焘、薛福成、黎庶昌等在洋务运动中更是经世致用，积极倡导兴办各式新式学堂，出使西欧各国，详尽考察和记述，引进西洋新知。其文化教育视野往往突破派纲，显得开阔而深远。广揽群彦，养育人才，务实求新，成了他们的文化教育追求和人文依皈。清末民初，以吴汝纶、严复为代表的晚

① 朱有瓛：《中国近代学制史料》第二辑（上），上海：华东师范大学出版社，1987 年，第 908 页。

期桐城文人既秉桐城先贤重视人才、兴学从教的传统，又具兼通新旧、融合中西、识见闳通之新风，在晚清的重大教育变革中，往往得风气之先，以其卓识远谋而为人瞩目。1898年，戊戌维新，京师大学堂应运而生。尽管桐城文人对康梁文学嗤之以鼻，但对新生的大学堂却拍手称快，以为“自是盛事”，[①]并积极投身其建设之中。尤其是成立初期的十五年间，在京师大学堂暨晚清教育诸如学制设置、废除科举等重大变革中，桐城文人发挥着举足轻重的作用，加速了大学堂向近代大学的转化。1912年，民国兴，京师大学堂更名为北京大学，严复任校长。他不仅带领师生同北洋政府企图停办北大作了艰苦而坚决的斗争，赢得了胜利，而且借此阐明，“大学固以造就专门矣，而宗旨兼保存一切高尚之学术，以崇国家之文化”，[②]将保留北大与保留中华文明等同起来。严复此举，一举两得，不仅事关北大存亡绝续，同时也指明了北京大学作为最高学术研究机构在国家的地位和作用，对北大的文化学术取向影响极为深远。桐城派所谓识见闳通，由吴汝纶、严复言行而观，确实名不虚传。也在这十五年中，桐城派要员云集于京师大学堂和北京大学，并先后入据要津：

光绪二十八年(1902)，吴汝纶任总教习。吴氏逝世后，由其弟子、阳湖派(桐城旁支)代表人物张鹤龄继任。

光绪二十八年(1902)，严复任译书局总办，曾广铨任译书局翻译科总办，林纾任译书局笔述。

光绪三十二年八月至民国二年三月(1906—1913)，林纾任经科、经文科讲席。

宣统元年正月至民国元年四月(1909—1912)，吴汝纶之婿柯劭忞任经科监督。

宣统二年(1910)正月至三月，马其昶任经文科讲席。

宣统二年(1910)正月至民国六年(1917)三月(民国二年三月辞职，十一月复职)，姚永朴任经文科讲席。

宣统二年(1910)十月至宣统三年(1911)十月，柯劭忞署理大学堂总

---

① 吴汝纶:《尺牍·答贺心铭》，见《吴汝纶全集》(三)，第202页。

② 严复:《论北京大学不可停办说帖》，见《北京大学史料》(一)，北京:北京大学出版社，1993年。

监督。

民国元年(1912)二月至民国元年(1912)十月,严复任北京大学校校长,并兼任文科学长。

民国元年(1912)五月至民国二年(1913)十一月,姚永概任经文科讲席,并任教务长。

民国元年(1912)五月至民国元年(1912)十二月,吴汝纶之子吴闿生任预科教务长。

由上可知,桐城派晚期代表人物几乎无一例外地与京师大学堂和北京大学发生了直接的联系,并发挥着重要的作用。桐城派文人之所以如此青睐大学堂,是因为,在他们眼中,这里既是其传道授业、扩大桐城堂庑的绝佳讲坛,又是其为国家培养人才,进而兼济天下的良好场所。当然,这也是桐城派重教育、兴人才一以贯之的"家法"所顺理成章的时代要求。因此,他们同气相求,桴鼓相应,并借此享誉京师。由此,初降于世的京师大学堂和民初的北京大学就被桐城派紧紧地热情拥抱了。

不过,桐城派之所以亲和大学堂,并非一厢情愿。其实,初生的京师大学堂更需要桐城派的呵护。从光绪帝《明定国是诏》到孙家鼐《议覆开办京师大学堂折》,再到张百熙、荣庆、张之洞《重订学堂章程折》和《学务纲要》,其办学理念虽强调"取法泰西",但同时亦申明"理学宜讲明""不得废弃中国文辞""保存国粹"等等。简而言之,即张之洞《劝学篇》所云"旧学为体,新学为用"。其终极目的,就是以中西合璧之学,为朝廷培养人才而"共济时艰"。因此,初生的京师大学堂仿佛是"同文馆"与"古太学"的结合体,被深深地烙上了皇家印记。以致林纾在《大学堂师范毕业生纪别图记》中直言:"大学堂制,盖类古太学。"这说明,初生的京师大学堂虽然具有了现代大学的雏形,但办学理念上仍然浸染了"古太学"阐道翼教的浓厚色彩。桐城后贤虽倡西学,但仍坚守"孔孟程朱"之道统壁垒,而这正契合大学堂的创办宗旨。因此,援桐城而入大学堂,确为最佳选择。同时,大学堂既中西合璧,所开设课程半数为西方科学实用之术,学风须戒浮华而求实,因而颇现民间书院和洋务学堂之精魂。以吴汝纶、严复为代表的桐城文人,不仅以桐城文章承载西学而名震一时,而且他们更有着主书院、办新式学堂的丰富教育实践。自然,由这些新旧兼容的硕学鸿儒来主盟新的文化中心，在当时既是众望所归，对于大学堂而言，亦为非此诸君而莫属。由此回眸管学大臣张百熙“具衣冠诣汝纶，伏拜地下，曰‘吾为全国求人师，当为全国生徒拜请也，先生不出，如中国何！’”的场景，[①]解读其言其行何至如此恳切、如此厚重，其中缘由应当不言自明了。

要之，桐城派之于大学堂，大学堂之于桐城派，之所以走到一起，不仅是历史逻辑的合理演绎，而且更是一种天然的文化亲和。

二、教育转型期的古文传授

文化的亲和使桐城文人得以在京师大学堂安身立命，得以将智慧和生命倾注于著书立说、传道授业。姚永朴《文学研究法》《历史研究法》，林纾《春觉斋论文》便是作者在北大的讲义，也都是为桐城布道的学术著作。姚永朴的《文学研究法》共四卷二十五篇。卷一有起原、根本、范围、纲领、门类、功效六篇，为全书总论。首篇“起原”，首先讨论文学的发生，认为文学起源于文字。故作者引述曾国藩语“欲文章之工，未有可不用力于小学者”，又引张之洞语“小学乃经史词章之本”为证，讲述对“文学”的理解，昭示桐城文章调和汉宋之争的学术新态。而强调文学的重要性，作者则出以“文教者，保国之精神也”“欲教育普及，必以文学为先；欲教育之有精神，尤必以文学为要”等语，显然与古之“经国之大业，不朽之盛事”成鲜明映照，尽显桐城文人在时代新变中，针对新学汹涌，担心传统文化精神迷失的急切情态。其余四篇，言“根本”在于明道、经世；说“文学范围”有别于性理、考据、政治、小说四家；论“义法”纲领，辨文章“门类”。卷二有运会、派别、著述、告语、记载、诗歌六篇。前两篇分别从纵横两方面评述了文学的发展，后四篇则依据姚鼐、曾国藩之见，详细解释文学的分类及特征。卷三有性情、状态、神理、气味、格律、声色六篇。“性情”篇论述文家主体，认为“吾辈苟有志于成一家言，而即古人之法度，以写一己之性情”。强调的是“有法而后能，有变而后大”之桐城家法。“状态”篇则专论文本之整体风格。其余四篇，则详细阐释了姚鼐神理气味格律声色

---

① 罗惇曧：《京师大学堂成立记》，见陈学恂编：《中国近代教育史教学参考资料》（上），北京：人民教育出版社，1986年。

说，使之更具理论体系色彩。卷四有刚柔、奇正、雅俗、繁简、疵瑕、工夫、结论七篇。除“结论”外，前四篇是文学风格论，侧重于总体描述；后两篇则别出机杼，讲作文读书的意态和方法，集“诸家所言，其开示后人，皆极亲切”。“结论”篇特申明全书宗旨：“是故始必有人指示途辙，然后知所以用力；终必自己依所指示者而实行之，然后有得力处。不然，非眼高手生，即转为深细之律所束缚而格格不吐。欲免此二病而获益，要惟有从事于惜翁所谓‘熟读’‘精思’及‘久为之’者。何也？‘熟读’‘精思’，则能即古人之文，印之于心；‘久为’又能以所得于古人者，验之于手。工夫果足，何患不与诸大家并驾齐驱！有志之士，尚其勉之。”简言之，即“熟读”“精思”“久为”乃文学（主要指古文）的修习之路。而《文学研究法》之用意就在于为此“指示途辙”。因此，此书发凡起例，模仿的是《文心雕龙》，而不是新潮时兴的文学史模式。加上其所述所论，依傍方、刘、姚、曾，一仍桐城之“旧”，所以 1914 年甫经问世，即被学界视为桐城派的总结性文论著作，[①]姚氏门人吴孟复更视其师著作为桐城派“文章学专书”。[②]

另一部被视为桐城文论名著的是林纾的《春觉斋论文》。此书 1913 年初以《春觉生论文》之名在《平报》连载，1916 年都门印书局出版时改为《春觉斋论文》。因其连载问世之时与作者离开北大时间同步，“据此不难推测，此稿应是林纾任教北大时的讲义”。[③]

《春觉斋论文》分为述旨、流别论、应知八则、论文十六忌、用笔八则、用字四法六个部分。除“流别论”带有明显的文学史意味外，其论述策略和述学体例还是传统文论的套路。据张俊才研究，就《春觉斋论文》而言，林纾所主“义理”，不仅没有丝毫的创新，而且反倒溯曾、姚、刘而上，归复到方苞。而林纾在写作之“法”的规定上戒律森严，讲究繁多，较桐城前辈有过之而无不及。只是在古文艺术论方面继续并发展了桐城派古文理论的精华，成为传统古文艺术理论的集大成者。[④] 当然，倘若将林纾此著与其所译小说序跋对读，就

---

① 参见姚永朴撰，许振轩校点：《文学研究法》，合肥：黄山书社，1989 年。

② 吴孟复：《桐城文派述论》，合肥：安徽教育出版社，1992 年，第 180 页。

③ 陈平原：《古典散文的现代阐释》，载《中山大学学报》，2004 年第 6 期，第 25 页。

④ 参见张俊才：《林纾评传》第九章，北京：中华书局，2007 年。

能发现时代变迁、新学兴起后传统文论产生的变化；深入体会，就会有独特而会心的感受。陈平原为此写道：

> 《春觉斋论文》之强调文体演变，明显带入文学史眼光；至于讲求“筋脉”、风趣等，更是与其译述西洋小说的经验大有关系。关于史迁笔法的论述，既见于其文论，也见于其小说序跋，二者如出一辙。将《左传》《史记》与狄更斯、司各特的小说相比拟，强调外国小说处处均得“古文义法”，这一思路，明显背离忌小说的桐城家法。不过，所谓古文，既是语言风格，也含叙述技巧——后者更带普遍性，不太受文类以及民族的牵制。林纾所指认的西方小说往往于伏线、接笋、变调、过脉处，“大类吾古文家言”，不是没有道理的。经过西洋小说洗礼的林纾，其“古文义法”已经不太纯正了——当然，这正是其价值所在。[①]

其实，“力延古文之一线，使不至于颠坠”[②]的姚永朴、林纾等桐城诸老，在其著述中蕴含时代气息，不过是桐城古文家们在新式教育体制下，为古文争取文学教育空间的另一种努力，与其兢兢于“国文选本”的编纂异曲同工。但由这种努力而成就的著作形式和述学文字，显然带有若干现代学术著作的气息。出版发行，广而告之，这些商业行为倒在其次，最关键的是这两部著作的述学文体较之《文心雕龙》《论文偶记》《初月楼古文绪论》及其他古代诗话、文论等，已迥然有别，不再用语录体、评点式、条纲式，更摈弃了骈文文体，而是引经据典，广采众说，有论点，有例证，有理论阐释，有具体文章点评，著述体式完整，语言平易畅达，可读性很强，很有些现代学术著作的味道，是以桐城文章写作学术著作的成功尝试。可惜的是，姚永朴、林纾等桐城诸老，虽然在新式学堂中以新的课堂讲授方式传授文学知识，编写课堂讲义，好像能适应新式教育，但他们的知识结构和文学技能乃至于思想意识，仍然是古典的、传统的。这从《文学研究法》和《春觉斋论文》所表现的文学、文化理念和知识谱系一仍桐城之旧即可知晓。在大学堂过渡到新式大学后，他们难以同步地由古典向现代转换，就不足为怪了。当一种文学式样被归纳总结成一种套路

---

① 陈平原：《古典散文的现代阐释》，载《中山大学学报》，2004 年第 6 期，第 25 页。

② 林纾：《畏庐续集·送大学文科毕业诸学士序》，上海：商务印书馆，1927 年。

模式、一种写作方法、一种文学理论、一种知识体系，那么，其吐故纳新的活力就已基本停滞，其文学的生命也行将就木。因此，姚、林之"讲义"著述，既促进了"古文"知识的传授和研究的深入，也标示了桐城文章生命力的凋谢。简言之，这样的桐城文章虽然"好看"有用，却难以再现方、刘、姚古文之神采。

不仅如此，姚永朴、林纾等在大学堂和北大课堂上为桐城布道的著作，是将桐城古文的看家本领转为基础知识，其教学方式，也从技能培养转为知识传授。按理说，姚永朴所讲授的《文学研究法》课程，是大学堂"中国文学门"中位居第一的主课，由1903年《奏定学堂章程》("癸卯学制")所规定。如此核心课程由姚永朴从宣统二年讲授至民国六年(1910—1917)，时间不短，亦足以说明桐城派在当时文化教育界的影响和地位。但民国初期占据京师大学堂等大中学堂中心地位的桐城诸老之努力，并没有产生若姚鼐在钟山书院、吴汝纶在莲池书院那样深广的文化效应。究其原因，从教学角度来看，就在于他们变更了古文传授的模式，使得桐城文章的传承发生了裂变。传统的书院教学要求弟子沉潜文章学问、接受文学(古文辞)技能的强化培训，但更重视在儒家文化熏陶下弟子的人格养成和文化修养的锤炼。导师将自家学术追求、古文创作感受与文章选录意味融入授徒课文的文学、文化教育活动之中，启沃门生，培育弟子。师生之间重视精神与思想的对话和交流在教育活动、学术训练和文学教育中，考虑更多的是如何学有所成，如何立身济世，如何修心养性。而教育转型后的新式学堂(大学)，就古文教学而言，虽鼓励"须时常练习自作，教员斟酌行之"，也有一些技能训练，但无疑更多的是"研究讲读"式的知识传授。尽管《文学研究法》课程在大学堂"中国文学门"每个年级连上三学年，但每周二至三个小时的传授，与书院相比，实乃天壤之别。而且，"古文"训练在书院兼有文章与修身的双重功能。要想写出"根深叶茂"的上等古文，需要熟谙经史子集，在传统文化的浸润中"摸爬滚打"十数年，方得一逞。桐城诸老之所以能以古文名世，是因为其青少年时期所受训练，莫不如此。可是，《奏定学堂章程》("癸卯学制")规定的京师大学堂新式教育，已经文史哲分开。不仅"经学""修身""伦理"单独成科，其"中国文学门"的十六门课程亦主要聚焦在集部。[①] “古(国)文”成了纯粹的文学教育,因而鉴赏技法、探寻文法成了合乎时尚的需求。学生接受这样的古文传授,只能揣摩与鉴赏古文,至于能否绍其余香,运笔成文,那显然是勉为其难了。

应该说,就教授者而言,姚永朴等桐城诸老传授古文尽心尽力。姚永朴门人张玮在《文学研究法》“序”中动情地记述姚永朴讲课情景:

> (姚永朴)每成一篇,辄为玮等诵说。危坐移时,神采奕奕,恒至日昃忘餐。仆御皆环听户外,若有会心者。

可是,今日看来,不仅仆御“会心”烟消云散,即张玮本人之古文也不存一篇。姚永朴之“诵说”成了桐城文章传授的绝唱。而当古文传授由技能修养变成了知识传授,只说不(少)练,更缺失传统文化的浸润,那么,教授者讲授时兴之所至,旁逸斜出,就在所难免了。林纾即是典型。当时的北大学生胡先骕回忆道:

> 先生素精技击,每每在(北大)授课时述及技击故事,辄眉飞色舞,津津有味。[②]

时任北大教授的沈尹默则在《我和北大》中写道:

> 许炳堃告诉我:何燏时和胡仁源最近都有信来,燏时对林琴南教书很不满意,说林在课堂上随便讲讲小说,也算是教课。[③]

在课堂上讲“故事(小说)”,可谓前无古人,石破天惊。在古文家看来,这已是典型的“小说家言”,与“雅洁”之桐城家法相去甚远。刘声木《桐城文学渊源考》将林纾摒弃在桐城门外,其“愤怒”由此亦可理解。而且,更为重要的是,这样的古文教学显然难以培育出纯正的古文种子。即便是在人才荟萃的北大,古文传承也难以为继。桐城古文传衍至晚清,之所以成为“强弩之末”,前因后果,错综复杂。但是,教育转型,在新的文学教育模式下,古文传授方

---

① 《大学堂章程》,见《北京大学史料》(一),北京:北京大学出版社,1993 年,第 97～108 页。

② 胡先骕:《京师大学堂师友记》,见王世儒等主编:《我与北大》,北京:北京大学出版社,1998 年,第 20 页。

③ 沈尹默:《我和北大》,见陈平原、夏晓虹编:《北大旧事》,北京:生活·读书·新知三联书店,1998 年,第 164 页。何燏时是北大当时的代理校长,胡仁源是预科学长。

式发生这样重大变更，无疑是其最直接的原因之一。

令人沮丧的是，桐城诸老在北大危坐诵说，尚能“若有会心者”，可在中学堂讲授时则局促难伸、日显其窘。民国初年(1912)，北洋军阀徐树铮创办的正志中学，因为聘请了马其昶、姚永朴、姚永概、林纾等桐城诸老任教而名噪一时。当时的学生关懋德晚年撰写的《徐又铮先生创办正志中学述略》，记录了当时诸老上课的情形，其中姚永朴讲授古文的一节，尤为有趣，更令人感慨：

> 姚二先生(笔者注：即指姚永朴)双目失明，未全盲，大概患的是“白内障”，当年还未发明外科手术，行动极不方便，每星期至多讲课一次，需要人扶掖到课堂的讲台上，讲的是魏晋人物的书札，别具风格的小品文……他老先生既不能看，也用不着油印的讲义，背诵原文，一字不遗，仍然引不起大部分同学的兴趣，前排伏案打瞌睡，后排看闲书、下象棋，有时候，前排的鼾声大作，老先生这才感觉到不对劲，扶着讲台，摩挲而下，和声和气地说：“哎，不要睡哟。”偶而摩到睡者的光头，也只轻轻拍几下。[①]

马其昶、二姚兄弟和林纾的教学效果可能不尽相同，或精彩，或枯燥，但这几位桐城老先生，于清末民初辗转于各大、中学堂，兢兢业业，传授古文法，用心不可谓不专，用力不可谓不勤，可结果都未培养出中意的弟子继承其衣钵。这并非诸老老朽无能，而是文化教育的时代氛围使然。在新式教育体制中，各级学堂不再以古文水准之高下衡量青年学子成绩高下及品行良莠，精英阶层也不再以“古文”作为荣身的表征。在文理并重的新式教育中，属于旧式教育核心的“古文”，当然要被冷落和遗弃。桐城文章，文脉殆息，由此看来，实属必然。

三、新学兴起与桐城古文的失落

晚清教育之所以发生如此深刻的裂变，得之于新学的兴起。较之其他历史时期，晚清教育转型更凸显西洋新知的思想力量。在经历了一次次的家仇

① 转引自陈思和：《徐树铮和正志中学》，载《书城》，1996年第3期。

国恨之后，士人反而更转向西方敌国寻找救国的良方。陈三立在为范当世《范伯子文集》所作“跋”中透露了范氏向西看的心路历程：“君虽若文士，好言经世，究中外之务。其后更甲午、戊戌、庚子之变，益慕泰西学说，愤生平所习无实用，昌言贱之。”范氏乃吴汝纶之及门高足。学生如此，其师吴汝纶则“颇委输万国之学说缘饰其文，文若为之一变”。[①] 晚清桐城派代表人物热衷于西学新知，于此可见一斑。由此也说明，西学的输入、新学的兴起之不可抗拒性。据桑兵考证，1887 年，西学终于列入科考，青年学子开始接踵进入各级各类新式学堂。截至 1901 年，全国接受新式教育的学生总数达到 5 万人左右。[②] 新学因此逐渐占据了文化教育的主流位置。王国维就此评曰：“光绪中叶，新说渐胜；逮辛亥之变，而中国之政治学术，几全为新说所统一矣。”[③] 1905 年，时势使得施行千年的科举制度终于诏令废止，当新式教育体制得以顺理成章建立后，各级新式学堂的知识系统就由传统的以经史之学为中心转为以西洋的科学技术为中心，孔孟之道之高头讲章让位于声光化电之实用技术。严复认为此“乃吾国数千年中莫大之举动。言其重要，直无异古者之废封建，开阡陌”。[④] 作为集文化、教育、政治、社会等多方面功能于一身的科举制，是传统社会的基本建制，它的废除，是晚清社会西风东渐过程中，最重要、最核心的变动之一。废科举兴学堂，深刻地反映了西洋新知对中国传统知识体系的颠覆力量，是“新旧之争”过程中，新学取得决定性胜利的里程碑事件。严复之言，实事求是。1901 年，诏令书院一律改学堂，各省大、中、小学堂即如雨后春笋般设立。草创之期，众皆遵循张百熙、荣庆、张之洞《奏定学堂章程》(1903 年)所定办学宗旨“无论何等学堂，均以忠孝为本，以中国经史之学为基。俾学生心术壹归于纯正，而后以西学瀹其智识，练其艺能，务期他日成

---

① 陈三立著，钱文忠标点：《散原精舍文集·范伯子文集跋》，沈阳：辽宁教育出版社，1998 年。

② 桑兵：《晚清学堂学生与社会变迁》，桂林：广西师范大学出版社，2007 年，第 36～38 页。

③ 转引自钱基博：《现代中国文学史》，见《中国现代学术经典·钱基博卷》，石家庄：河北教育出版社，1996 年，第 353 页。

④ 严复：《论教育与国家之关系》，见王栻主编：《严复集》(一)，第 166 页。

材,各适实用”。[①] 虽然各级各类学堂大多期望中西学并重,但由于“西学”师资匮乏,并重往往落空。不得已还是以“中学”为主,“中国经史之学”暂时得以基本保全。不过,这一局面随着教科书的自行编定和西洋教科书的编译借用,很快就发生了深刻变化。1904 年,商务印书馆出版了冠以“最新”二字的小学教科书两套和中学教科书一套,包括国文、格致、中国历史、地理、修身、算术、珠算、农业、商业、动物学、植物学(系翻译而成)、矿物学、英文初范、物理学、化学、生物学、代数学、平面几何、立体几何、三角、用器透视画册、投影画册、万国舆图册等。在此前后,南洋公学、文明书局等都出版发行了大量自编或翻译的各科教科书。[②] 与此相应,西洋新知的涌入和新学的兴起直接导致了大学教育学科设置的西化和学术风尚的转换。京师大学堂创办伊始,其课程设置为普通学和专门学两大类。普通学有经学、理学、掌故学、诸子学及初等算学、格致学、政治学、地理学、文学、体操十门,专门学有高等的算学、格致学、政治学、地理学、农学、矿学、工程学、商学、兵学、卫生学十门以及外语五门。邹树文曾回忆道:“有一天有人问我那时候读的是什么课程,即有人插嘴说,大概多部分是经典。我们所读的书,并不如此,现代科学是占最大成份的。”[③]因此,办学虽号称“中西并重”,其实西学占了很大份额,“声光电化”夺得了“经史之学”的大半江山。“四部之学”终于在西学成为学术主流后,被消融、分解,演化成“七科之学”,近代中国的知识系统在以西学为核心的新学体制下得以重新整合和建构。科举制的废除,既是这一历程的必然结果,也大大加速了“经史之学”的“衰朽”进程。与书院相比,桐城文人也只能在大学堂二三门中有所作为,其地位和分量因此而大打折扣。而且,作为圣贤之道载体的“古文”,也悄然褪去了往日的神圣和光彩。“古文”亦逐渐变成与“西文”对等的“国文”(甚至是“国文”一份子)。

其实,在晚清文坛上,桐城文章早已不能一统天下。“天下文章,其在桐城乎”的格局,在报章体和新小说的冲击下已经消解。而大学教育的现代转

---

① 舒新城编:《中国近代教育史资料》,北京:人民教育出版社,1961 年,第 197 页。

② 《第一次中国教育年鉴·教科书之发刊概况》,台北:传记文学出版社影印,1972 年。

③ 邹树文:《北京大学最早期的回忆》,见陈平原、夏晓虹编:《北大旧事》,北京:生活·读书·新知三联书店,1998 年,第 5 页。

型，不仅从生存空间，而且在思想文化方面内外夹击，加速了桐城文人文化边缘化的进程。

首先从大学堂内部形成挤压桐城派态势的，是以章太炎弟子为代表的一批浙江学人所发起的“新旧之争”。1912 年 10 月，严复因反对停办北大而得罪了北洋政府，被迫辞去北大校长职务。严复的离职，对在他羽翼下的桐城派不啻为一记重击。浙江籍的何燏时、胡仁源随后次第继任校长。自 1913 年 2 月起，沈尹默、朱希祖、马裕藻、沈兼士、钱玄同、黄侃及刘师培等章门弟子或与章氏相关者先后北上，就任北大文科教授。他们“大批涌进北大以后，对严复手下的旧人则采取一致立场，认为那些老朽应当让位，大学堂的阵地应当由我们来占领”。[①] 平心而论，章太炎虽扬乾嘉朴学，贬韩柳欧苏，褒魏晋文章，但对于桐城派并不十分反感，与桐城诸老亦交游甚欢。[②] 而其弟子却年轻气盛、血气方刚，以魏晋六朝之文为号召，“金刚怒目”般地大举进攻桐城派。因此，“北京大学里的新旧之争，首先体现在六朝文之逐渐取代唐宋文”。[③] 林纾“愤甚”，自谓如“骨鲠在喉，不探取而出之，坐卧皆弗爽也”，起而“斤斤与此辈争短长”。[④] 但是，在“民国兴，章炳麟实为革命先觉；又能识别古书真伪，不如桐城派学者之以空文号天下”的政治文化背景下，只能是“章氏之学兴，而林纾之说熸”。与林纾“欢好”的桐城文人马其昶、姚永概，不屑与年轻且颇有些意气用事的章门弟子相抗衡，一气之下，三人“咸去大学”。[⑤] 章太炎晚年曾对此评曰：“余弟子黄季刚初亦以阮说为是，在北京时，与桐城姚仲实争，姚自以老耄，不肯置辩，或语季刚：诃斥桐城，非姚所惧，诋以末流，自然心服。其后白话盛行，两派之争，泯于无形。”[⑥]其实，章氏此语，不过是事后淡化，甚至还夹杂着一丝“旧学”内部纷争的歉悔之情。在当时，骈散之争，魏晋文章取代桐城文章，由此而形成的“北大第一次的新旧之争”，置身其

---

① 沈尹默：《我和北大》，见陈平原、夏晓虹编：《北大旧事》，第 164 页。

② 参见章太炎《菿汉微言》《自述学术次第》中评价桐城文章的相关内容。章太炎尤与马其昶关系亲密。章陷袁世凯囹圄时，马只身闯袁宅，鼎力营救。

③ 陈平原：《中国现代学术之建立》，北京：北京大学出版社，1998 年，第 383 页。

④ 林纾：《畏庐续集・与姚叔节书》，商务印书馆，1927 年。

⑤ 钱基博：《现代中国文学史》，见《中国现代学术经典・钱基博卷》，第 222 页。

⑥ 《章太炎国学讲义・国学略说》，北京：海潮出版社，2007 年，第 221 页。

中的沈尹默认为“是争领导权，当然也包括思想斗争在内”。[①] 今天看来，所谓的“争领导权”，就是争夺文学话语权；所谓的“思想斗争”，就是相互论争：是继续唯孔孟定于一尊，还是突破儒学樊篱，思想多元。从文学趣味到思想信念，章门弟子与桐城诸老都格格不入。两派之文学、文化相争的结果，既为日后的新文化运动作了铺垫，也为蔡元培走马上任，倡扬“兼容并包、思想自由”的大学理念作了舆论准备。当然，就桐城派而言，就历史表象看，这一事件是学派之争，是桐城派激愤之下遗弃了北大，是桐城派的一种主动放弃，但其文化内涵恰恰标示着桐城派已势单力薄，文化影响力已日趋衰微，难以与人多势众的章门弟子相颉颃。因此，“主动”其实是“被迫”。或者说，是北大吐故纳新，扬弃了桐城派。

真正颠覆桐城派的是蔡元培所倡扬的“兼容并包、思想自由”大学理念。1916 年 12 月，蔡元培任北大校长，对《奏定大学堂章程》作了根本性的修正，确立“大学以教授高等学术、养成硕学宏才应国家需要为宗旨”，不再提“以忠孝为本”“以经史之学为基”。学科则分为文、理、法、商、医、农、工七科。一直为桐城文人占据的经学科被取消。林纾所谓的“古之太学”变成了真正意义上的新式大学。尤其是蔡元培所倡扬的“兼容并包、思想自由”大学理念，强调学术与思想的平等、自由，鼓励学术竞争与思想激荡，反对“定于一尊”“一孔之论”的僵化思想。就文化教育领域而言，这一理念的提出，标志着“新学”对大学阵地的占领，标志着“新学”对中国教育理念的置换，标志着“新学”在中国思想文化界的彻底胜利，也标志着孔孟之道的衰微和退场。一言以蔽之，是“新学”兴起和确立的宣言和标志。由这一理念观照北大大学教育，蔡元培认为“文科教员中，顽固守旧的多，是北大前进的障碍”。于是，在上任的次年，蔡元培聘请极具文化革新思想的陈独秀为文科学长，主持文科。随后，李大钊、杨昌济、刘半农、周作人、胡适等人相继被聘为北大教授。加上“原有先于蔡元培进校的钱玄同、沈尹默、王星拱、徐宝璜等具有革新精神的人物，就组成了一个以蔡元培、陈独秀为核心的革新营垒”。[②] 这些新文化运动的

① 沈尹默：《我和北大》，见陈平原、夏晓虹编：《北大旧事》，第 164 页。
② 萧超然等：《北京大学校史》(增订本)，北京：北京大学出版社，1988 年。

先驱和战将，各擅其长，各逞其能，以《新青年》为阵地，以桐城派为靶子，向旧文学、旧文化发起勇猛进攻。其中，对桐城派批判最用力、最得法、最富有成效者主要有三家：陈独秀、钱玄同、周作人。1917 年 1 月，胡适发表《文学改良刍议》首倡白话文，首批桐城派，但温文尔雅，手下留情。鉴此，陈独秀于同年 2 月发表《文学革命论》，锋芒毕露，语气愤激，直斥归、方、刘、姚与前后七子为“十八妖魔”，认为桐城派只是“八家与八股之混合体也”，必须打倒。钱玄同则放声痛骂，指斥桐城文章为“高等八股”，径呼“桐城谬种，选学妖孽”。这八个字风行一时，成为五四新文化运动的标志性口号。其刻毒程度，令桐城文人痛心疾首，耿耿于怀。[①] 不仅如此，钱玄同还同刘半农（化名王敬轩）策划了著名的双簧信。林纾“不晓时变”与之抗争，落入陷阱，为世所诟，反而使新文化人物名扬天下，文化革命思想更深入人心。面对汹涌的新文化大潮，桐城派难以招架。姚永朴在北大坐不住了，1917 年 3 月辞职南归。桐城派在北大的最后一位代表人物的黯然离去，标志着桐城派彻底放弃了北大这个文化中心。“无可奈何花落去”，桐城派终于由文坛盟主沦落为文化边缘人。

特别需要指出的是，在新旧转型的非常历史时期，“兼容并包、思想自由”，其实是有利于“新”而不利于“旧”的。许德珩曾一针见血地指出：

> （蔡元培的）所谓兼容并包并不是新旧一揽子全包，而主要是罗致具有先进思想的新派人物，对那些腐败守旧人物则尽量排除。[②]

蔡元培自己在著名的《致公言报并答林琴南君函》中就明确表明：

> 对于学说，仿世界各大学通例，循思想自由原则，取兼容并包主义……无论有何种学派，苟其言之成理，持之有故，尚不达自然淘汰之运命者，虽彼此相反，而悉听其自由发展。

此函的声腔意态，不仅是校长回答已辞职的教员，而且隐然还有翰林答复举人的意味。虽然说得正大光明、义正词严，但潜台词显然是：只要你是

---

① 1935 年 2 月在桐城里第，姚永朴曾与门人吴孟复谈及桐城文章。吴记曰：“先生喟然曰：‘子亦青年，以为奇文耶？谬种耶？’”参见吴孟复：《桐城文派述论》，第 217 页。

② 许德珩：《五四运动六十周年》，见《五四运动回忆录》（续编），北京：中国社会科学出版社，1979 年，第 40 页。

“尚不达自然淘汰之运命者”，那你就是“兼容并包”的对象。换言之，“兼容并包”并不兼容“达自然淘汰之运命者”。[①] 可问题是，一向以正统、正宗自居的桐城文派，虽然有些“新”热情，但只有“旧”本领，置身于北大这样的“百家讲坛”之校园中，在人多势众的“新派”人物包围中，已经失去了平等对话的氛围和条件。在时人眼中，他们就是“老朽应当让位”的时代淘汰者。可见，“兼容并包”，其实是促成“谬种”退隐之文化思想的关键推手。

但是，对于这样的“新旧之争”和新学进逼，桐城文人内心之不甘是显而易见的。姚永朴在“新学渐萌芽，从学少衰”的情况下讲授《文学研究法》，仍然“诵说益恳恳坚确，以为不能得之于今日，犹将期诸于后之人”。[②] 二十年后，1935 年，姚永朴还向弟子喟然叹曰：

> 子亦青年，以为奇文耶？谬种耶？[③]

无独有偶，在当时，严复则企望于“天演”让对手消亡。他在给弟子熊纯如的信札中曰：

> 北京大学陈、胡诸教员主张文白合一，在京久已闻之……须知此事，全属天演，革命时代，学说万千，然而施之人间，优者自存，劣者自败，虽千陈独秀，万胡适、钱玄同，岂能劫持其柄，则亦如春鸟秋虫，听其自鸣自止可耳。[④]

冀望于“天演”和“自然淘汰”，表达了新旧双方的文化雅量和气度，更透现出双方对自家文化理念的坚信不疑和坚定不移。当然，晚清桐城派文人由“曾门弟子”过渡到“吴门弟子”后，由领袖群伦的“西学”“新学”之先驱，竟最后定格于保守落伍的文化老朽之“谬种”形象，不能不令人感慨系之。只是经过百年“天演”之后，我们发现胡适的“死文学”“活文学”之论，既有其精辟的合理内核，也有其荒谬不通之处。同样，桐城文人反对言文一致、文白合一，

---

① 蔡元培：《致公言报并答林琴南君函》，见《蔡孑民先生言行录》，桂林：广西师范大学出版社，2005 年，第 165 页。此时，林纾已经辞去北大教授。蔡元培为前清翰林，而林纾只是举人。

② 王遽常：《桐城姚仲实教授传》，见姚永朴撰，许振轩校点：《文学研究法》，合肥：黄山书社，1989 年。

③ 吴孟复：《桐城文派述论》，第 217 页。

④ 严复：《与熊纯如书札》，见《严复集》(三)，第 699 页。

当然迂执悖时，但他们笃信孔孟、坚守古文艺术壁垒的文化追求，无疑也是赓续中华传统文化精粹的人文努力。在二十一世纪的文化选择中，这种“文化保守”越来越凸显其价值。西方汉学家建议当代中国作家多汲取传统诗文的营养，不过是旁观者清的忠告。其实，新文学的“双子星座”——鲁迅、周作人兄弟，实乃由旧学濡养与新学陶冶而成。蔡、胡、陈、钱诸公莫不如此。朱光潜早就坦言，“经史子为吾国文化学术之源，文学之士均于此源头吸取一瓢一勺发挥为诗文”，若“仅就诗文而言诗文，而忘其本，此无根之学”。[①] 因此，百年“天演”的结局，看似胡、蔡领先，其实，就文化价值而言，则是新旧双方打了个平手，都有存在的理由和价值。新式大学体系在中国已经运作百年，可是，观照当代大学教育，抛弃孔孟之道，冷落传统文化，而导致大学人文精神的缺失，已经形成一时难以纾解的教育困局。由此而言，晚清桐城文人在新学一统天下、旧学岌岌可危之际，“不忘本来民族之地位”，[②]倾心于经史之学的维系，致力于古文辞的守护，其良苦用心和经验智慧，现在看来，既深邃又深远，值得今人深思。

原载《安徽大学学报》2010 年第 6 期

① 朱光潜：《文学院课程之检讨》，见《朱光潜全集》第 9 卷，合肥：安徽教育出版社，1993 年，第 79～80 页。

② 陈寅恪：《冯友兰中国哲学史下册审查报告》，见《金明馆丛稿二编》，上海：上海古籍出版社，1980 年。

桐城派与北京大学

王达敏

北京大学源于东汉太学，肇基于道咸之际国门敞开以后，应运崛兴于戊戌维新的风浪之中[①]。桐城派学行继孔孟程朱之后，文章在《左》《史》韩欧之间，一脉文心，通贯华夏数千载精神之史。巍巍上庠，皇皇巨派，在神州遭逢三千年未有之变局的大时代相遇[②]。

桐城派与北京大学的历史性相遇，大致可以截作四个时段：光绪二十七年(1901)底至清帝退位(1912)的清季新政时代，1912 年至 1928 年的北京北洋政府时代，1928 年至 1949 年的南京国民政府时代，1949 年后的中华人民共和国时代。在清季新政时代，在北京大学的前身京师大学堂，桐城派诸家云集，昌明国粹，融汇新知，使这座国家最高学府成为讲诵桐城之学的重镇。在北京北洋政府时代，中国尝试建立崭新的宪政体制，以北京大学为中心发起的新文化运动和五四运动取得了辉煌成就，这时，桐城派的一部分学者次

---

① 季羡林：《北京大学创办史实考源序》，见郝平：《北京大学创办史实考源》卷首，北京：北京大学出版社，1998 年。作者在该书中对北京大学的源流有翔实考证和严谨论述。

② 桐城派在数百年发展过程中，有主干，有枝蔓。如何确定一位学者的桐城派身份，一直是学界的难题。进入近现代以后，由于学科纷繁，众多与桐城派相关的学者分布在不同的知识领域，这为其身份的认定更增加了一重困难。在本文中，笔者为了论述的方便，勉强提出“桐城系统”的概念。这一概念既包括桐城派主干和离主干较近的学者，也包括离主干较远的学者。那些有明确师承的主干学者和与主干较近的学者，笔者径以桐城派称之。

第进入北京大学,一部分学者陆续离开北京大学。他们在北京大学内外,应和着时代律动,主张在变革中有所保留,理解、支持北京大学师生的爱国行动,参与推动着北京大学和中国前行。在南京国民政府时代,北京大学全面发展,桐城派在北京大学学科建设中发挥着关键作用。在中华人民共和国时代,有形的桐城派在北京大学渐趋消歇,无形的桐城之学则早已融入北京大学的血液之中,化为永恒。

在超过半个世纪的历史性相遇中,桐城派为缔造北京大学的民主、科学、学术自由和兼容并包的传统作出了不朽贡献。北京大学也以其崇高地位,为桐城派的发展和现代转型提供了新机。桐城派与北京大学互相映发,互相成就,“阐旧邦以辅新命”,协力推进着中国的现代化事业,锻铸着中华民族的新的精神。

一、历史性相遇

桐城派与北京大学的历史性相遇,是一个漫长而曲折的动人故事。

光绪二十四年(1898)四月二十三日,清帝登临天安门,颁布《明定国是诏》,宣示启动变法维新,决定创办京师大学堂。大学堂的成败,取决于诸教习是否得力,更取决于总教习是否得人。因此,总教习的人选问题,一时牵动着政坛、学界神经,尤其牵动着当时在学界声华正盛的桐城派诸家之心。先一年(1897),桐城派大师吴汝纶得读《天演论》稿本,对严复的雄笔赞不绝口。所以,他以为:“大学堂总教习,若求中西兼通之才,则无以易严幼陵。”①而严复的心思呢?据天津《国闻报》透露:“北京大学堂总教习,初拟有延聘天津水师学堂总办严复之说。京师讲求新学之士大夫莫不以此举为得人。”②《国闻报》由严复主持,自家的报纸刊出如此报道,可知素怀教育救国之志的他,对出任总教习一职也颇有些跃跃欲试了。但不知何故,此议后来作罢。这样,桐城派与开创时期的京师大学堂失之交臂。

---

① 吴汝纶:《答傅润元》,见《吴汝纶全集》(三),合肥:黄山书社,2001年,第206页。

② 《京城大学堂拟请总教习》,《国闻报》光绪二十四年(1898)六月三日。关于严复无缘京师大学堂总教习一职的论述,参见陈平原:《迟到了十四年的任命》,见《老北大的故事》,南京:江苏文艺出版社,1998年,第114~118页。

桐城派与京师大学堂真正相遇，并在此牢牢生根，缘于张百熙主持学务。光绪二十七年(1901)十二月初一日，诏命恢复在庚子兵燹中停办的京师大学堂，张百熙为管学大臣。湖南学术素来远逊江南和中原，自曾国藩集团崛起，人才始如云蒸霞蔚。曾国藩为学推尊桐城，桐城之学因此而风靡三湘大地。张百熙籍贯长沙，少时就读于城南书院，得桐城派名家郭嵩焘教诲，因而对该派学者青睐有加。在他接引下，桐城派学者鱼贯进入大学堂，并分任要职。光绪二十八年(1902)正月初六日，张百熙请旨，由吴汝纶出任大学堂总教习。他说："窃惟大学堂之设所以造就人才，而人才之出，尤以总教习得人为第一要义。必得德望具备、品学兼优之人方足以膺此选。臣博采众论，参以旧闻，惟前直隶冀州直隶州知州吴汝纶学问纯粹，时事洞明，淹贯古今，详悉中外，足当大学堂总教习之任。"其"主保定莲池书院多年，生徒化之，故北方学者以其门称盛，允为海内大师，以之充大学堂总教习，洵无愧色"[①]。吴汝纶接旨后，以大学堂总教习身份东渡扶桑考察学制，受到包括天皇在内的日本朝野隆重接待，其所著《东游丛录》为张百熙等拟定大学堂学制提供了直接参考。张百熙原拟举严复为副总教习[②]，但最终奏请添派桐城派分支阳湖派学者张鹤龄任之[③]。二月初七日，曾国藩之孙曾广铨到大学堂协助张百熙办理交涉事宜，十二月任译书局翻译科总办[④]。三月初四日，严复以"精通西文，于中学尤有根柢，于所译各书类能融会贯通，不失本旨"，被派充译书局总办[⑤]。五月初一日，译书局开张，林纾及其翻译助手曾宗巩、严复长子严璩等到局任

① 《管学大臣张百熙奏为敬举总教习折》，见迟惠生等主编：《京师大学堂档案选编》，北京：北京大学出版社，2001年，第111页。

② 严复：《与张元济书》，见王栻编：《严复集》(三)，北京：中华书局，1986年，第547页。

③ 《管学大臣张百熙奏保副总教习并正副总办折》，见迟惠生等主编：《京师大学堂档案选编》，第112页。

④ 王学珍等主编：《北京大学纪事(1898—1997)》(上)，北京：北京大学出版社，1998年，第6页。北京大学校史研究室编：《北京大学史料(1898—1911)》第一卷，北京：北京大学出版社，1993年，第332页。

⑤ 《管学大臣张百熙奏报大学堂开办译书局折》，见迟惠生等主编：《京师大学堂档案选编》，第132页。按：严复于光绪三十年(1904)辞去总办一职。见孙应祥：《严复年谱》，福州：福建人民出版社，2003年，第219页。

笔述[①]。在大学堂任内，严复、林纾手不停挥，继续着其输入西学的翻译事业。同时，严复积极为张百熙整顿大学堂事务出谋划策，并手定《京师大学堂译书局章程》颁行。八月，吴汝纶弟子绍英任支应提调[②]。光绪二十九年(1903)十一月，清廷于大学堂实施在学务大臣节制下的总监督负责制；十二月二十一日，由张百熙举荐，大理寺少卿张亨嘉受命担任大学堂总监督[③]。隔年(1905)十月，张亨嘉聘桐城派学者郭立山任国文教员。郭立山籍贯湘阴，为郭嵩焘族侄，张百熙门生，受知于曾督学湖南的张亨嘉，光绪二十九年(1903)进士[④]。正是由于张百熙的擘画，桐城派学者联翩登进，在大学堂传道授业解惑，为桐城之学的发展，为这座国家第一学府的现代化，创下煌煌业绩。

桐城派在京师大学堂的地位得到进一步加强，是在柯劭忞主持大学堂经科和总揽校务之后。柯劭忞是吴汝纶的女婿兼弟子，研究元史的大师，宣统元年(1909)正月充大学堂经科监督，二年(1910)八月十八日暂署大学堂总监督[⑤]。柯氏在任期间，所聘经科、文科教员多为桐城派学者：宣统二年(1910)正月，林纾、郭立山、马其昶和姚永朴任经文科教员；同年十二月，陈澹然任高等科教员；三年(1911)二月，尚秉和任高等科教员[⑥]。一时间，大学堂里到处弥漫着桐城之学的气息。陈澹然籍贯桐城，光绪十九年(1893)举人，师事方宗诚，受诗古文法。其人恃才自负，狂放不羁；其文权奇动宕，恣肆自喜，常有逸出桐城藩篱之外者[⑦]。他继郭立山为国文教习，讲课时，宗尚《孟子》《战国策》《史记》，尤喜为纵横家言。《战国策》之文素以枝蔓沓冗著称，经他笔削后

① 孙应祥：《严复年谱》，福州：福建人民出版社，2003年，第184页。北京大学校史研究室编：《北京大学史料(1898—1911)》第一卷，第333页。

② 北京大学校史研究室编：《北京大学史料(1898—1911)》第一卷，第333页。

③ 张戬：《京师大学堂首任总监督张亨嘉传略》，见《张亨嘉文集》，北京：北京大学出版社，2003年，第7页。

④ 赵启霖：《翰林院编修郭立山传》，见《赵启霖集》，长沙：岳麓书社，2012年，第93页。

⑤ 《著柯劭忞暂署大学堂总监督谕旨》，见迟惠生等主编：《京师大学堂档案选编》，第364页。

⑥ 北京大学校史研究室编：《北京大学史料(1898—1911)》第一卷，第332～345页。

⑦ 刘声木：《桐城文学渊源考·撰述考》，合肥：黄山书社，2012年，第290页。

峻洁有力，使学生获益匪浅[①]。此一时期，大学堂里，单是追随林纾学诗古文者就有：黄濬、沈觐冕、李景堃、蔡璐、姚梓芳、刘复礼、胡璧城、陈器、姚鹓雏、缪承金、唐宗郭、史鼐、廖道传、胡祥麟、梁鼎元、郑训寅、郭步瀛、顾大徵、关棠、李道同、邹应宪、章撷华、王黻灿、杨绪昌、李振声、张国威、王之栋、段世徽、田世谦和刘盥训等[②]。

桐城派在北京大学达于彬彬之盛，是在严复主持校务之时。十四年前，严复与京师大学堂总教习一职擦肩而过；十四年后，机会再一次来临。民国元年(1912)二月二十五日，对桐城派学者一向礼敬的北洋政府总统袁世凯，聘请严复出任京师大学堂总监督。五月三日，袁世凯允准大学堂改名为北京大学，任命严复担任北京大学校长[③]。上任伊始，严复将经、文二科合并为文科，拟请桐城派学者陈三立、姚永概主持。陈三立坚辞不允，姚永概则欣然命驾，出任文科教务长。数年前(1906)，因姚永概不遗余力地推挹，严复就任安徽高等学堂监督。此番严、姚在大学堂复遇，相处欢洽异常。同时进入北京大学的桐城派名流尚有李景濂、吴闿生。李景濂为吴汝纶莲池书院弟子，光绪三十年(1904)进士，以研究《左传》名家，受聘担任北京大学预科国文教员和文科经学《左传》门教员，有《左传讲义》手稿存世[④]。吴闿生为吴汝纶之子，贺涛弟子，曾留学日本，声名早被燕冀，时任袁世凯总统府僚佐，受聘担任北京大学预科教务长[⑤]。此前已在大学堂任教的林纾、郭立山、姚永朴和尚秉和，此时仍予留任。桐城派诸家在北京大学一时郁为文栋。严复任职期间，解决了办学经费困难，抵制了教育部停办大学的乱命，在呈给教育部的

---

① 赵启霖：《翰林院编修郭立山传》，见《赵启霖集》，长沙：岳麓书社，2012年，第93～94页。胡先骕：《京师大学堂师友记》，见王世儒、闻笛编：《我与北大》，北京：北京大学出版社，1998年，第19～20页。

② 朱羲胄：《林氏弟子表》，见《民国丛书》第四编第94种下册，上海：上海书店，1992年。

③ 王学珍等主编：《北京大学纪事(1898－1997)》(上)，北京：北京大学出版社，1998年，第29页。

④ 姚永概在《慎宜轩日记》(下)民国元年九月初六日条，有“李右周任《左传》”的记录，合肥：黄山书社，2010年，第1209页。李景濂《左传讲义》手稿现由其曾孙李建雄先生收藏。

⑤ 严复：《为呈覆教育部分科大学王学长等拟辞校务专任官署职务事》，见尚小明：《民元北大校长严复去职内幕》，《北京大学教育评论》，2013年第4期。

《文科大学改良办法说帖》中提出了一系列改革设想[①]。严复任职不到一年，在教育部留日派和校内少数激进的革命学生挤兑下被迫辞职[②]。十月一日，袁世凯聘请章士钊接替严复，出任北京大学校长[③]。章士钊籍贯湖南善化，堂兄章寿麟为曾国藩幕僚，因救兵败投水自尽的曾氏有功而受到擢用。章士钊青年时代拜读曾国藩所撰《欧阳生文集序》，对桐城派不胜向慕，“隐然以求衍其派于湖湘之责自任”[④]。其终生所嗜好的柳文也是桐城派的典范。虽然章士钊因事没有到任，但他和严复后先出掌北京大学，也可窥知桐城派学者在当时政、学两界声势之一斑。

1912年12月27日，章士钊辞去北京大学校长职务，何燏时接任。1913年11月5日，何燏时辞职；11月13日，胡仁源接任。1916年12月，胡仁源辞职；12月26日，蔡元培接任。此后直到1927年6月，蔡元培实际长校五年有半，其他时间多由蒋梦麟负责校务。在这一时段，桐城派与北京大学的关系时而稳定，时而摇荡，几位老辈林纾、姚永概、李景濂和姚永朴等先后离开北京大学。何、胡、蔡和蒋均为浙江人，均对那位有大学问的革命乡贤章太炎及其弟子情有独钟。数年间，章派学者蜂拥而至。有清一代学术以乾嘉学派为最盛，派中大部分学者以汉学反对宋学，一部分学者又以六朝骈文为正宗，否定唐宋古文。桐城派是宋学、唐宋古文的嫡传，因而与乾嘉学派之间发生了激烈而持久的汉宋之争和骈散之辩。这一争辩一直持续到晚清、民国。章太炎及其弟子学宗乾嘉，文尚魏晋，与桐城派恰好针锋相对。

新文化运动时期，在北京大学内外，以陈独秀、胡适和章门弟子钱玄同、鲁迅、周作人为代表的新文化派，与以林纾、章士钊和胡先骕为代表的桐城派之间，发生纷争。新文化派要求激进变革，视桐城派为谬种，桐城派希望在变革中有所保留，嫌新文化派矫枉过正。在双方纷争期间，一些桐城派学者如王景岐、何基鸿、章士钊、方孝岳、柴春霖、单丕和贺培新等入北京大学任教；

---

① 张寄谦：《严复与北京大学》，载《近代史研究》，1993年第5期。

② 尚小明：《民元北大校长严复去职内幕》，载《北京大学教育评论》，2013年第4期。

③ 《临时大总统令》，见北京大学校史研究室编：《北京大学史料（1898－1911）》第一卷，第235页。

④ 邹小站：《章士钊》，北京：团结出版社，2011年，第4页。

桐城派学子如张厚载和李濂镗等入北京大学就读；北京大学学子如法科的张曰铬、张若旭、吴景林、刘书钵、贾应璞，国文科的柯昌泗、马金涛、李炳瑗、陆宗达和贺翊新，土木工程科的李钺，以及马瑞徵、王双凤、李述礼、黄福墀和胡孝澜等，拜吴闿生为师，在吴氏创办的文学社内接受桐城派训练①。即使在桐城谬种谥号家喻户晓的日子里，北京大学学子各尊所闻，仍有人在屋子的一角，“抑扬顿挫地念着桐城派古文”②。在那个充满矛盾和思想自由飞扬的时代，新文化派与桐城派一起，共同渲染、烘托着时代气氛，共同塑造着北京大学囊括大典、海纳百川的精神气度。

新文化运动和五四运动主要由北京大学师生发起。在北京大学之外，桐城派政治家徐世昌总统给予了理解、容忍，傅增湘、章士钊和严修给予了关怀、帮助。徐世昌对桐城之学高度认同，一直视自己为桐城派中一员。其外祖父刘敦元籍贯桐城，为刘开族父行。他曾拜谒吴汝纶，“求为先慈作墓表，为先外祖诗稿作序”③。就在当选民国总统前一年(1917)，他说：“丙戌同年多文人。贺松坡，余从之学文；柯凤荪，余从之学诗。”④贺涛、柯劭忞皆为北方桐城派文宗。傅增湘于光绪十七年(1891)入莲池书院，从吴汝纶授读⑤。严修曾拜入吴汝纶之门，恒称“挚师”⑥，执弟子礼至恭。这些桐城派中的要人，在五四运动的惊涛骇浪中，均对北京大学师生施以援手。

在南京国民政府时代，文坛新旧并存。白话文学流行，但古典文学仍是巨大的精神存在。日本学者今关天彭经过深入研究以为，桐城派作为“清代最大的文章流派，到二十世纪三十年代仍有相当的影响力”⑦。1933年2月8

---

① 王达敏：《论桐城派的现代转型》，载《安徽大学学报》，2015年第6期。

② 杨振声：《回忆五四》，见《杨振声文献史料汇编》，济南：山东人民出版社，2016年，第444页。

③ 徐世昌：《徐世昌日记》光绪二十五(1899)年九月十五日。

④ 贺葆真：《贺葆真日记》(三)1917年2月1日，见李德龙、俞冰主编：《历代日记丛钞》第133册，北京：学苑出版社，2006年，第17页。

⑤ 孙英爱：《傅增湘年谱》，河北大学硕士论文，2012年，第11页。

⑥ 严修：《严修东游日记》，见钟叔河等主编：《走向世界丛书》，长沙：岳麓书社，2016年，第40页、第45页、第47～48页。

⑦ 李杰玲：《日本学界桐城派研究述论》，见《桐城派研究前沿问题国际学术研讨会论文集》，2017年，第73页。

日，西南联大文学院院长冯友兰向朱自清等表示："读新文学者实较读文言者为少。"朱自清以为，冯氏道出了一个"重要事实"[①]。抗战军兴前后，古典文学成为凝聚民心、塑造国魂的重要资源。1942年，教育部颁布《大学国文选目》，命举国大一学生一律修习，内容皆为古文。北京大学与多数高校一样，古典文学的研究与教学长期居于核心地位，桐城之学在其中仍然占有一席之地。西南联大时期，杨振声等把新文学引入大一国文教学中，由于杨氏是北京大学1916级学生，受过姚永朴等桐城名家化育，因此，他能将桐城派的风致和教读方式揉入新文学的教学中，而被冯友兰等称为"新桐城派"[②]。

在南京国民政府时代，当桐城派在北京大学中文系逐步被边缘化时，一批具有桐城派学养的学者却活跃在北京大学历史系的讲坛之上。1927年至1931年，邓之诚被聘为历史系讲师、教授。1931年至1937年、1939年，钱穆被聘为历史系副教授、教授。1931年至1932年、1935年至1936年，柯昌泗被聘为讲师。1932年至1933年，徐中舒从史语所到历史系兼任讲师。桐城派与北京大学史学有缘：早在北洋政府时代，桐城派学者如李景濂、尚秉和、邓之诚、柯劭忞和史鼐等就已经在北京大学担任史学课程。徐中舒早年追随胡远濬研读桐城派古文[③]。邓之诚的曾叔祖为姚门弟子邓廷桢，他绍继家学，"文风笔法宗桐城派而有所更张"[④]。钱穆学问根柢在桐城之学[⑤]。柯昌泗为柯劭忞之子、吴闿生弟子。桐城派一直有兼综文史的传统。在现代学科体系中，当桐城派的古文在文学领域难以保有其曾经的卓出地位时，其尊史的传统却使其在中国史领域焕发异彩。

---

① 朱自清：《朱自清全集·日记（上）》（九），南京：江苏教育出版社，1998年，第194页。

② 朱自清在1938年7月23日的日记中写道："上午与芝生商谈大一国文问题，其意见为：一、讲解如《庄子·天下篇》一类课文，因生字多，必须设法引起学生兴趣。二、教授桐城派或章太炎的文选派文章，教师使学生从总体上加以体会，今废除此二法，使学生不觉新意，乃最大失败。然所谓新桐城派的杨今甫所作的努力，却稍能体现其味道。三、必须充分认识朗诵之必要。诸说均有见地。"见《朱自清全集》（九），南京：江苏教育出版社，1998年，第542页。

③ 徐中舒：《我的学习之路》，载《文史知识》，1987年第6期。

④ 邸永君：《"效法先贤任重道远"系列之十三：吾师之师》，中国社会科学网，2015年5月25日。

⑤ 钱穆：《宋明理学概述》卷首，北京：九州出版社，2009年。

中华人民共和国时代，桐城派逶迤数百年之后，终于到了终局的时候。在谢幕前夕，硕果仅存的一些桐城派学者在北京大学的历史、美学、文学和印度学等学科领域，仍然于阴晴不定中耕耘着。史学家周一良、邓之诚、袁良义、王会庵和孙贯文，美学家朱光潜和宗白华，古典文学史家、散文家吴小如，印度学家、散文家季羡林，都各有成果问世[①]。

二、面对“五四”

北京大学是新文化运动的中心，也是五四爱国运动的发祥地。在这两场互相关联的伟大运动中，同属维新阵营的桐城派与新文化派之间出现异同。他们都主张变革，都感时忧国。但是，桐城派学者反对新文化派的激进，期待在变革中有所保留。尽管存在分歧，但对于包括新文化派在内的北京大学师生的爱国行为，桐城派政治家以理解之同情给予了容忍，桐城派学者以仁人之心给予了支持。桐城派诸家的行为既促成了五四爱国运动目标之实现，也在共和初建的年代闪耀着人性的光芒。

（一）在变革中保留

在新文化运动中，北京大学以陈独秀、胡适等为领袖的新文化派在民主与科学的旗帜下，提倡新道德、新文学，否定旧道德、旧文学。桐城派因其在中国文化传统中所居的经典地位而受到轰击。事实上，自道光、咸丰之后，为迎接西方挑战，正是以曾国藩为代表的桐城派学者最先参与引领中国走出中世纪，面向现代世界的。甲午战争后，吴汝纶、严复和林纾等继武前修，努力向西方寻求真理，激进地要求变革。但随着岁月的推移，他们及其年轻的追随者主张在变革之时，能够保留传统中一部分优秀因子，以作为再造文明的

---

① 郭卫东、牛大勇主编:《北京大学历史学系简史》，内部发行，第 37～38 页，第 93 页，第 480～503 页。尚小明:《北大史学系早期发展研究(1899－1937)》，北京:北京大学出版社，2010 年，第 27 页，第 36～41 页。按:周一良说:他随恩师张鸿学习桐城派四年(《毕竟是书生》，天津:天津人民出版社，2016 年，第 11 页)。王会庵是王树枏嫡孙，孙贯文是贺培新的弟子。袁良义籍贯安徽宣城，受桐城派熏染至深(庆环、闫佳琦:《袁良义:为史学研究奉献一生》，载《光明日报》，2015 年 7 月 18 日)。

基石。从思想史的角度看，桐城派这些老辈和新文化派同属维新一脉：前者先行，并泽被后者；后者循前者之辙而进，取其激进，而弃其所保留。在新文化运动中，如果说新文化派属于左翼，桐城派就是与其根连、又与其相对的右翼，二者均是新文化运动的组成部分。只是，新文化派的领袖站在彻底地、不妥协地反对传统的立场上，只见桐城派学者保守传统的一面，而无视其一直以来对于变革的积极追求，争论由此而起。这场争论在北京大学内外展开，参与争论者除教育总长傅增湘外，均为北大人。新文化派带领北京大学以狂飙突进的方式前行，桐城派则为北京大学增添了沉着稳健的气度。在中国从传统向现代转型的时代，新文化派和桐城派相辅相成，共同丰富、深化着北京大学的精神内涵，塑造着中华民族新的灵魂。

桐城派一些老辈经历了从激进到渐进的思想转折。初始，他们面对日益加深的民族危机，为了国家富强，为了将炎黄之胄推出黑暗洞穴、沐浴现代之光，一意反对守旧、推崇西学。后来，他们阅世渐广，学养渐深，逐步意识到中国传统中多有可与西学转相发明者，周孔之教经过西方思想淘炼，照样可以成为重建民族精神的砖石，由此而对中体西用的思想产生了认同。光绪二十五年(1899)，吴汝纶说：救种之道，“必以士大夫讲求西学为第一要义。”[①]又说：“非广立学堂，遍开学会，使西学大行，不能保此黄种。”[②]然而，光绪二十八年(1902)，他在东渡考察时发现，日本引入西方器物、制度和思想的同时，仍然保有大量传统文化因素。这促使其重新审视传统的现代价值，从而提出“周孔之遗泽，历久常新”[③]之论。严复是晚清对西学理解最透辟的学者。他从光绪二十一年(1895)起，连续发表《论世变之亟》《原强》《辟韩》和《救亡决论》等名作，用西方民主、自由思想猛烈抨击专制政治和文化，号召鼓民力、开民智和新民德。接着，其带有创作成分的译著《天演论》风靡海内，物竞天择、适者生存之说以科学的名义震荡着沉睡的中国。但自 1912 年担任北京大学

---

① 吴汝纶：《与冀州绅士》，见施培毅、徐寿凯点校：《吴汝纶全集》(三)，合肥：黄山书社，2002 年，第 229 页。

② 吴汝纶：《答李季皋》，见施培毅、徐寿凯点校：《吴汝纶全集》(三)，第 310 页。

③ 吴汝纶：《答新闻记者论中外教育》，见施培毅、徐寿凯点校：《吴汝纶全集》(三)，第 448 页。

校长起，他明显皈依传统，欲将北京大学的“经、文两科合并为一，以为完全讲治旧学之区，用以保持吾国四五千载圣圣相传之纲纪彝伦道德文章于不坠”[①]。1913年，他发起组织孔教会。1914年，他提出：“窃尝究观哲理，以为耐久无弊尚是孔子之书，四子五经固是最富矿藏，惟须改用新式武器发掘淘炼而已。”[②]“异日一线命根，仍是数千年来先王教化之泽。”[③]林纾如吴汝纶、严复一般，也经历了从激进到渐进的思想转折。

许多新文化派学者是在桐城派老辈向西方取经的劳绩庇荫下成长起来。在思想上，他们无不受到严复、吴汝纶倡导的进化论影响，无不以进化观念为其思想核心。陈独秀在1915年《青年》杂志发刊词《敬告青年》中说：“自宇宙之根本大法言之，森罗万象无日不在演进之途，万无保守现状之理……以人事之进化言之，笃古不变之族日就衰亡，日新求进之民方兴未已。”[④]胡适倡言以白话代替文言的依据，就是被他视为公理的进化论。他在1917年1月发表的《文学改良刍议》中说：“文学者，随时代而变迁者也。一时代有一时代之文学。”[⑤]这是他的名句，也是文学革命取得成功的理论基础。在文学上，新文化派学者多半受惠于林纾的译作。据周作人回忆，他与鲁迅都曾爱读林译小说，林纾在近人中对他影响最大，对鲁迅的影响仅次于梁启超和严复。他在《林琴南与罗振玉》中说：“我们几乎都因了林译才知道外国有小说，引起一点对于外国文学的兴味。我个人还曾经很模仿过他的译文。”[⑥]胡适说：“自己年轻时‘总共看了上百部’林译小说，故写起叙述文时，颇受其影响。”[⑦]关于桐城派老辈在新文学演进中的历史地位，周作人说：“到吴汝纶、严复、林纾诸人起来，一方面介绍西洋文学，一方面介绍科学思想。于是，经曾国藩放

---

① 严复：《与熊纯如书》(三)，见王栻编：《严复集》(一)，北京：中华书局，1986年，第605页。

② 严复：《与熊纯如书》(五十二)，见王栻编：《严复集》(一)，第668页。

③ 严复：《与熊纯如书》(六十二)，见王栻编：《严复集》(一)，第678页。

④ 陈独秀：《敬告青年》，《青年》1915年第1卷第1期，第3页。

⑤ 胡适：《文学改良刍议》，《新青年》1917年第2卷第5期，第2页。

⑥ 周作人：《林琴南与罗振玉》，《语丝》1924年12月1日，第3期第5版。

⑦ 郑延国：《胡适晚岁八论翻译》，见《潇湘子译话》，武汉：武汉大学出版社，2015年，第35页。

大范围后的桐城派便慢慢与新要兴起的文学接近起来了。后来参加新文学运动的，胡适之、陈独秀、梁任公诸人都受过他们的影响很大。所以我们可以说，今次文学运动的开端实际还是被桐城派中的人物引起来的。”[①]周作人以为，桐城派是新文学运动的开端。这无疑是中肯之见。

在新文化运动中，桐城派学者与新文化派共具进化理念，因而赞同新文化派提出的伦理、文学变革主张。关于伦理变革，1919 年 3 月 26 日，教育总长傅增湘在致北京大学校长蔡元培的函中说："吾国伦理道义，人群纪纲，镌于人心，濡于学说，阅数百千年。其间节目条教，习惯蜕衍，或不适于现代，亦属在所难免。"[②]以进化的眼光看，传统中一些伦理观念已经不适于现代，对其进行变革理有固然。关于文学变革，方孝岳 1917 年在《我之改良文学观》中说："陈、胡二君定白话文学为将来文学正宗，实为不易之论。"[③]北京大学哲学系一年级学生李濂镗 1917 年在《致胡先生》中说：胡适在《文学改良刍议》中所提八事"条条精锐，良能发人猛省"[④]。北京大学法科政治系学生张厚载 1918 年在《新文学及中国旧戏》中说："陈、胡、钱、刘诸先生之文学改良说翻陈出新，尤有研究之趣味。仆以为文学之有变迁，乃因人类社会而转移。决无社会生活变迁，而文学能墨守迹象、亘古不变者。"[⑤]胡先骕 1919 年在《中国文学改良论》中说："陈、胡之言固不无精到可采之处。"[⑥]章士钊 1919 年底在题为《新时代之青年》的演讲中说："胡君适之提倡白话，反对古典文学，在一定范围以内，其说无可驳者。"[⑦]

在新文化运动中，桐城派学者与新文化派之间也存在严重分歧。

首先，桐城派学者反对新文化派的激进态度，主张渐进。傅增湘认为，传统中不适应现代的伦理固然应变，但当渐改，不当锐进。他说："改革救正，自

---

① 周作人：《中国新文学的源流》，上海：华东师范大学出版社，1995 年，第 48 页

② 傅增湘：《致蔡元培》，见高平叔编：《蔡元培全集》（三），北京：中华书局，1984 年，第 286 页。

③ 方孝岳：《我之改良文学观》，《新青年》1917 年第 3 卷第 2 期，第 4 页。

④ 李濂镗：《致胡先生》，《新青年》1917 年第 3 卷第 2 期。

⑤ 张厚载：《新文学及中国旧戏》，《新青年》1918 年第 4 卷第 6 期，第 620 页。

⑥ 胡先骕：《中国文学改良论》，《东方杂志》1919 年第 16 卷第 3 期，第 169 页。

⑦ 章士钊：《新时代之青年》，《东方杂志》1919 年第 16 卷第 11 期，第 160 页。

有其道。以积渐整理之功，行平实通利之策，斯乃为适。凡事过于锐进，或大反乎恒情之所习，未有不立蹶者。时论纠纷，喜为抨击，设有悠悠之辞，波及全体，尤为演进新机之累。”[①]方孝岳说：“使今日即以白话为各种文字，以予观之，恐矫枉过正，反贻人之唾弃，急进反缓，不如姑缓其行……故吾人今日一面急宜改良道德学术，一面顺此日进之势，作极通俗易解之文字，不必全用俗字俗语，而将来合于国语，可操预券。”[②]李濂镗说：胡适所提八事，“第六第七不用典、不讲对仗两款，确有矫枉过正之弊……诗用典必适当、对仗必自然则可，不用典、不讲对仗则不可。”[③]张厚载说：“凡一事物之改革，必以渐，不以骤。改革过于偏激，反失社会之信仰，所谓‘欲速则不达’，亦即此意。改良文学，是何等事，决无一走即到之理。”[④]胡先骕说：陈、胡之言“过于偏激，遂不免因噎废食之讥。”他主张使用“简易之文言”，不赞成“以驳杂不纯口语”代替文言[⑤]。

其次，桐城派学者反对新文化派弃旧图新，主张调和新旧，在继承传统基础上创新。章士钊以为，文明的发展建基于人类知识、经验的逐步积累之上，没有对先辈业绩的继承，就没有人类的进步；社会的进化是在新旧杂糅、从旧到新的移行中实现的，新的时代绝不会与过去时代没有关联。因此，“新机不可滞，旧德亦不可忘，挹彼注此，逐渐改善，新旧相衔，斯成调和”[⑥]。胡先骕说：“人之异于物者以其有思想之历史，而前人之著作即后人之遗产也。若尽弃遗产以图赤手创业，不亦难乎……故欲创造新文学，必浸淫于古籍，尽得其精华而遗其糟粕，乃能应时势之所趋，而创造一时之新文学……居今日而言创造新文学，必以古文学为根基而发扬光大之，则前途当未可限量。否则，徒自苦耳。”[⑦]

第三，桐城派学者反对废除古文。胡适等主张言文合一，摒弃文言，以白

---

① 傅增湘：《致蔡元培》，见高平叔编：《蔡元培全集》(三)，第 286 页。
② 方孝岳：《我之改良文学观》，《新青年》1917 年第 3 卷第 2 期，第 4～5 页。
③ 李濂镗：《致胡先生》，《新青年》1917 年第 3 卷第 2 期。
④ 张厚载：《新文学与中国旧戏》，《新青年》1918 年第 4 卷第 6 期，第 621 页。
⑤ 胡先骕：《中国文学改良论》，《东方杂志》1919 年第 16 卷第 3 期，第 172 页。
⑥ 章士钊：《新时代之青年》，《东方杂志》1919 年第 16 卷第 11 期，第 161 页。
⑦ 胡先骕：《中国文学改良论》，《东方杂志》1919 年第 16 卷第 3 期。

话代之，建设“国语的文学，文学的国语”。林纾在《论古文之不宜废》《论古文白话之相消长》《答大学堂校长蔡鹤卿太史书》等文中反对尽弃古文，主张文白并存，在白话风行之时，给古文留下一线生机。他认为，古文中存有中国元气；古文有时以一言而关乎国家之夷险，有时足以动人忠孝之思；古文是白话的根柢，没有古文就不会有好的白话文学；科学不用古文，古文也无碍科学；古人得一称心之作殊为不易；若使今人读古人原书，必使其研习古文；今日古文已在声消烬灭之秋，不必再用力革除；欧洲文明发达，并没有废除拉丁文，日本人求新之时仍然视旧为宝。职是之故，古文应予保留[①]。林纾自清末以来一直是一个文学改革家：除了翻译小说外，他曾在戊戌变法前一年(1897)，采撷民间文学元素，创作《闽中新乐府》三十二首；庚子年(1900)在《杭州白话报》上发表白话道情，一纸风行；1919年3月，在受到新文化派攻击奚落之时，仍然在《公言报》上开辟“劝世白话新乐府”专栏。因此，他并不是反对白话文，而是希望延古文一线于不坠，希望在变革中有所保留。结果却是，林纾一败涂地，到1949年后，白话文最终一统天下。以今观之，完全废除古文已经成为民族文化复兴的一大障碍。当日林纾落败，又岂仅为其个人伤心之事。

第四，桐城派学者反对废除戏曲，也反对以改革为名从根本上对戏曲加以破坏。胡适、刘半农、钱玄同、陈独秀和周作人等新文化派名流以西洋戏剧的写实为准衡，全面贬斥中国戏曲，以为中国戏曲太抽象，太脱离生活，演唱单调，脸谱离奇，舞台设备幼稚，内容无理想，文章又极恶劣不通，无一足以动人情感，在文学、美术和科学上无丝毫价值。胡适虽无意消灭戏曲，但主张“废唱用白”。张厚载时为北京大学学生，却已是蜚声菊坛的剧评家，其艺术实践和理论功力迥非寻常可比。他以匹夫之勇力战新文化派众多师长。在《我的中国旧戏观》中，他从专业角度为旧剧声辩。他以为，中国戏曲的特点是抽象而非写实；其表演自有规律；其唱功具有表达感情的力量，可以永久存

① 林纾：《论古文之不宜废》，上海《民国日报》1917年2月8日；《畏庐三集·答大学堂校长蔡鹤卿太史书》，见《林琴南文集》，北京：中国书店，1985年影印，第26～28页；《论古文白话之相消长》，《文艺丛报》1919年第1卷第1期，第7页。

在,不能废掉[1]。他的这些见解经受住了历史的考验。

(二)在分歧中支持

1919年夏季,由北京大学发动和领导的五四运动,激起了国内各阶层人民的爱国之忧,也引爆了政坛固有的派系冲突和南北政争。学潮与政潮互为渗透,互相借力,使这场民运最终实现了罢免亲日派官员职务和拒签《巴黎和约》的目标,推动中国的现代化向深广处发展[2]。桐城派总统徐世昌的斯文作为以及傅增湘、章士钊、严修、马其昶和姚永概的有效支持是这场运动能够取得硕果的关键因素,他们的理解、容忍、支持和仁爱在这风云激荡的大时代中熠熠生辉。

五四运动爆发后,北京大学校长蔡元培为营救学生日夜奔走。在学生5月7日获释后,蔡元培为避免学校和学生受到进一步牵连,于5月8日递交辞呈,翌日悄然离京[3]。此后两月有余,学界为挽蔡掀起巨澜。在这一事件中,桐城派诸家的表现可圈可点。5月10日,教育总长傅增湘向北京大学挽蔡代表马叙伦、马寅初和李大钊等明确表态:"自己诚恳挽留蔡校长。"[4]5月14日,徐世昌下令挽蔡:"该校长殚心教育,任职有年。值兹整饬学风,妥筹善后,该校长职责所在,亟待认真擘理,挽济艰难。所请解职之处,着毋庸议。"[5]在蔡元培辞职之事上,桐城派大家马其昶和王树枏没有乘便行事,格调高洁。蔡元培说:"八日午后,尚有见告政府已决定更换北京大学校长,继任者为马君其昶。我想再不辞职,倘政府迫不及待,先下一令免我职,一人之不体面而犹为小事,而学生恐不免起一骚动。我之急于提出辞呈,此亦其旁因也。今我既自行辞职而继任又为年高德劭之马君,学生又何所歉然而必起

---

① 张厚载:《我的中国旧戏观》,《新青年》1918年第5卷第4期,第343～348页。

② 邓野:《巴黎和会与北京政府的内外博弈》,北京:社会科学文献出版社,2014年9月第1版,第95～117页。

③ 梁柱:《蔡元培与北京大学》,北京:北京大学出版社,1996年,第240～266页。

④ 《晨报》1919年5月11日,转引自高平叔:《蔡元培年谱长编》(二),北京:人民教育出版社,1999年,第205页。

⑤ 《大总统令》(1919年5月14日),《政府公报》1919年5月15日。

骚动乎?”[①]蔡元培辞职前后,政府先后拟任命马其昶、王树枬接任北京大学校长[②]。马其昶为张裕钊、吴汝纶弟子,曾任安徽高等学校校长、北京法政学校教务主任。王树枬为光绪十二年(1886)进士,少为曾国藩所赏,长与张裕钊、吴汝纶相切劘,后官至新疆布政使。马、王均著述丰赡,以经史文章负海内众望,同膺清史馆总纂,均与徐世昌为道义学问之交。政府欲马、王出长北京大学,明显与徐、马、王三人的桐城派背景相关。就桐城派在清代以降学坛的地位论,就马、王在南北学界的资望论,主掌北京大学,二人虽比蔡元培略逊,在当时也算上佳之选。但与后来“谋攫取北大校长之地位的”[③]胡仁源有别,马氏并没有对政府的拟命作出任何回应,王氏则坚辞不就。马、王峻拒的个中原因固然很多,但有一点可以肯定,他们与京城知识界挽蔡意见一致,希望自己不要成为蔡氏返京复任的障碍。

在五四运动中,北京大学教授、《新青年》主编陈独秀被捕案轰动一时,桐城派诸家积极参与营救。1919 年 6 月 11 日晚,陈独秀带着争取“绝对集会言论自由权”[④]的传单《北京市民宣言》到北京新世界散发。这份传单由陈独秀起草、胡适英译。当陈氏正站在楼顶扬洒时,京师警察厅警察出其不意,将其揪获。6 月 22 日,章士钊致电政府代总理龚心湛说:“试观古今中外,每当文网最甚之秋,正其国运衰歇之候。”“陈君英姿挺秀,学贯中西。”吁恳龚氏为国惜才而救之[⑤]。同日,他又致电北洋政要王克敏,表达了救陈的迫切心情。严修命其子严智怡携带自己的手书谒见徐世昌。严智怡代表其父以为,不能以陈独秀言论太新而裁判他,“大学为新思想发源地,无论什么思想都要拿来研究”,“藉新旧思想暗潮来兴‘文字狱’,实在于教育前途有碍”。严智怡之言

---

① 《晨报》1919 年 5 月 13 日;天津《益世报》1919 年 5 月 17 日。转引自梁柱:《蔡元培与北京大学》,第 254 页。

② 《晨报》1919 年 6 月 7 日。转引自梁柱:《蔡元培与北京大学》,第 260 页。

③ 蔡元培:《自写年谱》,见高平叔:《蔡元培年谱长编》(二),第 217 页。

④ 陈独秀:《北京市民宣言》,见任建树主编:《陈独秀著作选编(1919—1922)》(二),上海:上海人民出版社,2010 年,第 116 页。

⑤ 《章行严请释陈独秀》,见强重华等主编:《陈独秀被捕资料汇编》,郑州:河南人民出版社,1982 年,第 63、64 页。

令徐世昌“颇动容”[1]。

最为学界久久称誉的，是马其昶、姚永概对陈独秀的营救。作为新文化派的主将，陈独秀对桐城派剖击最力，但马、姚并未因此而衔恨。据报道，“桐城派的古文家马通伯、姚叔节诸人也不以政府为然，常常向人表白说：主张不妨各异，同是士林斯文一体，文字之狱，万不可兴”[2]。6月25日，马其昶、姚永概等致函京师警察厅厅长吴炳湘云：“陈君本系书生，平生激于爱国之忱，所著言论或不无迂直之处。然其学问人品亦尚为士林所推许，历年办理教育，潜心著述，在学界似亦薄奏微劳。”因而恳请吴氏“曲赐矜惜，准予保释”[3]。由于各方施以援手，陈独秀于9月16日获释。陈独秀行事一贯决绝、专断。1925年，群众因晨报馆偏右而焚之，陈独秀赞成这一暴力行为，胡适则不能苟同。他在致陈独秀的信中说：“我记得民国八年你被拘在警察厅的时候，署名营救你的人中有桐城派古文家马通伯与姚叔节。我记得那晚在桃李园请客的时候，我心中感觉一种高兴，我觉得这个黑暗社会里还有一线光明：在那个反对白话文学最激烈的空气里，居然有几个古文老辈肯出名保你，这个社会还勉强够得上一个‘人的社会’，还有一点人味儿。”[4]胡适希望陈独秀对待不合己意之事，能有如桐城老辈似的容忍、仁爱的雅量。

三、建设现代学科

桐城派在漫长发展过程中，形成了深厚的博雅传统。自方苞起，桐城派学者多学贯经史子集四部，姚鼐尤以兼收义理、考据、辞章之长为鹄的。桐城派诸家进入北京大学后，荟萃中西学术，把博雅传统扩容，各依性之所近，在不同知识领域寻幽探胜，为北京大学的学科建设，为中国学术从古典向现代转型，作出了彪炳史册的贡献。他们强烈的求知渴望、严谨的治学态度和卓

① 涵庐：《传闻异词的陈独秀案（通信）》，见强重华等主编：《陈独秀被捕资料汇编》，第58页。

② 涵庐：《传闻异词的陈独秀案（通信）》，见强重华等主编：《陈独秀被捕资料汇编》，第59页。

③ 《安徽同乡会吴传绮等函警察总监请准予保释陈独秀》，见刘苏整理：《五四时期陈独秀被捕档案选编》，《北京档案史料》2009年第2期。

④ 胡适：《致陈独秀》，见《胡适书信集》（上），北京：北京大学出版社，1996年，第367页。

越的学术成果，丰富着桐城派，也有力地塑造着北京大学的科学精神。

在北京大学确立现代学制和学科建设过程中，张百熙、张之洞、吴汝纶和严复发挥了决定性作用。张之洞曾向其从舅、桐城派岭西五子之一的朱琦问学，也算是与桐城派有些瓜连。奠定京师大学堂和北京大学学科建设格局的，就是这个带有浓重桐城派色彩的精英群体。光绪二十四年(1898)，张之洞在《劝学篇》中提出的中体西用观点，是其个人主张的理论概括，也是清末新潮学者的共识。二张、吴、严为北京大学设计的学制和学科建设蓝图，连同早先梁启超执笔的《总理衙门奏拟京师大学堂章程》，从头至尾贯穿着中体西用原则。吴汝纶呈给张百熙的考察报告《东游丛录》，翔实记录了日本在创立现代教育体制中取法西方、保留传统的情形。这一报告成为张百熙拟订大学堂章程的参考。光绪二十八年(1902)十一月，张百熙主持制订的《钦定大学堂章程》凿破混沌，把传统的经史子集四部转化为政治科、文学科、格致科、农学科、工艺科、商务科和医术科等七科。这一章程虽经公布，却未实施。光绪二十九年(1903)十一月，由张之洞、张百熙和荣庆负责起草的《奏定大学堂章程》规定，大学堂设立八个分科大学：经学科、政法科、文学科、医科、格致科、农科、工科、商科①。这两个章程，无论七科、八科，均体现着兼容中西、中体西用的思想。严复早岁斥责中体西用之说，以为其割裂体用，为旧学张目。但他在1912年主持北京大学校务后，在重视西学的同时，更将经、文科合并，以加强中学的基础地位，同样没有逸出中体西用的藩篱。此外，严复长校后，在呈给蔡元培任总长的教育部的《文科大学改良办法说帖》中提出，北京大学在建设文科时，应该对东西方文学、史学、哲学和地理学“兼收并蓄，广纳众流，以成其大”②。蔡元培任北京大学校长后，沿着严复的兼收并蓄思路，提出含蕴更为深广的兼容并包的办学原则。这一原则后来成为北京大学的基本精神。

桐城系统的学者在北京大学开创了伦理学学科。张鹤龄任京师大学堂副总教习时，编纂了《伦理学讲义》和《修身伦理教育杂说讲义》。张百熙在荐

---

① 郝平：《北京大学创办史实考源》，北京：北京大学出版社，1998年，第163～164页。

② 张寄谦：《严复与北京大学》，载《近代史研究》，1993年第5期，第160～161页

举张鹤龄任副总教习时,说他“学识宏富,淹贯中西”[①]。其《伦理学讲义》共有二十章,第一章为“公理公法”,最后一章为“仁义礼智信”,正是一个中西合璧的框架[②]。自光绪三十二年(1906)起,林纾连续三年为大学堂预科和师范班讲授伦理道德课。他以孙奇逢的《理学宗传》为教本,以带有现代意味的平等的学术态度对待朱陆,凡是有益于身心性命之语尽采之,尽阐之[③]。由于林纾能结合自己丰富的人生经验和古今故事对昔贤明训加以疏解,而且语妙天下,发人深省,课堂效果极佳,那些“聆斯课之学生,咸心情感发,不能自已”。其弟子胡先骕说:“常忆此课在下午一点钟讲授,适在午餐之后,又值夏初长日、睡思袭人之时,上他课则不免昏睡,上人伦道德之课,则无人不兴奋忻悦,从可知欧西名牧师讲演号召之魔力所由来也。”[④]林纾的讲稿1915年由商务印书馆出版。

桐城派学者在北京大学开拓了逻辑学学科的新境界。光绪三十三年(1907),章士钊到英国爱丁堡大学留学,主攻逻辑学等。宣统元年(1909),他在对比中西逻辑思想的异同后,主张把logic译为“逻辑”,这是他对中国现代逻辑学学科的重大贡献。1914年,他与吴汝纶的莲池书院弟子谷钟秀等创办《甲寅》月刊,形成逻辑谨严的政论文风。1917年11月,他受聘担任北京大学哲学门教授,讲授逻辑学和逻辑学史,同时主持哲学门教授会。章士钊的优长在于,他能将中国的逻辑资料纳入西洋逻辑系统之中进行阐述,这使其逻辑学带上鲜明的中国色彩。其讲授极受学子欢迎,可容四五百人的大教室门户为塞,坐无隙地。1939年夏,他以北京大学授课时的讲义为基础,撰成《逻辑指要》一书。此书是中国现代逻辑史上的名著[⑤]。

---

① 《管学大臣张百熙奏副总教习并正副总办片》,见迟惠生等主编:《京师大学堂档案选编》,第112页。

② 郝平:《北京大学创办史实考源》,第215～216页。

③ 林纾:《师范学校中学校修身讲义序》,见《师范学校中学校修身讲义》卷首,北京:商务印书馆,1916年。

④ 胡先骕:《京师大学堂师友记》,见王世儒、闻笛编:《我与北大》,北京:北京大学出版社,1998年,第21页。

⑤ 赵敦华等主编:《北京大学哲学系史稿(1912—2012)》,内部发行,第4页。邹小站:《章士钊》,北京:团结出版社,2013年,第146～147页,第196～200页。

桐城派学者把北京大学建成中国现代美学学科的最高学术殿堂。朱光潜籍贯桐城，少年时代在吴汝纶创立的桐城中学受到桐城之学的熏陶，研习《古文辞类纂》和《经史百家杂钞》，模拟欧阳修、归有光之文。他留英归来后，1933年10月初至1937年抗战爆发，因徐中舒之荐，受聘担任北京大学西语系教授。1946年8月，应北京大学校长胡适之聘，再度担任西语系教授兼主任，此后再未离开过北京大学。宗白华1897年出生于外祖父方守彝家，方家乃桐城派名族。1952年下半年调入北京大学任哲学系美学教授，直至去世。朱光潜、宗白华学贯中西，均追求人生艺术化的理想，均以桐城之学为研究美学的根基。在中西比较中，朱光潜提出美是主客观的统一，宗白华则对艺术意境作了独步一时的理论开掘。他们共同将中国现代美学推向高峰[①]。

桐城派学者在北京大学开创了中国文学理论批评史学科。宣统二年(1910)至民国六年(1917)，姚永朴在京师大学堂和北京大学任教时，以讲义为基础撰成《文学研究法》一书。此书与刘勰的《文心雕龙》后先辉映，是对桐城派理论的升华，也是对中国古典文章学的总结[②]。宣统二年(1910)正月至民国二年(1913)，林纾在京师大学堂和北京大学讲授古文辞[③]。其讲义1913年6月在《平报》连载；1916年在都门印书局出版时，名为《春觉斋论文》。林纾立足桐城前贤文论，把自己从中国古典文学、外国文学和古文创作实践中所得，进行提摄归纳，创造性地提出意境等理论。姚永朴和林纾的著作多次再版，是后来一切中国文学理论批评史著作之祖。

桐城系统的学者是北京大学中国史学科建设的主力。在宏观方面，邓之诚、钱穆讲授过中国通史。在断代史方面，徐中舒的殷周史料考订，李景濂的《左传》研究，钱穆的中国上古史、秦汉史、汉魏史，邓之诚的魏晋南北朝史，柯昌泗的隋唐五代史、宋史，柯劭忞的元史，钱穆的宋元明思想史、中国近三百年学术史，构成了中国史学科的完整序列。特别引人注目的是，宣统三

---

① 宛小平：《朱光潜年谱长编》，未刊，第72～73页，第161～163页。宛小平：《朱光潜及其美学》，王德胜：《宗白华及其美学》，分别见金雁主编：《中国现代美学名家文丛·朱光潜卷》卷首、《中国现代美学名家文丛·宗白华卷》卷首，杭州：浙江大学出版社，2009年。

② 许结：《姚永朴与〈文学研究法〉》，载《古典文学知识》，2010年第1期。

③ 张旭、车树昇：《林纾年谱长编》，福州：福建教育出版社，2014年，第173页。

年(1911)二月至民国元年(1912)十二月,尚秉和在任京师大学堂高等科教员时,开始撰写《辛壬春秋》一书。该书1924年问世,分为辛壬大政记、各省记事、民党死事记、清臣殉难记、袁大总统事略等,是研究中华民国史的开山之作。柯劭忞自光绪末年开始收集中外元史资料,1919年完成《新元史》初稿。同年12月4日,徐世昌总统以《新元史》诠采宏富、体大思精,明令将之列入正史。1923年,日本东京帝国大学因《新元史》而授予作者文学博士学位①。柯劭忞1924年至1925年在北京大学讲授元史,并任国学门导师,使北京大学成为研究元史的重镇。此外,孙贯文在金石铭刻学研究领域取得的成就也斐然可观。

桐城派学者在北京大学创立了印度学学科。季羡林上山东大学附设中学时,国文教员王崑玉是桐城派古文作家,有自己文集,后任山东大学讲师。受老师影响,季羡林研读唐宋八家文章,用文言文模仿桐城派调子写作。其《读〈徐文长传〉书后》一文被老师评曰"亦简练,亦畅达"②,使他深受鼓舞。《季羡林全集》三十卷,散文约占三分之一,这些作品带有浓郁的桐城派色彩。1946年秋,他留德归来,受聘担任北京大学教授,创建东方语文系。此后数十年,他研究佛教史和中印文化关系史,发表许多原创性论著,使北京大学成为研究印度学的基地。

此外,桐城派学者在北京大学自然科学学科建设方面也有出色表现。胡先骕是桐城派郭立山、陈剑潭和林纾的弟子,1929年在北京大学讲授植物学。李钜出身河北邯郸,其父李景濂、伯父李景濂均为吴汝纶莲池书院弟子。他曾从吴闿生游,受诗古文法。他毕业于北平协和医学院,获纽约大学医学博士学位。抗战胜利后,北京大学医学院新聘一批受过欧美医学教育的博士,这些学者代表了当时医学界的最高水平。其中,李钜因学术水平湛深,受聘担任药理学教授兼系主任,推动了北京大学药理学学科的发展。在进行医学研究与教学的同时,李钜创作诗、古文辞不辍。其诗文蓬勃雄健,得莲池一

① 崔建利:《近代大儒柯劭忞》,见崔建利校注:《柯劭忞诗集校注》,北京:中国社会科学出版社,2017年,第6页。

② 季羡林:《我和外国文学的不解之缘》,载《外国文学评论》,1987年第2期。

派真传[①]。

四、承雨润而茁壮

桐城派诸家进入北京大学后，以自己的文化理想和实际行动塑造着北京大学的精神。而北京大学以其巍峨地位，聘请桐城派诸家来校主政、任教，录取桐城派学子入校就读，为桐城派的发展和现代转型提供了历史契机。桐城派新生代因承北京大学雨露之润而成长为国家栋梁，尤值得表而出之。

北京大学赋予桐城派学子铁肩担道义的社会责任感。光绪二十四年(1898)，光绪帝所颁《明定国是诏》云：创办京师大学堂的目的，是为了“人才辈出，共济时艰”[②]。光绪二十八年(1902)的《钦定大学堂章程》云：京师大学堂之设，是为了“激发忠爱”[③]。鲁迅说：“北大是常为新的，改进的运动的先锋，要使中国向着好的，往上的道路走。”“北大是常与黑暗势力抗战的，即使只有自己。”[④]正是在北京大学共济时艰、与黑暗势力抗战的精神养育下，一些桐城派学子走上爱国救亡之路。光绪二十九年(1903)，为扑击沙俄欲吞并中国领土的野心，全国掀起浩荡的拒俄运动，而京师大学堂的学生正是这场运动的急先锋[⑤]。由师范馆学生谷钟秀拟稿的《京师大学堂师范仕学馆学生上书管学大臣请代奏拒俄书》痛论战守，以为俄人阴险狠辣，“无一时不置我于死地”；日、俄在东北相争，中国“大祸即在眉睫”。若处置不当，必引起列强瓜分狂潮，使“二万里幅员、四万万民庶皆将奴隶牛马受压制于他国之下”，因而必须拒俄。此书最后为学生的爱国行为辩护：“国家之设学也，专以养成忠君爱国之思想为目的。今当危机存亡之秋，间不容发，譬如一家火起，父兄长老皆焦思疲力以求一熄，而少而壮者乃袖手旁观，而以为不与己事，岂尚复

---

① 李钜诗文手稿现由其侄孙李建雄先生珍藏。

② 《著明定国是变法维新谕旨》，见迟惠生等主编：《京师大学堂档案选编》，第16页。

③ 《钦定京师大学堂章程》，见北京大学校史研究室编：《北京大学史料(1898－1911)》第一卷，第87页。

④ 鲁迅：《我观北大》，见《鲁迅全集》(三)，北京：人民文学出版社，1981年，第158页。

⑤ 郝平说：在这场“拒俄爱国运动中，京师大学堂的学生可以说是起到了急先锋的作用”。“除学生外，上到大学堂副总教习、教习、助教，下到一般工作人员几乎都参加了这次运动”。见郝平：《北京大学创办史实考源》，第293页。

有人心也耶？此学生等所以欲言而不得，不言而不能，言之而不免有越职之嫌，不言而坐视瓜分之惨而不忍也。”[①]谷钟秀在光绪甲午乙未之际拜吴汝纶为师，是吴门杰出弟子。他光绪二十八年(1902)考入京师大学堂师范馆，在大学堂的陶铸下，积极参与拒俄运动，成为坚定的爱国者。由他代表全体京师大学堂学生起草的这篇上书，以北方桐城派特有的铿锵激越笔法，表达了莘莘学子对于民族的责任和救国热忱。谷钟秀大学堂毕业后就学于早稻田大学。辛亥革命后，参与中华民国临时政府的筹建。曾创办《中华新报》《正谊》杂志，担任宪法起草委员、北洋政府农商部长等，为推进民主宪政竭尽绵薄之力。著有《中华民国开国史》等。二十世纪二十年代初，北京大学学生成立了一个名为实践社的秘密救国组织，这个组织属于国民党，接受第一次国共合作时期的李大钊领导。实践社领袖邓文辉 1927 年与李大钊等一起，牺牲于张作霖政府的绞刑架上。1924 年，北方桐城派宗师贺涛之孙、吴闿生入室弟子贺翊新考入北京大学中文系，很快秘密加入实践社，邓文辉等的遇难没有动摇他和同伴们的意志，他们继续为实现孙中山先生的三民主义而奋斗。

桐城派一批青年学者在北京大学为人师表，受北京大学哺育，获得自信，获得声光，为自己的青云事业奠下雄厚根基。方孝岳出身桐城鲁谼方氏家族。鲁谼方氏自雍乾间方泽起，始被服儒雅。姚鼐曾向方泽问学，方泽之孙方绩、曾孙方东树又以姚鼐为师。此后，方宗诚向族兄方东树问业，又得曾国藩奖掖，学问有成，并传理学、诗古文法于二子守彝、守敦。方守敦便是方孝岳之父了。鲁谼方氏本为乡野之民，因世守桐城派家法，人才辈涌，成为诗礼望族。方孝岳 1918 年毕业于上海圣约翰大学，1919 年进入北京大学预科任国文教员时，年仅 22 岁。胡适初见方孝岳，握其手，连声说：“真没有想到你是这么年轻！”[②]当时预科教师多为学界名流，本科刚毕业的方孝岳能膺此教席，自然得益于其出身桐城世家，也得益于其为马其昶准女婿的身份。方孝岳入北京大学前两年，已在《新青年》上发表《我之改良文学观》，挑战陈独秀、

① 杨天石、王学庄编：《拒俄运动(1901－1905)》，北京：中国社会科学出版社，1979 年，第 147～149 页。

② 舒芜口述，许福芦撰：《舒芜口述自传》，北京：中国社会科学出版社，2002 年，第 9 页。

胡适的文学革命观点，但这并没有影响他顺利跨入红楼。由此可以窥知桐城派在蔡元培、陈独秀和胡适诸人内心深处的真正分量，也可知这座高等学府兼容并包的襟怀。方孝岳以北京大学为新的起点，后来成为卓越的桐城派研究专家、中国散文史家和音韵学家。贺培新是贺涛之孙、吴闿生弟子，其诗文得桐城派真传，其篆刻得齐白石神髓。1924 年，他刚自北京法政大学毕业，即受聘担任北京大学造型美术研究会导师，时年 21 岁。同年，他在该研究会主办的《造型美术》上发表《篆刻学·总论》一文，提出“篆刻必以秦汉为宗”[①]之论。两年后，他离开导师岗位，向更高的文艺境界迈进，成为名动京华的学者。

一些桐城派学子经过北京大学哺育，成为优秀学者。尚秉和于光绪十八年(1892)在莲池书院师事吴汝纶，光绪二十九年(1903)成进士，次年进入京师大学堂进士馆学习，光绪三十二年(1906)毕业考核得优等。宣统三年(1911)为大学堂国文教习。1929 年受聘于奉天萃升书院，1931 年任中国大学教授，1937 年执教于保定莲池讲学院[②]。尚氏所著《古文讲授谈》诠释桐城之学，其《历代社会风俗事物考》是早期研究中国社会史的名著，而其易学研究尤称卓绝。吴闿生弟子陆宗达 1922 年考入北京大学国文系预科，1924 年升入本科，追随黄侃，从事语言文字学研究，后在北京大学、辅仁大学和北京师范大学等校任教，著有《说文解字通论》《训诂学方法论》等。

一些桐城派学子经过北京大学哺育，成为优秀诗人、小说家和散文家。徐志摩早岁就读开智学堂两年，成为桐城派古文家张树森最好的学生。张氏继承桐城派传统，对中国地理烂熟，对吟诵极为在行。据说读一句带“乎”“耶”的文章，“那尾声要拖至二分钟以上”，比京剧名角龚云甫的唱腔还要好听[③]。徐志摩在开智学堂所作古文《论哥舒翰潼关之败》就颇具桐城派韵味。

---

① 贺培新撰，王达敏等整理：《贺培新集》(上)，南京：凤凰出版社，2016 年，第 417 页。

② 李征光：《尚秉和生平考述》，见《周易文化研究》第五辑，北京：社会科学文献出版社，2013 年，第 330～348 页。

③ 吴世昌：《志摩在家乡》，见吴令华编：《吴其昌文集》(五)，太原：三晋出版社，2009 年，第 157～158 页。

胡适、吴其昌称徐志摩的散文成就不在其诗歌之下，徐氏又将弟子、桐城派嫡传方玮德及其姑姑方令孺引入新月派中，这一切均与其早岁拜入张树森之门有关。徐氏1915年考入北京大学预科，1917—1918年在北京大学法科就读两载，对文学产生浓厚兴趣；接着留学英美，积极参与“北大留美同学会”“北大留英校友会”的活动；1924年秋至1925年3月，任北京大学教授，讲授英美文学。1930年应胡适之聘，到北京大学办校务。1931年2月，再任北京大学英文系教授①。徐志摩一生的成就和声望，皆与北京大学紧密相连。汪曾祺在小学毕业后的暑假，从邑中名儒韦子廉问学。韦子廉学问渊博，对桐城派钻研尤深。汪曾祺说：“先生日授桐城派古文一篇，督临《多宝塔》一纸。我至今作文写字，实得力于先生之指授。”②1939年，汪曾祺考入西南联合大学中文系，京派风格的《大一国文》成为他走上文学道路的启蒙书。而沈从文的教诲则对其日后成为名作家发生了重大影响。在北方，自曾国藩总督直隶提倡文教后，数十年间，桐城宗风笼罩燕赵大地。在这样的文化气氛中，生活于天津的吴小如在进入北京大学前就开始学习写作桐城派一路的古文。在回忆少年学伴毕基初时，他说：“最使我们感到疏远的(不，毋宁说是感到水火的)，乃是他弄‘新文艺’，我治‘旧辞章’；他写他的新诗，我作我的‘桐城派’。”在回忆任教中学的生涯时，他说：“我读高中时，一度学过作文言文；此时乃从张纪方老师专门学写桐城派古文，每成一篇，即呈先父玉如公批改。”③吴小如转入北京大学中文系学习后，受教益最深的是俞平伯、沈从文和废名。这三位先生都是京派作家。大学毕业后，他留校任教，在古典文学和京剧研究方面造诣至深。其怀人散文收入《红楼梦影》一书，篇篇可读；论学之作也多以散文之笔出之。可以说，他既是一位优秀学者，也是一位带有桐城派浓重色彩的杰出散文家。

---

① 曾庆瑞：《新编徐志摩年谱》，见《曾庆瑞赵暇秋文集》(十一)，北京：中国传媒大学出版社，2008年，第305～433页。秦贤次：《徐志摩生平史事考订》，载《新文学史料》，2008年第2期。

② 徐强：《人间送小温：汪曾祺年谱》，扬州：广陵书社，2016年，第13～14页。

③ 吴小如：《毕基初及其作品》《回忆中学作文教学》，见《红楼梦影》，北京：北京大学出版社，2012年，第4页，第217页。

桐城派新生代在北京大学精神培育下，一方面继承桐城之学，另一方面吸收新的文化成果。他们为桐城派带来了活力，也在现代化道路上，与桐城派之初心渐行渐远。

原载《安徽大学学报》2017 年第 6 期

1930年代桐城派的存在与转型

——以《青鹤》为中心的考察

魏　泉

“五四”新文化运动前后，桐城派作为古文代表受到新文化人的猛烈抨击。陈独秀、钱玄同等恶谥以“妖魔”“谬种”，胡适以“死文学”来定义文言。这场新文化人借助《新青年》等刊物，以运动的方式推进的文学革命可谓影响深远。当其时，旧派文人中鲜有回应，只有林纾站出来与之争辩，却不料落入“双簧戏”的圈套。

从文学论争的角度，文言与白话之争，在新文化人眼中是白话文的全胜。1920年，北洋政府教育部通令国民学校从一二年级开始，教材逐渐改用语体文，对旧文学而言更是釜底抽薪之举。因此，随着1920年代“后期桐城派”主要人员[①]的相继离世及离开北京，在一些文学史家看来，作为一个流派的桐城派就在时代的前进、新文学的打击以及自身的衰落中宣告终结了。这种说法在相当长的时间里被普遍接受，以至在人们的印象中，桐城派这一清代最大的文学流派在晚清以来日趋保守和落伍，故步自封，至民国已入颓境，而在新文化运动的冲击下，终因其腐朽落伍而遭到历史的扬弃。

作为一种文学史叙事，对桐城派的这种描述是服从于1930年代以《中国新文学大系》的编纂为代表的新文学正统化的文学史话语建构的。但揆之史实，则知这种对于桐城派的描述与认知，不仅是肤浅粗疏的，而且孤陋舛误之

① “后期桐城派”的主要人物中贺涛1912年去世，严复1921年去世，姚永概1923年去世，林纾1924年去世，马其昶1930年初去世，姚永朴1921年南归，先后教授于桐城中学、东南大学、安徽大学等，1939年去世。

处，也所在多有。比如有关“桐城派之终结”的结论，依据是所谓“后期桐城派”的几员大将的离世。而对于“后期桐城派”的指认，一般认为是吴汝纶门下弟子贺涛、马其昶，桐城姚氏的直系后裔姚永朴、姚永概，以及以古文致力于翻译的闽籍文人严复、林纾等。刘声木早于民国十八年(1929)即出版了《桐城文学渊源考》及《桐城文学撰述考》[①]，从渊源及撰述的角度，梳理了桐城古文的流派面貌，分别师承与私淑，列出桐城派作家1200多人，资料具体、丰富，而且翔实。钱基博出版于1932年的《现代中国文学史》在古文学的“文”类之下，以“散文”归桐城传人[②]，也曾在贺涛门下列出张宗瑛、李刚己、吴闿生、赵衡；马其昶门下列出李国松、叶玉麟[③]。作为研究者对此视而不见，多少是囿于新文学的门户之见吧。从比较宽泛的意义上说，凡是以《古文辞类纂》为学古文之门径，讲求古文之义法者，都该算是受了桐城派的影响。至于有些作者为文“不规规于桐城”，也是“为文章者，有所法而后能，有所变而后大”[④]的题中应有之意。从桐城古文流衍的过程来看，从一开始，桐城派古文就是依托于师友切磋，同邑濡染，家学渊源，各依其性之所近，学之所近，而在琢磨中有进境，在发展中有变化的。从钱伯埛师从刘大櫆开始，就有桐城古文传至阳湖而有阳湖派之别。梅曾亮在道咸年间以桐城义法传授于京师，而有“文章之事，莫大乎因时”之至论[⑤]。曾国藩号称“桐城古文中兴”之功臣，但钱基博以“湘乡派”目之，也不失为“有所变而后大”。

---

① 刘声木《桐城文学渊源考》13卷、补遗13卷，《桐城文学撰述考》4卷、补遗4卷，民国十八年“直介堂丛刻”，2册铅印本。此书1974年由台北世界书局以《桐城文学渊源考·撰述考》为题出版，1989年由徐天祥点校，由黄山书社作为“安徽古籍丛书”之一出版。

② 钱基博对于文章之学，有深湛独到之见，其文学史著述在体例上也独出机杼。他将“古文学”分为文、诗、词、曲，而不取小说。在“文”类下分魏晋文、骈文、散文，其中散文即指桐城派。

③ 实则当时以“马门三杰”见称的除了李国松、叶玉麟之外，还有孙宣。参见《青鹤》三卷第二十一期《晴翠楼笔记》云：“孙公达先生，桐城马先生通伯弟子，与李公木、叶浦孙称马门三杰……”孙宣(1896—1944)，浙江瑞安人，为清代著名学者孙诒让、孙依言、孙锵鸣家族后人，字公达，号同旦，署朱庐。著述有诗抄、文抄、日记等，其《朱庐笔记》连载于《青鹤》。

④ 姚鼐：《刘海峰先生八十寿序》，《惜抱轩文集》卷8，见《惜抱轩诗文集》，上海：上海古籍出版社，1992年，第114页。

⑤ 梅曾亮：《答朱丹木书》，见《柏枧山房诗文集》，上海：上海古籍出版社，2005年，第38页。

“五四”前后，新文学家对桐城派的攻击目标指向是在古文，或曰文言。1920年代，所谓桐城派的不复存在，实际上也是意指在新文化运动之后白话的勃兴和古文的消亡。从“死活”的二元论逻辑出发，新文学家之宣称“古文已死”，目的是为白话的发展扫清道路。而事实上，历史的发展和文学的演变，有不尽合于“前仆后继”“你死我活”的二元论逻辑之处。在对民国时期旧式文人的代表性刊物《青鹤》的梳理中，笔者发现在1930年代的上海，以及附近的江南城市中，就活跃着一个跟桐城派关系极为密切的古文圈子，所谓“桐城派终结于1920年代”的论断，其实大谬不然。

围绕《青鹤》，本文尝试从史实出发，论证两个问题：一是1930年代作为文学流派的桐城派仍然存在；二是以1930年代为中心，讨论桐城派的现代转型。

一

在桐城派的流传过程中，江西“新城陈氏”占有一个特殊而重要的地位。新城陈氏，“累世皆跻显要，且以能文章，工书法名于天下”①。民国《江西通志》记载：“清进士陈道，子守中、守誉，乾隆年间同举乡试，孙观、用光、椿冠，曾孙希祖、希曾、兰祥，乾嘉道年间，一门七进士，九乡榜，为邑之冠，称望族。”《青鹤》主编陈灨一的二世祖陈道，乾隆戊辰(1748)进士，“以理学行谊为名儒，世称凝斋先生”②。陈道之孙陈用光少年时师事其舅氏鲁仕骥(絜非)，成年后复师于桐城姚鼐，为高第弟子。同时，他也在翁方纲门下称诗弟子③，并且是道光年间著名的“宣南诗社”成员。陈用光与道咸年间桐城派的传衍及宗宋诗风的形成，都有密切的关系。后来被看作是宋诗派的代表人物、在道光年间“以高位主持诗教”的祁寯藻是陈用光的女婿。祁寯藻在其序陈用光

① 黄鼎元：见《新语林叙》，《新语林》，上海：上海书店出版社，1997年，第158页。

② 陈灨一：《清军机大臣吏部尚书先六伯祖子鹤公家传》，《甘簃文集剩稿》，见《近代中国史料丛刊》第73辑《甘簃诗文集》，第84页。

③ 嘉庆十七年(1812)，“宣南诗社”中有五人(陈用光、刘嗣绾、吴嵩梁、李彦章、梁章钜)曾正式拜翁方纲为师，称诗弟子。关于翁方纲及其门下学诗之“苏斋弟子”的情况，参见拙作《翁方纲发起“为东坡寿”与嘉道以降之宗宋诗风》，见《清代文学研究集刊》第一辑，北京：人民文学出版社，2008年，第140～180页。

之《太乙舟文集》时说：

> 外舅陈石士夫子尝诏寯藻曰："力宗汉儒，不背程朱，覃溪师之家法也；研精考订，泽以文章，姬传师之家法也。吾于二师之说无偏执焉。盖夫子于乾嘉大儒若朱文正、彭文勤、钱宫詹，江右学者自蒋心馀、鲁山木诸先辈以下，皆濡染浸渍，远有耑绪，而祈向所专，则惟桐城姚先生是法。"①

在姚鼐去世时，门下虽有管同、方东树、梅曾亮、姚莹称四大弟子，但一时之影响力，尚不能出东南数省。此后，梅曾亮于道光十二年(1832)入都，至道光二十九年(1849)离京，居京师近二十年，将桐城古文的义法传播到全国各地②。

在姚鼐与其弟子之间，我认为陈用光具有某种衔接作用。首先，陈用光本人师从于鲁絜非和姚鼐，且早于嘉庆六年(1801)中进士，授翰林院编修。管同于道光五年(1825)中举，实赖当时典试江南乡试的陈用光"搜落卷所得"。而梅曾亮之父与陈用光为同年生③，故以年家子和姚鼐高第弟子的双重身份，得到陈用光的赏识和推重④。梅曾亮于道光十二年(1832)入都，以赀入为户部郎中，受到当时在京的陈用光的接引。这对他在京师的立足，以及此后浮沉郎署近二十年，"以能古文名于京师"，大有襄助之力⑤。

曾国藩在《欧阳生文集序》中，描述了桐城古文传播的经过和其中关键人物：

> 乾隆之末，桐城姚姬传先生鼐，善为古文辞，慕效其乡先辈方望溪侍郎之所为，而受法于刘君大櫆，及其世父编修君范。三子既通儒硕望，姚先生治其术益精，历城周永年书昌，为之语曰："天下之文章，其在桐城

---

① 祁寯藻：《太乙舟文集序》，见《太乙舟文集》卷首，道光二十三年(1843)重刻本。

② 关于梅曾亮的京师交游与传桐城古文义法的情况，请参见拙作《梅曾亮的京师交游与桐城古文的流衍全国》，见香港浸会大学《人文中国学报》第十期，上海：上海古籍出版社，2004年，第221～268页。

③ 梅曾亮的父亲梅冲与陈用光同为嘉庆五年(1800)举人。

④ 梅曾亮在中举后的第二年(道光元年)即入都应礼部试，以年家子的身份拜见陈用光，很得陈的赏识。

⑤ 参见拙作《梅曾亮的京师交游与桐城古文的流衍全国》。

乎?”由是学者多归向桐城，号桐城派，犹前世所称江西诗派者也。姚先生晚而主钟山书院讲席，门下著籍者，上元有管同异之、梅曾亮伯言，桐城有方东树植之、姚莹石甫。四人者，称为高第弟子，各以所得传授徒友，往往不绝……其不列弟子籍，同时服膺，有新城鲁仕骥絜非，宜兴吴德旋仲伦。絜非之甥为陈用光硕士，硕士既师其舅，又亲受业姚先生之门。乡人化之，多好文章。硕士之群从，有陈学受艺叔、陈溥广敷，而南丰又有吴嘉宾子序，皆承絜非之风，私淑于姚先生。由是江西建昌有桐城之学……

可见桐城派在姚鼐开派之际，已经传入江西，既盛且久。而陈用光堪称姚鼐嫡传，江西新城陈氏，在清代乾隆以来，以古文和书法享有盛誉，代有传人。

民国时期，胡先骕登庐山拜见陈三立，“语及吾乡晚近文士。散原喟然曰：当清嘉道间，翁覃溪学士三使豫章，而有古文在新城之言。盖新城自凝斋先生以朴学大昌于世，厥后鲁絜非进士及凝斋之孙石士宗伯，皆能传其学。宗伯师其舅氏絜非，复为惜抱高第弟子。当其盛时，海内言桐城者，必并举新城。湘乡曾侯所谀之‘二陈’广敷、懿叔，又俱凝斋之玄孙也。晚得瀣一，则其玄孙镜之先生之冢孙也。为文雄俊渊永，非墨守桐城一家所能囿。而于其先世之流风余韵，犹有存焉者”[①]。可见在陈三立眼中，陈灨一在民国时期仍能以古文传其家学。

1930年代，虽然马其昶、姚永概、严复、林纾等所谓“后期桐城派”均已离世，而白话也畅行于文学界、教育界和出版界，但桐城古文仍有传人。陈灨一在1932至1937年间，曾自筹资金，在上海创办《青鹤》杂志，月出二期，为以文言为主的刊物。胡先骕称此刊“历五年不衰，一时宿儒硕彦，咸为之述作，声光甚茂。于是灨一俨然为文坛盟主”[②]。

陈灨一(1892—1953)，一作甘簃，字藻青，号颍川生，别署睇向斋主人、听天由命生、旁观客等，晚号半翁。江西新城人。陈灨一“五岁，受四子书。十

① 胡先骕:《甘簃文集叙言》，见陈灨一《甘簃文集剩稿》，台北：文海出版社，1972年，第5页。

② 胡先骕:《甘簃文集叙言》。

四岁，毕十三经”[①]，十四岁应县试，居第一[②]。早年因与民初中枢显宦杨士琦有表亲之谊，得其援引，曾入袁世凯幕中办文案。后又在张学良幕中参与机要多年。1927 年，入京师礼制馆。1928 年离开政界，在京津以教书写作为生。“九一八”事变后，到上海创办《青鹤》杂志，历时五年。抗战期间居北平。1948 年移居台湾。1953 年去世。除主编《青鹤》杂志外，著述尚有《新语林》《睇向斋随笔》《睇向斋闻见录》《睇向斋秘录》《辛亥和议之秘史》《怀远录》《甘簃诗文集》《历史人物观》等。

以《青鹤》杂志为纽带，当时与桐城派尚有渊源的除了“新城陈氏”，还有以陈三立为核心的江西“义宁陈氏”；以陈衍、李宣龚等一大批闽籍诗人所形成的侯官派；以唐文治掌校，网罗了陈柱、钱基博等文史名家的无锡国专；以及一批致力于古籍版本、目录校勘之学的藏书家和商务印书馆。从以往的文学史叙事里，我们根本无法想象，在新文学已经大获全胜的 1930 年代，在风气大开的摩登上海，还曾经活跃着一个阵容如此强大的古文圈子。

二

《青鹤》于 1932 年 11 月 15 日创刊于上海，1937 年 7 月 30 日所出五卷十八期为最后一期。“月出二期”，历时五年，共出版了 114 期。总编纂即发起人陈灨一。另有一大批“特约撰述”，列名于创刊号首页的共有 105 人。

关于创刊的最初动议，汤漪（斐予）的《青鹤别叙》言之甚详：

> 两月以前，陈灨一先生方以（拟）独力经始一刊物，名曰《青鹤》。议既定，因告余曰：“以书生居海上，日与演进中之近代化相接，则或色然以喜，或惸焉以忧。意有所蓄积于中，往往形诸言语，而思有所述作，以存故实，明是非，存久远。”[③]

在同一期上陈灨一本人的《本志出世之微旨》中，对其创刊的动机有进一步的阐发。他认为，中国今日虽有“ 垂危”“将亡”之忧，而其实外患、内忧都

---

① 陈灨一：《睇向斋授经图记》，《青鹤》二卷九期。

② 《青鹤》三卷四期“近人诗录”有紫扬《题睇向斋授经图》诗句“授经年少试为魁”，注云：“君应县试，居第一，年甫十四。”

③ 汤斐予：《青鹤别叙》，《青鹤》一卷一期。

不足以亡国。“国而亡者，学之不讲耳。一人不学，能亡其身；大众不学，能亡其国。世界文化之渊宏，宜莫吾国若。治乱盛衰之迹，当于学术观之也”。“共和之兴廿余年，学术益棼如乱丝。恐更阅十载，将使琼林椠铅委弃于泥沙粪土中，熟视无睹。是吾国灿烂光华之古学，不亡于历代专制之朝，而亡于今日共和之世，不尤重可哀耶”[①]？

本着对“学术盛衰之变迁，诚国家存亡之关键”的认识，陈灨一满怀豪情地宣称：“本志之作，新旧相参。颇思于吾国固有之声名文物，稍稍发挥，而于世界思想潮流，亦复融会贯通。”对于这份诞生于自己手中的刊物，陈灨一以高尚的品位相期许，曰：“勤求理论，不植党援，不画畛域，不纳货利，不阿时好。”他设想所刊登的文章，要“议一事，公允为断；考一制，详实为先；采一文，雅洁为上；治一学，本末为归”。关于刊物涉及的范围，陈灨一宣称：“凡政治、外交、社会、经济、实业、地理、文词、金石、书画、目录诸学，靡不兼收并蓄。而孤本未刊本之纯粹者，俱致力搜罗，期与同人交相讨论。”[②]兼收并蓄，固然可以作为刊物的一种特色，但是如此网罗万有，陈义未免有些过高。汤漪（斐予）的《青鹤别叙》在对待议政的问题上就与陈灨一所言稍有缝隙，他断定“《青鹤》非政治刊物也。而陈先生每以政治问题之讨论，虚怀就商，余谨谢之”[③]。在他看来，《青鹤》的“主要成分将为国学谋硕果之存”[④]。这一定位在《青鹤》后来的编辑过程中得到陈灨一的认同。

从一个刊物的创刊号中，我们不难感受到它的风格和趣味。《青鹤》第一卷一期，登载了如下内容：

“论评”揭载汤漪（斐予）《青鹤别叙》和陈灨一《本志出世之微旨》；“专载”刊登国联调查团报告书《中国近年变迁之概况》；“专著”收录了孙诒让遗著《白虎通校补》，文廷式遗著《闻尘偶记》，陈三立的《散原精舍文存》，夏敬观的《清世说新语》；“丛录”收补松老人（吴庆坻）遗著《蕉廊脞录》，夏敬观《忍古楼画说》，平斋《春明梦录》，祁敬怡的《簃古亭随笔》，孙宣（公达）的《朱庐笔记》，

① 陈灨一：《本志出世之微旨》，《青鹤》一卷一期。
② 陈灨一：《本志出世之微旨》，《青鹤》一卷一期。
③ 汤斐予：《青鹤别叙》，《青鹤》一卷一期。
④ 汤斐予：《青鹤别叙》，《青鹤》一卷一期。

陈灨一《睇向斋谈往》等。“文荟”收了蒋维乔(竹庄)的《易学探原经传解序》,钱基博的《辽史系事本末诸论序》,黄孝纾(公渚)的《爰居阁诗稿序》,孙宣《镇海李君侧室胡氏权厝铭》等。《辽史系事本末诸论》的作者谭叔裕,是唐文治的老师;而《爰居阁诗稿》的作者梁鸿志,也是《青鹤》的“特约撰述”……其第一期的“近人诗录”作者是:石遗(陈衍)、苍虬(陈宝琛)、疚斋(冒鹤亭)、拔可(李宣龚)、遐庵(叶恭绰)、吷庵(夏敬观)、众异(梁鸿志)、杨云史(圻)、黄公渚(孝纾)、黄君坦(孝平)等人;“述记”载钱基厚《西湖导游记》;在“谐作”一栏,收了些游戏文字。

此后五年中,栏目的设置上稍有变化,而刊物的作者圈子与整体风格始终保持着稳定。五年之间,《青鹤》共连载各式著述逾二百余种①。在三十年代,《青鹤》是一份影响很大的文言杂志,甚至在海外都有读者②。《青鹤》以连载方式刊登的著述,以作者言,分去世者之“遗稿”和在世者之“未刊稿”。已故作者大抵是道咸同光以来有名的学者文人,在世者则遍布各个领域,大多有名于当时。体裁和形式方面,包括日记、笔记、序跋、书札、年谱、诗文集等。

在各种连载著作中,桐城派文人之作堪称蔚为大观。“名著”部分多为连载各种未刊诗文稿。作为“新城陈氏”的后人,陈灨一在《青鹤》上以相当篇幅刊载了陈氏先人的遗稿,如六世祖陈道的《集思堂外集》、叔高祖陈用光的《太乙舟诗词钞》。《青鹤》同人中与陈灨一有姻亲关系的是陈用光女婿祁寯藻的曾孙祁景颐,为之提供祁寯藻的《䜪䜣亭遗文》《使陇日记》《涵碧轩杂文存草》《枢廷载笔》《园易园直庐书札》等未刊稿。马其昶门下弟子孙宣的先人孙诒让、孙锵鸣在道咸年间与桐城派文人和宋诗派诗人交游甚密,《青鹤》上连载了孙诒让的《经㣧室遗文》《籀庼题跋》和孙锵鸣的《止庵题跋》。另外,姚鼐的

① 《青鹤》四卷二十三期“本志第五卷名著要目预告”称:“本志出版以来,已届五载,陆续发表未刊稿及孤本二百余种,实开杂志未有之例。”

② 陈灨一《随感·青鹤第四卷第一声》有云:“文化衰颓若今日,抱残守阙,我取人弃,诚不免好事。而《青鹤》之已梓行者,高与案齐,则徒劳究非无益。其始虑成虚愿者,证以西方之伦敦、华盛顿、纽约、巴黎、柏林、罗马,东方之东京、小吕宋诸地,俱见《青鹤》之飞腾,未尝不太息吾道之不孤,以是益不欲中道而废。吾尝奋然大号于众,终不渝斯旨。”《青鹤》四卷一期。

《惜抱使湘鲁日记》、陈三立的《散原精舍文存》、马其昶的《抱润轩集外文稿》、文廷式的《闻尘偶记》、陈毅的《郇庐文钞》、王乃徵《病山遗稿》、丁晏《柘唐遗文》、夏敬观《清世说新语》、吴大澂《窓斋日记》、李瑞清《梅庵诗文未刊稿》、钱基博《后东塾读书杂志》等也是《青鹤》各期重要的连载内容。此外，连载的"名著"还包括陈衍的《石遗室诗话续编》、陈锐的《袌碧斋诗词话》、陈诗的《尊瓠室诗话》、陈融的《颙园诗话》、夏敬观的《忍古楼诗话》、《忍古楼词话》等诗词曲话；张元济的《丛书跋语》、《百衲本廿四史跋语》，秦更年的《婴闇书跋》，刘翰怡《嘉业堂藏书提要》，黄孝纾《嘉业堂藏书纪略》等目录考据之作。被钱基博看作民国时期不同于新民体和白话文的"逻辑文"之代表的章士钊，也有《孤桐随笔》在《青鹤》登载。"文苑"一栏，每期约有两三篇，都是古文的创作。文章多出自名手，以桐城派作家为主，但不以桐城为限。其中有章太炎和沈曾植等大学者的手笔，也有黄孝纾等的骈文。

三十年代时的桐城派虽经过"五四"的冲击而显露衰蔽之迹，但在旧式文人的心目中，仍有不可取代的地位。在"能文"的人中，大多数人都是从桐城古文入手。当然才气大的人可以由桐城入而不从桐城出，或者辨析精的人会详分桐城、阳湖、湘乡，甚至南通、侯官等为文的不同风格。但总的看来，都是大同之中的小异而已。即便是桐城与六朝之文的区别，或者散文和骈文之间的区别，一旦放在以白话为通行文体的三十年代，都显得异少而同多。论文的人，在是否桐城或何须有派等问题上不妨仍有基于文学立场的争论，而以刊物言，则兼收各种风格和样式，颇能见出当时旧式文人创作的整体风貌。

关于桐城派的源流传承，以及相关话题，在这个古文圈子里也不乏争鸣。比如《青鹤》一卷十四期载有钱基博与冯超(静伯)关于范当世与桐城的关系，以及如何界定桐城之文的辩论书信；一卷二十期有陈瀚一长文《论桐城派》，申述"不必言派"的观点。另外，在《青鹤》所载之文集序跋中，作者梳理文章源流，从头说起，常常要对与桐城派有关的问题或多或少发表自己的见解①。

给《青鹤》供稿者，既有"后期桐城派"姚永朴，马其昶及其弟子李国松、孙

① 比如像袁思亮的《书姚郎中手稿卷子后》(《青鹤》一卷五期)、钱基博《栩园文集叙》(《青鹤》二卷四期)、夏敬观《灵觋轩文钞序》(《青鹤》三卷四期)等。

宣、叶玉麟，也有“义宁陈氏”陈三立及其诸子，以及从陈三立研习古文辞的“陈门三杰”袁思亮、陈祖壬（也是“新城陈氏”后人，咸丰朝官至吏部尚书的陈孚恩之孙）、李国松（李鸿章的侄孙，也是马其昶门下杰出之士）[①]，陈衍及其门下弟子黄濬、梁众异，闽籍文人李宣龚、李宣倜、林霜杰（林则徐后人），江西籍文人夏敬观、胡先骕，还有钱基博、钱基厚、叶恭绰、祁景颐、黄孝纾、黄孝平[②]、费师洪、章太炎、汪精卫、曾广均、冒广生、孙德谦等。

陈灨一在《青鹤》第一卷的最后一期不避烦琐，将二卷拟登文章作者列名如下：“如祁春圃、孙仲容、丁柘唐、吴兔床、吴恪庵、王壬秋、文道希、沈子培、陶子方、孙止庵、李梅庵、郑叔问、陈伯弢、陈诒仲、沈南野诸先生之遗著，皆未刊行者。近人如陈散原、王晋卿（树枏）、陈石遗、傅沅叔、章行严、汤漪（斐予）、叶玉虎（恭绰）、林讱庵（子有）、梁众异、黄秋岳（濬）、袁伯夔、李木公（国松）、李拔可（宣龚）、夏吷庵（敬观）、冒鹤亭（广生）、吴董卿（用威）、叶浦荪（玉麟）、蒋竹庄（维乔）、钱子泉（基博）、陈子言（诗）、吴向之、吴眉孙（庠）、罗复堪、徐姜庵、秦曼青（更年）、刘翰怡（承干）、杨云史（圻）、祁敬怡（景颐）、叶伯皋、谭瓶斋（泽闿）、程伯臧、谭瑑青、戴亮集（正诚）、杨三益（毓瑊）、黄公渚（孝纾）、黄君坦、陈彦通（方恪）、孙公达（宣）等诸先生，或以文著，或以诗名，或以词称，所作皆将于本志刊之。”[③]上述《青鹤》作者，既有前清遗老，也有民国要员。政治立场或有不同，而对于传统学术文化的态度大体一致。

说到登载姚永朴之文，还有一个小插曲。《青鹤》二卷二十二期“文荟”栏刊载了姚永朴的《安徽秋浦县知事马君墓志铭》，标明“遗著”。在二卷二十四期的“文荟”又有一则“更正”题为“姚叔节先生健在”，云：“本志……手民于著字上误植一遗字，良用歉然。顷桐城方君来函，述及先生方执教鞭于安徽大学，年逾古稀，而精神矍铄云。”这个小误会，也正从一个侧面，说明1930年代桐城派的存在。

---

① 李国松师从马其昶和陈三立，在马门称三杰之一，在陈门也有三杰之谓。

② 黄孝纾、黄孝平兄弟虽也是闽籍，但自幼随父在山东济南知府任上，清亡后举家迁青岛。黄孝纾1924—1934年的十年间，为刘承干所聘主持嘉业堂藏书楼，并在上海南洋公学、暨南大学任教，其师承交游不属于一般所谓的“闽籍诗人”。

③ 陈灨一：《青鹤周岁》，《青鹤》一卷二十四期。

姚永朴门下弟子吴孟复在其《书姚仲实〈文学研究法〉后序》中，记录了一段颇富意味的师徒对话：

> 1935年2月，复至桐城，偕马君茂元同谒先师蜕私先生于里第。先生为讲群经大义、文章义法、先辈轶闻，口说指画，曲尽神情。虽不甚识字者闻之，皆心领神会，先生亦乐而忘疲。一日，日且暮，讲方辍，起视庭阶，雪深盈尺矣。先生因留之饮，复诵惜抱寿海峰诗："如今中酒能多少？他日奇文恐散亡。"先生喟然曰："子亦青年，以为奇文耶？谬种耶？"复谨对曰："为文章者，有所法而后能，有所变而后大。自其当变而观之，则未变者皆谬种也；自其足法而言之，则可法者皆奇文也。先生《文学研究法》言之详矣。"先生莞尔曰："有是哉！'奋臂拔眦'，几何不为引车卖浆者语耶？昔在京中，林琴南与钱玄同争，吾固不直琴南也。若吾子言，则桐城固白话文学之先驱矣。"①

换一个角度看文白之争，也许不难理解姚永朴所言"桐城固白话文学之先驱"的内在逻辑。尽管在三十年代，报章媒体多改用白话，学校教材也出之以语体，但是受过传统文化熏陶之人，特别是那些书香世家的后人，对文言的喜爱和使用是终生以之的。因此对于桐城派的考察，不能仅仅囿于一师一徒关于古文的写作与传授，而应将诗文学术、文史考证，甚至书画题跋等等统统放在一起，才能将这个文学流派在新文化运动以后的存在与转变，看得更清楚。

三

《青鹤》创刊于1932年年底，这一年，周作人发表《中国新文学的源流》，为新文学追溯源头，发掘晚明小品文。林语堂主编的《论语》半月刊在上海创刊，提倡幽默小品，发行量不俗。在三十年代杂志林立的上海，《青鹤》是一份典型的同人刊物。陈灨一"网罗作家，部署旧闻""更发书征集当代名人作品"②，所约稿源全部来自有共同或相近文学趣味和文化态度的"同人"。《青

① 吴孟复：《桐城文派述论》，合肥：安徽教育出版社，1992年，第217页。

② 汤斐予：《青鹤别叙》，《青鹤》一卷一期。

鹤》二卷四期所登“本志编辑部白事”自称“本志刊行一载，向未征求外稿，盖同人之心力尚有余裕也”。即使有外人投稿，也须是“惬于本志宗旨者”才有可能被采纳。

在《青鹤》一卷一期卷首，陈灨一列出的105位“特约撰述”来自各行各业，他们大都对国故多所了解，于旧形式的诗文创作也有共同的兴趣和修养，故借《青鹤》杂志之刊行，而聚合成一个可资对话和交流的同人圈子。这个圈子中，桐城派文人和同光体诗人构成了主体部分。《青鹤》的创办，是以对时下的“士不悦学”“文化衰颓”“斯文凋丧”等学风和世风的不满和批判作为思想背景的。所谓“世乱益亟，人心益偷，学术益替，盖莫甚于今日也”[①]。这是笃守传统的文人对“五四”新文化运动之后整个学术界、文化圈的代表性看法。陈灨一创办《青鹤》，就是为了集合同道，在文化衰颓之际“思于国学稍存一线生机”[②]。并以出版刊物的方式，谋取言说空间，阐扬固有文化，“为国学谋硕果之存”。

在1930年代，对这样一份旧文人杂志，“誉之者以阐扬国粹相推许”，而“讥之者以保守古董相谑嘲”[③]。汤斐予在《青鹤卷二导言》中特地辩说：“今语体盛行，其作品之佳者往往质胜。词虽洪涊，理实缤纷，不可诬也。文言一端，著述者固谦让未遑，学子更无所适从。父兄不以为教，子弟不以为学，其流日就衰微，夫何待言。今陈先生及其社中同人，乃思奋起而复兴之，孜孜不已，务极精妍，亦即月异而岁不同。至于举世骇怪而不悔，斯又余所谓勇于自信之明验也。”[④]

在当时的时代背景之下，像《青鹤》这样讨论“国学”的刊物，在发行上不能与林语堂的《论语》相比，在对年轻人的影响力上也无法与《新青年》相提并论，但仍能以半月为期，出版达五年之久，且“出版如时，按册不误”，实属难得。汤斐予在一卷一期的《青鹤别叙》中曾说：“《青鹤》在文艺界居何位置，有何影响，无从预测。然自始克保其固有之领域，而出之以宣(鲜)明之态度，则

① 陈灨一：《青鹤又一年》，《青鹤》二卷一期。
② 陈灨一：《青鹤又一年》，《青鹤》二卷一期。
③ 陈灨一：《青鹤三岁感言》，《青鹤》三卷一期。
④ 汤斐予：《青鹤卷二导言》，《青鹤》二卷一期。

亦一特色也。"一年之后，他又说："举一年来之《青鹤》，与其他文艺刊物并衡互勘，则见凡《青鹤》所著录，无问其为旧稿为新著，在现代作品中，大有曲高和寡，幺弦独张之概。风习所趋，积重难返，即青鹤社同人亦所深知。知之而犹复锲而不舍，钻之弥坚，以为天下文章其在斯乎，宁非所谓其愚不可及者欤？然而《青鹤》卒能保持其存在与并世读者之奖誉以有今日者，无他：物希为贵，一也；中年以上之读书人尚有存焉者，二也。余所谓《青鹤》在文艺界，自有其特殊之领域，意即指此。过此以往，非所敢知矣……今日文艺界之趋势，以余观之，正在变动不居之时。国学复兴论者，亟宜谋所以通其穷变，观其会通之道。非直《青鹤》社帜志所关已也，并世读者，与有责焉。"①

以《青鹤》同人为代表的桐城派和同光体等传统诗文流派，在这个变动不居的新时代，仍然拥有着相当高的社会声望和深厚的历史积淀，有较高层次的作者圈和读者群，"和寡"的部分原因是"曲高"。如陈三立，以往的文学史叙事中，将其归为"同光体"诗人、清朝遗老，让一般读者难以理解和想象，为什么他的诗文能在新文化运动之后仍享有至高的声望与景仰。《青鹤》二卷二十一期登载的陈衍《石遗室诗话续编》中，有一则云：

> 拔可(李宣龚——作者注)近来敝精力于恢复印书馆②，罕作诗。有则寿人与题图。然寿散原(陈三立——作者注)前四句，实足赅括散原晚年身世。云："匡庐五(吾)老与天高，深眇能收一世豪。孤抱定应亲木石，微吟时足荡风涛。"他人虽千百言不敌也。③

这一则诗话涉及两个人事：一是陈衍的福建同乡李宣龚在1932年商务印书馆印刷总厂和东方图书馆被日本人烧毁后，主要精力都投注在商务印书馆的恢复工作中，没时间作诗，只在一些场合作些祝寿诗和题图诗。尽管数量不多，却有极佳之作，以写给陈三立的祝寿诗为例；二是陈三立的晚年身世，其诗文与风节，在如此动荡变迁的时代，一无可议。作为传统文化中士大夫的代表，在为人为文、大节细节各方面，都代表着难以逾越的高度。

① 汤斐予：《青鹤卷二导言》，《青鹤》二卷一期。

② 李宣龚(1876—1952)，字拔可，号观槿，又号墨巢，福建闽县人。参见林宁《李宣龚的家世与生平》，载《福州大学学报》，2007年第5期。

③ 陈衍：《石遗室诗话续编》(十一)，《青鹤》二卷二十一期。

不过，正如龚自珍诗云“四海变秋气，一室难为春”，汤斐予所言“风习所趋，积重难返”，在1930年代也是每个人都能切身感受到的时代氛围。随着老成凋谢，当这一代作者和读者都随历史成为陈迹之后，对未来的想象令人难以乐观。在这种情况下，能否“通其穷变”，就成为举足轻重之事了。因此，桐城派文人，在1930年代甚至更早些时候，就已经呈现出向各个方向的转型。作为研究者，与其贸然宣告桐城派的终结，不如细细寻绎其转型轨迹，或许更有助于理解那段历史。

四

有清一代，传播与承续桐城古文义法的最坚实依托是家族和书院[①]。一般认为，随着近代以来科举的废除，传统教育体制的瓦解及向现代教育体制的转型，桐城派的传承因失去依托而丧失了生机与活力。这种看法并不全面。近代以来的社会、文化、思想的变化深刻而巨大，势必造成对传统学术文化的冲击，但桐城派文人也并非都是抱残守缺、故步自封者。

桐城派能够在过去的二三百年间流传如此之久，影响如此之广，靠的是“言之有物有序”的文章“义法”，是“合义理、考据、辞章于一体”的融通主张，是对文章之“神理气味格律声色”的精微辨析，是对韩愈以降唐宋古文精华的全面继承，以及“有所法而后能，有所变而后大”，因时而变的发展。因此，进入二十世纪后，处在“变亦变，不变亦变”的中国，以桐城派为代表的传统文人一方面有对传统文化的固守，怀着“为往圣继绝学”的守先待后之心，另一方面也顺应时代的变化而有所转型。

从晚清算起，吴汝纶受命为京师大学堂总教习，而先请赴日本考察学制；严复、林纾以古文译西书，已经走上了桐城古文的转型之路。吴汝纶门下，贺涛既“精于为文”，又“深喜西儒学说，欲以彼国之法，匡我之所不逮”“作《国势篇》推世界进化之理，以启吾国改革之基。逮见西学大兴，举国从风，则又忧吾道之将坠，斯文之将丧，而思有以存国粹、立大本……其教弟子，必以博通

① 参见曾光光《桐城派的传承与传统教育》（《清史研究》2005年第3期）、徐雁平《书院与桐城文派传衍考论》（台北《汉学研究》第22卷第2期）等。

世务为有用之才;深以取近名、谋小利为大戒"[①]。贺涛门下张宗瑛、李刚己、赵衡、吴闿生能承其学。吴汝纶另一高徒马其昶,"三十以前,治古文辞;既而悼世变日亟,未可以文章经国;自识涯分,绝意进取,闷声光一室之中,十余年不出",治经史诸子,旁及梵典,"编摹撰述,寻蹑要眇,而一衷于斯文"[②]。马其昶于清末出任京师大学堂教习,在吴汝纶之后为归仰桐城者所宗,而他"自谓为文不求之经,是无本之学也"[③]。马其昶"旷观当世之变,为开剖以来所未有",很清楚"应之者不得持故常,阻道化不进",但虑及"既群天下之才争新于其际,而数百千年先圣留遗之籍,为举世所不为者,亦必有人焉赓续而保存之。揣己度分,愿以自任"[④]。

晚清以来,对"文学"一词的理解和使用,受日语词影响,而越来越成为对西语之 Literature 的翻译。但传统的文学概念,其实包含着比 Literature 更广的涵义,是"文"与"学"的合称。中国传统的文人学者,在"文"与"学"之间或有所侧重,但治学由经史入手,言文而不分文史,则是共同的特点。现代学术体制下的文学史,一个明显的特点是与学术史的分离。"五四"以后,所谓"旧文学"失去生存空间而衰落终结的判断,也显然受到新文学观将"文"与"学"分割看待的局限。从传统的文学观来看,桐城派在有清一代号为"文章正宗",以桐城义法传授天下,与桐城派文人在经史之学、经世之学、文史之学以及诗词曲方面的成就和造诣并不矛盾。但从新文学观的角度说,晚清以后,桐城派也在整个社会的转型中表现出耐人寻味的变化轨迹。

如果说,吴汝伦、贺涛、严复,代表曾国藩以降之桐城派欲求取西学以为富国强兵之"经世之学"的话,马其昶则代表桐城派中在西学东渐之大背景下自觉转向研治传统"经史之学"(或曰国学)的一脉。

桐城派一直有经史之学,但在乾嘉经学有戴震,史学有章学诚,所以桐城以文传。道咸年间又有阮元、程恩泽、郑珍等汉学家研经治史,与其时代表桐城派的梅曾亮不为一途。光宣之际,陈衍所倡同光体以"学人之诗与诗人之

---

① 钱基博:《现代中国文学史》,长沙:岳麓书社,1986 年,第 159 页。

② 钱基博:《现代中国文学史》,第 171 页。

③ 钱基博:《现代中国文学史》,第 176 页。

④ 钱基博:《现代中国文学史》,第 171～172 页。

诗合”相提倡，直接程恩泽、郑珍等宋诗派大家，而且学术方面沈曾植最称大师。但传统学术不像现在这么界划分明，所以经史之学桐城派中一直都有，各有所诣而已。而在马其昶身上，明显体现出基于对世变的回应而转向对经史之学的研究[①]。

马其昶1930年去世，其门下弟子李国松（李鸿章之孙）刻其遗书，叶玉麟[②]传其学以授徒，终生奉其师说。在1930年代，“马门三杰”叶玉麟、李国松、孙宣都为《青鹤》“特约撰述”，《青鹤》三卷四期曾刊夏敬观为叶玉麟之《灵贶轩文钞》所作序。1930年代，叶玉麟曾以白话译解《庄子》（大达图书供应社）、《荀子》《墨子》《韩非子》《道德经》（广益书局）等，至今仍为出版社再版行世。孙宣不仅将先人孙诒让、孙锵鸣的未刊稿交由《青鹤》刊载，其文章身价在当时《青鹤》所登“鬻文润例”中也是最高的[③]。

叶玉麟弟子袁孟醇（惠常），号雪叟，曾为《灵贶轩诗文钞》做《桐城叶先生别传》，有铅印本《雪野堂文稿》三卷行世，叶玉麟为之序。抗战期间，袁孟醇在重庆出任“国民政府文官处编审兼国史馆协修”，1950年代后，入上海文史馆。叶玉麟之子叶葱奇（元），从郑孝胥学，并娶其女，其注《李贺诗集》，功力深厚。另一子叶百丰，为华东师大中文系教授，讲授唐宋散文及桐城文章之学。这些都是桐城派在现代的承传，并可见其在现代学术体制中，桐城派文人从治经史之学向治文史之学的转变。

叶玉麟之外，在《青鹤》“特约撰述”中能代表桐城派之转入治“经史之学”者还有王树枏和柯劭忞。王树枏与陈三立都是光绪间进士，年相若，为文有盛名，时有“南陈北王”之称。虽然在古文造诣上，时论认为王略逊于陈，但王树枏在经史研究方面，著作很多，成就斐然。曾任《清史稿》总纂。柯劭忞[④]一生笃于治学，“举凡经史、词章、音韵、训诂、金石、天文、历算、舆地、医药，靡不精研”，史学造诣，在民初恐怕无出其右。经学方面，他曾经负责《续修四库全书

① 参见钱基博《现代中国文学史》中马其昶一章。

② 叶玉麟（1876－1958），字浦孙，晚号灵贶居士，桐城人。

③ 参见廖太燕：《民国旧式文人“润例”谈》，载《书屋》，2012年第9期。

④ 柯劭忞（1848－1933），字风荪，号蓼园，山东胶州人，光绪十二年（1886）进士，历任翰林院编修、侍读、侍讲、京师大学堂总监督、清史馆代馆长、总纂。

总目提要》经部的撰述工作，其《春秋谷梁传注》深得学界重视；史学方面，他不仅总成《清史稿》，还独立完成了难度系数很高的《新元史》。作为吴汝纶的女婿，柯劭忞在诗文方面的造诣和成就也不容忽视，其《蓼园诗抄》深得王国维推重。

与此相类似的，还有桐城萧穆的专力于古籍校雠、考据与刊刻。萧穆年轻时被曾国藩目为“今之读书种子”，中年以后，一直在上海广方言馆，为该馆编译的新书润色文字，毕生精力用于读书、校书，网罗文献。萧穆与当时南北学者汪何、张文虎、王先谦、黎庶昌、刘熙载、孙诒让、傅以礼、袁昶、江标、缪荃孙、傅增湘、徐乃昌、陈衍、姚永朴等，皆有往还。清末诸家所刻善本，如袁昶之“浙西村舍丛书”，黎庶昌之“古逸丛书”，王先谦刻《皇清经解续编》、滁州李氏刻《古文辞类纂》，皆得萧穆之助，有些甚至全出于萧穆之手。萧穆为作校勘记，既不取酬，也不署名，唯以传播传统文化及乡邦文献为重。《清史稿·文苑传》称：“萧穆以考据称，博综群书，喜谈掌故。”[①]

从萧穆这里，可以看到桐城派此后的两个去向：一为目录校勘之学，一为掌故之学。这两个去向在《青鹤》中都得到鲜明的体现。

目录校勘之学，与藏书、刻书相关。1930年代活跃在京沪两地的藏书家、出版家如傅增湘、刘翰怡（承干）、秦更年、张元济、黄孝纾、蒋维乔、李宣龚等，都是《青鹤》特约撰述。商务印书馆的古籍出版广告，也几与《青鹤》相伴始终。

在《青鹤》第一卷二十、二一、二二、二三期的“论评”栏，集中刊登了关于教育部委托商务印书馆影印《四库全书》未刊珍本一事的一些文章书信，有袁同礼、张元济的往复通信和陈灨一、钱基博、孟森的评议文。在该用善本还是库本的讨论背后，可见教育部和商务印书馆跟当时一部分著名的藏书家和目录学者的选本分歧[②]。特别是几篇评论文章，不仅介入了当时的学术争鸣，单从文章的角度看，也都非常精彩。陈文扣住合同条款，议论极有力度；钱文从“书”与“本”的角度切入，就遴选原则畅所欲言；孟文则抉发四库搜书毁书的几大公案，并提出刊刻《明实录》的建议。

---

① 项纯文：《敬孚类稿前言》，见萧穆：《敬孚类稿》，合肥：黄山书社，1992年，第2页。

② 这部分学者有傅增湘、叶恭绰、董授经、徐积余、刘翰怡等。

此外，黄孝纾的《吴兴刘氏嘉业堂藏书纪略》、张元济的《丛书跋语》、秦更年的《婴闇书跋》等，也都在《青鹤》刊载或连载。

掌故之学，更值得仔细分说。掌故，原指旧制、旧例，也是汉代掌管礼乐、制度者的官名。后来常见的意义是指关于历史人物、典章制度等的逸闻轶事。清乾嘉考据学兴盛之后，掌故（意指熟习朝章国故）之学也在清中叶以后随着士大夫经世学风的兴起而蔚然成风，首开风气者当推龚自珍。

晚清以至民初，掌故之学蔚为大观。在民国时期以掌故学闻名的大家首推徐一士、黄濬、瞿宣颖。徐一士《一士类稿》《一士谈荟》，黄濬《花随人圣庵摭忆》都是掌故学名篇。瞿宣颖在其《一士类稿序》中对掌故学有非常透辟全面的阐述与总结。

就掌故学而言，陈灨一及其《青鹤》同人夏敬观、祁景颐、何德刚、孙宣等都是个中好手。《青鹤》从一卷一期开始，即以“丛录”一栏，登载各家掌故笔记之作，如吴庆坻《蕉廊脞录》，夏敬观《忍古楼画说》《窈窕释迦室随笔》，何德刚《春明梦录》《郎潜忆旧》，祁景颐《䶒古亭随笔》，孙宣《朱庐笔记》，陈锐《袌碧斋杂记》，陈灨一《睇向斋谈往》《睇向斋逞臆谈》《燕蓟拾零》，梁鸿志《爰居阁脞谈》，裘毓麟《匡庐笔记》等。在“名著”一栏，也有很多掌故之作，如祁寯藻《枢廷载笔》，文廷式《闻尘偶记》《知过轩随笔》《南轺日记》《旅江日记》，夏敬观《清世说新语》等。在二卷以后《青鹤》更将“名著”和“丛录”合为一栏，名为“丛著”。各家掌故笔记之作，也与所刊名家诗文一起，成为支撑《青鹤》这份人文刊物的主体部分。中华书局2007年出版的“近代史料笔记丛刊”，曾收录陈灨一的《睇向斋秘录（附二种）》，即曾在《青鹤》所刊载的《睇向斋逞臆谈》和《睇向斋谈往》。这套丛刊还同时出版了《〈青鹤〉笔记九种》，收《青鹤》所刊祁寯藻、文廷式、吴大澂、祁景颐等人的掌故笔记之作。

最初的掌故之作，多涉朝章国故、秘史轶闻。随着新闻报刊业的兴起和繁荣，后来，谈文论史，评诗文、谈读书，兼及考订的一类，渐成为文史刊物之文章的滥觞。在《青鹤》停刊之后，沦陷时期，北平的《中和月刊》（瞿宣颖主编）和上海的《古今》杂志（周黎庵主编），就是这类刊物的代表。文史刊物与掌故学之间的相互依存关系，有引人深思之处。文史刊物给那些有旧学底子的文人，提供了一个能发挥所学的栖身之所。也可以说，桐城派文人之进入报刊杂志,也是一种现代转型。这种转型自从晚清报刊的兴起之日即已开始,更在整个二十世纪中,给文史刊物输送了称职成熟的编辑和作者队伍。

文史刊物所载文章,与学院派学术期刊所载论文,风格殊为不同。在这背后,应该也与不同的学术渊源与文章趣味有关。掌故之学与现代文史之学的关系,一直较为学界所忽略。因此,传统学术在新文学家宣称"古文"已死的现代学术体系中有怎样的转型以及贡献,是一个非常值得思考和探寻的问题。

除经史研究、目录校勘、古籍出版、掌故之作、报刊编辑外,桐城派文人在现代教育机构中也执掌着为数众多的教席。创办于 1920 年的无锡国专,在三十年代就是桐城派文人的聚集之地。校长唐文治曾师事王先谦,于古文辞笃守桐城义法。掌校三十余年,培养了一大批文史研究和国学教育的优秀人才。仅在前三届的毕业生中,就出过王蘧常、唐兰、吴其昌、侯堮、蒋天枢、钱仲联等一大批成绩卓著的学者。此外王绍曾、魏守谟、吴天石、徐兴业、郭影秋、周振甫、范敬宜、吴孟复、马茂元、姚奠中等也于学术界各有声望。《青鹤》在当时,通过任教于无锡国专的陈衍和钱基博,与无锡国专及其所出《国专月刊》,存在声气相求的关系。

陈灨一在《青鹤》编余,也有在沪上学校任教的经历。同人中,黄孝纾、钱基博等,更是终身以文史教育为职志。

此外,在新文学名家如朱自清,文论家如朱光潜、刘麟生、方孝岳等文章著作中,也能看到桐城派的影响所在。

综上所述,在 1930 年代,桐城派依然有着不容忽视的巨大存在,并与其他各派旧式文人在保存国故、坚守文言等方面达成共识。但是桐城派文人也并非如新文学史所描画的那样故步自封、保守落伍。其主流所趋,在尽量保守固有文化的同时,也各奋其心智,在现代社会中求其通变,并且成功融入现代教育、出版、研究、编辑等各个文史领域中,以其所学贡献于现代学术文化建设之中。窃以为,这不仅仅是对桐城派的认识和评价问题,而且更关系如何看待传统与现代的关系,以及如何在当下更好地从事于中国文化的重建。

原载《安徽大学学报》2013 年第 5 期

从方孝岳《中国文学批评》看桐城文化精神的现代影响

萧晓阳

方孝岳(1897—1973),名时乔,字孝岳,桐城鲁谼方氏嫡传,深于文史之学,在经学、音韵学、批评史等领域均有所建树。所著《中国文学批评》1934年由上海世界书局出版,是继陈钟凡《中国文学批评史》之后又一部文学批评史力作。该著作为刘麟生主编的《中国文学丛书》八种之一,在用西学深入剖析中国传统文化的时代,采用文学史的叙述方式,把古代学术思想还原到历史的语境中来考察,"以史的线索为经,以横推各家的义蕴为纬",[①]在二十世纪三十年代中国文学观念更新之际,力图客观公正地概括出文学发展的规律性,对中国文学批评史学科的确立具有重要意义。长期以来,该著并未得到应有的重视,近年,方有学者开始关注此书。2008年《文艺理论研究》第6期发表的彭玉平《方孝岳的中国文学批评研究》,对此书所受西方影响作了周详的论述。岳麓书社出版的王友胜等《民国间古代文学研究名著导读》全面介绍了方孝岳文学批评思想,但对桐城文化在其批评体系中的意义尚未作深入探讨。从方孝岳的学术渊源看,其祖父方宗诚得方东树之学,岳父马其昶为桐城派之杰。作为深受桐城文化影响的学者,其著作中蕴含着深刻的桐城文化理念。本文拟从镕铸唐宋、祖祧"义法"、雅好理趣三个方面探讨《中国文学批评》蕴含的桐城文化理念。

① 方孝岳:《中国文学批评》,北京:生活·读书·新知三联书店,1986年,第5页。

一、镕铸唐宋

桐城派直接导源于明代唐宋派古文，故论文有镕铸唐宋的主张。章太炎《文学略说》云："若夫桐城派导源震川（尧峰亦然），阳湖略变其法，而大旨则同。"[①]指出了桐城派与归有光为代表的明代唐宋派古文的关系。方孝岳《中国文学批评》尽管未标举唐宋古文，但其持论表现出雅好唐宋之文的旨趣，并在论诗中坚持了这一点。

方孝岳述清代诗人王渔洋的诗学祈向时尽管已注意到渔洋尊唐的倾向，还是将其论诗之旨与祧宋之风关联："他以为文学固是表现性情，但必将性情含蓄不露而自见于神韵，即是把性情归纳到神韵之中。"[②]并引用俞兆晟《渔洋诗话序》为佐证：

> 顾瞻世道，惄焉心忧，于是以太音希声，药淫哇锢习，《唐贤三昧》之选，所谓乃造平淡时也。[③]

此说表明了方孝岳对于宋人清雅旨趣的认同。以平淡论王渔洋之诗，并归之为神韵说的精髓，似非公论，然此说暗合桐城派"清真雅正"的艺术追求。分析全书纲目可见其为文祈向：《中国文学批评》全书共四十五节，每节一题，每题一论。其中论唐宋的为十五篇，占三分之一。有关唐宋之论题颇耐人寻味，论唐代六篇，分别论王通删诗、杜甫别裁伪体、韩愈论文之道德标准、白居易讽喻诗、晚唐才调诗及司空图的味外之味。此六篇中，王通删诗、韩愈论文、白居易讽喻诗都与载道之诗文密切相关；杜甫是"江西派"之祖，宋诗与杜诗颇有渊源；至于晚唐才调诗是缘情一路，与宋诗分道扬镳。然其评述晚唐孟棨《本事诗序》时持批判观点，以为其过于扬李抑杜，对序言中过于重视情感的观点进行了抨击；评五代时蜀韦縠所选《才调集》，引用《四库全书总目》之论指责集中无杜诗，同样持此观点。作者固然雅好唐风，但对宋人诗文的偏好从中可以看出端倪。

---

① 章太炎：《文学略说》，见《国学讲演录》，上海：华东师范大学出版社，1995年，第243页。

② 方孝岳：《中国文学批评》，第198页。

③ 方孝岳：《中国文学批评》，第198页。

方孝岳《中国文学批评》论司空图的一篇《标举味外之味的司空图》，称述司空图论诗以盛唐为宗，似与论唐代诸篇不同。《诗品》的作者与时代本文不拟讨论，依据方孝岳的认定，司空图《诗品》里被奉为至高无上之极品的是“雄浑”，涵盖了清代王渔洋的“神韵”。以为王渔洋与司空图论诗是一路，并在篇末指出王渔洋取“纤秾”品中“采采流水，蓬蓬远春”与“含蓄”品中的“不著一字，尽得风流”为诗家之极则，是这四句便于指点的缘故。渔洋诗论尚浑融阔大，不囿于此论，否定了《四库总目》中《诗品》提要对王渔洋识小的指责，并列举了《表圣文集》中《与李山论诗书》《与王驾评诗书》来证明司空图《诗品》论诗雅好王维、韦应物的澄淡精致，其指归是主张兼备众美的味外之味。得出的结论是，标举味外之味的司空图与标举神韵说的王渔洋二人的诗论精神是一致的。由此表达了自己的观点：王渔洋的“性情含蓄不露而自见于神韵”[①]说是对司空图标举的味外之味说的皈依。方孝岳既然能以平淡来论王渔洋，在他的批评体系中，标举味外之味的司空图诗论精神也是平淡。方孝岳将唐人的含蓄理解为兼备众美、浑融阔大的含蓄，这就将唐人的“含蓄”与宋人的理致联系起来了，于是唐诗之含蓄、宋诗之理趣、清诗之神韵在现代桐城文人诗论里被演绎为抒写性情以造平淡的典范。

方孝岳对于宋代诗文，可谓情有独钟。论宋代文学九节，与论元明清三代十二节篇幅相近。“唐宋八大家”之文章为明代唐宋派之摹本，桐城文人祖祧归有光之艺文；宋人诗歌重议论、多理趣，也与方孝岳素所濡染相近。《欧阳修和梅尧臣同心爱赏“深远闲淡”的作风》《宋人眼中老杜的诗律和〈江西宗派图〉》诸篇自然均为方孝岳祧宋之风的体现。其中论西昆体一节、晏殊一节与其论宋诗、宋文的精神似乎稍远，然究其内容，论西昆体第一句便是：“‘诗家总爱西昆好，独恨无人作郑笺。’这是元遗山《论诗绝句》中讥笑西昆体的话。”[②]随即又举出宋人《戏题韦庄浣花集》加以评说：“这首诗形容文格之低，十分刻骨。”[③]尽管又解释说《西昆酬唱集》绝不是这一路，但个中抑扬，自不用说。论晏殊则赏其对富贵雅趣的领略，而不是风流蕴藉的文风。其他各篇

① 方孝岳：《中国文学批评》，第198页。
② 方孝岳：《中国文学批评》，第100页。
③ 方孝岳：《中国文学批评》，第100页。

均论及江西派诗及道学家、古文家之文。分别论欧阳修文、欧梅二家诗歌、邵康节忘情论、《江西宗派图》，另有一篇论宋人总集，举其名即可知其实：吕祖谦《古文关键》、楼昉《崇古文诀》（又名《古文标注》）、真德秀《文章正宗》、谢枋得《文章轨范》，都是有道学倾向的古文选本，一如方孝岳所说："桐城派诸家的古文选本，都是在一条路上。"[①]还有一篇，本为论《沧浪诗话》，但题名还是与江西派联系起来了——《针对江西派的〈沧浪诗话〉》，可见作者对文学发展有着深刻的理解，同时在中国文学史的描绘中贯穿着对桐城派文学精神的追寻。至于金及元明清三代，十二篇主要内容均与宋派相关。最后一篇《眼力和眼界的相对论》是随感，论金圣叹、李渔多少与文章作法相关，说袁枚是作为主张诗教说的沈德潜的对立面来论述的。《元遗山以北人悲歌慷慨之风救南人之失》一篇，尽管竭力维护杜诗的形象，但终究批判了江西派好议论、概念化的诗歌，显得公正而深刻。其他篇章有的从人名即可见其旨意，如宋濂、李东阳、唐顺之、钱谦益均与宋代诗文相关涉。论船山称述名理，论桐城方氏"义法"两篇已标明内容，还有一篇论王渔洋，本文已讨论其内蕴。至于上卷六篇，主要为儒家诗文论。中卷诸篇，关涉汉魏六朝，推重"文德"与"章法"，而非重其情韵。然亦偶有例外。论《文选》时，赏其妙趣，似已超越宋人藩篱，可以看作对唐人含蓄精神向六朝的追溯。

以上论述表明，方孝岳在雅好盛唐浑融阔大气象的同时，对宋代诗文深远闲淡之风倍加推崇，与桐城文章"清真雅正"、熔铸唐宋的精神相一致。诚如方氏《中国文学批评》所言："普通人对于批评家的观念，总以为批评家都是站在旁观的地位，作客观的批评。其实不然。"[②]表明了论著镕铸唐宋的倾向中有着深刻的桐城文化渊源。

二、祖祧"义法"

方孝岳《中国文学批评》另一个显著特点是祖祧桐城"义法"。尽管处于二十世纪三十年代，《选》学、桐城派受到了新文化运动的冲击，倡导传统必定

① 方孝岳：《中国文学批评》，第119页。

② 方孝岳：《中国文学批评》，第215页。

受到主流文化的非议，但在《中国文学批评》中，作者对桐城“义法”学术渊源的推究、对桐城“义法”的推崇，仍然是桐城学术思想的延续。

在方孝岳《中国文学批评》中，桐城“义法”理论贯穿始终，尽管不无偏颇，但却为其文学批评体系的建构提供了一个基本视角与立足点。对桐城“义法”学术渊源的推究是方孝岳文学批评的一个独特之处，桐城派祖祧的归有光散文、唐宋古文、《史记》“义法”、扬雄论文，以至于《左传》文章，在其中都有专节论述，其文论要旨得到了充分展现。

在作者关注的文学史重要议题中，方孝岳在对《尚书》《周礼》《诗经》与诗歌的关系进行道德评判后，着重探讨了《左传》所蕴含的“义法”精髓。尽管《左传》没有提出“义法”一词，但桐城派学者对《春秋》笔削的“义法”早已有过深刻阐述，方孝岳在论著中则并不是直接论述《左传》“义法”，而是通过论《〈左传〉的诗本事》，将诗文之论一体化，是桐城文论的进一步拓展。“《左传》里时时说到诗本事，不为无故咧”，[①]表明了作者重义的观点，指出了那些诗歌有关教化人伦。不仅如此，他还认为《左传》对赋诗的引征也是一种叙述方法，如：论闵公二年许穆夫人赋《载驰》事，“在《左传》，是一直叙下来，点出诗本事，以加重他文章的精神”。[②] 实际上指出了引征诗歌来表达思想也是一种“义法”。在《扬雄与文章法度》一文中，作者为文“法”探源，极力推崇扬雄《法言》，叙述了《法言》的缘起，推崇班固《汉书·扬雄传》里“用法应之”之言，以为他胸中有一种最高的文章法度，并点明了自己的看法：“清朝桐城古文家，讲求文章义法，曾经振起一时的风气，其实讲求文章义法的祖师，还应该推这位扬子云。”[③]此可谓桐城“义法”之溯源。

由于《史记·十二诸侯年表序》最早提及文章“义法”，桐城派对于《史记》倍加推崇，然而方孝岳此书中却没有专论《史记》，这似乎难以理解。但是论唐宋派与归有光一节，题为《唐顺之“本色”论与归有光的〈史记评点〉》，持论大抵以为“本色”近于文章精神，论“本色”而分其高下。引述唐顺之《答茅鹿

① 方孝岳：《中国文学批评》，第17页。

② 方孝岳：《中国文学批评》，第19页。

③ 方孝岳：《中国文学批评》，第47页。

门知县书》:“本色卑,文不能工也。”[①]“本色”与文章之“工”,犹如“义”与“法”之关系,对归有光的《史记评点》津津乐道,在其圈点彰显了大义微言、文章意脉。至于与桐城派的关系,也已经明言:“清朝方苞也有《史记评点》,后人将他二人的评点合刻起来,所谓《归方评点史记》(如王拯辑本、张裕钊辑本),清朝桐城派古文家,往往传为研究古文方法的指南针了。”[②]至此,桐城派古文“义法”理论的来由在其文学批评中已脉络清晰了。

回头再看《中国文学批评》之纲目,论《瀛奎律髓》除了为宋诗张目,亦兼有方法论的意义。《〈瀛奎律髓〉里所说的“高格”》一文可以看作桐城诗论领域中的“义法”说。方孝岳以为方回的《瀛奎律髓》“立意甚高”“轨辙甚明”,兼有“义”“法”的意义。“律”即是“法”,并拈出了《瀛奎律髓》所揭示的技术层面上的做诗之法,论“响字”,论“句眼”,说“变体”与“拗字”,审虚实,皆为诗“法”之要领。在对《瀛奎律髓》评点的怀古类、升平类、忠愤类诗歌小序的评述中,指出了方回论诗对立意的关注。方孝岳对方回所建立的门户——“一祖三宗”说意义的阐释,可以看作诗中“义法”说之溯源。

如果说桐城“义法”存在于作者对整个文学批评史的叙述之中的话,《清初“清真雅正”的标准和方望溪的“义法”论》一文则旗帜鲜明地表述了自己的观点——以桐城“义法”精神为核心的批评体系。文中列举了方苞《答申谦居书》,指出了桐城“义法”说的由来:“若夫《左》《史》以来相承之义法,各出之途径,则期月之间可讲而明也。”[③]并对方苞《古文约选》中《十二诸侯年表序》注关于“义法”之论作了深入阐释。作者自己对“义法”基本含义的理解是:

> 望溪是主张“义之所不得不然的‘义法’”;换句话说,就是“辞理皆‘是’的清真雅正”。[④]

在一定程度上,桐城派散文家重视程朱之精义而不是文法,《中国文学批评》则更关注文辞与“清真雅正”的品格,与桐城之文偏重“义”的特点相比,打上了鲜明的时代烙印,体现了对桐城文“法”精神的继承。

---

① 方孝岳:《中国文学批评》,第168页。
② 方孝岳:《中国文学批评》,第171～172页。
③ 方孝岳:《中国文学批评》,第208页。
④ 方孝岳:《中国文学批评》,第209页。

综观全书，作者将偏重伦理之“义法”论与主情诗论及滋味之说相对举，而以“义法”之论贯穿始终。故以《尚书》中《虞书》“诗言志”之语开篇，以批判袁枚“性灵”说结束，“义”的精神贯穿全书。颇有意味的是，篇末提及了袁枚与姚鼐的密切关系，暗示了主情主理之说并没有不可逾越的畛域。

三、雅好理趣

方孝岳《中国文学批评》在情理论上，严守桐城之轨辙，更可以证明其著作与桐城学术精神的一致性。其好理，近于桐城的义理，在思想道德方面自不用说，在辞理上也有其独到的见解。至于情趣，可以说是纯文学性的呈现。相对而言，方孝岳论文重“趣”不重“情”。

《中国文学批评》勾勒文学思想之演进，有几篇很能见其思想倾向。卷上《〈周礼〉分别诗的品类》《孔门的诗教》，卷中《陆机〈文赋〉注重文心的修养》《发挥“文德”之伟大是刘勰的大功》，卷下《邵康节的忘情论》与《清初“清真雅正”的标准和方望溪的“义法”论》构成了尚理文学史观念中的几个基本点。以此为典型个案，旁推文学批评史上的尚理崇德观，无疑具有隐喻的内涵，作者的观念显然偏向尚理之论。

《孔门的诗教》一篇为《中国文学批评》立论之要，认定孔子诗教的精神在于阐发义理。从孔子删诗申论“思无邪”之理，从“比”“兴”的差异阐释“兴”为“六义”之最高境界，论其“劝喻”之义。从孔子删诗、说诗引申出中国尚理文论的基本思想。不提学者对孔子“删诗”说的质疑，直接认定“孔子对于诗分别品类而总为一集，这种工作，实是开后来‘总集’之先声，也实是我国批评学中一大支派”。[①] 将《诗经》与后来的“总集”特别是《唐宋八大家文钞》联系起来，暗示了从孔子删《诗》到《古文辞类纂》的编定一脉相承。称许孔子为“评点诗文的祖师”，并得出结论：“我们可以说他有两种义例。一是正思想，二是辨体裁。”[②]试图找出孔子与桐城古文评点的关系。说到四家《诗》，认定《韩诗外传》为后来诗话的先驱，并从《韩诗外传》推衍诗句的义理这一点找到了

---

① 方孝岳：《中国文学批评》，第 28 页。

② 方孝岳：《中国文学批评》，第 29 页。

它与后来诗话的关联。

论孔门诗教集中体现了方孝岳尚理的文论观,《中国文学批评》其他篇章也浸淫着这一思想。论陆机《文赋》时,用注重涵养的桐城派文论思想来阐释标举“缘情”的《文赋》:“他归结的意思,还是注重平日的涵养,临文时自然流露出来。”[①]这与戴名世所谓“诗者出于心之自然者也”[②]论调很接近。《邵康节的忘情论》一节持论也是如此,与现代主流文化观不同。同时代批评家一般对道学家文学观持批判立场,郭绍虞《中国文学批评史》即是如此。方孝岳的观点却很微妙,他不与反对“桐城谬种”的主流思想直接抗衡,但是称道邵康节“悠然自得的态度”是“另外一种境界,毕竟不是普通的境界”,[③]将理学家的涵养与诗文的文学性糅合在一起阐释。至于《清初“清真雅正”的标准和方望溪的“义法”论》一节,述桐城“义法”之要旨,论者祈向就不用说了。由此可推知方孝岳《中国文学批评》试图以“理”为核心来勾勒批评史的基本思想。

方孝岳《中国文学批评》亦重文中之“趣”,与桐城派文论不无相近处。桐城之文亦有其趣,戴名世谓之“魂”,“所谓魂也者,出之而不觉,视之而无迹者也”,[④]以为文章当有天然真趣。方苞评归有光之文:“不俟修饰,而情辞并得,使览者恻然有隐。”[⑤]实谓文章之体气贵在自然,于讲求义理之外须做到情辞并茂。刘大櫆论文,大处讲神气,细处又言品藻,即谓味之短长:“可以意味,而不可以言传。”[⑥]论其细微,“意味”即意趣。姚鼐所追求的“裒然成集,连牍殊体,累见诡出,闳丽谲变”[⑦]亦是理中之趣。以上诸篇皆由气入手论文章之神气与理趣。然桐城派大家之文论俱好尚雅正,言“义”与“法”,而不提“趣”。然文如无趣,不足以言文。所谓“情辞”“瑰丽”“品藻”,虽非桐城文论

① 方孝岳:《中国文学批评》,第57页。

② 戴名世:《吴他山诗序》,见《戴名世集》,北京:中华书局,1986年,第39页。

③ 方孝岳:《中国文学批评》,第111页。

④ 戴名世:《程偕柳稿序》,见《戴名世集》,北京:中华书局,1986年,第71页。

⑤ 方苞:《书归震川文集后》,见《方苞集》,上海:上海世纪出版股份有限公司,2008年,第117页。

⑥ 刘大櫆:《论文偶记》,见《论文偶记初月楼古文绪论春觉斋论文》,北京:人民文学出版社,1959年,第12页。

⑦ 姚鼐:《敦拙堂诗集序》,见《惜抱轩诗文集》,上海:上海世纪出版股份有限公司,2008年,第50页。

之精髓,“即物以明理”“即事以寓情”[1]则情态毕现、趣在其中,“义法”得之以彰显。后来文章渐趋枯淡,在于不得其理又失其趣。方孝岳《中国文学批评》导言中即提到了“六朝藻丽”“宋人尚理”,彰显了文学史上尚理趣与主情采观念之差异,是全文之大要与脉络。方孝岳著作强调了“趣”,则体现了鲜明的崇“趣”好尚,是桐城派文论思想的进一步发展。

方孝岳论文重视“趣”,议论中不乏灼见。述《昭明文选》、说味外之味以及论《沧浪诗话》诸篇都可见其明达与识力,但其所谓“趣”是理中之“趣”。方孝岳对“理”的坚守不时见于评述之中,其批判严羽的“兴趣”论耐人寻味:

> 难道说“兴趣”二字,可以代表性情之表现么?这一点是不可索解的。严羽可以算得知“境”而不知“人”。明七子所以徒有盛唐之肤壳,王渔洋所以徒有风神而少性情,未尝不是因为严羽的话,而差以毫厘了。[2]

在这里,王渔洋因为乖离“理”论诗“趣”,被指责为“徒有风神而少性情”,方孝岳明确指出了严羽与尚理诗学的差异,其实也是神韵说与桐城派文论的差异。桐城派文论首先是知“人”,然后知“境”。《沧浪诗话》“诗有别趣,非关理也”的表述受到了方孝岳的质疑与批判。方孝岳论王夫之说诗拈出了“理趣”一词。《中国文学批评》论王夫之说诗时说:

> 他总是认为诗这件东西,一定要有可兴可观可群可怨的地方,一方面固不可浮光掠影而不得理趣,一方面也不可拘泥板滞而失了诗的原意。他《诗绎》里说:“王敬美(王世贞之弟)谓诗有妙悟,非关理也。非理抑将何悟?”这是把严沧浪以来“妙悟”之说,下了一个注解。[3]

方孝岳着重阐释解诗者在领会诗意的前提下,最要紧的是得诗中之“理趣”。诗中有悟,是在达理基础上的妙悟。因此,方孝岳特别赞赏王夫之辞理论之高妙,以为“船山最精卓的地方,仍在于推求‘三百篇’的辞理”。[4] 船山诗论更近于情感论与境界论,故王闿运讥船山论诗云:“不离空灵妙寂而

---

① 刘大櫆:《论文偶记》,见《论文偶记初月楼古文绪论春觉斋论文》,第 12 页。

② 方孝岳:《中国文学批评》,第 126～127 页。

③ 方孝岳:《中国文学批评》,第 187 页。

④ 方孝岳:《中国文学批评》,第 189 页。

已。”[1]方孝岳以为船山诗学为重理趣的辞理论诗学，表明了方氏对诗中理趣的独特理解。

方孝岳《中国文学批评》中所引俞兆晟《渔洋诗话序》之语，正是由华藻归于理趣观念的表达，“清真雅正”之文也可以说是理、趣的融合，此论是否与《渔洋诗话》本意乖离另当别论，与桐城派好尚的理趣却有异曲同工之妙。

从《中国文学批评》持论镕铸唐宋、祖祧“义法”、雅好理趣三个方面可以看出，方孝岳的文学观深受桐城文化影响，与桐城派偏重宋文、执“义”以论“法”、尚理黜华的观点相比，显得更为通达。论诗不废才调，说法不拘泥于法，论理趣亦及妙悟，体现了桐城文化精神在现代的传承。

以上仅就方孝岳的《中国文学批评》进行考量，桐城派文论在与桐城文化有关联的其他理论家那里也有显著的体现。在方孝岳构思《中国文学批评》之前，“文学革命”运动中的胡适尽管否定包括桐城派在内的旧文学，《文学改良刍议》提出的改良文学八法，其三即是须讲求文法，可以说是对桐城“义法”的改良。朱光潜《诗论》中论诗歌依次有论声、论顿、论韵之篇，其实皆为作诗之法。受桐城思想濡染的宗白华，虽以境界立论，然《艺境》中《略论艺术的“价值结构”》《介绍两本关于中国画学的书并论中国的绘画》，将“义法”之说引申到诗文以外；《昙花一现——悼方玮德》论桐城方玮德之诗，称其“情致之热烈而潇洒，文字的流利飘逸，节奏韵律完全来自他一片天真的心”，[2]也有刘大櫆说“神气”“字句”“音节”的遗韵。以上论述表明，尽管新文化运动将矛头直指“桐城谬种”，然而从现代评论家们的论述中仍然可以看出桐城派在现代文学史上产生了深远的影响。

原载《安徽大学学报》2010 年第 6 期

① 王闿运：《湘绮楼说诗》卷 5，成都：日新社，1934 年。

② 宗白华：《艺境》，北京：北京大学出版社，1987 年，第 123 页。

毛泽东与桐城派

王达敏

在青年时代，毛泽东有六年时间接受桐城派的陶铸。此后，他长期浸润于包括桐城派在内的古典传统里。他的盖世才华、煌煌著作内，积淀着桐城派的丰富元素。1949年之后，伴随着政治、经济和文化的巨大变革，桐城派作为一个植根于古典传统的派别，终于在绵延数百年之后画上句号。桐城派虽然终结，但桐城之学一定程度上则借助毛泽东的领袖地位和文采风流而走进无数读者的精神世界。

一、寖馈于桐城之学

毛泽东在人生的起点上即迈进了桐城派之门。1912年下半年，他年十九，在湖南省图书馆自修时，阅读了严复翻译的一系列世界名著，初步触及进化论等西方思想，也初步体验到严复以桐城笔法所营造的文境之美。1913年春至1918年6月，他在湖南省立第四师范学校和第一师范学校读书时，在国文老师袁仲谦、伦理学老师杨昌济教诲下，研读曾国藩、韩愈、方苞、姚鼐、吴汝纶和孔孟程朱的著作，受到桐城派的基本的训练。

把毛泽东引向桐城之学的，最初是通过严复的译著。1912年秋冬，毛泽东在自修中的最大收获，是读到严译赫胥黎的《天演论》、约翰·穆勒的《穆勒名学》、亚当·斯密的《原富》和孟德斯鸠的《法意》等[①]。《天演论》由赫胥黎的《进化论与伦理学》前半部分改编翻译而成。赫胥黎认为，生物界的发展规

---

① 中共中央文献研究室编：《毛泽东年谱（1893－1949）》（修订本，上卷），北京：中央文献出版社，2013年，第13页。

律是物竞天择，适者生存。严复在按语和夹译夹议中认为，这一生物界的发展规律同样适用于人类社会。他试图在国家忧患中惊醒麻木的灵魂。《天演论》出版后，一时洛阳纸贵，在飘摇的中国引起强烈震荡。进化论作为一种新的世界观，自此成为近代思想界的主流。

《天演论》是一部具有桐城派特色的译著。鲁迅说：该书“桐城气息十足，连字的平仄也都留心，摇头晃脑的读起来，真是音调铿锵。”[①]《天演论》中的桐城派特色，是严复师法吴汝纶的直接结果。吴汝纶是桐城派一代文宗，又是清末开眼看世界的学坛领袖，深为严复所仰慕。严复自 1896 年开始翻译《天演论》后，不断致书吴汝纶，请教翻译问题。吴汝纶则诲人不倦，从体例、文体、语言和译名等方面悉心指导。这些指导大半为严复采纳。例如，《天演论》上卷十八篇，采用吴拟篇名十七；下卷十七篇，采用吴拟篇名十一；严复自题者只有七篇[②]。吴汝纶对《天演论》评价很高：“自中土翻译西书以来，无此闳制，匪直天演之学在中国为初凿鸿蒙，亦缘自来译手无似此高文雄笔也。”[③]“乃骎骎与晚周诸子相上下。”[④]桐城派在曾国藩之前以唐宋之文为楷式，在曾国藩之后以先秦西汉之文为典范。吴汝纶称严译直逼晚周诸子，正是在新范式下，对严复的高度礼赞。此外，严译《原富》问世前，吴汝纶也与严复一起细心切磋琢磨，并为之作序推介。严译声华籍甚，除了其内容震撼人心外，也与其含蕴桐城派特色和吴汝纶鼎力揄扬有关。毛泽东通过阅读严译，首次接触进化论等西方思想，也首次接触桐城派的文风。

毛泽东的国文教师袁仲谦则直接把毛泽东引向桐城之学。晚清湖湘文坛是桐城派的天下，曾国藩、吴敏树、杨彝珍、孙鼎臣、郭嵩焘、舒焘和欧阳勋等，均对姚鼐之学笃好不厌。袁仲谦为光绪丁酉科（1897）举人，在湖湘浓郁的桐城派氛围中走上求学、治学和教学道路，对桐城派情有独钟。毛泽东在

---

① 鲁迅：《关于翻译的通信》，见《二心集》，《鲁迅全集》（四），北京：人民文学出版社，1981 年，第 381 页。

② 沈寂：《吴汝纶与严复译著》，载《安徽大学学报》，2006 年第 4 期。

③ 吴汝纶：《答严幼陵》，见《吴汝纶全集》（三），合肥：黄山书社，2001 年，第 144 页。

④ 吴汝纶：《天演论序》，见《吴汝纶全集》（一），第 147 页。

湖南四师和一师就读五年半，深受袁仲谦宠异[①]。本来，他习文的楷模是梁启超。1910年秋，他在湘乡县高等小学堂读书时，对梁启超主编的《新民丛报》爱不释手，既叹服梁启超的思想，又为其笔锋常带情感的新文体所征服。素不喜桐城文的梁启超，恰为袁仲谦所轻蔑。袁仲谦命毛泽东放弃梁笔，改学桐城文，以韩愈为师[②]。

毛泽东走向桐城之学与其历史教师颜昌峣也不无关系。颜昌峣曾留学日本，著述甚丰，是湖南近代学坛名家。在岳麓书院求学时，从游王先谦之门，受桐城诗古文法。其学主于经世；其文远效韩欧，近法曾国藩，博大之气充于篇章，颇得吴汝纶赏识。吴汝纶曾谓："文章之衰也久矣，息庵殆将起而振之也。"息庵为颜昌峣之号。颜氏曾撰《桐城派古文之建立及其流别》，对桐城派源流正变述之周详。1915年，他受湖南一师之聘，担任毛泽东的历史教师。1920年，毛泽东倡导湖南自治，他撰写《湖南自治的商榷》加以评论。现存有关毛、颜往还的资料不多。但颜氏治桐城之学颇有造诣，其与袁仲谦等教师在湖南一师营造了一个推崇桐城派的氛围，对毛泽东的走进桐城之学当然会有所助益。

文承韩欧是桐城派的家法。自方苞到吴汝纶，韩愈在桐城文统中一直位居首席。袁仲谦绍继的，正是桐城派的尊韩传统。毛泽东听从袁仲谦指点，对韩愈作了深入研修。他在长沙旧书铺购到一部廉价的宝庆版《韩昌黎诗文全集》。此书页面破损，文字有讹。他借来经袁仲谦批注过的韩集，逐页逐字校勘，改误补损，花去了数月闲余功夫。他借助字典和注释，对韩文的字、词、句、篇和意义深研细究，并作圈点批注。融会贯通后，又对之进行反复默读和朗诵。经过持久用功，他对韩集大部分诗文能够流利背诵[③]。在现存毛泽东

---

① 陈家驹：《袁仲谦大事年谱》；俞慕：《袁吉六先生传》，见《毛泽东的国文老师袁仲谦》，香港：国际展望出版社，1992年，第61～69页、166页。

② [美]埃德加·斯诺：《西行漫记》(董乐山译)，北京：生活·读书·新知三联书店，1979年，第121页。

③ 周世钊：《毛主席青年时期刻苦学习的几个故事》，《中国青年》1961年第19、20期合刊。

1913年10月至12月所记《讲堂录》[①]中，涉及韩愈的诗文就有《荆潭唱和诗序》《浑州溪堂诗并序》《猫相乳》等十余篇。多数作品后面，都有他对词、句的释义和相关内容的评议。

学行继孔孟程朱是桐城派另一条家法。自方苞、姚鼐到曾国藩，桐城派诸家都是儒家正统观念的坚定信仰者和捍卫者。曾国藩的道德、事功和文章冠冕一代，其理学素养也出类拔萃，是晚清宋学阵营的一面旗帜。1913年冬，毛泽东由袁仲谦、杨昌济指导，广泛阅览了曾国藩撰《曾文正公家书》《曾文正公日记》《圣哲画像记》和其他儒者的著作。他对曾国藩高山仰止。他说："有办事之人，有传教之人。前如诸葛武侯、范希文，后如孔孟朱陆王阳明等是也。宋韩范并称，清曾左并称。然韩左办事之人也，范曾办事而兼传教之人也。帝王，一代帝王；圣贤，百代帝王。"[②]办事，指事功；传教，指建立并传播学说以影响当代和后世。毛泽东以为，孔子、孟子、朱熹、陆九渊和王守仁是传教者，诸葛亮、韩琦和左宗棠是办事者，只有曾国藩和范仲淹是办事、传教兼而有之，可称圣贤而不朽。1917年8月23日，他在致黎锦熙的信中以为，曾国藩学有根底，得宇宙之大本大源，收拾洪杨一役完满无缺。因此他说："愚于近人，独服曾文正。"[③]所谓曾国藩的传教、学有根底，指的就是其持守的儒家正统学养。

方苞、姚鼐和吴汝纶是桐城派标志性人物。1913年冬，毛泽东接触方、姚、吴之作。方苞闻听友人翁荃行为不检，作《与翁止园书》讽切微至。毛泽东在《讲堂录》中云："《与翁止园书》，戒淫也。淫为万恶之首，而意淫之为害，比实事尤甚。当懔懔然如在深渊，若履薄冰。"[④]范蠡之子杀人，系于楚。蠡因所托非人，致使营救失败。姚鼐作《范蠡论》，得出"君子重修身而贵择交"的结论。毛泽东视姚鼐此文为史论典型，赞其结论："作史论当认定一字一句

---

① 《讲堂录》中有毛泽东的看法，也有其师袁仲谦、杨昌济的见解，现已无法分清彼此。根据常理，袁、杨的见解，即经毛泽东有选择地笔之于书，自然多为他所首肯。因此，本文基本将《讲堂录》中的观点，视为毛泽东的意见。

② 毛泽东笔记：《讲堂录》，见《毛泽东早期文稿》，长沙：湖南人民出版社，2008年，第533页。

③ 毛泽东：《致黎锦熙》，见《毛泽东早期文稿》，第73页。

④ 毛泽东：《讲堂录》，见《毛泽东早期文稿》，第530页。

为主。"[①]姚辑《古文辞类纂》，毛泽东在1915年即已熟悉；1949年后仍喜而不厌，"从北京图书馆借来看后还了回去，过了不几天又要看。就这样借了还，还了借，他不知看了多少遍"[②]。1959年10月23日外出，他指名携带的图书中，就有《古文辞类纂》[③]。吴汝纶的手笔，毛泽东在阅读《天演论》《原富》时已经领略过。日本学者西师意是吴汝纶弟子，所撰《实学指针》备述英俄德美之富盛，以激励中国士夫愧愤感发，思所以自振拔。吴汝纶在序中对此深表感佩。毛泽东阅读《西师意〈实学指针〉序》时，对书中所涉推动西方工业革命的学者加以记注[④]。

此外，桐城派的支流阳湖派也进入毛泽东的视野。毛泽东关注到阳湖派的领袖恽敬。他在《讲堂录》中特意为恽敬立了小传："恽敬，字子居，江苏阳湖人。前清乾隆癸卯举人，官江西瑞金知县，有《大云山房集》。世称其文为阳湖派。"[⑤]同时，他还揭示了桐城派、阳湖派的差异："桐城、阳湖各有所胜。言其要者，可以一言蔽之：桐城发而阳湖朴。"[⑥]

二、得之于桐城者

毛泽东长期浸渍于桐城之学，在思想、文艺观念、审美趣味和写作风格等方面，均受到桐城派影响。

毛泽东通过严译《天演论》接受了进化论。一是，他接受了《天演论》中阐述的运动、变化、斗争、发展的自然观，即在斗争中求生存，在变化中求发展；二是，他强调中国若要图存并适应世界发展的竞争潮流，就必须重塑国民精神，对于旧思想、旧道德，花大力气摧陷廓清。只有以变为本，涤旧染新，中国

---

① 毛泽东：《讲堂录》，见《毛泽东早期文稿》，第531页。

② 忻中：《毛主席读书生活纪实》，载《社会科学战线》，1984年第4期。

③ 逄先知：《博览群书的革命家》，见龚育之、逄先知、石仲泉：《毛泽东的读书生活》，第22页。

④ 毛泽东：《讲堂录》，见《毛泽东早期文稿》，第538页。

⑤ 毛泽东：《讲堂录》，见《毛泽东早期文稿》，第527页。

⑥ 毛泽东：《致黎锦熙》，见《毛泽东早期文稿》，第527页。

才会重生。他说:“国家有变化,乃国家日新之机,社会进化之必要。”[①]二十世纪七十年代,他还数次提到达尔文、赫胥黎和严复,提到进化论,在批判的同时,仍然给予高度赞誉。[②]

毛泽东通过曾国藩等真正接受了儒家正统思想。在私塾读书六年,他已经接触过四书五经,虽不懂其意,但相信孔夫子。在师范,他通过曾国藩和其他儒者的著作,才开始进入儒家的思想世界。他敬佩孔孟,以为他们得宇宙“大本”[③];敬佩朱熹,赞其“千载德犹馨”[④]。1919年初,他在南下上海途中,尽管一贫如洗,仍然去曲阜和邹县朝圣[⑤]。他这一时期的作品正面引述孔孟程朱之处俯拾即是。单是一篇《体育之研究》,征引四书五经即有八、九处。《〈伦理学原理〉评语》所用概念,如良知、良能、知性和浩然之气等,也多出自《孟子》[⑥]。1959年10月23日,他外出指名携带的书单上,仍有朱熹的《四书集注》[⑦]。虽然他的思想几经转向,但由方姚所发扬而被曾国藩所光大的孔孟程朱道统,仍是其重要的思想资源。

毛泽东接受了桐城派文以载道的理论。文以载道是桐城派文论的核心。桐城派诸家对儒家传统中零散的文以载道思想进行了系统总结和有力阐释。从方苞到曾国藩,桐城诸家无不主张以文阐道翼教。他们尽管强调文人之能事,但仍然以为,道是主宰,文则处于从属地位。毛泽东受到桐城之学陶铸后,将程朱理学、韩愈文章打并一处,提倡儒者之文,贬抑文人之文,并拈出做人与作文、文与道的命题。他说:“儒者之文与文人之文不同。儒者之文清以纯,文人之文肆而驳。”[⑧]儒者之文所载之道正,因而显得清以纯;文人之文往

---

① 陈晋:《毛泽东读书笔记解析》(上),广州:广东人民出版社,1996年,第49页。毛泽东:《致黎锦熙》,《〈伦理学原理〉批注》,见《毛泽东早期文稿》,第73页、176~177页。

② 张平:《〈天演论〉前半是唯物的,后半是唯心的》,见柳文郁、唐夫编:《毛泽东评点古今诗书文章》(中),北京:1998年,第733~734页。

③ 毛泽东:《致黎锦熙》,见《毛泽东早期文稿》,第74页。

④ 汪澍白:《传统下的毛泽东》,北京:中国青年出版社,1996年,第56页。

⑤ [美]埃德加·斯诺:《西行漫记》,第128页。

⑥ 汪澍白:《传统下的毛泽东》,第35页。

⑦ 逄先知:《博览群书的革命家》,见龚育之、逄先知、石仲泉:《毛泽东的读书生活》,第22页。

⑧ 毛泽东:《讲堂录》,见《毛泽东早期文稿》,第530页,第538页。

往漠视文的载道功能，因而显得肆而驳，而不足观。要做到道正，首先要做到人正。要做到人正，就要“以贤圣为祈向”“为学重在行事”。以贤圣为祈向，“孝义廉耻即生”；为学重在行事，“行有余力则以学文”[①]。1915年9月6日，他在给萧子升的信中，阐述曾国藩所论义理、考据、辞章、经济四科之学时云：《经史百家杂钞》“上自隆古，下迄清代，尽抡四部精要”“干振则枝披，将麾则卒舞”“国学者，统道与文也。姚氏《类纂》畸于文，曾书则二者兼之，所以可贵也”[②]。其实，姚鼐、曾国藩皆主文以载道，皆以为考据、辞章应以义理为归。所不同者，姚鼐卫道已甚，曾国藩则甚之甚者，同时纳经济于义理，显现道的实践品格。《古文辞类纂》乃文以载道之作，毛泽东仍嫌其偏重于文，以为《经史百家杂钞》突出“干”，也就是道的主体作用，才算道文兼备，难能可贵。可知他在文道关系中，对道是怎样看重。1942年5月，毛泽东的《在延安文艺座谈会上的讲话》就是一个文以载道的经典文本。“以政治标准放在第一位，以艺术标准放在第二位”[③]，是他对文道关系的最后定论。这一定论与桐城之学若合符节。

毛泽东接受了桐城派重视技巧的传统。在追随袁仲谦学文时，他很看重行文技巧，提出：“文贵颠倒簸弄，故曰做。”[④]颠倒簸弄，就是技巧。1938年4月28日，他在鲁艺所作《怎样做艺术家》的演讲中，明确提倡向桐城派的讲究技巧学习：“清代桐城派作文讲义法，用现在的术语来说，就是讲技巧，这也是要学的。因为没有良好的技巧，便不能表现丰富的内容。”[⑤]1955年10月11日，他把行文技巧具体归结为逻辑、文法和修辞：“写文章要讲逻辑。就是要注意整篇文章、整篇说话的结构，开头、中间、尾巴要有一种关系，要有一种内部的联系，不要互相冲突。还要讲文法。许多同志省掉了不应当省掉的主词、宾词，或者把副词当动词用，甚至于省掉动词，这些都是不合文法的。还

---

① 毛泽东：《讲堂录》，见《毛泽东早期文稿》，第529页。

② 毛泽东：《致萧子升》，见《毛泽东早期文稿》，第22～23页。

③ 毛泽东：《在延安文艺座谈会上的讲话》，见中共中央文献研究室编：《毛泽东文艺论集》，北京：中央文献出版社，2002年，第73页。

④ 毛泽东：《讲堂录》，见《毛泽东早期文稿》，第531页。

⑤ 陈晋：《毛泽东与文艺传统》，北京：中央文献出版社，1992年，第94页。

要注意修辞，怎样写得生动一点。总之，一个合逻辑，一个合文法，一个较好的修辞，这三点请你们在写文章的时候注意。”[①]如此重视技巧，不能不说是拜他曾经钻研桐城义法所赐。

《讲堂录》中有关技巧的话语多可视为对桐城派文论的复述和阐发。例如，桐城派学者和毛泽东均以为，材料与技巧应该统一。刘大櫆说：“大匠操斤，无土木材料，纵有成风尽垩手段，何处设施？然即土木材料，而不善设施者甚多，终不可为大匠。故文人者，大匠也。义理、书卷、经济者，匠人之材料也。”[②]毛泽东说：“经史百家，天人理数，章程典故，草木虫鱼，何一而非文之材。剪裁运用，起伏开合，变化错综，何一而非文之法。明季之失，在法不足；今人之短，在材不足。”[③]桐城派学者和毛泽东均以为，文贵简。刘大櫆说：“文贵简。凡文，笔老则简，意真则简，辞切则简，理当则简，味淡则简，气蕴则简，品贵则简，神远而含藏不尽则简，故简为文章尽境。”[④]毛泽东说：“题须简要。”“古文之道，简切明白。”[⑤]另外，毛泽东说：“词少而意多，字少而理多，斯为妙文矣。”“性情、识见俱到，可与言诗矣。”“惟是识见必高，气脉必贯，乃能无缝焉。”“文以理胜，诗以情胜。”“无论诗文，切者斯美。”“善击鼓者击边。操觚者不可不解此。”“谈理要新，学文要古。”[⑥]等。这些说法多可在桐城派文论中寻得渊源。

毛泽东具有桐城派推尊的刚柔并济而以阳刚为主的审美趣味。在中国文学批评史上，姚鼐首次对阳刚与阴柔的关系作了深度论述。在《复鲁絜非书》《海愚诗钞序》中，他从形而上的角度指出，文章之原本乎天地之道，道含阴阳，文有刚柔。世间之文，纯刚或纯柔都非文之至。文之至者，或偏于阳刚，或偏于阴柔。受《周易》之后形成的尚阳而下阴、申刚而绌柔的传统影响，

① 毛泽东：《农业合作化的一场辩论和当前的阶级斗争》，见《毛泽东选集》(五)，北京：人民出版社，1977 年，第 217 页。

② 刘大櫆：《论文偶记》，见王水照编：《历代文话》(四)，上海：复旦大学，2007 年，第 4107 页。

③ 毛泽东：《讲堂录》，见《毛泽东早期文稿》，第 544 页。

④ 刘大櫆：《论文偶记》，见王水照编：《历代文话》(四)，第 4112 页。

⑤ 毛泽东：《讲堂录》，见《毛泽东早期文稿》，第 527 页，第 528 页。

⑥ 毛泽东：《讲堂录》，见《毛泽东早期文稿》，第 539 页，第 526 页，第 527 页，第 540 页。

姚鼐推崇的是阳刚中含蕴阴柔而以阳刚为主的风格[①]。这一审美祈向为后来多数桐城派学者所尊。毛泽东与姚鼐一样，不喜欢一味铜琶铁板或一味儿女情长。他可以欣赏刚柔兼有而以阴柔为主的作品，但他的兴趣则偏于阳刚而不废阴柔。1957 年 8 月 1 日，他在评论范仲淹的《苏幕遮・碧云天》《渔家傲・塞下秋来风景异》时说："词有婉约、豪放两派，各有兴会，应当兼读。读婉约派久了，厌倦了，要改读豪放派。豪放派读久了，又厌倦了，应当改读婉约派。我的兴趣偏于豪放，不废婉约。婉约派中有许多意境苍凉而又优美的词。范仲淹的上两首，介于婉约与豪放两派之间，可算中间派吧。但基本上仍属婉约，既苍凉又优美，使人不厌读。婉约派中的一味儿女情长，豪放派中的一味铜琶铁板，读久了，都令人厌倦的。人的心情是复杂的，有所偏袒仍是复杂的。所谓复杂，就是对立统一。人的心情，经常有对立的成分，不是单一的，是可以分析的。词的婉约、豪放两派，在一个人读起来，有时喜欢前者，有时喜欢后者，就是一例。"[②]豪放即阳刚，婉约即阴柔。毛泽东这里表达的识见与姚鼐可谓契合无间。他以为人的审美趣味会随心情的不同而生变化，则要比姚鼐进了一层[③]。

毛泽东如桐城派学者那样极重文章神气和气势。刘大櫆说："行文之道，神为主，气辅之。""古人行文至不可阻处，便是他气盛。非独一篇为之，即一句有之。古人下一语，如山崩，如峡流，觉拦挡不住。"[④]姚鼐、曾国藩对刘大櫆的神气理论有更深开拓。毛泽东认为，为人和为文应有神气。这神气，鲁迅有，朱自清则无[⑤]。他以为文章要有气势："文章须蓄势。河出龙门，一泻至潼关。东屈，又一泻至铜瓦。再东北屈，一泻斯入海。当其出伏而转注也，

---

① 姚鼐:《海愚诗钞序》，见《惜抱轩文集》卷四，刘季高标校:《惜抱轩诗文集》，上海:上海古籍出版社，1992 年，第 48 页。

② 毛泽东:《读范仲淹词二首批语》，见中共中央文献研究室编:《毛泽东读文史古籍批语集》，北京:中央文献出版社，1993 年，第 27～29 页。

③ 关于毛泽东"偏于豪放，不废婉约"的审美特点，董学文著《毛泽东和中国文学》有详细论述。见该书"偏于豪放""不废婉约"两节。沈阳:春风文艺出版社，1994 年，第 177～207 页。

④ 刘大櫆:《论文偶记》，见王水照编:《历代文话》(四)，第 4107～4109 页。

⑤ 陈晋:《毛泽东与文艺传统》，北京:中央文献出版社，1992 年，第 81 页。

千里不止,是谓大屈折。行文亦然。"[①]文章气势应如黄河之水天上来,千里大起伏、大屈折后,奔腾到海。

毛泽东如桐城派学者那样极重《史记》和屈骚,喜欢吟诵诗古文辞。桐城派把《史记》视为圣经。归有光、方苞对《史记》的评点,是向来桐城派学者的为文指南;《古文辞类纂》和《经史百家杂钞》收录了《楚辞》中大量作品,屈原的《离骚》尤其受到推扬;桐城派讲究因声求气,各家均把吟诵当成欣赏和写作的要着。毛泽东在向袁仲谦习文时,接触到司马迁及其《史记》和屈原的作品。他在《讲堂录》中说:"马迁览潇湘,泛西湖,历昆仑,周览名山大川,而其襟怀乃益广。"[②]他用工笔全文抄录了《离骚》和《九歌》,置于《讲堂录》之前。1949年之后,他一直研读《史记》《离骚》不辍[③]。关于吟诵,在《讲堂录》中,他特意记下曾国藩的话:"作诗文以声调为本。"[④]他研读韩集,吟诵各篇,直至烂熟。1957年8月1日,他"睡不着,哼范词"[⑤]。1962年,他发表《词六首》时说:"这六首词,是一九二九—一九三一年在马背上哼成的。"[⑥]这个"哼",就是吟诵。他身边的一些工作者还记录了其吟诵诗文的生动情景。另外,桐城派自曾国藩后偏于散体,不废骈俪。毛泽东则在《古文辞类纂》《经史百家杂钞》之外,甚喜《昭明文选》,尤爱其中的骈俪名作。二者之间当也不无关联。

毛泽东著作中弥漫着桐城之学的气息。他曾说:"我钻研韩愈的文章,学会了古文文体。所以,多亏袁大胡子,今天我在必要时仍然能够写出一篇过得去的文言文。"[⑦]袁大胡子指袁仲谦。毛泽东的文言文深受桐城派影响,收在《毛泽东早期文稿》中的数十篇文言文,从用词到气势,颇有韩愈、曾国藩的行文神韵。他1919年8月15日所撰《祭母文》脱尽凡

---

① 毛泽东:《讲堂录》,见《毛泽东早期文稿》,第531页。

② 毛泽东:《讲堂录》,见《毛泽东早期文稿》,第530页。

③ 张贻玖:《常读〈离骚〉,"有所领会,心中喜悦"》,见《毛泽东读诗》,北京:当代中国出版社,2012年,第12~19页。

④ 毛泽东:《讲堂录》,见《毛泽东早期文稿》,第5535页。

⑤ 毛泽东:《读范仲淹词二首批语》,见中共中央文献研究室编:《毛泽东读文史古籍批语集》,第29页。

⑥ 毛泽东:《词六首》,见《人民文学》1962年5月号。

⑦ [美]埃德加·斯诺:《西行漫记》,第121页。

俗,语句沉着,笔力矫健,感情真挚。其中“恺恻慈祥,感动庶汇”两语,即取自曾国藩家书[①]。不仅如此,桐城派的元素也渗透在他的白话文中。1969 年,吴孟复被遣送乡下,劳其筋骨之余,细读毛选,“他咬文嚼字,划段析句,后来竟然从毛泽东的文风中发现与桐城派文章的相通之处”[②]。毛泽东长期寝馈于桐城之学,其著作自然带有桐城派的烙印。吴孟复乃桐城派嫡脉,老于为文,能窥破毛泽东的文风与桐城文章之间的关联,是一点也不足怪的。

此外,毛泽东青年时代重视颜李学说,与桐城派的推崇颜李学派息息相通。1917 年,毛泽东说:“清之初世,颜习斋、李刚主文而兼武。习斋远跋千里之外,学击剑之术于塞北,与勇士角而胜焉。”[③]他颇欣赏颜李重武的实践品格。桐城派中,方苞与颜李学派的李塨、王源交好;徐世昌自 1916 年起倡导颜李实学,后以总统之尊,下令将颜李从祀孔庙,又创办四存学会、四存中学和《四存月刊》,主纂《颜李丛书》,扩充了桐城派的道统,在思想界产生重大影响。颜李之学倡扬实学和躬行实践,具有浓重的否定书本知识的反智倾向。颜元提出:“读书人便愚,多读多愚。”[④]1949 年后毛泽东所云“卑贱者最聪明,高贵者最愚蠢”[⑤],可视为颜李之学的当代回响。

毛泽东一生笃志嗜学,知识渊博,桐城之学仅是其知识结构中的一个部分。他的一些思想、文艺见解和创作特点往往从多个知识系统中提炼而出。那些与桐城派相同、相通或相近之处,有的直接得自桐城之学的启迪,有的则同时得自其他知识系统。尽管如此,在其人生端点,他毕竟接受过桐城之学熏陶六年。桐城之学固然远不足以范围其精神,但在其思想和创作风格形成过程中起过较为重要的作用,却是不争的历史事实。

---

① 李锐:《恰同学少年:毛泽东早年读书生活》,沈阳:万卷出版公司,2005 年,第 118 页。

② 纪健生:《吴孟复先生学术传略》,见《相麓景萝稿》,合肥:黄山书社,2013 年,第 10 页。

③ 毛泽东:《体育之研究》,见《毛泽东早期文稿》,第 56 页。

④ 颜元:《四书正误》卷二,见《颜元集》(上),北京:中华书局,1987 年,第 168 页。

⑤ 李乔:《关于“读书人便愚,多读更愚”》,载《文化学刊》,2008 年第 1 期。

三、结　语

1949年后，在新的历史条件下，桐城派无可避免地走向式微。1995年，桐城派著名学者吴孟复逝世。此后，学坛上再无桐城派嫡传学者为其护法，绵延数百年的桐城派终于落下大幕。

1949年后，毛泽东力倡阶级斗争，对包括桐城派学者在内的知识者进行了旷日持久的改造。他认为，桐城文章属于地主阶级文化，古老而落后，没有近代性，连资产阶级文化也不如，在新的时代，已经用不着了。1956年8月24日，他在与中国音乐家协会负责人谈话时说："中国的资产阶级和他们的知识分子，人数虽少，但是他们有近代文化，我们现在还是要团结他们。地主阶级也有文化，那是古老文化，不是近代文化，做几句旧诗，做几句桐城派的文章，今天用不着。"[①]章士钊的名著《柳文指要》扬柳抑韩，辟桐城而颂阳湖，得到他的首肯。1965年8月5日，他在致康生的信中说：章著"颇有新义引人入胜处，大抵扬柳抑韩，翻二王、八司马之冤案，这是不错的。又辟桐城而颂阳湖，讥帖括而尊古义，亦有可取之处。"[②]在批林批孔、评法批儒运动中，他又把桐城派托命所在的孔孟程朱之道作了根本否定。值得注意的是，在政治生活中否定儒家正统思想，否定桐城派，并没有完全妨碍他转过身来继续阅读朱熹的著作和桐城派的经典。不可否认，他所作出的对包括桐城派学者在内的知识者进行改造的重大决策，对儒家正统思想和桐城派的公开否定，直接决定着此派的命运。因此，在探究桐城派终结的诸多原因时，他的阶级斗争理论与实践所带来的后果不能不加以考虑。

但是，必须看到，1949年后，毛泽东对桐城派的核心理论文以载道和所究心的艺术技巧仍然表示肯定；对桐城派提倡的阳刚之美仍然表示欣赏。他的著作中渗透着桐城派的元素，其元气淋漓的阳刚气派尤其与桐城派的追求针芥相投。此外，他也曾与桐城派学者一样，对颜李之学怀有敬意。桐城之学正是通过他的著作润物无声地影响着天下无数读者，影响着无数读者的思

---

① 毛泽东：《同音乐工作者的谈话》，见中共中央文献研究室编：《毛泽东文艺论集》，第150页。

② 毛泽东：《致康生》，见中共中央文献研究室编：《毛泽东文艺论集》，第336页。

想和审美趣味。桐城派固然终结了，但桐城之学中的一些元素则借助毛泽东的领袖地位和锦绣文章而曲折地得以存续。

原载《安徽大学学报》2016 年第 6 期

后　记

众所周知，桐城派是清代中叶出现的重要文学流派。其虽以“桐城”为名且以文派面目出现，代表的却是当时散文创作的主流，且影响及于思想、学术、政治、社会诸层面，甚至可以说，桐城派在大清王朝由盛转衰之际出现，是一批具有鲜明思想乃至政治立场和自觉学术意识的知识分子群体，对正在发生的深刻的社会转型、社会变革所作出的积极的文化回应。大清王朝乃至古老的中华帝国所积累的严重社会矛盾，在所谓康乾盛世之后迎来了大爆发，天灾人祸不断，导致农民起义此起彼伏，直至太平天国农民起义发生。如果没有近代西方的文化革命和科技革命，如果没有近代西方的工业革命和社会革命，如果没有中西方的“面对面”，这些起义的结果也许仍然是中国历史上循环出现的“革命”的再现而已（《周易·革卦·彖传》曰：“天地革而四时成，汤武革命，顺乎天而应乎人。”这里所谓的“革命”，只是一家一姓的改朝换代）。可是，在外来因素的作用下，中国的社会问题、社会矛盾、社会变革、社会进程完全非同以往。在姚鼐自觉创立桐城派一百多年后，在中西碰撞、新旧斗争最剧烈的一百年前的新文化运动中，与时俱进的桐城派和古代的一切一起遭遇了真正的、全方位的“革命”，受到彻底的、颠覆性的冲击。但是，如同很多传统的腐朽思想并未消失反而会借尸还魂一样，桐城派虽然被骂作“桐城谬种”，丧失了作为一个主流文派的地位，而其精神、影响一直延续到新中国成立后，才逐渐真正退出历史的舞台，和古老的中华一起实现了精神的蜕变。正因为很长时间内桐城派被赋予“反动”的性质，对桐城派的研究渐趋寥落。其实，桐城派既然是一个内涵丰富、影响巨大并深度参与社会变革进程的流派，孰是孰非，孰好孰坏，都需要在马克思主义的指导之下进行科学的、客观的、实事求是的认识和评价。因此，改革开放以来，在重新认识、评价中国传统文化的大背景下，桐城派研究自然而然重新活跃起来。安徽是桐城派创始人的故乡，在桐城派研究方面具有得天独厚的条件，因此，从二十世纪八十年代起，安徽本土就有一批学者辛勤耕耘在桐城派研究领域，至今安徽大学文、史、哲等学科的一批学者一直还将桐城派作为重点研究的对象，孜孜矻矻，并作出了独特的贡献。

《安徽大学学报》作为一个重要的学术传播平台，一直高度关注并服务学术创新，一直积极服务安徽大学的学科建设。本人承乏《安徽大学学报》主编后即开设了"桐城派研究"专栏，责任编辑刘云博士为此殚精竭虑，忙于策划主题、组织稿件、约请作者等一系列琐务，同时，约请当代著名桐城派研究大家、中国社会科学院文学研究所王达敏研究员担纲主持这个栏目，协助我们做好稿件及栏目的学术把关工作。从2009年至今，整整十个年头，每年第六期按时推出一组论文，我们坚持追求学术创新、学术质量第一的原则，总发文量并不大，但所刊载的论文质量很高，并获得了国内外学术界的高度认可，被公认为是目前集中刊载桐城派研究最新成果、最有学术质量的学术期刊专栏。

读者手中的这本书就是《安徽大学学报》"桐城派研究"栏目所刊载论文的汇编。读者翻阅一下这些论文就会发现桐城派研究格局的突破，无论是广度还是深度都呈现了一个全新的景观：研究范围从文派扩展到学派，研究角度则从传统单一的文学角度延伸到社会史、政治史、思想史、教育史、传播史等角度，研究时间跨度则从清朝延伸到民国再到共和国时期，从研究对象到研究方法、从观念到问题都发生了重大的转变。我们不敢说这十年里国内外研究桐城派最好的论文都在这里，但是，我们可以说这些文章确实是桐城派研究很好的文章。在传播技术更顺畅、思想极为活跃的新时代里，本书只是栏目创办十年一个精彩的小结，我们宁愿视作桐城派研究一个更精彩的开始！

学术期刊的使命就是尊重学理，推动学术发展，服务真正的学者，丰富甚至引领时代的精神生活，从而推动社会进步。学术期刊是优秀学术成果传播的平台，一流的学术期刊凝聚一流的学者队伍。《安徽大学学报》"桐城派研究"专栏，能够坚持至今，能够得到学术界的高度关注，关键就是一批学者的积极参与！当然，更离不开学报编辑部领导和全体同事的高瞻远瞩和大力支持，更离不开栏目责任编辑刘云博士的辛苦付出！捧读此书并享受思想盛宴的此刻，我们要感谢王达敏教授，感谢为本栏目撰稿的优秀学者们，感谢编辑部的领导和同事，感谢刘云博士，更感谢给我们提供研究资源的桐城先贤和激发我们思考的风云激荡的时代！

吴怀东

2018 年 8 月 15 日　暑中于望湖楼